JENNIFER ASHLEY

Das verruchte Spiel des Daniel MacKenzie

W0204114

Zu diesem Buch:
Skandale begleiten den gutaussehenden und vermögenden Daniel MacKenzie auf Schritt und Tritt. Überall liegen ihm die Frauen zu Füßen. Doch erst als er der berühmten Spiritistin Violet Bastien begegnet, weiß er, was es bedeutet, sich wirklich zu einer Frau hingezogen zu fühlen. Auch wenn sie ganz offensichtlich eine Schwindlerin zu sein scheint, ist er völlig fasziniert von ihr. Was er aber nicht ahnt: Violet hat noch ein weiteres Geheimnis – ein tragisches Ereignis in ihrer Vergangenheit, welches nach wie vor ihr Leben überschattet. Und es ist der Grund dafür, dass sie keinem Menschen vertrauen und auch niemanden in ihr Herz lassen kann. Als Daniel sie küsst, schlägt sie ihm daher in einem Moment der Panik eine Vase gegen den Kopf und flieht. Nachdem er wieder zu sich kommt, versteht Daniel die Welt nicht mehr, hatte er doch auch bei ihr den Funken der Leidenschaft erkannt. Nur eines weiß er bestimmt: Er muss Violet finden und ihre Geheimnisse ergründen …

Über die Autorin:
Jennifer Ashley lebt im Südwesten der USA. Als Autorin historischer Liebesromane und von Romantic und Urban Fantasy (unter dem Namen Allyson James) hat sie eine große Fangemeinde gewonnen. Sie wurde mit mehreren Genrepreisen ausgezeichnet, und ihre Romane wurden in zwölf Sprachen übersetzt. Weitere Informationen unter: www.jennifersromances.com

Die Romane von Jennifer Ashley bei LYX:

Die MacKenzie-*Reihe:*
1. Kein Lord wie jeder andere
2. Das Werben des Lord MacKenzie
3. Lord Camerons Versuchung
4. Der dunkle Herzog
5. Die Verführung des Elliot McBride
6. Das verruchte Spiel des Daniel MacKenzie

JENNIFER ASHLEY

DAS VERRUCHTE SPIEL DES DANIEL MACKENZIE

Roman

Ins Deutsche übertragen von
Susanne Kregeloh

LYX
EGMONT

Die Originalausgabe erschien 2013 unter dem Titel
The Wicked Deeds of Daniel MacKenzie bei Berkley Sensation /
The Berkley Publishing Group, New York.

Deutschsprachige Erstausgabe Oktober 2015 bei LYX
verlegt durch EGMONT Verlagsgesellschaften mbH,
Gertrudenstraße 30–36, 50667 Köln
Copyright © 2013 by Jennifer Ashley
All rights reserved including the right of reproduction
in whole or in part in any form.
This edition published by arrangement with The Berkley
Publishing Group, a member of Penguin Group (USA) LLC,
A Penguin Random House Company.
Copyright © der deutschsprachigen Ausgabe 2015
bei EGMONT Verlagsgesellschaften mbH
Alle Rechte vorbehalten

1. Auflage
Redaktion: Maike Hallmann
Umschlaggestaltung: Guter Punkt, München | www.guter-punkt.de
Umschlagmotiv: © Guter Punkt unter Verwendung
eines Motivs von hotdamnstock
Satz: Greiner & Reichel, Köln
Printed in Germany (670421)
ISBN 978-3-8025-9962-0

www.egmont-lyx.de

MIX
Papier
FSC FSC® C083411

Die EGMONT Verlagsgesellschaften gehören als Teil der EGMONT-Gruppe zur **EGMONT Foundation** – einer gemeinnützigen Stiftung, deren Ziel es ist, die sozialen, kulturellen und gesundheitlichen Lebensumstände von Kindern und Jugendlichen zu verbessern. Weitere ausführliche Informationen zur EGMONT Foundation unter:
www.egmont.com

1

London, 1890

Er hat kein Ass.

Daniel MacKenzie hatte vier Achten auf der Hand und eine Stange Geld auf sein Blatt gesetzt.

Er fixierte Mortimer, der zehn Jahre älter war als er und ein Gesicht hatte wie ein Wiesel. Mortimer tat, als habe er von der jungen Kartengeberin am Kopf des Tisches soeben ein Ass bekommen und damit seinen Straight vollgemacht. Doch Daniel wusste es besser.

Sie spielten Poker in der Spielhölle *The Nines*, die in St. James lag. Poker war Fenton Mortimers bevorzugtes Kartenspiel, und die anderen teilnehmenden Gentlemen waren bereits aus der Runde ausgestiegen. Inzwischen hatte sich der ganze Club versammelt, um Zeuge des geistigen Wettstreits zu sein, der zwischen dem fünfundzwanzigjährigen Daniel MacKenzie und Mortimer, einem ausgebufften Spieler, entbrannte. Es hing so viel Zigarrenrauch in der Luft, dass jeder Schwindsüchtige, der es wagte, den Raum zu betreten, auf der Stelle tot umgefallen wäre.

Das Spiel der Wahl in diesem Etablissement war Whist, aber Mortimer hatte vor Kurzem das aus Amerika stammende Pokern eingeführt, das er während seines jahrelangen Aufenthalts dort erlernt hatte. Mortimer war gut darin, und er hatte Mayfairs Aristokraten rasch um Tausende von Pfund erleichtert. Nichtsdestotrotz forderten sie ihn immer wieder zu einer Partie auf, voller Ehrgeiz, das Spiel ebenfalls zu beherrschen. Elf Gentlemen waren es zu Beginn dieser Runde gewesen, doch einer nach dem anderen war aus dem Spiel ausgestiegen, bis nur noch Daniel und Mortimer übrig geblieben waren.

Daniel legte seine Karten verdeckt auf den Tisch, damit niemand der Umstehenden sein Blatt sehen und Mortimer einen Hinweis geben konnte. Er nahm noch einige Geldscheine und legte sie vor seinen Karten auf den Tisch. »Ich erhöhe auf zweihundert.«

Mortimers Gesichtsfarbe bekam einen leichten Grünstich, nichtsdestotrotz schob er einen Stapel Banknoten neben den von Daniel.

»Ich erhöhe noch einmal«, sagte Daniel, nahm weitere Geldscheine von seinem Stapel und fügte sie dem ohnehin schon beträchtlichen Einsatz hinzu. »Können Sie mithalten?«

»Kann ich.« Mortimer machte keine Anstalten, in seine Taschen zu greifen, um noch mehr Scheine oder Münzen herauszuholen, offensichtlich hoffte er darauf, es nicht tun zu müssen.

»Sicher?«

Mortimer musterte ihn aus schmalen Augen. »Was erlauben Sie sich, MacKenzie? Wenn Sie meine Ehre infrage stellen wollen, bin ich durchaus bereit, Ihnen darauf entsprechend zu antworten.«

Daniel verzichtete darauf, die Augen zu verdrehen. »Immer mit der Ruhe, Mann.« Er nahm die Zigarre aus dem Halter, der vor ihm auf dem Tisch stand, und sog Rauch in seinen Mund. »Ich glaube Ihnen ja. Was haben Sie auf der Hand?«

»Zuerst zeigen Sie Ihr Blatt.«

Daniel nahm seine Karten auf und schnippte sie mit einer lässigen Geste zu Mortimer hinüber. Vier Achten, ein Ass.

Die umstehenden Gentlemen ließen ein kollektives Aufstöhnen vernehmen, die Kartengeberin lächelte Daniel an, und Mortimer wurde kalkweiß im Gesicht.

»Verdammte Hölle. Ich dachte nicht, dass Sie es haben.« Mortimer deckte seine Karten auf – die Zehn, Bube, Dame, die Sieben und die Drei.

Daniel strich sein Geld ein und zwinkerte der Kartengeberin zu. Sie war wirklich sehr hübsch. »Für den Rest können Sie mir einen Schuldschein ausschreiben«, sagte er zu Mortimer.

Mortimer befeuchtete sich die Lippen. »Hören Sie …«

Er konnte nicht zahlen. Welcher Idiot setzte sein letztes Bargeld, wenn er ein Blatt ohne jede Gewinnchance auf der Hand hatte? Mortimer hätte schon mehrere Runden zuvor seine Niederlage akzeptieren und gehen sollen.

Doch Mortimer war von sich überzeugt und hielt sich für einen Experten im Bluffen. Er war überzeugt gewesen, dass er den naiven jungen Schotten, der heute Abend im Kilt hier hereinspaziert war, wie eine Weihnachtsgans ausnehmen würde.

Ein Mann mit harten Gesichtszügen, der in der Nähe der Tür stand, warf Mortimer einen grimmigen Blick zu. Daniel vermutete, dass er Mortimer das Bargeld für die Pokerpartien dieses Abends vorgestreckt hatte oder für jemanden arbeitete, der das getan hatte. Der Mann sah ganz und gar nicht erfreut darüber aus, dass Mortimer alles verloren hatte.

Daniel stand auf. »Vergessen Sie's«, sagte er. »Behalten Sie, was Sie mir schulden – als Zeichen der Wertschätzung für einen unterhaltsamen Abend.«

Mortimer runzelte die Stirn. »Ich zahle meine Schulden, MacKenzie.«

Daniel schaute zu dem Knochenbrecher hinüber und senkte die Stimme. »Ich denke, Sie werden mehr als das zahlen, wenn Sie nicht schnell von hier verschwinden. Wie viel schulden Sie ihm?«

Mortimer sah ihn kalt an. »Das geht Sie nichts an.«

»Ich wünsche nicht mit anzusehen, wie einem Mann das Gesicht zerschlagen wird, nur weil ich Glück beim Kartenspiel hatte. Was schulden Sie ihm? Ich werde den Betrag für Sie auslegen, dann schulden Sie ihn mir.«

»Einem *MacKenzie* verpflichtet sein?« Mortimers Empörung war unübersehbar.

Nun, Daniel hatte es versucht. Er stopfte sich seinen Gewinn in die Taschen und nahm von der Kartengeberin seinen Mantel entgegen. Nachdem sie ihm hineingeholfen und ihm den Kragen gerichtet hatte, strich sie Daniel aufreizend über die Schultern.

Daniel zwinkerte ihr noch einmal zu. Er faltete eine der gewonnenen Banknoten zu einem schmalen Streifen, den er in den Ausschnitt ihres Kleides steckte. »Nun denn.« Er nahm seinen Hut von der Lady entgegen, die ihn jetzt noch einladender anlächelte. »Sie haben hoffentlich noch den Charonspfennig für die Fahrt über den Acheron bei sich, Mortimer. Gute Nacht.«

Er wandte sich zum Gehen – und sah sich von Mortimers Freunden umringt.

»Ich habe meine Meinung geändert«, erklärte Mortimer mit einem dünnen Lächeln. »Diese Gentlemen hier haben mich daran erinnert, dass ich etwas Wertvolles zum Handel anzubieten habe. Sagen wir für mindestens zweitausend.«

»Ach ja? Was haben Sie zu bieten? Ein Automobil?« Das war das Einzige, was momentan in Daniels Augen den Ärger wert war.

»Besser«, sagte Mortimer. »Eine Lady.«

Daniel unterdrückte ein Seufzen. »Ich habe keinen Bedarf an einer Kurtisane. Ich kann mir selbst eine Frau suchen.«

Und zwar ganz leicht. Daniel musste eine Frau nur ansehen,

und sie kam zu ihm. Ein Teil seines Charmes beruhte auf seinem Reichtum, das wusste er; ein weiterer auf der Tatsache, dass er zu der berühmten MacKenzie-Familie gehörte und der Neffe eines Dukes war. Aber über die Beweggründe der Damen zerbrach sich Daniel nie den Kopf, er genoss einfach nur seinen Erfolg.

»Sie ist keine Kurtisane«, entgegnete Mortimer. »Sie ist etwas Besonderes. Sie werden es sehen.«

Vielleicht eine Schauspielerin. Sie würde eine mittelmäßige Darbietung eines Shakespeare'schen Monologs abliefern, und von Daniel würde man erwarten, dass er lächelnd verkündete, sie sei jeden Penny wert.

»Behalten Sie Ihr Geld«, sagte Daniel. »Geben Sie mir stattdessen ein Pferd oder Ihren besten Diener – ich bin da nicht sonderlich wählerisch.«

Mortimers Freunde rührten sich nicht von der Stelle. »Aber ich bestehe darauf«, sagte Mortimer.

Elf gegen einen. Falls sich Daniel nicht auf den Vorschlag einließ, würde er am Ende mit zerschundenen Fingerknöcheln dastehen. Doch gerade seine Hände wollte er keiner Verletzungsgefahr aussetzen, denn er hatte einige Feinarbeiten an seiner Maschine zu erledigen und musste dafür in der Lage sein, einen Schraubenzieher zu halten.

»Also gut«, gab er schließlich nach. »Aber ich werde die Ware prüfen, ehe ich sie als Zahlungsmittel akzeptiere.«

Mortimer war einverstanden. Er legte Daniel die Hand auf die Schulter, während er ihn aus dem Club führte, und Daniel verkniff es sich, die Hand abzuschütteln.

Als sie zu Mortimers Landauer gingen, bildeten seine Begleiter einen schützenden Ring um sie. Bevor sie vom *The Nines* wegfuhren, bemerkte Daniel, dass der Knochenbrecher ebenfalls die Spielhölle verlassen hatte und ihnen folgte.

Sie fuhren durch die nebelverhangene Stadt in ein respektables Viertel nördlich der Oxford Street. In der Nähe des Portman Square hielt Mortimer in einer Seitenstraße an.

Es zwar zwei Uhr morgens, und alles war still. Straße und Häuser lagen im Dunkeln. Hinter den Fenstern schliefen respektable Gentlemen, die früh am Morgen aufstehen würden, um sich zur Arbeit in die Stadt zu begeben.

Daniel stieg aus dem Landauer und schaute zu den dunklen Fenstern hinauf. »Sie wird schon schlafen. Lassen Sie uns die Sache auf morgen verschieben.«

»Unsinn«, erwiderte Mortimer. »Sie empfängt mich jederzeit, wann immer ich sie besuche.«

Er ging zu der schwarz lackierten Haustür und klopfte mit seinem Stock an. In einem Fenster über ihnen leuchtete Licht auf, der Vorhang wurde zur Seite geschoben. Mortimer schaute hinauf, machte eine ungeduldige Geste und klopfte erneut gegen die Tür.

Der Vorhang wurde fallen gelassen, und das Licht verlosch. *Klopf, klopf, klopf* machte Mortimers Stock. Daniel verschränkte die Arme vor der Brust und rang den Impuls nieder, Mortimer den Stock aus der Hand zu nehmen und ihn über dem Knie zu zerbrechen. »Wer wohnt hier?«

»Ich«, entgegnete Mortimer. »Ich meine, mir gehört das Haus. Meiner Familie, genauer gesagt. Wir haben es an Madame Bastien und ihre Tochter vermietet. Für einen kleinen Mietnachlass haben sie sich einverstanden erklärt, mich und meine Freunde zu unterhalten, wann immer ich es wünsche.«

»Und das schließt Besuche mitten in der Nacht ein?«

»Besonders mitten in der Nacht.« Mortimer lächelte – ein selbstzufriedener englischer Schnösel. Die Damen im Haus mussten Kurtisanen sein. Mortimer hatte die Miete reduziert und die Frauen dazu verpflichtet, ihre Gegenleistung in Naturalien zu erbringen.

Daniel wandte sich zum Landauer. »Das ist keine Zweitausend wert, Mortimer.«

»Geduld. Sie werden schon sehen.«

Mortimers Freunde waren inzwischen ebenfalls eingetroffen und versperrten Daniel den Rückweg zur Kutsche. Und auch der Knochenbrecher stand bereit, ein Stück die Straße hinunter, verborgen im Dunkel einer schmalen Gasse.

Die Tür wurde geöffnet. Ein Hausmädchen trat zur Seite und ließ den Strom der Gentlemen herein. Die betrunkeneren Herren der Gesellschaft wollten stehen bleiben, um zu sehen, welche Unterhaltung das Mädchen ihnen bieten könnte, doch Daniel baute sich an der Tür auf und sorgte dafür, dass sie nicht belästigt wurde. Die Herren schlenderten vorbei und vergaßen das Mädchen sofort.

Mortimer ging voran zu einer Flügeltür am Ende des Korridors und öffnete sie. Daniel erhaschte einen Blick auf hastige Bewegungen im Zimmer dahinter, doch als Mortimer ihn zu sich winkte, herrschte Stille im Raum.

Sie betraten ein Esszimmer. Eine gestreifte Tapete in Blau, Gold und dunklem Orange bedeckte die Wände, die Farben glänzten leicht im Schein eines Kaminfeuers. Ein gasbetriebener Kronleuchter hing dunkel von der Decke herab, der lange Tisch war leer bis auf einen dreiarmigen Kerzenständer. Eine junge Frau war gerade dabei, die Kerzen mit einem Streichholz anzuzünden.

Als die dritte Kerze brannte, blies sie das Streichholz aus und richtete sich auf. »Es tut mir sehr leid, dass Sie warten mussten, Gentlemen.« Sie sprach mit einem kaum wahrnehmbaren Akzent. »Ich fürchte, meine Mutter kann nicht herunterkommen. Sie werden mit mir vorliebnehmen müssen.«

Was immer Mortimer und die anderen Gentlemen darauf erwiderten, hörte Daniel nicht. Er hörte nichts mehr. Er sah auch nichts mehr, nichts bis auf die Frau, die am Tisch stand, das lange Streichholz in der Hand und im Gesicht das Lächeln eines Engels.

Sie war keine hinreißende Schönheit. Im Casino von Monte Carlo und im *Moulin Rouge* in Paris hatte er Frauen gesehen, die schöner und schlanker gewesen waren. Die Tänzerinnen zum Beispiel oder die jungen Ladys, die exotischen Schmetterlingen gleich in den Spielhöllen von St. James's und Monaco herumschwirrten, um die Gentlemen zum Spielen zu animieren.

Das Gesicht dieser jungen Frau war ein wenig zu kantig, doch seine Konturen wurden von einer Flut dunkler Haare gemildert, die sie zu einem Pompadour hochgesteckt trug. Einzelne Locken hatten sich daraus gelöst und rahmten ihr Gesicht ein. Ihre Nase war ein wenig zu lang, der Mund ein wenig zu breit, Schultern und Arme ein wenig zu rund. Das Schönste an ihr waren die Augen. Sie gaben ihrem Gesicht Ebenmaß und schimmerten im Schein der Kerzen dunkelblau.

Es waren Augen, in die ein Mann eine ganze Nacht lang schauen konnte und in die er am Morgen beim Aufwachen blicken wollte. Er könnte ihre Augen über den Frühstückstisch und am Abend über den Dinnertisch hinweg betrachten, während er sich darauf freute, wieder die ganze Nacht lang hineinzuschauen.

Sie war keine Kurtisane. Kurtisanen begannen in dem Augenblick zu flirten, in dem ein Gentleman das Zimmer betrat. Sie gestikulierten anmutig mit den Fingern, deuteten an, dass ebendiese Finger ebenso anmutig seinen Körper streicheln könnten. Kurtisanen setzten sich in Szene, sie versprachen etwas, ohne ein Wort zu sagen, jede Bewegung und jeder Gesichtsausdruck diente der Betörung.

Diese Frau jedoch stand reglos da, ihre Körpersprache lud die Gentlemen ganz und gar nicht dazu ein, das Zimmer zu betreten, trotz ihrer einladenden Worte und ihres Lächelns. Und wenngleich ihre Bewegungen anmutig waren, als sie sich umwandte, um das Streichholz ins Feuer zu werfen, so waren sie es von Natur aus und keinesfalls einstudiert.

Sie trug ein schlichtes Kleid aus blauem Satin, das ihre Schultern freiließ, jedoch nicht weniger respektabel war als eines, das eine Dame in dieser Gegend zum Dinner oder an einem Abend im Theater tragen würde. Weder Bänder noch Juwelen schmückten das hochgesteckte Haar. Dieser ungekünstelte Stil weckte die Ahnung, die dunkle Haarfülle könnte sich lösen und über die Hände des glücklichen Gentleman fluten, der die Haarnadeln herausziehen durfte.

Die junge Frau wandte sich mit einer leichten Armbewegung an die schweigend dastehenden Männer. »Wenn Sie Platz nehmen, Gentlemen, können wir anfangen.«

Daniel konnte sich nicht rühren. Seine Füße schienen wie am Boden festgewachsen und gehorchten seinem Willen nicht. Sie wollten, dass er genau hier verharrte und die Frau anschaute.

Mortimer beugte sich zu Daniel. »Habe ich Ihnen nicht gesagt, sie ist es wert?« Er räusperte sich. »Daniel MacKenzie, darf ich Ihnen Mademoiselle Bastien vorstellen? Violette ist ihr Taufname, französisch ausgesprochen. Mademoiselle, dies ist Daniel MacKenzie. Er ist der Sohn von Lord Cameron MacKenzie und der Neffe des Duke of Kilmorgan. Sie werden ihm eine interessante Vorstellung bieten, nicht wahr? Braves Mädchen.«

Als der Mann, der sich Daniel MacKenzie nannte, entschlossen um den Tisch herumging und vor Violet stehen blieb, stockte ihr der Atem. Mr MacKenzie tat nichts, als sie anzusehen und ihr die Hand zur Begrüßung hinzustrecken. Und doch begann in seiner Nähe jeder Zentimeter ihrer Haut zu prickeln, fiel ihr jeder Atemzug schwer.

Schotte, dachte Violet, als sie seinen blau-grün karierten Kilt unter der modischen schwarzen Jacke und der elfenbeinfarbenen Weste bemerkte. *Reich*, den edlen Materialen nach zu urteilen und der Art, wie perfekt die Jacke ihm um die breiten Schultern saß. *Maßgeschneidert*, und das nicht von einem preiswerten Schneider oder einem Lehrjungen. Ein Meister seines Faches hatte diese Kleider entworfen und genäht. Mr MacKenzie war an das Allerbeste gewöhnt.

Er überragte die meisten der anwesenden Gentlemen um wenigstens dreißig Zentimeter. Sein Gesicht wirkte hart, die Nase hätte bei jedem anderen Mann zu groß gewirkt, und seine Augen hatten etwas an sich, das Violet innehalten ließ. Sie konnte bei diesem Licht nicht entscheiden, welche Farbe sie hatten – haselnussbraun? dunkelbraun? –, doch sie nahmen sie sofort gefangen. Sie war so fasziniert, dass sie dastand und ihn anstarrte, statt die Hand zu ergreifen, die er ihr hinstreckte.

»Daniel MacKenzie, zu Ihren Diensten, Mademoiselle.«

Er grüßte sie mit einem leichten, charmanten Lächeln, sein Blick nahm sie gefangen, hielt sie dort, wo er sie haben wollte.

Ganz entschieden droht hier Gefahr.

Altes Entsetzen brach in Violet auf, doch sie drängte es zurück. Sie konnte es sich nicht erlauben, ausgerechnet jetzt zusammenzubrechen. Sie war hier, um Mortimer zu beschwichtigen, und sie hatte ihre Mutter, die fast einen hysterischen Anfall bekommen hatte, als Mortimer begonnen hatte, gegen die Tür zu schlagen, in der Sicherheit ihres Zimmers zurückgelassen. Violet, die eine Meute von mehreren Hundert aufgebrachten Männern und Frauen, die ihr Blut forderten, in den Griff bekommen konnte, würde doch ganz gewiss mit einem knappen

Dutzend halb betrunkener Mayfair-Gentlemen zurechtkommen, die sie mitten in der Nacht heimsuchten.

Mr MacKenzie war nur ein weiterer von Mortimers hohlköpfigen Freunden. Doch in seinen Augen stieß sie auf eine Barriere, als sie es wagte, ihn direkt anzusehen. Dieser Mann gab nur wenigen Menschen seine Geheimnisse preis. Er war schwer zu durchschauen, das konnte ein Problem werden.

Mr MacKenzie wartete, streckte ihr seine behandschuhte Rechte hin. Endlich ergriff Violet sie, langsam und überlegt. »Ich bin erfreut, Sie kennenzulernen«, sagte sie förmlich in perfektem Englisch. Sie hatte vor langer Zeit herausgefunden, dass es die Illusion, sie sei durch und durch Französin, förderte, wenn sie ein makelloses Englisch sprach.

Daniel schloss seine große Hand um ihre und hob sie an seine Lippen. »Ich bin entzückt.«

Die rasche, heiße Berührung seines Mundes auf ihrem Handrücken entzündete einen Funken in Violet, der dem Aufflammen des Streichholzes Konkurrenz machte, das sie fortgeworfen hatte. Ihre Nerven spannten sich an wie Drähte und erzwangen den tiefen Atemzug, den sie nicht hatte machen wollen.

Das leise Seufzen klang sehr laut in ihren Ohren, aber Mortimers Kumpane machten viel Lärm, während sie ihre Mäntel ablegten und diskutierten, wo am Tisch sie sitzen wollten.

Daniel fixierte Violet über ihre Hand hinweg mit einem herausfordernden, kühnen Blick. *Verrate mir, wer du bist*, sagten seine Augen.

Eigentlich sollte Violet genau das von *ihm* denken. Was immer die Welt von den Fähigkeiten Violette Bastiens, Medium und Spiritistin, auch hielt, sie wusste, dass ihre wahre Gabe darin lag, in anderen Menschen zu lesen.

Wenn sie einen Menschen ansah, erkannte sie binnen weniger Augenblicke, was dieser Mensch liebte und was er hasste, was er von ganzem Herzen wollte und was er tun würde, um es zu bekommen. Jacobi hatte sie diese Kunst gelehrt, in schmerzlichen Lektionen in den Hintergassen von Paris. Sie war seine beste Schülerin gewesen.

Aber in Mr MacKenzie konnte sie nicht lesen. Er ließ niemanden hinter die Barriere blicken, die er aufgebaut hatte. Jedenfalls nicht so leicht. Aber wenn er es zuließ …

Wenn er es zuließ, würden sich Welten öffnen.

Violet riss ihre Hand zurück und wandte sich den Besuchern zu. »Bitte, Gentlemen«, sagte sie, darum bemüht, ihre Stimme ruhig klingen zu lassen.

Sie ging zum Tisch. Als sie sich setzen wollte, legte Daniel MacKenzie die Hand auf die Rückenlehne ihres Stuhles. Violet zwang ihren Blick von ihm fort und nahm Platz, wobei sie die Wärme seines Körpers neben ihr zu ignorieren versuchte, seine geöffnete Jacke, die ihre Schulter streifte. Als Daniel ihren Stuhl mühelos an den Tisch schob, stockte ihr erneut der Atem. Seine Kraft war beunruhigend.

Zitternd legte Violet die Hände flach auf den Tisch und hoffte, die Berührung der kühlen Oberfläche würde sie beruhigen. Sie musste wirken, als sei sie aufs Äußerste konzentriert und ruhe ganz in sich, zuckersüß und bereit, zu helfen.

Innerlich war sie in Aufruhr. *Ich hasse es, ich hasse es. Warum zum Teufel können sie uns nicht in Ruhe lassen?*

Bittend schaute sie in die Runde. »Gentlemen, wenn Sie so freundlich wären, mir einen Moment der Vorbereitung zu gewähren?«

Die Herren gewährten ihn ihr ohne Widerspruch. Viele von ihnen waren bereits in diesem Haus gewesen, meist als Gäste Mortimers, aber einige waren allein wiedergekommen, um Violet und ihre Mutter zu konsultieren.

Mr MacKenzie setzte sich neben Violet und sah sie an. »Vorbereitung auf was?«

Einer der Freunde Mortimers, Mr Ellingham, antwortete ihm. »Den Kontakt zur anderen Seite aufzunehmen, worauf denn sonst?«

Daniel sah Violet unverwandt an. »Die andere Seite wovon? Des Zimmers?«

»Des Jenseits«, erklärte Mr Ellingham ungeduldig. »Sie ist Spiritistin, Mann. Wussten Sie das nicht? Madame und Mademoiselle Bastien sind die berühmtesten Spiritistinnen Londons.«

2

Die Enttäuschung in Daniels Augen schmerzte Violet. Sehr sogar. Sie wusste nicht, warum es ihr etwas bedeutete, was dieser junge Mann von ihr dachte, den sie heute Nacht zum ersten Mal gesehen hatte, aber es war so.

Viele Menschen glaubten nicht an Spiritismus und rümpften die Nase über das, was Violet und ihre Mutter taten. Sie glaubten nicht, dass ein erfahrenes Medium Kontakt zu jenen hinter dem Schleier aufnehmen konnte, um den Hinterbliebenen tröstende Botschaften ihrer verstorbenen Lieben zu überbringen.

Sei's drum, hörte Violet ihre innere Stimme sagen. *Du glaubst es doch auch nicht.*

Violet wusste, dass sie niemals die kalte Berührung aus der anderen Welt fühlen oder in zitternde Ekstase fallen würde, wie es ihrer Mutter widerfuhr, wenn sie sich im Zustand der Trance befand. Violet hatte noch nie ein Gespenst oder einen Geist gesehen, noch nie hatte ein solches Geistwesen zu ihr gesprochen oder sie geschüttelt oder etwas jener nützlichen Dingen getan, die Geister tun konnten.

Aber sie war sehr, sehr gut darin, vorzugeben, dass sie diesen Kontakt aufnehmen konnte.

Dass Mr MacKenzie es nicht glaubte, sollte ihr egal sein. Jacobi hatte ihr eingebläut, niemals mit einem Skeptiker darüber zu diskutieren, sondern ihn zu ignorieren und sich jemand anderem zuwenden.

Violet musste Mr MacKenzie aus ihrem Bewusstsein ausblenden und sich auf die anderen Gentlemen konzentrieren, um ihm das Gefühl zu geben, aus diesem Kreis ausgeschlossen zu sein und nicht dazuzugehören. Sie musste ihn an seiner Skepsis zweifeln lassen.

Also warum wandte sich Violet nicht einfach mit einem arrogant-überlegenen kleinen Lächeln und einer Miene amüsierter Geringschätzung von ihm ab? Warum wollte sie ihn weiterhin ansehen, ihm erklären, dass sie das alles nur tat, um zu überleben, und ihn bitten, sie dafür nicht zu verachten?

Daniel stützte die Ellbogen auf den Tisch, der Stoff seiner eleganten Jacke spannte sich um seine Schultern. »Die andere Seite, eh? Das würde ich gern sehen.«

Mortimer sagte: »Dann nehmen Sie an einer Sitzung teil. Darum sagte ich, dass sie mehr wert ist als ein Automobil oder ein Pferd.«

Ein Automobil oder ein Pferd? Zorn stieg in Violet auf. Sie wünschte, sie verfügte tatsächlich über die Fähigkeiten, die zu haben sie vorgab, dann könnte sie Mortimer dazu verfluchen, den Rest seines Lebens als Kaninchen zu verbringen, oder wenigstens dazu, eine Enttäuschung für alle Frauen zu sein, die er mit in sein Bett nahm. *Ein Pferd. Gott steh mir bei.*

Die Herren hörten endlich auf zu reden und beobachteten schweigend, wie sich Violet vorbereitete. Diese Phase war bereits Teil der Vorstellung – wenn sie die Augen schloss und tief ein- und ausatmete, um ihre innere Ruhe zu finden, wenn ihr Busen sich hob und senkte und gegen den Stoff ihres Kleides drückte. Es lenkte die Kunden wunderbar ab.

Als Violet die Augen wieder öffnete, stellte sie jedoch fest, dass Mr MacKenzie nicht im Mindesten abgelenkt war. Statt wie die anderen Gentlemen den Blick auf ihren wogenden Busen gerichtet zu halten, lächelte Mr MacKenzie ihr direkt ins Gesicht.

Lass dich niemals von Skeptikern nervös machen, hatte Jacobi gepredigt. *Biete ihnen trotz ihres Unglaubens ein Schauspiel. Sorg dafür, dass sie an ihren Zweifeln zweifeln.*

Violet schaute sich in der Runde um und versuchte, Daniel zu ignorieren. »Alles ist still heute Nacht, der Schleier sehr dünn. Mr Ellingham, ich glaube, wir waren das letzte Mal sehr nah daran, Ihren Vater zu erreichen. Wollen wir es wieder versuchen?«

Ehe der eifrige Mr Ellingham – der herauszufinden versuchte, wo sein kürzlich verstorbener Vater zehntausend Pfund versteckt hatte – antworten konnte, mischte sich Mortimer ein. »Nehmen Sie für MacKenzie zu jemandem Kontakt auf. Er ist heute Abend mein Gast. Vielleicht zu seiner lieben alten Mutter.« Mortimers Augen glitzerten vor Feindseligkeit.

Violet entging nicht, wie Zorn in Daniel aufflammte. Das Aufflackern war nur kurz und sofort vorbei, aber Violet hatte es registriert. Was immer mit Mr MacKenzies Mutter geschehen war, sein Zorn darüber saß tief; die Verletzung, die damit einherging, war groß.

»Vielleicht wäre das nicht gut«, sagte Violet rasch.

Mr MacKenzies Maske saß wieder an ihrem Platz. »Aye, lassen Sie meine Mum in Frieden ruhen. Warum nehmen Sie nicht stattdessen Kontakt zu meinem Vater auf?« Er sah sie unschuldig an.

Zu durchsichtig. Violet schenkte ihm ein zuckersüßes Lächeln. »Wenn Sie wünschen, dass ich Kontakt zu Ihrem Vater aufnehme, Mr MacKenzie, dann schlage ich ein Telegramm vor, weil dieser Gentleman noch quicklebendig ist.«

Mr MacKenzie starrte sie einen Herzschlag lang an, dann begann er zu lachen. Es klang tief und echt, das Lachen eines Mannes, der es verstand, um der Freude willen zu lachen. »Sie haben recht, Mortimer. Sie hat tatsächlich den zweiten Blick.«

»Ich brauche keinen zweiten Blick, um die Zeitungen zu lesen«, erklärte Violet. »Der Name Ihres Vaters taucht auf vielen Seiten der Sportmagazine auf. Und falls er möchte, dass ich ihm sage, welches seiner Rennpferde in diesem Jahr das erfolgreichste sein wird, ist Seine Lordschaft herzlich eingeladen, uns Gesellschaft zu leisten.«

Daniel unterdrückte ein Kichern. »Ich fange an, Sie zu mögen, Mademoiselle.«

Ganz bewusst riss Violet die Augen weit auf. »Es freut mich, das zu hören, Mr MacKenzie. Wenn Sie heute Abend jedoch hergekommen sind, um über mich und meine Arbeit zu spotten, werde ich Sie bitten müssen, zu gehen. Oder draußen auf dem Flur zu warten.«

»Warum?« In seinen Augen saß ein schelmisches Funkeln. »Stört mein Spott die Geister?«

»Natürlich nicht. Jene auf der anderen Seite können sehr nachsichtig sein. Aber *mich* stört es.«

Entschuldigend hob er die Hände. »Vergeben Sie mir, Mädchen. Von jetzt an werde ich ein Ausbund an Artigkeit sein. Versprochen.«

Violet war nicht so naiv, ihm zu glauben, aber sie wandte ihre Aufmerksamkeit wieder den anderen am Tisch zu. »Wollen wir herausfinden, welche Geister heute Nacht nahe sind?«

Bereitwillig stimmten die Männer zu. Ihnen gefiel, was ihnen geboten wurde.

»Dann muss ich, wie Sie wissen, um absolute Ruhe bitten.«

Violet schloss wieder die Augen, und glücklicherweise verstummten die Herren.

Violet atmete bedacht tief ein und aus. Sie ließ den Kopf auf die Brust sinken, dann legte sie ihn in den Nacken und wandte ihr Gesicht der Zimmerdecke zu. Sie hielt die Augen geschlossen, während ihr Atem schneller wurde, schneller, schneller.

Leise Laute kamen ihr über die Lippen. Sie bewegte den Kopf von einer Seite auf die andere, wobei sie darauf achtete, es nicht zu übertreiben. Zu heftige Bewegungen wirkten unecht. Nur eine Prise davon war weitaus Furcht einflößender: eine Frau im Griff von Mächten, die sie nicht beeinflussen konnte. Violet wusste auch, dass eine junge Frau, die stöhnte und keuchte und ihren Busen wogen ließ, jeden Gentleman dazu brachte, wie gebannt zu verharren.

Eine große warme Hand legte sich auf ihre, und Mr MacKenzie fragte ruhig: »Geht es Ihnen gut, Mädchen?«

Die Sorge, die in seinen Worten mitschwang, erschütterte Violet, und sie riss die Augen auf. Für einen Moment schnürten ihr die überhasteten Atemzüge die Kehle zu, und sie rang nach Luft.

Niemand hatte je so zu ihr gesprochen – nicht ihre Mutter, nicht Jacobi. Daniel MacKenzie, ein Fremder, ergriff voller Sorge ihre Hand und fragte nach ihrem Befinden, und das mit einer Fürsorge, die ihr noch nie zuvor zuteilgeworden war.

Es zerbrach sie fast. Vor einem Moment noch hatte sich Violet dafür gelobt, in der Lage zu sein, mit einem Zimmer voller angetrunkener Gentlemen zurechtzukommen. Jetzt spürte sie, wie ihre Fassade bröckelte, um die einsame und schwache Frau preiszugeben, die sie wirklich war – fast dreißig Jahre alt kümmerte sie sich um die kranke Mutter, schlug sich irgendwie durch und lebte von ihrer Fähigkeit, ihre Lügen zu verbergen.

Violet fand es leicht, eine Barriere zwischen sich und Mortimer und dessen Kumpanen aufrechtzuerhalten, aber sie erkannte, dass Mr MacKenzie mit einer einzigen Berührung jede Mauer niederreißen konnte, die sie um sich errichtet hatte.

Sie versuchte, zu Atem zu kommen, versuchte, die Fassade aufrechtzuerhalten, aber für einen Augenblick war sie nur eine verängstigte junge Frau, die wütend auf den Mann war, der sie bloßgestellt hatte.

Mr Ellingham, blind dafür, brach die Spannung. »Verdammt, MacKenzie. Wir bekommen nie einen Kontakt, wenn Sie die Trance des Mediums stören. Das weiß doch wohl jeder.«

Daniel sah Violet unverwandt an. »Sie sind sicher, es geht Ihnen gut, Liebes?«

Violet legte die Hände wieder auf den Tisch, presste sie fest darauf, um das Zittern zu unterdrücken. »Ja, es geht mir gut. Danke.«

»Sie sind ein Esel, MacKenzie«, schimpfte Mortimer wütend. »Jetzt werden wir wieder ganz von vorn anfangen müssen.«

»Nein, das werden wir nicht«, entgegnete Daniel, der immer noch Violet anschaute. »Wir werden gehen und Mademoiselle Bastien ihrer Nachtruhe überlassen.«

»Den Teufel werden wir tun«, sagte Mortimer und stand auf. »Wir werden nicht gehen. Nicht, bevor wir zufriedengestellt worden sind.«

Daniel warf Mortimer einen verächtlichen Blick zu. Er wusste verdammt genau, warum Mortimer nicht gehen wollte – draußen wartete immer noch dieser Knochenbrecher auf ihn. Mortimer würde heute Nacht nicht nach Hause gehen können, ohne Ärger zu bekommen.

Mortimer erwiderte Daniels Blick, und in seinen Augen mischten sich Wut und Angst. Warum dieser Idiot nicht das Angebot annahm, den Knochenbrecher auszuzahlen, begriff Daniel nicht. Anfangs hatte er noch Mitleid empfunden, aber zu erleben, wie Mortimer Mademoiselle Violette behandelte, hatte jede Spur von Mitgefühl ausgelöscht. Heute Nacht würde Mortimer der Verlierer sein.

Mortimer redete weiter. »Wenn MacKenzie zu zimperlich

ist, um zu sehen, wie Mademoiselle Violette in Trance fällt, dann lasst uns das Ouija-Brett holen.«

Die anderen Gentlemen stimmten sofort zu. Noch bevor Daniel protestieren konnte, sprang Ellingham mit der ganzen Energie seiner zweiundzwanzig Jahre auf. Er schien sich in Mademoiselle Bastiens Esszimmer gut auszukennen, denn er ging direkt zum Sideboard, zog eine der unteren Schubladen auf und nahm ein Holzbrett und eine Planchette heraus, kam zurück und legte beides auf den Tisch.

Das Holzbrett war rechteckig, die Buchstaben des englischen Alphabets waren in die Oberfläche gebrannt – von *A* bis *R* in der ersten Reihe und von *S* bis *Z* in der zweiten. Unter diesen beiden Buchstabenreihen standen nebeneinander die Ziffern *1* bis *9* und die *0*. In der oberen linken Ecke des Brettes standen die Worte *Danke* und *Auf Wiedersehen*. Es war ein sehr höfliches Stück Eichenholz.

Daniel hatte noch nie zuvor ein Ouija-Brett gesehen, hatte aber davon gehört. Es sollte so funktionieren, dass das Medium und seine Gäste die Hände auf die Planchette legten – ein meist ovales Stück poliertes Holz – und dem Geist eine Frage stellten. Die Planchette bewegte sich diensteifrig über die Buchstaben auf dem Ouija, um eine Antwort zu formulieren – was voraussetzte, dass der Geist der Sprache des Fragestellers mächtig war und in ausreichendem Maße das Buchstabieren beherrschte.

Daniel hatte seine eigene Theorie, weshalb sich die Planchette bewegte – die Fragestellenden selbst waren es, die sie in Bewegung versetzten, selbst wenn es ihnen nicht bewusst war. Die Gedanken, die sich im Kopf festsetzten, stimulierten die Muskeln von Armen und Fingern, ließen die Person die Planchette bewegen, um aus den Buchstaben jene Antworten zusammenzusetzen, die sie von dem Geist erhalten wollten. Es war erstaunlich, wozu das menschliche Gehirn den Körper veranlassen konnte.

Kaum hatte sich Ellingham wieder gesetzt, schossen eifrige Hände auf die Planchette zu. Mademoiselle Bastien wartete, bis auch Daniel seine Finger darauflegte, dann legte sie ihre Hand neben seine.

Daniel spürte die Wärme ihrer Finger durch seinen Handschuh. Ihre Hände gefielen ihm, sie waren nicht zu schmal, aber schlank und stark. Das Bild ihrer Finger, die sein Hemd aufknöpften, es ihm abstreiften und über seine Haut strichen, blitzte für einen Moment in ihm auf …

Daniel bewegte sich auf seinem Stuhl, ihm war plötzlich heiß, und er war hart.

»Sind Sie bereit, Mr MacKenzie?«, fragte Mademoiselle Bastien. *Gott steh mir bei*, dachte Daniel und hoffte, dass er nicht rot wurde.

»Für einen Neuling kann eine Séance recht beängstigend sein«, sprach sie weiter. In ihren dunkelblauen Augen tanzte ein Licht, das verriet, dass sie auf seine Herausforderung wartete und bereit war, sie anzunehmen.

Und ich bin verdammt bereit für deine. »Machen Sie weiter, Mädchen.«

Mademoiselle Violette tat einen weiteren dieser busenhebenden Atemzüge, bei deren Anblick ihm schwindelig wurde, und sagte: »Sehr gut. Geist, hast du eine Botschaft für einen der hier Anwesenden?«

Das Kerzenlicht ließ das polierte Holz des Brettes glänzen, die behandschuhten Hände der Gentlemen lagen auf der Planchette, und Mademoiselle Violettes bloße Finger wirkten inmitten dieses Meeres aus Männlichkeit sehr schlank und wunderschön.

Die Planchette war nicht sehr groß, sodass einige der Herren, Mortimer eingeschlossen, nicht die Hand darauflegen konnten. Mortimer schien das nicht zu stören, er lehnte sich zurück und beobachtete das Geschehen. Sein dunkler Blick heftete sich auf Violets Körper, sein wieselgleiches Gesicht verbarg keinen seiner lüsternen Gedanken.

Daniel spürte, wie die Planchette unter seinen Fingern einen leichten Ruck tat, dann begann sie sich zu bewegen. Aufgeregt holte Ellingham Luft.

Die Planchette verharrte, bewegte sich wieder und zog in die entgegengesetzte Richtung. Nach wenigen Sekunden wechselte sie diese erneut. *Jede Hand versucht, sie dorthin zu schieben, wo der Gentleman sie haben will.*

Daniel streckte die Finger und wartete ab, was Mademoiselle Violette tun würde.

Sie rief leise in die Dunkelheit: »Geist, hast du eine Botschaft für uns?«

Jeder Geist, der Mademoiselle Violette mit dieser sinnlichen Altstimme flehen hörte, würde hervorspringen und allem zustimmen, was sie wollte. Daniel rutschte auf seinem Stuhl hin und her, während er versuchte, seine aufkeimenden Fantasien zu verdrängen. Er war genauso lüstern und verkommen wie Mortimer.

Die Planchette erbebte, dann machte sie einen raschen, aber geschmeidigen Zug auf das Wort *Ja*.

Die um den Tisch sitzenden Gentlemen seufzten unisono. Es war schwer zu glauben, dass ebendiese Männer noch vor wenigen Stunden mit allen Wassern gewaschene Spieler gewesen waren, die um Geld gepokert hatten.

»Für wen ist die Botschaft?«, fragte Mademoiselle Violette ins Nichts.

Die Planchette fuhr suchend über den Buchstaben des Ouijas hin und her. Schließlich verharrte sie auf dem *M*.

»Mortimer?«, fragte einer der Herren.

Die Planchette raste förmlich über das Brett zu dem Wort *Nein*. Dann zog sie sich zurück auf ein unbeschriftetes Areal des Brettes, als wollte sie sich für ihr Ungestüm entschuldigen.

»Willst du uns weitere Buchstaben zeigen?«, fragte Mademoiselle.

Die Gentlemen beugten sich vor. Daniel hatte keinen Zweifel daran, dass alle mit einem *M* in ihrem Namen – ihn eingeschlossen – stumm beteten: *Bitte, bitte, lass es mich sein.*

Die Planchette fuhr langsam wieder über die Buchstaben und kam auf dem *C* zum Stehen. Dann bewegte sie sich weiter zum *K*, dann zum *E*, zum *N* und zum Z.

»MacKenzie!«, rief Ellingham. Er riss die Hand von der Planchette, und sie stand still.

Natürlich hatte dieses Ding *MacKenzie* buchstabiert. Zumindest ein *McKenz*. Daniel warf einen Blick auf Mademoiselle Violette, die das Brett mit ernster Miene betrachtete.

Kleine Hexe. Seine Wertschätzung für sie wuchs weiter. Ihr war verdammt klar, dass er wusste, dass sie ein Scharlatan war, und sie würde an ihm jeden Trick demonstrieren, den sie kannte.

Jedenfalls glaubt sie das.

Violette fragte die Luft mit ihrer sanften Stimme: »Hast du eine Botschaft für Mr MacKenzie?«

Die Planchette antwortete mit *Ja*.

Mademoiselle Violette war sehr gut, aber Daniel war besser. »Wie lautet sie?«, fragte er.

Ellingham legte erneut die Hand auf die Planchette, die sich zu bewegen begann. Wieder und wieder fuhr sie über das Ouija, vor und zurück, glitt zu einem Buchstaben, schien innezuhalten, wanderte dann jedoch weiter. Daniel spürte, wie sie kaum wahrnehmbar, aber unablässig die Planchette lenkte, und er lenkte beständig gegen.

Mademoiselle saß absolut reglos da. Sollte die Unentschlossenheit des Geistes sie irritieren, so ließ sie es sich nicht anmerken.

Die Planchette blieb schließlich auf dem Buchstaben *F* stehen. »Jemand sollte mitschreiben«, sagte Ellingham aufgeregt.

Ein Gentleman zog pflichtgemäß ein kleines Notizbuch und einen Stift aus seiner Jackentasche und schrieb das *F* nieder.

Die Planchette bewegte sich wieder. Sie verharrte auf dem *U*, verweilte dort einen Moment, dann glitt sie unschuldig weiter zum *C*. Nach einer weiteren kurzen Pause machte sie eine rasche Bewegung auf den Buchstaben *K* zu.

Mademoiselle riss ihre Hand zurück, und die Planchette blieb sofort stehen. Im Zimmer waren Kichern und Glucksen zu hören.

»Nun«, sagte Violette und wandte sich Daniel zu. »Der Geist scheint heute Nacht zu Späßen aufgelegt zu sein.«

Ihre Augen schimmerten wie Kerzenschein in einer frostkalten Nacht. Sie sahen sich an, keiner war bereit, als Erster den Blick abzuwenden. Auf Mademoiselles Wangen zeigte sich ein helles Rosa, doch davon abgesehen saß sie da wie eine Marmorstatue.

Verdammt, sie war wunderschön, und sie war stur. Keine alberne Debütantin in ihrer ersten Saison, die darauf hoffte, den reichen Mr MacKenzie einzufangen, einen der begehrtesten Junggesellen Englands. Warum zum Teufel man jungen Frauen beibrachte, sie könnten einen Mann dazu bringen, sich unsterblich in sie zu verlieben, wenn sie vorgaben, schwach und zerbrechlich zu sein, war Daniel ein Rätsel. Diese vorgebliche Schwäche weckte in ihm stets den Wunsch, der Lady vorzuschlagen, anständig zu essen und Sport zu treiben, damit sie sich besser fühlte.

Diese junge Frau jedoch würde ihre Röcke raffen und fünf

Meilen durch einen Sturm laufen, und hinterher würde sie sagen, dass der Wind heute ein wenig frischer gewesen sei als üblich. Im nächsten Atemzug würde sie dann jemandem wie Daniel sagen, er solle sich mitsamt seinem Geld zum Teufel scheren.

Mademoiselle Violettes Lippen öffneten sich, ihre schimmernde Feuchtigkeit war verlockend. Daniel wollte Mortimer und seine lästigen Kumpane in die Kälte hinausschicken, um Mademoiselle zu bitten, eine Vorstellung nur für ihn zu geben, bei der keiner dieser Müßiggänger sie beobachtete. Kein Mortimer, nur Daniel und seine entzückende Lady, ein von Kerzenlicht erhelltes Zimmer und Zeit.

»Genug von diesen Salonspielchen«, meldete sich Mortimer ärgerlich zu Wort. »Mademoiselle, ich sagte Ihnen, dass MacKenzie hergekommen ist, um die ganze Show zu sehen. Also bieten Sie sie ihm.«

Daniel musste sich von Violettes wunderschönen Augen losreißen, und dafür würde Mortimer bezahlen müssen. »Halten Sie den Mund«, sagte Daniel. »Sie hat für heute Nacht genug getan, und Sie schulden mir zweitausend Pfund.«

Mortimer erhob sich halb auf seinem Stuhl. »Ich habe für eine Show bezahlt, und dann will ich bei Gott auch eine geboten bekommen.«

Daniel sprang auf, bereit, Mortimer über den Tisch hinweg anzuspringen, aber Mademoiselle hob die Hände, ihre Stimme durchschnitt den bevorstehenden Sturm.

»Die Geister sind hier! *Jetzt!*«

Ein kalter Wind strich durch das Esszimmer, brachte mit einem Hauch die Kerzen zum Erlöschen. Das Zimmer lag in Dunkelheit. In der Mitte des Tisches, dort wo die Kerzen gebrannt hatten, erschien ein blasser, leuchtender Fleck und breitete sich aus.

Ehe sich Daniel wieder setzen konnte, wurde er von hinten hart an den Armen gepackt, und jemand sehr Starkes zerrte ihn mit sich zur Tür hinaus und in einen pechschwarzen Raum. Die Tür schlug zu, schnitt ihn vom Wind ab, von Mortimer und der bezaubernden Mademoiselle Violette.

3

Daniel entwand sich dem harten Griff und fuhr herum, holte mit der Faust aus. In der Dunkelheit traf sein Schlag einen Körper. Ein Mann stöhnte, unmittelbar darauf bekam Daniel den Gegenschlag ins Gesicht, ohne ihm ausweichen zu können.

Weitere Schläge prasselten auf ihn ein. Daniel wehrte sich. Seine Fausthiebe landeten auf einem Bauch, so hart wie eine Steinmauer, und einem eisenharten Kinn. Riesige Fäuste trafen ihn auf die Augen, ins Gesicht, gegen seine Brust. Schließlich traf Daniels Schlag den Solarplexus seines Gegners, und der Mann stöhnte wieder, stinkender Atem strich über Daniels Gesicht.

Daniel schob seinen Kontrahenten zur Seite und richtete sich auf. Er konnte verdammt noch mal nichts sehen, und gleich beim ersten Schritt stieß er gegen einen Tisch, die Gegenstände darauf klirrten und schepperten. Ein dumpfer Aufprall und Atemzüge so schwer wie das Schnaufen eines Pferdes verrieten Daniel zwar, wo sein Widersacher zu Boden gegangen war, doch es war ungewiss, wie lange er dort liegen bleiben würde.

Es war ein kurzer, aber brutaler Kampf gewesen, der Mann war fürchterlich stark. Daniel schüttelte seine rechte Hand. So viel dazu, sich die Hände nicht zu verletzen.

Er tat einen weiteren Schritt, diesmal stieß er gegen einen Stuhl. Auch gut. Er setzte sich und streifte sich die Handschuhe von den schmerzenden Fingern. »Wenn ich jetzt meinen Motor nicht mehr rechtzeitig fertig bekomme, werde ich Sie dafür verantwortlich machen«, sagte er und zog eine Schachtel Streichhölzer aus seiner Tasche.

»Ich will nur das Geld«, japste der am Boden liegende Mann zwischen zwei keuchenden Atemzügen.

»Sie sind dieser Kerl, der Mortimer heute Abend gefolgt ist, richtig? Wie viel schuldet er Ihnen?« Daniel riss ein Streichholz an seinem Stiefel an, und ein Funke erwachte zum Leben.

»Fünftausend.«

Daniel stieß ein kurzes Lachen aus. »Dieser Idiot. Und mir schuldet er zwei.«

»Ich werde es mir von ihm holen. Und von Ihnen. Sie haben ihm sein ganzes Geld abgenommen.«

»Nein, ich habe es anständig und ehrlich gewonnen. Was er Ihnen schuldet, ist eine Sache zwischen Ihnen beiden.«

Im Licht des Streichholzes sah Daniel einen Tisch neben sich, auf dem diverser Nippes und anderer überflüssiger Kram stand. Inmitten des Sammelsuriums ragte eine Sturmlaterne empor, und er öffnete den Deckel und hielt das Streichholz an den Docht.

Der Lichtschein fiel auf den Mann, der ausgestreckt am Boden lag. Sein Gesicht war hart und kantig, doch da es eine kränklich-grüne Farbe angenommen hatte und er eine Hand auf den Bauch presste, wirkte er ganz und gar nicht mehr einschüchternd.

»Ich kann nicht zurück, bevor ich es habe«, sagte der Mann, der noch immer um Atem rang. »Mein Leben hängt davon ab.« Er sprach mit dem Slang der Londoner Arbeiter.

»Man hat Sie für diesen Job angeheuert, richtig? Wie heißen Sie?«

»Simon. Matthew Simon.«

»Schön und biblisch. Es geht also darum, dass Sie mich umbringen oder zu Ihrem Auftraggeber zurückkehren und selbst umgebracht werden. Ist es so? Wir leben in grausamen Zeiten.«

»So sieht es aus«, entgegnete Mr Simon grimmig. »Tut mir ja auch leid, aber ich sehe wirklich keinen anderen Ausweg, Sir.«

Die Worte des Mannes klangen bedauernd, aber nicht entschuldigend. Er hatte einen Job zu erledigen, und er würde zu jedem Mittel greifen, um genau das zu tun.

»Ich sage Ihnen was, Mr Simon – warum arbeiten Sie nicht für mich? Ab sofort. Sie müssten nicht mit leeren Händen vor Ihren Auftraggeber treten und können damit aufhören, mich für Geld zu verprügeln. Ich werde Ihnen einen angemessenen Lohn zahlen.«

»Für Sie arbeiten?« Simon musterte Daniel lange und misstrauisch. »Was müsste ich tun?«

Daniel zuckte die Schultern. »Heben und tragen, das eine oder andere im Auge behalten, mir bei meinen Maschinen helfen, wenn ich Hilfe brauche. Was sagen Sie dazu? Wenn Sie mich noch einmal attackieren, werde ich mein Bestes geben, um dafür zu sorgen, dass Sie nach Hause kriechen werden, das garantiere ich Ihnen.«

Simon fiel das Atmen jetzt leichter, aber er machte keine Anstalten, sich von dem bunt gemusterten Teppich zu erheben. »Bis jetzt hat mich noch nie jemand zu Boden geschickt. Ich hab gedacht, das ginge gar nicht bei jemandem von meiner Größe.«

»Es ist ein Trick dabei.«

»Sie kennen sich aus mit Faustkämpfen.« Simon klang bewundernd. »Unfairen Kämpfen.«

»Ich wurde von Männern erzogen, die unfair kämpfen. Regeln sind etwas für höfliche Männer. Wie wär's denn nun mit uns beiden, Mr Simon?«

Schweigen. Daniel konnte fast die Rädchen im Kopf des Mannes rotieren hören, während er seine Möglichkeiten erwog. Schließlich stieß er einen langen Seufzer aus. »Ich bin Ihr Mann.«

»Gut. Dann verraten Sie mir als Erstes, wie Sie ins Haus gekommen sind. Sie haben doch wohl nicht diesem armen kleinen Hausmädchen wehgetan, um sich Zutritt zu verschaffen, oder?«

»Nein, ich hab ihr nur ein bisschen Angst gemacht.«

»Hmmm. Ich denke, sie braucht eine Lohnerhöhung.«

Aus dem Esszimmer hörte Daniel aufgeregte Stimmen – *Habt ihr das gesehen? Ellingham, es ist hinter Ihnen* –, aber in diesem Zimmer war alles still.

Daniel betrachtete nachdenklich die Kerosinlampe, die inmitten des Nippes auf dem Tisch stand. Im Lampenschein sah er, dass wie im Zimmer nebenan ein Kronleuchter mit Gaslampen von der Decke hing und Gasleuchten die Wände zierten. Dennoch benutzten Mademoiselle Violette und ihre Mutter hier drinnen Kerosinlampen und im Esszimmer Kerzen. Wegen der Atmosphäre? Oder weil das Gas abgestellt worden war?

Simon setzte sich auf und atmete tief durch. »Sie haben einen ziemlich üblen Schlag drauf, Mr MacKenzie.«

»Sie wissen also, wer ich bin?«

»Jeder weiß, wer Sie sind. Ich und meine Kumpels wetten immer ein bisschen auf die Pferde von Ihrem Dad, Sir.«

»Klug von Ihnen.«

Daniel schaute sich im Zimmer um. Die Wandverkleidung war aus Holz und sehr viel älter als das Mobiliar. Er schätzte, dass das Haus im letzten Jahrhundert erbaut worden war. In jenen Tagen war es üblich gewesen, die Wände mit Holzpaneelen zu verkleiden und mit Stuck zu schmücken, was sehr viel geschmackvoller gewesen war als die bunten Tapeten, die man heutzutage in den Häusern sah.

Das Paneel war zudem sehr praktisch, weil man eine Menge dahinter verbergen konnte. Dieses Wohnzimmer lag auf der Frontseite des Hauses, das Esszimmer dahinter. Aber die Gesamtlänge beider Räume stimmte nicht mit der Länge des Korridors überein, der von der Eingangstür in den rückwärtigen Teil des Hauses führte. Daniel, der mit bloßem Augenmaß bis auf den Zentimeter genau Entfernungen abschätzen konnte, hatte das Missverhältnis sofort registriert.

Er stand auf und ging zu der Wand, die Wohn- und Esszimmer trennte. Es war kein leichtes Unterfangen, denn das Zimmer war vollgestellt mit Töpfen, in denen Palmen und Farne wuchsen, mit Tischen und Beistelltischchen; Teppiche und Brücken lagen neben- und aufeinander, und Krimskrams jeder Größe, Form und Farbe trug seinen Teil zum Chaos bei.

Die schmale Tür, die zum Esszimmer führte und durch die Simon ihn gezerrt hatte, war jetzt geschlossen. Daniel fuhr mit den Händen über die Wandverkleidung neben der Tür.

Seine Fingerspitzen ertasteten einen kleinen Riegel. Er löste ihn, und es öffnete sich ein Paneel, ungefähr einen Meter fünfzig hoch und fünfzig Zentimeter breit. Dahinter lag eine Nische, voll mit dünnen Seilen und Drähten, die über diverse Rollen liefen. Mit zwei Metallhebeln ein wenig unterhalb Daniels Augenhöhe ließen sich einige der Drähte regulieren, die übrigen verliefen, soweit Daniel es erkennen konnte, die Wand hinauf.

»Oh, du raffiniertes, raffiniertes Mädchen.«

»Was ist das?«, fragte Simon, der noch immer auf dem Boden saß, aber er klang nicht besonders interessiert.

»Das Geheimnis von Mademoiselle Bastiens Erfolg.«

Simon stöhnte erneut, und Daniel vermutete, dass sich der

Mann mehr um seinen derzeitigen Zustand sorgte als darum, die Geheimnisse eines betrügerischen Mediums zu lüften.

Daniel beugte sich vor, um nach oben zu schauen, und wünschte sich, das Licht wäre besser. Wer auch immer diese Vorrichtung ersonnen hatte, er hatte sich das vorhandene System der Klingelzüge zunutze gemacht – die Seile und Drähte, die im ganzen Haus verliefen, sodass die Lady oben im Haus mühelos ein Hausmädchen aus den Tiefen der Dienstbotengefilde zu sich rufen konnte.

Das Klingelzugsystem war so ausgeklügelt angelegt, dass sogar ein bestimmter Diener in ein bestimmtes Zimmer gerufen werden konnte. In dem Haus, das Daniel in London besaß, hatte er sich gründlich mit einem solchen System beschäftigt, weil er dort luftbetätigte Sprechschläuche einbauen und verwenden wollte, um direkt mit seinem Personal zu sprechen – wenn er denn jemals dazu kommen würde, welches einzustellen.

Daniel schloss das Paneel und bahnte sich seinen Rückweg durch den überladenen Salon zur Tür, die zum Korridor führte. Hinter ihm kam Simon mühsam auf die Beine und folgte ihm, wobei er sich das geschundene Gesicht rieb. Daniel hatte Mitleid mit ihm und sagte ihm, er solle sich auf der Bank im Flur ausruhen, während er auf Entdeckungstour sei.

Das Hausmädchen war nirgendwo zu sehen. Leichtfüßig lief Daniel die Treppe hinauf, die nur von einem schwachen Lichtschein aus dem oberen Korridor beleuchtet wurde. Oben angekommen entdeckte er eine zweite brennende Kerosinlampe auf einem Tisch, der zwischen zwei Türen platziert war. Eine weitere Treppenflucht führte weiter hinauf, aber Daniel war sehr sicher, dass er das, was er suchte, auf diesem Gang finden würde.

Hinter der ersten Tür des Korridors lag ein dunkler leerer Raum. Kein Mobiliar, keine Menschen, nichts. Aber dieser

Raum lag auch über dem Wohnzimmer. Das benachbarte Zimmer hingegen lag über dem Esszimmer, in dem Mademoiselle Bastien Hof hielt.

Daniel öffnete die Tür zum zweiten Zimmer. Auch hier gab es keine Teppiche, dafür einige Möbelstücke, die an die Wände geschoben worden waren. Zwei Kerosinlampen standen auf einem Tisch und warfen ihr Licht auf das Hausmädchen, das in der Mitte des Zimmers auf dem Boden kniete. Einige Dielenbretter waren entfernt worden, und das Mädchen schaute durch die Öffnung in den darunterliegenden Raum, ihre Hände steckten in der Öffnung und schienen etwas zu halten.

Sie war so sehr auf ihre Aufgabe konzentriert, dass sie Daniel erst wahrnahm, als er sich neben sie hockte.

Mit einem leisen Aufschrei ließ die Frau den Hebel los, auf dem ihre Hand gelegen hatte. Aus großen Augen starrte sie Daniel an. Unter sich hörte Daniel die Stimme Mr Ellinghams. »Was zum Teufel ist passiert? Wohin ist es verschwunden?«

Daniel schaute in die Bodenöffnung. Unter einer Reihe von Hebeln befand sich ein kleines eckiges Guckloch in der Decke des Esszimmers, genau über dem Kronleuchter – vermutlich war das einer der Gründe, warum das Gas nicht benutzt wurde. Der Kronleuchter schwankte auf unerklärliche Weise leicht hin und her, der unheimliche Wind und die Geräusche waren jedoch verschwunden.

»Oh, Sir«, wisperte das Mädchen mit blassem Gesicht. »Sie sollten nicht hier sein.«

»Das sollten Sie auch nicht. Gehen Sie zu Bett und überlassen Sie mir die weitere Inszenierung.«

Der Frau stand der Mund offen. Sie war um die dreißig, hübsch, mit dunklem Haar unter einer gestärkten weißen Haube. Ihr Akzent verriet, dass sie aus dem Süden Londons stammte. »Ihnen, Sir?«

Daniel schenkte ihr sein gewinnendstes Lächeln. »Sie müssen müde sein, Mädchen, nachdem Mortimer mitten in der Nacht mit seinen Freunden hier eingefallen ist. Gehen Sie hinauf und sorgen Sie dafür, dass Ihre Herrin es bequem hat, und dann gehen Sie schlafen. Ich werde hier für Sie weitermachen. Ich kenne mich im Bedienen von Apparaturen ein wenig aus.«

»Aber Sie können nicht … ich kann doch nicht …«

»Es ist alles in Ordnung, Liebes. Ihre Herrin hat mich hergeschickt. Lassen Sie mich einen Versuch wagen.«

Das Hausmädchen sah Daniel skeptisch an. »Das hat sie? Woher kennt Miss … ich meine, *Mademoiselle* Bastien Sie denn?«

»Oh, das tut nichts zur Sache.« Daniel zwinkerte dem Mädchen zu. »Aber ihre Geheimnisse sind bei mir sicher.«

Das Hausmädchen kam zu einer Entscheidung. Es sah in der Tat müde aus und brauchte dringend Schlaf, um sich zu erholen. »Nun, dann nur zu. Sie braucht dort unten ein wenig mehr Aufregung.«

Sie stand auf, schüttelte ihre Röcke aus und verließ das Zimmer. Daniel bemerkte, dass sie nur leichte Slipper trug, die auf den Holzdielen so gut wie keine Schrittgeräusche machten.

Nachdem das Mädchen die Tür hinter sich geschlossen hatte, legte sich Daniel bäuchlings auf den Boden und schaute durch das Guckloch ins Esszimmer hinunter.

Es lag in Dunkelheit, die jedoch von einem schwachen Licht vertrieben wurde, nachdem Mademoiselle Violette eine Kerze angezündet hatte. Der Schein fiel auf die Gesichter der Gentlemen, die mit offenen Mündern dasaßen, und umgab Mademoiselle Violettes blasses Gesicht und ihre dunklen Locken wie ein Heiligenschein.

Sie sprach in besänftigendem Ton, auch wenn sie ein wenig

atemlos klang. »Mitunter gehen die Geister sehr plötzlich, genau wie es eben geschehen ist. Die andere Welt schließt sich, und die Verbindung ist unterbrochen.«

»Nicht ganz.« Ellingham zeigte auf den Kronleuchter, der wieder zu schwanken begonnen hatte, seine Glasfacetten klirrten leise.

Violet schaute zur Decke, der Kerzenschein schmeichelte ihrem außergewöhnlich anziehenden Gesicht.

Daniel hätte sie jetzt verraten und denen dort unten zurufen können, dass er entdeckt hatte, auf welche Weise sie alle hinters Licht geführt wurden. Doch das würde er niemals tun. Nicht, weil Mortimer ein Rüpel war, und auch nicht wegen Mademoiselles Verärgerung, die er ihr deutlich ansah. Und nicht wegen ihres flehenden Blickes, auch wenn dieser unter all diesem Zorn fast verloren ging.

Es war wegen ihrer Unverfrorenheit. Mitten in der Nacht saß Mademoiselle Violette allein in einem Zimmer voller Gentlemen, was für jede andere junge Frau den Ruin hätte bedeuten können, und beherrschte sie so gekonnt wie ein Meisterpianist sein Instrument.

Diese Junggesellen aus den besten Familien Londons, die jeden wie Luft behandelten, der nicht in das Schema ihrer äußerst rigiden Verhaltensregeln passte, saßen wie zahme Welpen da und ließen sich von Mademoiselle Violette zum Narren halten.

Sie sollte schadenfroh aussehen und sich in ihrer Macht aalen. Doch Mademoiselle schaute voller Besorgnis zur Decke, weil sie befürchtete, dass jemand vorhatte, ihre Darbietung zu beenden, möglicherweise für immer.

Die Verzweiflung, die sie zu verbergen versuchte, als sie zur Decke schaute – sie hatte begriffen, dass ihre Vertraute nicht mehr dort oben war –, entschied es.

Behutsam zog Daniel an einem anderen Hebel, und tief in der Wand des Esszimmers ertönte ein Klopfen.

Noch einmal zog er an demselben Hebel, was ein weiteres lautes Klopfen zur Folge hatte. Mademoiselle Violette musste einen Holzpflock oder Vergleichbares installiert haben, um damit gegen die Wand oder einen anderen Holzblock zu schlagen und dieses hohle Klopfen zu erzeugen.

Der Hebel ließ sich leicht bedienen, die kleinste Berührung genügte. Nach ein wenig Herumprobieren entdeckte Daniel, dass er den Rhythmus und die Lautstärke der Klopfgeräusche variieren konnte.

»Versucht er, eine Botschaft zu senden?«, fragte Ellingham.

Violette holte tief Luft und zwang sich, den Blick vom Kronleuchter abzuwenden. »Das tut er in der Tat. Still jetzt, während ich ihm zuhöre.«

Daniel fragte sich, wie viele der Burschen dort unten den Morse-Code kannten. Hatten sie je eine Telegrafiermaschine bedient? Oder waren Telegramme nur etwas, das sie ihren Lakaien diktierten, um es für sie abzusenden?

Daniel klopfte weiter … *Ich bin der Geist von* … Nein, anders.

Mortimer ist ein Arschloch.

Keiner dort unten verzog eine Miene, keiner der Gentlemen hatte eine Telegrafiermaschine je auch nur von Weitem gesehen. Sie warteten geduldig darauf, dass Mademoiselle ihnen sagte, was das Klopfen zu bedeuten hatte.

Violette bewahrte ihren gleichmütigen Gesichtsausdruck. Wunderbare Frau. »Die Geister sind unglücklich«, sagte sie mit heiserer Altstimme. »Sie wünschen, dass wir aufhören. Sie in Ruhe lassen.«

Daniel fuhr damit fort, Morsezeichen zu klopfen. *Du bist wunderbar, weißt du das, Mädchen?*

Röte breitete sich auf ihrem Gesicht aus. Sie verstand Daniels Klopfzeichen genau, was bedeutete, dass sie den Morse-Code verstand. Interessant.

Wie ist aus einer feinen Lady eine Betrügerin geworden?

»Genug!«, sagte Violette und stand abrupt auf. »Böse Geister, zieht euch von diesem Ort zurück!«

Daniel hörte auf zu klopfen und brachte den Kronleuchter erneut zum Schwingen, hin und her, hin und her. Er probierte einen weiteren Hebel aus, der eine Wolke von winzigen Lichtpunkten aufleuchten ließ, die mit phosphoreszierender Farbe auf dünne Drähte gemalt waren. Diese Punkte wirbelten und tanzten wie Irrlichter umher. Ein weiterer Hebel ließ ein Stöhnen erklingen, vermutlich durch einen Blasebalg erzeugt oder durch einen Luftsack oder etwas Ähnliches.

Er fand auch den Hebel für die Vorrichtung, die den kalten Windzug hatte wehen lassen – der Hebel setzte nicht nur einfach den Apparat in Gang, auch die Stärke des Luftstoßes ließ sich regulieren. Wunderbar. Daniel musste *diese* Maschine, die raffinierter war als die anderen Vorrichtungen, unbedingt in die Hände bekommen. Er würde sie auseinandernehmen und herausfinden, wie sie funktionierte.

Der Windzug brachte auch diesmal die Kerzenflamme zum Erlöschen. Daniel betätigte die verschiedenen Hebel, bis das Zimmer unter ihm erfüllt war von Stöhnen und Klopfen, der Kronleuchter hin und her schwang, Irrlichter im Wind tanzten. Resigniert ließ sich Violette auf ihren Stuhl zurücksinken.

Ellingham und die anderen sahen mit großen Augen zu, wie die Geister außer Kontrolle gerieten. Als Daniel entschied, dass sie genug gesehen hätten, riss er alle Hebel zurück in ihre Ausgangsstellung.

Der Wind erstarb, die Irrlichter erloschen, die Geräusche verstummten, und der Kronleuchter kam leise ächzend zum

Stillstand. Die Facetten klirrten leise ein letztes Mal, dann herrschte Stille.

Violette erhob sich, und ein weiteres Streichholz flackerte in ihrer Hand auf. »Nun …«

Ihre Worte gingen in begeistertem Applaus unter. Ellingham war aufgesprungen, sein Gesicht glühte, er klatschte begeistert in die behandschuhten Hände. »Mein Wort, Mademoiselle, Sie verfügen über eine wunderbare Gabe. Das habe ich schon immer gesagt.«

»Sie haben Ihnen nichts getan, nicht wahr, Mademoiselle?«, fragte einer der Herren mit ein wenig mehr Mitgefühl. »Geht es Ihnen gut?«

»Ich werde mich gleich wieder gefasst haben.« Violette zog ein Taschentuch hervor und betupfte sich behutsam die Stirn. Oh, sie war eine Meisterin. »Ich genieße einigen Schutz vor ihnen. Aber ich fürchte, Gentlemen, dass ich mich doch ein wenig erschöpft fühle.«

Die Gentlemen erhoben sich von ihren Plätzen, plötzlich sehr besorgt, und versicherten Mademoiselle Bastien, dass sie jetzt gehen würden, damit sie sich zur Ruhe begeben könnte, und betonten ihre Dankbarkeit. Und fragten, wann sie wiederkommen und ihre Freunde mitbringen könnten, die es auch sehen, auch glauben mussten.

Daniel beobachtete, wie Violette mit ihnen umging: Sie stand aufrecht da, hielt sich aber am Tisch fest, als wäre sie kaum noch dazu in der Lage. Sie ermutigte die Gentlemen, wiederzukommen – nach Absprache eines Termins, weil sie dann besser Kontakt zu den Geistern aufnehmen konnte. Violette entschuldigte sich für ihre Gabe, die so unbedeutend und klein sei – die ihrer Mutter sei sehr viel beeindruckender. Sie sei es wert, zu warten, bis es ihrer Mutter wieder besser ging.

Die Herren überschlugen sich darin, ihr zuzustimmen, nur Mortimer sagte kein Wort.

Daniel hörte die Herren auch darüber spekulieren, was wohl mit MacKenzie geschehen sei. Einer meinte, er habe MacKenzie aus dem Zimmer rennen sehen, als es mit den Geistern so richtig losgegangen war, ohne Zweifel voller Angst. Ah ja, jeder wusste doch, dass die Schotten Feiglinge waren.

Mortimer verließ als Letzter das Esszimmer. Er blieb an der Tür stehen. »Eine feine Vorstellung, Mademoiselle«, sagte er. »Ich werde Sie weiterempfehlen.«

Violette neigte den Kopf und brachte es zustande, gleichzeitig hochmütig und unterwürfig auszusehen. »Ich danke Ihnen, Sir.«

»Hmmm.« Mortimer stützte sich mit der Hand gegen den Türrahmen. »Nun, ich werde wiederkommen, Mademoiselle. Bei Tageslicht. Um mit Ihnen zu reden.«

»Ich freue mich auf Ihren Besuch«, entgegnete Violette.

Das tat sie nicht. Eher wollte sie eine Kröte verschlucken. Doch sie legte sich nur ihren leichten Schal um, während sie sprach, ihre Erschöpfung war nicht vorgetäuscht.

Einen Moment lang schaute Mortimer sie schweigend an, ehe er sich verbeugte und ihr eine gute Nacht wünschte. Daniel hörte, wie er mit den anderen das Haus verließ und die Tür hinter ihnen zufiel, ihre Stimmen waren von der Straße her zu hören. Keiner von ihnen erwähnte Simon, also hatte der sich wohl außer Sichtweite gehalten oder war vielleicht nach Hause gegangen, um seine Wunden zu versorgen.

Daniel blieb, wo er war, fasziniert vom System der Hebel und Flaschenzüge. Es gab weitere Hebel, die er noch nicht ausprobiert hatte. Einer ließ einen dumpfen Glockenschlag erklingen – man konnte sich gut vorstellen, dass Gevatter Tod höchstselbst diesem Schlag folgen würde. Ein weiterer Hebel …

Zwei Füße in weißen Lederstiefeln blieben vor seinem Gesicht stehen. Unter der Schnürung verbarg sich ein Paar zierlicher Fußgelenke. Angesichts seiner Lage hielt Daniel wohlweislich still, dennoch konnte er einen Blick auf die Beine erhaschen, die in diesen Stiefeln steckten. Spinnwebfeine schwarze Strümpfe schlossen sich fest um wohlgeformte Waden.

Er rollte sich auf den Rücken und legte die Hände hinter den Kopf. Aus dieser Position ließ er den Blick an ihrem Rock hinaufgleiten zu dem engen Mieder, das sich über ihrem Busen spannte. »Etwas Vortrefflicheres habe ich noch nie gesehen«, sagte er. »Das Hebelsystem, meine ich. Welcher Ingenieur hat es für Sie erdacht? Wer immer es war, ich will ihn kennenlernen.«

Mademoiselle Bastiens geübte Gesichtszüge blieben vollkommen ausdruckslos. »Ich war das«, sagte sie.

»Sie?« Vor Überraschung machte Daniel große Augen. Er zog die Hände hinter dem Kopf hervor und applaudierte ihr. »Brillant. Ich glaube, ich liebe Sie.«

4

Arrogant, selbstherrlich ... dieser Adelsspross könnte den Untergang für Violet und ihre Mutter bedeuten, und er machte sich über sie lustig.

Mr MacKenzie hatte die Hände wieder unter den Kopf geschoben und lag lang ausgestreckt auf Violets Fußboden, entspannt und selbstzufrieden. Was hatte er vor? Sie entlarven? Die Zeitungen informieren? Die Polizei holen? Violet schlug das Herz bis zum Hals. Sie musste ihre Mutter wecken, zusammenpacken, was sie konnte, und *fliehen*.

Aber Mr MacKenzie lag nur still da, seine Augen funkelten im Lichtschein, sein attraktives Gesicht und sein athletischer Körper waren das Beste, was dieses Zimmer je geziert hatte.

Violet hatte kein Recht, das zu denken, absolut kein Recht. Das Leben war schon schwer genug. Männer glaubten, Frauen seien dazu da, um sie herumzukommandieren und zu besitzen. Sie musste nur daran denken, was das letzte Mal geschehen war, als sie einem scheinbar wohlgesinnten Mann ihr Vertrauen geschenkt hatte. Eine absolute Katastrophe.

»Sie haben sich das Klingelzugsystem zunutze gemacht«, sagte Mr MacKenzie. »Sie haben die Seilzüge und Drähte verwendet, die Ihnen bereits zur Verfügung standen. Sehr raffiniert. Wenn auch ein wenig unbequem, wenn Sie mal jemanden rufen wollen, damit er Ihnen heißes Wasser bringt.«

»Die Séance ist zu Ende, Mr MacKenzie«, sagte Violet. Ihre Stimme klang forsch und geschäftsmäßig. »Die anderen Gentlemen sind bereits gegangen.«

Daniel setzte sich auf und schlug die Beine übereinander. Bevor sein Kilt züchtig seine Knie bedeckte, erhaschte Violet einen Blick auf die muskulösen Oberschenkel darunter. Unbeeindruckt ob ihres Stirnrunzelns zog er ein Zigarettenetui aus seiner Tasche, nahm eine schwarze Zigarette heraus und steckte sie sich zwischen die Lippen. Er schob das Etui zurück in die Tasche, nahm ein Streichholz heraus und riss es an seiner Stiefelsohle an.

Lässig zündete er die Zigarette an, schüttelte das Streichholz, bis es erlosch, und lehnte den Kopf leicht in den Nacken, um den Rauch auszustoßen, seine Zungenspitze rollte sich leicht, von feinen Wölkchen umspielt.

Violet bemerkte, dass sie ihn angestarrt hatte, den Blick auf seine Lippen gerichtet, die sich jetzt wieder um die Zigarette schlossen wie zu einem Kuss. Vielen Gentlemen gefiel es, zu rauchen, ja, aber Daniel machte daraus eine Kunst – starke Finger, die lässig die Zigarette hielten, Lippen und Zunge, die darüberstrichen, und der Rauch, den er aushauchte.

»Sie brauchen mehr davon«, sagte er.

»Was?« Violet war zusammengezuckt. Oh, er meinte die Seilzüge. Sie zwang sich dazu, sich wieder wie Violette Bastien zu verhalten. »Wie bitte, Monsieur?«

Daniel nahm einen weiteren tiefen Zug, sein Mund schloss sich zu einer sinnlichen Berührung um die Zigarette. Die Spitze glühte auf. »Unten«, sagte er, Rauch umfloss seine Worte. »Falls Sie etwas haben, das Ektoplasma freigibt, das dann vielleicht die Wände hochkriecht, werden Ihnen alle zu Füßen liegen.« Er lächelte, sein Blick richtete sich auf ihre geschnürten Stiefel. »Ich würde mich geehrt fühlen, wenn Sie mir alles zeigen würden.« Diese Doppeldeutigkeit kam aus seinem Mund, während er den Blick über ihren Rock und wieder hinauf zu ihrem Gesicht gleiten ließ.

Verdammt eingebildet … Violet ging in die Hocke und schlang die Arme um ihre Knie. »Sind Sie sicher, dass es Ihnen um Ehre geht? Nicht um meine Geheimnisse? Sie denken daran, mir Konkurrenz zu machen, habe ich recht?«

Mr MacKenzie lachte auf – ein unverfälschtes Lachen, an dem nichts gekünstelt klang. »Ich, ein Hellseher? Meine Freunde würden mich auslachen, und meine Familie würde mich bis zur Bewusstlosigkeit damit aufziehen. Wobei mir die Frage einfällt – warum tun Sie das? Sie sehen mir nicht so aus, als läge das Betrügen in Ihrer Natur.«

»Ach ja? Wie sieht man denn aus, wenn einem das Betrügen in der Natur liegt?«

Wieder ein Lachen. Ein warmes Lachen, das ein wenig heiser klang, tief und rau. »Sehr viel unschuldiger, als Sie aussehen, Mädchen. Wie meine kleine Schwester. Sie kann Sie aus ihren großen grauen Augen ansehen, die unter ihren rotgoldenen Locken hervor anblinzeln. Und während sie das tut, legt sie Ihnen drei Frösche ins Bett. Sie ist sieben, das hübscheste Mädchen, das Sie je gesehen haben, und der Unsinn, den sie anstellt, der bringt sie – und mich – in …« Mr MacKenzie schüttelte den Kopf, sein Blick war so liebevoll, dass Violet ebenso angerührt wie überrascht war.

Doch sie erkannte einen Schwindler, wenn sie einen sah. Ein Mann wie MacKenzie setzte sein ansteckendes Lachen und Geschichten über seine anbetungswürdige kleine Schwester ein, um Violets Abwehrmauern zu untergraben.

»Also, warum tun Sie es?«, wiederholte Daniel seine Frage. Es klang aufrichtig interessiert, nicht nur dahergesagt.

Violet zwang sich, geschäftsmäßig zu bleiben. *Nutze, was jemand von dir denkt, und verwende es gegen ihn.* »Natürlich, um davon zu leben. Aber Sie irren sich, Mr MacKenzie. Die Gabe meiner Mutter ist echt.«

»Das können Sie anderen weismachen, Liebes. Sie spielen Theater – wunderbares Theater. Ihre Windmaschine fasziniert mich sehr. Ich versuche, so etwas selbst zu bauen. Woher haben Sie sie?«

»Ich habe sie selbst gebaut«, erklärte sie und empfand einen Funken Stolz dabei. »Die Teile dafür habe ich in Berlin gekauft.«

Daniel stieß einen scharfen Atemzug aus. »Natürlich. Diese verdammten Deutschen. Eines Tages werden sie die Welt beherrschen.« Er steckte sich die Zigarette in den Mund, zog die Beine an und erhob sich geschmeidig.

Er bot Violet die Hand an, um ihr aufzuhelfen. Violet betrachtete die große Hand – männlich, fest, sehnig –, die sich ihr entgegenstreckte. Daniel erwartete von ihr, das Hilfsangebot ohne Zögern anzunehmen, sich von ihm stützen und führen zu lassen.

Glücklicherweise hatte Violet vor langer Zeit gelernt, was für eine Lüge ein solches Angebot sein konnte. Aber sie fürchtete ihn nicht so sehr, dass sie sich von ihm nicht wenigstens auf die Füße helfen lassen würde. Jede darüber hinausgehende Metapher war Unsinn.

Violet legte ihre Hand in seine. Mr MacKenzies starke Finger schlossen sich um ihre, warm und fest.

Daniel half ihr nicht sanft beim Aufstehen – er zog sie kräftig hoch und riss sie dabei fast von den Füßen. Ihre Fersen schlugen auf dem Holzboden auf, als sie aufkamen. Daniel legte die Hand an ihren Ellbogen, um sie zu stützen, und sie fand sich an seine hochgewachsene Gestalt gedrückt wieder.

Das Zwinkern in Daniels dunkel bernsteinfarbenen Augen ließ sie erzittern. »Leute, denen das Täuschen in der Natur liegt, sehen aus wie ich«, sagte er leise. »Was glauben Sie denn, von wem meine kleine Schwester es sonst gelernt hat?«

Er würde sie nicht loslassen. Er hielt sie am Arm fest, so fest, dass sie sich nicht losreißen und ihn mit einem kalten Blick maßregeln konnte. Kalte Blicke würden an ihm abprallen, oder er würde sie einfach auffangen und schmelzen lassen. Es gab nicht das kleinste bisschen Kälte in Mr MacKenzie.

Er bestand von Kopf bis Fuß aus Hitze. Und ihr war so unendlich kalt.

Sie roch den Rauch an ihm, den Whiskey, den er früher am Abend getrunken hatte, und den Staub vom Boden. Lässig hielt Daniel die Zigarette, und der Rauch hüllte Violet ein, als versuchte auch er, sie in seine Umarmung zu ziehen.

Daniels Gesicht war hart, aber nicht so hart wie das seines Vaters – danach zu urteilen, was sie von seinem Vater in den Zeitungen gesehen hatte. Daniels dunkles Haar war kurz geschnitten, aber er brachte es fertig, es so zu zerzausen, dass ein Teil davon in eine andere Richtung abstand als der Rest. Der Lichtschein brannte rote Lichtreflexe hinein, ganz feine, die man nur bei hellem Licht sah und auch nur, wenn man ganz nah bei ihm stand.

Daniel hob die Zigarette. Ohne Violet loszulassen, nahm er einen weiteren Zug und bot sie dann ihr an.

Violet schaute auf die dunkle Zigarette, deren Spitze schwach glühte. Sie wusste, dass es Frauen gab – ruchlose, verderbte Frauen –, die rauchten, wenn sie bei ihrem Liebhaber lagen, aber Violet hatte dem Rauchen noch nie etwas abgewinnen können. Zudem war ihr der würzige Duft von Pfeifentabak auf jeden Fall lieber, allerdings haftete den meisten Gentlemen heutzutage eher der Geruch nach Zigarrenrauch an.

Sie stellte sich vor, dass Mr MacKenzies hübsche Ladys das Angebot, seine Zigarette mit ihm zu teilen, nicht ablehnen würden. Die jungen Debütantinnen hingegen, denen er den Hof machte, um das Kinderzimmer um einen Erben zu bereichern, würden schockiert sein und die Nase rümpfen. Oder sie würden über Daniels Unverfrorenheit kichern.

Der Gedanke an dieses Kichern, an diese perfekten jungen Debütantinnen mit ihren weichen Händen und der Sorglosigkeit in ihren verwöhnten kleinen Köpfen brachte Violet dazu, ihm die Zigarette fast aus der Hand zu reißen.

Sie schloss die Lippen darum. Violet hatte das Zigarrerauchen gelernt, um es für ihre Vorstellungen zu nutzen – es hatte nie seine Wirkung verfehlt, wenn geheimnisvoller Rauch durch ein Zimmer waberte, während sich ihre Mutter in Trance befand, und es hatte ihr nicht geschadet. Solange sie den Rauch nicht schluckte und in ihre Lungen sog, konnte sie ihn ertragen.

Daniel beobachtete sie. Er stand so nah bei ihr, dass sie die Rasierseife riechen konnte, die er benutzt hatte, als er sich am Abend zum Ausgehen fertig gemacht hatte. Sie nahm auch den Geruch von Zigarrenrauch wahr, vermischt mit dem der Zigarette, dem von viel Whiskey und dem schweren Parfüm einer Frau. Ihr Herz brannte.

Violet stieß den Rauch langsam aus, während Daniel sie unverwandt ansah. Als der letzte Rest ausgeatmet war, beugte sich Daniel vor und legte seine Lippen auf ihre.

Diese leichte Berührung konnte man kaum einen Kuss nennen, es war nur ein kurzes Verweilen seiner Lippen auf ihren, das ihr gestattete, seinen glatten Mund zu spüren, den Hauch von Wärme, seine Kraft.

Er war nicht der zögernde Kuss eines Mannes, der wusste, dass er sich mehr herausnahm, als er sollte. Gleichfalls war es kein fordernder Kuss – er gab mehr, als er verlangte.

Daniel richtete sich auf, ein Lächeln lag auf seinem Gesicht. »Ah, Mädchen, ich wusste, dass Sie köstlich schmecken.«

Sie konnte ihn nur anstarren. Jetzt war die Zeit für eine der scharfen Bemerkungen, die die schlagfertige Violet immer parat hatte, um einen allzu draufgängerischen Gentleman in seine Schranken zu weisen. Zeit für einen halb amüsierten, halb scheltenden Blick, den die Pariser Kurtisane – Lady Amber mit Namen – ihr beigebracht hatte. Er hielt die Männer in Schach, bevor sie zu weit gingen, hatte Lady Amber ihr versichert.

Doch Violets Herz klopfte zu heftig, und sie vermochte sich nicht zu bewegen. Blitze aus weißem Licht stachen ihr grell in die Augen, und die flackernden Lampen taten ihr Übriges.

»Geht es Ihnen gut, Liebes?«, fragte Daniel und beugte sich vor, um sie anzusehen.

Diese einfache Frage brachte Violet fast um. Sie wollte die Arme um ihn schlingen, sich an ihn klammern, bis alles, absolut alles wieder gut sein würde.

Doch dieser Weg barg Gefahr und so große Schrecken, dass sie wie erstarrt dastand. Lady Amber hatte versucht, Violet zu helfen, damit es ihr wieder gut ging, doch Violet hatte schon vor langer Zeit die traurige Tatsache akzeptiert, dass das nie wieder der Fall sein würde.

»Ja. Sehr gut.« Ihr Ton war brüsk. »Es ist spät.«

Daniel legte ihr leicht die Fingerspitzen ans Kinn, die Berührung war so sanft, dass ihr die Knie wegzubrechen drohten. Violet dachte, er würde sie wieder küssen – hoffte es –, doch Daniel machte einen Schritt zurück, trat mit dem Stiefelabsatz die Zigarette auf dem Boden aus und sagte: »Zeigen Sie mir diese Windmaschine.«

Ohne darauf zu warten, dass sie sich ihm anschloss, verließ er das Zimmer.

Violet beeilte sich, ihm zu folgen, ihre Absätze klapperten auf dem nackten Boden. Daniel ging schnell, seine langen Schritte trugen ihn die Treppe hinunter, bevor Violet ihn eingeholt hatte.

Als sie den Fuß der Treppe erreichte, hatte Daniel bereits das Esszimmer betreten und die Kerzen angezündet. Er stand in der Mitte des Raumes und drehte sich langsam im Kreis. »Ihre tanzenden Irrlichter kamen von der Decke«, sagte er und zeigte nach oben. »Der eiskalte Luftstrom des Todes kam von dort … ah.«

Er ging direkt auf das mit Tapete bedeckte Paneel zu und entfernte es von der Wand. Dahinter verbargen sich die Leitungen, über die der Apparat betrieben wurde, der Luft durch das darunterliegende Register drückte. Binnen zwei Minuten hatte Daniel die Apparatur von ihrer Verkabelung befreit und aus der Nische genommen – Violet hatte einen ganzen Tag gebraucht, um sie zu installieren.

Der Apparat sah aus wie ein Ventilator, der von einem Metallgehäuse umschlossen wurde. In Gang gesetzt wurde er von einem Hebel im Zimmer über ihnen. Mit Wasser gefüllte Röhren waren kreisförmig um den Ventilator angeordnet und kühlten die ausgestoßene Luft ab.

Daniel nahm den Apparat genau in Augenschein, drehte ihn hin und her. »Meine Güte, was könnte ich damit nicht alles bewerkstelligen.« Er betrachtete ihn noch einmal von allen Seiten. »Wenn Sie diesen Apparat mit Elektrizität betreiben, erzielen Sie ein noch besseres Ergebnis; der Ventilator würde sich schneller drehen.«

Violet registrierte, wie er mit raschem Blick jedes Detail des Apparats erfasste und mit den Fingern darüberstrich.

»Haben Sie etwas dagegen, wenn ich ihn mitnehme?«, fragte er. »Nicht für lange. Ich versuche, etwas Ähnliches zu bauen – als Teil von etwas, das noch größer ist.«

In seinem Blick lag Interesse, ein intensiverer Ausdruck, als Violet ihn seit Betreten des Hauses in seinem Gesicht gesehen hatte. Verschwunden war der müßige Aristokrat, gelangweilt von den Amüsements mit seinen Freunden. Verschwunden war auch der Wüstling, der sie aufgefordert hatte, die Zigarette zu nehmen, und der sie mit solcher Raffinesse geküsst hatte.

Er war hellwach, interessiert, und er verfügte über einen rasiermesserscharfen Verstand. Gefährlich.

Und er hielt den Beweis für Violets Betrug in der Hand, für die Tatsache, dass sie Geld von Leuten annahm und vorgab, sie würde als Gegenleistung Geister herbeirufen. Mr MacKenzie könnte jetzt gehen und den Beweis der Polizei übergeben oder, noch schlimmer, einer Zeitung. Die Polizei könnte Violet und ihre Mutter verhaften und einsperren; die Presse könnte einen Aufruhr entfachen, um sie aus dem Land zu jagen – wieder einmal.

Auch wenn in Daniels Augen nicht das rachsüchtige Funkeln eines Mannes lag, der sie bloßstellen wollte, mochte es sein, dass er den Apparat seinen Freunden zeigen wollte. Was, wenn Mortimer hinter ihr Geheimnis kam?

»Nein«, sagte Violet rasch. »Ich brauche ihn.«

»Um Gentlemen wie Ellingham zu beeindrucken? Sie wissen, dass Ihr Können auch ohne Requisiten auskommt. Sie hatten sie in der Hand, Liebes. Sie sind eine Meisterin Ihres Fachs.«

»Nicht wirklich. Meine Mutter besitzt die wahre Gabe.« Violets Mutter, Celine, konnte einen Raum voller Menschen – genau genommen einen ganzen Theatersaal – mit ihren Trancezuständen und der Unterhaltung mit ihrem Geistführer in den Bann schlagen. Sich selbst traute Violet nicht zu, allein mit ihren Fähigkeiten die Aufmerksamkeit eines Publikums wachzuhalten, ohne auf gewisse Effekte zurückzugreifen.

Daniel betrachtete den Apparat mit einer Gier, die andere Männer für gewöhnlich Mätressen vorbehielten. Doch dieser Daniel MacKenzie war kein gewöhnlicher Gentleman.

Daniel warf einen letzten Blick auf den Apparat, bevor er ihn in die Wandnische zurückstellte. Er schloss das Paneel, klopfte sich die Hände ab und richtete sich auf. Dann stand er vor Violet, sehr nah. »Mortimer hat mich heute Nacht hierhergebracht, weil er mir Geld schuldet«, sagte er. »Er hat darauf gesetzt, dass ich von Ihrer Vorstellung so beeindruckt sein würde, dass ich ihm seine Schulden erlasse. Er benutzt Sie. Mir gefällt das nicht.«

Violet zuckte die Schultern. »Er ist mein Vermieter. Er kann ins Haus kommen, wann immer es ihm gefällt.«

Daniel zog die Stirn kraus. »Sie sollten nicht gleich kuschen und sich fügen. Er ist ein Bastard, und hätte ich heute Nacht weniger Mitleid gehabt, dann hätte ich ihn diesem Knochenbrecher überlassen.«

»Welchem Knochenbrecher?« Violet hatte eine solche Person nicht im Esszimmer gesehen, dort waren nur Mortimers Freunde gewesen, allesamt schneeweiße Blüten der englischen Aristokratie.

»Ein Mann, der für jemanden arbeitet, dem Mortimer sogar noch mehr Geld schuldet als mir. Allerdings arbeitet der Knochenbrecher jetzt für mich.« Daniel beugte sich leicht vor und nahm damit allen Raum um Violet für sich ein. Er tat es nicht, um sie einzuschüchtern. Er beugte sich nur zu ihr, unbefangen, als wären sie die besten Freunde. »Mir gefällt es nicht, dass Sie Mortimer verpflichtet sind. Wenn er Ihnen Ärger macht, sagen Sie es mir, ja, Mädchen? Sofort. Versprechen Sie mir das?«

Violet öffnete den Mund, um etwas zu sagen wie *Warum um alles in der Welt sollte ich das tun?* Doch als sie einatmete, spürte sie wieder seine Wärme, nahm den Geruch von Rauch und Alkohol wahr, und die Worte erstarben ihr auf der Zunge.

Daniel hatte weitergesprochen, ehe Violet ihre Gedanken hatte sammeln können, deshalb bekam sie nur noch die letzten Worte mit: »Und all das hat mich auf eine wunderbare Idee gebracht.«

Ein Lächeln hatte sein Stirnrunzeln so rasch vertrieben, dass Violet blinzelte. Mr MacKenzies blitzschnelle Stimmungswechsel waren erstaunlich und ein wenig erschreckend.

Im nächsten Moment fand sich Violet mit dem Rücken gegen die Wand mit der bunten Tapete gedrückt wieder, Daniel stand nur wenige Zentimeter vor ihr. Er schüttelte den Kopf, sein Lächeln schwand, seine Stimme war leise, fast als spräche er zu sich selbst.

»Sie sind das reizendste Mädchen, das mir seit Langem begegnet ist.«

»Mr Mac…«

»Es ist kalt hier.« Daniels Worte schnitten ihr das Wort ab, ertränkten jeden Laut und jeden Gedanken. »Komm mit mir und lass mich dich wärmen.«

Violet hatte sich Hunderte scharfer Erwiderungen für aufdringliche Gentlemen zurechtgelegt, doch in Daniels Nähe lösten sie sich alle in Wohlgefallen auf, und dann spürte sie seinen Mund auf ihrem. Daniel küsste sie, ersetzte ihren Atem mit seinem.

Lass mich dich wärmen.

Vorhin, im Zimmer oben, hatte er sie mit einer leichten Berührung seiner Lippen überrascht. Diesmal küsste er sie richtig, drückte sie gegen die Wand, presste seinen Mund auf ihren.

Violet konnte nicht atmen; sie konnte nicht stehen. Sie legte die Hand auf das Sideboard neben ihr, um sich abzustützen, und Daniels starke Hände legten sich um ihre Taille.

Er teilte ihre Lippen mit seinen, sein Körper war fest und

hart und strahlte Hitze aus. Niemand sollte zu dieser nächtlichen Stunde so stark und lebendig sein, niemand so überwältigend. Violets Knie gaben nach. Nur Daniels Griff und die Unterstützung des Sideboards bewahrten sie davor, zu fallen.

Daniel strich mit den Lippen über ihren Mundwinkel, so zart, dass sie zitterte. Dann strich seine Zunge über ihren Mund, er schmeckte nach Kühnheit, nach Gefahr.

Dunkle Flecken tanzten vor Violets Augen. Sie keuchte, Daniels Mund bedeckte ihren, sie versuchte auszuweichen, doch er hielt sie zwischen Sideboard, Wand und seinem Körper gefangen.

Weil Daniel ein gut aussehender, männlicher, geistreicher, faszinierender und sinnlicher Mann war, hätte Violet möglicherweise kapitulieren sollen, um ergeben dahinzuschmelzen. Und vielleicht hätte Violet es auch getan, gegen alle Vernunft, wenn nicht die Panik aufgeflammt wäre.

Daniels Gesicht verschwand, wurde verdrängt durch das Aufblitzen eines anderen – das bleiche, gemeine Gesicht eines rotbärtigen Mannes mit kleinen Augen und Händen, die nahmen und verletzten. Die sechzehn Jahre alte Violet schrie und schlug auf ihren Angreifer ein. *Nein, nein, bitte nicht! Jemand muss mir helfen!*

Aber niemand hatte ihr geholfen. Ihre Fäuste trafen auf einen Körper, der nicht zurückwich und unter dessen Gewicht sie sich nicht bewegen konnte. Violet schrie wieder, keuchte vor Entsetzen. *Es kann nicht sein! Es kann nicht sein!*

»Mädchen?«, fragte eine Stimme von weither. Es war eine Stimme, zu der Violet hinwollte, eine, die Sicherheit versprach, aber Panik rollte in Wellen über sie hinweg und wollte sie nicht freigeben.

»Sind Sie …«, sagte die ferne Stimme, bevor sie mit einem Stöhnen erstarb.

Violets Blick klärte sich, und sie sah Mary, ihre Zofe, die das Nackenpolster des im Salon stehenden Sofas in den Händen hielt. Violets Angreifer ließ los, rieb sich den Nacken.

Ihre Panik kehrte zurück. Um ihn aufzuhalten, brauchte sie etwas Härteres als ein Kissen. Violets Hand stieß gegen die schwere Vase auf dem Sideboard. Ohne zu zögern, um vielleicht doch noch einen klaren Gedanken zu fassen, packte sie das Gefäß und schlug es ihrem Angreifer gegen den Kopf.

Violet hörte ein schweres Stöhnen, ein »Mädchen« und Marys unterdrückten Aufschrei.

Unvermittelt klärte sich ihr Blick. Sie war im Esszimmer des Londoner Hauses, hielt eine Vase in der Hand, und Mary, die ein samtbezogenes Polsterkissen umklammerte, stand neben ihr und starrte sie aus großen Augen an.

Mr MacKenzie, dem Blut über das Gesicht strömte, sah Violet mit einem überraschten Ausdruck in den Augen an. Er sagte noch einmal: »Mädchen.«

Dann kippte er um wie ein Baum im Sturm, sein Kopf knallte auf den Esszimmerboden. Die Vase entglitt Violets tauben Fingern und zerbarst neben ihm.

Mary fiel auf die Knie, das Polster rollte davon, ihre Hände glitten über Daniels kaltes Gesicht und seine geschlossenen Augen. »Er atmet nicht«, sagte sie bestürzt und klopfte ihm gegen die Wangen.

Violet sank neben Mary auf die Knie, ihre Bewegungen waren hölzern. Sie starrte auf das attraktive Gesicht Mr MacKenzies, dessen Lippen jetzt bleich waren, dessen Brust sich nicht hob und senkte.

Hastig knöpfte Mary ihm die Jacke auf, dann riss sie Weste und Hemd auf, schob das Unterhemd hoch und presste die Hände auf die Stelle über seinem Herzen. Dunkles gelocktes

Haar bedeckte seine muskulöse Brust. »Ich fühle seinen Herzschlag nicht«, flüsterte sie.

Violets Benommenheit löste sich blitzartig auf. Sie stieß Mary zur Seite, beugte sich vor und legte das Ohr auf Daniels nackte Brust. Sie hielt den Atem an und lauschte.

Sie hörte nichts als das Klopfen ihres eigenen Herzens. Der Raum begann sich um sie zu drehen, in Wellen, als wären die Apparate wieder eingeschaltet, als wüteten die Geister.

Violet hob den Kopf. »Mary«, sagte sie, kaum fähig, die Worte herauszubringen. »Oh Gott, ich glaube, ich habe ihn getötet.«

5

Entsetzt sprang Mary auf. Violet schüttelte Daniel, klopfte ihm auf die Wangen, hob ein Augenlid an. Er reagierte nicht, und seine Haut wurde klamm und kalt.

»Mary, schnell, hol einen Arzt.«

»Dafür ist es zu spät«, sagte Mary mit Angst in der Stimme. »Miss, wenn Sie ihn getötet haben … Oh Gott, er ist ein reicher Mann, und wir sind gar nichts. Wir werden ins Gefängnis kommen. Man wird uns hängen.« Marys Hände zitterten. »Was wird aus Ihrer armen Mutter?«

»Hör auf! Hör auf und lass mich nachdenken.«

Aber Violet konnte nicht denken. Sie kniete am Boden, das Zimmer schwankte und drehte sich noch immer. Mary wartete auf Violets Anweisungen, weil Violet immer wusste, was zu tun war.

Aber dies hier war etwas anderes als die Entscheidung, wie viel man für die Vorstellungen nehmen sollte, etwas anderes, als ihrer Mutter zu sagen, was sie anziehen, wohin sie gehen und was sie tun sollte. Violet kümmerte sich um all das, seit sie sieben Jahre alt gewesen war und begriffen hatte, dass ihre Mutter nicht wusste, wie man sich um ein Kind kümmerte. Oder um sich selbst, genau genommen.

Violet presste die Finger an die Schläfen. Wenn sie Daniel MacKenzie – Mitglied einer der reichsten Familien Englands und Neffe eines einflussreichen Dukes – getötet hatte, auch wenn es nicht absichtlich geschehen war, würde man sie dafür zahlen lassen.

Wenn sie behauptete, sie hätte aus Angst zugeschlagen, weil Daniel sie angegriffen habe, würde man trotzdem Violet die Schuld daran geben, da sie sich in seine Gewalt begeben hatte. Würde sie vorbringen, dass Mortimer Daniel ins Haus gebracht hatte, wo er sich ungebührlich betrug, würde sie beschuldigt werden, einer Profession nachzugehen, die auf Betrug und Schwindel beruhte. Schließlich hatte sie es den Gentlemen gestattet, ihr Haus zu solch später Stunde zu betreten, ohne dass eine Anstandsdame anwesend gewesen war.

Selbst wenn die Jury auf Violets Seite wäre, würde sie dennoch dafür bestraft werden, Daniel MacKenzie getötet oder – sollte er sich wider Erwarten erholen – verletzt zu haben. Man würde sie ins Gefängnis stecken oder sie deportieren und Mary mit ihr, und vermutlich auch ihre Mutter. Violet wusste aus erster Hand, wie ungerecht das Gesetz Frauen behandelte und mit welchen Vorurteilen man ihnen begegnete. Eine Jury, die nur aus Männern bestand, würde Violet ansehen und sie freudig schuldig sprechen, bevor die Gentlemen den Gerichtssaal verließen, um auf dem Heimweg zu ihren Gattinnen noch der Geliebten einen Besuch abzustatten.

»Hilf mir, ihn auf den Karren zu heben«, sagte Violet rasch. »Weck Mama auf und pack zusammen, was du kannst. Wir gehen.«

»Gehen? Aber, Miss …«

»Wir können es nicht riskieren, hierzubleiben. Mortimer und seine Freunde wissen, dass Mr MacKenzie heute Nacht hier war. Selbst wenn wir ihn nur verletzt haben, kann es passieren, dass die MacKenzies darauf bestehen, uns vor Gericht zu bringen. Aber wie auch immer, je weiter wir weg sind, wenn er gefunden wird, desto besser für uns.«

Weit weg, in einem anderen Land, mit neuen Namen und neuer Identität. Wenn niemand Daniel und seinen nächtlichen

Besuch in diesem Haus in Verbindung brachte: Gut so. Stellte man jedoch die Verbindung her, dann würden Violet, ihre Mutter und Mary nicht mehr da sein, um peinliche Fragen zu beantworten. Nicht hier zu sein, während die Untersuchungen geführt wurden, war das Beste. Zumindest Violets Mutter, die oben in ihrem Laudanum-Schlummer dahindämmerte, war gänzlich unschuldig.

Auf einigen Scherben der Vase klebte Blut. Violet wies Mary an, die zerbrochene Vase in einen Karton zu legen, den sie während der Überfahrt nach Frankreich über Bord werfen würde. Mr Mortimer mochte sich aufregen, wenn das kostbare Stück fehlte, aber das war die Geringste ihrer Sorgen.

Die folgende Stunde war eine der schwärzesten in Violets Leben. Erst schien die Zeit zu kriechen, dann plötzlich wie im Fluge zu vergehen.

Sie und Mary hievten Mr MacKenzie auf den Handkarren, auf dem sie ihre Einkäufe vom Markt heimbrachten. Als sie ihm die Kleider zuknöpften, entdeckten sie einen dicken Stapel Banknoten in seiner Jackentasche.

Einen Moment lang schauten sich Mary und Violet über das Geld hinweg an. So viel Bargeld, genau vor ihrer Nase.

»Irgendein Dieb wird es sich nehmen, wenn wir es ihm lassen«, wies Mary hin.

Aber falls sie von Constablern angehalten wurden, und Violet hatte Mr MacKenzies Geld bei sich, wäre ihre Behauptung, ihn zu ihrer Verteidigung geschlagen zu haben, zum Teufel.

Violet fand einen Kompromiss. Sie nahm einige größere Scheine aus dem Bündel, bevor sie es zurück in Daniels Tasche steckte. Ein paar Scheine aus einem so großen Stapel würden nicht vermisst werden, oder? Und Violet würde das Geld brauchen, um Fahrkarten zu kaufen.

Sie kleidete sich um, tauschte das, was sie ihre Wohnzimmerkleider nannte, gegen ein Paar alter Hosen ein, über die sie einen weiten Rock und ein Leinenhemd zog. Zum Schluss band sie sich ein Tuch um den Kopf. Jeder, dem sie im Dunkeln begegnete, würde eine ältere Immigrantin sehen, die vielleicht Lebensmittel nach Hause brachte oder auf dem Weg zum Haus einer wohlhabenden Lady war, um dort zu putzen.

Mr MacKenzie lag noch immer reglos auf dem Karren, als Violet auf den winzigen Hof hinter dem Haus hinaustrat, um ihn fortzubringen. Kein Mond schien, und die Londoner Luft war jetzt im Januar so dick vom Kohlenrauch, dass kein Sternenschein den Dunst durchdringen konnte. Für das, was sie vorhatte, war es gut so.

Sie und Mary deckten Mr MacKenzie mit einem Stück Sackleinen zu und legten einige Beutel mit Kohlen auf ihn. Die Umrisse auf dem Karren zeigten mehrere kleine aufrechte Haufen, nicht die Gestalt eines liegenden Mannes.

Violet machte sich allein auf den Weg. Sie schob den Wagen durch die schmalen Gassen bis zur Hauptstraße, überquerte sie rasch und tauchte in das Gassengewirr auf der anderen Seite ein. Sie bemerkte einen Constabler ein Stück eine der Straßen hinunter, aber er ging in die andere Richtung und sah sie nicht.

Als sie zu dem Schluss kam, dass sie lange genug eine falsche Spur gelegt hatte, war ihr elend zumute. Violet machte mit dem Karren kehrt, bis sie ein Haus in einer ruhigen, schmalen Straße östlich des Portman Square erreichte, in dem ein Arzt wohnte. Er war ein freundlicher Mann, wie Violet erfahren hatte, der des Öfteren nach den Menschen in der Nachbarschaft schaute, ohne dafür etwas zu berechnen. Wenn Mr MacKenzie doch nicht tot war, würde der Doktor ihm helfen. Und falls Mr MacKenzie tot war, würde er dafür sorgen, dass er zu seiner Familie gebracht wurde.

Violet wartete, bis die Straße frei von Constablern und sonstigen späten nächtlichen Passanten war. Dies war eine ärmere Gegend Londons mit großen Abständen zwischen den Gaslaternen. Sie schob den Karren in den Schatten des stillen Hauses, räumte die Säcke beiseite und rollte Mr MacKenzie vom Karren.

Als sein Körper auf dem Pflaster aufschlug, musste Violet ein Schluchzen unterdrücken. Daniel hatte sich so warm angefühlt, als er sie geküsst hatte, so lebendig. Er hatte ihr in die Augen gesehen und sie als die Schwindlerin erkannt, die sie war – eine Schwindlerin in jeder Beziehung.

Er hatte auf den Grund ihres Herzens gesehen wie niemand zuvor. Er hatte sie geküsst, weil er gewusst hatte, dass Violet keine respektable Lady war, aber gleichzeitig war er zärtlich gewesen, nicht fordernd.

Tränen sprangen ihr in die Augen, und sie versuchte, sie wegzublinzeln. Zu weinen half nie.

Sie beugte sich über Daniels reglosen Körper und küsste seine kalten Lippen. »Es tut mir leid«, wisperte sie und strich ihm über das Haar. »So schrecklich leid.«

Sie trocknete sich die Augen, richtete sich auf, ordnete die Säcke auf dem Karren und machte sich auf den Rückweg. Ihr Magen rebellierte.

Auf Umwegen kehrte sie zu ihrem Haus zurück. Auf halbem Wege ließ sie den Karren stehen und tauschte ihre schlichten Kleider gegen einen Rock und eine Hemdbluse, die sie mitgebracht hatte. Für den restlichen Weg bis zum Haus trug sie einen Korb über dem Arm, als würde sie von einer späten Besorgung zurückkehren.

Bei ihrer Rückkehr verlangte ihre bestürzte Mutter, die inzwischen von Mary geweckt worden war, zu wissen, warum sie fortgehen mussten. Violet hatte Mary schwören lassen, über Mr MacKenzie zu schweigen, da sie wusste, dass ihre Mutter an der Wahrheit zerbrechen würde. Und deshalb erfand Violet die Geschichte, dass Mr Mortimer in der Nacht gekommen war, um Ärger wegen der Miete zu machen, und dass er sie aus dem Haus geworfen habe.

Ihre Mutter glaubte ihr und war in bemerkenswert kurzer Zeit bereit, aufzubrechen. Celine konnte rasch handeln, wenn ihre Angst vor dem Gerichtsvollzieher geweckt war.

Der Morgen graute noch nicht, als Madame und Mademoiselle Bastien zusammen mit ihrem Hausmädchen das Londoner Haus verließen, sich auf den Weg nach Dover machten und aufhörten, zu existieren.

Daniel öffnete die Augen, stöhnte schmerzgequält und kniff sie wieder zu.

Irgendein Dummkopf hatte die Vorhänge seines Schlafzimmers nicht geschlossen, und das Morgenlicht stach ihm direkt ins Hirn. Er öffnete die Vorhänge niemals vor zwölf Uhr mittags, oft noch später, das hing jeweils davon ab, wie schlimm die Nachwehen der Nacht waren.

Heute hatte er es mit einem wahren Monster von Kater zu tun. Was zum Teufel hatte er getrunken?

Die Zeit verging. Als sich Daniel zwang, erneut die Augen zu öffnen, war das helle Licht nicht mehr ganz so quälend, doch der Kopfschmerz war geblieben.

Zuerst erkannte Daniel den Mann nicht, der vor dem Kamin in seinem Schlafzimmer stand und sich ihm jetzt zuwandte, dann jedoch erinnerte er sich wieder an Matthew Simon, seines Zeichens Knochenbrecher und Schuldeneintreiber, der ihn seine Fäuste hatte spüren lassen, bis Daniel ihn unschädlich gemacht hatte.

Aber der Schlag, der diese Beule auf Daniels Schädel verursacht hatte, war nicht von Simon gekommen. Er erinnerte sich jetzt wieder, was geschehen war, und zwar so klar wie das Nachmittagslicht, das durchs Fenster hereinschien.

»Mr MacKenzie, Sir.« Simon beugte sich über das Bett und stieß einen erleichterten Seufzer aus, der mit einem Atemhauch einherging, bei dem Daniel sich vornahm, dem Mann eine Zahnbürste und Zahnpulver zu kaufen. »Für 'ne Weile dachte ich, Sie sind nicht mehr.«

»Ich bin ein zäher, notorisch gesunder Schotte«, klärte Daniel ihn auf. Er versuchte, sich aufzusetzen, entschied dann jedoch, dass das Kopfkissen der beste Ruheplatz für sein Haupt war. »Wie bin ich hergekommen? Was ist passiert?«

»Man hat einen Constabler in das Haus eines Arztes in Marylebon gerufen – der Doktor hat Sie vor seiner Tür gefunden. Nachdem ich mich bei meiner alten Mutter ein wenig ausgeruht hatte, bin ich losgegangen, um Sie beim Wort zu nehmen, was den Job angeht. Ich habe herumgefragt, wo Sie wohnen – jeder weiß das, also war es nicht schwer, Sie zu finden. Als ich herkam, waren ein paar Constabler dabei, Sie ins Haus zu tragen. Ich hab denen gesagt, dass ich Ihr neuer Diener bin und mich um Sie kümmern würde. Sie wussten auch nicht, was mit Ihnen passiert ist, konnten mir nur sagen, wo man Sie gefunden hat.«

»Also hat sie mich auf der Straße entsorgt«, schlussfolgerte Daniel und betastete seine Schläfe. Die Haut spannte, und die Berührung verursachte ein Stechen. Er stöhnte leise vor Schmerz.

»Der Doc hat Sie genäht«, erklärte Simon. »Aber ich kann mich um Sie kümmern. Mein Bruder war Boxer, bevor er gestorben ist, und für gewöhnlich hab ich ihn immer verarztet. Die Constabler haben gesagt, dass der Arzt Sie für tot gehalten hat, als er sie fand. Aber sie waren nur bewusstlos. Sie brauchten Wärme und Fürsorge, und ein paar Schläge auf Ihre Brust haben Ihnen auch nicht geschadet.«

»Das sagen *Sie*.« Daniel hob den Kragen seines Nachthemds an und betrachtete die faustgroßen Blutergüsse auf seiner Magengrube. »Warum haben Sie das Bedürfnis gehabt, mich auf die Brust zu schlagen? Einen Mann zu schlagen, nachdem er zu Boden gegangen ist?«

»Das war ich nicht. Das hat der Doktor getan, der Sie gefunden hat, haben die Constabler gesagt. Wissen Sie, manchmal vergisst das Herz, weiterzuschlagen, aber der Mensch lebt noch. Ich hab das mal bei einem Boxkampf miterlebt – der Mann lag am Boden, und sein Trainer hat ihm mit der Hand auf die Brust geschlagen. Der Boxer ist wieder aufgewacht und hat nach Luft geschnappt. Es ist, als würde das Herz einen kleinen Anschub brauchen.«

»Wie das Ankurbeln bei einem Automobil, um es zu starten. Nun, ob das nun so ist oder nicht, auf jeden Fall bin ich hier.«

»Was ist passiert, Sir? Haben Mortimer und seine Kumpane Sie in die Mangel genommen?«

»Nein.« Daniel unternahm den erneuten Versuch, sich hinzusetzen, und diesmal gelang es ihm. Er lehnte sich gegen den Kopfteil des Bettes und wünschte, er wüsste, wo in all dem Durcheinander in seinem Schlafzimmer das Zigarettenetui abgeblieben war. »Das hatte nichts mit Mortimer zu tun. Das Letzte, an was ich mich erinnere, Simon, ist eine wunderschöne Frau, die eine große Vase gegen meinen Kopf schlägt. Sind Sie je von einer Frau niedergeschlagen worden, weil Sie sie geküsst haben?«

Simon verzog den Mund. »Aye, Sir.«

»Und was haben Sie getan?« Daniel rieb sich den Schädel und schaute sich nach einer Zigarre um, nach einer Flasche Whiskey, nach irgendetwas, das den Schmerz betäuben konnte.

»Ich hab sie noch mal geküsst.«

Daniel lachte. »Aye, gut, aber die Chance hatte ich gar nicht.

Helfen Sie mir aufstehen, damit ich mich ankleiden kann. Ich muss ein reizendes Mädchen fragen, warum sie sich veranlasst gesehen hat, eine hässliche Vase an meinem Schädel zu zerschlagen.«

Eine Stunde, eine entsetzlich holprige Fahrt mit der Kutsche und eine halbe Flasche MacKenzie-Malt später war Daniel zurück vor dem Haus nahe dem Portman Square, in dem er Violette Bastien begegnet war.

Die Haustür stand einen Spaltweit offen. Daniel stieg aus seiner Kutsche und trat ein.

Das Haus roch kalt und leer. Ein Besteckkasten stand auf einem Tisch in der Eingangshalle nahe der Treppe, und ein leerer Koffer wartete verloren am Ende der Stufen. Oben im Haus hörte er Schritte und Stimmen, vor allem die eines wütenden Mannes.

Daniel ging den Korridor hinunter und in das Esszimmer, wobei er sich an den ersten Anblick Violettes erinnerte, als sie allein am Tisch gestanden und ein langes Streichholz in der Hand gehalten hatte. Kerzenlicht war auf ihr Gesicht gefallen, und ihr Anblick hatte ihm den Atem geraubt.

Jetzt war es kalt und dunkel, die Vorhänge waren geschlossen. Daniel zog sie auf und ließ an Licht herein, was die hohen umstehenden Nachbarhäuser erlaubten. Dabei bemerkte er, dass das Paneel von den Wänden entfernt worden und Violettes Apparate fort waren.

Natürlich. Sie hatte sie mitgenommen und so profane Gegenstände wie Besteck und Kleidung zurückgelassen. Neue Kleider und neue Löffel konnte sie immer und überall beschaffen, aber ihre Apparate waren einzigartig.

Daniel seufzte schwer, ein wenig verblüfft über die Enttäuschung, die er empfand. Violette sollte einfach nur irgendeine Frau für ihn sein – sie war, was das Äußere anging, nicht so schön wie die Frau, die in der letzten Nacht in der Spielhalle die Karten ausgegeben hatte. Daniel hatte Geliebte in Frankreich und Italien gehabt, die schöner gewesen waren als Mademoiselle Violette. Doch keine von ihnen war so gewesen wie Violette mit ihren langen Locken, die aus dem hochgesteckten Haarknoten rieselten, mit ihren faszinierenden Apparaten, ihrem herausfordernden Widerspruch.

Und mit Augen, die Geheimnisse bargen. Violette Bastien – sollte das ihr richtiger Name sein – war eine Frau, die weitaus mehr erlebt hatte als die Debütantinnen, von denen Daniel zurzeit verfolgt wurde und die entschlossen waren, ihn in den Ehehafen zu locken. Selbst die Kurtisanen, die er kannte, hatten nur sehr kleine Leben geführt. Mademoiselle Violette jedoch ließ sich in keine Form pressen.

Finde sie, sagte etwas in Daniel. *Enthülle jene Geheimnisse und finde heraus, wie sie wirklich ist.*

Doch Daniel hatte keine Zeit, hinter einer Frau herzujagen, die ein paar Müßiggänger mit ihrer Vorstellung zum Narren gehalten hatte. Sie hatte das gut gemacht. Er war gestern Abend nur in diese Spielhölle gegangen, um den Kopf freizubekommen. Karten zu spielen, in einfachen Zahlen zu rechnen und seine Gewinnchancen zu kalkulieren hatte ihm helfen sollen, weitaus kompliziertere technische Probleme zu lösen. Für Daniel war diese Begegnung Vergangenheit, und er hatte viel zu tun.

Doch dann dachte er wieder an diese erste Berührung von Violettes Lippen und daran, wie der Rauch ihren Geschmack noch verstärkt hatte. Der Kuss im Esszimmer hatte ein Verlangen in ihm geweckt, wie er es nie zuvor empfunden hatte. Daniel hatte gespürt, wie Violette begonnen hatte, sich ihm zu ergeben, ihr Körper war nachgiebig und weich geworden.

Dann hatte er einen Schlag in den Nacken bekommen und

gesehen, wie Violette ihn in größtem Entsetzen angestarrt hatte. An der blinden Panik war nichts Missverständliches gewesen – Daniel hatte sie fast zu Tode erschreckt. Deshalb der Schlag mit der Vase.

Aber warum? In dem Zimmer in der oberen Etage hatte er Begehren in ihrer Körperhaltung gelesen. Im Esszimmer Angst. Welche Veränderung hatte diese eine dazwischenliegende Treppenflucht bewirkt?

Er wollte es wissen, und jetzt war sie fort.

»Finden Sie sie, verdammt!« Das Gebrüll drang die Treppe herunter, war wie das Echo von Daniels Gefühlen, wenn auch mit sehr viel Wut darin. Er erkannte die Stimme und verließ das Esszimmer, um ihren Besitzer zur Rede zu stellen. »Ist Ihr kleines Vögelchen ausgeflogen, Mortimer?«, fragte er.

Fenton Mortimer fuhr herum, sein Mantel blähte sich. Er hatte eine Tirade auf einen jungen Polizisten niedergehen lassen und auf einen Mann, der einen Geschäftsanzug und Bowlerhut trug.

»Was wollen Sie hier, MacKenzie?«, verlangte Mortimer zu wissen. »Wenn Sie irgendwas damit zu tun haben, werde ich …«

Er verstummte, sein Blick richtete sich auf den Bluterguss und die genähte Wunde an Daniels Schläfe. Er beschloss, seine Drohung nicht auszusprechen. Eine sehr weise Entscheidung.

»Ich suche Mademoiselle Bastien, genau wie Sie«, sagte Daniel. »Sie haben sie verscheucht, habe ich recht?«

»Madame Bastien und ihre Tochter schulden meiner Familie zwei Monatsmieten. Natürlich sind sie auf und davon. Mir ist egal, welche Vorstellung sie uns gestern geboten haben – diese beiden Frauen sind Betrüger und Diebe, und das werde ich beweisen.«

»Was denn, Sie glauben nicht an das Übersinnliche?«, fragte Daniel. »Und doch haben Sie mich so eifrig hierhergezerrt.«

»Weil ich dachte, das Mädchen würde Ihnen gefallen und Sie würden mir meine Schulden erlassen, wenn Sie die Nacht mit ihr verbringen können. Die Frage ist, was haben *Sie* getan, dass die beiden geflohen sind?«

»Verdammt noch mal gar nichts.« Doch dann dachte Daniel an die Angst in Violettes Augen. Sie hatte ihn niedergeschlagen, und jetzt war sie verschwunden.

Offensichtlich hatte sie ihn einige Straßen weit weggeschafft, um ihn dort liegen zu lassen, bis ihn jemand fand. Welch Glück für Daniel, dass man ihn nicht mit einem Messer ins Jenseits befördert hatte, obwohl, wie er bemerkt hatte, das Bündel Banknoten verschwunden war, das er gestern Nacht gewonnen hatte. Hatte ein Dieb ihn ausgeraubt, oder hatte Violette seinen wehrlosen Zustand ausgenutzt?

Vielleicht war nichts zwischen ihm und Violette echt gewesen – der Funke der Leidenschaft, ihre beginnende Kapitulation, die Angst. Vielleicht war all das arrangiert gewesen, damit sie dem reichen, gutgläubigen Daniel eins über den Schädel geben, sein Geld stehlen und sich zu einem besseren Leben ganz woanders aufmachen konnte.

Violette Bastien hatte ihm gestanden, dass sie ihren Kunden etwas vormachte und dazu ihre ausgeklügelten Apparaturen einsetzte. Er empfand Mitgefühl mit ihr und bewunderte zugleich ihre Erfindungsgabe.

Aber vielleicht war sie eine Betrügerin durch und durch, die mit Daniels Beschützerinstinkt gespielt hatte, um zu bekommen, was sie haben wollte. Und Daniel war sehenden Auges in ihre Falle getappt. Er war ein ebensolcher Idiot wie Mortimer.

»Lassen Sie sie laufen«, sagte Daniel. »Sie wird inzwischen meilenweit entfernt sein.«

»Sie laufen lassen?« Mortimers Augen waren rot vor Zorn. »Sie gehört mir. Diese Hexe wird jeden Penny meiner Schuld bei Ihnen tilgen. Ich werde sie finden. Ich werde dafür sorgen, dass sie ins Gefängnis kommt, und ich werde sie ausquetschen.«

Mortimer war ein Rüpel, schlicht und einfach. Daniel dachte an das, was Simon gesagt hatte: dass Mortimer einem sehr üblen Typen Geld schuldete. Mortimer gehörte zu jener Sorte Mann, der sich umdrehte und seine Angst und seinen Zorn an Menschen ausließ, die schwächer als er waren. Violette Bastien mochte Daniel zum Narren gehalten haben, aber er wünschte nicht, dass sie Mortimer jemals in die Hände fiel.

»Wie viel schuldet sie Ihnen?«, fragte Daniel.

»Vierzig Pfund. Und ich will auch die zweitausend von ihr, die ich Ihnen schulde.«

Der Geschäftsmann mit dem Bowlerhut räusperte sich. Er war der Einzige der drei Männer, der vorgab, die Blutergüsse und Verletzungen auf Daniels Gesicht nicht zu sehen, der Constabler hingegen betrachtete sie mit Interesse. »Das wäre unklug«, sagte der Geschäftsmann zu Mortimer. »Das Gesetz wird Ihnen helfen, Ihre Miete zu bekommen, aber darüber hinaus müssen keine Verpflichtungen erfüllt werden, die Sie gegenüber einer anderen Partei haben.«

Daniel grinste. »Und wenn Sie jetzt zugeben, dass Sie mich gestern Abend hierhergebracht haben, damit ich Ihnen Ihre Schulden erlasse im Austausch für die Benutzung von Mademoiselle Bastiens Körper, macht Sie das zu einem Zuhälter, Mortimer. Nicht das Klügste, was man in Anwesenheit eines Anwalts und eines Polizisten sagen kann.«

Mortimers frettchengleiches Gesicht rötete sich noch stärker. »Das ist *nicht* das, was ich gemeint habe …«

Doch er *hatte* es so gemeint – Mortimer konnte einfach seine Zunge nicht im Zaum halten. Und Daniel war vollkommen klar, dass Mortimer heute Morgen nicht nur hergekommen war, um sich die Miete zu holen. Eine Schuld von vierzig Pfund hätte ihn nicht so in Rage gebracht, nicht wenn er jemandem, der einen Knochenbrecher engagiert hatte, fünftausend schuldete. Mortimer war hergekommen, um Violette zu bedrängen, vermutlich hatte er von ihr verlangen wollen, ihn auf andere Art und Weise zu bezahlen. Ohne Zweifel hatte er den Constabler und den Anwalt erst gerufen, nachdem er entdeckt hatte, dass sie fort war.

Hinter dem Rücken klammerte Daniel die Hände ineinander, damit er Mortimer keinen Schlag ins Gesicht verpasste. »Hören Sie«, sagte er und schaute die Treppe hinauf, an die Decke und wieder auf Mortimer. »Wie viel ist dieses Haus wert, was würden Sie sagen?«

Mortimer musterte ihn aus schmalen Augen. »Warum?«

»Ich werde es Ihnen abkaufen – oder demjenigen aus Ihrer Familie, dem es gehört. Auf diese Weise schuldet Madame Bastien mir die Miete, nicht Ihnen. Lassen Sie zweitausend Pfund vom Preis nach, und ich betrachte Ihre Schulden bei mir als bezahlt. Lassen Sie weitere fünftausend nach, und ich werde Ihren Schuldschein zurückkaufen von Mr … bei wem stecken Sie bis zum Hals in Schulden?«

Mortimer schaute unbehaglich auf den Constabler und den Anwalt. »Sutton«, sagte er dann kaum hörbar.

Daniels Tag war gerettet. »Sie meinen *Edward* Sutton? Sind Sie verrückt? Oder haben Sie eine Vorliebe für Schmerzen?«

»Das geht Sie nichts an«, entgegnete Mortimer wütend. »Es hat mit Amerika zu tun und ist eine Sache zwischen Mr Sutton und mir.«

Jetzt sah sogar der Polizeibeamte amüsiert aus. Kein Polizist würde es wagen, in das Haus von Edward Sutton in der Park Lane zu gehen und ihm zu sagen, er solle dem armen Mr Mortimer seine Schulden erlassen, die er höchstwahrscheinlich beim illegalen Glücksspiel gemacht hatte. Der Anwalt tat ebenfalls so, als hätte er diesen Teil der Unterhaltung nicht gehört.

»Schätzen Sie den Preis für das Haus und reduzieren ihn um siebentausend Pfund«, sagte Daniel. »Geben Sie mir Ihren Schuldschein, und ich werde zu Sutton gehen und die Sache aus der Welt schaffen.«

Mortimer starrte ihn verblüfft an. »Warum, zum Teufel? Warum sollten Sie das tun?«

»Als Gegenleistung versprechen Sie, Mademoiselle Bastien nicht zu verfolgen und sie ihrem Schicksal zu überlassen.«

Mortimer sträubte sich. »Aber sie …«

Daniel hob die Hand. »Ich kaufe das Haus, ich zahle Sutton für Sie aus, und dafür lassen Sie Mademoiselle Violette in Ruhe. Der Preis dafür, Ihren Stolz zu wahren, ist dieses Haus plus der Begleichung Ihrer Schulden durch mich. Nehmen Sie das Angebot an, oder ich werde Sutton von der reizenden Bleibe erzählen, die Sie hier haben. Ich vermute, dass er das Haus sofort in Zahlung nehmen würde. Natürlich würde er Ihnen dafür nicht das geben, was das Haus wirklich wert ist, und Ihre Familie würde dabei vielleicht ein Wörtchen mitreden wollen. Was für eine dumme Situation. Ich biete Ihnen den besten Ausweg.«

Der Anwalt räusperte sich wieder. Das hatten sie so an sich, die Anwälte, ein leichtes Hüsteln, das einem klugen Rat vorausging. Vermutlich lernten sie das während ihrer Ausbildung – Lektionen am Vormittag, die das korrekte Räuspern lehrten.

»Mr MacKenzies Angebot ist gut, Mr Mortimer«, sagte der Anwalt. »Es wird Ihnen letztlich sehr viel Ärger ersparen.«

Mortimers Unentschlossenheit hatte etwas Lächerliches. Der Rüpel in ihm wollte die Bastiens dringend in die Hände bekommen, doch andererseits wollte er auch die Bedrohung durch Edward Sutton loswerden. Würde er die Schwachen weiter knechten oder verhindern, dass die Starken ihn knechteten?

Die Angst siegte. Mortimer nickte Daniel kurz zu. »Also gut. Mein Anwalt wird den Vertrag aufsetzen. Mein Vater wird einwilligen. Er will das Haus schon seit Jahren verkaufen.«

»Hervorragend«, sagte Daniel. »Danke, Constabler. Sie können jetzt gehen. Ich denke, Sie werden nicht mehr gebraucht.«

Der Polizist tippte sich an den Hut und empfahl sich, froh, das Haus verlassen zu können. Daniel zog eine Visitenkarte aus seinem Mantel und reichte sie dem Anwalt. »Machen Sie einen Termin mit meinem Anwalt aus, und wir werden diese Sache zu Ende bringen. Inzwischen werde ich Mr Sutton einen Besuch abstatten.«

»Hmm«, sagte Mortimer, in dessen Augen Abscheu funkelte. »Treiben Sie kein falsches Spiel mit mir, MacKenzie.«

»Ich sagte, dass ich Ihren Schuldschein einlösen werde, und genau das habe ich vor«, entgegnete Daniel und nahm seinen Hut, den er auf einem Tisch in der Halle abgelegt hatte. »Wenn Sutton ausgezahlt wurde, wird er das Interesse an Ihnen verlieren und Ihnen keine weiteren Männer hinterherschicken. Der, der Ihnen gestern Abend gefolgt ist, arbeitet jetzt übrigens für mich.«

Daniel gefiel die Besorgnis in Mortimers Augen. Auf der Einschüchterungsskala hatte jetzt Daniel Suttons Platz eingenommen, und Mortimer hatte in seiner Art des Denkens nun dafür zu sorgen, Daniel zu beschwichtigen.

Was auch immer ihm beliebte. Daniel hatte kein Interesse mehr an Mortimer. Solange sich der Mann von Violette fernhielt, war alles in Ordnung.

Daniel verließ das Haus und ging zu seiner Mietdroschke. Im Gehen pfiff er vor sich hin.

Daniels Erledigung in Edward Suttons Haus in der Park Lane nahm nicht viel Zeit in Anspruch. In scharfem Kontrast zu dem überladenen Salon in Mortimers Haus war das Arbeitszimmer, in dem Sutton Daniel empfing, der Inbegriff unaufdringlicher Eleganz. Augenfällig waren die klaren Linien der neuen Arts-and-Crafts-Bewegung – alles angefertigt von Künstlern, nichts war industriell hergestellt. Kostbare Gemälde aus aller Welt schmückten die Wände.

Sutton, ein hagerer Mann mit ergrauendem Haar und Augen, die zu viel gesehen hatten, war froh, die fünftausend Pfund Tilgung für Mortimers Schuld zu bekommen. Er zerriss den Schuldschein.

»Danke«, sagte er, und seine Stimme klang so trocken wie die von Mortimers Anwalt. »Ich verabscheue Fenton Mortimer und war es leid, mit ihm zu verhandeln. Geschieht mir recht dafür, dass ich mich überhaupt mit ihm eingelassen habe. Sie sagen, dass Sie mir den Mann abgeworben haben, den ich auf ihn angesetzt hatte?«

Daniel zuckte die Schultern und tat so, als bemerke er die anderen Knochenbrecher nicht, die sich im Zimmer aufhielten. »Ich brauche jemanden, und es gefällt mir, wenn jemand gut mit seinen Fäusten umgehen kann. Ich führe ein bewegtes Leben.«

»Das werden Sie jedenfalls, wenn Sie weiterhin Männern wie mir gute Dienstboten abwerben.« Suttons kalte Augen durchbohrten Daniel. »Aber ich werde so anständig sein und Ihnen den Mann überlassen, da Sie Mortimers Schulden beglichen haben. Ein guter Ratschlag, Mr MacKenzie: Tun Sie Männern wie Mortimer nicht so voreilig einen Gefallen. Sie kriegen den Hals nicht voll.«

»In diesem Fall doch«, sagte Daniel. »Und wie ich schon sagte, hatte ich meine Gründe.«

»Die ohne Zweifel mit einer Frau zu tun haben.« Suttons Stimme klang jetzt noch trockener. »Ich sehe es in Ihren Augen. Ein noch närrischerer Grund, Mr MacKenzie. Aber Sie entstammen einer närrischen Familie. Die MacKenzies waren beeindruckend, bis sie weich geworden sind.«

»Aber sie sind glücklich, Mr Sutton. Meine Onkel sind sehr viel umgänglicher geworden, jetzt, da sie Familien haben.«

»Wenn Sie es sagen. Holen Sie sich die Frau, Mr MacKenzie. Und wenn ich Ihnen einmal einen Gefallen tun kann – *nicht* wegen einer Frau –, zögern Sie nicht, zu mir zu kommen. Ich habe gern mit ehrenwerten Männern zu tun.«

Daniel bedankte sich, machte jedoch keine Versprechen. Sutton gehörte zu den Männern, bei denen sich ein kleiner Gefallen zu einer lebenslangen Verpflichtung auswachsen konnte. Nicht einmal Onkel Hart war so kaltblütig wie Edward Sutton.

Daniel bestieg wieder seine Kutsche, doch als der Kutscher nach dem Ziel fragte, musste er erst einmal überlegen. Was nun?

Wenn er Violette finden wollte, konnte er auf einige Unterstützung zurückgreifen. Hart MacKenzie, dem Duke of Kilmorgan, stand ein Netzwerk von Leuten zur Verfügung, das der besten Polizei Europas Konkurrenz machte. Aber Hart, das Oberhaupt der MacKenzie-Familie, würde als Erstes fragen, warum Daniel die Bastiens finden wollte, er würde jedes Detail wissen wollen und erst helfen, wenn Daniels Erklärungen ihn zufriedenstellten. Oder er würde seine Hilfe rundweg ablehnen. Und selbst falls Hart ihm half – seine Hilfe war immer mit einer Gegenleistung verbunden. Wenn Sutton in dieser Hinsicht ein gerissener Mann war, dann war Hart MacKenzie der Teufel in Person. Wer konnte schon wissen, was er von Daniel als Gegenleistung für seine Unterstützung verlangen würde?

Dann war da noch Chief Inspector Fellows, ein weiterer Onkel, der bei der Verfolgung seiner Beute ebenso zäh war wie ein MacKenzie. Fellows könnte Violette Bastiens Aufenthaltsort schneller herausfinden als Hart, wenn er wollte.

Das Problem war, das sich Fellows treu an die Buchstaben des Gesetzes hielt. Und die Bastiens waren Schwindler, sie waren geflüchtet, ohne Miete zu zahlen, nachdem sie das Haus teilweise beschädigt hatten, ganz zu schweigen davon, dass Violette Daniel niedergeschlagen und ihn auf der Straße liegen gelassen hatte. Fellows würde Violette finden, sie und ihre Mutter einsperren und dem Gericht übergeben.

Nein, Fellows musste aus dieser Angelegenheit herausgehalten werden. Daniels Onkel Mac würde genauso viele Fragen stellen wie Hart, und Cameron, Daniels Vater, täte das Gleiche. Cameron würde wütend sein, wenn er erfuhr, dass Daniel verletzt worden war, und er würde kein Mitgefühl mit Mademoiselle Violette zeigen, mochte sie auch noch so sehr flehen.

Das einzige Familienmitglied, das die Diskretion in Person sein konnte, war Ian – Ian sprach niemals mit irgendjemandem über irgendetwas, wenn er es irgendwie vermeiden konnte.

Die Kunst im Umgang mit Onkel Ian bestand darin, ihn zu überzeugen, es mit etwas Interessantem zu tun zu haben. Sobald Ian ein Rätsel interessant fand, konnte nichts und niemand ihn davon abhalten, es zu lösen. Andererseits jedoch: Wenn Ian zu dem Schluss kam, dass ihn das Problem nicht interessierte, würde es für ihn aufhören zu existieren, und keine noch so große Überredungskunst konnte ihn dann vom Gegenteil überzeugen.

Es war ein Risiko, aber eines, das Daniel eingehen würde. Er rief dem Kutscher zu, ihn zum Belgrave Square zu fahren.

6

Das imposante Haus, in dem Daniels Onkel Ian, seine Tante Beth und deren drei kleine Kinder wohnten, gehörte Beth. Sie hatte es von der Dame geerbt, deren Gesellschafterin sie gewesen war, und die Bestimmungen dieses Erbes legten fest, dass Beth es nicht in das Eigentum ihres Mannes übergehen lassen durfte.

Was Ian nicht im Geringsten störte – hatte er doch wenig Verwendung für ein luxuriöses Haus oder haufenweise Geld. Onkel Ian konnte eine Woche lang in der Wildnis Schottlands angeln gehen und des Nachts eingewickelt in seinen Kilt auf der Erde schlafen. Er wäre ebenso zufrieden, mit seiner Frau und seinen Kindern in einer Hütte zu leben, wie er damit zufrieden war, in dieser monströsen Eleganz zu wohnen.

»Ich grüße Sie, Ames«, sagte Daniel zu dem behäbigen Mann mittleren Alters, der die Nachfolge des Butlers angetreten hatte, den Beth mitgeerbt hatte und den sie nach langem Zureden hatte überzeugen können, sich zur Ruhe zu setzen. »Mein Onkel ist zu Hause?«

»Ja, Sir. Im Arbeitszimmer im Erdgeschoss, Sir. Ich glaube, er beschäftigt sich mit … Mathematik.«

Der Butler betonte das Wort, als wäre Ian damit beschäftigt, einen magischen Zauber zu wirken. Was verständlich war, denn wenn sich Ian seinen mathematischen Problemen widmete, konnte das jedem, der nichts davon verstand, durchaus diesen Eindruck vermitteln. Während Daniel seine Liebe zur Mathematik nutzte, um Apparate zu konstruieren und sich mit der realen Welt zu befassen, vertiefte sich Ian in eine Welt der Theorie, in die ihm nur der schärfste Verstand zu folgen vermochte.

Ian zu stören, wenn er über einer Gleichung brütete … Das konnte heikel sein.

Glücklicherweise hatte Daniel geheime Waffen zur Verfügung. Er dankte Ames und machte sich auf den Weg – nicht in besagtes Arbeitszimmer, sondern die Treppe hinauf zu den Räumen der Kinder.

Er betrat ein sonnenhelles Zimmer unter dem Dach, wo er – mitten in einer Unterrichtsstunde – die drei Kinder und deren reichlich spröde Gouvernante Miss Barnett antraf. Miss Barnett war eine der begehrtesten Gouvernanten Englands, und sein Onkel Hart hatte versucht, sie für seine eigenen Kinder zu engagieren, aber die Lady hatte die Ruhe in Ians Haus dem ständigen Wirbel in Harts Haushalt vorgezogen. Hart hatte einen seiner legendären herzoglichen Wutausbrüche bekommen, aber Ian hatte, wie hätte es anders sein können, die Schlacht gewonnen. Im Allgemeinen gewann Ian immer.

Ian und Beth hatten drei Kinder: Jamie, der Älteste, wurde bald neun, Belle war genau in der Mitte zwischen sieben und acht, und Megan würde demnächst ihren sechsten Geburtstag feiern. Sie alle hatten dunkles Haar mit rötlichem Schimmer und wunderschöne blaue Augen. Und sie alle wurden von ihrem Vater nach Strich und Faden verwöhnt.

Ian war stolz, dass seine Kinder nicht nach ihm geraten waren, nicht mit seinen seltsamen Eigenheiten und Schwierigkeiten geschlagen waren. Er prahlte damit, wie normal sie waren. Beth diskutierte mit ihm über seine Auslegung des Begriffes *normal*, doch Ian war so eingenommen von seinen Sprösslingen, dass er auch alle diese Diskussionen für sich entschied.

Die Gouvernante war nicht glücklich darüber, dass Daniel ohne Ankündigung unerlaubt das Zimmer betrat, aber sein Cousin und seine Cousinen waren es umso mehr.

»Danny!« Megan war aufgesprungen, rannte zu ihm und schlang die Arme um seine Beine. »Wir haben dich so lange nicht gesehen. Nimmst du mich mit zu einer Fahrt in deinem Automobil?«

»Mich auch«, meldete Jamie seinen Anspruch an. »Wenn Megan mitfährt, muss ich auch mitfahren.«

»Wenn es fertig ist.« Daniel hob Megan hoch, wobei ihm durch den Sinn ging, dass die jüngste von Ians Töchtern jedes Mal ein Stück größer geworden war, kaum dass er sich umdrehte. Beth würde etwas dagegen haben, dass Daniel ihre Kinder in dem Motorwagen mitnahm, den er baute, aber diese Diskussion hob er sich für später auf. »Nun, mein Junge und meine Mädchen, was haltet ihr von einer Stippvisite bei eurem Vater?«

»Mr MacKenzie«, mischte sich Miss Barnett ein. »Ich lasse auf keinen Fall zu, dass Sie den Unterricht stören. Master Jamie wird bald in die Schule kommen.«

»Und dort wird er mehr Unterrichtsstunden bekommen, als er aushalten kann.« Daniel zwinkerte Jamie zu. »Glaub mir das, Junge. Lebe, solange du es noch kannst.« Er bedachte Miss Barnett mit seinem charmantesten Lächeln, dazu setzte er den Unschuldsblick auf, der ihm in Jamies Alter immer gute Dienste erwiesen hatte. »Gewiss können Sie die Kinder doch für eine Stunde entbehren, damit sie mit ihrem geplagten Papa einen Tee trinken?«

Miss Barnett musterte ihn aus schmalen Augen; die Dame ließ sich nicht so leicht zum Narren halten. »Eine *halbe* Stunde«, willigte sie schließlich ein. »Und auch nur, weil es ohnehin fast Zeit für den üblichen Morgenspaziergang ist. Sie dürfen einen Teil der Zeit für den Besuch bei ihrem Vater nutzen.«

»Hurra!« Jamie verlor keine Zeit damit, sein Buch zuzuschlagen, und stürmte aus dem Zimmer.

Megan hielt sich an Daniel fest, als er sie aus dem Zimmer trug, froh, dem Unterricht für eine Weile zu entkommen. Belle war die Einzige, die unglücklich aussah, während sie ihre Bücher zuklappte und widerstrebend beiseiteschob.

»Miss Barnett hat recht«, sagte Belle, als sie Daniel eingeholt hatte. »Man sollte sich an seinen Zeitplan halten, um genug zu lernen und in der Schule Erfolg zu haben.«

»*Man* sollte, sollte *man* das?«, schimpfte Jamie. »Du hörst dich an wie eine verdammte Schullehrerin. Und überhaupt muss ich gar nicht in eine Schule gehen. Ich werde Jockey. Onkel Cameron sagt, ich bin ein begabter Reiter.«

Das stimmte. Daniels Vater Cameron wies immer wieder darauf hin, was für einen guten Sitz Jamie hatte, und dass der Junge ein Champion werden könnte, wenn er sich dafür entschied. Beth war über diese Neuigkeiten nicht besonders begeistert, sie hoffte, ihr Sohn würde sich mehr für die Entwicklung seiner geistigen Fähigkeiten interessieren als für einen so gefährlichen Sport wie das Pferderennen.

»Jockey zu sein ist nichts für Memmen«, erklärte Daniel. »Jockeys werden oft verletzt, und manchmal können sie danach nie wieder reiten.«

»Ich bin schon oft vom Pferd gefallen«, wandte Jamie unbeeindruckt ein. »Von ganz hohen. Ich hab mir dabei mal den Arm gebrochen, weißt du das noch?« Er hob besagten Arm hoch, der vollkommen gerade und intakt aussah. »Mama war wütend, aber ich bin unverwüstlich. Wie du, Danny.«

Daniel schwieg. Sich bei Ian einzuschmeicheln bedeutete auch, sich bei Beth einschmeicheln zu müssen, also empfahl es sich keinesfalls, Jamie zu diesem gefährlichen Sport zu ermutigen.

Belle hatte auch etwas zu sagen. »Das ist ja alles schön und gut für dich, Jamie. Aber ich muss viel lernen, um auf die Universität gehen zu können, weil ich ein Mädchen bin.« Belle war die stille MacKenzie, die das Lesen allen anderen Beschäftigungen vorzog. Ihre Puppen und ihr Spielzeug warteten ordentlich aufgereiht auf ihren Regalen und harrten der seltenen Gelegenheiten, wenn sie zum Spielen hervorgeholt wurden. Auch Belle konnte selbstverständlich reiten, sie hatte es aber nur gelernt, weil sie dazu gedrängt worden war.

»Du wirst nicht zur Universität gehen«, verkündete Jamie. »Du wirst heiraten. Alle Mädchen tun das.«

»*Ich nicht*. Ich will keinen Ehemann, der mir sagt, was ich den ganzen Tag tun soll. Ich werde Ärztin und heile die Menschen von schrecklichen Krankheiten.«

»Mädchen können kein Arzt sein«, behauptete Jamie, es klang jedoch, als sei er sich nicht ganz sicher.

»Doch können sie das. In Edinburgh studieren jetzt auch Frauen, und in der Schweiz auch.«

»Das weiß ich, aber ich wette, dass *diese* Frauen richtig klug sind.«

Belle bedachte ihren Bruder mit einem Blick voll unermesslicher Abscheu, reckte die Nase und rauschte an ihm vorbei. Megan umarmte Daniel fester und sagte: »*Ich* will heiraten, wenn ich groß bin, und viele Babys haben.«

Megan liebte Babys. Sie versuchte ständig, ihre Mutter zu überreden, noch mehr davon zu bekommen. Ein Baby-Bruder, sagte Megan, wäre so sehr viel schöner als ein älterer Bruder. Ältere Brüder waren *herrschsüchtig*.

»Ich bin sicher, das wirst du, Liebes«, erwiderte Daniel. »Ein so niedliches kleines Ding wie du wird von vielen Männern umschwärmt werden, die dein Ehemann sein wollen.«

Sogar als er dies sagte, fühlte Daniel einen starken Beschützerinstinkt. Megan war ein so hübsches Kind, und in zehn oder zwölf Jahren würden die Gentlemen nur so um sie herumscharwenzeln. Sie alle würden gut daran tun, sich zu benehmen und Megan zu behandeln, als sei sie eine Königin, oder Daniel würde sie sich vorknöpfen.

Sie küsste ihn auf die Wange. »Ich werde *dich* heiraten, Danny. Tante Isabella sagt, es ist nichts dabei, wenn Cousin und Cousine heiraten.«

»Blödsinn«, meldete sich Jamie zu Wort. »Wenn Pferde einer Zuchtlinie eine zu enge Abstammung haben, bekommen sie Fohlen, die schwach sind oder mit denen etwas nicht in Ordnung ist. Bei Menschen ist das auch so. Wir brauchen frisches Blut.«

»Aber Pferde sind nicht dasselbe wie Menschen«, sagte Megan verwirrt.

Daniel ließ sie auf seinen Armen hüpfen. »Ein kleiner Rat, Mädchen: Sag das nie zu deinem Onkel Cameron. Seine Pferde und seine Kinder sind für ihn ein und dasselbe. Und jetzt lasst uns zu eurem Vater gehen und etwas mit ihm besprechen. Es ist wichtig.«

Die kleine Prozession zog die Treppe hinunter, Jamie stürmte voran, Daniel trug Megan, und Belle bildete die Nachhut. Belle wiederholte unbeirrt, dass sie *doch* Ärztin werden und ihrem Bruder beweisen würde, dass er ein Idiot sei.

Daniel klopfte an die Tür des Arbeitszimmers, ehe er sie öffnete, obwohl er wusste, dass Ian sie bereits kommen gehört hatte. Ians Sprösslinge hatten nicht die Lektion lernen müssen, dass man Kinder weder hören noch sehen sollte. Gott sei Dank.

Ian schob seine Papiere zur Seite, als die vier durch die Tür kamen, und stand auf. Die drei Kinder riefen: »Papa!«, als hätten sie ihn vor Monaten das letzte Mal gesehen und nicht vor wenigen Stunden beim Frühstück.

Megan, Belle und Jamie stürmten in seine weit ausgebreiteten Arme. Ian hob die beiden Kleineren hoch, setzte sich mit ihnen auf den Knien auf seinen Schreibtischstuhl und zog einen zweiten Stuhl für Jamie heran. Sein Ältester hielt sich für zu erwachsen, um noch bei jemandem auf dem Schoß zu sitzen.

Ian MacKenzie, der jüngste der Brüder des Duke of Kilmorgan, war ein hochgewachsener Mann mit rotbraunem Haar und whiskeyfarbenen Augen. In diesen Augen funkelte entweder wache Intelligenz, oder es lag ein Ausdruck darin, so leer wie ein nebelverhangenes Moor. Zwischen diesen beiden Extremen konnte Ian so schnell hin- und herwechseln, wie er blinzelte.

Im Moment betrachtete Ian seine Kinder und sah ihnen offen in die Augen. Er verband sich so vollkommen mit ihnen, wie er es auch bei Beth tat, wohingegen er dem Rest der Welt eher entrückt zu sein schien. Ian sah keinen Grund, die Welt zu umarmen, wenn er stattdessen seine Familie in den Armen halten konnte.

Erst nachdem Ian seine Töchter auf die Wangen geküsst, seinem Sohn durchs Haar gestrichen und ihnen allen zugehört hatte, während sie lautstark und durcheinander von ihren Lektionen berichteten, hob er den Kopf und ließ sich dazu herab, von Daniel Notiz zu nehmen, der abwartend dastand. Ian nickte ihm über die dunklen Haarschöpfe seiner Töchter hinweg kurz zu.

»Hallo, Onkel Ian.« Daniel grinste ihn liebevoll an. »Ich habe mich gefragt, ob du mir helfen kannst, jemanden zu finden. Eine Mutter und ihre Tochter, die heute Nacht verschwunden sind. Ich kenne ihre richtigen Namen nicht und habe keine Ahnung, woher sie gekommen sind, und ich weiß nicht, ob sie London mit dem Zug oder einer Kutsche verlassen haben oder ob sie doch noch in der Stadt sind. Ich muss sie finden, und ich muss sie schnell finden. Glaubst du, du kannst mir helfen?«

Ian dachte über die Frage nach, ließ sich dabei Zeit, wie er sich bei allem Zeit ließ. Sein Blick richtete sich in die Ferne, während er überlegte.

Dann sah er Daniel wieder an, sein Blick wurde klar und wach. »Warum?«

Daniel zuckte die Schultern. »Ich bin fasziniert von ihnen. Du würdest die Tochter mögen, Ian. Sie kann Maschinen konstruieren, und ich möchte, dass sie mir beim Bau meines Automobils hilft.«

Ian schwieg wieder und sah Daniel direkt an, etwas, das er selten bei jemandem außer Beth und seinen Kindern tat. Welche Gedanken auch immer hinter diesen Augen lagen, sie waren unmöglich zu erraten.

Schließlich wandte Ian den Blick ab und schaute auf Megan, küsste sie auf den Scheitel. Dann sah er Daniel an, doch diesmal glitt sein Blick an ihm vorbei. »Ja«, sagte er.

7

»Warum muss ich die Gräfin sein?«, fragte Celine und schob die Unterlippe vor. »Ich verstehe noch immer nicht, warum du darauf bestanden hast, dass wir London verlassen, Violet. Mir geht es nicht gut.«

»Ich weiß, Mama. Es tut mir leid.«

Violet schaute aus dem Fenster des kleinen Apartments, das sie in einer Pension gemietet hatten, zwei Stockwerke über der Straße. Kaputtes Straßenpflaster, kahle Mauern und schief in ihren Angeln hängende Fensterläden sahen zwar malerisch aus in dieser Stadt an der französischen Küste, doch die Realität waren kalte, feuchte Zimmer, in die durch breite Fensterritzen der Wind eindrang.

Viele Leute verbrachten den Winter im Süden Frankreichs, was gut war für Violets Geschäft, aber sie kamen nicht wegen der Wärme. Es war zwar um die zehn Grad wärmer als in England, aber als tropisch konnte man die Temperatur keinesfalls bezeichnen. Richtig warm wurde es erst weiter im Süden, in Italien und auf den dahinterliegenden griechischen Inseln.

»Mir hat es gefallen, Madame Bastien zu sein«, redete ihre Mutter weiter. »Madame Bastien war freundlich und hilfsbereit. Die Gräfin ist eine so hochmütige Frau. Kalt und distanziert. Und von diesem Turban bekomme ich Kopfschmerzen.«

»Du musst den Turban nicht tragen, wenn du es nicht willst.« Violet zog sich den Schal fester um die Schultern und wandte sich vom Fenster ab.

Ihre Mutter saß in dem bequemsten Sessel des Apartments,

den sie nah an den weißen Kachelofen geschoben hatten. Ein Strickschal war um ihren Unterleib gewickelt, ein weiterer bedeckte ihre Knie. Celine wurde schnell krank, sie musste sich warm halten und auf sich achten, weil sie die wahre Attraktion ihrer Darbietung war.

»Warum muss ich überhaupt die Gräfin sein?«, fragte Celine ärgerlich. »Es fällt mir schwer, daran zu denken, die ganze Zeit mit russischem Akzent zu sprechen. Die Leute kommen nicht in die Vorstellung, weil ich eine Gräfin bin oder eine Russin oder wer auch immer ich deinem Wunsch entsprechend sein soll. Sie kommen wegen meiner Gabe.«

»Ich weiß«, sagte Violet.

Ihre Mutter war erstaunlich. Ihre Trancezustände waren echt. Celine hatte keine Erinnerung an das, was sich während dieser ihrer Abscencen abspielte. Sie sprach mit verschiedenen Stimmen – mit der des Kindes, das ihr Geistführer war, und mit den Stimmen von Männern und Frauen aller gesellschaftlichen Schichten und Nationalitäten. Violet war es nie gelungen, zu ergründen, ob die Geister wirklich durch ihre Mutter sprachen oder ob sie einfach nur eine besonders begabte Schauspielerin war. Wie dem auch sei, die Leute kamen, um Celines Vorstellung zu sehen, und selbst die skeptischsten von ihnen waren am Ende von ihr hingerissen.

»Warum dann die Kostüme?«, fragte Celine.

»Um Interesse bei den Leuten zu wecken«, erklärte Violet geduldig. »Man hat hier noch nie von uns gehört. Wenn sie dann im Theater sind, dann verstehen sie, warum du etwas Besonderes bist, und sie werden allen, die sie kennen, davon berichten. Aber wir müssen einen Köder haben, damit sie überhaupt kommen wollen.«

»Das hat Jacobi auch immer gesagt«, erinnerte sich Celine. »Ein lästiger Mann.«

»Er hatte recht.« Was immer Violet auch von Jacobi hielt, er hatte jedenfalls gewusst, wie wichtig es war, sich gut in Szene zu setzen. »Du musst zugeben, dass wir in London als die Bastiens sehr, sehr gut angekommen sind, die zerbrechliche Mutter und die Tochter, ihre Stütze und Hilfe.«

»Wobei das mit der Stütze und Hilfe eine Tatsache ist, das weißt du. Ich verlasse mich auf dich, liebe Violet.«

Das tat ihre Mutter. Jeder Gedanke, dass Violet sie verlassen könnte – um zu reisen, um Ehefrau zu sein, um irgendetwas anderes zu tun –, rief Entsetzen und Tränenausbrüche hervor. Celine brauchte Violet. Wie sonst sollte sie überleben?

Auch wenn Celine die Sklavin ihrer anfälligen Gesundheit und ihrer Gabe sein mochte – wenn sie etwas wollte, konnte sie so entschlossen und stark sein wie ein Ochse.

»Ich verstehe noch immer nicht, warum wir London verlassen mussten«, wiederholte Celine. »Wir hätten einen Weg gefunden, uns wegen der Miete zu einigen. Wir hätten am Ende der Woche noch eine weitere Sitzung gehabt.«

Violet antwortete nicht. Weder sie noch Mary hatten Celine gesagt, was mit Daniel MacKenzie geschehen war, oder den wahren Grund genannt, warum sie mitten in der Nacht geflohen waren.

Violet hatte in den hiesigen Zeitungen keine Notiz gefunden, in der Mr MacKenzies Name erwähnt worden war, aber die französische Presse nahm nie viel Notiz von den Geschehnissen in England. Aber auch in den wenigen englischen Zeitungen, die sie durchgesehen hatte, war sein Tod nicht in grellen Schlagzeilen verkündet worden. Meistens jedoch vermied Violet es, englische Zeitungen zu lesen, um den Schein aufrechtzuerhalten, dass sie und Celine des Englischen nicht besonders mächtig waren. Selbst hier in dem Apartment, das sie gemietet hatten, sprachen sie nur französisch.

Laut der Geschichte, die Violet für das Publikum erdacht hatte, war Celine – jetzt die verwitwete Gräfin Melikova – gezwungen gewesen, aus Russland zu fliehen, als man ihre Gabe zu einer Bedrohung erklärt hatte. Sie hatte die Behaglichkeit des Herrenhauses ihres verstorbenen Gatten aufgeben müssen und zog jetzt in Frankreich, Deutschland, Italien und der Schweiz umher, wo sie gegen Honorar private Séancen abhielt und Leuten die Zukunft vorhersagte.

Violet war Prinzessin Ivanova, die Tochter der engsten Freundin der Gräfin, die ebenfalls verstorben war. Prinzessin Ivanova hatte von Sankt Petersburg bis Budapest eine Reihe gebrochener Herzen hinter sich gelassen und war gezwungen worden, Russland zu verlassen, nachdem vier Männer ihretwegen miteinander konkurriert und gekämpft und dabei ihr Leben gelassen hatten. Man hatte ihr gesagt, sie dürfe niemals mehr zurückkehren. Die Prinzessin und die Gräfin waren übereingekommen, gemeinsam zu reisen und zu leben, und hier waren sie nun.

Violet und ihre Mutter hatten diese Rollen schon einmal gespielt, in Italien, wo sie gut hatten arbeiten können – zumindest bis sich der Winter als ungewöhnlich hart erwiesen und dafür gesorgt hatte, dass viele Touristen abgereist waren. Violet und ihre Mutter hatten in ein milderes Klima gewechselt und sich dabei in Roma-Frauen verwandelt.

Violet drehte sich wieder zum Fenster, um den fortgesetzten Fragen ihrer Mutter auszuweichen, warum sie London verlassen hatten. Violet hatte den schrecklichen Moment im Esszimmer des Londoner Hauses wieder und wieder durchlebt – ihre Angst und wie Daniel MacKenzie sie angesehen hatte, bevor er zu Boden gestürzt war.

Er als einziger der Besucher in jener Nacht war freundlich zu ihr gewesen. Er hatte Violets Geheimnisse herausgefunden, doch statt wütend zu sein und sie zu verraten, hatte er gelacht und sich interessiert gezeigt.

Und die Küsse … Violet erinnerte sich an den Rauch in Daniels Atem, die Berührung seiner Lippen. Sein zarter Kuss im Zimmer oben im Haus hatte ein Feuer in ihr entfacht – Feuer, keine Furcht. Zum ersten Mal in ihrem Leben hatte Violet einen Mann geküsst, ohne dabei Angst zu empfinden.

Warum also, warum hatte sie ihn geschlagen, als er es im Esszimmer erneut versucht hatte? Sie wünschte, sie könnte zurückversetzt werden in jenen Moment, wünschte, sie könnte die Entscheidung zurücknehmen, die sie im Bruchteil einer Sekunde getroffen hatte. In diesem neuen Szenario würde ihre Hand niemals jene Vase berühren, würde sie nicht damit ausholen, würde sie nicht sein Blut sehen …

Violet hatte ihn auf einer Haustreppe liegen lassen wie lästigen Unrat. Einen Mann, einen Menschen, und Violet hatte ihn alleingelassen, eine wehrlose Beute für jeden Dieb.

Der freundliche Doktor oder ein Constabler mussten ihn gefunden haben, sagte sie sich, wie schon so oft. Sie hatten Daniel gefunden, hatten nachgeforscht, wer er war, und ihn nach Hause zu seiner Familie gebracht.

Violets Atemzug wurde zu einem Schluchzen. Sie wollte nicht, dass er tot war. Sie wollte jene Nacht zurückhaben, wollte ihm noch einmal begegnen und ihn kennenlernen, wollte noch einmal sein warmes Lachen hören.

Die Polizei würde herausfinden, was geschehen war. Sie würde in Erfahrung bringen, dass Mr MacKenzie in dem Haus gewesen war, das Violet und ihre Mutter gemietet hatten. Violets Entscheidung zu fliehen war richtig gewesen, ansonsten würden sie, Celine und Mary jetzt schon in einer Gefängniszelle sitzen.

Wie stets hatte Violet das getan, was sie hatte tun müssen.

Sie konnte es nicht ungeschehen machen, und sie musste nach vorn schauen. Sie und ihre Mutter würden weiterhin ihre Vorstellungen geben, sie würden ihre Einnahmen zählen, und sie würden überleben. Das war es, woraus Violets Leben bestand.

Ihr mühsames, leeres Leben.

Marseille.

Daniel starrte auf die Nachricht, die er von Ian bekommen hatte. Es war erst einige Tage her, seit er seinen Onkel aufgesucht und um Hilfe gebeten hatte. Auf dem Bogen schweren Briefpapiers stand in sorgsamer Schrift nur dieses eine Wort, nicht mehr.

»Könnte es nicht etwas genauer sein?«, brummte Daniel vor sich hin.

»Sir?« Simon kam aus dem hinteren Teil des Wohnzimmers, das zwei Drittel eines Automobils beherbergte und darüber hinaus nicht viel anderes. Er hatte Daniel geholfen, die Kolben zu schleifen. Daniel hatte sich die Hände abgewischt und war an die Tür gegangen, um zu öffnen. Ein Botenjunge hatte davorgestanden und ihm den Brief überbracht.

»Alles in Ordnung«, erwiderte Daniel. »Mein Onkel Ian kann sehr geheimnisvoll tun. Wenn er sagt, dass sie in Marseille sind, dann sind sie in Marseille. Was halten Sie von einem Abstecher nach Südfrankreich, Simon?«

Simon schaute skeptisch drein. »Da war ich noch nie, Sir.«

»Dann ist das jetzt die Gelegenheit, es sich anzusehen. Ich muss einige Telegramme aufgeben. Ein paar Fliegen mit einer Klappe schlagen sozusagen.«

Simon erwiderte nichts, war er doch in den wenigen Tagen bei Daniel bereits zu der Erkenntnis gelangt, dass Daniel zwar wie ein Wasserfall redete, aber nicht immer eine Antwort erwartete.

Selbst nachdem Daniel sich fertig gemacht hatte, um die Telegramme aufzugeben, schaute er noch einmal bedauernd zum Automobil zurück, ehe er die Tür zum Wohnzimmer schloss. Wieder einmal fragte er sich, warum er das Ganze nicht einfach auf sich beruhen ließ. Mademoiselle Bastiens gewalttätige Reaktion auf seine Küsse bedeutete doch, dass sie nichts mit ihm zu tun haben wollte. Auch die Tatsache, dass sie oder sonst jemand aus ihrem Haushalt ihn auf die Straße getragen und dort liegen gelassen hatte, bestätigte diese Schlussfolgerung.

Doch dann kam die Erinnerung an Violette, die in seinem Arm lag, ihre Lippen, die sich um die schwarze Zigarette schlossen. Er war nicht fähig gewesen, der Versuchung ihrer roten Lippen zu widerstehen. Sie hatte nach Honig geschmeckt, nach Rauch und nach Verlangen. Eine Kostprobe von ihr, und Daniel hatte mehr gewollt und noch mehr.

Im Esszimmer hatte Daniel sie noch einmal küssen wollen, sie dann auf den Tisch heben, ihre Röcke hochschieben und sich in ihr verlieren. Etwas in seinem Herzen hatte sich nach ihr gesehnt, und es sehnte sich noch immer.

Wer war Violette Bastien, und wo zum Teufel steckte sie?

Marseille, besagte Ians Mitteilung. »Packen Sie ein paar saubere Hemden ein, Simon«, gab Daniel Anweisung, faltete das Blatt Papier zusammen und steckte es in die Tasche. »Wenn ich vom Telegrafenamt zurückkomme, brechen wir nach Frankreich auf.«

Der Theatersaal war sehr gut besucht. Es freute Violet, fast jeden Platz besetzt zu sehen, weil die Theaterbesitzer manchmal einen höheren Anteil der Einnahmen verlangten, wenn zu wenig Zuschauer kamen. Der heutige Abend jedoch ließ sich gut an. Sie boten eine neue Vorstellung, und die gelangweilten Touristen und reichen Franzosen Marseilles wollten etwas Neues sehen.

Die Lichter erloschen, der Vorhang öffnete sich und gab den Blick auf das schlichte Szenenbild frei. Violets Mutter saß auf einem dem Rokoko nachempfundenen Stuhl, sie hielt sich sehr gerade, die Schleppe ihres altmodischen schwarzen Kleides aus Bombasin fiel bis auf den Boden. In letzter Minute hatte sie erklärt, dass sie den Turban doch tragen wolle, und der Brokat hob sich schimmernd von ihrem ergrauenden dunklen Haar ab.

Celine saß neben einem Tisch, auf dem ein leeres Glas und eine Karaffe mit Wasser standen. Auf diesen Tisch ging Violet jetzt zu, während der Vorhang aufgezogen wurde. Sie trug ein modisches Kleid in Taubengrau, ihr Gesicht wurde von einem hauchdünnen schwarzen Schleier verhüllt, der ihr bis zur Taille reichte. Unter dem Schleier schimmerte helles Blond. Unter der Perücke juckte ihr die Kopfhaut ein wenig, doch das helle Haar machte ihr Erscheinungsbild perfekt.

In der Ankündigung der Darbietung – und durch die Mundpropaganda, für die Mary gesorgt hatte – war darauf hingewiesen worden, dass Violet ihr Gesicht verhüllt lassen musste, weil ein einziger Blick auf ihre unbeschreibliche Schönheit selbst den besonnensten Gentleman zu unüberlegten Handlungen hinreißen könne. Violet war sich der Männer sehr bewusst, die in den ersten beiden Reihen saßen und sich fast die Hälse verdrehten, um einen Blick unter den Schleier zu erhaschen.

Die Kronleuchter über dem Publikum spendeten spärliches Licht. Die Gaslampen an den Bühnenseiten verbreiteten ihren dämmrigen Schein, der auf Violet und ihre Mutter fiel. Der Geruch der vielen an einem Ort versammelten Menschen, von Wolle und Parfüm erhob sich vor ihnen wie eine Mauer.

Mit anmutiger Geste schenkte Violet ihrer Mutter ein Glas Wasser ein, dann richtete sie das Wort an das Publikum. »Die

Gräfin wird die Wege in die Welt der Geister öffnen. Um das zu tun, muss sie sich aufs Äußerste konzentrieren. Deshalb richten Sie Ihre Fragen ausschließlich an mich. Ich werde Ihre Bitten anhören und entscheiden, wen zu erreichen die Gräfin die besten Aussichten hat.«

Violet ließ den Blick über die Zuschauermenge gleiten, während sie sprach, und teilte sie in Kategorien auf – in jene, die wahrhaft glaubten, in die aufmerksamen Skeptiker und jene, die nur gekommen waren, um unterhalten zu werden. Wie gewöhnlich meldeten sich zunächst nur einige wenige Zuschauer, indem sie die Hand hoben. Ein oder zwei Antwortsuchende, die voller Hoffnung hergekommen waren, aber auch ein oder zwei Gentlemen, die offensichtlich darauf aus waren, Violet und ihre Mutter eines Tricks zu überführen.

Violet nickte einer der Hoffnungsvollen zu, es war eine Frau mittleren Alters, die schwarze Trauerkleidung trug. Die Frau hatte kaum ein paar Worte gesagt, da hob Violet die Hand. »Es ist schwer, ich weiß«, sagte Violet, wobei sie Französisch mit einem Akzent sprach, wie er bei jemandem klingen mochte, der aus Sankt Petersburg stammte. »Er ging zu früh, lange vor seiner Zeit. In einer Schlacht, nicht wahr?«

Die Frau nickte, sie sah überrascht aus. Armes Ding. Violet hatte die trostlose Miene der Frau gesehen, dazu die Haarlocke, die sie in einer Brosche an der Brust trug, neben dem Rangabzeichen eines Offiziers der französischen Armee. Sie hatte ihren Sohn in irgendeinem Krieg in den Kolonien verloren, entweder in Afrika oder in Asien.

»Er war so weit fort«, sagte Violet. »Es tut mir leid.«

Das Gesicht der Frau verzerrte sich, und Violet empfand Mitgefühl mit ihr. Da gab es jene, die behaupteten, dass Violet und ihre Mutter mit den Trauernden spielten, um ihr Geld damit zu machen, und Violet erhob dagegen nicht immer

Einwände, aber gleichzeitig wusste sie, dass das, was ihre Mutter und sie taten, auch Trost schenkte. Diese Frau zum Beispiel sehnte sich nach der Gewissheit, dass es ihrem Sohn jetzt gut ging. Vermutlich war er unter großen Schmerzen gestorben, in einem fernen Land, und seiner Mutter war es verwehrt gewesen, ihm beim Sterben die Hand zu halten. In den Gesichtern von Müttern, die ihre Söhne oder Töchter verloren hatten, lag stets die größte Qual.

Es ist nicht natürlich, dachte Violet zornig. *Mütter sollten ihre Kinder nicht verlieren*. Sie dachte an Daniel und sah den leeren Blick in den Augen seines Vaters vor sich, als ihm die Nachricht überbracht wurde.

Violet zwang sich, vom Bühnenrand zurückzutreten und mit der Vorstellung weiterzumachen. »Gräfin?«

»Ja.« Celine tupfte sich mit einem Tuch die echten Tränen des Mitgefühls ab. »Ich werde ihn finden.«

Im Saal wurde es still. Celine schloss die Augen, legte die Hände in den Schoß und fiel in Trance.

Violet beobachtete sie dabei genau und war bereit, beim geringsten Zeichen von Schwäche oder gar der Bewusstlosigkeit einzugreifen. Manchmal fiel ihre Mutter in Ohnmacht – einmal war sie dabei vom Stuhl gefallen und hatte sich den Kopf gestoßen, ehe Violet sie hatte auffangen können, und sie hatte stark geblutet.

»Der Schleier«, murmelte ihre Mutter, ihr Atem ging rascher. »Er teilt sich. Ich sehe Licht, ich sehe … ah.«

Sie verstummte. Als sie schließlich weitersprach, hatte ihre Stimme einen hohen Klang wie die eines Kindes – es war die Stimme ihrer Geistführerin Adelaide, ein zehnjähriges Mädchen aus Paris. »Machen Sie sich keine Sorgen, Madame. Ich werde ihn finden. Er ist hier, und er ist so einsam.«

Aus dem Zuschauerraum war der Aufschrei der Mutter zu

hören. Die junge Frau, die neben ihr saß – eine Fremde, aus der Art und Weise zu schließen, wie sie bisher Abstand gehalten hatte, soweit die Sitzplätze es zuließen –, tätschelte der Frau jetzt tröstend den Arm.

Celine sprach weiter. Jetzt klang ihre Stimme tief, der russische Akzent war verschwunden, das Französisch makellos, aber sie sprach es so, wie es in der Provinz gesprochen wurde. An der Küste, in einer Stadt nicht weit von hier, vermutete Violet.

»*Maman*, bist du hier?«

Die Frau sprang auf, sie presste die Faust mit dem zerknüllten Taschentuch darin an die Brust. »Jules? Jules, bist du das?«

Celine schwieg, bis sich Violet umwandte und mit ihrem russischen Akzent zu Celine sagte: »Sie möchte wissen, ob es ihr Sohn ist.«

»Maman«, kam die Antwort aus Celines Mund, die Stimme klang erleichtert. »Ich bin hier, *Maman*. Weine nicht, ich bitte dich.«

»Geht es dir gut? Sie hat gesagt, du seiest einsam.«

Violet übermittelte die Frage, und Celine antwortete. »Weil du vielleicht einsam bist, *Maman*. Ich sorge mich um dich, jetzt, da du allein bist.«

»Mir geht es gut. Wirklich, mein Liebling. Ich habe Freunde, die sich um mich kümmern. Aber was ist mit dir? Ich kann den Gedanken nicht ertragen, dass du ganz allein dort liegst …«

»Die Hülle in jenem Grab ist nur Staub. Ich habe sie hinter mir gelassen und bin hinübergegangen. Papa ist hier und die kleine … kleine …«

»Brigitte? Brigitte ist bei dir?«

Die Hoffnung in der Stimme der Frau brach Violet das Herz. Celine, das wusste sie, würde fest glauben, dass sie mit dem toten Soldaten namens Jules sprach, aber dennoch wandte Celine den Trick an – ob bewusst oder nicht –, den Fragenden zu animieren, ihr die benötigten Informationen zu liefern.

»Ja, Brigitte ist hier. Sie vermisst dich.«

»Und ich vermisse sie. Sag ihr, dass ihre *Maman* sie sehr vermisst. Und dich, Jules. Aber du bist glücklich, das ist gut. Eines Tages werden wir alle wieder zusammen sein.«

Worte wie diese lösten bei Violet stets Besorgnis aus, aber die Frau sah gesund aus und war vermutlich eine zu strenggläubige Katholikin, um Selbstmord zu begehen. Außerdem sah sie sehr erleichtert aus, nachdem sie erfahren hatte, dass ihre Familie in der anderen Welt wieder vereint war. Wenn sie aufeinander aufpassten, musste sie sich keine Sorgen um sie machen.

»Ich muss gehen, *Maman*. Der Schleier ist dünn. Meine Liebe ist bei dir … meine Liebe.« Die Stimme verklang, und die kindgleiche Stimme erklang wieder. »Er ist fort.«

Die Frau setzte sich, Tränen liefen ihr über das Gesicht. Die junge Frau neben ihr, jetzt keine Fremde mehr, legte ihr den Arm um die Schultern.

Das Publikum war jetzt eifriger dabei, Celine zu bitten, Kontakt zu jenen aufzunehmen, die ihnen lieb gewesen waren. Violet filterte die Fragen, ließ die eines Mannes zu, der sich bei seiner Schwester entschuldigen wollte, dann die Frage einer ängstlich aussehenden jungen Frau, die von ihrer Mutter wissen wollte, ob sie bei ihrem Stiefvater, der sie schlug, bleiben sollte oder nicht. Die Schwester des Erstgenannten nahm die Entschuldigung huldvoll an. Die Mutter der zweiten Frau sagte, nachdem der Kontakt hergestellt war, dass der Stiefvater schon immer ein brutaler Mann gewesen sei und dass die junge Frau nicht verpflichtet sei, bei ihm zu bleiben.

Das Publikum ging jetzt noch intensiver mit, glücklich über jede Person, die mit ihren verstorbenen Lieben sprechen konnte und Antworten bekam.

Die Menschen brauchten das, hatte Violet vor langer Zeit herausgefunden. Religiöse Führer oder gesellschaftliche Regeln genügten manchmal nicht, um einen Menschen Trost finden zu lassen oder ihn von seinen Schuldgefühlen zu befreien. Und deshalb kamen sie zu Violets Mutter, die ihnen gab, wonach sie suchten. Celine war glücklich über ihre Gabe, und Violet hatte vor langer Zeit entschieden, es ebenso zu sehen. Violet selbst mochte nicht daran glauben, aber ihre Mutter tat es und auch all diese Leute. Wenn Celine ihren Schmerz lindern konnte, sollte Violet dem dann im Wege stehen?

Bleibe leidenschaftslos, hatte Jacobi immer gesagt. *Du bist der Bote, die Verbindung, du bist nicht ihr Mentor oder Freund.*

Nun, Jacobi hatte alles über Leidenschaftslosigkeit gewusst, nicht wahr?

Violet zitterte. Sie gab Mary das Zeichen, die Vorrichtung zu betätigen, die sie vor der Vorstellung oben über der Bühne am Schnürboden installiert hatte. Violet bereitete stets einige kleine phosphoreszierende Kugeln vor, die an Bändern befestigt waren und die sie über ihrer Mutter oder über den Sitzen schweben lassen konnten, wenn die Vorstellung ein wenig schleppend verlief. Heute Abend benötigten sie diesen Effekt nicht, aber der greifbare Beweis des »Schleiers« versetzte das Publikum immer in Begeisterung.

Kaum dass Mary die Kaskade aus leuchtenden Kugeln freigesetzt hatte, schauten einige Zuschauer zur Decke, alle Köpfe wandten sich nach oben, ein paar Leute klatschten in die Hände. Nach und nach waren die Fragen erstorben, doch jetzt verschaffte sich eine neue Stimme Gehör, auf Englisch, aber mit dem Akzent eines Schotten aus den Highlands.

»Nun, Mademoiselle«, sagte der Mann, und in seiner Stimme lag ein Lachen. »Glauben Sie wirklich an Geister?«

8

Daniel MacKenzie stand direkt vor der Bühne, aufrecht und unversehrt und alles andere als tot.

Sein Blick nagelte Violet fest, und auch wenn er nicht lächelte, lag in dem Funkeln seiner dunkel bernsteinfarbenen Augen Mutwillen. Er trug einen Anzug ähnlich dem, den er in der Nacht ihrer Begegnung getragen hatte – schwarze Jacke, elfenbeinfarbene Weste, den Kilt in den MacKenzie-Farben. Sein Haar war ordentlich gekämmt, das Kinn frisch rasiert, er trug sogar Handschuhe. Unwillkürlich dachte Violet, dass er ein wenig zerzaust besser aussah, wenn ihm das Haar wirr vom Kopf abstand und er seine starken Hände nicht in Handschuhen versteckte.

Sie registrierte, dass einige erstarrte Herzschläge verstrichen waren, ohne dass ein Wort fiel, und dass das Publikum, Daniel und ihre Mutter eine Antwort erwarteten.

Als sie endlich wieder Luft holte, erstickte sie fast daran. »Wenn sich der Schleier teilt«, sagte sie heiser und erinnerte sich im letzten Augenblick daran, Französisch mit russischem Akzent zu sprechen, »kann alles Erdenkliche hindurchgelangen.«

Das Publikum murmelte zustimmend. Daniel betrachtete Violet mit einem Blick voller Herausforderung, das Funkeln in seinen Augen konnte selbst mit dem Leuchten der hellsten Kugeln über dem Publikum konkurrieren.

»Was Sie nicht sagen. Ich könnte eine Frage zu meiner lieben alten Mutter stellen, nicht wahr? Auch wenn sie seit gut vierundzwanzig Jahren nicht mehr bei uns ist?«

Violet starrte ihn an. Was wollte er? Als Mortimer ihr bei der Séance im Haus in London vorgeschlagen hatte, Kontakt zu seiner Mutter aufzunehmen, war Daniel wütend geworden. Was also führte er jetzt im Schilde?

Sie musste sich von ihm abwenden und sich dem nächsten Fragesteller zuwenden. Aber ihre Zunge klebte ihr am Gaumen, und sie konnte ihre Füße nicht dazu bewegen, auch nur einen Schritt zu tun.

Das Publikum begann zu klatschen, skandierte unisono: *»Oui, oui.«* Celine unterbrach die Rufe, sie sprach mit der Stimme Adelaides. »Sie ist hier, Monsieur. Sie hat auf Sie gewartet.«

Daniel stand mit dem Rücken zum Publikum, und er verbarg seine Erheiterung nicht, als er zu Violets Mutter schaute. »Ist sie das? Jetzt? Das ist interessant.«

Celines Stimme änderte wieder die Tonlage, sie klang jetzt tiefer, eine Altstimme mit klingenden samtenen Lauten. »Es tut mir so leid, mein Sohn«, sagte sie in perfektem Englisch. »Ich habe mich selbst nicht mehr gekannt. Ich wollte dich nie verletzen.«

Daniels Lächeln verblasste nicht. »Das geht schon in Ordnung, Mum. Mach dir darüber jetzt keine Sorgen mehr.«

Celine stieß einen leisen Seufzer aus. »Danke.«

Das Publikum seufzte mit ihr.

Daniel zwinkerte Violet zu, dann klopfte er auf die Bretter der Bühne, wandte sich ab und schlenderte davon, sein Kilt schwang über seiner Kehrseite hin und her. Violet sah ihm nach, als er zu einem leeren Sitz in der letzten Reihe des Saales ging, wobei er lässig mit jedem in der Reihe einige Worte wechselte, bis er sich auf seinen Platz setzte.

Er würde bleiben. Während der ganzen Vorstellung würde er dort sitzen und zusehen.

Und was dann? Sie enttarnen? Dem Publikum verkünden, dass die Gräfin und die Prinzessin Betrügerinnen waren, die erst kürzlich aus London angereist waren?

Er verschränkte die Arme vor der Brust, während er Violet angrinste, ohne sie aus den Augen zu lassen. Der Kontakt, den ihre Mutter zu seiner Mutter hergestellt hatte, beeindruckte ihn kein bisschen. Violet zwang sich dazu, sich abzuwenden, aber sie zitterte am ganzen Leib und konnte kaum die Antwort auf die nächste Frage stammeln, die ihr aus dem Publikum gestellt wurde.

Daniel blieb auf seinem Platz sitzen, während die Vorstellung weiterging – sie hatten einen Vertrag über zwei ganze Stunden abgeschlossen. Jeden Moment rechnete Violet damit, dass Daniel aufstand und erklärte, die ganze Veranstaltung sei nichts als Humbug, und die Zuschauer sollten ihr Geld zurückverlangen und niemals wieder Violet und anderen Leuten wie ihr trauen. Er würde ihnen sagen, was Violet ihm in London angetan hatte, und dass er mit der Polizei hergekommen war, um sie ins Gefängnis schaffen zu lassen.

Doch Daniel schaute nur zu, während Violet mit den Fragenden sprach, bis ihre Kehle trocken war und ihre Fähigkeit, die Menschen einzuschätzen, nachließ. Glücklicherweise fuhr Celine, der nichts Störendes aufgefallen war, damit fort, mit den Geistern zu sprechen und das mitzuteilen, was die lieben Hinterbliebenen hören wollten.

Violet war erschöpft, als Celine endlich in ihrem Stuhl zurückfiel und die Arme schlaff hinunterhängen ließ. »Ich kann nicht mehr«, flüsterte sie müde.

Die Gaslampen auf der Bühne flackerten noch einmal hell auf, zischten und erloschen. Mary reagierte zuverlässig auf Stichworte.

Das Publikum brach in frenetischen Beifall aus. Dankesrufe

wurden laut, Rufe nach einer Zugabe. Violet gab Mary das Zeichen, den Vorhang zu schließen und ihre Mutter vor den Blicken zu verbergen. Dann trat sie mit zitternden Beinen vor den roten Samtvorhang.

Sie schaute sofort in die hintere rechte Ecke des Saales, wo Daniel gesessen hatte. Aber die Reihe war fast schon ganz leer, Daniel war fort. Vielleicht war er doch nur ein Geist gewesen, der gekommen war, um ihr Schuldbewusstsein zu wecken.

Das Publikum wurde still, harrte erwartungsvoll ihrer Worte. Violet hob die Hände und begann mit ihrer eingeübten Rede. »Die Gräfin hat alles gegeben, was sie geben konnte. Sie wird sich jetzt zur Ruhe begeben, aber am kommenden Sonnabend wird sie wieder hier sein, nachdem sie sich ausgeruht und meditiert hat. Falls Sie eine private Konsultation wünschen, schreiben Sie an die Adresse auf der Karte, die man Ihnen überreichen wird, wenn Sie den Saal verlassen. Ich danke Ihnen für Ihr Kommen, auch im Namen der Gräfin.« Violet fuhr herum, als habe jemand sie gerufen, und spähte durch den Schlitz des Vorhangs. »Was …?« Sie wandte sich wieder den Zuschauern zu, ihr Schleier wehte. »Die Gräfin. Bitte, Sie müssen gehen. Ich muss …«

Violet brach ab und verschwand hinter dem Vorhang. Die Bühne dahinter war leer, Mary hatte Celine schon weggeführt.

Violet hielt inne, um Atem zu schöpfen, während die Falten aus Samt hinter ihr zufielen. Schwindelig und mit trockenem Mund griff sie nach der halb vollen Wasserkaraffe, schob ihren störenden Schleier zur Seite und nahm einen großen Schluck.

Mr MacKenzie lebte, und er war hier, es sei denn, Violet hatte es in ihrem überdrehten Zustand nur geträumt. Vielleicht hatte sie so lange mit Geistern gespielt, bis sie zu glauben begonnen hatte, sie könne tatsächlich die Toten sehen.

Unsinn. Er lebte.

Wie zum Teufel hatte er sie gefunden? Violet hatte die Fahrkarten für den Zug und das Schiff unter einem falschen Namen gekauft, hatte die Wohnung hier unter einem weiteren angenommenen Namen gemietet, und keiner davon war Bastien oder der Name der Gräfin oder der der Prinzessin gewesen. In der Pension waren ihre Mutter und sie einfach nur Madame und Mademoiselle Perrault aus Rouen, die von ihrem Mädchen begleitet wurden. Mary hatte ihren Vornamen beibehalten, sprach ihn jetzt jedoch *Marie* aus, doch niemand achtete besonders auf ein Hausmädchen, abgesehen davon hießen viele von ihnen Marie.

Wie hatte Daniel herausgefunden, dass Violette Bastien und die Prinzessin Ivanova ein und dieselbe Person waren? In London hatte Daniel Celine nicht zu Gesicht bekommen, und Violet achtete immer sehr darauf, dass nirgendwo Porträts von ihnen zu sehen waren. Sich hinter ihrem schwarzen Tüllschleier zu verstecken hatte in diesem Fall offensichtlich nichts genützt.

War Daniel tatsächlich hergekommen, um sie verhaften zu lassen? Oder vielleicht, um sie zu erpressen, damit er Schweigen bewahrte? Er konnte nichts Gutes im Schilde führen – denn dann wäre er in England geblieben und hätte sie in Ruhe gelassen.

Violet wollte in die Garderobe eilen, ihre Mutter und Mary packen und wieder davonlaufen. Irgendwohin. Überallhin. Vielleicht nach Russland, wo sie in Wahrheit noch nie gewesen waren.

Sie zwang sich, noch einen Schluck Wasser zu trinken und ruhig in das Büro des Theatermanagers zu gehen, um ihre Einnahmen abzuholen. Sie hatte gelernt, dass es am besten war, das Geld immer sofort zu holen, nachdem einmal ein skrupelloser Manager mit allen Einnahmen verschwunden war. Violet zählte das Geld, gab dem Manager seinen Anteil, dann steckte sie den Rest in ihr Mieder und ging rasch den Flur hinunter zur Garderobe.

Celine saß dort in einem bequemen Sessel, zutiefst erschöpft. Sie rieb sich die Stirn. »Ich hätte den Turban doch nicht tragen sollen. Das verdammte Ding ist so schwer.«

Ihr Südlondoner Akzent schlich sich für einen kurzen Moment in ihr Englisch, bevor sie noch einen tiefen Seufzer ausstieß und zu kultiviertem Französisch zurückkehrte. »Bitte, können wir nach Hause gehen, Violet? Ich habe solche Kopfschmerzen.«

»Natürlich, Mama. Du und Mary fahrt in der Kutsche. Ich ziehe mich um und gehe zu Fuß nach Hause. Es ist nicht weit, und es ist noch früh.« Und falls Daniel irgendwo mit der Polizei bereitstand, um Violet wegen ihrer Attacke festnehmen zu lassen, hatte ihre Mutter eine Chance, zu fliehen.

»Du bist so gut zu mir.« Diese Worte sagte Celine so oft mit dieser matten Stimme, aber Violet wusste, dass sie es ernst meinte.

Violet gab Mary die Einnahmen, um sie in der Wohnung wegzuschließen. Sie war nicht so dumm, mit Tausenden französischer Francs in ihrem Mieder durch die Straßen zu laufen, auch nicht in diesem recht sicheren Stadtteil. Und falls die Polizei sie verhaftete, hatte ihre Mutter wenigstens das Geld.

Aber niemand wartete draußen, um sie aufzuhalten. Violet sorgte dafür, dass Celine und Mary sicher in der Mietdroschke davonfuhren und niemand ihnen folgte, ehe sie in die stille Garderobe zurückkehrte, inzwischen ein wenig erleichtert. Sie kleidete sich um, packte ihre Sachen samt Turban in einen Koffer und schlüpfte wieder zum Bühnenausgang hinaus.

Sie ging die schmale Gasse hinter dem Theater entlang, die zur Hauptstraße führte, den Kopf gesenkt. Sie trug jetzt die Kleidung einer einfachen Arbeiterin, einen schlichten Rock, eine Hemdbluse und eine Jacke, dazu einen flachen Hut, den sie in ihrem Haarknoten festgesteckt hatte. Sie hätte eine ganz gewöhnliche Sekretärin oder Angestellte eines Telegrafenbüros sein können, die nach einem langen, anstrengenden Tag nach Hause ging.

Ehe sie die Hauptstraße erreichte, legte sich eine Hand auf ihre Schulter, und Daniel MacKenzie zog sie in die Schatten der Gasse.

Daniel hatte noch nie eine so verängstigte Frau gesehen. In Violette Bastiens weit aufgerissenen blauen Augen stand nackte Angst. Und hinter dieser Angst lauerte Wachsamkeit wie bei einem Tier, das schon oft geschlagen wurde.

Daniel lockerte seinen Griff um ihre Schulter. »Ruhig, Mädchen. Ich werde Ihnen nichts tun.«

»Was zum Teufel machen Sie dann hier?« Verschwunden war das Französisch mit dem russischen Akzent, verschwunden war überhaupt alles Französische, selbst der leichte Akzent, mit dem sie in London gesprochen hatte. Sie klang durch und durch englisch, und zwar nicht nach der Oberklasse. London, südlich des Flusses, wenn er es lokalisieren sollte.

»Ah, Mr MacKenzie«, sagte Daniel in spöttischem Tonfall. »Wie schön, Sie wiederzusehen. Und dass Sie unverletzt sind, nachdem ich Ihnen meine beste Vase über den Schädel geschlagen habe …« Er rieb sich die Schläfe. »Woraus war dieses verdammte Ding gemacht, hm? Aus Granit?«

»Es tut mir leid«, sagte Violet steif. »Es war nicht meine Absicht, Sie zu verletzen.« Sie standen im Schatten, aber ihre Pupillen waren Nadelstiche des Entsetzens. »Sie hatten mir Angst gemacht.«

»Das war offensichtlich. Ich erinnere mich, dass Sie im Zimmer im oberen Stockwerk nichts dagegen hatten, dass ich sie küsse. Ganz anders dann im Erdgeschoss. Oder hatten Sie Ihre Meinung geändert, nachdem Ihr Mädchen mich mit diesem Polsterkissen geschlagen hat?«

»Es war niemals meine Absicht, Sie zu verletzen.« Sie wiederholte die Worte, diesmal leiser, und hob die Hand, als wollte sie die langsam verheilende Wunde an Daniels Schläfe berühren, aber sie tat es nicht. »Das schwöre ich Ihnen.«

»Na schön, Sie haben mich schließlich auch nur bewusstlos geschlagen. Mich haben schon zuvor Ladys attackiert, aber noch nie mit einer solchen Tatkraft.«

Violette trat einen Schritt zurück, atmete schwer aus, ihre lähmende Angst schien ein wenig nachzulassen. »Nun, Sie hatten kein Recht, mich auf diese Weise zu küssen. Ich bin keine Dirne.«

»Sie haben recht, Mädchen. Ich hatte kein Recht dazu.« Daniel folgte ihr. »Aber wir waren allein, es war Nacht, und es hat mich über alle Maßen entzückt, eine Frau zu treffen, die etwas von Technik und vom Erfinden versteht. Es war Ihre Genialität beim Bau dieser Apparaturen … Ich habe versucht, mich anständig zu benehmen, aber nachdem ich Ihre Windmaschine gesehen hatte, konnte ich der Versuchung, noch einen Kuss von Ihnen zu stehlen, nicht widerstehen.«

Zu seiner Freude wich das Entsetzen aus ihren Augen, während er sprach, aber sie blieb wachsam. »Sie waren auf mehr aus als nur auf einen Kuss, Mr MacKenzie.«

»Aye, das streite ich nicht ab.« Daniels Blick glitt über Violets Körper, den die enge Jacke und die Baumwollbluse nicht allzu gründlich verbargen. Sie raubte ihm noch immer den Atem.

Vor lauter Triumph, sie gefunden zu haben, schlug sein Herz schnell. Er wollte sie in die Arme reißen, sie gegen die schmutzige Steinwand des Theaters drücken und seine Erleichterung mit ihr finden.

»Sie sind eine sehr schöne Frau«, sagte er und zwang sich mühsam dazu, sich zusammenzunehmen. »So steht es auf Ihren Plakaten, nicht wahr? *Eine Schönheit, die vernünftige Männer in den Wahnsinn treibt und Gentleman veranlasst, sich um ihretwillen zu duellieren.* Das ist wirklich brillant. Ich wette, die Kunden kommen in Scharen.«

Violette sah ihn abweisend an. »Sie machen sich über mich lustig, Mr MacKenzie.«

»Das tue ich in der Tat.« Daniel stellte sich neben sie und bot ihr seinen Arm in der maßgeschneiderten Jacke an. »Lassen Sie mich Sie nach Hause begleiten, Mademoiselle Bastien, wenn das Ihr Name ist. Aber auch wenn er es nicht ist, wird es mir auf jeden Fall eine Ehre sein, Sie zu begleiten. Hier könnten sich Schurken herumtreiben.«

»Dies ist ein respektabler Stadtteil.« Violette hob das Kinn. »Der einzige Schurke hier sind Sie.«

Daniel lachte laut auf. »Ein Schuss mitten ins Herz, aber Sie haben recht, Mädchen. Absolut recht. Doch selbst respektable Gentlemen könnten den Verstand verlieren, wenn sie der faszinierend schönen Prinzessin Ivanova gegenüberstehen.«

Daniel bot ihr noch immer seinen Arm an, erwartete jedoch, dass sie sich jeden Moment umdrehen und davongehen würde. Dann würde er ihr folgen müssen, denn er wollte verdammt sein, wenn er die Frau, deren Spur er über den halben Kontinent gefolgt war, noch einmal entwischen lassen würde. Er hatte sie gefunden, und er würde sie nicht wieder loslassen.

Daniel ließ sich seine Freude nicht anmerken, als sie die Hand in seine Armbeuge legte.

»Also gut. Aber nur, weil es hier draußen dunkler ist, als ich dachte.«

Gewonnen, jubilierte er innerlich, als sie zusammen in die Hauptstraße einbogen.

Ians Hinweis auf Marseille hatte Daniel hierhergeführt, und fast sofort hatte er die Plakate gesehen, die die Hellseherin Gräfin Melikova und ihre Assistentin ankündigten: Prinzessin Ivanova, die todbringende Schönheit, würde in einem Theatersaal zum Publikum sprechen.

Daniel war verspätet zu der Vorstellung gekommen. Auf der Bühne hatte er eine Frau mittleren Alters gesehen, schwarz gekleidet, mit einem Turban aus Goldbrokat auf dem Kopf, und neben ihr die aufrechte Gestalt Violettes, die Gesicht und Haar unter einem langen schwarzen Schleier verbarg. Aber er hatte gewusst, dass es Violette war. Er hätte diese bezaubernde Figur und diese sinnliche Stimme überall wiedererkannt, ganz gleich, ob sie ihr Gesicht verhüllte oder mit welchem Akzent sie sprach.

»Die Locken, die unter Ihrem Schleier hervorschauten, waren blond.« Daniel berührte eine dunkle Haarlocke, die Violet über die Wange fiel. »Sehr klug. Wenn hingerissene Gentlemen an der Hintertür auf Sie warten, halten sie Ausschau nach einer Frau mit flachsblondem Haar. Nur ich war auf der Suche nach der wahren Violette Bastien.« Er zwinkerte ihr zu. »Es sei denn, dass auch Mademoiselle Bastien nicht existiert, nicht wahr? Ist *Violette* Ihr richtiger Name? Oder wurden Sie auf einen anderen Namen getauft?«

»Er lautet Violet«, sagte sie mit fester Stimme.

»Kein Nachname?«

»Den gibt es seit Langem nicht mehr.«

»Hmmm.« Daniel zog sie ein wenig näher. Sie gingen langsam die Straße hinunter wie ein miteinander vertrautes Paar, wichen Kutschen und dahintrabenden Pferden aus und den kleinen Haufen dampfender Äpfel, die diese dahintrabenden Pferde hinterließen.

Viele Menschen waren auf der Straße unterwegs – Freunde, die Arm in Arm gingen, Paare, Geschäftsmänner, die aus dem Club heimkehrten zu ihren Familien. Niemand achtete auf Daniel und Violet, es sei denn, jemand schaute für einen kurzen Augenblick auf Daniel MacKenzies Kilt. Hier und jetzt war Daniel das exotische Wesen auf der Straße, nicht Violet.

»Ich gratuliere Ihnen und Ihrer Mutter zu der Vorstellung«, sagte er. »Sie haben das sehr gut gemacht. Die phosphoreszierenden Bälle waren ein schöner Effekt mit einer faszinierenden Wirkung.«

Violet zuckte die Schultern. »Die Leute erwarten, einen greifbaren Beweis für die Geisterwelt zu sehen.«

»Keine Apparaturen heute Abend?«

»Meine Mutter ist darauf nicht so sehr angewiesen wie ich. Ich besitze nicht ihre Gabe.«

»Die Gabe«, wiederholte Daniel und dachte an die Vorstellung. »Aye, sie ist wirklich gut. Eine Meisterin darin, den Leuten zu sagen, was sie hören möchten.«

»Urteilen Sie bitte nicht vorschnell über sie. Sie trifft immer ins Schwarze, und sie arbeitet nicht nur mit den Informationen, die ich ihr gebe. Was ist mit dem, was Ihre Mutter Ihnen durch sie gesagt hat? Meine Mutter hatte recht, nicht wahr? Und ich habe ihr nichts gesagt. Ich wusste nicht, dass Sie hier sein würden – ich dachte, Sie wären …« Violet zögerte, ihre Finger auf seinem Arm spannten sich an.

»Dahingeschieden?«, schlug Daniel vor. »Verblichen? Ich hätte das Zeitliche gesegnet?«

»Ja.«

Daniel hörte das leichte Stocken in ihrer Stimme und fasste Mut. »Armes Mädchen. Kein Wunder, dass Sie aus England geflohen sind.«

Violets Griff lockerte sich. »Aber meine Mutter hatte recht, nicht wahr? Was Ihre Mutter betrifft?«

Daniel zuckte mit den Schultern. »Sie war recht nah dran.«

»Nun, da sehen Sie es doch.«

Daniel fing an zu lachen und konnte nicht mehr damit aufhören. »Violet, mein süßer Liebling, der Klatsch über meine Familie und meine verrückte Mum ist Allgemeinwissen. Jeder, der meinen Namen hört, weiß, dass meine Mutter versucht hat, mich mit einem Messer zu töten, als ich ein Säugling war, und dass mein Vater mich in letzter Minute gepackt und sie davon abgehalten hat. Und dann war Lady Elizabeth MacKenzie tot. Hat sie sich selbst getötet, oder hat ihr Ehemann Lord Cameron es getan? Die Leute haben jahrelang darüber spekuliert. Wenn Ihre Mutter also die richtige Antwort auf dieses Rätsel gegeben hätte, *dann* wäre ich beeindruckt gewesen. Nur mein Vater kennt die Wahrheit.«

»Sie behaupten, meine Mutter sei eine Schwindlerin«, sagte Violet steif.

»Eine sehr gute. Und Sie sind das auch, Liebes. Die Besten kommen immer ungestraft davon.«

Violet sah ihn hochmütig an. »Wir sind schon zuvor befragt worden. Gründlichen Prüfungen durch andere Medien unterzogen worden, außerdem durch Wissenschaftler und Priester. Wir haben jedes Mal bestanden.«

»Wie ich bereits sagte, die Besten kommen immer durch.« Daniel legte seine warme Hand auf ihre. »Nun, haben Sie Ihre Apparaturen mitgenommen? Und würden Sie mir erlauben, einen Blick darauf zu werfen? Das letzte Mal, als ich das nach Herzenslust tun wollte, wurde ich daran gehindert, indem ich fast getötet worden bin.«

»Deshalb sind Sie nach Marseille gekommen? Wegen meiner Apparate?«

Ihn freute die trockene Skepsis in ihrer Stimme. »Gewiss doch. Deshalb und weil mir Marseille gefällt. So viel Historie – Sie wissen, dass es einst eine römische Siedlung war? Schließlich haben uns die Römer sehr zuvorkommend viele Ruinen hinterlassen, die man durchstreifen kann. Und es gibt das Château d'If, in dem Dumas seinen bedauernswerten Monte Christo eingekerkert hat. Einer meiner Lieblingsromane als Junge war *Der Graf von Monte Christo*. Waren Sie dort, um sich das Gefängnis anzusehen? Es macht einen frösteln.«

Violet blieb stehen, ihre Röcke schwangen ihr um die Beine. Ein Mann mit Bowlerhut ging an ihnen vorbei und brummte etwas Unwilliges.

»Hören Sie auf, mit mir zu spielen, Mr MacKenzie. Sie sind hergekommen, um mich zu finden und mich zur Polizei zu schleifen.«

Daniel schaute sich auf übertriebene Weise in alle Richtungen um. »Sehen Sie, dass ich Sie irgendwohin schleife? Wir schlendern ruhig inmitten einer überschaubaren Menschenmenge dahin, und ich begleite Sie nach Hause.«

»Und sobald Sie mich dorthin gebracht haben und sich meine Apparate in Ihren Händen befinden, werden Sie nach der Polizei schicken. Sie halten mich für eine Betrügerin, eine Blenderin. Und ich bin tätlich gegen Sie geworden ...«

»Ihre Verbrechen, sie werden schlimmer, nicht wahr? Wollte ich die Polizei auf Sie hetzen, Mädchen, hätte ich meinen Onkel kontaktiert, den Polizeiinspektor, der wiederum Kontakt zu seinen Kollegen bei der französischen Polizei aufgenommen hätte, die Sie und Ihre Mutter verhaftet und weggesperrt hätte, lange bevor ich hier angekommen wäre. Dann hätte ich bei Ihnen vorbeigeschaut, hätte mir Ihre Apparate angesehen und mir genommen, was ich wollte.«

Violet starrte ihn an, in ihren weit aufgerissenen Augen regte sich wieder die Angst. »Dann verstehe ich es nicht. Wenn Sie nicht gekommen sind, um mich verhaften zu lassen, warum sind Sie dann hier?«

»Um Sie wiederzusehen.« *Um mich an deinem Anblick zu erfreuen*. Daniel schob ihr die Haarlocke hinter das Ohr. Seine behandschuhten Hände waren zwischen seinen Fingern und ihrer Haut, aber er spürte dennoch ihre Wärme durch das dünne Leder. »Um Sie anzuschauen.« *Um davon zu träumen, dass du mir gehörst*. »Und um zu fragen, warum zum Teufel Sie mir den Schlag über den Schädel versetzt haben.«

»Das habe ich Ihnen doch gesagt. Sie haben mir Angst gemacht.«

»Ich wette, da steckt sehr viel mehr dahinter. Sie sind kein Mädchen, das sich so rasch ängstigen lässt. Sie haben sich gegen Mortimer und seine Kumpane behauptet, obwohl die meisten von ihnen Sie angewidert haben. Mich, den einzigen Gentleman an jenem Abend, der Ihnen niemals etwas zuleide getan hätte, haben Sie voller Entsetzen angesehen, bevor Sie nach der nächstbesten Waffe gegriffen haben. Ich werde den Grund dafür herausfinden.« Noch einmal streichelte er ihre Wange, dann ging er weiter und zog sie mit sich. »Sie können mir also vertrauen.«

»Ich vertraue niemandem.«

»Das ist offensichtlich. Aber Sie werden lernen, *mir* zu vertrauen.«

Daniel spürte, dass Violet zitterte, und er spürte auch, wie sie sich aufrichtete, um Haltung zu bewahren. »Sie sind arrogant«, sagte sie.

»Das ist richtig. Fällt Ihnen kein besserer Vorwurf ein? Man hat mir schon sehr viel Schlimmeres nachgesagt.«

»Also gut, dann sind Sie eben ein unerträglicher, selbstherrlicher aristokratischer Schnösel.«

Sie sah unverwandt geradeaus. Der Anblick ihrer Wangen, die sich gerötet hatten, weckte in Daniel den Wunsch, sie zu küssen. Er entschied sich, stattdessen zu lachen. »Nicht schlecht. Aber noch immer nicht das Beste, was Ihnen einfallen könnte. Sie, Mademoiselle, sind eine hinterlistige, gerissene Hexe und eine sehr talentierte Lügnerin. In diesem Theatersaal habe ich gehört, wie Sie zielgenau die größten Sehnsüchte ihrer Zuhörer erkannt haben. Sie haben die Leute dazu gebracht, Ihnen alles zu sagen, was Sie wissen mussten.«

Ihre Röte vertiefte sich. »Das gehört zur Vorstellung.«

»Es ist eine seltene Fähigkeit und zudem eine, in der Sie es zu einem erstaunlichen Können gebracht haben. Ich würde für mein Leben gern wissen, wie Sie das anstellen.«

Violet schaute zu ihm hoch, die Wachsamkeit war in ihre Augen zurückgekehrt. Sie mochte eine Betrügerin sein, aber sie war nicht verschlagen. Und eine Betrügerin war sie aus der Not heraus, nicht weil es ihr Spaß machte.

Daniel wollte alles über sie erfahren, und das nicht nur aus Neugier. Seit seinem fünfzehnten Lebensjahr und den ersten Verwicklungen mit einem Mädchen hatte es Daniel nie an weiblicher Gesellschaft gefehlt. Frauen waren leicht zu bekommen, es genügte, wenn er die Hand ausstreckte. Sein Onkel Mac hatte mit einem Lachen gesagt, dass Daniel die Tradition der MacKenzie-Familie fortsetzte. Frauen hatten eine Schwäche für die MacKenzie-Männer – so war es eben. In Herzensangelegenheiten jedoch kämpften die MacKenzies lange und harte Schlachten.

Allmählich verstand Daniel. Violet war anders als seine verflossenen Geliebten, nicht nur, weil sie einige Jahre älter war als Daniel oder respektabler oder auch weniger respektabel als die Frauen, mit denen er sich für gewöhnlich einließ. Violet Bastien – oder wie auch immer ihr Name war – war anders, weil sie Violet war.

Seit er sie im Esszimmer ihres Londoner Hauses hatte stehen sehen, sich wappnend, um Mortimer und seinen Freunden gegenüberzutreten, hatte Daniel sie begehrt. Selbst jetzt wollte er sie packen und in sein Hotel bringen, ihr die Kleider herunterreißen und die leidenschaftliche Frau darunter entdecken. Er wollte sie in seinem Bett, wollte riechen, dass sie bereit für ihn war, ihre Haut schmecken und ihren Mund, wollte fühlen, wie sie ihn umschloss.

Daniel sehnte sich nach ihr, und er würde sie besitzen, noch ehe er Frankreich verließ.

Sie erreichten die Pension, sauber, ordentlich gestrichen und respektabel. Die oben gelegenen Zimmer und die Räumlichkeiten im Erdgeschoss waren hell erleuchtet. »Danke«, sagte Violet und blieb stehen. »Ich gehe allein hinein.«

»Wie Sie wünschen.« Daniel gab ihren Arm frei und tippte grüßend an seinen Hut. »Gute Nacht, Miss Bastien. Ich werde Sie weiterhin so nennen, bis ich einen anderen Namen erfahre.«

Violet nickte ihm zu, ihr Gesicht wurde weich. »Gute Nacht, Mr MacKenzie. Ich bin wirklich sehr froh, dass Sie wohlauf sind.«

»Froh, weil ich nicht mit der ganzen Härte des Gesetzes über Sie herfalle? Sie haben Glück, dass ich ein so großes Herz habe.«

Violet starrte ihn an, als er sie derart neckte. »Ich *bin* froh, um Ihretwillen. Aber denken Sie von mir aus, was Sie wollen. Gute Nacht.«

Sie wandte sich ab und ging auf die Tür der Pension zu, den Kopf hoch erhoben. Ihre Röcke schwangen ihr um die Hüften, ihr aufrechter Gang war eine Augenweide.

Ohne sich nach ihm umzuschauen, öffnete sie die Tür mit einem leichten Ruck und betrat die Pension.

Sie war gut. Sie war sehr, sehr gut. Daniel lächelte die geschlossene Tür an, tippte noch einmal an seinen Hut und ging die Straße hinunter, als wäre er zufrieden.

Als er auf der gegenüberliegenden Straßenseite eine schmale Gasse erreichte, die zwischen den Häusern hindurchführte, blieb er im Schatten stehen, nahm eine Zigarette heraus und zündete sie an. Er beobachtete die Pension und wartete.

Er gab ihr zehn Minuten. So lange hätte er gebraucht, um bis zur Hauptstraße zu kommen und eine Kutsche zu nehmen, die ihn in sein Hotel brachte.

Nach zehn Minuten ließ Daniel die fast zu Ende gerauchte Zigarette fallen und trat sie mit dem Stiefelabsatz aus. Zur selben Zeit verließ Violet die Pension. Sie schaute rechts und links die Straße hinunter, spähte in jeden Schatten, ehe sie den Weg einschlug, den sie kurz zuvor gekommen waren.

Kluges Mädchen.

Ihr Pech jedoch, dass Daniel diese Stadt so gut kannte. Als Junge war es ihm mehr als einmal gelungen, seinem Vater an die Riviera zu folgen, trotz der vielen Versuche Camerons, seinen Sohn in Schottland zurückzulassen. Daniel hatte gelernt, Leute zu überreden, ihn auf den Kontinent mitzunehmen, bis er alt genug war, sich selbst eine Fahrkarte zu kaufen und allein hinüberzufahren. Er hatte viele Abende damit verbracht, seinem Vater heimlich durch Marseille zu folgen, gekränkt, weil der sich lieber mit schönen Frauen beschäftigte, als sich mit seinem Sohn die Sehenswürdigkeiten anzuschauen. Deshalb wusste Daniel genau, wie man durch das Gassengewirr zur Hauptstraße gelangte, und war dort, bevor Violet sie erreichte. Wieder zog er sich in einen Türeingang zurück und wartete.

Mit raschen, entschlossenen Schritten bog sie in die Straße ein. Als sie an dem Hauseingang vorbeikam, in dem sich Daniel verbarg, trat er heraus und stellte sich ihr in den Weg.

»Nun, Mademoiselle«, sagte er und grinste sie an. »Wie wäre es, wenn wir jetzt dorthin gehen, wo Sie wirklich wohnen?«

9

Er würde sie in den Wahnsinn treiben. Violets Herz klopfte heftig, als sie Daniel anstarrte, Daniel mit seinem hinreißenden Lächeln, den freundlichen Augen und dieser unheimlichen Fähigkeit, jeden ihrer Schritte vorherzusehen.

Lass niemals zu, dass jemand zu viel über dich weiß, hatte Jacobi immer wieder betont. *Eine Person, die deine Geheimnisse kennt, hat Macht über dich. Wenn du dich niemals preisgibst, wirst du immer frei sein.*

Daniel war so groß. Er stand da, reglos, nicht gewillt, sie vorbeizulassen. Oder wenn er es zuließ, dann würde er sie mit seinem starken Arm aufhalten und wieder zurückziehen.

Violet befeuchtete ihre trockenen Lippen. »Warum müssen Sie das wissen? Es spielt doch keine Rolle, ob ich in dieser oder in einer anderen Pension wohne …«

»Für Sie spielt es durchaus eine Rolle«, entgegnete Daniel. »Zum einen, weil Ihr Schlüssel nur für die richtige Tür passt. Und Sie haben all Ihre Sachen an einem Ort, nicht wahr? Es sei denn, Sie haben mehrere Zimmer über die ganze Stadt verteilt. Das wäre praktisch, muss ich zugeben. Ich verteile meine Habe oft auf mehrere Unterkünfte.«

Sie versuchte, hochmütig dreinzuschauen. »Warum ist das wichtig für Sie, Mr MacKenzie?«

»Weil es um Sie geht. Und weil ich will, dass Sie sicher nach Hause kommen.« Er bot ihr seinen Arm an. »Wenn wir weiterhin mitten auf der Straße darüber streiten, wird jener freundliche Polizist dort drüben herkommen und uns auffordern, weiterzugehen. Oder er wird uns einsperren, weil wir die Ordnung stören. Und die Polizei würde sich sehr pedantisch darum bemühen, Ihren Namen festzustellen, Ihre Nationalität, woher Sie kommen, warum Sie hier sind. Da ist es doch sehr viel ratsamer, nach Hause zu gehen, nicht wahr?«

Daniel hielt ihr den Arm hin, so höflich, ein wahrer Gentleman, aber hinter dieser ritterlichen Geste verbarg sich ein Mann von gnadenloser Entschlossenheit. Er wollte alles über sie wissen, und bei Gott, er würde es herausfinden.

Violet stieß einen erbittert klingenden Laut aus, ignorierte seine ausgestreckte Hand und ging den Weg zurück, den sie gekommen war.

Daniel folgte ihr auf dem Fuße, harte Finger schlossen sich um ihren Arm. »Was ist nun, haben Sie sie mit hierhergebracht?«, fragte er.

»Was mitgebracht?«

»Die Windmaschine. Ich will sie mir ausleihen.«

Er war ihr viel zu nah. Violet nahm den Geruch von Zigarettenrauch an ihm wahr, den von Whiskey, den Duft seiner Haut. Es erinnerte sie daran, wie er sich über sie gebeugt hatte in jenem Zimmer in London, wie er ihren Mund erkundet hatte, wie er sie mit dem kurzen warmen Druck seiner Lippen überrascht hatte.

»Ausleihen? Warum?«, brachte sie hervor.

»Weil ich an etwas arbeite und herausfinden will, ob Ihre Maschine mir von Nutzen sein kann. Oder mich auf eine nützliche Idee bringt. Wenn Sie den Apparat nicht aus der Hand geben wollen, können Sie auch mitkommen.«

»Wohin mitkommen?«

»In eine kleine Stadt ungefähr zwanzig Meilen von hier die Küste hinunter. Ich habe einen Freund, dessen Werkstatt ich benutzen darf. Wie wäre es? Morgen?«

Der Mann konnte einen verrückt machen. Inzwischen war Violet neugierig, *woran* er baute und wie er ganz zufällig einen Freund mit einer Werkstatt haben konnte, nur zwanzig Meilen die Küste hinunter von dem Ort entfernt, an dem sie wohnte. Wusste er, wie sehr Maschinen und Apparate sie faszinierten? Wie er sie für sich einnehmen konnte?

Dass sie aus ihm nicht schlau wurde, war ein schrecklicher Nachteil. Wenn Daniel von Maschinen sprach, verschwand dieser räuberische Ausdruck aus seinen Augen, sein ganzer Blick änderte sich. Sein Interesse an ihrer Windmaschine war aufrichtig. Und er hatte recht damit, dass sie ihre Apparate nicht aus den Augen lassen wollte, weil es teuer gewesen war, sie zu konstruieren, und weil sie an ihnen gearbeitet hatte, bis sie genau das taten, was sie wollte.

»Ich kann nicht«, erwiderte Violet rundheraus, während sie weiterging. Sie ging schneller, damit er es leid wurde, sie zu begleiten. Doch Daniel hielt Schritt, ohne auch nur schneller zu atmen.

»Ich habe einen Vertrag mit dem Theater«, sagte sie. »Ich muss Vorstellungen geben.«

»Nicht morgen. Ich habe gehört, wie Sie dem Publikum gesagt haben, die nächste Vorstellung sei am Sonnabend. Morgen ist Dienstag. Es bleibt also genug Zeit.«

»Meine Mutter braucht mich bei den privaten Konsultationen. Die Windmaschine ist dabei sehr nützlich.«

Daniel ging so dicht neben ihr, dass sie die Bewegung spürte, als er mit den Schultern zuckte. »Legen Sie alle Konsultationen auf einen späteren Tag in der Woche. Ich habe doch recht, dass Sie es sind, die alle Termine macht, oder? Ihre Mutter würde sich gern ein wenig ausruhen, würde ich wetten.«

»Zum Teufel mit Ihnen!« Violet ballte die Fäuste. Sie wollte mit ihm gehen, um zu sehen, woran er arbeitete, um herauszufinden, wofür um alles in der Welt er ihre Windmaschine brauchte.

Aber wie leichtgläubig war sie? Wenn sie diesem Mann allein folgte, konnte er sie überall hinbringen, alles mit ihr machen, und Violet könnte nichts dagegen tun.

»Wünschen Sie mich, wohin Sie wollen«, entgegnete Daniel. »Aber bringen Sie mir die Windmaschine. Es wird interessant werden.«

Er klang so unbeschwert, so lässig. Als könnte Violet einfach alles stehen und liegen lassen und mit ihm mitgehen, statt in der Pension zu bleiben und sich um ihre Mutter zu kümmern, Rechnungen zu bezahlen, Termine zu vereinbaren. Ihr Leben war das reale Leben. Daniels war … eine Fantasie.

Das wissbegierige Kind in ihr, das am Leben in all seiner Vielfältigkeit interessiert war, sehnte sich danach, mit ihm zu gehen. Die Frau, die aus diesem Kind geworden war, riet zur Vorsicht.

»Dann ist es also abgemacht«, sagte Daniel und sah sie an. »Ich werde morgen zu Ihnen kommen – mit einer Droschke diesmal und Fahrkarten für den Zug. Ich habe schließlich nicht vor, den ganzen Weg zur Werkstatt meines Freundes zu laufen.«

»Ich habe nicht gesagt, dass ich mitkomme.«

»Aber Sie wollen es.« Daniels Grinsen sagte ihr, dass er wusste, dass er recht hatte. »Sie sind neugierig. Denken Sie heute Nacht darüber nach, und ich werde Sie morgen aufsuchen. So oder so will ich mir Ihre Maschine ausleihen. Besser, Sie kommen mit mir, um aufzupassen, dass ich sie nicht beschädige. Oder dass sie mir so gut gefällt, dass ich beschließe, sie zu behalten.«

Violet blieb abrupt stehen, diesmal vor der Pension, in der sie und ihre Mutter wohnten. Sie hoffte, dass Daniel nicht die

Absicht hatte, sie hineinzubegleiten. Ihre Vermieterin hatte den strikten Grundsatz *Keine Gentlemen* – was Violet nicht im Mindesten störte –, und sie durfte nicht riskieren, dass sie alle hinausgeworfen wurden.

»Muss immer alles so laufen, wie Sie es wollen, Mr MacKenzie?«

»Aye, ich glaube schon. Ich war sehr lange ein Einzelkind, und Sie wissen, wie verwöhnt die sein können.«

Violet ignorierte das amüsierte Funkeln in seinen Augen. Sie war auch Einzelkind, aber sie hatte nie die Erfahrung gemacht, verwöhnt zu werden. »Sie sagten doch, dass Sie eine kleine Schwester haben.«

»Aye, und einen Bruder, der noch jünger ist als sie. Das ist das Beste, was einem Einzelkind widerfahren kann – dass der Vater wieder heiratet und noch mehr Kinder bekommt.« Daniel schüttelte den Kopf. »Es ist ganz wunderbar, mit anzusehen, welche Dummheiten die zwei anstellen können und wie sie mir dann die Schuld in die Schuhe schieben. Ich werde sie Ihnen irgendwann vorstellen. Sie werden Sie mögen.«

Diese selbstverständliche Art, wie er darüber sprach, dass Violet und seine Familie sich begegneten – seine reiche, einflussreiche, unberührbare Familie –, verunsicherte sie. Solche Leute hatten mit jungen Frauen wie ihr nichts zu schaffen.

Violet hatte nicht viel über Daniel gewusst, bevor er in ihrem Haus in London aufgetaucht war, aber seitdem hatte sie es sich zum Ziel gesetzt, so viel wie möglich über ihn und seine Familie herauszufinden. Die MacKenzies waren berühmt, nicht nur um ihres Geldes und ihrer gesellschaftlichen Bedeutung willen, sondern auch für ihre Skandale. Keiner der vier MacKenzie-Brüder hatte es geschafft, ohne eine Art Skandal zu heiraten, und die beiden älteren Brüder – von denen einer Daniels Vater war – hatten zwei der bekanntesten Kurtisanen

Englands als Geliebte gehabt. Einer der jüngeren Brüder, Mac, war Maler geworden und hatte in Paris ein sehr freies Leben geführt. Er hatte sogar seine junge Frau in die Welt der Künstler und ihrer Modelle eingeführt, bevor sie ihn verlassen hatte. Dem jüngsten Bruder wurde nachgesagt, er würde an einer Geisteskrankheit leiden, dennoch war auch er jetzt verheiratet und hatte Kinder.

Daniel hatte seine ganz eigene Berühmtheit erlangt. Er hatte an der Universität von Edinburgh ein Studium absolviert, und das in so kurzer Zeit, dass jeder darüber sprach. In den Jahren danach war er auf Reisen gewesen und hatte sich gründlich in Deutschland und Frankreich umgesehen, sich mit Investoren und exzentrischen Wissenschaftlern getroffen.

Nicht, dass er weniger dekadent wäre als sie. Daniel traf man gewöhnlich in Begleitung einer Frau an, nach allem, was man las – und nie zweimal mit derselben –, und seine drei Tage währenden Partys, die er in irgendeinem Haus in irgendeiner Stadt gab, wohin auch immer es ihn gerade verschlagen hatte, waren nichts für zartbesaitete Gemüter.

Daniel hatte Geld, viel Geld – die Familie seiner Mutter hatte für die Tochter ein gewaltiges Treuhandvermögen angelegt, auf das Cameron keinen Zugriff hatte, und Daniel hatte es geerbt. Schon bevor er nach seinem Universitätsabschluss über das gesamte Vermögen verfügen konnte, hatten ihm großzügige Zuwendungen zugestanden.

Soweit Violet es beurteilen konnte, war Daniel ein Mann, der lebte, wie es ihm gefiel, tat, was er wollte, und sich dann seinem nächsten Interesse zuwandte, der nächsten Stadt, der nächsten Frau. Die Wahrscheinlichkeit, dass Violet seinen verwöhnten Halbgeschwistern begegnen würde, war so gering, dass sie sich nicht die Mühe machte, auf diese Bemerkung etwas zu entgegnen.

Aber sie traf eine Entscheidung. »Also gut, Mr MacKenzie. Kommen Sie morgen um zehn Uhr, und ich werde Ihnen meine Windmaschine zu treuen Händen übergeben. Gegen eine Empfangsbestätigung. Und sollte die Maschine beschädigt werden, leisten Sie mir Ersatz.«

Daniels Augen wurden warm, als er lächelte. »Das ist schon besser. Ich werde da sein.«

Violet nickte ihm zu und versuchte, einen Schritt zu tun, aber Daniels starke Hand um ihren Ellbogen hielt sie zurück.

»Gute Nacht, Mädchen. Schlafen Sie gut.« Statt sie loszulassen, hielt Daniel sie fest und strich mit dem Daumen leicht über ihre Unterlippe.

Die Zartheit seiner Berührung machte Violet zittern. Sie war immer streng zu sich, weil sie es sein musste. Sie konnte es sich nicht leisten, nachlässig zu sein oder gar zusammenzubrechen.

Jetzt stand Daniel so nah vor ihr und berührte sie kaum, doch seine Fingerspitzen auf ihrer Wange sandten ein Prickeln durch jeden Nerv. Wenn Violet sich jetzt an seine hohe Gestalt lehnte, würde sie ihm genau bis unter das Kinn reichen. Seine starken Arme würden sich um sie legen, sie an sich ziehen, sie sicher halten.

Die Vorstellung, er hielte sie in den Armen, schien so lebensecht, dass Violet erst bemerkte, dass sie gut eine Armlänge von ihm entfernt stand, als er seine Hand zurückzog. So viel leerer Raum zwischen ihnen …

Sie räusperte sich. »Es freut mich wirklich sehr, dass Sie wohlauf sind.«

Daniels Erheiterung verpuffte, und mit einem Mal wirkte er dunkel und gefährlich. »Wissen Sie, Mädchen, ich glaube, von allem, was Sie heute Abend gesagt haben, ist das das Aufrichtigste.«

Violet zog sich zurück, unsicher, was sie darauf erwidern sollte. Sie schluckte und bemühte sich um eine feste Stimme. »Nun … gute Nacht, Mr MacKenzie.«

Sein Blick hielt sie so unnachgiebig fest wie eine Eisenkette. »Gute Nacht, Mädchen.« Auch wenn er sie nicht berührte, konnte sich Violet nicht bewegen, bis sein Blick sie losließ.

Wie er es vor der anderen Pension getan hatte, trat Daniel einen Schritt zurück und tippte zum Gruß an seinen Hut, dann stand er still da und wartete, dass sie ins Haus ging. Diesmal lächelte er nicht, sondern sah sie mit diesem prüfenden Blick an, der sie so verunsicherte.

Violet zwang sich dazu, sich abzuwenden, und ging die wenigen Schritte bis zur Tür. Ihre Hand zitterte, als sie sie auf den Drehknauf legte. Die Tür war verschlossen.

Ein Hausmädchen öffnete auf ihr Klopfen sofort und ließ sie herein. Im Foyer war es bitterkalt, aber Violet spürte noch die Wärme von Daniels Berührung.

Sie ging die Treppe hinauf und hielt sich dabei haltsuchend am Geländer fest. In ihrem Schlafzimmer trat sie ans Fenster und schob die Gardine zur Seite, um hinauszusehen.

Daniel stand noch immer dort, schaute zu den Fenstern hinauf, wartete, um sicherzugehen, dass sie diesmal in die richtige Pension gegangen war. Er sah Violet, ein Lächeln breitete sich auf seinem Gesicht aus, und er hob die Hand zu einem lässigen Gruß. Violet hob ebenfalls die Hand zu einem letzten Winken, dann zwang sie sich, die Gardine zu schließen, und Daniel entschwand ihrer Sicht.

Daniel traf um Punkt zehn Uhr am nächsten Vormittag in der Pension ein und wurde in den trostlosen Empfangsraum im Erdgeschoss geführt. Er hatte mit Engelszungen reden müssen, um überhaupt ins Haus gelassen zu werden, aber schließlich hatte sich die Pensionsinhaberin damit einverstanden erklärt, dass er sich im Salon mit Violet zu einer Unterredung traf – wenn sie die Tür offen ließen und er sofort danach gehen würde.

Zwei Ladys mittleren Alters traten die Flucht durch eine der Türen an, die vom Salon abgingen, als er aus der Halle hereingeführt wurde – vermutlich hatte seit Jahrzehnten kein männliches Wesen diesen Raum betreten. Er vernahm Flüstern und Kichern hinter der einen Spaltbreit offen stehenden Tür und gab geflissentlich vor, es nicht zu hören.

Dieser Salon war nicht derart mit allem möglichen Krimskrams überladen wie das Wohnzimmer in Mortimers Haus in London, dennoch gab es einige Tische, auf denen Nippes arrangiert war. Daran vorbeizugehen konnte in einem Desaster enden. Daniel wählte den sichersten Weg, den er finden konnte, und nahm auf einem Stuhl Platz, der unter einer Gaslampe stand. Sorgsam zog er sich den Kilt über die Knie. Das Kichern wurde lauter, vermutlich hatten die Ladys noch nie zuvor einen Mann in einem Rock gesehen.

Violet betrat den Salon. Sie dankte der ernst dreinblickenden Pensionswirtin, die sie begleitete, und warf einen scharfen Blick auf die offen stehende Tür, während sie zu Daniel ging. Er war aufgesprungen und sah ihr entgegen.

»Sie sind pünktlich«, stellte sie fest.

»Eine meiner vielen Tugenden«, entgegnete Daniel und versuchte, sie nicht allzu sehr mit Blicken zu verschlingen. »Pünktlichkeit.«

Violet sah vom nächtlichen Schlaf nicht so erholt aus, wie er erwartet hätte. Ihre Augen waren rot gerändert, doch das Haar war sorgsam zu einem Pompadour hochgesteckt, die Bluse bis zum Kinn hochgeknöpft, und ihr Rock wies nicht die kleinste Knitterfalte auf. Auch wenn sie ein wenig erschöpft aussah, ihr Gesicht war makellos glatt, und ihre Augen – diese dunkelblauen Augen, die einem Mann in die Seele schauen konnten – waren auf ihn gerichtet und würden ihn nicht loslassen.

Sie reichte ihm eine Holzkiste, einen guten halben Meter breit und etwa halb so hoch, mit stabilen Scharnieren und einem schweren Verschlusshaken. »Passen Sie gut darauf auf, sie hat mich einiges gekostet.«

»Oh, das werde ich, Mädchen.« Daniel nahm die Kiste entgegen, öffnete den Verschluss und schaute hinein. Die Maschine sah nach nichts aus – ein Metallgehäuse, das an einen Käfig erinnerte, darin waren Ventilatorenflügel und ein paar Drähte zu sehen.

Als Daniel den Kasten schloss, sah Violet so besorgt aus, als hätte sie einem Fremden ihr einziges Kind anvertraut. »Was wollen Sie damit machen?«

»Sehen, ob sie die Leistung eines Motors verbessern kann, den ich gerade entwerfe. Ich habe die Maschine nicht hier, aber mein Freund an der Küste hat etwas Ähnliches, außerdem ein Fahrzeug, um es zu testen. Er vertraut es mir den ganzen Tag lang an, damit ich meine Theorien überprüfen kann.«

»Welche Art Fahrzeug?«, fragte Violet interessiert. »Ist es ein Automobil?«

Die Aufregung in ihrer Stimme veränderte sie. Für einen Moment war Violet, die vorsichtige Frau, verschwunden, ebenso wie die Violet, die unverblümte Erwiderungen gab, um sich jeden vom Leib zu halten, der versuchte, sie in die Enge zu treiben. Daniel gefiel diese neugierige, interessierte Violet.

»Kein Automobil. Ich bin noch damit beschäftigt, meines zu bauen. Wenn es fertig ist … das wird ein schöner Tag.«

»Was ist es dann?«

Violets Eifer war unübersehbar, ebenso wie die Wehmut, mit der sie auf den Holzkasten schaute. Spontan ergriff Daniel ihre

Hand und hielt sie fest. »Kommen Sie mit mir, Mädchen, und sehen Sie es sich an.«

Wieder das Zögern, das leichte Stirnrunzeln, der rasche Blick nach oben, wo ihre Zimmer lagen. »Meine Mutter …«

»Sie kann einen Tag ohne Sie auskommen, oder nicht? Mit all diesen Ladys, die nach ihr sehen können.«

»Nun …«

Daniels Griff wurde fester. Sie brauchte es, und er brauchte es. Einen ganzen Tag in ihrer Gesellschaft zu verbringen und die Schichten zu durchdringen, unter denen sie sich verbarg, alles über sie zu erfahren – diese Gelegenheit würde er sich nicht entgehen lassen.

»Ich werde nicht zulassen, dass Sie ablehnen«, sagte er und schenkte ihr ein Lächeln, von dem er hoffte, es sei sein verheißungsvollstes. »Kommen Sie mit mir, und Sie werden einen Tag erleben, den Sie nie vergessen werden.«

Wahnsinn, absoluter Wahnsinn. Violets Gedanken überschlugen sich, als sie eine Nachricht zu Mary hinaufbringen ließ, dass sie ausgehen und vermutlich den ganzen Vormittag und auch den Nachmittag fort sein würde.

Das Nächste, was Violet bewusst wurde, war, dass Daniel sie aus dem Haus führte, vorbei an den interessiert schauenden Ladys, die den Kopf durch die Tür zum Nebenzimmer steckten und ihnen neugierig nachschauten. Er führte sie auf die Straße hinaus und half ihr in seine große Mietkutsche.

Die Kutsche brachte sie zum nächsten Bahnhof, und wenige Minuten später bestiegen sie einen Zug, für den Daniel bereits zwei Fahrkarten erstanden hatte. *Zwei*, dieser anmaßende Mann.

Der Zug glitt aus der Stadt hinaus, Dampf ausstoßend und schrill pfeifend. Violet, ihre Mutter und Mary hatten Marseille mitten in der Nacht erreicht, den größten Teil der Strecke durch Südfrankreich hatten sie zurückgelegt, als es bereits dunkel gewesen war, und Violet hatte nichts von der Landschaft gesehen. Jetzt richtete sie den Blick aus dem Fenster auf hohe Hügel, brachliegende Felder und Klippen, die ins Meer abfielen, das grau unter zerrissenen Wolken dalag. Der Winterwind war kalt, aber das private Zugabteil war behaglich warm, es gab sogar Kohlebecken, die ihnen die Füße wärmten, und Öllampen, die jede Dunkelheit vertrieben.

Natürlich war es ein privates Abteil. Daniel, der es sich Violet gegenüber auf dem Sitz bequem gemacht hatte, schien überrascht, als Violet es erwähnte. Wenn er in England oder Schottland mit dem Zug umherreiste, sagte Daniel, benutze er oft den privaten Waggon seines herzoglichen Onkels. Der Wagen wurde dann an den Zug angehängt, mit dem er zu reisen wünschte.

Er sagte es beiläufig, ohne zu prahlen. Im nächsten Atemzug erklärte er, dass er, wenn er nicht den Privatwagen seines Onkels benutzte, schlichter reiste, sprich in der zweiten Klasse. Zum Beispiel wenn er allein oder mit Freunden unterwegs war. Doch er hatte gedacht, dass Violet für die Fahrt heute die weichen Polster der ersten Klasse vorziehen würde.

Diese Erklärung machte deutlich, wie sehr sich ihr Leben von seinem unterschied. Für Violet war das Reisen in der zweiten Klasse bereits ein Luxus im Vergleich zu der dritten, während Daniel offensichtlich nichts dabei fand, einen Zug warten zu lassen, während ein privater Waggon für ihn und seine Familie angehängt wurde. Violet und ihre Mutter hatten oft genug in überfüllten Bahnhöfen warten müssen, weil den Wünschen reicher Männern wie Daniel Rechnung getragen wurde.

Daniel lehnte sich in die Ecke seines Sitzes zurück, streckte die langen Beine auf dem Polster aus und verschränkte die

Hände hinter dem Kopf, während der Zug weiterschwankte. Er sagte mit einem Augenzwinkern, dass er sich nicht neben sie gesetzt habe, weil es nicht der Etikette entsprochen hätte, da sie nicht miteinander verwandt waren. Außerdem brauchte sie Platz für ihre Maschine.

Der Kasten stand neben Violet, weil sie ihn nicht in die Gepäckablage unter der Wagendecke hatte verstauen wollen. Der Mechanismus war empfindlich.

Die Reise in die kleine Stadt nahe der Küste dauerte eine Stunde. Als sie aus dem Zug stiegen, empfingen sie die Schreie von Seemöwen und der Geruch nach Fisch und frischer Seeluft. Der Wind war kalt, aber nicht annähernd so nasskalt und schneidend wie in London.

Daniel, der Französisch in einer seltsamen Mischung aus Pariser Slang und dem Dialekt sprach, wie er hier an der Küste üblich war, mietete eine Kutsche. Er erklärte dem Besitzer, dass er selbst fahren wollte, und verlieh seiner Bitte mit einer Handvoll Francs den entsprechenden Nachdruck.

Der Mann lachte mit Daniel, versetzte dem Pferd einen Klaps auf die Hinterbacke und sagte in einem so breiten Dialekt, dass Violet ihn kaum verstand: »Sagen Sie Dupuis, dem alten Hundesohn, dass ich gesagt hab, er schuldet mir noch Geld.«

Daniel grinste, half Violet neben sich auf den Kutschbock und ergriff die Zügel des Pferdes.

»Tut mir leid, dass es kein besseres Fuhrwerk gibt«, sagte er, während das Gefährt einen steilen Hügel hinaufrumpelte. Es gab nur den Sitz für den Kutscher, und Violet wurde während der Fahrt eng an Daniel gepresst. »Die herzoglichen Kutschen scheinen alle unterwegs zu sein.«

»Es ist vollkommen ausreichend.« Violet zog ihren Mantel enger um sich, aber es war Daniel, der sie warmhielt.

»Sie sind ein wahrer Schatz. Alle anderen Frauen, die ich kenne, meine unverwüstlichen Tanten ausgenommen, würden vor Entsetzen kreischen. Diese schrillen Schreie können einem glatt das Trommelfell zerreißen. Meine Tante Eleanor jedoch würde nur sagen, dass sie sich nicht anstellen, sondern sich an der Tatsache freuen sollen, nicht zu Fuß gehen zu müssen.«

»Ist Ihre Tante Eleanor nicht eine Herzogin?«

»Aye, das ist sie jetzt. Und sie ist die Tochter eines Earls, aber sie ist in Armut aufgewachsen und hat gelernt, selbst für sich zu sorgen. Sie werden sie mögen. Sie werden auch meine Stiefmutter mögen. Sie ist so unverwüstlich, wie man nur sein kann.«

»Ihre Stiefmutter war eine der Hofdamen der Königin von England«, sagte Violet verblüfft.

»Was, glauben Sie, hat sie wohl so abgehärtet? Die Königin, die nichts davon hält, ihr zugiges schottisches Schloss zu heizen. Eine wackere Frau. Sehr wacker. Ihre Zerbrechlichkeit und die ständige Sorge um ihre Gesundheit sind nur eine schöne Fassade. Sie kann den lieben langen Tag in ihrem kleinen Wagen durch die Landschaft fahren und dann die ganze Nacht wach bleiben und verlangen, dass man ihr vorliest. Dad zu heiraten war eine Erlösung für die arme Ainsley. Mit ihm zurechtzukommen ist im Vergleich dazu ein Kinderspiel.«

Violet war noch nie jemandem begegnet, der über eine Königin sprach wie über einen ganz normalen Menschen. Einige Kundinnen ihrer Mutter hatten *geglaubt*, Königinnen zu sein, oder Königinnen längst vergangener Zeiten gewesen zu sein, oder sie hatten behauptet, den verstorbenen Prinz Albert zu kennen. Keiner von ihnen hatte je davon gesprochen, in einer Ponykutsche herumgefahren zu sein oder beim Heizen des Palasts Kohlen gespart zu haben.

Daniel, Sohn eines edlen Lords und Neffe eines Dukes, lenkte den rumpelnden Karren und den alten Gaul mit Geschick und Können. »Es dauert nicht mehr lange«, sagte er nach einer Weile und schnalzte mit der Zunge, um das Pferd zu ermuntern. »Komm schon, alter Bursche, du schaffst das. Und dann eine lange Pause am Nachmittag, eh? Das ist besser, als den ganzen Tag lang einen Karren über gepflasterte Straßen zu ziehen.« Das Pferd legte die Ohren zurück, als verstünde es jedes Wort. Es schien Daniels Stimme zu mögen.

Ihr Ziel stellte sich als ein altes Gehöft heraus, das inmitten der Hügel lag, ein gutes Stück vom Meer entfernt. Es sah fast altertümlich aus. Ein aus drei Flügeln bestehendes Gebäude umgab einen ungepflasterten Hof, sämtliche Türen und Fenster gingen auf diesen Hof hinaus und nicht auf das umliegende Land. Lehm bröckelte aus dem Fachwerk des Hauses, teilweise lagen die alten Mauersteine darunter frei. Eine Scheune und ein Lagerraum nahmen das gesamte Erdgeschoss ein, die Wohnräume schienen in den oberen Stockwerken zu liegen.

Der Hof wurde jedoch, wie es aussah, schon lange nicht mehr bewirtschaftet. Die Äcker rundherum waren mit Unkraut überwuchert, die weiter entfernt liegenden Flächen hingegen, die wohl zum Nachbarhof gehörten, wiesen akkurat gepflügte Furchen auf und schienen bereit für die Frühjahrsaussaat. Auf dem Innenhof des Hauses lagen große Rollen mit Draht herum, und er war übersät von Holzstücken. Das einzige Tier im Stall war ein stämmiges Arbeitspferd.

Als Daniel vorfuhr, waren zwei Männer damit beschäftigt, etwas vom Hof zu tragen, das wie ein gigantischer Korb aussah. Einer der Männer kam zu ihnen, um die Zügel des Pferdes zu halten, während Daniel vom Karren sprang. Der Mann war sehr groß, er hatte harte Gesichtszüge, und seine Nase sah aus, als sei sie nicht nur einmal gebrochen gewesen.

Daniel half Violet aus dem Wagen. »Mädchen, erinnern Sie sich an Simon? Er ist Mortimer zu Ihrem Haus gefolgt in der

Absicht, fünftausend Guineas aus ihm herauszuprügeln. Aber vielleicht haben Sie Simon an jenem Abend gar nicht gesehen. Er arbeitet jetzt für mich. Helfen Sie wieder beim Tragen, Simon. Ich kümmere mich um das Pferd.«

Während Violet abseits stand und Simon zu dem anderen Mann zurückging, um weiter mit anzupacken, schirrte Daniel geschickt das Pferd aus, ließ den Wagen mit angezogener Bremse auf dem Hof stehen und führte das Pferd an Violet vorbei in den Stall. Er redete die ganze Zeit mit dem Tier, kleine Liebenswürdigkeiten in seinem breiten Schottisch, während er es kurz bürstete und mit Heu und Wasser versorgte.

Welcher Mann, der wohlhabend genug war, um sich alle nur denkbaren Annehmlichkeiten zu leisten, nahm sich die Zeit, einen Karrengaul zu versorgen?

Daniel schien sich nichts dabei zu denken. Er tauchte aus dem Stall auf, nahm Violets Kasten aus dem Wagen, als er daran vorbeiging, dann folgten sie Simon vom Hof.

Auf der Kuppe des Hügels befand sich ein flaches, brachliegendes Feld, das vom Haus aus nicht zu sehen gewesen war. In der Mitte dieses Feldes hüpfte, halb auf der Seite liegend, ein riesiger Ballon in Rot und Gelb auf und ab, eine Boje in einem Meer aus dunkler Erde. Der Ballon, der an seinen Haltesseilen zerrte, wurde von vier Männern am Boden gehalten, Mr Simon und der andere Mann trugen den Korb herbei.

Violet blieb wie angewurzelt stehen. »Mr MacKenzie, was um alles in der Welt …«

»Monsieur Dupuis leiht uns seinen Ballon«, sagte Daniel. »Für meine Experimente mit Ihrer Windmaschine.«

Violet starrte den Ballon an, der zum Leben erwachte, die Männer hielten die Seile mit aller Kraft fest, als kämpften sie mit einem wilden Hengst. »Sie wollen *damit* aufsteigen? Jetzt? Mit meiner Maschine?«

»Aye. Sehen Sie, meine Theorie lautet, dass heiße Luft sehr viel sicherer und zudem eine sehr viel praktikablere Methode ist, um einen Ballon in der Luft zu halten als die Verwendung von Wasserstoffgas. Momentan ist es allerdings noch so: Wenn man heiße Luft benutzt, füllt man den Ballon damit, solange er am Boden ist, und mehr als diese Füllung steht einem dann nicht zur Verfügung. Zudem muss man den Ballon während des Aufstiegs anbinden, oder man wird getrieben, wohin auch immer der Wind einen trägt. *Ich* denke mir nun, dass ich den Ballon lenken kann, statt mich einfach dahintreiben zu lassen, wenn ich eine zuverlässige Wärmequelle habe, die ich mit an Bord nehmen kann. Sie verstehen?«

Violet blinzelte. »Nicht wirklich.«

»Wenn ich eine leistungsstarke Maschine oberhalb des Korbs befestige, nachdem der Ballon aufgeblasen ist, kann ich die heiße Luft ersetzen, während ich fliege, und dem Ballon zudem Richtungsimpulse geben. Ich habe einen Entwurf für eine solche Maschine gemacht, aber nie eine gute Möglichkeit gefunden, die heiße Luft in die Hülle zu blasen, während ich in der Luft bin – ich will schließlich nicht, dass die verdammte Seide zu brennen beginnt, wenn ich mich zweihundert Fuß über dem Boden befinde. Als ich Ihre Windmaschine gesehen habe – mit dieser Effizienz, eine große Menge an Luft zu erzeugen –, dachte ich, *das ist verdammt fantastisch*.«

Violet strengte sich an, seiner Ausführung zu folgen, ohne allzu perplex zu wirken. »Und Sie haben Ihre Maschine mitgebracht?«

»Nein, aber Dupuis lässt mich an einer von seinen herumbasteln, um eine ähnliche zu bauen, und jetzt werde ich deren Leistung mit Ihrer Maschine verstärken. Meine Idee ist es, Heißluftballons lenkbar zu machen – steuerbar –, aber kleiner und leichter als die Luftschiffe, an denen zurzeit gearbeitet wird. Mir schwebt vor, etwas zu bauen, das von einem Mann allein bedient werden kann und das für jeden erschwinglich ist. Du willst über das Hügelland fliegen und deinen Freund in der Nachbarstadt besuchen? Steig in deinen kleinen steuerbaren Ballon und schwebe bequem dorthin.«

»Bei gutem Wetter«, sagte Violet und schaute hinauf zum ziemlich dunklen Himmel.

Daniel zuckte die Schultern. »Nun, wenn es regnet, will man ja ohnehin lieber zu Hause vor dem Kamin bleiben.«

Violet, die nur selten den Luxus genossen hatte, daheim vor dem Kamin zu bleiben, sah ihn skeptisch an. »Wird diese ganze Maschinerie nicht zu schwer für den Ballon sein?«

»Genau das will ich herausfinden. Machen Sie sich keine Sorgen – ich habe einige Testläufe gemacht, in Berkshire, im Haus meines Vaters, und ich habe das Verhältnis des Gewichts zur Ballongröße berechnet. Deshalb bin ich zu Dupuis gegangen. Er ist ein passionierter Ballonfahrer, er experimentiert mit verschiedenen Ballonformen. Er ist sehr daran interessiert, zu sehen, ob ich einen von einer Maschine angetriebenen Ballon in die Luft bekomme.«

Violet folgte Daniel, der entschlossen auf den bereitstehenden, bereits aufrecht in der Luft schwebenden Ballon zuging. Sie beobachtete, wie Daniels Kilt bei seinen weit ausholenden Schritten hin und her schwang, während er rasch den Hügel hinaufstieg.

Er verwirrte sie. Daniel MacKenzie, Abkömmling einer der reichsten Familien Großbritanniens, rieb alte Pferde trocken, bastelte an Maschinen herum und sagte so ganz nebenbei, dass er mit dem gemeinen Volk in Zweite-Klasse-Abteilen durch Europa gereist war. Er fühlte sich gleichermaßen wohl dabei, französische Dialekte durcheinanderzuwerfen, um mit französischen Dorfbewohnern zu reden oder über den privaten Haushalt der Königin von England zu plaudern. Jedes Mal, wenn Violet glaubte, sie könne ihn einschätzen, verwandelte sich Daniel in jemand anderen.

Sie erreichten den Korb. Er war groß genug, um mehreren Personen Platz zu bieten. Mr Simon und der Mann, der Monsieur Dupuis sein musste, hatten eine Reihe von starken Tauen am Korb befestigt, die den Ballon wie ein Netz umspannten. Der Ballon hatte begonnen, sich aus seiner geneigten Position aufzurichten. Als die bauchige Hülle gefüllt war, begann der Korb ebenfalls zu schweben, aber die Taue hielten ihn am Boden. Über dem Korb, unterhalb der Ballonhülle, befand sich eine Plattform mit einem großen Metallkasten darauf, aus dem sich mehrere dicke Metallspiralen erhoben.

»Ein guter Tag dafür«, sagte Dupuis auf Französisch zu Daniel. »Ist das die Maschine?«

Daniel kletterte in den Korb und hob Violets Windmaschine aus ihrem Kasten. »Wir werden es mal damit versuchen.« Er schaute auf Violet herunter. »Nun kommen Sie schon in den Korb, Mädchen. Ich werde Ihre Hilfe brauchen. Und einen Schraubenschlüssel.«

Daniel gehörte nicht zu den Männern, die eine Frau von Aktivitäten ausschlossen, sobald es interessant wurde. Simon hob sie in den Korb, und kurz darauf arbeitete Violet mit Daniel zusammen, ihre Handschuhe hatte sie abgelegt, während sie ihm half, ihre Windmaschine mit seiner zu verbinden.

»Ohne Generator ist es zwecklos«, erklärte sie, während Daniel weiterhin Drähte und Rohre ihrer Windmaschine mit seiner Maschine auf der Plattform verband. »Es wird nicht funktionieren.«

»Aber ich habe Treibstoff, der beides kann, den Brenner am Laufen halten und den Ventilator der Windmaschine antreiben – solange der Treibstoff reicht, heißt das.«

Daniel beendete, was immer er getan hatte, dann schob er eine Kurbelwelle in ein Loch in der Seite der Maschine. Er riet Violet, auf die andere Seite des Korbs zu gehen, dann drehte er die Kurbelwelle mit einem kraftvollen Ruck.

Die Maschine keuchte auf und rührte sich dann nicht mehr. Daniel kurbelte noch einmal und ächzte vor Anstrengung. Er hielt inne, um seine Jacke auszuziehen und auf den Korbboden zu legen, dann rollte er die Hemdsärmel hoch und ging zurück zur Maschine. Das Hemd spannte sich über seinen muskulösen Schultern, als er die Kurbelwelle erneut betätigte. Violet sah eine Tätowierung auf seinem rechten Unterarm, einen orientalisch aussehenden Drachen, und betrachtete sie eingehend.

Daniel kurbelte weiter. Endlich stoben Funken auf, ein Knirschen wie von einem Getriebe erklang, und der Korb begann zu wackeln.

»Macht ihn los!«, rief Daniel den Männern zu.

Violet krallte sich am Korbrand fest. »Ich glaube, für mich ist es Zeit, auszusteigen.«

Daniel lachte. »Zu spät.«

Violet riss die Augen auf. Sie schaute auf Simon und die Männer hinunter, die begonnen hatten, die Taue zu lösen. »Ich werde nicht in diesem Ding bleiben! Lassen Sie mich sofort aussteigen!«

Der Korb schwankte wieder und erhob sich senkrecht in die Höhe.

»Das geht jetzt nicht mehr«, sagte Daniel und grinste. »Sie müssen wohl mit mir kommen.«

Violet protestierte, doch die Männer ließen die Taue los. Der Ballon stieg höher und trug Violet hinauf zum Himmel.

10

Violet umklammerte das nächstbeste Tau, das sie zu fassen bekam. Das Herz klopfte ihr bis zum Hals, als Daniel die Maschine mit einem letzten kräftigen Drehen der Kurbel in Gang setzte.

»Seien Sie unbesorgt«, rief er ihr über das Tuckern des Motors hinweg zu. »Ich habe das schon mal gemacht.«

Ein heftiger Ruck durchlief den Ballon, dann stiegen sie höher. Keuchend riskierte Violet einen Blick nach unten. Simon, Dupuis und die anderen Männer, das Haus, die Äcker und Felder des alten Gehöfts lagen schon weit unter ihnen. Violet schätzte, dass sie vielleicht fünfzig Fuß über der Erde waren, als eine Windbö sie erfasste und sie rasch nach Osten trieb.

Daniel legte die Hände zu einem Trichter an den Mund und rief zu den Männern hinunter: »Sieht aus, als würden wir zum Tal treiben. Trefft uns dort!«

Violet hielt sich mit beiden Händen an den Tauen fest, der Wind zerrte an ihrem mit Nadeln festgesteckten Hut, Mantel und Röcke blähten sich. Der Atem wollte ihr stocken, doch dann begriff sie, was geschah.

»Wir fliegen!«, rief sie.

»Das hoffe ich doch, Liebes. Besser als das Gegenteil.«

Das Land unter ihnen wurde kleiner, der Himmel weiter. Die Stille, nur durchbrochen vom gurgelnden Motorengeräusch, öffnete sich und verschluckte sie.

Violet war in Städten aufgewachsen und an ständigen Lärm gewöhnt – das Rumpeln von Kutschen und Karren, das Klappern der Pferdehufe, die Rufe der Menschen, das laute Schreien von Jungen, Verkäufer, die ihre Waren auf der Straße anpriesen, Dampfmaschinen und das Pfeifen der Züge in den Bahnhöfen.

Der Ballon trug Violet über all das hinweg. Sie sah einen Zug, Meilen entfernt, der Dampfwolken ausstoßend in den Bahnhof einfuhr, in dem auch sie und Daniel gewesen waren. Hier oben war nichts von den Geräuschen zu hören, die er machte.

Daniel war noch beschäftigt. Er schaute hoch in das Innere des Ballons, drehte mit dem Schraubenschlüssel an einigen Schrauben des Motors und zog dann an einem Seil. Der Ballon stieg weiter in die Höhe, doch der Schub, den sie von der Seite bekamen, nahm ab.

Bis eine Bö den Korb erfasste und er fast auf die Seite kippte. Violet schrie leise auf, ließ die Taue los und klammerte sich am Korbrand fest.

»Kommen Sie zu mir«, rief Daniel. »Wir müssen die Neigung ausgleichen.«

Violet starrte ihn furchtsam an. »Sie sind komplett verrückt, wissen Sie das?«

»Kommen Sie her, Mädchen. Oder wir werden umkippen.«

Violet zwang sich, den Korb loszulassen, und gelangte halb kletternd, halb stolpernd zu Daniel. Sobald sich ihr Gewicht ebenfalls auf dieser Seite befand, richtete sich der Korb wieder auf und glitt sanft weiter, jetzt Richtung Nordost.

Daniel legte ihr den Arm um die Taille. »Wir haben auch Sandsäcke zum Ausgleichen«, sagte er. »Aber so macht es mehr Spaß.«

Violet hielt den Atem an, hin- und hergerissen zwischen Erheiterung und Erschrecken. »Sie sind der verdammteste unverbesserlichste Verrückte, den zu treffen ich je das Unglück hatte!«

»Das bezweifle ich nicht.« Daniel hielt sie eng an sich gedrückt, sein Grinsen war ansteckend. »Wissen Sie, dass Sie mit Ihrem wahren Akzent sprechen, wenn Sie so wütend sind? London, nicht wahr? Südliches London?«

»Jetzt sind Sie also nicht nur Kutscher, Erfinder und Ballonfahrer, sondern auch noch Dialektspezialist?«

»Nein, aber ich bin mit einem Burschen aus Southwark befreundet. Sie sind kein bisschen eine Französin. Sie sind eine von den verdammten Engländern, habe ich recht?«

»Die Familie meines Vaters ist französisch«, entgegnete Violet. »Sie stammt aus einem Dorf in der Nähe von Paris. Mein Vater war …« Sie sprach nicht weiter, war sich nicht sicher, was sie sagen sollte. Sie hatte keine Ahnung, was ihr Vater gewesen war, und nur eine ganz schwache Vermutung, *wer* er gewesen war.

»Mir gefällt es, dass Sie ein Problem damit haben, mich anzulügen«, sagte Daniel, seine Hand lag warm auf ihrem Rücken. »Bei anderen gelingt Ihnen das ganz mühelos.«

»Ich lüge nicht.«

»Nicht unverhohlen, aber Sie täuschen. Was am Ende auf das Gleiche hinausläuft. Was mich angeht, so bin ich immer ehrlich.«

»Was Sie nicht sagen.«

»Schauen Sie sich um.« Daniel machte eine weit ausholende Armbewegung. »Hatte ich Ihnen nicht einen Tag versprochen, an den Sie sich ihr Leben lang erinnern werden?«

Violet schaute sich um, und der letzte Rest ihrer Angst verflog. Inzwischen waren sie sehr hoch oben, höher als das höchste Gebäude, das sie je gesehen hatte, höher als jeder Berg, auf den sie je gestiegen war. Die französische Landschaft breitete sich unter ihnen aus; scharf konturierte Berge mit dunklen Tannen bewachsen zogen sich nach Norden hin, die höchsten Gipfel bedeckt von Schnee.

Hinter ihnen lag im Sonnenschein das Mittelmeer, weit und grau gesprenkelt, die hellgrauen Klippen der Küste fielen steil zur See hin ab. Wellen mit weißen Schaumkronen formten saubere Linien, während sie auf die Klippen zurollten und auf schmale Streifen aus Kies.

»Es ist atemberaubend. Ich habe so etwas noch nie gesehen.«

»Nur solche Narren wie Luftfahrer bekommen die Welt auf diese Weise zu sehen.« Daniels Arm schloss sich fester um Violets Taille, sein Atem streifte ihr Ohr. »Ich wollte es Ihnen zeigen.«

»Warum?« Der Wind riss Violets Frage mit sich fort.

»Warum ich Ihnen dies hier zeigen wollte? Weil es atemberaubend ist, wie Sie schon gesagt haben.«

»Nein, ich meine … warum mir?«

»Sie meinen, weil Sie mir eine Vase über den Schädel gehauen haben?« Daniels Lächeln war so warm wie sein Körper. Eigentlich hätte er ohne seine Jacke frieren müssen, aber sein Hemd war nass von Schweiß, der Wind konnte seiner Hitze nichts anhaben. »Es ist, weil ich noch nie eine Frau mit so wunderschönen Augen wie den Ihren getroffen habe.«

Sein Blick, seine Nähe umschlossen sie. Daniels Augen hatten die Farbe von dunklem Whiskey, mit Sprenkeln aus Gold darin, wie die Tiefen eines Feuers. Für einen so jungen Mann waren seine Gesichtszüge ungewöhnlich hart, und er besaß eine ruhelose Ader, die er unter vielen Schichten verbarg. Eine Frau würde ihn nur wirklich kennen, wenn sie den Schmerz tief in ihm erkannte, sich die Mühe machte, genau genug hinzuschauen.

Aber keine Frau in Daniels Armen würde ihn ansehen, um seinen Schmerz zu entdecken. Sie würde zittern, ihr Herz würde heftig klopfen, ihre Beine schwach werden, während sie sich fragte, ob er sie küssen würde … und ob sie verloren war, wenn er es tat.

Violet spürte den harten Schraubenschlüssel an ihrem Rücken, den Daniel noch immer in der Hand hielt, als er sie enger an sich zog. Er ließ sich Zeit, sein Blick glitt zu ihrem Mund, bevor er ihre Lippen mit einem zarten Kuss berührte.

Langsam, glatt wie Satin, warm. Der leichte Kuss verriet nichts von dem drängenden Verlangen, das er in London im Esszimmer gezeigt hatte, und er war anders als der sinnliche Kuss, nachdem sie seine Zigarette mit ihm geteilt hatte.

Dieser Kuss war behutsam, zärtlich. Daniels Lippen streiften ihren Mund, streichelten, berührten, die leichte Berührung sandte mehr Feuer durch Violet, als der Brenner in die Ballonhülle hinaufschickte, um sie in der Luft zu halten.

Er schloss den Mund über ihrer Unterlippe, saugte leicht daran. Der Schmerz war kaum wahrnehmbar, erotisch.

Die Zeit schien stehen zu bleiben. Nichts existierte mehr außer Daniel, der sie hielt, seine Lippen, die mit ihren spielten, seine forschende Zunge in ihrem Mund. Dann kostete sie seinen Geschmack, wild und schwindelig machend wie der beste junge Wein.

Wind strich über den Korb und brachte die Kälte des Winters mit sich, doch in Daniels Armen gab es nichts als Wärme. Violet flog hoch über der Welt dahin, vereint mit Daniel in diesem stillen, aber tiefen Kuss, sicher in seinen Armen. Wie im Zimmer oben im Londoner Haus, als er den Rauch auf ihrer Zunge gekostet hatte, durchfuhr Violet ein Blitz aus Hitze und süßer Erregung, jedoch keine Panik.

Daniels Hände lagen fest auf ihrem Rücken, sie spürte den harten Schraubenschlüssel, den er hielt. Unter dem Korsett spannten ihre Brüste angenehm, und die Hitze zwischen ihren Beinen war für sie eine ganz neue Empfindung. Verlangen war ihr bisher immer verwehrt geblieben – nur etwas für glücklichere Menschen.

Daniel hob den Kopf, blieb aber bei ihr. Er hielt sie noch immer an sich gedrückt, während er erst rechts und dann links an ihr vorbeischaute und dabei keinerlei Eile an den Tag legte.

»Was tun Sie?«, fragte sie bebend.

»Ich schaue, ob es hier etwas gibt, womit Sie mich schlagen könnten. Warten Sie einen Moment.« Daniel hielt sie so umschlungen, dass sie den rechten Arm ohnehin nicht bewegen konnte, nun umfasste er mit seiner freien Hand ihre linke und hielt sie fest. »So.«

»Ich will Sie nicht schlagen.« Violets Stimme klang gepresst.

»Vor Kurzem haben Sie es getan.«

»Sie hatten mir Angst gemacht. Manchmal bekomme ich … ich weiß nicht immer, was ich tue oder warum. Es ist wie ein Blitz, und dann ist es vorbei.«

Seine Augen, die ihren so nah waren, verrieten ihr, dass er die Lüge erkannte – ihm war klar, dass Violet genau wusste, weshalb sie in Panik geriet, es aber nicht erklären wollte.

»Jemand hat Ihnen Angst gemacht, nicht wahr?«, fragte Daniel, sein Blick war viel zu scharfsinnig. »Irgendjemand, aber nicht ich.«

Violet konnte nicht antworten. Manchmal – wenn sie einen bestimmten Klang in der Stimme eines Mannes wahrnahm oder jemand sie mit einer bestimmten Härte festhielt – dann kehrten die Bilder zu ihr zurück und setzten alle Vernunft außer Kraft. Als Daniel sie gegen die Wand drückte, hatte Violet um sich geschlagen wie damals, vor all diesen Jahren. Sie war erst sechzehn gewesen, sie hatte nicht die Kraft gehabt, zu kämpfen.

»Vor mir müssen Sie niemals Angst haben«, sagte Daniel. Der neckende Ton in seiner Stimme und sein Lächeln waren verschwunden.

Violet schüttelte den Kopf und versuchte zu lachen. »Ich würde nie Angst vor Ihnen haben, Daniel MacKenzie.«

»Ich meine es ernst, Mädchen.« Sein tiefer Bariton vibrierte. »Ich werde Ihnen niemals wehtun. Ich begehre Sie – ich wette, das können Sie nicht missverstehen. Aber ich bin niemand, der sich etwas nimmt, das nicht freiwillig gegeben wird.«

Ich begehre Sie. Violet spürte seine Härte durch die Wolle des Kilts, seine Erregung. Fort waren die Tournüren und Krinolinen vergangener Dekaden – die modernen leichten Röcke ließen eine Frau das Verlangen eines Mannes spüren, wenn er sie an sich drückte, auch durch die Kleidung hindurch.

Sie waren in einem Ballon, hundert Fuß und mehr über der Erde, mitten im schneidend kalten Winterwind, und Daniel begehrte sie. Er musste verrückt sein.

Und doch … wenn es nur Daniel und sie sein könnten, die für immer so dahinglitten, wenn sie alle Probleme der Welt zurücklassen könnten auf den felsigen Berghängen unter ihnen, dann, so glaubte Violet, könnte sie glücklich sein. Der Boden des Korbs wankte, während der Ballon sie forttrug, fort von den unbedeutenden Sorgen ihres Lebens.

Hier oben konnte sie eine Welt wahrer Süße betreten, wenn auch nur für kurze Zeit. Dieser Ballon war ihr Zaubernachen, und Daniel war der Zauberer, der all die Dämonen vertreiben konnte.

Violet antwortete, indem sie sich auf die Zehenspitzen stellte und Daniel auf den Mund küsste.

Der Schraubenschlüssel fiel mit einem dumpfen Schlag auf den Korbboden. Daniels starke Hand legte sich auf ihren Po, um sie an sich zu ziehen. Sein Kuss wurde härter, besitzergreifend. Sein Mund öffnete ihren, seine Zunge drang in ihren Mund vor. Violet kam ihm entgegen, ihr Herz klopfte wild.

Seine Arme waren stark, das Hemd nur eine dünne Schicht

Stoff über festen Muskeln. Sie ließ die Hände über ihn gleiten, während er sie küsste, ihre Hände fuhren seine Arme hinauf und seinen Rücken hinunter.

Daniels Kraft nahm ihr den Atem und flößte ihr gleichzeitig Kraft ein. Ihr Zauberer wirkte seinen Zauber, nahm allen Schmerz fort, jeden Kummer.

Als Daniels Lippen sich von ihren lösten, wurde ihr kalt. »Oh, du führst mich in Versuchung, Vi«, sagte Daniel, ein warmes Glühen in den Augen. »In große Versuchung. Ich bedaure, dass ich Dupuis und Simon gesagt habe, sie sollen uns folgen.«

Violet schaute nach unten. Sie flogen so hoch, dass es einem das Herz stocken lassen konnte. Ein Mann auf einem großen Pferd – das Zugpferd, das sie im Stall gesehen hatte – ritt langsam die Straße entlang, die das Tal unter ihnen durchschnitt. Ein gutes Stück dahinter fuhr ein Karren. Der Kutscher schaute zu ihnen hinauf und winkte, Daniel erwiderte den Gruß.

»Es ist nur ein Kuss«, sagte Violet. Ihre Stimme wollte ihr nicht recht gehorchen. Sie, die fünf Sprachen in mehreren verschiedenen Dialekten beherrschte, brachte jetzt kaum diese wenigen englischen Worte heraus.

»*Nur* ein Kuss?« Daniels Umarmung wurde fester. »Zertritt mich unter deinen Füßen zu Staub, warum auch nicht?« Seine Hand umfasste ihren Po fester, eine sehr intime Berührung. »Lass mich …«

Er verstummte und schaute hoch.

Lass mich … Lass mich was? Dich mir zu Willen machen? Violet lehnte sich an ihn, dachte an nichts als an die Worte auf seinen Lippen, an seine Lippen selbst, die Hitze, die von seinem Körper ausstrahlte. *Ich brauche dich, Daniel. Und ich habe Angst.*

Als der Ballon unvermittelt von einer starken Bö gepackt und nach oben gerissen wurde, ließ Daniel sie los. Der Korb schwankte heftig. Violets Aufschrei wurde vom Wind davongetragen, während Daniel nach mehreren Tauen griff und hart daran zerrte, bis die wilden Bewegungen des Korbs sich beruhigten.

Er drückte Violet die Taue in die Hände. »Halt sie gut fest. Jetzt werden wir sehen, ob mein steuerbarer Heißluftballon wirklich steuerbar ist.«

»Jetzt werden wir es sehen?« Violet starrte ihn an, während sie mit aller Kraft die Taue festhielt. »Du hast doch gesagt, du hast das schon mal gemacht.«

»Ich bin schon in einem Ballon gefahren, ja. Aber ich habe noch nie versucht, mithilfe dieses neuen Systems einen zu *lenken*. Also – wenn ich *rechts* sage, ziehst du an dem Seil in deiner rechten Hand, und sage ich *links*, dann am linken. Kriegst du das hin?«

»Ich denke, ich kann rechts und links unterscheiden«, entgegnete Violet zitternd und begann, sich die Taue um die Handgelenke zu wickeln.

Daniel packte sie. »Nein. Du musst sie *halten*. Wenn der Zug an einem der Taue zu stark wird, reißt es dich schlimmstenfalls aus dem Korb oder trennt dir – im besten Fall – die Finger ab.«

Violet starrte ihn an, dann löste sie die Taue von den Handgelenken und hielt sie fest umklammert. Daniel holte die Kurbel, steckte sie in die Maschine und drehte wieder. Eine größere Flamme loderte oben aus dem offenen Kasten, der Korb neigte sich und Violet schrie wieder auf.

Daniel lachte. »Ich mag es, wie gern du schreist. Links, jetzt. *Links!*«

Violet zerrte an dem Tau, während Daniel die Kurbel drehte, der Kasten spuckte eine Flamme aus. Der Korb richtete sich aus seiner bedrohlichen Neigung auf, und der Ballon stieg noch höher in den Himmel.

Der Wind schüttelte sie durch. Violet beobachtete, wie sich Daniels Körper bewegte, während er arbeitete, und sie fragte sich, warum er so hoch hinauf wollte. Es fror jetzt, und der trockene Wind war eisig kalt.

Violet schaute in die Richtung, in die sie glitten, und verstand plötzlich, warum er Höhe gewinnen wollte: Sie trieben rasch auf Felsen und Klippen zu, und die Bäume, die darauf standen, schienen so nah zu sein, dass Violet glaubte, sie mit den Händen berühren zu können. Sie atmete ein und hielt die Luft an. »Höher!«, rief sie. »Wir müssen höher hinauf!«

»Was zum Teufel glaubst du, was ich tue? Zieh das rechte Seil! *Rechts!*«

»Ich ziehe doch!« Violet zog mit aller Kraft an dem Tau.

Daniel hielt weiter die Flamme am Brennen. Die Felsen kamen rasch auf sie zu. Jeden Moment würden sie sie streifen, der Korb würde bersten, und sie und Daniel würden abstürzen. Würden sie auf den Felsen aufprallen, einander umarmend, würden sie verletzt werden, aber überleben? Oder stürzten sie in den Tod?

Violet wollte jetzt noch nicht in den Tod stürzen. Sie wollte wieder Daniels Arme um sich spüren, sein Verlangen nach ihr, und sie wollte seine Lippen auf ihren schmecken.

Es hatte eine Zeit in ihrem Leben gegeben, da hätte Violet den Tod willkommen geheißen. Aber nicht jetzt. Nicht, wenn sie endlich diese *Lebendigkeit* empfunden hatte.

Daniel kurbelte. Violets Windmaschine blies die heiße Luft in die Seidenhülle des Ballons. Der Korb stieg höher, über die Klippen. Die Spitzen des kleinen Gipfels schienen nach ihnen zu greifen, aber sie schwebten darüber hinweg und stiegen höher. Auf der anderen Seite des Bergkammes fiel das Land zum nächsten Tal hin ab, und sie glitten darüber hinweg.

Daniel hörte auf zu kurbeln und richtete sich auf, reckte die

Arme in die Luft und jauchzte laut auf. »Gut gemacht, Mädchen!« Lachend schlang er die Arme um Violet, hob sie hoch und küsste sie. Sein Gesicht fühlte sich kalt an, seine Wangen waren gerötet, das Haar vom Wind zerzaust. Violet, die noch immer die Taue hielt, erwiderte den Kuss.

Daniels Blick war nur auf sie gerichtet, als er sie wieder absetzte und ihr behutsam die Taue aus den Händen nahm. »Danke, Liebes. Wir sind ein gutes Team.«

»Ja.« Das Wort kam wie ein Krächzen heraus. Sie fühlte sich außerstande, etwas anderes zu sagen.

Daniel wandte sich um, schaute auf die Welt hinab und breitete die Arme weit aus, die Taue bewegten sich mit ihm. »Ich war noch nie so hoch.« Wieder jauchzte er, und Violet lachte.

Die Landschaft dehnte sich unter ihnen aus, ein lang gestrecktes Flusstal, gesprenkelt von Bauernhöfen und kleinen Dörfern. Flecken aus Schnee lagen im Schatten von Bäumen und Felsbrocken auf den Hängen der Bergkette, die sie überflogen hatten. Tief unten erhob sich Rauch aus den Schornsteinen verstreut liegender Bauernhäuser, und ein oder zwei Leute waren auf entfernt liegenden Straßen zu erkennen.

Niemand auf der weiten Welt wusste, wo Violet in diesem Augenblick war. Obwohl sie Mary gesagt hatte, dass sie Mr MacKenzie in ein Dorf etwas außerhalb von Marseille begleiten würde, hatte Violet nicht gewusst, dass Daniel sie mit an Bord dieses wunderbaren Ballons nehmen würde und hinauf in unbekannte Welten. Niemand außer Daniel wusste, wo sie jetzt war – sie hatten sogar Monsieur Dupuis und Simon im letzten Tal zurückgelassen.

Violet war wahrhaft allein, glitt durch die Lüfte mit einem Mann, der nahezu ein Fremder für sie war. Daniel hatte sie von jedem isoliert, den sie kannte, hatte sie weit weggebracht von jeder Hilfe. Violet sollte Angst haben, durch eine ihrer Attacken hysterischer Panik in die Knie gezwungen werden.

Aber sie empfand keine Furcht. Sie beobachtete Daniel, als er die Taue fallen ließ und sich entzückt umschaute. Die Welt war wunderschön, Violet war allein mit dem Mann, der ihr diese Schönheit gezeigt hatte, und ihr war ganz leicht ums Herz. So musste sich Glück anfühlen.

Als sich Daniel umwandte und sie ansah, wünschte Violet, dieser Moment könnte für immer andauern. Sie wollte nie vergessen, *wie* er sie ansah. Nicht lüstern, nicht fordernd. Er sah sie an, als gefiele es ihm, sie anzusehen, um ihrer selbst willen, als ob nichts auf der Welt ihm wichtig war außer ihr und diesem Moment.

Ich könnte dich lieben, Daniel MacKenzie.

Hier oben inmitten von Wunschlosigkeit und Freiheit wurde ihr warm bei diesen Worten. Eine Wärme, die sie nicht mehr verlassen würde.

Daniel wandte sich ab und richtete den Blick auf den Horizont. »Wir müssen eine Stelle zum Landen finden.«

»Ich will nicht.« Violet hatte es gesagt, ehe sie sich hatte zurückhalten können.

Daniel sah sie an, sein Lächeln war wieder zurück. »Ich auch nicht. Aber die Wolken dort hinten werden dichter, und es ist nicht sicher in einem Ballon während eines Wolkenbruchs. Möglicherweise gibt es sogar einen Schneesturm.«

Jetzt, da das Mittelmeer hinter ihnen lag, hatte der Wind in der Tat winterlichen Biss angenommen.

»Dort drüben, denke ich.« Daniel wies auf ein flaches Stück Land: zwei leere Äcker, die gepflügten Furchen zeichneten dunkle Linien in die schwarze Erde.

»Wie landen wir?« Violet schaute hinauf zum prall gefüllten Ballon. »Weißt du, wo wir sind?«

Daniel zuckte die Schultern. »Irgendwo in Frankreich, Sobald wir dieses Ding zu Boden gebracht haben, werde ich jemanden fragen.«

Wie wunderbar, zu treiben, wohin der Wind einen trug, sich nicht darüber zu sorgen, wo man war oder wohin man ging. Daniel schritt durch das Leben und erwartete, dass sich ihm alle Wege ebneten, Violet hingegen musste sich anstrengen, um zu überleben.

Daniel machte sich erneut an den Tauen zu schaffen und drehte an den Knöpfen seiner Maschine. Die Flamme erstarb, und der Ballon begann langsam zu sinken.

»Hmmm«, sagte er.

»Was?« Violet stand wieder neben ihm. »Was meinst du mit *hmmm*?«

Daniel wirkte besorgt. »Wir sollten uns jetzt gut festhalten.«

Violet umklammerte den Rand des Korbs, ihr Herz schlug schnell. »Warum?«

Ein Windstoß erfasste den Ballon. Er ruckte zur Seite, gleichzeitig verlor er rasch an Höhe.

Daniel riss heftig an einem Seil, und hoch über ihnen öffnete sich ein Loch in der Seidenhülle, aus dem die Luft strömte. Er zerrte noch einmal an den Lenkseilen, dann ließ er alle Taue los. Er legte von hinten die Arme um Violet und hielt sich rechts und links von ihr am Rand des Korbs fest, schützte sie mit seinem Körper, während sie immer schneller auf das gepflügte Feld zurasten und die Luft aus dem Ballonhülle entwich.

Eine Ecke des Korbs streifte den Boden. Der Ballon machte eine heftige Aufwärtsbewegung, der Wind packte sie wieder. Violet schrie, klammerte sich fest. Daniel stand hinter ihr, seine Arme umschlossen sie stark und fest, gaben ihr die falsche Illusion, dass ihr nichts geschehen konnte.

Der Korb berührte erneut den Boden, bevor er sich stark

zur Seite neigte, der Ballon stand noch immer senkrecht im Wind. Daniels Griff um den Rand des Korbs verstärkte sich, bis die Knöchel weiß hervortraten. Er fluchte, und Violet hörte sich selbst schreien, vor Begeisterung und Entsetzen zugleich.

Der Ballon schleifte den Korb über das Feld, riss den dunklen Erdboden auf. Vögel flatterten aus den Furchen auf, Kaninchen ergriffen die Flucht. Ein Fuchs hob den Kopf und starrte sie an, als sie an ihm vorbeischlitterten.

Sie würden zum Stillstand kommen, sagte sich Violet. Der Ballon würde in sich zusammenfallen, der Korb mit einem Aufprall umstürzen, und sie und Daniel würden hinausgeschleudert werden in den Dreck. Komisch, aber nicht tödlich.

Der Korb erreichte den Rand des Ackers, der Ballon zog ihn noch immer mit sich. Sie wurden über Ginster und Felsen geschleift, die das Feld begrenzten, und plötzlich stürzte der Boden unter ihnen weg.

Der noch zur Hälfte mit Luft gefüllte Ballon segelte über eine tiefe Schlucht hinweg, an ihrem Grund glitzerte hell ein Fluss. Die Seitenwände der Schlucht, die bis zu ihnen hochreichten, waren stellenweise von Schnee bedeckt.

Daniels Flüche wurden zu einem lang gedehnten Schrei, in den Violet einstimmte. Der Ballon riss sie über die schmale Kluft und auf der anderen Seite wieder hoch, geradewegs auf eine Reihe Tannen zu. Daniel stieß Violet auf den Boden des Korbs und warf sich über sie.

Der Korb durchbrach die erste Baumreihe unmittelbar am Rand der Schlucht, dann krachte er gegen die dickeren Bäume dahinter. Wie von einem gewaltigen Windstoß wurden die Bäume durchgeschüttelt, als sich die Seidenhülle in ihren Ästen verfing und mit einem lauten Geräusch riss. Der Korb sackte mit einem heftigen Ruck in die Tiefe. Ein Baum fing den Fall ab, und der Korb stand still.

11

Daniel hob den Kopf. Violet lag reglos neben ihm. Ihre Augen waren geschlossen, und sie hatte eine Verletzung im Gesicht.

Die Welt hatte aufgehört, sich wie wild zu drehen, und der Korb schaukelte jetzt sanft im Wind, nur das Rascheln der Blätter und das Flattern der Seide waren zu hören. Daniels Maschine war tot, stumm, ebenso Violets Windmaschine.

»Bist du in Ordnung, Liebes?« Daniel strich Violet eine Haarsträhne aus dem Gesicht, sein Herz schlug heftig vor Sorge.

Wenn er sie verletzt hatte … Wenn seine Arroganz zu gebrochenen Knochen oder Schlimmerem geführt hatte, würde er sich das niemals vergeben. Er hätte Violet in Ruhe lassen können, er hätte sich die Windmaschine ausleihen und darauf verzichten können, darauf zu beharren, dass sie mit ihm kam. Aber nein. Daniel hatte ja unbedingt vor dieser atemberaubenden Frau aufschneiden wollen. Er hatte gewollt, dass Violet die Arme um ihn schlang und rief, wie wunderbar er doch sei, weil er fähig war, einen Ballon zu lenken.

»Violet. Mädchen, wach auf.«

Violet blinzelte und öffnete ihre wunderschönen blauen Augen. »Sind wir unten?«

Daniel atmete erleichtert aus. »Wir sind gestoppt worden. Bist du verletzt?«

»Ich glaube nicht.«

Violet richtete sich auf, lehnte sich mit dem Rücken gegen den Korb und strich sich mit zittrigen Fingern das Haar aus dem Gesicht. Daniel tastete ihre Arme ab, um zu erkunden, ob Knochen gebrochen waren. Sie ließ ihn gewähren, weil sie begriff, warum er das tat, dennoch beobachtete sie ihn aufmerksam.

Daniel schüttelte das Verlangen ab, das ihn verrückt gemacht hatte, und konzentrierte sich darauf, sich zu vergewissern, dass Violet unverletzt war. Sie zuckte nicht, bis seine Hände unter ihren Rock glitten, er sie von den Fußgelenken bis zu den Knien berührte.

»Ich sagte doch, dass es mir gut geht«, sagte sie und wich zurück.

Daniel ließ von ihr ab, aber es fiel ihm schwer, nachdem er die Wärme ihrer Waden gespürt hatte. »Es ist nötig, jeden Knochen abzutasten. Ich habe mir mal bei einem Sturz von einem Pferd das Steißbein gebrochen.«

»Mein Steißbein scheint unbeschädigt zu sein«, erklärte sie.

Die ruhigen Worte, die in solchem Kontrast zu ihrem wilden Ritt über die Schlucht standen, entlockten Daniel ein Lachen. »Ich denke, ich bin auch noch ganz. Wir wär's, wenn wir herauszufinden versuchen, wo wir sind?« Er legte seine Hände auf den Rand des Korbs und zog sich daran hoch. »Oh.«

Violet war sofort neben ihm. »Oh«, echote sie. »Du meine Güte.«

Der Korb hing etwa zwanzig Fuß über dem Boden und wurde nur von den Ästen zweier dicht beieinanderstehender Bäume gehalten. Er schaukelte zwar leicht, dennoch steckte er fest. Die in sich zusammengefallene Seidenhülle hing zum Teil wie kunstvoll drapiert auf den Baumkronen, der Rest hing in Fetzen bis auf den Boden hinunter.

»Dupuis wird darüber nicht besonders glücklich sein«, sagte Daniel. »Aber keine Sorge. Ich werde ihm den Wert des Ballons ersetzen und ein kleines Extra dazugeben. Er kann einen besseren anfertigen.«

»Er wird es verstehen, wenn er ein so guter Freund von dir ist«, sagte Violet.

Daniel sah sie überrascht an. »Er ist kein guter Freund von mir. Ich habe ihn erst vor einigen Tagen kennengelernt.«

Jetzt starrte sie ihn an. »Ich dachte, du wärest nach Marseille gekommen, um ihn zu treffen und deine Idee auszuprobieren.«

»Nein, ich bin hergekommen, um dich zu suchen, wie ich gesagt habe. Dupuis zu begegnen war von zweitrangiger Wichtigkeit – ich habe hiesigen Freunden telegrafiert und sie gefragt, ob es einen Ballonfahrer in der Nähe gibt. Marseille ist eine recht große Stadt. Ich dachte, dass vielleicht jemand irgendwen kennt, der jemanden kennt. Und von Dupuis habe ich dann durch Hörensagen erfahren.«

Violet stand der Mund offen, während sie zuhörte, Unsicherheit lag in ihren Augen. Daniel berührte ihre Wange. Wenn sie das hier hinter sich hatten – und wieder festen Boden unter den Füßen hatten –, würde er ihr ein paar Dinge erklären. Er würde sie davon überzeugen, dass er ihretwegen nach Frankreich gekommen war. Er hätte in England bleiben und seine Experimente fortsetzen können – er kannte dort viele verrückte Luftfahrer. Er hatte nicht seine Siebensachen in einen Koffer geworfen und war in den nächsten Zug nach Dover gestiegen, weil er die Luft am Mittelmeer so sehr schätzte. Er würde dafür sorgen, dass ihr das klar wurde.

Zuerst jedoch …

»Ich werde hinunterklettern«, kündigte er an. »Und eine Möglichkeit finden, dich herauszuziehen. Es wird nicht lange dauern.«

Er vergewisserte sich, dass seine Handschuhe in Ordnung

waren, ehe er nach dem nächsten erreichbaren Ast griff und begann, sich aus dem Korb zu ziehen.

Der Korb neigte sich beunruhigend zur Seite, Daniels und Violets gemeinsames Gewicht hatte ihn bis jetzt im Gleichgewicht gehalten. Wenn Daniel hinausstieg, würde der Korb umkippen, und Violet würde hinausfallen.

»Wir müssen beide gleichzeitig aussteigen«, sagte Violet. »Ich kann auf einen Baum klettern.« Sie schaute auf die Äste ringsum und dann hinunter auf den Boden.

»Vielleicht müssen wir das gar nicht.« Daniel legte die Hände wie einen Trichter vor seinen Mund. »He! Hier oben!«

Unten erklangen Stimmen, Rufe auf Französisch ertönten. Es entspann sich eine lange Diskussion darüber, wie man die verrückten Ausländer am besten aus ihrem Liebesnest in den Baumwipfeln holen konnte, und Daniel beteiligte sich eifrig.

Schließlich löste er die Sandsäcke und hob die Taue auf, die mit dem Gurtwerk verbunden waren, das den Korb am Ballon befestigte.

»Ich werde dich ein kleines Stück hinunterlassen«, sagte er zu Violet. »Die Männer haben Leitern dabei, aber die werden nicht so weit hinaufreichen.«

Violet sah ihn besorgt an. »Wenn du aussteigst, gerät alles aus dem Gleichgewicht, und du wirst fallen.«

Daniel wand ein Seil um ihre Taille und unter ihren Achseln hindurch. »Ich werde direkt hinter dir sein, Süße. Vertrau mir einfach.«

»Du bist verrückt«, sagte sie. Aber Daniel sah hinter der Angst in ihren Augen einen schelmischen Funken aufblitzen.

»Bereit?« Er verknotete das Tau und packte es dort, wo es am Ballon befestigt war. Er schlang den anderen Arm um Violet und hob sie hoch bis zum Korbrand. »Eins, zwei, drei …«

Violet schrie auf, als der Korb kippte, aber Daniel war in die Äste über ihr gestiegen und hielt sich gleichzeitig am Baum und an ihrem Seil fest.

Der Korb fiel um, die Gegengewichte, die Maschine und Violets Windapparat stürzten auf die Erde hinunter, ebenso die unbenutzten Seile und Daniels Jacke. Alles krachte durch die Äste und Zweige nach unten, und die unten stehenden Retter schrien auf. Über ihnen klammerten sich Daniel und Violet am Baum fest.

»Steig hinunter, Liebes«, sagte Daniel. »Es ist alles in Ordnung.«

Langsam, sehr langsam suchte sich Violet ihren Weg nach unten. Ein kräftiger Waldarbeiter stieg eine selbst gebaute Leiter hinauf und kam ihr entgegen, er packte Violet um die Taille und trug sie hinunter. Erst als ihre Füße festen Boden berührten, entspannte sich Daniel erleichtert.

Er kletterte ihr rasch hinterher, die Äste schnitten ihm durch die Handschuhe in die Hände, und der kalte Wind zerrte an ihm. Als er den Boden erreichte, befreiten die Männer Violet bereits vom Tau. Sie zitterte.

Daniel hob seine Jacke auf, die auf einen Berg abgebrochener Äste gefallen war, schob das letzte Tauende beiseite und hüllte Violet in die Jacke.

»Alles in Ordnung?«, fragte er.

»Ja. Perfekt.« Sie war außer Atem, aber er sah keinen Schmerz in ihren Augen.

Daniel wandte sich den Männern zu, die sie gerettet hatten. Bauern, Waldarbeiter, Jäger mit Gewehren. »Ich danke Ihnen allen«, sagte er in seinem französischen Mischdialekt. »Gibt es in der Nähe ein Dorf? Irgendetwas, wo sich meine Frau ausruhen kann?«

Er spürte, wie Violet bei den Worten *meine Frau* leicht zusammenzuckte, aber sie befanden sich tief in der Provinz, und die Ortsansässigen würden sich zuvorkommender verhalten, wenn sie glaubten, Daniel und Violet seien ein Ehepaar und nicht ein Mann und dessen Geliebte. In Paris oder auch in Marseille würde das keine Rolle spielen, aber Dorfbewohner konnten sehr vehemente Verfechter von Sitte und Moral sein. Als Daniels Schwester würde Violet niemals durchgehen, zumal Daniel nicht in der Lage war, sie wie eine solche zu behandeln. Nein, die Behauptung, Mann und Frau zu sein, war das Beste.

Einer der Jäger sagte, er würde Violet ins Dorf bringen, in die Postkutschenstation seines Bruders, wo sie sich ausruhen und etwas essen und auch über Nacht bleiben könnten, sollte das erforderlich sein. Daniel lächelte Violet an und drückte ihre Hand. »Geh nur mit. Ich werde retten, was ich kann, und dann nachkommen.«

»Ja. Natürlich.« Violet, Gott segne sie, schenkte sich jedes Widerwort und ging mit dem Jäger und einem weiteren Mann davon.

Sie benahmen sich ihr gegenüber respektvoll, wie Daniel froh bemerkte, und er wusste, dass die Leute die Geschichte, sie und Daniel wären verheiratet, geschluckt hatten. Oder dass sie zumindest bereit waren, sie nicht weiter zu hinterfragen. An Daniels Kleidung und der Tatsache, dass er mit einem Ballon gekommen war, hatten sie erkannt, dass er ein reicher Mann war. Sie würden keine Skrupel haben, sein Geld für Essen und Trinken und ein Bett für die Nacht anzunehmen.

Daniel schaute hinauf zum Korb, der noch in den Ästen hing. »Dann also los.« Er rieb sich die Hände. »Mal sehen, was noch zu retten ist.«

Die Männer, die Violet ins Dorf führten, waren respektvoll, aber schweigsam. Das Dorf lag nicht weit entfernt – durch den Wald den Hügel hinunter und dann an einem Feld vorbei. Der Pfad, dem sie folgten, führte zu einer matschigen Straße, die zwischen einer Ansammlung von Bauernhäusern, ein, zwei Geschäften, einem Gasthaus und einer Kirche hindurchführte, die auf einem kleinen Hügel stand. Große Teile der alten Mauer, die die Stadt im wilden Mittelalter geschützt hatte, standen noch, jetzt war sie integriert in die Mauern von Häusern oder Scheunen.

Das letzte Mal, als Violet in einem kleinen Dorf wie diesem gewesen war – gestrandet während eines sintflutartigen Regens –, hatte Celine Visionen bekommen. Der Frau des Wirts hatte das nicht gefallen, und sie hatte erklärt, dass Violet, ihre Mutter und Mary Zigeunerhexen und somit nicht willkommen seien.

Die Frau des Wirts und andere Dorfbewohner hatten die drei aus der Stadt geführt, die Tore hinter ihnen geschlossen und sie dem Unwetter ausgesetzt. Violet war davon überzeugt, dass sie Glück gehabt hatten, nicht auch noch verprügelt zu werden, bevor sie der Stadt verwiesen worden waren.

Es tut mir schrecklich leid, meine Liebe, hatte Celine gesagt, als sie sich durch Matsch und Regen gekämpft hatten. *Ich konnte nichts tun gegen das, was ich gesehen habe. In jenem Haus sind entsetzliche Dinge geschehen.* Ganz offensichtlich hatten die Bewohner des Hauses nicht an diese entsetzlichen Dinge erinnert werden wollen.

Wie anders war es da doch, ein Gasthaus zu betreten und von der Frau des Wirts mit einem Lächeln willkommen geheißen zu werden und zu hören, man würde das schönste Zimmer für sie herrichten, während Violet in der Gaststube am Kaminfeuer wartete. Der Wirt servierte ihr gewärmten Wein und bereitete auch für Daniel eine Tasse vor, damit bei seinem Eintreffen alles bereit war.

Daniel hatte diese Leute für sich eingenommen, noch bevor sie ihm überhaupt persönlich begegnet waren.

Violet zog sich seine Jacke fester um die Schultern, während sie den warmen Wein trank. Der Raum war noch nicht warm genug, um die Jacke abzulegen, aber das wollte sie auch gar nicht. Die Wolle hatte Daniels Wärme und seinen Geruch in sich aufgenommen. Violet schloss die Augen und atmete ihn ein, der Zauber dieses herrlichen Tages umgab sie noch immer.

Daniel traf eine halbe Stunde nach ihr ein. Sie sah ihn durch das Fenster kommen; er näherte sich dem Gasthaus inmitten einer Gruppe von Bauern und Waldarbeitern. Daniel tauschte Witze mit ihnen aus – einige davon unanständig, wie Violet hören konnte –, sie lachten miteinander wie alte Freunde. Gemeinsam betraten sie das Gasthaus, die Männer freuten sich über die Gelegenheit, für einen Krug Wein hereinzukommen.

Daniel kam in den Gastraum geschlendert, bald darauf folgte ihm die Frau des Wirts und brachte ein Tablett, beladen mit gefüllten Tellern und irdenen Töpfen. Der Duft des heißen Essens veranlasste Violets Magen zu einem sehnsüchtigen Knurren.

»Meinen verbindlichsten Dank«, sagte Daniel auf Französisch, während er die Handschuhe abstreifte. »Fliegen macht hungrig. Mmmmh, rieche ich da gebratene Kartoffeln? In Knoblauch und Sahne? Mein Leibgericht.«

Er nahm der Frau das schwere Tablett ab, stellte es auf einen Tisch und unterhielt sich weiter mit ihr, während er ihr beim Aufdecken half. Violet beobachtete die Szene stumm vom Sofa aus. Als der Tisch voll beladen war mit dampfenden Tellern, begleitete Daniel die Wirtin zur Tür, wobei er das Tablett für sie trug. Bevor er es ihr zurückgab, legte er einige Münzen darauf und bedankte sich nochmals aufs Artigste. Die Wangen der Frau hatten sich gerötet, und auf ihrem Gesicht lag ein Lächeln, als sie den Raum verließ und die Tür hinter sich schloss.

Daniel wandte sich um und rieb sich die Hände. »Ich sterbe vor Hunger«, verkündete er mit seiner tiefen Stimme. »Für meine Verhältnisse habe ich heute viel zu früh gegessen. Leistest du mir nicht Gesellschaft?«

Violet würde seine Jacke ablegen müssen, wollte sie sich zu ihm setzen und mit ihm essen. Sie wollte sie nicht hergeben, ihr war zumute, als gäbe sie einen Teil von ihm weg.

Aber das Essen lockte sie, also stand sie auf und hängte Daniels Jacke an einen Haken in der Wand, strich noch einmal mit beiden Händen darüber. Daniel bemerkte es nicht, er stand noch über den Tisch gebeugt da und ergötzte sich am Anblick der Speisen.

Er wartete, bis sie am Tisch Platz genommen hatte, dann setzte er sich auf den Stuhl, der ihr am nächsten stand, und füllte ihnen auf. Er lud Würstchen, Kartoffeln, Gemüse und Soße auf einen Teller und fügte Käse und Brot hinzu, ehe er alles vor Violet hinstellte. »Das Essen riecht gut.«

»Du bist auf deinen Füßen gelandet«, sagte Violet. Sie nahm das Brot und legte Weichkäse darauf, während Daniel sich einen Teller füllte. »Ich denke mir, dass dir das wohl immer gelingt.«

»Nicht immer.« Daniel schaufelte Kartoffeln in Sahnesoße in sich hinein und spülte sie mit dem herben Rotwein hinunter. »Als du mich mit jener Vase flachgelegt hast, bin ich auf dem Rücken gelandet.«

Violet sah ihn reuig an. »Dafür werde ich mich ewig entschuldigen. Es war schrecklich, als ich dachte, ich hätte dich schwer verletzt.«

Daniels Augen funkelten amüsiert. »Hör auf. Ich habe dich nur geneckt. MacKenzie-Schädel sind hart. Uns umzubringen ist ziemlich schwer. Ich glaube, damit werde ich dich noch sehr lange necken.«

Und damit sagte er zugleich, dass sie noch für lange Zeit Freunde sein würden. Freunde, die einander küssten, zusammen in einem Ballon flogen und sich ein Abendessen teilten in von der Welt abgeschiedenen Gasthäusern.

Violet hatte nie eine solche Freundschaft gekannt, schon gar nicht zu einem Mann. Und sie hatte nie zuvor einen Mann begehrt, doch jetzt konnte sie nicht aufhören, an Daniels Küsse zu denken. Sie dachte wieder daran, wie Daniel im Ballon die Hände an ihren Hintern gelegt und sie hart an sich gezogen hatte. Die Erfahrung, Verlangen zu empfinden, war etwas ganz Neues, völlig Fremdes, und es verwirrte sie.

»Meinst du, der Ballon kann repariert werden?«, wechselte sie zu einem sicheren Thema.

Daniel widmete sich wieder seinem Essen. »Nein. Und falls ich mich nicht irre, werden die Waldarbeiter und Bauern mir die Zerstörung ihrer Bäume weniger übel nehmen, wenn sie sich die Seide herunterschneiden und sie verkaufen können. Oder sich neue Kleider daraus machen. Im kommenden Sommer wird jeder hier Gelb und Scharlachrot tragen.«

»Das scheint dir nichts auszumachen.«

Er zuckte die Schultern. »Wie ich schon sagte, werde ich Dupuis den Ballon bezahlen. Sein nächster Ballon wird noch besser sein.«

Violet leckte die Sahne von ihrem Löffel. »Es ist bezeichnend für einen reichen Mann, dass er Dinge so leicht aufgibt. Du lässt es hinter dir und kaufst etwas Neues, und das alles ist überhaupt kein Problem.«

Wieder ein Schulterzucken. »Es sind nur Gegenstände. Außerdem werden diese Leute Kosten und Arbeit für neuen Stoff sparen. Falls du es bemerkt hast – die Wirtsleute haben uns das Allerbeste gegeben, was das Haus zu bieten hat, was bedeutet, dass sie im Großen und Ganzen gesehen nicht viel haben.«

Sorglose Freundlichkeit und Großzügigkeit gingen Daniel so leicht von der Hand. Er gab gern und dachte sich nichts weiter dabei.

Ein Windstoß traf das Fenster, schlug einen der Holzläden dagegen. Auf den Wind folgte Regen, eisig und dünn, mit Schneeflocken gemischt. Die Sonne war verschwunden.

»Du hattest recht, das Wetter ist umgeschlagen«, sagte Violet. »Ich bin froh, dass wir rechtzeitig vor dem Regen gelandet sind.« Sie fröstelte, spürte, wie trotz des Feuers Winterkälte das Zimmer durchdrang. »Ein richtiger Sturm.«

»Du hast keinen richtigen Sturm erlebt, ehe du nicht gesehen hast, wie der Schnee während eines Schneesturms um Kilmorgan Castle herumwirbelt. Aber im Hochsommer ist es herrlich auf Kilmorgan, wenn das Licht niemals ganz verschwindet. Es ist wunderschön. Es wird dir gefallen.«

Violet hielt inne, die Gabel auf halbem Weg zu ihrem Mund. Daniel kratzte den letzten Rest Soße von seinem Teller und bemerkte ihr Zögern nicht.

Wieder hatte er getan, als würden sie für eine Weile Freunde sein. Als wollte er ihr diesen Ort mit dem edlen Namen Kilmorgan Castle wirklich zeigen, im Sommer, wenn es bis in die Nacht hinein hell blieb.

»Du solltest keine Versprechen machen, die du nicht halten kannst«, sagte sie leichthin.

Daniel hob den Kopf und sah sie an, sein Lächeln war reich und heiß. »Oh, Süße, ich halte meine Versprechen immer.«

Die Wirtin betrat das Zimmer, ehe Violet auch nur an eine Erwiderung denken konnte. Die Frau stellte das leere Geschirr auf das Tablett und nahm die Komplimente für das Essen erfreut entgegen. »Es ist nur einfache Hausmannskost«, sagte sie. »Wir haben das Schlafzimmer oben für Sie hergerichtet. Der Sturm ist genau über uns. Heute Nacht werden Sie nirgendwohin mehr fliegen.« Sie kicherte. »Wirklich, als Jean angerannt kam, um zu berichten, dass ein Mann und seine Frau hoch am Himmel geflogen wären und nun in einem Baum feststeckten, dachte ich zuerst, er würde mich auf den Arm nehmen. Aber Sie sind fremd hier. Und was die Fremden anstellen, geht über meinen Verstand.« Sie schüttelte den Kopf, eher amüsiert als empört.

Hier war ein weiterer Unterschied zwischen Violets und Daniels Leben. Die Leute waren sofort freundlich zu Daniel, als wäre sein Charme ansteckend. Violet hatte die Grausamkeit der Dorfbewohner, die sie und ihre kranke Mutter hinaus auf die Straße und in den Sturm gejagt hatten, nicht vergessen. Diese Leute hier wirkten so freundlich und fürsorglich, aber Violet wusste, dass sie ihr mit tiefem Misstrauen begegnet wären, wäre sie allein hierhergekommen, ohne Daniel mit seinem Charme und seinem Reichtum.

»Danke«, sagte Daniel zu der Wirtin. »Ich muss gestehen, dass es besser wäre, unseren müden Knochen heute Abend hier ein wenig Ruhe zu gönnen, als zu versuchen, uns auf den Rückweg zur Küste zu machen, selbst wenn mein Freund uns mit seinem Karren erreicht. Was er nicht kann. Er wird nicht über diese Schlucht gelangen – ich bin überzeugt, dass Simon und Dupuis vernünftigerweise den Heimweg angetreten haben. Wir werden die Nacht hier verbringen und morgen früh zurückkehren.«

Die Nacht hier verbringen. Violet hörte auf zu atmen. In einem warmen, weichen Bett zu liegen, in einem Bett mit Daniel, verborgen vor der Welt …

»Ich kann nicht.« Violet sprang auf, sprach in raschem Englisch. »Meine Mutter weiß nicht, wo ich bin. Sie wird vor Sorge verrückt werden.«

Daniel hob die Hand. »Keine Sorge, meine Liebe. Wir werden eine Nachricht schicken.« Er schaltete sein Lächeln wieder an und fragte auf Französisch: »Haben Sie ein Telegrafenamt in der Nähe, Madame?«

»Es gibt eine Zugstation in einem Dorf drei Meilen von hier. Sie haben einen Telegrafen.«

Violet fühlte sich verpflichtet, ein weiteres Argument ins Feld zu führen. »Wenn es drei Meilen von hier eine Zugstation gibt, dann können wir zurückfahren. Drei Meilen sind von hier aus ein Katzensprung, selbst bei Sturm.«

Die Wirtin kicherte wieder. »Stadtmenschen. Es ist nicht der Gare du Nord, Madame. Dort halten am Tag nur zwei Züge, in jede Richtung einer, und beide haben Sie bereits verpasst.«

»Ah, nun, dann ist es entschieden«, sagte Daniel unbekümmert.

»Dann ist es entschieden«, echote Violet. Sie würde die Nacht hier verbringen als Daniels Frau, komme, was da wolle.

Die Wirtin führte sie in den ersten Stock hinauf und öffnete die Tür zu einem Zimmer, das vielleicht zehn Fuß im Quadrat maß. Ein riesiges Bett, das fast den ganzen Raum einnahm, erhob sich unter den Dachbalken, hell tanzte ein Feuer im Kamin, und ein Tablett beladen mit heißem Kaffee und Tassen stand auf einem Tisch nahe dem Feuer.

»Ich habe Ihnen ein Nachthemd gebracht, Madame«, sagte die Wirtin und schüttelte ein langes hellgelbes Baumwollhemd aus. »Ich werde Ihnen beim Auskleiden behilflich sein, genau wie die Zofe einer Lady. Und mein Mann wird Monsieur zur Hand gehen.«

»Um mich muss nicht viel Aufhebens gemacht werden«, sagte Daniel. »Mach es dir bequem, Vi. Ich kümmere mich inzwischen um die Nachricht an deine Mutter. Es ist nicht nötig, dass sie sich unseretwegen Sorgen macht.«

Er hielt die Fassade sehr gut aufrecht. Kein Stammeln, keine Verlegenheit, er vergaß kein Detail der Geschichte, die er sich ausgedacht hatte. Und ganz beiläufig verschaffte er Violet die Möglichkeit, sich umzuziehen, ohne dass er in diesem winzigen Zimmer zugegen war.

Daniel ging, um das Telegramm aufzugeben, und die Wirtin stimmte Violet zu, dass Mütter sich immer Sorgen machten – sie sorgte sich jeden Tag um ihren Sohn, der in der Universitätsstadt Aix-en-Provence arbeitete, statt ihnen zu helfen, sich um das Gasthaus zu kümmern.

»Nicht, dass wir hier sehr viel zu tun hätten«, fuhr sie fort. »Im Sommer kommen viele Leute aus der Stadt hierher, um Landluft zu schnuppern, und manchmal kommt auch eine Jagdgesellschaft so weit raus, aber im Frühling, während der Saatzeit, wenn die Stadtleute lieber in ihre Theatervorstellungen oder in die Oper gehen, verirrt sich kaum jemand hierher.«

Und das Gasthaus liegt zudem ein Stück weit von der Zugstrecke entfernt, dachte Violet, *und die Leute, die Geld haben, bevorzugen die schnellen Züge von Paris an die Küste*. Da blieb in diesen Zeiten nicht viel Zulauf für eine Kutschenstation. Daniel hatte recht gehabt – die Menschen, die hier lebten, konnten zusätzliche Einnahmen gut gebrauchen.

Immer noch plaudernd knöpfte die Wirtin Violet Kleid und Röcke auf, half ihr aus dem Korsett und streifte ihr das gebügelte und angewärmte Nachthemd über. Violet war schon lange nicht mehr so umsorgt worden … war sie das überhaupt jemals? Als wäre sie eine echte Lady, verheiratet mit jemandem wie Daniel.

Daniel kehrte nach einer guten halben Stunde zurück. Inzwischen war es stockdunkel geworden, und er machte viel

Lärm, als er die Kammer betrat. Mit sich brachte er einen Schwall Kälte und den Geruch nach Holzfeuer.

Violet hatte sich auf dem weichen Sessel vor dem Kamin zusammengerollt, nachdem die Wirtin gegangen war, und dort war sie sitzen geblieben, zu müde, um aufzustehen. Sie hatte sich in eine der Bettdecken gewickelt und die Füße hochgezogen. »Du hast den Weg sehr schnell zurückgelegt«, sagte sie zu Daniel. »Der Kaffee ist noch warm, denke ich.«

»Ich habe auf halbem Weg einen Jungen aus dem Nachbardorf getroffen, und er hat die Nachricht für mich weggebracht. Er hat mich erwartet. Vermutlich wird der Klatsch zwischen diesen Dörfern mittels Brieftauben weitergetragen.«

Er kam zum Tisch, was ihn dicht zu Violet brachte, und schenkte sich eine Tasse Kaffee ein. Seine Jacke verströmte noch die Kälte von draußen, aber die Wolle seines Kilts roch warm. Daniels Wärme durchdrang Violets Decke, und sie zog sie noch enger um sich.

»Die Wirtin hat ein Nachtgewand für dich gebracht«, sagte Violet. Sie hielt ihre Tasse mit beiden Händen fest. »Es liegt auf dem Bett.«

Daniel zog seine Jacke aus und hängte sie an einen Haken, nahm das Nachtgewand und setzte sich in den anderen Sessel, wobei er das Hemd auf seinen Schoß legte. »Nett von ihr.«

»Sie sind alle sehr nett, ist mir aufgefallen.« Violet sprach Englisch, wohlwissend, dass alles auf Französisch Gesagte, das aufgeschnappt wurde, sich im ganzen Dorf verbreiten würde und auch im nächsten, vermutlich mittels Brieftauben. »Sie mögen dich, und vielleicht ahnen sie deine aristokratische Abstammung.«

Daniel grinste. »Sie ahnen die klingenden Münzen in meinen Taschen. Bedenke die Geschichte dieses Landes – vor hundert Jahren haben sich die Urgroßeltern dieser Leute erhoben und den französischen Aristokraten den Garaus gemacht. Und es ist keine vierzig Jahre her, da haben sie den letzten Kaiser vertrieben, der sich daraufhin nach England geflüchtet hat. Dass ich einen Titel trage, schüchtert sie gewiss nicht ein. Wenn sie mich mögen, dann deshalb, weil sie den Segen eines zahlenden Gastes zu schätzen wissen.«

Violet war sich nicht so sicher. Daniel trat mit einer Autorität auf, die Aristokraten aller Länder zu eigen war und auf dem Wissen beruhte, dass Geschöpfe geringerer Herkunft ihnen Platz machten und den Vortritt ließen. Dabei wirkte Daniel gar nicht übermäßig arrogant – er wusste es einfach.

Er trank einen letzten Schluck Kaffee und stellte die Tasse ab. »Nun denn, die Nacht ist kalt, die Dörfler gehen mit der Sonne schlafen, und ich bin ziemlich erledigt. Warum gehst du nicht schon zu Bett, während ich in mein Schlafkleid schlüpfe? Ich bin nicht prüde, aber vielleicht bist du es.«

Bei dem Gedanken, dass sich Daniel seiner Kleider entledigte, während sie im Bett lag, verschluckte sich Violet fast an ihrer eigenen Zunge. Er würde ihr viel zu nah sein, wenn er seine Weste auszog und das Hemd, das vorhin schweißgetränkt an seinen muskulösen Armen geklebt hatte. Er würde sich entblößen, seine Haut würde vermutlich ebenso gebräunt sein wie sein Gesicht und seine Arme.

Violet sog scharf die Luft ein und überspielte es, indem sie sich erhob und geräuschvoll ihre Tasse abstellte. Sie blieb in die Decke gewickelt, bis sie das Bett erreichte. Dann legte sie sie ab und erklomm die Stufen zum hohen Bett. Sie stellte fest, dass die Decken angewärmt waren, heiße, mit Stoff umwickelte Ziegelsteine lagen am Fußende.

»Wo wirst du schlafen?«, fragte Violet. Sie richtete sich unter den Decken ein, versuchte, nicht in Daniels Richtung zu schauen. »Es gibt kein Sofa, und der Boden sieht hart aus. Und hier oben gibt es auch nicht genügend Decken, um sie zu teilen.«

Daniel lachte. »Ich werde in diesem Bett mit dir schlafen, Mädchen. Ich bin erschöpft, und der Boden ist, wie du bereits sagtest, viel zu hart. Ich bin Aristokrat, schon vergessen? Ich mag es weich.«

12

Beunruhigt spähte Violet über den Rand der Bettdecke zu Daniel, der sich soeben das Nachthemd über die breiten Schultern zog. Das Hemd war zu eng für ihn. Es ließ seine Unterarme und die Tätowierung unbedeckt und reichte ihm nur bis knapp an die Knie. Seine Beine waren so fest und stark wie alles an ihm.

»Das Bett ist breit genug, um einem Schlachtschiff Platz zu bieten«, sagte er, ohne sich damit aufzuhalten, seine Fast-Nacktheit zu bedecken. »Wir würden einander nicht finden, selbst wenn wir das wollten.«

Er ließ ihr keine Zeit, zu protestieren, sondern erklomm die andere Seite des Bettes und schlüpfte unter die Decken, während Violet ihn anstarrte, die Decke fest an die Brust gedrückt.

Daniel lachte sie an, als er sich ausstreckte. »Schlaf jetzt, Vi. Morgen wirst du all deine Kraft brauchen.«

Er klopfte sich das Kissen zurecht und zog die Decken über sich, ein Mann, der sich in der Winterkälte für ein Schläfchen bereitmachte. Das Binsenlicht auf der anderen Seite des Zimmers, das ohnehin kaum Helligkeit gespendet hatte, erlosch vollends, und ein durchdringender Geruch breitete sich im Zimmer aus. Die einzige Lichtquelle war jetzt das Feuer im Kamin, das an dem duftenden Holz nagte, um die kleine Kammer zu erwärmen.

Violet legte sich wieder hin, blieb auf ihrer Seite, sah zu ihm hinüber. Daniel hatte sich auf dem Rücken ausgestreckt, einen Arm hatte er unter den Kopf geschoben, der andere ruhte auf seiner Brust. Er schloss die Augen, der Feuerschein liebkoste die Konturen seines Gesichts.

Sie betrachtete ihn noch ein wenig länger, aber er rührte sich nicht. Verwirrend. Daniel hatte sie hierhergebracht, spielte die Rolle ihres Ehemannes und hatte darauf bestanden, dass sie ein Bett teilten, aber jetzt glitt er in den Schlaf, als wären sie vertraute Freunde. Lässig, bequem, so wie er auch ihren Namen abgekürzt hatte. Kein Drama, keine Angst. Nur Daniels Wärme zwischen Violet und dem Rest der Welt.

Es gefiel ihr. Violet hatte sich nie sicher und beschützt gefühlt, seit sie wusste, wie es wirklich im Leben zuging.

Hier oben in ihrem Horst, in diesem Bett aus sanfter Wärme gehörte Daniel ihr. Für eine kleine Weile konnte Violet so tun, als gehörte sie Daniel, als liebte und schätzte er sie, als sei der heutige Tag nur ein kleiner Teil eines langen Lebens voller Glück. Morgen würden sie in die Realität zurückkehren, aber heute Nacht gehörte er ihr und sie ihm.

Ein schöner Traum. Ein Traum, an dem sich Violet bis zu der Stunde festklammern würde, in der sie ihn loslassen musste.

Wenn Daniel diese Nacht überstand, ohne den Verstand zu verlieren, wäre das überaus erstaunlich. Dass die schönste Frau der Welt *in seinem Bett* lag, einen Meter von ihm entfernt, ohne dass er sie berührte, brachte ihn fast um.

Die Kurtisanen in den kostspieligen Häusern, zu denen Daniel gegangen war, um seinen Bedürfnissen Rechnung zu tragen, würden lachen, wüssten sie, dass er eine Armlänge Abstand zwischen sich und Violet einhielt. Er hatte die Geschichte, sie seien Mann und Frau, nicht nur erfunden, damit die Dorfbewohner Violet respektvoll behandelten, sondern auch damit niemand in diesem Haus es seltsam finden würde, wenn sie hörten, wie sie ihrer Leidenschaft nachgaben.

Doch der Blick, mit dem Violet ihn über die Decke hinweg angestarrt hatte, hatte ihn an London erinnert, an den Moment, bevor sie ihn niederschlug. Damals hatte er sie zu Tode erschreckt. Nicht durch etwas, das er getan hatte, das war ihm inzwischen klar geworden, sondern weil Violet von jemand anderem verletzt worden war. Sie hatte so reagiert, weil er die Erinnerung an jenen Vorfall geweckt hatte.

Daniel wünschte, er wüsste, was geschehen war und wer es gewagt hatte, ihr Angst zu machen und sie anzufassen. Er würde die Geschichte aus ihr herausbekommen, wenn sie dazu bereit war, und dann würde Daniel diesen Gentleman aufsuchen und einige Dinge mit ihm klären.

Jetzt jedoch lag er reglos neben Violet, roch sie, fühlte ihre Wärme und tat nichts. Seine Erektion war so hart, dass er die Bettdecke damit hätte anheben können. Er wünschte, er könnte sich selbst den Druck nehmen, aber wenn Violet aufwachte, während er gerade Hand an sich selbst legte, wäre ihr Entsetzen vermutlich ebenso groß wie in London, und angewidert wäre sie obendrein. Und dieser Raum war voller möglicher Waffen für sie.

Davon abgesehen wollte er ihr nicht wehtun. Ihm gefiel es, wie sie ihn heute angesehen hatte: Als gefiele ihr alles, was er tat. Er wollte das auskosten, solange er konnte.

Oben im Ballon war sie großartig gewesen. Ängstlich, aber auch fasziniert. Er dachte daran, wie sie erst geschrien, dann aber gelacht hatte, wenn der Ballon etwas Unerwartetes getan hatte. Und sie hatte ihn den verdammt unverbesserlichsten Verrückten genannt, dem zu begegnen sie je das Unglück gehabt hatte. Aber sie war seinen Anweisungen bis ins Kleinste gefolgt, ohne Widerrede, ohne einen Weinkrampf zu bekommen, ohne zu fordern, dass er sie sofort wieder in Sicherheit brachte. Sie war kein zartes Veilchen, seine Violet.

Er musste kichern, und das Bett erbebte.

»Geht es dir gut?« Violet richtete sich neben ihm auf wie eine Göttin, ihr dunkles Haar wallend, in ihren blauen Augen funkelte der Widerschein des Kaminfeuers. Ihr Nachthemd stand am Hals ein wenig offen, erlaubte ihm einen kleinen Blick auf die weichen Rundungen darunter.

Daniel wollte sie aufs Bett drücken, sich in ihr vergraben und niemals wieder herauskommen.

»Nein«, sagte er und schob die Decken von sich. »Nein, mir geht es nicht gut.« Er stieg aus dem Bett, stolperte und schlug hart auf den Boden. »Ich brauche noch einen Spaziergang. Um meinen …« Er verstummte, griff nach Kilt und Jacke und eilte zur Tür. »Schlaf jetzt. Ich bin bald zurück.«

Daniel schloss die Tür vor ihrem fragenden Blick, zog sich auf dem Gang vor dem Zimmer an und stieg beim Hinuntergehen in seine Stiefel. Er verließ das Gasthaus und ging hinaus in den Wind und den eiskalten Regen. Es dauerte lange, bis seine Erektion verschwand.

Violet erwachte im Sonnenschein. Es war ein schöner Wintertag, und Daniel lag neben ihr.

Er schlief, ein Bein zwischen ihre Beine geschoben, Violet mit dem Rücken an seine Brust geschmiegt. Er hielt sie sicher mit einem Arm, und sie spürte seinen Atem in ihrem Haar, ruhig und gleichmäßig.

Violet rührte sich nicht. Wenn sie ihn weckte, zog er sich möglicherweise zurück, verließ das Bett, vielleicht für einen weiteren Spaziergang. Violet war eingeschlafen, lange bevor er zurückgekehrt war.

Wenn er sie so umschlungen hielt, konnte sie so tun, als gehöre Daniel ihr. Die Erinnerung daran musste ihr für lange Zeit genügen.

Irgendwo unten im Haus schlug eine Tür zu. Daniel bewegte sich, sein Atem ging rascher. Violet richtete sich darauf ein, dass er sich wegdrehen und sie der Kälte überlassen würde, aber das tat er nicht. Sie wandte leicht den Kopf und sah, dass sein bernsteinfarbener Blick auf sie gerichtet war.

Daniels Augen waren von einem auffallenden Haselnussbraun mit einer Spur Gold darin, wie die Tiefen eines starken Whiskeys. Sein zerzaustes Haar war dunkel und glänzte rot auf, wo das Sonnenlicht durch die Fensterläden darauf fiel. In seinem Gesicht lag eine Härte, die sich mit dem Alter noch verstärken würde, und so oft, wie er lächelte, würden sich bald Fältchen in seinen Augenwinkeln zeigen. Er war ein starker Mann, männlich, jung, wunderschön.

Daniel nahm die Hand von ihrer Taille und legte sie auf den offenen Halsausschnitt ihres Nachthemdes. Vorn wurde es von Knöpfen geschlossen, und Daniel öffnete langsam, ohne jede Eile, die Knöpfe.

Einen, zwei, drei … Er schob die Hand in das Hemd, bis er Violets warme Brust berührte.

Er war sanft, so sanft. Kein Zupacken, Pressen, Wehtun. Daniel streichelte ihre Brust mit zartem Druck, hob sie an, strich mit dem Daumen über die Spitze.

Er wandte Violet das Gesicht zu und küsste sie auf den Mund. Es war ein Kuss, der nur halb auf ihren Lippen landete, aber das Verlangen darin war offensichtlich. Zwischen Violets Beinen brannte es.

Sehr langsam drehte Daniel sie auf den Rücken, sein Körper bedeckte sie fast ganz. Sein Gewicht war wie das schönste, wärmste Kissen, es engte sie nicht ein, sondern drückte sie in die Laken, die die harte Matratze bedeckten. Er zog die Knopfleiste ihres Hemdes auseinander, sein Blick richtete sich auf die Brüste, die er liebkost hatte.

Der nächste Kuss war wie ein Atemhauch. Dann leckte er ihre Lippen, langsam, zart, sinnlich.

Violet öffnete den Mund, der langsame Kuss wurde intensiver, liebevoll. Daniel stützte sich mit einer Hand auf, während die andere ihre Brust streichelte, ihre Spitze zwischen seine Finger nahm. Ihre Lippen fanden wieder zusammen, als sie einander kosteten, kennenlernten, eine zärtliche Erkundung.

Ein lautes Klopfen ertönte an der Tür, dann wurde sie schwungvoll aufgestoßen, und die Wirtin betrat das Zimmer. Sie trug ein vollbeladenes Tablett. »Guten Morgen, Madame und Monsieur. Ein *petit déjeuner* für Sie. Genau das Richtige nach dem Sturm.«

Daniel rollte sich lässig von Violet herunter und setzte sich auf, wobei er die Bettdecke hochzog, um Violets offenes Nachthemd zu bedecken. »Madame, Sie sind zu freundlich.«

Violet lag still, ihr Herz hämmerte nach dem plötzlichen Verlust. Sie spürte, wie Daniels Wärme schwand, die sie umgeben hatte, und wusste, dass ihr nie wieder warm sein würde.

Am Vormittag trafen Simon und Monsieur Dupuis mit einem großen Karren ein. Daniel ließ Violet allein, damit sie sich für die Abfahrt bereitmachen konnte, während er die beiden Männer und einige Dörfler in den Wald führte, um den Korb aus den Baumkronen zu holen und auf den Karren zu laden.

Der Vormittag war schön und frostklar, die Sonne schien hell, doch das konnte nichts an der Tatsache ändern, dass Daniel sein und Violets warmes Nest verlassen und in den Alltag zurückkehren musste.

Er hatte recht gehabt: Die Dorfbewohner hatten sich bereits jeden Fetzen der Ballonseide geholt. Er versprach Dupuis mehr als den Kaufpreis dafür, und Dupuis war es zufrieden. Daniel bezahlte immer seine Schulden.

Dupuis war hingegen weitaus interessierter an Daniels Experimenten mit seiner mobilen Verbrennungsmaschine an Bord des Ballons und der Windmaschine. Er bot an, sie für die ruinierte Ballonhülle in Zahlung zu nehmen, doch Daniel lehnte ab. Die Maschine gehörte Violet.

Sie war relativ unbeschädigt geblieben, es blieb abzuwarten, ob sie noch funktionierte. Daniel wickelte sie ein und verstaute sie in der Holzkiste, die Simon mitgebracht hatte, dann fuhr er mit den Männern zurück zum Gasthaus.

Violet schien überrascht zu sein, dass Daniel ihretwegen zurückkam. Als er das Zimmer betrat, saß sie am Tisch, zählte Münzen für eine Fahrkarte dritter Klasse für den Zug ab und fragte die Frau des Wirts danach, wann der Zug im Nachbarort abfuhr.

Himmel, was hatten die Menschen ihr angetan? Wenn Daniel Violet erst zu seiner dauerhaften Geliebten gemacht hatte, würde sie begreifen, dass er sie besser behandelte, als die falsche Prinzessin Ivanova jemals hätte behandelt werden können. Violet würde jeden Luxus genießen können, den sie sich nur wünschte, und so würde es bleiben, solange sie es mit Daniel aushielt – und darüber hinaus.

Entschieden führte er sie die Treppe hinunter zum Karren, half ihr auf die Ladefläche und setzte sich neben sie. Er sagte nichts zu ihrer Annahme, er würde sie hier zurücklassen und erwarten, dass sie sich allein auf den Weg in die Stadt machte, und Violet gab von sich aus keine Erklärung.

Die Fahrt würde lange dauern – vom Start bis zu ihrer Landung waren sie zwanzig Meilen weit mit dem Ballon geflogen, aber der Rückweg auf der Straße würde sehr viel mehr Zeit in Anspruch nehmen. Sie mussten eine weite Strecke nach Süden zurücklegen, sagte Dupuis, bevor sie an die Brücke gelangten, die über die Schlucht führte.

Daniel genoss es, wie wohl er sich in Violets Gesellschaft fühlte. Sie hielten sich an den Händen und ließen die Beine von der Fläche des Karrens baumeln, der große Korb diente ihnen als Rückenlehne, während Simon sie kutschierte. Violet zeigte auf Dinge, die sie vom Ballon aus gesehen hatte, wobei sie immer wieder sagte, wie wunderbar es gewesen war, die gleiche Sicht auf alles gehabt zu haben wie ein Vogel.

»Das nächste Mal wird der Flug ein wenig kontrollierter verlaufen«, sagte Daniel. »Das gestrige Experiment hat mich auf einige Ideen für einen Steuerungsmechanismus gebracht. Ich werde dich in Schottland mit nach oben nehmen, um über Kilmorgan-Land zu fliegen – nirgendwo auf der Welt ist es so schön wie im Norden Schottlands. Im Sommer, meine ich. Ich habe nicht gescherzt, was die Schneestürme angeht.«

Violet sah ihn verwirrt an, wieder überrascht über diesen erneuten Hinweis darauf, dass er mit ihr auch in Zukunft zusammen zu sein gedachte.

Allmählich wurde Daniel zornig. Violet hatte keine Angst mehr vor ihm, aber sie vertraute ihm auch nicht. Er begann zu ahnen, dass ihr Vertrauen zu gewinnen zu den schwierigsten Herausforderungen gehörte, denen er sich je gestellt hatte.

Um sich zu beruhigen, brachte er das Gespräch auf das Automobil, an dem er baute, eines, von dem er überzeugt war, dass es in den kommenden Jahren den Geschwindigkeitsrekord brechen würde. Es gefiel ihm, wie interessiert Violets Augen aufleuchteten, als er über das Masse-zu-Ladung-Verhältnis sprach und über die Pumpen, die den starken Motor kühlen würden. Ein weiterer Punkt zu ihren Gunsten – die Debütantinnen, die Daniel zurzeit mit Eheabsichten verfolgten, würden ihn voll unverhohlener Langeweile ansehen, wann immer er die Worte *Schraubenschlüssel* oder *Vierzylinder* erwähnte. Violet verstand nicht nur, wovon er sprach, sondern stellte Fragen, die neue Ideen entstehen ließen.

Sie erreichten Dupuis' Farm am späten Nachmittag. Violet und sogar Simon sahen müde aus, aber nach Daniels Geschmack war die Fahrt viel zu früh zu Ende. Dupuis bot ihnen ein Bett für die Nacht an, doch Violet beharrte unerbittlich darauf, nach Marseille und zu ihrer Mutter zurückzukehren. Daniel dankte Dupuis, nahm mit Freuden den Picknickkorb entgegen, den Dupuis' Haushälterin für sie hergerichtet hatte, und fuhr dann mit Violet und Simon zum Bahnhof.

Simon setzte sich zu Violet und Daniel in das Erste-Klasse-Abteil des Zuges, wo alle drei hungrig über das knusprige Brot, den Käse, das Fleisch und den Wein herfielen, den Dupuis ihnen mitgegeben hatte. Dann, erschöpft von ihren Abenteuern, schlief Violet an Daniels Schulter ein.

Simon schnarchte auf dem Sitz gegenüber, aber Daniel war hellwach. Er schaute auf Violets dunkles Haar, das sich über seine Jacke kringelte, auf ihre geröteten Wangen, die dunkelroten Lippen, die im Schlaf leicht geöffnet waren. Ihre Hand ruhte auf dem Sitz, sehr nah bei seinem Oberschenkel.

Ja, sie könnte bei ihm bleiben, so lange sie wollte. Er würde sich um sie kümmern. Daniel mochte keine beiläufigen, kurzen Affären, wie er sie bei seinem Vater über viele Jahre miterlebt hatte. Lord Cameron hatte während Daniels Kindheit in rascher Folge eine Reihe von Geliebten verschlissen – seine Frauen waren in Daniels Leben getreten und oftmals wieder verschwunden, noch bevor Daniel überhaupt Zeit gehabt hatte, sich ihre Namen zu merken.

Als er älter geworden war, hatte Daniel angefangen zu verstehen, dass Cameron entsetzlich einsam gewesen war. Die Affären waren ein Versuch gewesen, die Leere zu füllen, die der schreckliche Tod von Daniels Mutter in ihm hinterlassen hatte. Cameron hatte keiner Frau mehr vertraut, also hatte er sie stets abgewehrt, ehe sich irgendeine tiefere Verbundenheit entwickelte.

Daniel hatte aus dem Beispiel seines Vaters gelernt, dass kurze Affären zu Leere und Unbeständigkeit führten. Schon vor langer Zeit hatte er sich geschworen, nie ein solches Leben zu führen. Wenn es nach ihm ging, würde die Sache mit Violet lange, sehr lange dauern.

Für den Moment jedoch war es schon schön, ihren Kopf an seiner Schulter zu spüren. Und dass sie neben ihm eingeschlafen war, zeigte ihm, dass sie ihm vertraute – ein klein wenig.

Daniel weckte sie äußerst ungern, als der Zug im Bahnhof von Marseille einfuhr. Violet blinzelte und wirkte leicht verlegen, weil sie eingeschlafen war und sich an ihn gelehnt hatte, doch sie verlor darüber kein Wort.

Sie stiegen aus, und Daniel mietete eine Droschke für den kurzen Weg zur Pension, in der Violet wohnte.

Simon wartete in der Droschke, während Daniel Violet zur Tür brachte. Den Kasten mit der Windmaschine trug er unter dem Arm. Es war inzwischen dunkel geworden, und mit der Dunkelheit war die Kälte zurückgekehrt. Lichter schienen warm hinter den Fenstern der Pension, aber die Straße war dunkel.

Es kam Daniel falsch vor, ihr an der Tür des sittsamen Hauses auf Wiedersehen zu sagen und sie zu verlassen. Er sollte Violet mit in sein Hotel nehmen, mit ihr in eine luxuriöse Suite ziehen. Er wollte sich wieder neben ihr ausstrecken und die Hand in ihr Nachthemd schieben, wie er es heute Morgen getan hatte. Er erinnerte sich an die weiche Glätte ihrer Haut, dachte an die Wärme ihrer Brust und die Knospe, die durch sein Streicheln hart geworden war. Daniel wollte Violet wieder streicheln, bis sie sich unter seiner Berührung entspannte, und sie dann lehren, welche Magie sie noch zusammen wirken konnten.

Doch langsam. Violet war ängstlich. Er musste sie umwerben.

»Dann gute Nacht«, sagte Daniel. Er nahm Violets Hand, um sich zu verabschieden, doch dann hielt er sie fest, ließ sie nicht wieder los. »Ich würde sagen, das war ein sehr schöner Tag.«

Violet machte keine Anstalten, ihre Hand zurückzuziehen. »Aus einem Tag sind zwei geworden. Meine Mutter wird mich schelten.«

»Sag ihr, du warst mit einem leichtsinnigen Mann zusammen, der sich aber sehr gut um dich gekümmert hat.« *Und ich werde mich noch länger um dich kümmern, wenn du mich lässt.*

»Sie wird mir nicht glauben. Oder dir. Gute Nacht, Mr MacKenzie.« Violet beugte sich vor und küsste ihn auf die Wange.

Ein freundschaftlicher Kuss, zumindest war er so gedacht. Ihre Lippen verweilten auf seiner Wange, und Daniel wandte den Kopf, um Violet leicht auf den Mund zu küssen.

Trotz der Kälte waren ihre Lippen warm, weich und süß. Daniel wollte den Kuss vertiefen, sie wieder schmecken.

Da kam jemand die Straße entlang, er richtete sich auf, und Violet entzog ihm ihre Hand. »Gute Nacht«, sagte sie.

»Warte. Deine Windmaschine.« Daniel nahm den Kasten unter seinem Arm hervor, beugte sich vor und küsste Violet auf die Wange. »Gute Nacht.«

Violet nahm den Kasten. »Gute Nacht.«

Daniel grinste, bewegte sich nicht. »Gute Nacht.«

Violet nahm den Kasten unter den Arm und griff nach dem Türknauf. »Gute Nacht.«

Daniel trat vom Eingang zurück auf die Straße. »Gute Nacht.«

Sie lächelte über die Schulter. »Gute Nacht.«

Violet öffnete die Tür, und Daniel tippte an seinen Hut. »Schlaf gut.«

»Du auch.«

»Dann also gute Nacht.«

»Gute Nacht.«

Simon beobachtete sie interessiert. Gegen das Hinterrad der Kutsche gelehnt rauchte er eine Zigarette. Er grinste, als sich Daniel ein letztes Mal umwandte und Violet zuwinkte.

»Gute Nacht!«, rief Daniel leise.

»Gute Nacht«, erwiderte Violet und verschwand schließlich im Haus.

Er seufzte tief, nahm eine Zigarette aus seiner Tasche und ließ sich von Simon Feuer geben. Der Kutscher schaute ungeduldig zu ihnen hinunter, aber Daniel lehnte sich neben Simon gegen das Rad und wartete.

Simon lachte laut. »Wenn Sie sich jetzt beeilen, nach Hause zu kommen und zu Bett zu gehen, Sir, können Sie sie am Morgen wiedersehen.«

»Frechheit«, sagte Daniel und zog an seiner Zigarette. »Bin ich so verdammt leicht zu durchschauen?«

»Sie sehen aus wie mein jüngster Bruder, nachdem er zum ersten Mal um eine Frau geworben hat. Er konnte kein Auge von ihr lassen.«

»Nein?« Daniel schaute hoch zu dem Fenster, an dem er zuvor Violet gesehen hatte. »Was ist aus der Sache geworden?«

»Er hat sie geheiratet. Und sie leben glücklich und zufrieden. Nun, so glücklich wie sie sein können in einer kleinen Wohnung mit vier Kindern und einem Hund.«

»Klingt idyllisch.«

»Das finden sie auch. Da ist das Licht, nach dem Sie Ausschau halten.«

An einem der oberen Fenster war ein Vorhang zurückgezogen worden, und er sah den schwachen Schein einer Kerosinlampe. Violet trat ans Fenster und schaute hinunter auf die Straße. Grüßend hob Daniel die Hand, und sie winkte zurück, ihre Geste wirkte sehr anmutig.

Sie blieb am Fenster und beobachtete Daniel, und Daniel beobachtete sie.

»Wird das jetzt die ganze Nacht so weitergehen?«, fragte Simon. »Wenn ja, werde ich noch in ein Weinlokal gehen. Ich halte nicht viel von den Pubs in diesem Land, aber ein einfacher Wein schmeckt mir hier durchaus.«

»Steigen Sie in die verdammte Kutsche«, forderte Daniel ihn auf. Er wusste, dass er einen völligen Narren aus sich machte, aber er konnte nichts dagegen tun.

Er nahm den Hut ab, warf Violet einen dramatischen Luftkuss zu, sprang auf den Stufentritt der Kutsche und wies den Kutscher an, loszufahren. Simon warf seine Zigarette auf den Boden und sprang auf der anderen Seite in die Kutsche, während diese schon anfuhr.

Daniel blieb auf der Stufe stehen und winkte mit seinem Hut, während die Kutsche die Straße hinunterrumpelte. Violet schüttelte den Kopf und ließ den Vorhang zufallen, aber Daniel wusste, dass es sie amüsierte. Den ganzen Weg bis zur nächsten Straßenecke hielt er sich an der Kutsche fest.

Wenn Daniel schon einen Narren aus sich machte, dann wenigstens richtig.

Violet hatte keine Ahnung, warum sie am nächsten Tag ihr bestes Kleid anzog und sich große Mühe mit ihrer Frisur gab. Daniel würde nicht kommen. Ihr Abenteuer war vorbei, zu Ende.

Nicht, dass es für Violet zu Ende war. Sie hatte fast die ganze Nacht kein Auge zugetan, hatte in Erinnerung noch einmal durchlebt, wie Daniel mit ihr im Bett gelegen hatte, den Arm fest um sie geschlungen. Sie durchlebte wieder den Moment, in dem er sich auf sie gelegt, ihr Nachthemd geöffnet und sie dann mit solch zärtlicher Inbrunst geküsst hatte. Sie erinnerte sich an jede Berührung, jeden Herzschlag, jeden Atemzug.

Erst als der Morgen dämmerte, war sie eingeschlafen. Beim Aufwachen hatte sie ein Tablett mit Croissants, Kaffee und etwas Käse erblickt, aber keinen Daniel. Sie hatte ein pfirsichfarbenes Kleid aus feiner Baumwolle angezogen, so weich wie Satin. Das Oberteil hatte Applikationen aus Spitze und Borten, die Ärmel waren leicht gepufft, der Rock fiel fließend. Sie hatte sich vorgestellt, wie Anerkennung und Wertschätzung in Daniels Augen aufleuchten würden, wenn er sie darin sah.

Doch Daniel kam nicht, weder am Vormittag noch zum Mittagessen. Während der Nachmittag verstrich, zwang sich Violet, mit dem ruhelosen Auf- und Ablaufen aufzuhören, sich hinzusetzen und Tee zu trinken.

Draußen ging der kurze Winternachmittag zu Ende. Endlich kam Celine aus ihrem Schlafzimmer, wo sie den ganzen Tag über geruht hatte. »Ah, Violet, Liebling, da bist du ja.« Sie trug ihr Kleid aus schwarzem Bombasin, in der Hand hielt sie den Turban aus Brokat. »Es ist fast schon Zeit für unsere Verabredung. Ich bin froh, zu sehen, dass du schon angekleidet bist. Wir sollten uns nicht verspäten.«

13

Violets Hand mit der Tasse zuckte, und fast wäre Tee auf ihr wunderschönes pfirsichfarbenes Kleid gespritzt. »Was für eine Verabredung?«

Celine starrte sie an. »Du hast es vergessen? Du vergisst doch niemals eine Verabredung. Aber jetzt verstehe ich, warum *Mary* mich geweckt hat. *Sie* hat es nicht vergessen. Monsieur Lanier, ein Bankier, sehr reich. Wir werden zu ihm fahren und seiner Frau ein wenig Tischrücken bieten. Erinnerst du dich wieder? Er glaubt nicht an Spiritismus und seine Mutter auch nicht, aber Monsieur Lanier verwöhnt seine Frau. Zumindest sagt Mary, dass es so ist. Sie hat alles über ihn in Erfahrung gebracht, während du flirtend durchs Land gezogen bist und deine arme Mutter in einer fremden Stadt alleingelassen hast.«

»Oh«, sagte Violet. »Der Bankier.« Monsieur Lanier hatte einen Brief ins Theater geschickt, in dem sie auftraten. Mary hatte ihn an dem Morgen gebracht, an dem Daniel Violet überredet hatte, ihn zu begleiten. Mary ging jeden Morgen ins Theater, um ihre Post zu holen, denn diese Adresse stand auf den Karten, die sie an das Publikum verteilten. Sie sagten niemals jemandem, wo sie wirklich wohnten.

Monsieur Lanier hatte in seinem Brief um eine private Konsultation gebeten und versichert, er würde gut dafür zahlen. Violet hätte den Brief beantwortet und eine Konsultation vereinbart, doch dann war Daniel gekommen, und sie war mit ihm gegangen.

»Du hast dich einverstanden erklärt, ihn zu Hause aufzusuchen?«, fragte Violet. »Du weißt, dass wir die Konsultationen immer an einem Ort unserer Wahl stattfinden lassen sollten, besonders wenn Leute anwesend sind, die nicht an die Sache glauben.«

»Sei nicht dumm. Mary sagt, die Laniers haben ein komfortables Haus, und es ist leichter, Zweifler zu bekehren, wenn sie den unwiderlegbaren Beweis der Wahrheit in ihrem eigenen Heim vor Augen geführt bekommen. Mary sagt, die Köchin macht hervorragende Kuchen, und das Haus ist gut geheizt.« Für jemanden, der eine so tiefe Beziehung zur spirituellen Welt pflegte, war Celine den leiblichen Genüssen erstaunlich zugeneigt.

Violet seufzte und trank rasch ihren Kaffee aus. »Verflixt. Das bedeutet, dass ich diesen lästigen Schleier tragen muss.«

Celine lächelte sie triumphierend an. »Wenn ich den Turban tragen muss, musst du den Schleier tragen. In der nächsten Stadt, in die wir gehen, werden wir wieder Roma sein und leichte Kleider und Tücher tragen. Das ist sehr viel angenehmer.«

Monsieur Lanier hatte angeboten, seine Kutsche zu schicken, aber dieses Angebot hatte Celine – sehr zu ihrer Enttäuschung – ablehnen müssen. Sie wusste, dass Violet in diesem Punkt unnachgiebig war und darauf bestand, stets eine Mietdroschke zu benutzen. Auf diese Weise erfuhr niemand, wo sie wohnten, und sie konnten die Pension als respektable Witwe samt Tochter verlassen und während der Fahrt in ihre neuen Rollen schlüpfen. Violet wollte, dass keinerlei Verbindung zwischen den Bühnenauftritten und den beiden Damen in der Pension hergestellt wurde. Im Allgemeinen ersparte das viel Ärger.

Monsieur Lanier wohnte mit seiner Frau und seiner Mutter in einer eleganten Straße, in der viele beeindruckende

Stadthäuser standen. Hinter den hohen Fenstern schimmerte Lichtschein durch die Vorhänge und ließ ahnen, wie angenehm warm und bequem es in den Zimmern war. Um Punkt zwanzig Uhr hielt die Mietdroschke vor Monsieur Laniers Haus, und Violet und Celine wurden ins Haus gebeten. Mary nahm ihnen die Schals ab und folgte einem der Hausmädchen die Hintertreppe hinunter, um zu warten, bis sie wieder gehen würden. Alles war wie sonst auch.

Die jüngere Madame Lanier – eine Frau in den Dreißigern mit blondem Haar und großen braunen Augen – wünschte Kontakt zu ihrer verstorbenen Mutter aufzunehmen, die sie sehr geliebt hatte. Ihr Gatte, ein wenig älter als sie, erklärte, während alle um den Esstisch herum Platz nahmen, dass er das Ganze für Unsinn hielt. Aber wenn seine kleine Coralie denn unbedingt daran glauben wollte, dann sollte sie das seinetwegen eben tun.

Die ältere Madame Lanier sagte nichts, aber es war offensichtlich, dass sie die kleine Coralie für eine ausgemachte Närrin hielt, die nicht annähernd gut genug war für ihren Sohn.

Celine nahm ihren Platz am Kopfende des Tisches ein, und Violet, gekleidet in ihr pfirsichfarbenes Kleid und von ihrem dunklen Schleier verhüllt, stand ein kleines Stück entfernt links hinter ihr. Violet würde zur Stelle sein, um Celine alles zu bringen, was sie brauchte, oder um sie aufzufangen, wenn ihre Trance zu einer Ohnmacht führte. Und wenn es nötig wurde, würde sie einige Spezialeffekte einsetzen. Celine mochte diese Kunstgriffe nicht, doch so manches Mal gaben sie den Ausschlag, wenn ein Kunde nicht so recht bereit war, zu glauben, dass Celine Kontakt zum Jenseits hatte. Wenn Violet diese Effekte einsetzte, bekamen sie immer ihr Geld.

»Haben Sie etwas aus dem Besitz Ihrer Mutter für mich zur Hand …?« Celine lächelte die schüchterne junge Coralie freundlich an. Coralie nickte und legte Violet ein Medaillon in die behandschuhten Hände. Violet reichte das Schmuckstück weiter an Celine, die es zwischen die Hände nahm und die Augen schloss. »Die Bindung, sie ist sehr stark«, sagte sie in ihrem von einem russischen Akzent gefärbten Französisch. »Sie hat Ihnen dieses Medaillon gegeben.«

Die ältere Madame Lanier schnaubte. »Das zu wissen ist keine Kunst. Wem sonst würde eine Mutter ihr Medaillon hinterlassen?«

Celine ignorierte sie. Sie besaß die Fähigkeit, sich nur auf die Personen zu konzentrieren, die an das Spirituelle glaubten, und ganz in ihre Welt einzutauchen. Jeder andere hörte für sie auf zu existieren.

»Sie ist nah«, sagte Celine. »Ich fühle sie. Sie vermisst Sie.«

»Und ich vermisse sie.« Coralies Stimme war kaum mehr als ein Wispern. »Können Sie ihr das sagen? Bitte?«

Die arme Frau hungerte nach Liebe. Durch ihren Schleier beobachtete Violet die Familie, und sie erkannte die Verachtung der alten Madame Lanier und die bereitwillige Toleranz des Ehemanns.

Violet wusste genau, was Coralie empfand. Den Tag und die Nacht und noch einen Tag mit Daniel zu verbringen war gewesen, als habe sie den Vorgeschmack eines Festschmauses gekostet, an dem teilzuhaben sie nicht eingeladen war. Das Problem war, dass diese Kostprobe die Sehnsucht nach dem Festschmaus nur noch größer machte.

»Sie können es ihr selbst sagen«, entgegnete Celine. »Lassen Sie uns das Licht dämpfen und sehen, ob die Geister uns einlassen.«

Violet ging langsam zur Wand und drehte das Gas für den Kronleuchter herunter. Im Zimmer wurde es schummrig. Violet zündete die Kerzen in dem Silberleuchter an, den sie mitgebracht hatten. Während sich Madame Lanier weiterhin darüber ausließ, wie lächerlich das alles doch sei – *Wie sollen wir im Dunkeln sehen, ob sie uns austricksen wollen?* –, schloss Celine die Augen, ergriff Coralies Hände und sandte ihr Flehen an die Geister aus.

Violet nahm zwischen ihrer Mutter und der älteren Madame Lanier Platz und streifte sich Handschuhe über. Ihr standen nur wenige Tricks zur Verfügung, wenn sie ein Haus oder eine Theaterbühne nicht im Vorwege präparieren konnte, aber sie hatte bereits ihre mit phosphoreszierender Farbe bestrichene bloße Hand gegen die Wand gedrückt, als sie das Gas heruntergedreht hatte. Hinter Celine begann nun dieser Handabdruck im Dunkeln zu leuchten.

Celine keuchte leise, keuchte noch einmal, dann durchbrach ein lautes Klopfen die Stille.

»Ah«, sagte Celine, die Augen geschlossen, die Hände reglos. »Bist du zu uns gekommen?«

Ein lautes Klopfen zeigte ein *Ja* an.

»Sie ist hier«, rief Coralie aufgeregt. *»Maman?«*

»Selbstverständlich ist sie *nicht* hier«, erklärte Madame Lanier. »Das Mädchen mit dem Schleier klopft auf den Tisch.«

Violet hob ihre behandschuhten Hände aus dem Schoß und legte sie auf den Tisch, gerade als der Geist ein entschlossenes zweifaches Klopfen vernehmen ließ. Es machte ihr immer Spaß, ihre Tricks direkt vor den Augen der größten Skeptiker anzuwenden. Irreführung, das war der Schlüssel. *Lass sie an ihren Zweifeln zweifeln.*

»Ein doppeltes Klopfen bedeutet *Nein*«, sagte Celine. »Bist du noch anwesend, Geist?«

Ein lautes Klopfen. Violet hob behutsam den Fuß von dem kleinen Pedal, das sie unter dem Tisch auf den weichen Teppich hatte fallen lassen. Es war mit einer kleinen Trommel mit einer angefügten Sprechröhre verbunden, die sie auf einem Markt in Paris erstanden hatte. Diese Vorrichtung erzeugte ein beachtlich lautes Geräusch, war aber klein genug, um es in der Schachtel mit den Streichhölzern und den Extrakerzen zu verbergen oder es im Handumdrehen in ihre Tasche zu stecken.

»Kannst du den Schleier öffnen?«, fragte Celine ins Dunkel. »Mich hindurchlassen? Wir suchen nach Madame Saint-Vincent. Seraphine Louise Saint-Vincent.«

Coralie keuchte wieder. »Woher wissen Sie ihren Namen? Ich habe ihn Ihnen nicht gesagt.«

Celine kannte ihn, weil Mary im Vorwege jede noch so winzige Information über den Kunden gesammelt hatte, die sie nur hatte herausfinden können. Üblicherweise half Violet ihr dabei, aber Mary war die Expertin. Kaum jemandem fiel auf der Straße ein Mädchen auf, das eine Besorgung erledigte, und Dienstboten blieben gern mal stehen und vertrieben sich die Zeit mit Klatsch und Tratsch. Mary war offen und freundlich zu den Frauen, kokett und kess gegenüber den Männern, und sie konnte sich in mehreren Sprachen verständigen.

»Sie weiß es«, sagte Celine. »Ich werde jetzt versuchen, meine Geistführerin zu finden. Ich brauche absolute Stille.«

Während Celine reglos dasaß und sich auf ihre Trance vorbereitete, schweiften Violets Gedanken ab.

Daniel war heute nicht gekommen. Und warum sollte er auch? Es war lächerlich, dass Violet ihr bestes Kleid angezogen und auf ihn gewartet hatte wie ein liebeskrankes Schulmädchen. Daniel schuldete ihr keinen Besuch. Er hatte Dinge zu erledigen, Leute zu treffen, Maschinen zu erfinden. Er könnte wieder zu Monsieur Dupuis gefahren sein, um ihm einen erneuten Besuch abzustatten, über das neue Ballonabenteuer zu sprechen oder über Auftrieb, Verbrennungsmaschinen und Derartiges mehr.

Oder Daniel war einfach damit beschäftigt, ein reicher Müßiggänger zu sein. Sie waren in Südfrankreich, es war Wintersaison, und Daniel kannte Leute aus höchsten Kreisen. Vielleicht trank er gerade jetzt Wein mit einem Grafen, rauchte eine Zigarre mit einem Herzog, tanzte mit einer Herzogin. Oder er machte Pläne für eine Stippvisite in Nizza und Cannes oder in Monte Carlo, wo die reizenden jungen Frauen im Casino ihre Hand auf seinen Arm legen und ihn anlächeln würden, ihn lockten …

Violet empfand einen Stich in ihrem Herzen, und ihr Fuß glitt vom Pedal. Ein lautes Klopfen war zu hören, just in dem Moment, in dem Celine als Adelaide zu sprechen begann, das Mädchen aus Paris.

»Oh«, rief Celine in ihrer Kleinmädchenstimme. »Sie ist hier!« In der Pause, die folgte, verbarg Violet geschickt die Trommel und das Pedal wieder unter ihrem Rock.

Celines Stimme veränderte sich wieder, nahm einen heiseren, tieferen Ton an. »Coralie, mein Liebes, bist du das?«

»Ja!« Coralies Augen schwammen in Tränen. »Ja, *Maman*. Ich bin hier.«

»Geht es dir gut, *petite*?«

»Ich glaube schon, *Maman*. Ich hatte diese schreckliche Erkältung, aber das liegt Wochen zurück.«

»Aber bist du glücklich, Kind?«, sprach die Stimme Madame Saint-Vincents weiter. »Das ist etwas anderes. Dein Ehemann, er meint es gut, aber vielleicht ist er dir nicht so zugewandt, wie er es sein sollte.«

Coralie schaute kurz zu ihrem Mann, der die Augenbrauen zusammengezogen hatte. Monsieur Lanier war ein wohlgenährter, wenn auch nicht korpulenter Mann mit weichen Händen. Er trug einen teuren Anzug. Wenn er weiterhin eifrig die hervorragenden Kuchen seiner Köchin verspeiste, würde er in den nächsten Jahren fett werden, und er verfügte nicht über die ausreichende Körpergröße, um dieses Gewicht gut zu verteilen. Sein pomadisiertes Haupthaar war noch voll und dicht, er trug es in breiten Strähnen aus dem Gesicht gekämmt. Auch der kastanienbraune Oberlippenbart hatte seinen Teil Pomade abbekommen.

»Oh nein«, sagte Coralie nervös. »Er ist … ein sehr guter Ehemann.«

»Ich habe ihn, ehrlich gesagt, nie gemocht«, sagte Celine als Madame Saint-Vincent. »Vielleicht wird er freundlicher werden, wenn seine Ziege von Mutter ihn nicht mehr herumkommandiert.«

»Oh …« Coralies Wangen färbten sich rot, während sie einen raschen Blick auf ihre erzürnte Schwiegermutter warf.

Celine sprach weiter, immer noch mit heiserer Stimme. »Falls seine Mutter anwesend ist, sag ihr, dass ich sie beobachte. Ich werde es erfahren, wenn sie nicht nett zu dir ist, und ich werde entsprechende Schritte unternehmen.«

»Nein, nein, *Maman*. Das ist nicht nötig. Madame Lanier ist recht freundlich zu mir.«

»Ha!« Der Ausruf dröhnte durch den Raum. »Du konntest noch nie lügen, mein Liebling. Du bist so engelsgleich, kleine Coralie. Aber sei auf der Hut. Verrat umgibt dich.« Der Tisch bebte und wackelte heftiger. »Ich werde auf dich aufpassen, aber du musst auf der Hut sein.«

»Halt!« Die ältere Madame Lanier war von ihrem Stuhl aufgesprungen, ihr Gesicht war dunkel vor Wut. Sie zeigte auf Celine. »Diese Frau ist eine Lügnerin und eine Betrügerin. Und die da …« Sie deutete mit dem ausgestreckten Zeigefinger auf Violet. »Sie hat einen Apparat unter dem Tisch, mit dem sie diese Geräusche erzeugt und den Tisch bewegt.«

»Madame, das habe ich nicht, das versichere ich Ihnen.« Violet brauchte keinen Apparat, um den Tisch zu bewegen. Die Beine dagegenzustemmen genügte völlig.

Madame Lanier riss das Tischtuch hoch und schaute unter den Tisch. Violet, die Trommel sicher unter ihrem Rock unter dem Stuhl verborgen, rührte sich nicht.

»Sie«, zischte Madame Lanier Violet an. »Stehen Sie auf. Leeren Sie Ihre Taschen aus. Ich will sehen, was sich darin befindet.«

Bis auf die leere Flasche, in der die phosphoreszierende Farbe gewesen war, hatte Violet nichts in den Taschen. Der leuchtende Handabdruck verblasste allmählich – sie oder Mary würden die Wand säubern, bevor sie gingen.

»Es ist besser, Sie tun, was sie verlangt«, sagte Monsieur Lanier mit Stentorstimme zu Violet.

Noch bevor sie entscheiden konnte, ob sie es riskieren sollte, die leere, nicht beschriftete Flasche zu zeigen, erhob sich die Stimme ihrer Mutter zu einem Schrei. »Nein. *Nein!* Adelaide … *hilf mir!*«

Celine hatte sich an die Kehle gefasst, ihre Augen waren weit aufgerissen und starrten auf etwas Schreckliches, das nur sie sehen konnte. Sie wand sich auf ihrem Stuhl, ihr Atem rasselte, Speicheltropfen bedeckten ihre Lippen. Sie hörte nicht auf zu schreien, es hallte von der hohen Zimmerdecke wider, dann begann Celine um sich zu schlagen und unsichtbare Angreifer abzuwehren.

Violet lief zu ihr. »Bitte, holen Sie Hilfe! Die Gräfin ist in Gefahr!«

Monsieur Lanier und seine Mutter standen wie angewurzelt da und starrten schockiert auf das Geschehen. Coralie war aufgesprungen und zog heftig an einer Klingelschur, dann eilte sie zu Celine und versuchte, ihre wild gestikulierenden Hände zu ergreifen und festzuhalten. Mehrere Dienstboten, zwei Hausmädchen und Mary kamen ins Zimmer gelaufen, Violet hob das Pedal mitsamt Trommel auf und verbarg beides in ihrer Kerzenschachtel.

Mary förderte Riechsalz zutage, das Celine beruhigte. Coralie schwankte, sie wollte helfen, aber Madame Lanier streckte die Hand aus, der Zorn ließ ihre sorgsam arrangierten Locken zittern. »Komm weg von denen, Coralie. Das sind Betrüger und Scharlatane, und sie werden keinen Penny von meinem Geld bekommen.«

Oh, verflixt und zugenäht. Violet knirschte mit den Zähnen. Sie *brauchten* das Geld.

Zumindest Coralie zeigte etwas Rückgrat. Sie weigerte sich, zu gehen, gab den Dienstboten Anweisungen und sorgte dafür, dass Celine in eine Mietdroschke gesetzt wurde, die zu besorgen sie einen Diener losgeschickt hatte.

Als Celine aus dem Haus geführt wurde, verkündete Madame Lanier laut ihre Absicht, sich zurückzuziehen, was von jedem außer ihrem Sohn ignoriert wurde, und schritt die Treppe hinauf. Celine, umgeben von Dienstboten und atemlos vor Dankbarkeit, dass diese sich um sie kümmerten, wurde in die Kutsche gesetzt. Während alle Aufmerksamkeit auf sie gerichtet war, ging Violet zurück in das Esszimmer, wischte die letzten Spuren der Phosphorfarbe von der Wand und steckte das Tuch in die Tasche. Den Kasten mit ihren Requisiten und den Kerzenleuchter hatte sie Mary bereits gegeben.

Als Violet das Foyer wieder betrat, sah sie die Mietkutsche anfahren. Mary schaute beklommen aus dem Fenster. Violet begann zu laufen, aber die Kutsche rollte davon, ihre Lichter wurden in der Dunkelheit immer kleiner. *Verdammt …*

Eine Berührung am Arm ließ sie zusammenzucken. Monsieur Lanier stand neben ihr, einen entschuldigenden Ausdruck im Gesicht. Trotz ihrer Aufgeregtheit dachte Violet daran, ihre Rolle weiterzuspielen. »Aber wieso sind sie denn schon losgefahren?«, fragte sie und betonte ihren russischen Akzent stärker als sonst.

»Ich habe dem Kutscher entsprechende Anweisung gegeben. Ich möchte mit Ihnen reden, Mademoiselle le Princess.«

Worüber? Zögernd folgte Violet ihm in den Salon, der dem Esszimmer gegenüberlag. Monsieur Lanier ließ die Tür offen stehen. Er stand da und betrachtete Violet, ohne ihr einen Platz anzubieten. Sie beobachtete ihn nervös, schätzte die Entfernung zwischen ihr und der Tür ein und registrierte die Hindernisse auf dem Weg – einen schweren Lehnstuhl, einen großen Tisch mit eckigen Beinen, der voller Nippes stand, einen kleinen Schreibtisch.

»Mademoiselle, ich muss Sie bitten, Ihren Schleier abzunehmen.«

»Oh nein, Monsieur.« Violet musste nicht lange überlegen. Der Schleier bot sowohl eine Illusion als auch Anonymität. Sie konnte in der Stadt in ihrer normalen Kleidung unterwegs sein, und niemand brachte sie mit ihren Auftritten in Verbindung. »Das kann ich nicht. Es ist mir verboten.«

Der angespannte Zug um Monsieur Laniers Mund lockerte sich. »Unsinn, Sie sind Gast in meinem Haus. Sie dürfen mir vertrauen.«

Für einen beleibten Mann bewegte er sich sehr schnell. Ehe Violet ihm ausweichen konnte, fasste er geschickt nach dem Schleier und schlug ihn zurück.

Violet floh zur Tür, aber Monsieur Lanier holte sie ein, verstellte ihr den Weg und schloss die Tür, bevor Violet sie erreichen konnte.

»Wirklich, Monsieur, ich muss gehen.«

»Gleich. Machen Sie sich keine Sorgen, ich werde nicht die Polizei rufen. Ich habe mit mir selbst gewettet – entweder verstecken Sie Ihr Gesicht, weil Sie wirklich eine atemberaubende Schönheit sind, oder aber Sie sind so hässlich, dass Sie befürchten müssen, Ihr Publikum zu vertreiben.« Er sah sie bewundernd an. »Ich bin froh zu sehen, dass Schönheit der Grund ist.«

»Sie sind sehr freundlich, Monsieur.« Violet gab sich schüchtern und senkte den Kopf – er hatte sie gesehen, das konnte sie nicht mehr ändern, aber es musste nicht sein, dass er sich ihr Gesicht einprägte.

»Ich möchte mich auch für das Benehmen meiner Mutter entschuldigen«, fuhr Monsieur Lanier fort und klang jetzt sehr sachlich. Dieser Bankier würde nicht auf die Knie fallen, um eine faszinierend schöne Prinzessin anzubeten. »Meine Mutter ist alt, und manchmal vergisst sie ihre Manieren. Sie sagte, sie würde Sie nicht bezahlen, aber bitte akzeptieren Sie dies für Ihre Unannehmlichkeiten.«

Er hielt eine Rolle Banknoten hoch. Das Bündel war erfreulich dick, doch Violet, die Geldscheine schneller zählen konnte als ein Buchmacher beim Pferderennen, war sofort klar, dass es nur ungefähr ein Viertel ihres üblichen Honorars war.

Monsieur Lanier drückte ihr das Geld in die Hand und schloss seine Finger darum. Er hielt ihre Hand fest und schloss die andere um ihr Handgelenk.

»Und vielleicht können Sie mir die Ehre erweisen …« Er lächelte ihr ins Gesicht. »Meine Frau ist von kränklicher Konstitution. Sie ist nicht oft mit mir zusammen, wenn Sie verstehen, was ich meine.«

Violet wurde der Mund trocken, ihr Herz klopfte heftig, Panik stieg in ihr auf. »Monsieur, ich muss gehen und mich um die Gräfin kümmern. Sie braucht mich.«

»Warum? Sie hat doch genügend Dienstboten. Schließlich sind Sie doch eine *Prinzessin*, nicht wahr?« Er grinste wissend, als er das Wort so stark betonte. »Nicht die Sorte Frau, die sich um andere Frauen kümmert. Die Gräfin ist eine gute Schauspielerin, und sie wird gewiss wohlauf sein, wenn Sie wieder zu ihr stoßen.«

»Ich muss jetzt wirklich gehen.« Violet versuchte, sich loszureißen, aber sein Griff war fest.

Monsieur Lanier packte sie jetzt auch am anderen Handgelenk. Er stieß Violet gegen die Wand – die Tapete war von einem hübschen Kornblumenblau mit Stielen weißer Rosen darauf. Die Form und die Größe der kleinen Kletterrosen setzten sich in Violets Bewusstsein fest, die Schlingen der Weinranken wurden zu einem hypnotisierenden Muster.

Monsieur Lanier ließ eines von Violets Handgelenken los, um ihre Brust zu drücken, hart. Violet versuchte zu schreien, aber ihre trockene Kehle war wie zugeschnürt.

Sie wehrte sich – *wie konnte er es wagen?* – und trat mit dem hohen Stiefelabsatz nach ihm. Monsieur Lanier blockte ihren Tritt mit erstaunlicher Geschicklichkeit ab und beugte sich über sie, sein Atem roch nach Wein, die Augen glitzerten.

»Du bist jetzt still und gibst mir, was ich will, und dein Honorar wird beträchtlich höher ausfallen. Sei eine brave Prinzessin …«

Er sprach weiter, aber seine Worte verloren sich in dem Entsetzen, das Violet packte.

Sei still, Mädchen. Die Stimme klang aus der Vergangenheit herüber. *Du machst mich scharf, es wird ganz schnell gehen.*

Violet hörte nichts mehr, aber sie konnte *fühlen*, ihre aufwallenden Gefühle rissen sie zurück in jenen Moment vor zwölf Jahren. Raue Hände in ihrem Mieder, Hosen, die heruntergerissen wurden, kalte Finger zwischen ihren Beinen. Sie versuchte, sich zu wehren, aber die Hände waren zu stark, seine Finger an ihrer Kehle stießen sie gegen die Wand …

»Sei still, verdammt. Du sollst still sein!«

Die Stimme, die diese Worte rief, kam aus der Gegenwart, unmittelbar und beharrlich. Violets Bewusstsein kehrte ins Hier und Jetzt zurück, und sie hörte den schrillen Schrei, der aus ihrer Kehle kam. Sie hatte noch ihre Kleider an, sie stand noch auf den Füßen, ihr Kopf wurde gegen die Wand mit der kornblumenblauen Tapete mit den viel zu vielen weißen Rosen darauf gedrückt.

Das klatschende Geräusch eines Schlags ertönte. Violet spürte einen heftigen Schmerz im Gesicht, hörte, wie ihr Schrei zu einem Schluchzen wurde.

Monsieur Lanier schüttelte sie, ihr Kopf schlug gegen die Wand. »Hör auf damit! Was ist denn los mit dir?«

Violet fand die Kraft und kämpfte. Monsieur Lanier schlug erneut zu, dann packte er ihre Fäuste und schrie: »Hilfe! Sie ist verrückt geworden!«

Violet realisierte kaum, dass die Dienerschaft des Hauses ins Zimmer gestürzt kam. Ihr Schleier war zerrissen, ihr Gesicht unverhüllt, doch sie hörte nicht auf, nach Monsieur Lanier zu schlagen.

Starke Hände packten sie und zerrten sie auf den Korridor und dann ins Foyer. Die Haustür stand offen, kalte Luft strömte ins Haus. Ein Stoß in den Rücken, und Violet taumelte hinaus auf die Straße. Ihr Mantel landete neben ihr auf den Pflastersteinen, und hinter ihr schlug mit einem lauten Knall die Tür zu.

Violets Selbsterhaltungstrieb veranlasste sie, den Mantel aufzuheben und hastig einige Schritte die Straße hinunterzulaufen. Einige Häuser weiter blieb sie stehen und hielt sich an einem Zaun fest, um Atem zu holen.

Sie war in Ordnung. Sie stand auf ihren Beinen, ihr Herz klopfte, ihre Kleider waren unbeschädigt, und ihre Hände, die sich am kalten Metall festklammerten, hielten sie aufrecht.

Violet realisierte, dass sie das Bündel Geldnoten, das Monsieur Lanier ihr in die Hand gedrückt hatte, in ihre Rocktasche gesteckt hatte. Etwas in ihr hatte sie dazu gebracht, es nicht im Haus liegen zu lassen. *Zumindest dafür war dieses Desaster gut.*

Die Kutsche, mit der ihre Mutter gefahren war, war längst fort, doch darüber machte sich Violet keine Sorgen. Violet, Mary und ihre Mutter hatten eine Regel – falls bei einer Séance oder einer Konsultation etwas Unvorhergesehenes geschah, ergriff jede für sich die Flucht, und sie trafen sich an einem vereinbarten Treffpunkt wieder. Es wurde nicht auf die anderen gewartet, weil sie allein eine größere Chance hatten, im Straßengewirr zu verschwinden.

Violet hatte auch für ihren Aufenthalt in Marseille einen Treffpunkt festgelegt: Sie würden sich an der Rückseite der Pension treffen, es sei denn, es war publik geworden, wo sie logierten. Aber in diesem Fall war es nicht so – dank Violets Beharren darauf, nicht Monsieur Laniers private Kutsche zu benutzen. Sie würden heute Nacht einen warmen Schlafplatz haben. Auch für kleine Segnungen musste man dankbar sein.

Die Arme zitterten ihr, als sie in den Mantel schlüpfte. Sie wollte rennen, rennen, zurück in ihr kleines Zimmer, um sich dort zu verkriechen und zu weinen. Stattdessen atmete sie tief durch und ging mit raschen Schritten die Straße hinunter.

Als sie meinte, weit genug vom Haus der Laniers entfernt zu sein, bog sie in eine dunklere Gasse ein, rupfte sich den zerrissenen Schleier vom Gesicht und stopfte ihn in die Manteltasche. Er war so hauchdünn, dass er sich zu einem Nichts zusammenknüllen ließ. Violet strich sich das Haar glatt und richtete ihren Mantel, bereit, sich wieder in die junge Frau zu verwandeln, die von der Arbeit nach Hause ging.

Aber noch bevor sie einen Schritt tun konnte, begann ihr

Herz rasend schnell zu schlagen, und Galle stieg in ihrer Kehle auf. Die Reaktion.

Violet befürchtete, sie würde ihr Abendessen von sich geben. Sie schlang die Arme um die Brust, zwang sich, ruhig durchzuatmen, aber die Schluchzer kamen trotzdem, die kleinen Laute hallten laut in der Dunkelheit wider.

Denk an Daniel.

Der Gedanke war so plötzlich in ihrem Kopf, als hätte einer der beschworenen Geister ihrer Mutter es gesagt. *Denk an Daniel.*

Seine beschützende Umarmung, als er sie in dem großen Bett geküsst hatte, die Art, wie der Wind sein Haar zerzaust hatte, als er versuchte, den Ballon zu lenken. Daniels Hemd, das ihm am feuchten Leib klebte, der tätowierte Drache, der sich um den gebräunten Arm wand. Violet dachte daran, wie gut sich seine Hand in ihrer angefühlt hatte, als sie auf dem Karren vom Dorf zum Bahnhof gefahren waren, dann seine lächerlich romantische Idee, sich außen an die Kutsche zu klammern und ihr zuzuwinken, nachdem er ihr gestern Abend gute Nacht gesagt hatte.

Der Knoten des Entsetzens in Violet begann sich zu lösen. Gestern Morgen im Gasthaus, während sie Brioche mit frischer Butter gegessen hatte, hatte sie Daniel beim Rasieren zugesehen. Er hatte sich das Gesicht mit der Seife und dem Pinsel eingeschäumt, die der Wirt ihm gebracht hatte, und sich dann vor dem kleinen, dunklen Spiegel über dem Waschtisch sorgsam die Wangen geschabt.

Sie waren so vertraut und intim miteinander gewesen, Daniel, der sich ohne Scheu vor ihr rasiert hatte, während Violet frühstückte, nur ein Stück von ihm entfernt. Das Bett hinter ihnen war zerwühlt, als wären sie wirklich wie Mann und Frau gewesen.

Violets Furcht schwand weiter. Sie tat einen weiteren langen, beruhigenden Atemzug und verließ die Gasse. Sie stellte sich vor, noch immer Daniels Lachen hören zu können.

Nein, sie hörte es *wirklich*. Sie befand sich hier in einem angesagten Viertel der Stadt, und an der Straße, in die sie eingebogen war, lagen Restaurants und Cafés. Vor dem Eingang eines dieser Restaurants stand eine Gruppe junger Männer und Frauen. Vielleicht hatten sie es soeben verlassen oder wollten gerade hineingehen, das vermochte Violet nicht zu sagen.

Daniel gehörte zu der Gruppe. Er trug einen grauen Mantel und wie die anderen Herren einen Zylinderhut, aber sein Kilt unterschied ihn von den anderen, ebenso wie seine breite Gestalt und sein tiefes Lachen.

Die Männer in Daniels Begleitung waren Ende zwanzig oder Anfang dreißig, schätzte Violet, vermutlich seine Freunde und Kumpane. Die Frauen in ihrer Begleitung glänzten und funkelten. Sie trugen gewagte Kleider in Blau, Grün, Gold und Silber, Pelzstolen schützten zarte Haut vor der Kälte. Brillanten glitzerten an Dekolletés und in modischen Frisuren, die Wangen trugen Rouge, das Haar war mit Federn geschmückt. Lange Handschuhe verbargen schlanke Arme, die von brillantbesetzten Armbändern geschmückt wurden.

Diese Frauen waren nicht die schüchternen jungen Debütantinnen der feinen Gesellschaft; es waren Kurtisanen.

Während Violet die Gruppe beobachtete, schloss die rothaarige Dame neben Daniel ihre Hand um seinen Arm und ließ die andere über seinen Rücken und seine Schulter gleiten. Daniel wandte sich ihr zu und lachte, das Lächeln auf seinem Gesicht war voller Wärme.

Violets Herz zog sich so heftig zusammen, dass sie sich die Faust auf die Brust drücken musste. Sie wich in den Schatten zurück, doch Daniel drehte sich nicht um, sah sie nicht.

Nicht für dich, sagte eine Stimme in ihrem Kopf. *Nicht für dich.*

Wie betäubt starrte sie zu der Gruppe hinüber, die sich jetzt vom Restaurant abwandte und zu wartenden Kutschen ging. Daniel half der Rothaarigen mit der gleichen Galanterie in seine Kutsche, mit der er Violet geholfen hatte. Er nahm den Hut ab, als er zu der Frau in die Kutsche stieg. Ein Gentleman und eine Lady folgten ihm.

Die anderen Männer und Frauen verteilten sich auf die übrigen Kutschen, aber das nahm Violet kaum noch wahr. Ihr Blick galt allein Daniel, seinem muskulösen Arm, der sich gegen das Fenster stützte, seinem Gesicht, als er den Kopf in den Nacken warf und über irgendetwas lachte.

Die Kutschen fuhren an, fuhren in Richtung der Theater und Kabaretts.

Violet blieb reglos stehen, bis alle Kutschen davongefahren waren. Sie zwang sich, hoch aufgerichtet den Schutz der Gasse zu verlassen, um ihren Weg nach Hause fortzusetzen.

Sie schaffte es bis zu der schmutzigen Mauer, dort beugte sie sich vor und presste die Fäuste gegen ihren Magen. Schluchzen schüttelte sie, und Tränen strömten ihr über das Gesicht.

Violet weinte, während ihr das Herz brach, die Wärme ihrer Nacht mit Daniel löste sich auf angesichts der Glut in seinen Augen, als er die Kurtisane angelächelt hatte.

Daniel war glücklich, Richard Mason wiederzubegegnen, einem ehemaligen Kommilitonen von brillantem Verstand, aber er sah äußerst ungern mit an, auf welche Weise er ebendiesen Verstand verschwendete, indem er sich dem Alkohol und sexuellen Ausschweifungen ergab.

Die Frauen, die Richard für Daniel und seine anderen

Freunde mitgebracht hatte, waren charmant, aber ihre Augen waren ausdruckslos. Bevor er Violet begegnet war, hätte Daniel fröhlich die ganze Nacht mit der einen oder anderen von ihnen verbracht, hätte sich eines warmen Betts und aller möglichen Schwelgerei erfreut. Warum auch nicht? Körperliche Gelüste mussten befriedigt werden, oder sie würden ihn zu sehr ablenken. Zumindest war das seine Entschuldigung.

Aber jetzt kannte er Violet.

In den Blicken, die die Ladys ihm zuwarfen, lag für seinen Geschmack zu viel Habgier. Daniel war reich, und sie wollten, dass er etwas von seinem Geld aus seinen Taschen in ihre umfüllte.

Früher hatte er diesen gierigen Ausdruck allzu oft bei den Frauen gesehen, die sein Vater für gewöhnlich mit nach Hause gebracht hatte, und heute Nacht war er nicht daran interessiert. Ebenso wenig war er daran interessiert, seine Befriedigung zu suchen, wenn er innerlich unbeteiligt blieb. Es reizte ihn nicht. Nicht, seit er Violet kannte.

Früher an diesem Abend hatte er versucht, sie zu besuchen, doch die hochanständige Pensionsinhaberin hatte ihm mitgeteilt, dass Violet und ihre Mutter ausgegangen seien. Nein, sie wüsste nicht, wohin, und schließlich war das auch allein Sache der beiden Damen, nicht wahr? Daniel hatte sich bedankt und war gegangen.

In Richards Kutsche auf dem Weg ins Kabarett schützte Daniel vor, nach seiner langen Ballonfahrt müde zu sein; was lediglich einen gelangweilten Ausdruck in den Augen der Damen hervorrief. Daniel verglich es mit der glühenden Begeisterung in Violets Augen, als sie über das Land geflogen waren.

Als Daniel sagte, er würde allein in sein Hotel zurückkehren, drückte Richard sein aufrichtiges Bedauern darüber aus, heute Nacht auf Daniels Gesellschaft verzichten zu müssen. Daniel schwor sich insgeheim, mehr Zeit mit Richard zu verbringen. Der Mann brauchte echte Freunde.

Vor dem Kabarett wünschte Daniel allen eine gute Nacht und drückte der Rothaarigen ein dickes Geldbündel in die Hand, um ihren Schmerz über den Abschied zu lindern. Ihre Enttäuschung verringerte sich sichtlich.

Richard und seine Ladys wären überrascht gewesen, hätten sie gewusst, dass Daniel, nachdem sie im Kabarett verschwunden waren, den mondänen Hotels, Restaurants, Theatern und illegalen Spielhöllen der Stadt den Rücken kehrte, um zu Fuß in einen weniger vornehmen Teil der Stadt zu gehen, in dem sich Pensionen und Läden für die Armen, aber Respektablen befanden.

Noch überraschter wären sie gewesen, hätten sie gesehen, dass er gegenüber einer bestimmten Pension stehen blieb, sich in den Schatten eines nahen Ladeneingangs zurückzog und hinaufschaute zu dem sanften Lichtschein des Fensters gegenüber.

Daniel wartete, bis der Lichtschein erlosch, dann hob er grüßend die Fingerspitzen zum Fenster und ging davon.

Zurück im glitzernden Teil der Stadt betrat er sein Hotelzimmer. Er war jetzt wirklich müde. Jede Lampe im Wohnzimmer seiner Suite leuchtete in Erwartung von Daniels Rückkehr, einschließlich des vielarmigen, mit Gas betriebenen Kronleuchters und einer Reihe von Wandleuchtern.

All das helle Licht fiel auf die Gestalt eines kleinen Mädchens, das fest schlafend auf dem mit Schnörkeln verzierten Sofa lag. Sie hatte sich zusammengerollt, rotgoldene Locken bedeckten die rosigen Wangen.

14

Daniel unterdrückte seinen leichten Unmut beim Anblick der Kleinen. Er nahm eine Decke vom Armstuhl und breitete sie behutsam über sie. Mit einigem Glück würde sie weiterschlafen.

Das Mädchen öffnete die Augen, grau und voller Mutwillen, wie bei ihrer Mutter – sowohl was die Farbe betraf als auch den Mutwillen. Sie quiekte vor Freude und setzte sich auf. »Danny!«, rief sie in einer Lautstärke, die das halbe Hotel aufwecken konnte. »Ich habe auf dich gewartet.«

Daniel hob die Decke vom Boden auf und legte sie ihr um die Schultern. »Das sehe ich, Kleines. Was tust du hier? Falls du wieder von zu Hause weggelaufen bist, wird deine Mutter uns beide ausschimpfen.«

»Ich bin nicht weggelaufen.« Gavina MacKenzie strich sich das Haar mit einer sehr erwachsen wirkenden Geste aus dem Gesicht. »Ich bin nur die Treppe hinuntergegangen. Wir wohnen in deinem Hotel. Ist das nicht großartig, Danny?«

»Ihr wohnt hier? Wen meinst du mit *wir*?«

»Uns alle. Mum und Dad. Und mich. Stuart ist bei Tante Eleanor, weil er noch zu klein ist für eine so weite Reise.« Gavina sah sehr selbstzufrieden aus, weil sie mit ihren sieben Jahren so viel erwachsener war als ihr viereinhalbjähriger Bruder. »Mummy hat gesagt, wir werden hier wohnen und dich überraschen.«

Daniel legte sich die Hände auf die Brust. »Betrachte mich als überrascht.«

Und ein bisschen verärgert. Daniel liebte seine Familie, aber die meisten von ihnen steckten nur allzu gern die Nase in Dinge, die sie nichts angingen. Wie es aussah, hatte Daniels Stiefmutter Ainsley aus Ian herausbekommen, wohin Daniel gereist war, und daraufhin beschlossen, nach Frankreich zu kommen und nachzusehen, was er so trieb.

Einem Klopfen an der Tür folgte Ainsley MacKenzie höchstpersönlich. Sie trug Abendgarderobe – ein graues Seidenkleid, abgesetzt mit weinroter Spitze, die Schultern über den kleinen Puffärmeln nackt. Winzige Brillanten funkelten in ihrem Haar und an ihrem Hals – Richards Kurtisanen hatten sich im Gegensatz dazu mit diesen Dingern geradezu überladen.

Ainsley hatte hellblondes Haar, nach der neuesten Mode frisiert, aber irgendwie sah sie nie übertrieben oder gekünstelt aus. Ihr Wesen schimmerte immer durch, und Daniel betrachtete sie voller Zuneigung. Sie war die Frau, die seinen Vater gerettet hatte.

»Hallo, Danny. Ich sah dich ins Hotel kommen.« Ainsley schloss ihn in eine nach Zitronen duftende Umarmung. »Gavina wollte hier auf dich warten. Ich habe es ihr verboten, aber wie ich sehe, hat sie es trotzdem irgendwie geschafft, sich Zutritt zu verschaffen.«

»Und das ohne Schlüssel«, bemerkte Daniel. »Hast du ihr das beigebracht, Stiefmama?« Neben ihren weiblichen Reizen verfügte Ainsley auch über ein großes Talent als Einbrecherin.

»Das Hausmädchen hat mich hereingelassen«, sagte Gavina. »Ich habe gesagt, dass ich deine Schwester bin, und ihr ein bisschen Geld gegeben.«

Sie lernte früh. Daniel beugte sich hinunter und hob Gavina hoch. Sie versprach ein hoch gewachsenes, kräftiges Mädchen zu werden.

»Keine von euch beiden hat meine Frage beantwortet«,

knurrte er. »Warum bist du hier, Stiefmama, und nicht in London, um Tante Isabella zu helfen, die Saison durchzustehen? Oder um dich auf die Fahrt nach Berkshire vorzubereiten für das Training?« Ainsley und Daniels Vater fuhren jedes Jahr nach Berkshire, damit Cameron seine Pferde auf die kommende Rennsaison vorbereiten konnte. Die gesamte MacKenzie-Familie würde sich dort im Spätfrühling einfinden, so war es Tradition.

Ainsley musterte Daniel mit leichtem Stirnrunzeln. »Ich habe mir deinetwegen Sorgen gemacht, Danny. Ich habe gehört, du wärest von einigen Strolchen verprügelt und in der Gosse liegen gelassen worden. Aber du hast kein Wort darüber gesagt.« Sie berührte Daniels Wange, auf der noch schwach die Narben zu sehen waren, überdeckt von den frischen Schrammen, die er sich bei der rauen Landung des Ballons zugezogen hatte. »Was ist mit dir passiert?«

»Nichts Interessantes. Onkel Ian hat mich verpetzt, stimmt's?«

»Ian?« Ainsley machte große Augen. »Du glaubst doch wohl nicht, ich könnte irgendetwas aus *Ian MacKenzie* herausbekommen, von dem er nicht will, dass ich es weiß, oder? Nein, Beth hat es mir verraten. Sie macht sich ebenfalls Sorgen um dich.«

»Und sie hat dir gesagt, dass ich nach Marseille gereist bin«, sagte Daniel zurückhaltend, während Gavina ihnen aus der Sicherheit von Daniels Armen zuhörte. Es war Mitternacht, aber das Mädchen sah kein bisschen müde aus.

»Beth kannte den Grund nicht«, sagte Ainsley. »Sitzt du vielleicht in irgendeiner Klemme?«

Daniel musste lachen. »Ich habe seit der Universität in keiner Klemme mehr gesessen. Das habe ich aufgegeben. Mein Freund Richard Mason ist hier, und ich habe einige Stunden mit ihm verbracht.« Das war nicht mal eine Lüge.

»Ah ja, der junge Mann, von dem du befürchtest, er verschwendet sich an sein ausschweifendes Leben. Ich habe keinen Zweifel, dass du ihn auf den rechten Weg zurückführen wirst. In so etwas bist du gut. Ich hörte übrigens, du bist mit einem Ballon geflogen und hast das Ding kaputt gemacht. Nun schau mich nicht so überrascht an. Neuigkeiten verbreiten sich rasch, besonders unter den Engländern hier.« Ainsley lächelte ihn wissend an. »*Und* ich hörte, es sei eine junge Dame bei dir gewesen, als du abgestürzt bist. Wie ich sehe, ist sie jetzt nicht bei dir. Sie muss zu dem Schluss gekommen sein, dass es zu gefährlich ist, sich in deiner Gesellschaft aufzuhalten.«

»Etwas in der Art.«

»Vermutlich ist es so das Beste.« Ainsley streckte die Arme nach Gavina aus, und ihre Tochter begab sich bereitwillig hinein. »Wenn eine Lady mit einem Gentleman nicht mithalten kann, dem nachzusetzen sie beschlossen hat, dann hat sie kein Recht, ihm nachzusetzen. Ich sollte das wissen. Auf diese Weise bin ich an deinen Vater geraten.«

Ainsley hatte bewiesen, dass sie es ganz gewiss mit Cameron aufnehmen konnte, sehr zu Camerons Überraschung. Dem Mann, der die Liebe aus seinem Leben verbannt hatte, war es nicht gelungen, Ainsley daraus auszuschließen.

»Es ist schön, dass du hier bist«, fuhr Ainsley fort. »Meine Freundin Leonie gibt morgen Abend in ihrem Haus einen großen Ball. Wir sind eingeladen, und sie würde auch dich gern dort begrüßen.«

Daniel unterdrückte ein Stöhnen. Leonie war die Comtesse de Chenault, die Ainsleys Freundin geworden war, als Ainsley in Diensten Königin Victorias gestanden hatte. Sie war reich, von großem Einfluss und besaß ein imposantes Haus außerhalb Marseilles, in dem sich die Schönen und Reichen versammelten. »Ich ahne, warum. Es ist schlimm genug, dass Tante Eleanor und Tante Isabella mir auf Schritt und Tritt irgendwelche Debütantinnen in den Weg stellen, aber ich hätte gedacht, dass du vernünftiger bist. Sag mir nicht, dass du bei ihren Plänen mitmachst, mir die Ehefesseln anzulegen.«

Voller Unschuld blinzelte Ainsley ihn an. »Ich habe kein Wort über Debütantinnen gesagt. Hast du gehört, dass mir das Wort *Debütantin* über die Lippen gekommen ist?«

»Aber die sind es, die auf große Bälle gehen, die von einer Komtess gegeben werden, oder etwa nicht? Debütantinnen, die von ihren Müttern mit einer Hingabe angefeuert werden, dass einem kalte Schauer den Rücken hinunterlaufen. Warum dieses Drängen, mich zu verheiraten? Eleanors zwei Jungen und Dad stehen zwischen mir und der Herzogswürde, und sie alle sind gesund. Gott sei Dank.«

»Wir denken nicht an Erben«, sagte Ainsley indigniert. »Wir wollen, dass du glücklich bist, Danny. Dass du zur Ruhe kommst.«

»Für mich sind *Glücklichsein* und *Zur-Ruhe-Kommen* nicht das Gleiche. Gönnt mir vorab noch ein bisschen was von meinem Leben, und sag Isabella und Eleanor, sie sollen aufhören, mir geistlose Achtzehnjährige an den Hals zu werfen.«

»Achtzehn?«, mischte sich jetzt Gavina ein. »Das ist *uralt*. Du solltest heiraten, Danny, und Babys haben, damit ich mit ihnen spielen kann.«

Ainsley warf ihrer Tochter einen mahnenden Blick zu, bevor sie weitersprach. »Du weißt, dass ich die Letzte auf Erden bin, die dir sagen würde, dass du nicht deinem Herzen folgen solltest. Aber du solltest wissen, dass du keine junge Lady finden wirst, die dir das Herz stiehlt, wenn du keine von ihnen nah genug an dich heranlässt. Du musst es einfach versuchen. Wirst du denn zumindest mit uns zum Ball kommen?«

Sie begegnete seinem Blick, Hoffnung in ihren grauen Augen. Obwohl Ainsley es nicht guthieß, dass Eleanor und Isabella Daniel nötigten, jede Soiree und jeden Ball zu besuchen, an jeder Abendgesellschaft und jeder Bootsfahrt teilzunehmen, auf denen junge Damen anzutreffen waren, wusste Daniel, dass sie den Wunsch seiner Tanten teilte, ihn verheiratet zu sehen. Sie wollte, dass Daniel eine glückliche Ehe führte und eigene Kinder hatte. Damit Daniel seine schwere Kindheit hinter sich lassen konnte.

Es war wichtig für Ainsley, und Ainsley war wichtig für Daniel. Sie hatte die zerbrochene Familie wieder zu einem Ganzen zusammengefügt.

»Also gut«, stimmte Daniel resigniert zu. »Ich werde hingehen.«

»Danke.« Ainsley zog Daniel in eine weitere Umarmung, obwohl sie noch immer Gavina in den Armen hielt, die endlich anfing, ein *wenig* müde auszusehen. »Gute Nacht, Danny. Wir sehen dich beim Frühstück.«

Sie und Gavina gingen, beide sahen zufrieden aus, und Daniel schloss die Tür hinter ihnen.

Seufzend legte er Jacke und Krawatte ab. Er hatte Simon gesagt, er solle nicht auf ihn warten, also hatte er die Zimmer jetzt für sich, solange sich Gavina nicht hereinstahl. Es war nicht ausgeschlossen, dass sie nur so tun würde, als sei sie eingeschlafen, um sich wieder zu ihm herunterzuschleichen.

Daniel schenkte sich einen großzügigen Schluck Whiskey ein und schlenderte mit gemischten Gefühlen in sein Schlafzimmer.

Er würde zu diesem verflixten Ball gehen und höflich sein. Er würde keines dieser Mädchen heiraten, die ihm die Comtesse zuschob, aber er konnte höflich sein.

Daniel wusste, dass der Ball ihm keine Ehefrau bescheren würde, denn wenn er daran dachte, ein Zuhause zu schaffen, angefüllt mit seinen Erfindungen, Hunden und kleinen Kindern, dann sah er mit verblüffender Klarheit Violet vor seinem geistigen Auge. Violet, die den Kopf hob, um Daniel mit liebevollem Lächeln willkommen zu heißen.

»Miss«, sagte Mary, als sie das dunkle Zimmer betrat. »Wollen Sie gar nicht aufstehen, Miss?«

»Wozu?«, fragte Violet teilnahmslos.

Sie lag schon den ganzen Nachmittag hier auf ihrem Bett, war eingedöst und wieder aufgewacht. Ihr Entsetzen darüber, wie Lanier sie gepackt hatte, gefolgt von dem Anblick Daniels mit einer Geliebten, der sie getroffen hatte wie ein Blitzschlag, hatte ihr eine weitere schlaflose Nacht beschert. Heute Morgen hatte tiefe Benommenheit von ihr Besitz ergriffen, die man nicht Schlaf hätte nennen können. Beim Erwachen fühlte sie sich wie zerschlagen und war nicht bereit, aufzustehen.

»Ihre Mutter macht sich Ihretwegen Sorgen«, sagte Mary. »Und wir haben heute Abend einen Termin.«

Violet sank tiefer in die Kissen, ergab sich ihrer Lethargie. »Warum?«, wiederholte sie.

»Monsieur Lanier hat uns um den größten Teil des Honorars betrogen, richtig? Ihre Mutter ist nach gestern Abend sehr müde, und wir brauchen Geld. Sie wissen, dass wir es brauchen.«

Violet lag reglos da, während sich Sorge und Erschöpfung in ihr ausbreiteten. »Was für ein Termin ist das heute Abend?«

»Wahrsagerin bei einer eleganten Gesellschaft.«

Violet stieß einen tiefen Seufzer aus. Das bedeutete, dass sie sich als Romni kleiden und stundenlang an einem Tisch sitzen musste, um kichernden jungen Frauen zu prophezeien, sie würden einen großen, gut aussehenden Mann heiraten und viele wohlgeratene Kinder haben. Violet hatte Talent für das

Handlesen, also galt jeder Auftrag, als traditionelle Wahrsagerin aufzutreten, ihr.

Celine glaubte nicht im Geringsten an das Wahrsagen. Für sie waren Handlesen, Kartenlesen und der Blick in die Kristallkugel ein regelrechter Ausbund an Unsinn. *Die Geister kommunizieren direkt durch mich – wenn sie das wünschen,* hatte sie gesagt. *Ich kann sie nicht mit Karten herbeirufen oder indem ich die Linien in irgendjemandes Hand betrachte. Sie verachten so etwas.*

Was Celine keineswegs verachtete, war das Geld, das Violet mit dieser Fähigkeit verdiente. So verbunden sie sich der Welt der Geister auch fühlte, so ausgeprägt war auch Celines Sinn für das Praktische.

»Ich kann nicht«, sagte Violet, kaum imstande, die Worte herauszubekommen. »Mary, ich kann einfach nicht. Ich bin so müde.«

»Aber wir brauchen das Geld, Miss.«

»Ich denke, wir sollten von hier fortgehen«, murmelte Violet matt. »Irgendwohin gehen, wo wir noch nie gewesen sind.« Irgendwohin, wohin Daniel und seine mondänen Freunde ihnen nicht folgen konnten. »Kanada, vielleicht. Ich habe gehört, Montreal soll eine schöne Stadt sein. Dort können wir Französisch sprechen.«

Mary schüttelte den Kopf. »Sie wissen, dass Madame niemals eine so lange Seereise machen wird.« Sie trat an das Bett, strich Violets Decken glatt. »Und unser Vertag mit dem Theater gilt bis zum Monatsende. Zumindest so lange müssen wir hier wohnen bleiben.« Mary, dunkles Haar, schlichtes Gesicht, freundlich und pragmatisch, sagte immer genau das, was gesagt werden musste.

»Ich weiß, verdammt noch mal.«

Violet schloss die Augen und sah wieder die Landschaft, die

sich unter dem Ballon erstreckte, hörte das Rauschen des Windes und das Zischen von Daniels Maschine, roch den Duft des Himmels und spürte Daniels Wärme neben sich.

Dort oben hatte sie den Alltag und seine unbedeutenden Sorgen hinter sich gelassen. Hoch über der Welt konnte sie Violet sein, nicht die vorgebliche Prinzessin Ivanova oder Mademoiselle Bastien oder irgendeine andere Person, die sie erfunden hatte.

In dem hoch am Himmel schwebenden Ballon war Violet niemand anders als sie selbst gewesen, jemand, der sie seit langer, langer Zeit nicht mehr gewesen war. Was immer Daniel sonst auch getan hatte, das jedenfalls hatte er ihr geschenkt.

»Wenn wir den Vertrag erfüllt haben, können wir gehen«, sagte Mary. Durch die Decke tätschelte sie Violets Knie. »An einen schönen Ort. Vielleicht in ein Kurbad in Deutschland. Dort ist es sehr schön.«

Violet öffnete die Augen, der Zufluchtsort ihrer Vision verschwand. »Danke, dass du versuchst, mich zu trösten, Mary. Sag Mama, dass ich den Auftrag annehmen werde.«

Falls sie es schaffte, ihr Bett zu verlassen. Die Bilder des Ballonfluges entschwanden, und das Entsetzen, Monsieur Laniers Hände auf sich zu spüren, kehrte zurück, der scharfe Schmerz, als er ihr ins Gesicht schlug. Und dann dieser Schlag in den Magen, als sie Daniel in die Kutsche hatte steigen sehen, zusammen mit der Kurtisane. Er hatte diese Frau genau so angelächelt wie zuvor Violet.

Kein anderer Mann in ihrem Leben hatte ihr das Gefühl gegeben, allein um ihrer selbst willen geschätzt zu werden. Sie hätte schwören können, dass Daniel sie durchschaut hatte, durchschaut bis auf die zerrissenen Teile ihrer Seele. Und er hatte sich nicht angewidert abgewandt, hatte sie nicht wie die Hure behandelt, für die Monsieur Lanier sie hielt.

Daniel hatte sie wie eine Freundin behandelt.

»Miss?«, fragte Mary, sie klang besorgt.

Violet öffnete wieder die Augen und seufzte. »Ich werde es machen«, sagte sie dumpf. »Bring mir mein Kostüm und hilf mir beim Ankleiden.«

Daniel verbrachte den Tag mit Richard Mason. Während des Frühstücks in der Suite seiner Familie hatte Simon einen Brief von Richard überbracht, der Daniel auf geradezu mitleiderregende Weise um einen Besuch anflehte.

Daniel suchte Richards elegante Räumlichkeiten in einem anderen Hotel auf. Richard lag im Bett, fieberkrank, verkatert und war gedrückter Stimmung. Richard erwartete, dass Daniel den Tag mit ihm verbrachte, mit ihm Zeitung las, über den Zustand der Welt klagte und Whiskey trank, bis sich Richard besser fühlte.

Daniel jedoch empfand Ungeduld. Sich ausgerechnet heute um Richard kümmern zu müssen durchkreuzte seinen Plan, Violet zu besuchen. Die Zeit, die er bisher mit ihr verbracht hatte, genügte ihm nicht. Er brauchte mehr davon.

Doch Richard fühlte sich so elend und unglücklich, dass Daniel bei ihm blieb. Daniel vermutete, dass er nicht nur einen Kater hatte und an den Folgen seiner gestrigen Ausschweifung litt, sondern dass weitaus mehr nicht stimmte. Richard sagte nichts, doch er war müde und mürrisch, und sein sonst so messerscharfer Verstand hatte den Biss verloren. Als sich Daniel am späten Nachmittag verabschiedete, war ihm klar, was mit dem Freund los war – Richard hatte die Syphilis.

»Du musst es der Frau sagen, mit der du letzte Nacht zusammen warst«, sagte Daniel, während er seine letzte Zigarette ausdrückte und aufstand, um zu gehen.

Richard sah ihn überrascht an. »Ihr was sagen?«

»Dass du krank bist. Es ist nur fair, dass sie es weiß.«

»Was?« Richard starrte ihn an, die Röte war ihm ins Gesicht gestiegen.

»Und lass dich behandeln. Die Ärzte sind heutzutage hervorragend. Es gibt einen sehr guten Arzt in München, Doktor Schaumann. Er ist klug und wird dich richtig behandeln, er ist keiner von diesen Quacksalbern. Sag ihm, dass ich dich geschickt habe.«

Richard starrte Daniel mit offenem Mund an, tiefe Röte färbte jetzt sein Gesicht. »Er hat dich behandelt?«

»Nein.« Daniel war klug genug gewesen, die Ansteckung zu vermeiden. »Er ist ein Freund. Er arbeitet an der Behandlung vieler übler Krankheiten, deine eingeschlossen. Vertrau mir einfach, alter Knabe. Geh zu ihm. Und wenn du es getan hast und wieder reden kannst wie das vernünftige menschliche Wesen, das du mal gewesen bist, besuch mich.«

»In Ordnung.« Richard ließ sich in den Stuhl zurücksinken, seine Augen leuchteten viel zu hell. Welch trauriger Schatten seiner selbst. »Danke, Danny. Du bist ein wahrer Freund. Und kein Wort zu irgendjemandem, versprochen?«

»Natürlich nicht.« Daniel nahm Hut und Mantel von einem Diener entgegen, der erleichtert wirkte, dass Daniel seinem Herrn ins Gewissen geredet hatte.

Tief in Gedanken versunken kehrte Daniel in sein Hotel zurück. Cameron, begriff er, hatte befürchtet, dass Daniel wie Richard enden würde. Zügellos, krank, zerbrochen schon in jungen Jahren. Daniel hatte seinem Vater viele Gründe gegeben, sich Sorgen zu machen – Karten, Frauen und Alkohol hatten ihn mehr interessiert als seine Studien, und nicht nur einmal war er der Schule ferngeblieben, um dekadenten Vergnügungen nachzugehen.

Doch Daniel hatte nur auf Camerons Gepflogenheit reagiert, ihn zu seinen Onkeln und Lehrern zu schicken, während Cameron mit seinen Frauen verschwand. Daniel hatte immer vermutet, dass sein Vater ihn wegschob, ihn als unwillkommene Last empfand.

Jetzt verstand er, dass Cameron Angst gehabt hatte, ein schlechter Vater zu sein. Dass er befürchtet hatte, Daniel könnte so werden wie er, wenn sie zu viel Zeit miteinander verbrachten. Früher war Cameron ein Weiberheld und Trinker gewesen, den nichts interessiert hatte als sein eigenes Vergnügen. Nur die Liebe zu seinen Pferden, für die er hingebungsvoll sorgte, und sein Sohn, den er liebte, auch wenn er es ihm nicht zeigen konnte, hatten ihn davor bewahrt, vollkommen den Halt zu verlieren.

Armer Dad. Ich hab's ihm verdammt schwer gemacht.

Als Daniel das Hotel erreichte, blieb er vor der Suite seines Vaters stehen. Ein Diener ließ ihn herein, und Cameron, der vor dem Kamin stand und eine Zigarre genoss, drehte sich zu ihm um. »Gut, dass du kommst, Daniel, ich wollte dich fragen …« Als Daniel ihn fest umarmte, verstummte er überrascht.

»Du hast dein Bestes gegeben, Dad«, sagte Daniel. »Sogar als ich ein undankbares kleines Ungeheuer war.«

Wie benommen erwiderte Cameron die Umarmung, dann richtete er sich auf, die MacKenzie-goldenen Augen auf seinen Sohn gerichtet. Von seiner Zigarre stieg Rauch auf. »Daniel, wovon zum Teufel sprichst du?«

»Von der Dankbarkeit eines einst undankbaren Kindes. Du hast deine Sache gut gemacht.«

»Du musst betrunken sein.«

»Vielleicht ein wenig. Ich habe mit einem Freund zusammengesessen, und wir haben uns eine Flasche Whiskey vorgenommen. Sehr gründlich – was mich zum Nachdenken gebracht hat.«

»Das merke ich.«

Anders als Richard hatte Cameron seinen Biss nicht verloren. Camerons Heirat hatte einen Skandal ausgelöst, er hatte seine erste Frau durch eine Tragödie verloren, die den Skandal noch größer gemacht hatte, und dann hätte er fast dabei versagt, seinen Sohn allein aufzuziehen. Ainsley zu finden war seine Chance für einen Neuanfang gewesen

»Was wolltest du mich fragen?«, fragte Daniel.

»Etwas zu einem der Pferde. Das ist jetzt nicht mehr wichtig. Du hast meinen Gedankengang unterbrochen.«

»Tut mir leid, dass ich ihm mit einem der meinen in die Quere gekommen bin.«

»Ainsley hat erzählt, dass sie dich überreden konnte, zu diesem Ball der Komtesse zu gehen«, sagte Cameron. »Ich gebe dir jetzt einen guten Rat – beherrsch dich, was die Debütantinnen angeht. Eine Bemerkung über das Wetter, und sie rennen zu ihrem Vater und sagen, du hättest ihnen einen Antrag gemacht. Einige von ihnen sind verzweifelt auf der Suche nach einem Ehemann.«

»Wenn das stimmt, kann ich nur sagen: Die armen Dinger. Mir gefällt es, wie Ians Tochter Belle denkt – dass eine Frau auch ohne Ehemann etwas darstellt.«

Cameron schnaubte geringschätzig. »Sobald sie aus dem Klassenzimmer heraus ist und ein junger Mann ihr zublinzelt, dürfte sie ihre Meinung ändern.«

Daniel grinste. »Das wird bei Gavina ziemlich bald der Fall sein.«

Cameron sah ihn finster an. »Erinnere mich nicht daran.« Seine Miene wurde weicher. »Es ist ungerecht, dass ich zu dir immer so streng war, sie und Stu aber nach Strich und Faden verwöhne, oder?«

Sie hätten Gavina einmal fast verloren. Daniel dachte an die kalte Winternacht zurück, als die Hoffnung nur noch an einem seidenen Faden gehangen und er befürchtet hatte, er müsste zusehen, wie seine Eltern am Verlust ihrer geliebten kleinen Tochter zerbrachen. Die Tragödie war abgewendet worden, aber die Angst hatte Spuren hinterlassen.

»Sei nicht so hart zu dir«, sagte Daniel und klopfte seinem Vater auf die Schulter. »Du bist auch nur ein Mensch. Und mach dir keine Sorgen, ich passe schon auf, dass Gavina nicht vollkommen zur Range wird.« Er holte tief Luft und ließ Cameron los. »Besser, ich gehe jetzt und mache mich für den Ball fertig, bevor Ainsley uns beiden doch noch die Hölle heißmacht.«

Das weitläufige Herrenhaus der Comtesse de Chenault thronte auf einem Hügel, und von dort oben schaute man direkt auf die Lichter Marseilles. Heute Abend war es im Herrenhaus drückend heiß, und es wimmelte von Menschen. Violet saß seit gut einer Stunde an ihrem Tisch in einer Ecke des Salons und sagte den erwartungsvollen Gästen der Comtesse die Zukunft voraus.

Sie trug einen weiten Rock und eine weit geschnittene Bluse mit einem eng geschnürten schwarzen Mieder darüber, um den Kopf hatte sie ein Tuch gewunden, und eine lange Kette aus Münzen hing um ihren Hals. Ein Stapel abgenutzter Karten lag vor ihr auf dem Tisch, über den eine Decke gebreitet war, und eine Kristallkugel, die sie in einem Trödelladen in Liverpool entdeckt hatte, ruhte in einer Haltevorrichtung. Violet sah genauso aus wie eine Zigeunerin in einem Theaterstück oder Groschenroman – und genau darum ging es. Die Leute bekamen zu sehen, was sie erwarteten.

Violet hatte bis jetzt gut durchgehalten, war in ihre Rolle geschlüpft wie in ein Paar oft getragener Handschuhe und hatte mit gelassener Ruhe Schicksale verkündet. Doch dann hatte sie aufgeschaut und gesehen, wie Daniel die Halle betrat, und fühlte sich elend.

Violet konnte den Blick nicht von ihm abwenden. So unglücklich sie auch war, sie musste ihn einfach ansehen, musste den Klang seiner Stimme hören.

Daniel war vor der Tür des Salons stehen geblieben. Er sprach und lachte mit einer Blondine in einem Ballkleid aus grauem Satin und einem wahren Riesen von einem Mann, der einen Kilt im selben Karomuster trug wie Daniel. Auch die lässige Körperhaltung des Mannes glich der seinen, und als sich beide umwandten, um einen Neuankömmling zu begrüßen, wirkten ihre Bewegungen wie gespiegelt.

Vater und Sohn. Violets Herz presste sich in seltsamer Sehnsucht zusammen. Sie wollte seinen Vater kennenlernen, wollte mit ihm und Daniels Stiefmutter reden, wollte erfahren, wie sie Daniel sahen.

»Sagen Sie uns die Zukunft voraus, Miss?«

Drei junge Ladys nahmen Violet die Sicht auf Daniel. Die drei in ihren Seidengewändern in Blau, Grün und Gelb waren Violet schon zuvor aufgefallen, weil sie voll arroganter Selbstsicherheit umhergeschlendert waren. Vermutlich gaben sie in ihren Kreisen den Ton an – oder glaubten es zumindest.

Zwei waren Engländerinnen, eine Französin – das französische Mädchen war die Tochter der Comtesse. Alle drei trugen Ballkleider mit kurzen Puffärmeln, engen Taillen und schmalen, fließenden Röcken. Das Haar war in lockeren Locken hochfrisiert, funkelnde Gemmen waren geschmackvoll in die Frisuren eingebettet. Die französische Miss und eine ihrer englischen Freundinnen waren dunkelhaarig, die zweite englische junge Dame, Lady Victoria Garfield, Tochter einer Marquis, war hellblond.

Das dunkelhaarige englische Mädchen setzte sich. »Ich zuerst.«

Sie legte eine Münze in die Schale auf dem Tisch, zog ihren Handschuh aus und legte die Hand flach auf den Tisch, Handinnenseite nach oben. Sie hatte sich schon einmal die Zukunft voraussagen lassen und kannte sich aus.

Violet bewegte sich elegant, ihre Stimme klang tief, und sie sprach mit einem leichten Akzent. Für einen dunkleren Teint hatte sie sich von Mary Gesicht und Hände mit Theaterschminke tönen lassen, und ein Hauch von Kajal unter den Augen ließ sie noch exotischer wirken.

Sie ergriff die Hand des Mädchens und strich mit einem Finger über die Linien in der Innenfläche. Sie musste sich nichts ausdenken, um den Leuten zu gefallen – jede Linie der Handinnenfläche bedeutete etwas, ebenso wie die Anzahl der Linien, die Art, wie und wo sie sich kreuzten und an welcher Stelle sie abbrachen. Sie hatte das Handlesen von einer Romni gelernt, die über eine unheimliche Gabe verfügt und mit all ihren Prophezeiungen recht gehabt hatte. Violet konnte das nur imitieren – ob sich ihre Voraussagen erfüllten oder nicht, würde sie nie erfahren.

Nachdem sie die Hand der jungen Frau eine Weile betrachtet und über die Linien gestrichen hatte, sagte sie: »Sie werden sehr geliebt werden. Ihr Weg könnte Sie weit von zu Hause fortführen, vielleicht sogar in ein fremdes Land, aber Ihre Liebe wird andauern.«

»Oh.« Die Wangen des Mädchens färbten sich rosa. »Das hat mir bisher noch nie jemand gesagt. Aber Sie könnten recht haben, was meinen Weg betrifft. Dass er mich weit von zu Hause fortbringt. Mein Verehrer ist Offizier.«

»Diese Linie hier ist sehr lang«, sagte Violet und strich mit der Fingerspitze darüber. »Das bedeutet, dass Ihre Liebe nicht zu Ende gehen wird, ganz gleich, wohin oder wie weit Ihre Reisen Sie führen werden.«

Glücklich lächelnd schaute die junge Frau quer durch den Raum zu einem Mann in Uniform, der in eine angeregte Unterhaltung mit einigen anderen Männern vertieft war. Beim Aufbau ihres Tisches hatte Violet gehört, wie er einem Freund gestand, er sei wahnsinnig verliebt in die dunkelhaarige junge Frau, mache sich aber Sorgen, sie würde ihm nicht ins Armeeleben folgen wollen.

Der Blick der jungen Frau und das, was Violet sie zuvor beim Lauschen zu *ihren* Freundinnen hatte sagen hören, verriet ihr, dass das Mädchen ihrem Soldaten bis ans Ende der Welt folgen würde.

»Sie sollten ihm ihre Entscheidung mitteilen«, sagte Violet mit geheimnisvoller Stimme. »Er muss es wissen.«

»Das werde ich. Ja, das werde ich.« Die Augen der jungen Frau strahlten. »Danke.«

»Jetzt ich.« Lady Victoria drängte ihre Freundin dazu, aufzustehen, und setzte sich. »Ich will wissen, ob es in meiner Zukunft auch einen gut aussehenden Ehemann geben wird.« Ihr Blick wurde entschlossen. »Einen Schotten vielleicht?«

Die Französin kicherte. »Sie möchte, dass Sie ihr sagen, dass sie den Schotten Daniel MacKenzie heiraten wird. Sie ist, wie die Engländer sagen, *verrückt* nach ihm.«

Violets Mund wurde trocken. Lady Victoria lächelte wissend, während sie darauf wartete, dass Violet ihr sagte, was sie hören wollte. Violet musste nur die Handinnenfläche des Mädchens berühren und sagen, dass ihr Ehemann groß, gut aussehend und Schotte sein würde. Lady Victoria würde zufrieden davongehen und Violet in Ruhe lassen.

Doch ein weiterer Blick auf Daniel ließ Violets Herz heftig schlagen. Inzwischen war er wieder in die Halle zurückgekehrt und unterhielt sich mit der Gastgeberin. Er war galant und charmant, darin übertraf er zweifellos jeden anderen. Mit seinem Charme könnte er Farbe von der Wand schmelzen.

Violet wurde wütend. Sie zeichnete die Linien in Lady Victorias Hand leicht nach. »Ich kann Ihnen nur sagen, was ich sehe.«

Lady Victoria beugte sich erwartungsvoll vor. Im Hintergrund lachte Daniel, es klang warm und sanft.

»Sie werden die Liebe nicht dort finden, wo Sie sie vermuten«, sagte Violet und versuchte, das Lachen zu überhören. »Es könnte eine lange Zeit dauern, sie überhaupt zu finden, und vielleicht müssen Sie weit dafür gehen. Sie könnten den Weg als zu schwer empfinden, aber aus diesen Widerständen wird Kraft erwachsen.«

Lady Victorias blonde Brauen zogen sich zusammen, und sie riss ihre Hand zurück. »Mir gefällt diese Prophezeiung nicht.«

Violet zuckte mit den Schultern, versuchte, gleichmütig auszusehen. »Das ist Ihr Schicksal.« Sie hatte es wirklich in der Hand des Mädchens gesehen – die Linien genau so gelesen, wie die Romni es sie gelehrt hatte. »Unsere Wünsche interessieren das Schicksal nicht.«

Beleidigt stand Lady Victoria auf. »Das alles ist doch sowieso nur Unsinn. Das Schicksal vorauszusagen ist nichts als Schwindel. Ich wette, Sie sind nicht einmal eine echte Zigeunerin.«

Violet drückte mit all der Würde ihrer Roma-Lehrmeisterin den Rücken durch. »Ich wurde auf einem Feld im Osten Rumäniens geboren. Meine Mutter war eine Romni. Und mein Vater … wer weiß? Das ist meine Abstammung.«

In Lady Victorias Augen lag ein verächtliches Funkeln, das ihre dunkelhaarige englische Freundin nicht bemerkte, die Tochter der Comtesse jedoch sehr wohl. Während Lady Victoria davonrauschte, legte die Tochter der Comtesse zwei Münzen in Violets Schale und dankte ihr. Lady Victoria hatte sich nicht die Mühe gemacht, einen Obolus zu entrichten.

Nachdem die jungen Frauen gegangen waren, ballte Violet die Fäuste im Schoß und atmete tief durch. Wieder hörte sie Daniel lachen. Sie wollte es auf keinen Fall hören, und doch – wäre es möglich gewesen, hätte sie sich am liebsten in diesen Klang gehüllt wie in einen Mantel.

Im Moment steuerte niemand auf ihren Tisch zu, ihr war eine kurze Pause vergönnt, und sie schloss die Augen und rang um Fassung. Es brachte nichts, sich zu ärgern. Die Welt würde sich für sie nicht ändern, nur weil sie einen herrlichen Tag in einem Ballon erlebt hatte.

Die schönen jungen Ladys, die zusammenstanden wie eine Gruppe bunter Schmetterlinge – das war die Art Frau, die Daniel heiraten würde, so war es nun einmal. Die Angehörigen privilegierter Schichten heirateten untereinander, strebten sie doch danach, Geld und Besitz unter ihresgleichen zu belassen. Es war ein geschäftliches Arrangement. Die Debütantinnen mochten glauben, dieser oder jener Mann würde sie lieben, aber was der Gentleman üblicherweise sah, war die Mitgift der Debütantin oder den Titel oder vielleicht auch den Einfluss ihrer Familie.

Wenn eine Debütantin ihrem Herzen folgte und dieses Herz zufällig einem Mann gehörte, der nicht ihrer privilegierten Welt entstammte, bedeutete das Skandal und Ruin. Ähnlich war es, wenn ein hochwohlgeborener Gentleman unterhalb seines Standes heiratete. Seine Frau würde in der Familie niemals wirklich willkommen geheißen werden. Sie wurde verhöhnt und gemieden. Und ein strenger Vater konnte einen Sohn durchaus verstoßen, wenn dieser entgegen seinen Vorstellungen heiratete.

Violet hatte solche Ereignisse am Rande immer mal wieder

mitbekommen, wenn sie in großen Häusern ihre Vorstellung gab. Die Welt dieser Leute war in sich geschlossen. Zuwiderhandlungen wurden hart bestraft.

Wenn sie Daniel in dieser Umgebung sah, besonders jetzt, als sie beobachtete, dass die Komtesse ihn angesprochen hatte und den drei Ladys vorstellte, fühlte sich Violet krank.

Wenn sie erst diesen Abend überstanden hatte, würde sie alles tun, um wieder zur Vernunft zu kommen. Bis zum Ende des Monats würde sie wieder in die Rolle der Prinzessin Ivanova schlüpfen, danach würde sie entscheiden, wohin sie und ihre Mutter gehen würden. Ihr würde die Erinnerung an zwei wunderbare Tage bleiben, doch irgendwann würden auch diese Bilder verblassen und im Nebel einer verpassten Gelegenheit verloren gehen.

Sie öffnete die Augen. Zwei Gentlemen kamen auf sie zu. Violet zwang sich wieder in ihre Rolle und lächelte ihnen entgegen.

»Wir kennen uns eigentlich schon ewig, finden Sie nicht auch?«, sagte Lady Victoria Garfield über die Musik hinweg, während Daniel sie im Walzertakt herumwirbelte. »Wir haben so viele gemeinsame Bekannte, so viele Leute, die Sie und ich unser Leben lang kennen, auch wenn dies das erste Mal ist, dass wir uns persönlich begegnen.«

Daniel hatte gehofft, dass Lady Victoria den Mund hielt, wenn er sie nur schnell genug herumwirbelte, aber die Hoffnung war vergebens. Diese junge Lady würde mit ihrem Geplapper selbst das Sperrfeuer der Artillerie übertönen.

Er sollte Mitleid mit ihr haben, wirklich. Die Comtesse hatte Ainsley anvertraut, dass Lady Victoria während ihrer beiden ersten Saisons keinen Mann für sich hatte interessieren können, sodass ihre Mutter sie nach Frankreich geschickt hatte, damit sie ihr Glück hier versuchte. Eingedenk der entschlossenen Rücksichtslosigkeit, die Daniel in Lady Vics Augen zu erkennen glaubte, konnte er den englischen Aristokraten nicht verdenken, dass sie Reißaus genommen hatten. In einigen Jahren würde Lady Vic eine gefürchtete Matrone sein, die ihren Ehemann mit der Unerbittlichkeit eines Feldwebels herumkommandierte.

Ein Mann muss ein wenig Wärme im Lächeln einer Lady sehen, hätte Daniel ihr am liebsten geraten. *Nicht die unverhohlene Berechnung ihrer zu erwartenden Vorteile.*

Lady Victorias zielstrebigen Beutezug mit Violets unverfälschter Aufregung zu vergleichen war der armen kleinen Lady gegenüber ungerecht, aber Daniel konnte nicht anders.

Wie lange musste er noch auf diesem Ball bleiben, damit sein Aufbruch nicht unangenehm auffiel? Er wollte Ainsley nicht vor den Kopf stoßen, aber er musste gehen. Er würde in die Stadt zurückfahren, an die Tür einer gewissen Pension klopfen und Violet ausführen, wohin auch immer sie wollte – ins Restaurant, ins Kabarett, ins Theater. Zum Teufel, sie könnten an den Strand gehen und sich die Darbietungen der Straßenkünstler ansehen, es würde ihn nicht stören.

»Und die Comtesse hat eine ganz wunderbare Wahrsagerin engagiert«, sagte Lady Vic jetzt. Sie drückte Daniels Schulter. »Wollen Sie nicht raten, was sie gesagt hat? Über mich? Und vielleicht über Sie?«

Daniels abschweifende Gedanken bündelten sich. »Eine Wahrsagerin, sagten Sie?«

»Ja, eine Zigeunerin. Sehr von sich selbst eingenommen. Aber raten Sie doch, was sie über mich gesagt hat.«

»Dass Sie weit reisen und einen gut aussehenden Mann heiraten werden?«, sagte Daniel geistesabwesend.

»Wie konnten Sie das wissen? Nicht nur einen gut aussehenden Mann, sondern einen gut aussehenden *schottischen* Mann.«

Konnte dieses liebenswerte Mädchen vielleicht noch ein bisschen weniger subtil sein? »Wo ist diese Wahrsagerin?«

»Im Salon.« Lady Victorias Lächeln wurde breiter. Als der Walzer endete, schloss sie die Hand fest um Daniels Arm und zog ihn regelrecht aus dem Ballsaal hinüber in den Salon.

Die Wahrsagerin hatte den Teint von Tee mit viel Milch, sie trug eine weite Bluse unter einem korsettähnlichen Mieder und hatte ein rotes Tuch ums Haar gebunden. Goldene Ringe zierten die schlanken Finger, um den Hals hing eine Kette aus Münzen.

Ihre Augen waren von demselben dunklen Blau wie in jener Nacht, als Daniel sie in London zum ersten Mal gesehen hatte, ihre Hände so anmutig wie damals, als sie die Kerzen angezündet hatte.

Violet sah Daniel, registrierte, dass Lady Vicoria an seinem Arm hing, und ihr entging nichts. Sie lächelte das dunkle, geheimnisvolle Lächeln einer Romni und wies auf die Stühle vor ihrem Tisch. »Wollen Sie wissen, was Ihnen die Zukunft bringen wird?«, fragte sie. Ihre Stimme klang tief und dunkel. »Für nur eine Münze in meiner Schale kann ich sie Ihnen enthüllen.«

15

Daniels Augen funkelten mutwillig, doch er bewahrte eine undurchdringliche Miene. Lady Victoria setzte sich und zog Daniel auf einen zweiten Stuhl herunter.

Er war hier, so nah, dass Violet nur die Hand hätte ausstrecken müssen, um ihn zu berühren. Trotz Lady Victorias Anwesenheit sah sie nur Daniel, das Geplapper der Debütantin trat in den Hintergrund wie das Brummen eines lästigen Insekts.

»Er will alles über seine Zukunft erfahren«, sagte Lady Victoria. »Besonders im Hinblick auf die als *Ehemann*.«

Das Funkeln in Daniels Augen wurde herausfordernd. »Aye, sagen Sie mir etwas, das meinen Dad beruhigen wird.«

Violet bemerkte, dass sich sein Akzent verändert hatte, er sprach weniger wie ein Highlander, mehr wie ein Arbeiter aus Glasgow. Sie war gut im Erkennen von Akzenten, und Daniel war es, wie es schien, auch.

Violet schob ihm die Schale hin. »Sie müssen mir zuerst einen Silberling geben.«

»Wir wäre es mit Gold?« Daniel griff in seine Tasche und legte einen Sovereign auf die weniger wertvollen Münzen in der Schale. »Damit Sie mir eine sehr gute Zukunft voraussagen.«

»Das ist englisches Geld, Mylord«, sagte Violet. »Wir sind in Frankreich.«

»Eine Bank wird es für Sie wechseln. Und ich bin kein Lord. Werde es niemals sein. Ich bin einfach nur Mr MacKenzie.«

Er zog seinen Handschuh aus und legte die Hand auf den Tisch, Innenfläche nach oben. Daniel war kein verweichlichter

Dandy. Er hatte keine Bedenken, seine Handschuhe auszuziehen und mit den Händen zu arbeiten, das hatte Violet während der Ballonfahrt bereits gesehen. Seine Handinnenfläche und Finger trugen viele Schwielen. Sie dachte daran, wie es sich angefühlt hatte, als er sie im Bett mit den Fingerspitzen gestreichelt, sie so sanft berührt hatte.

Sie legte den Finger auf seinen Zeigefinger. Nackte Haut an nackter Haut. Sie konnte kaum atmen. Selbst diese Berührung, so geringfügig sie auch war, brachte ihr Blut zum Kochen.

Sie konnte es nicht tun. Wenn sie ihn weiterhin berührte, würde sie sich komplett zum Narren machen. Und es würde sie nicht einmal kümmern.

Violet atmete aus, zog die Hand zurück und streckte sie nach der schweren Kristallkugel aus. Mitsamt Halterung schob sie sie zwischen ihn und sich, und Daniel beugte sich interessiert vor.

»Was stellen Sie damit an?« Er tippte die Kugel an. »Kann sie elektromagnetische Wellen empfangen?«

»Für ein so schwer ergründbares Schicksal muss ich in die Kristallkugel schauen«, erwiderte Violet. »Aber ich muss Sie warnen – sie offenbart nicht immer das, was man hören möchte.«

»Ich bin bereit, das zu riskieren.«

Noch immer lächelte Daniel nicht, aber der Übermut in seinen Augen reizte Violet zum Lachen. Er tat es schon wieder, konzentrierte sich ganz auf sie, ließ sie vergessen, dass er diese intensive Aufmerksamkeit auch jedem anderen schenkte.

»Es wird Ihnen gefallen«, sagte Lady Victoria. »Sie werden sehen.« Vergessen war die Überzeugung des Mädchens, dass Violet keine echte Romni war. Würde sie sich noch fester an Daniels Arm klammern, liefe er Gefahr, dass sie ihm durch den Jackenärmel hindurch die Haut vom Leib riss.

Violet ließ die Hände über der Kugel schweben, wie man es sie gelehrt hatte, und führte dabei langsame Bewegungen aus. Sie schaute in die Tiefen der glasklaren Kugel, runzelte leicht die Stirn, als sähe sie noch etwas anderes als nur das Herz des Quarzsteins. »Hmmm.«

Sie schaute noch ein wenig länger und setzte dabei eine so bekümmerte Miene auf, dass sich Lady Victoria besorgt vorbeugte. »Du lieber Himmel, was ist denn?«

Violet erschauerte dramatisch. Sie machte ein Zeichen der Abwehr gegen das Böse im Kristall, dann richtete sie sich auf und legte die Hände auf den Tisch. »Ich fürchte, da ist nichts Gutes, Mr MacKenzie.«

Daniels Augenbrauen gingen in die Höhe. »Ach nein? Sollte ich meinem Dad vorsorglich einen Traueranzug kaufen? Meiner Stiefmutter eine Haarlocke von mir geben für eine Trauerbrosche?«

»Nein, das nicht.« Der Gedanke an seinen Tod, auch wenn er nur schauspielerte, ließ Violet frösteln. Als sie ihn in London für tot gehalten hatte, war sie bestürzt gewesen, aber inzwischen lagen die Dinge anders. Jetzt kannte sie Daniel. Er hatte sich seinen Weg in ihr Leben gebahnt, und ihn zu verlieren wäre unerträglich.

»Was dann?«, fragte Daniel mit unverhohlener Neugier.

Violet schaute wieder in den Kristall und schüttelte den Kopf. »Ich fürchte, ich sehe Armut, Mr MacKenzie. Große Armut. Sie frieren in einer winzigen Kammer, kein Feuer brennt. Da ist ein Mann – Sie schulden ihm Geld. Er schlägt sie und lässt sie allein. Aber … ah … hier ist eine Frau. Ihre Gefährtin, denke ich, auch wenn sie Lumpen trägt. Ja, sie hält sie in den Armen, sie weint um ihretwillen. Sie versuchen sie zu trösten, aber Sie wissen, dass Sie das nicht können. Sie ist sehr schön, diese Frau. Das heißt, einst war sie es. Sie hat blondes Haar …«

Violet verstummte, bewegte die Hand über den Kristall, als versuchte sie, den Nebel im Inneren zu vertreiben.

Lady Victoria war blass geworden. »Diese Vision kann unmöglich zutreffen. Mr MacKenzie ist unglaublich reich und sein Vater ebenso.«

»Alles dahin.« Violet sprach dramatisch tief. »Es ist alles verloren. Und sein Vater hat ihn aus dem Haus geworfen.«

»Aye.« Daniel lehnte sich zurück, schüttelte den Kopf, der Glasgower Akzent wurde bei jedem Wort stärker. »Das könnte tatsächlich passieren. Wegen meiner Spielleidenschaft höchstwahrscheinlich. Sobald ich etwas Geld in die Finger bekomme, muss ich auf ein Pferd wetten oder Karten spielen. Ich dachte, wenn ich eine reiche Lady heirate, könnte das hilfreich sein. Aber wenn Ihre Vision stimmt …«

Lady Victoria stieß einen schmerzerfüllten Laut aus und ließ Daniels Arm los. »Natürlich trifft es nicht zu. Sie ist nicht echt. Das sagte ich doch.«

Daniel sah verwirrt aus. »Nein, Sie sagten, dass sie gut ist. Und vermutlich hat sie recht. Das Vermögen meiner armen Frau würde mir wie Wasser durch die Hände rinnen.«

»Also wirklich.« Lady Victoria stand auf, und Daniel, immer ganz Gentleman, tat es ihr gleich. Lady Victoria starrte Violet an. »Sie sollten sich was schämen. Sie wissen überhaupt nichts. Entschuldigen Sie mich, Mr MacKenzie, aber meine Gastgeberin erwartet mich.«

Sie ging davon, hoch erhobenen Hauptes, aber mit sehr hastigen Schritten. Daniel verkniff sich sein Lachen, bis sie durch die Tür in die hell erleuchtete Halle entschwunden war. »Du bist ein boshaftes, mutwilliges Biest, ja, das bist du«, sagte er und setzte sich wieder. In seinem Lächeln lag mehr Wärme, als Violet den ganzen Abend über begegnet war. »Was soll ich nur mit dir machen?«

Sie behielt ihre Rolle bei. »Ich muss sagen, was ich sehe.«

Daniel kicherte. »Weißt du, was ich sehe?«

Violet ließ ihren Roma-Akzent Akzent sein und antwortete im arroganten Tonfall blaublütiger Engländer: »Das weiß ich keinesfalls, Mr MacKenzie.«

Daniel zog die Kristallkugel zu sich heran und spähte mit einem Ausdruck hinein, der dem der Lehrmeisterin Violets so sehr glich, dass sie lachen musste.

»Ich sehe eine junge Frau, sie ist in scharlachrote Tücher gehüllt. Sie begegnet einem jungen Mann. Er scheint einen Kilt zu tragen. Und sie treffen sich … auf einer Terrasse. Interessant. Wenn die Uhr zur halben Stunde schlägt.«

Violets Stimme klang angespannt. »Du kannst so weit in die Zukunft sehen?«

Daniel zog eine Uhr aus seiner Tasche, öffnete sie und nickte. »Zur halben Stunde. Das sind von jetzt an achtzehn Minuten. Wollen wir sehen, ob sich die Prophezeiung erfüllt?«

Er steckte die Uhr zurück in seine Weste, zwinkerte ihr zu, erhob sich und schlenderte davon, ließ Violet zurück, allein und atemlos.

Daniel beobachtete, wie Violet genau zur halben Stunde das Haus verließ und die Terrasse betrat. Seine Anspannung löste sich ein wenig. Sie hatte einen großen Schal umgelegt, kluges Mädchen. Der Wind war eisig kalt.

Daniel pries sein Schicksal. Er hatte nicht geglaubt, dass sie kommen würde.

Bevor er sich verabschieden konnte, hatte er noch mit einigen Debütantinnen tanzen müssen. Endlich hatte er sich damit entschuldigt, rauchen zu wollen, und im Fortgehen hatte er gehört, wie die Comtesse Ainsley gegenüber seine guten Manieren gelobt hatte.

Daniel war rasch an dem Raum vorbeigegangen, der für Gentlemen reserviert war, die dort Zigarren rauchten und Whiskey tranken, und war auf die Terrasse hinausgegangen. Wegen der Kälte war er der einzige Gast, der sich ins Freie hinauswagte. Zur Tarnung hatte er sich eine Zigarre angesteckt und rauchte, während er wartete.

Er sagte nichts, als Violet über die Terrasse schaute und dann auf ihn zuging. Näher und näher kam sie, das Mondlicht schien auf ihr Gesicht und das rote Tuch. Sie hatte sich das Gesicht dunkler getönt, aber hinter der dunklen Umrandung waren ihre Augen genau so blau wie immer.

»Ich denke, du hast dort drinnen meine potenzielle Frau vertrieben«, sagte Daniel leichthin, als sie bei ihm war. »Wer wird mir jetzt im Alter zur Seite stehen?«

Violet zog eine Augenbraue hoch. »Zweifelst du etwa meine Fähigkeit an, die Zukunft vorherzusagen? Der Ehemann, den ich für Lady Victoria gesehen habe, war Engländer, dünn und mit beginnender Glatze, der nichts zu sagen hat außer ungefähr hundertmal am Tag *Ja, meine Liebe*.«

Daniel lachte laut auf. »Ich glaube, du hast es genau getroffen. Sie wird überglücklich sein.« Er hielt seine Zigarre zur Seite und legte Violet den Arm um die Taille. »Zum Teufel, Violet, du bist zehnmal mehr wert als jede andere Frau hier. Warum tust du so etwas?«

Violet schaute zu ihm hoch, sehr selbstsicher, stark und unerschrocken, diese wunderbare Frau. »Um Geld zu verdienen, natürlich.«

»Das musst du nicht, nicht auf diese Weise. Sich abzugeben mit geistlosen Lords und Ladys, die dich anflehen, ihnen zu versichern, dass ihre perfekten kleinen Leben auch weiterhin perfekt sein werden. Hör damit auf, Vi. Sie verdienen dich nicht. Versprich mir, nicht mehr wahrzusagen.«

Violet sah nicht beeindruckt aus. »Die Comtesse hat mich recht großzügig bezahlt. Und die Münzen in meiner Schale habe ich zusätzlich.«

»Warum brauchst du so dringend Geld? Was hast du mit dem Geldbündel gemacht, das du mir gestohlen hast? Es beim Pferderennen verwettet?«

Violet errötete unter ihrer Schminke. »Ich habe ein wenig von dem Geld genommen, das du in der Tasche hattest. Höchstens jedoch hundert Pfund, genug, damit wir aus England fort und hierherkommen konnten. Ich hatte vor, es dir oder deiner Familie zurückzuzahlen, wenn ich erst genug gespart hätte. Und Mr Mortimer seine Miete.«

Daniel lachte wieder. »Du bist köstlich, Mädchen. Ich lag bewusstlos auf dem Boden mit ungefähr zweitausend Pfund in der Tasche, und du hast dir hundert genommen und mir den Rest gelassen?«

»Hätte ich mehr genommen, hätte ich mir eine schönere Pension leisten können.«

»Du bist verrückt. Warum hast du nicht alles genommen?«

Violet zuckte bekümmert die Schultern. »Ich hatte dich verletzt – ich wusste nicht, ob ich dich getötet hatte. Es hätte schlecht für mich ausgesehen, hätte ich dich auch noch beraubt, außerdem dachte ich, deine Familie sollte das Geld haben.«

»Meine Familie. Oh Gott, du meinst das wirklich ernst, oder? Meiner Familie ist das Geld verdammt egal. Aber sei's drum – irgendein Langfinger hat sich den Rest genommen, als ich dort im Dunkeln gelegen habe. Du hättest warten sollen, bis ich wieder zu mir komme. Ich hätte es dir gegeben, ich hätte alles getan, um dich von Mortimer wegzuholen. Wie zum Teufel bin ich dorthin gekommen, wo der Constabler mich gefunden hat?«

In ihr bekümmertes Gesicht trat schmerzerfüllte Scham. »Auf einem Handkarren. Ich habe mich wie eine Bäuerin angezogen und dich unter einigen Säcken Kohlen versteckt.«

Daniel schrie auf. Er warf seine Zigarre zu Boden, zog Violet an sich und wirbelte sie herum. Und herum und herum.

»Vi, ich glaube, ich liebe dich. Ein Karren? Und Kohlensäcke? Oh, das ist unbezahlbar.«

»Nein, ist es nicht. Es ist schrecklich.«

Wieder wirbelte er sie herum. Der Wind zerrte an ihrem Schal, ihr Körper drückte sich in der Kälte warm an seinen. »Keiner anderen Frau auf der Welt würde es einfallen, mich unter Kohlensäcken verborgen durch die Straßen zu karren und mich zu entsorgen – und dann ein dickes Bündel Banknoten dazulassen, damit ein Dieb es stiehlt. Oder vielleicht hat auch der Constabler es sich genommen. Sie verdienen nicht viel, die armen Kerle.«

Violet stützte sich auf seine Arme und starrte ihn an. »Du kannst mir doch nicht erzählen, dass du *froh* über das bist, was ich getan habe.«

»Ich bin mächtig beeindruckt. Selbst die zähesten Frauen meiner Verwandtschaft wären ohnmächtig zu Boden gesunken oder auf die Straße gerannt, um nach Hilfe zu rufen. Du hättest zu einem Polizisten gehen und ihm sagen können, ich hätte versucht, dir Gewalt anzutun.«

»Aber das hattest du nicht.« In ihren Augen stand noch immer Verzweiflung. »Du hattest gar nichts getan. Und hätte ein Polizist mir geglaubt? Du bist ein reicher Mann, und ich bin … wer ich bin.«

»Vermutlich hätten sie dir nicht geglaubt. Es war richtig, dass du weggelaufen bist, bevor man dich festgenommen hat. *Dein Pech* war, dass ich mit dem zwanghaftesten Mann des ganzen Universums verwandt bin. Onkel Ian hat es für eine unterhaltsame Aufgabe gehalten, eine Frau ohne Namen und Adresse zu verfolgen, die in die Nacht verschwunden ist. Onkel Ian MacKenzie konnte es herausfinden.« Daniel stellte Violet wieder auf ihre Füße. »Und das war *mein Glück*.«

»Und dann hast du mich auf eine Ballonfahrt mitgenommen.«

»Aye, und das war großartig.« Daniel berührte ihre Wange.

Um Violets Mund lag noch das Lachen, das sie geteilt hatten. Daniel beugte sich herunter und küsste das kleine Lächeln.

Warme Lippen inmitten der Kälte. Er schob die Hand unter ihr Kopftuch, fand die schwere Weichheit ihres Haars.

Als er ihre Lippen öffnete und den Kuss vertiefte, beschleunigte sich sein Herzschlag. Violets Atem streifte seine Wange, und sie legte ihm die Hände auf die Brust. Daniel presste den Daumen in ihren Mundwinkel, streichelte mit der Zungenspitze ihre Lippen.

Der Wind zerrte an ihnen, er wehte kalt vom Meer her. Daniel schlang die Arme um Violet und führte sie in den Schatten. Die Steinbalustrade der Terrasse berührte seine Beine, Kälte drang durch die Wolle.

Seine Hände glitten Violets Rücken hinauf, er spürte, wie sie sich ihm entgegenwölbte. Ihre Lippen teilten sich, ihre Augen waren halb geschlossen. Unter dem dunklen Puder, den sein Handschuh abrieb, zeigte sich das helle Rosa ihrer Haut.

Violets Kuss war sanfte Wärme. Daniel drang mit der Zunge in ihren Mund ein und schmeckte honiggesüßten Tee. Er kostete davon, wollte mehr.

»Vi.«

Violets Hände ballten sich auf seiner Brust, sie schaute zu ihm hoch. In den Tiefen ihrer Augen las Daniel Verlangen, aber auch Unsicherheit. Sein Herz schlug schneller, pumpte das Blut rasch durch seinen Körper.

»Wir müssen von hier weg«, sagte Daniel. Irgendwohin, wo sie allein sein konnten.

Resignation in ihrem Blick. »Ich kann nicht. Wir brauchen das Geld. Ich kann nicht einfach so gehen.«

»Mach dir keine Sorgen, Mädchen. Ich hole deine Einnahmen und kläre es mit der Comtesse. Sie ist eine Freundin meiner Stiefmutter. Sie wird dir dein Honorar zahlen.«

»Die Münzen habe ich schon.« Violet klopfte auf ihren Rock, in der Tasche klirrte es. »Ich lasse die Schale nie unbeaufsichtigt. Reine Gewohnheit.«

»Kluge Frau. Wenn du alles bei dir hast, dann lass uns gehen, mein Liebes.«

Sie rührte sich nicht. »Deine Mutter und dein Vater werden böse auf dich sein. Und auf mich.«

Daniel zuckte die Schultern. »Sie sind Kummer gewohnt. Ich bin fünfundzwanzig und finanziell nicht von ihnen abhängig. Ich komme und gehe, wie es mir passt. Schon immer.« Er beugte sich wieder zu ihr. »Komm mit mir, Violet.«

»Wohin?« Sie klang verzweifelt.

»Nach Marseille.«

Aber nicht in sein Hotel. Mit Sicherheit hatte es sich Gavina wieder in seinem Bett bequem gemacht und wartete darauf, dass ihr Bruder nach Hause kam und ihr alles über den Ball berichtete. Sie war tief gekränkt gewesen, weil sie heute Abend mit ihrer Nanny im Hotel hatte bleiben müssen.

Auch nicht in Violets Pension. Daniel wollte nicht, dass man sie auf die Straße setzte, weil sie dort ein Rendezvous hatte.

Blieb nur sein zweiter Rückzugsort. Er lag nicht im besten Teil der Stadt, aber er bot Ungestörtheit und Ruhe.

Er ergriff ihre Hand. »Na komm.«

Er wollte zum Ende der Terrasse laufen, doch Violet blieb plötzlich stehen. »Wohin gehst du? Die Türen sind dort.«

»Wir gehen nicht durch das Haus, wo alle Welt uns sieht. Außerdem, Liebes, sind wir Abenteurer. Wir brauchen etwas so Gewöhnliches wie Türen nicht.«

Er war glücklich, zu sehen, dass Violet wieder lächelte. »Sie sind ziemlich exzentrisch, Mr MacKenzie.«

Daniel zog den Paletot aus, den er sich übergeworfen hatte, bevor er auf die Terrasse gegangen war, und legte ihn Violet um die Schultern. »Und jetzt hier hinüber.«

Er lehnte sich gegen die steinerne Balustrade – er spürte sie kalt durch seinen Kilt –, ergriff Violet um die Taille und stieg mit ihr über die Mauer. Das Haus stand auf einem Hügel, die rückwärtig gelegene Terrasse und der Ballsaal lagen fast ebenerdig. Daniel hatte die Bedingungen bereits ausgekundschaftet, als er auf die Terrasse gekommen war, um seine Flucht zu planen.

Violet stieß einen gedämpften Schrei aus, als sie im Rosengarten landeten. Die Triebe der Rosen waren bereits für den Winter zurückgeschnitten worden. Feuchte Erde quoll unter Daniels Schuhen hervor, als er Violet auffing und sie auf die Füße stellte. Er ergriff ihre Hand, und zusammen liefen sie zu den Kutschen, die in der Nähe des Hauses warteten.

Daniel fand den Kutscher, der ihn, seinen Vater und Ainsley hergefahren hatte. Der Mann, der sich mit einem guten Schluck und einem Gespräch mit Kollegen warmhielt, schaute auf, als Daniel und Violet auf ihn zukamen.

»Das Doppelte Ihres Fahrpreises, wenn Sie mich und meine Lady in die Stadt zurückbringen«, sagte Daniel. »Und dann wieder hierher zurückkehren und meinem Vater und meiner Stiefmutter kein Sterbenswörtchen darüber sagen.«

Der Kutscher musste nicht lange überlegen. Er steckte den Verschluss auf seine Whiskeyflasche, ging zur Kutsche und öffnete den Schlag. Daniel half Violet beim Einsteigen, der Kutscher stieg auf den Bock, ließ die Pferde anziehen und lenkte das Gefährt auf die Straße.

Violet strich über den Samt des gepolsterten Sitzes, um das Zittern ihrer Hände zu überspielen. Die Kissen waren weich, und das Innere der Kutsche war durch kleine Kisten mit glühenden Kohlen warm gehalten worden.

Wie wunderbar es sein musste, immer in Kutschen wie dieser zu fahren. Daniel schien den Luxus, der ihn umgab, nicht einmal recht zu bemerken.

Er saß direkt neben ihr und lächelte sie an, während er ihre Hand hielt. Sein Paletot war wunderbar warm.

Was sie heute Nacht tun würden, wusste er ebenso gut wie sie. Alles, was vorher geschehen war – der Heimweg vom Theater, der Tag im Ballon, die unschuldige Nacht im Gasthaus, die Neckereien wegen ihrer Wahrsagerei –, hatte sie hierhergeführt. Violet in Daniels Bett, heute Nacht.

Sie konnte nicht aufhören zu zittern. Violet wollte es, das war offensichtlich, sonst wäre sie unter irgendeiner Entschuldigung ins Haus zurückgekehrt, um einfältigen Debütantinnen dumme Prophezeiungen über ihr Schicksal zu verkünden. Stattdessen hatte sie sich von ihm zum Mitkommen überreden lassen.

Daniel wirkte so unaufgeregt wie eine schlafende Katze, aber schließlich nahm er oft Ladys mit in sein Hotel. Gestern Abend waren es Ladys mit Brillanten im Haar und Rouge auf den Wangen gewesen. Violet trug dunklen Puder auf den Wangen, und ihre Kette bestand aus unechten Münzen. Sie begann zu lachen, es klang ein wenig hysterisch.

Daniels Grinsen wurde breiter. Er beugte sich zu ihr und küsste sie auf den Mund.

Der Kuss war warm, kurz. Er zog das rote Tuch von ihrem

Haar und strich mit den Fingern über den locker geflochtenen Zopf.

Seine Berührung war kundig und selbstsicher. Er wusste, wie man eine Lady liebte, und heute Nacht würde er Violet lieben.

Und danach?

Violet weigerte sich, an das Danach zu denken. Es heute Nacht zu erleben musste genügen. Verlangen wühlte in ihr, seine Hitze wärmte sie trotz der winterlichen Kälte dieser Nacht. Aber sie hatte auch Angst.

Die Kutschfahrt dauerte nicht lange, das Haus der Comtesse lag nur wenige Meilen von Marseille entfernt. Als sie den Stadtrand erreichten, klopfte Daniel gegen die Decke des Gefährts und wies dem Kutscher den Weg.

Als die Kutsche kurz darauf hielt, sah sich Violet überrascht um. Die Straße, in der sie gehalten hatten, war mit Abfall übersät, und es roch nach Pferdedung. Sie sah ein Weinlokal, hell erleuchtet und überfüllt mit lärmenden Gästen. Fußgänger schlenderten vorbei, Männer und Frauen auf der Suche nach Amüsement.

Ein Mann wie Daniel sollte im besten Hotel im Zentrum des elegantesten Stadtviertels wohnen. Seine glitzernden und funkelnden Ladys würden darauf bestehen. Selbst Violets Pension befand sich in einer weitaus respektableren Gegend als dieser.

Daniel stieg aus und gab dem Kutscher den versprochenen Lohn, dann nahm er Violet am Arm und führte sie die Straße hinunter auf die Ecke zu.

»Wo zum Teufel sind wir?«, fragte sie.

»Am Bodensatz«, erwiderte Daniel gut gelaunt. »Ich habe mir hier ein Versteck eingerichtet, in dem ich ungestört sein kann. Du würdest nicht glauben, was für Ablenkungen einen in einem vornehmen Hotel heimsuchen. Freunde in Not, kleine Schwestern …«

Dies war ein älterer Teil der Stadt, mit engen Straßen, Mauern, aus denen der Mörtel bröckelte, und schmalen Durchlässen zwischen den Häusern, die Gassen mit noch kleineren Gassen verbanden. Daniel führte Violet durch einen dieser Durchgänge, durch den kalt der Wind pfiff.

Sie erreichten einen kleinen Innenhof. Mit Läden verschlossene Fenster durchsetzten die Mauern ringsum. Eine wackelige Holztreppe führte hinauf zu einer kleinen Galerie mit Türen und Fenstern, beschirmt von einem Ziegeldach.

Daniel führte Violet die Stufen hinauf zur Galerie und zu einer Tür ganz am Ende. Aus seiner Tasche förderte er einen großen Schlüssel zutage, schloss die Tür auf und führte Violet hinein.

Kälte und Chaos. Daniel hielt ein Streichholz an eine Öllampe, dann an eine weitere, und warmer Lichtschein erfüllte den Raum.

Als es heller wurde, sah Violet, dass das Zimmer mit guten und ganz neuen Möbeln ausgestattet war. Die Unordnung rührte von Kisten und Maschinenteilen her, von Papierstapeln und Büchern. Jede zur Verfügung stehende Oberfläche war bedeckt mit Skizzen von Maschinen, Listen mit Gleichungen und aufgeschlagenen Notizbüchern voller handschriftlicher Anmerkungen. Überall lagen Bücher verstreut, einige Stapel waren eng zusammengeschoben worden, um Platz für Maschinenteile zu machen.

In einer Ecke stand ein schmales Bett. Es hatte einen soliden Rahmen, die Liegefläche wurde ganz von noch mehr Büchern, Skizzen und Landkarten beansprucht.

Eine breite gepolsterte Fensterbank war der einzige Platz im Zimmer, der nicht von irgendetwas belegt war. Die Fensterläden waren geschlossen und machten die Nische mit der Fensterbank zu einem gemütlichen Schlupfwinkel.

Violet nahm eine der Skizzen vom Tisch. »Wofür ist das alles?«

»Für ein Automobil.«

Violet betrachtete die detaillierte Zeichnung: Ein tief liegendes Gefährt, dessen Aussehen ein wenig an einen Phaeton erinnerte. Vier Räder, Kutschenlaternen an den Türen, die Sitze sahen so luxuriös aus wie die der Kutsche, in der sie hergefahren waren. Variationen dieses Gefährts fanden sich auf weiteren Zeichnungen.

»Das ist nur das Chassis«, erklärte Daniel. »Ich versuche, einen effizienteren Motor zu konstruieren, nicht einfach nur einen stärkeren. Daimlers Motoren sind natürlich sehr gut, aber ihn interessieren vor allem die Industriemaschinen – Automobile sind für ihn eher ein Nebenaspekt. Seine Motoren werden pferdelose Wagen mit ungefähr fünfzehn bis zwanzig Meilen die Stunde antreiben – vorausgesetzt, der Boden ist eben, hart und trocken. Ich will eine Maschine bauen, die zehnmal stärker ist, und der Motorwagen muss auch auf schlechten Straßen fahren können. Ich will mehr Gänge, um den Antrieb beim Bergauffahren oder auf hartem Boden zu optimieren, und ich will Räder mit einer dünnen Gummiauflage, die besser sind als die einer Kutsche. Ich stelle Versuche mit luftgefüllten Rädern an – mit Luft zwischen der Radnabe und dem Gummi.« Er griff nach einem anderen Blatt. »Ich arbeite auch an einem Motorrad, etwas ausgeklügelter als nur ein mit Motor versehenes Fahrrad. Ich will so eine Art Kreuzung aus einem Rad und einem Automobil.«

Interessiert studierte Violet die Skizzen. »Ich dachte, du seiest Ballonfahrer.«

Er zuckte die Schultern. »Meine Karriere als Aeronaut ist ein Hobby. Mein wahres Interesse ist das Entwerfen von Maschinen, damit ich Fahrzeuge lenken kann, wohin ich möchte.

Das erfordert zuallererst einmal viel Arbeit, wie du hier sehen kannst. Hier ist das Motorrad.«

Daniel stellte sich neben sie und schob einige Papiere zur Seite. Die Zeichnung, die er aus einem der Stapel herauszog, zeigte aus mehreren Blickwinkeln etwas, das wie ein Fahrrad mit großen Rädern und einem großen Kasten für den Antriebsmotor aussah. Er saß dort, wo bei einem Rad die Pedale sein sollten.

»Der Entwurf ist noch nicht fertig. Der Kasten für den Motor darf nicht zu groß sein, sonst wird es dem Fahrer unmöglich, das Ding aufrecht zu halten. Er darf allerdings auch nicht zu klein sein, da der Motor genügend Kraft erzeugen muss, um das Motorrad schneller zu machen als ein normales Fahrrad. Aber Fahrräder können über Felder und durch Matsch fahren, wo sogar Pferde ihre Probleme hätten.«

Die Begeisterung, mit der er über seine Entwürfe sprach, verwandelte ihn in einen anderen Daniel als jenen, den sie mit seinen Freunden auf der Straße oder heute Abend auf dem Ball beobachtet hatte, wo er dieses lässige Lächeln und einen kultivierten Charme zur Schau getragen hatte, sich mit derselben Leichtigkeit mit den Kurtisanen unterhielt wie auch mit der Comtesse.

Jetzt lag Intensität in seinem Blick, seine Aufmerksamkeit galt allein den Erfindungen, die er liebte. Sein Körper vibrierte vor Aufregung, seine Wärme vertrieb die Kälte aus dem Zimmer.

Violet mochte ihn so am liebsten, das Haar zerzaust, die Augen voller Wärme und ganz auf seine Leidenschaft konzentriert. Er ließ sie in seine Welt hinein. Die Energie, die er ausstrahlte, während er ihr die Skizzen erklärte, machte jeden Gentleman, dem sie heute Abend auf dem Ball begegnet war, fade und langweilig.

Daniel verstummte plötzlich. »Verdammt, was rede ich denn.« Er ließ die Skizzen auf den Tisch fallen. »Ich bringe eine wunderschöne Frau mit in mein Zimmer, und dann rede ich über Maschinen.«

»Mich interessieren Maschinen.« So war es wirklich. Alles rund um den Ballon und diese Automobile und Motorräder faszinierte sie.

»Das weiß ich. Deshalb verehre ich dich ja so, Mädchen. Einen Augenblick!«

Daniel bahnte sich einen Weg zum Kamin in der Ecke, legte eine Schaufel Kohlen auf und entzündete sie mit einem Streichholz. Kurz darauf flackerte das Feuer auf und erfüllte das Zimmer mit Wärme.

»Schon besser.« Er wischte sich die Hände an einem Lappen ab, der bereits voller Kohleflecken war, und warf ihn beiseite. »In London werde ich dir zeigen, was ich mit dem Motorrad und dem Automobil gemacht habe. Jetzt aber …«

Er nahm ihr den Paletot von den Schultern und ließ die Hände über ihre Arme gleiten. Obwohl er die Handschuhe abgelegt hatte, als sie eingetreten waren, waren seine Hände warm und sandten Hitze in ihre Haut.

Violet zitterte noch immer, abwechselnd zog sich ihr Herz in kalten Schlägen zusammen oder raste schnell und hitzig.

Sie wollte dies hier. Sie war keine schüchterne Jungfrau, nicht wahr? Daniel war wunderbar, attraktiv, witzig, freundlich. Er hatte sie hierhergebracht, damit sie für heute Nacht seine Geliebte war, hier, an diesem Ort seines Herzens, verborgen vor der Welt, wo niemand sie finden konnte.

Warum nicht nehmen, was er ihr anbot, auch wenn es nur für dieses eine Mal war?

Doch sie spürte das in ihr lauernde Entsetzen, zusammengerollt wie eine Schlange.

Nicht Daniel war das Ungeheuer, ihre Vergangenheit war es.

Daniel hörte nicht auf, sie zu streicheln, seine Hände legten sich auf ihre Schultern. Sein erster Kuss würde sanft sein, das wusste sie schon. Und dann würde er sie berühren und sie langsam öffnen.

Die Langsamkeit konnte ihr zum Verhängnis werden. Die Angst würde zu viel Zeit haben, um sie zu überwältigen, um zu bestimmen, was geschah.

Violet fiel nur ein Ausweg ein: Sie schob seine Hände von ihren Schultern, schlang die Arme um ihn, vergrub die Finger in seinem Haar und zog ihn zu sich herunter. Dann küsste sie ihn direkt auf den Mund.

16

Die Heftigkeit von Violets Kuss, der kleine Schmerz, als sie an seinem Haar zerrte, ließ für Daniel alles in einem Nebel versinken. Ihr Mund lag hart auf seinem, ihre Zunge drängte in seinen Mund. Daniel öffnete die Lippen für sie und schmeckte ihre Verzweiflung.

Violets Hände mühten sich, seine Jacke zu öffnen, seine Weste. Sie zerrte an den Knöpfen seines Hemdes, bis einige abrissen, dann griff sie nach seinem Kilt.

Als eine ihrer Hände hinunterglitt, um ihn durch die Wolle seines Plaids hindurch zu umfassen, löste Daniel die Lippen von ihren und ergriff ihre Hände. In ihren Augen lag Verlangen, aber auch Furcht. Dieselbe Furcht wie in London, kurz bevor sie nach der Vase gegriffen hatte.

»Liebes«, sagte Daniel. »Langsam. Lass mich dich genießen.«

»Ich kann nicht.« Violet entwand ihm ihre Hände und packte ihn an den Schultern, zog ihn an sich. »Ich kann nicht langsam machen. Ich kann nicht.« Sie küsste seine Lippen, sein Kinn, die rauen Bartstoppeln. »Bitte, Daniel.«

Sanft, aber entschlossen hielt Daniel sie zurück. Mit großen blauen Augen schaute sie zu ihm hoch, unter dem dunklen Puder war ihr Gesicht viel zu blass.

»Mädchen, auch ich hungere nach dir. Glaub mir, das tu ich. Aber ich werde nicht über dich herfallen und dich verschlingen. Sosehr ich das auch möchte. Ich will dich kennenlernen.« Sein Griff lockerte sich, mit einem Finger strich er über ihre

Wange. »Ich will alles über dich wissen, Vi, meine süße Engländerin aus dem Süden Londons.«

»Ich kann nicht.« Violet packte seine Hemdbrust, riss sie auseinander, die noch verbliebenen Knöpfe sprangen auf den Boden. »Ich muss es schnell tun. *Ich* muss es so tun.«

»Violet.« Daniels Stimme wurde ernst. Er hielt sie an den Handgelenken fest, um ihre wilden Attacken zu bremsen. »Hör auf damit.«

»Ich kann nicht. Warum darf ein Mann in eine Frau …« Ihre Stimme erstarb, als die Angst sie überwältigte und ihr Tränen in die Augen trieb. »Ich kann nicht.« Ein Schluchzen stieg in ihr hoch, schüttelte sie. »Ich kann nicht. Es ist nicht fair.«

»Vi.«

Violet riss sich los, wandte sich ab und kauerte sich auf die Fensterbank. Sie schlang die Arme um sich und wiegte sich vor und zurück.

»Ich kann dich nicht haben«, sagte sie. »Ich … kann *dich* … nicht haben.«

Der Raum schien zu schwanken, der Platz auf der Fensterbank war wie ein Felsen in der brausenden Flut. Ihr Atem ging schnell, doch sie bekam kaum noch Luft. Violet hörte das Schluchzen in ihrer Kehle und wusste, es würde sie in Stücke reißen, aber sie konnte nichts dagegen tun.

Der Geruch von Whiskey stieg ihr in die Nase, und etwas Kaltes, Metallenes berührte ihre Lippen. Eine Flüssigkeit wurde ihr eingeflößt, sie brannte ihr in der Kehle.

Violet keuchte und hustete, schluckte mühsam. Der Whiskey glitt ihre Kehle hinunter wie ein Feuerstrom. Mit dem nächsten Keuchen strömte Luft in ihre Lungen, und Violet konnte wieder atmen.

Daniel setzte sich neben sie auf die Fensterbank, sein harter Oberschenkel berührte ihr Bein. Er hielt Violet die Flasche wieder an den Mund und ließ sie noch einen Schluck trinken, dann stellte er den Whiskey weg.

Violet keuchte wieder und presste die Finger auf ihre nassen Lippen. Sie hatte keine Ahnung, wo sie ihr Taschentuch gelassen hatte.

Daniels starker Arm legte sich um ihre Schultern, seine warme Hand strich über ihren Arm. »Siehst du«, sagte er, seine Stimme klang tief und tröstend. »Alles ist in Ordnung.«

Jacobi hatte sie immer auf diese Weise im Arm gehalten, als sie zehn gewesen war und voller Angst. Er hatte sie getröstet – und ihr dann alles genommen. Danach hatte Violet nie wieder Trost erfahren.

Bis jetzt. Sie spürte Daniels Stärke neben sich, seine Wärme berührte sie dort, wo sie so sehr fror.

»Jemand hat dir wehgetan, Liebes, war es so?« Seine Stimme klang wie ein beruhigendes Brummen. »Ich habe dich das schon einmal gefragt. Ich denke, jemand hat dich gegen eine Wand gedrückt und dir Gewalt angetan. So muss es gewesen sein.«

Violet nickte. Sie wunderte sich nicht, dass Daniel es wusste. Er war gut darin, in Menschen zu lesen, fast so gut wie sie.

»Du wirst mir alles darüber erzählen«, sagte Daniel. Es war keine Frage, keine Bitte.

»Ich kann nicht.« Scham, Elend und schiere Wut umschlossen Violets Herz und hinderten sie am Reden.

»Ich will es wissen, Liebes. Ich will wissen, gegen was wir kämpfen.«

Gegen was *wir* kämpfen. Als ob sie und Daniel hierbei eins wären.

Sie hatte es nie jemandem erzählt, außer dieser Kurtisane in Paris, Lady Amber. Und auch ihr hatte sie nicht alles anvertraut, die Frau hatte sich das meiste selbst zusammenreimen müssen. Das Schweigen war Violet so sehr zur Gewohnheit geworden, dass sie nicht einmal mehr in Worten daran denken konnte, es gab nur Bilder, Geräusche, Schmerz.

Daniel streichelte ihre Schulter. »Dann lass mich anfangen. Wie alt warst du?«

»Sechzehn.«

»Oh, Liebes.« Daniel streifte mit den Lippen ihr Haar. »Ein Kind noch.«

»Mädchen heiraten mit sechzehn.«

»Rechtfertige es nicht. Sag es mir. Wer war er?«

»Jacobi.« Der Name entschlüpfte ihr, ehe sie es verhindern konnte. Sie hatte ihn nicht sagen wollen, weil es nicht die Wahrheit war, aber irgendwie war sie es doch.

»Jacobi«, sagte Daniel, und seine Stimme klang stahlhart. »Und wer ist er?«

»Er hat nicht …« Violet schluckte, der Nachgeschmack des Whiskeys in ihrer Kehle war bitter. »Er war es nicht. Jacobi hat mir alles beigebracht, was ich weiß. Ich bin ihm in Paris begegnet, als meiner Mutter gerade klar geworden war, was ihre Visionen bedeuteten. Er hat erkannt, dass ich eine Gabe dafür habe, herauszufinden, was die Menschen wollen … was sie brauchen. Ich war zehn. Er brachte mir alle Tricks bei und wie man dem Publikum eine Illusion bietet, ein Erlebnis, das es nie wieder vergisst. Ich wollte … ich habe so getan, als sei er mein Vater.«

»Und er hat das ausgenutzt?«

Violet sah Daniel einen Moment lang an. In seinen Augen lag eine Härte, die sie nie zuvor an ihm wahrgenommen hatte. *Seine Vorfahren,* dachte sie flüchtig, *sind brutale Barbaren gewesen, Clans, die wegen irgendeines felsigen Stückes Land in den schottischen Highlands Blutfehden ausgetragen haben.* Violet hatte Nachforschungen über Daniel und die

MacKenzies angestellt – sein Stammbaum reichte Jahrhunderte zurück bis zu einem Mann, den man Old Dan genannt hatte und dem im 14. Jahrhundert die Herzogswürde verliehen worden war.

Old Dan hatte vermutlich ein schweres Claymore getragen und das Herzogtum nur bekommen, weil er viele andere Männer in Stücke gehauen hatte. Violet schaute in Daniels Augen, und jener barbarische Highlander schaute aus seinen Augen zurück.

»Nein«, sagte Violet. »Das heißt …« Der Mann mit dem roten Bart war nicht wie Jacobi gewesen. Jacobi hatte dunkles Haar, braune Augen, die freundlich dreinblicken konnten, und blasse weiße Hände, die zitterten, wenn er nicht genügend Wein trank.

»Wer dann? Nenn mir einen Namen.«

»Ich habe seinen Namen nie erfahren. Jacobi schuldete ihm Geld, viel Geld, das er nicht zurückzahlen konnte. Als der Mann dann kam, um sein Geld zu holen, und Jacobi bedrohte …« Violet schluckte, ihre Kehle schnürte sich zusammen.

»Jacobi hat ihm stattdessen dich gegeben.« Daniels Stimme klang flach.

Elend nickte Violet.

Daniel rührte sich nicht, holte nicht einmal Luft. Im Schein der höherschlagenden Flammen im Kamin schimmerten seine Augen wie dunkles Gold – hart, rau, funkelnd. »Sag mir, was passiert ist.«

»Ich konnte nicht glauben, was Jacobi gesagt hatte. Ich dachte, es müsse ein Missverständnis sein, dass ich ihn falsch verstanden hatte.« Die Worte strömten aus ihrem Mund, waren wie eine reißende Flutwelle, die allen Unrat fortschwemmte. »Jacobi verließ das Zimmer. Er sah traurig und wütend aus, aber er ging.« Der Mann mit dem roten Bart und den hellblauen Augen hatte Violet vom Stuhl hochgezogen und sie gegen die Wand gedrückt. Sein Atem hatte nach Brandy gerochen. »Er war stark, so stark. Ich versuchte, mich zu wehren. Ich habe es wirklich versucht. Aber er drückte mich gegen die Wand, und er … er … ich war nur ein Mädchen. Es hat so wehgetan.«

Die hastigen, tonlosen Worte ihrer Schilderung wurden dem Entsetzen, das die sechzehnjährige Violet empfunden hatte, nicht gerecht. Sie beschrieben nicht ihre Schreie, ihr Flehen um Gnade, den heißen Schmerz, der sie durchfuhr, als ihr die Unschuld geraubt wurde.

Violet war nach Hause getaumelt, zerrissen und unter Schmerzen, mit Blutflecken auf dem Rock. Hatte sich in ihre Schlafkammer eingeschlossen, allein, hatte gesagt, sie hätte Fieber. Violets Mutter in ihrer ständigen Sorge vor Krankheit hatte sich von ihr ferngehalten.

»Ich dachte, ich müsste sterben«, sagte Violet. »Ich erinnere mich, dass ich überrascht war, als ich weiterlebte.«

Daniels Arm legte sich fester um ihre Schultern. Als Violet ihn wieder ansah, stellte sie erstaunt fest, dass seine Augen feucht glänzten.

»Was ist mit Jacobi geschehen?«, fragte er, seine Stimme klang fest. »Lebt er noch?«

»Ich glaube nicht. Er hat jedenfalls nie versucht, mich zu finden, und ich habe mich umgehört – um sicher zu sein, dass er mir nicht nachjagt. Nach all dieser Zeit … ich glaube, er ist tot.«

»Du hast ihn verlassen? Gut so.«

»Nein.« Violet schluckte, die nächsten Worte brachte sie nur stockend heraus. »Ich vergab es ihm.«

»Mädchen …«

Sie schüttelte den Kopf. »Ich war erst sechzehn. In meinem Leben gab es niemanden, der stark war – meine Mutter war es nicht, und ich hatte keinen Vater. Jacobi kam zu mir. Er machte sich selbst solche Vorwürfe. Er flehte mich an, es zu verstehen. Er sagte, der Mann hätte ihn umgebracht, wenn er nicht bezahlt hätte. Ich glaubte ihm. Dieser Mann mit dem roten Bart war gemein und kalt, und er hatte ein Messer in seinem Stiefel stecken. Ich hatte versucht, an das Messer zu kommen, als er … Aber es gelang mir nicht.« Jacobi war so von Scham erfüllt gewesen, beseelt von dem Willen, sich mit Violet zu versöhnen. Und sie hatte sich versöhnt.

Daniel sagte nichts, saß nur da, nah bei ihr, während das Feuer langsam den Raum erwärmte. Dieser Zufluchtsort, in den sie sich geflüchtet hatten, war sicher, doch Violet hatte erfahren, wie leicht Sicherheit zerstört werden konnte.

Als Daniel wieder etwas sagte, klang seine Stimme ruhig. »Ich weiß, warum du ihm vergeben hast. Du wolltest, dass alles wieder so wird wie zuvor, nicht wahr?«

Er klang, als verstünde er es sehr genau, als hätte er selbst diese Erfahrung gemacht.

»Ja«, erwiderte sie. »Aber es konnte niemals wieder so werden wie zuvor, nicht wahr?«

»Nein. Das kann es niemals.«

Violet lachte freudlos. »Ich habe ihm vergeben und bin bei ihm geblieben. Bis er versucht hat, es noch einmal zu tun.«

»Großer Gott.«

»Jacobi war ein Spieler. Er hatte immer Schulden. Als er nicht einmal sechs Monate später versuchte, mich wieder zu benutzen, um sie zu begleichen, war ich geistesgegenwärtig genug, wegzulaufen. Ich war schnell, und der Mann, dem er das Geld schuldete, war zu dick und zu langsam, um mich zu erwischen. Noch am selben Nachmittag holte ich meine Mutter und Mary aus unseren Zimmern, und wir verließen Paris. Ich habe Jacobi nie wiedergesehen.«

Daniel nahm ihre Hand, drückte sie, seine Kraft war unermesslich. »Mädchen, es tut mir so unendlich leid.«

Violet atmete aus. »Man kann es nicht mehr ändern.«

Daniel ließ sie los, Zorn in den Augen. »Sag das nicht so verdammt resigniert. Was er getan hat, war ungeheuerlich. Du hast Jacobi vertraut, und er hat dir wehgetan; auf eine Weise, wie kein Vater seine Tochter verletzen sollte. Auf eine Weise, auf die kein Mann eine Frau verletzen sollte.«

»Aber er war ja nicht mein Vater.« Violets Herz wand sich in altem Schmerz. »Das war eine kindliche Fantasie. Das bedeutete doch nicht, dass er dieses Gefühl erwiderte.«

»Versuch nicht, ihn zu entschuldigen. Was geschehen ist, *ist* seine Schuld. Ich werde ihn finden, damit ich ihm das Genick brechen kann.«

»Ich glaube wirklich, dass er tot ist. Ich will, dass er es ist. Ich will ihn nie wiedersehen.«

Daniel brütete in stummem Zorn, und Violet lehnte erschöpft den Kopf gegen die Fensterscheibe. Die Holzläden waren geschlossen und hielten die Nacht und den Wind draußen, aber die Scheibe war kalt.

Diese alte Geschichte ans Licht zu holen hatte sehr wehgetan, als würde man Schorf von einer heilenden Wunde kratzen, bis sie erneut blutete. Es waren zwölf Jahre vergangen, seit der Rotbärtige sie angefasst hatte, und etwas weniger als zwölf Jahre, seit sie Jacobi davongelaufen war. Und doch war der Schmerz noch immer da.

Als sie älter geworden war und begriff, hatte sich ihre kindliche Verwirrung zu Wut gewandelt. Doch ihren Schock und das Entsetzen hatte die Zeit nicht auszulöschen vermocht. An jenem Nachmittag hatten Jacobi und sein rotbärtiger Gläubiger die junge Violet getötet, hatten sie für immer verschwinden lassen.

»Deshalb also hast du mich in London geschlagen«, sagte Daniel. »Ich habe die Erinnerung an diesen Kerl in dir geweckt, der dich zu Tode erschreckt hat, und du hast zugeschlagen.«

»Ja. Ich wollte dich nicht …«

Daniel umschloss ihre beiden Hände. »Sag mir nicht, dass du es nicht wolltest. Du wolltest es, absolut. Ich habe dir Angst gemacht, und du hast versucht, dich zu verteidigen. Das ist nur natürlich. Aber es tut mir nicht leid, dass ich versucht habe, dich zu küssen. Dass ich *das* wieder und wieder tun werde. Und ich bin daran gewöhnt, dass Frauen versuchen, mich umzubringen, mach dir also keine Sorgen deswegen.«

Sein zynischer Blick durchbrach den Nebel aus Schmerz, der Violet umgab. Sie erinnerte sich daran, was er gesagt hatte, als er sie vom Theater zur Pension gebracht hatte – sie erinnerte sich an jedes Wort, das sie je gewechselt hatten.

Jeder, der meinen Namen hört, weiß, dass meine Mutter versucht hat, mich mit einem Messer zu töten, als ich ein Säugling war, und dass mein Vater mich in letzter Minute gepackt und sie davon abgehalten hat.

»Es tut mir leid«, sagte Violet. »Wegen deiner Mutter, meine ich.«

Daniel zuckte die Schultern. »Ich war ein Säugling. Ich erinnere mich nicht einmal.«

»Aber es tut dir weh.«

Daniel ließ ihre Hand los, erhob sich vom Fenstersitz und lief einige Schritte durch das vollgestellte Zimmer. »Bittest du mich jetzt um einen Blick auf meine qualvolle Kindheit, weil ich dich dazu gebracht habe, mir von deiner zu erzählen?«

Violet wollte verneinen, aber sie wusste, dass es genau das war, was sie wollte. Sie hatte ihre große Verletzlichkeit gezeigt, und sie wollte seine sehen. »Ja.«

»Du bist hart im Verhandeln.« Daniel wandte sich zu ihr und sah sie an. Er hatte die Arme über der Brust verschränkt, das zerrissene Hemd stand bis zur Taille offen und enthüllte seine gebräunte Brust. Die Tätowierung war zu sehen, der Kilt saß ihm tief auf den Hüften. Er war wundervoll, doch die verschränkten Arme schlossen sie aus, wehrten jeden Eindringling ab. »Du willst, dass ich dir sage, wie ich mich gefühlt habe, als ich erfuhr, dass meine Mutter mich umbringen wollte? Nun ... willst du auch wissen, wie ich es herausgefunden habe? Mein Vater hat es mir nicht gesagt, nein, er hat nie darüber gesprochen, obwohl er an jenem Tag mit im Zimmer war und meine Mutter niedergerungen und ihr das Messer abgenommen hat. Ich habe es von den Dienstboten erfahren, durch ihr Getuschel und Flüstern darüber, dass mein Dad meine Mum getötet hätte. Später dann hörte ich das gleiche Flüstern und Gerede bei den Jungen in der Schule. Und mitten im ganzen Getuschel ich, der ich die Wahrheit nicht kannte. Der einzige Mensch, der mit Sicherheit weiß, wie meine Mutter starb, ist mein Dad, und er hat mit keiner Seele darüber gesprochen, bis er Ainsley begegnet ist und ihr die Geschichte anvertraut hat.« Daniel ballte die Fäuste. »Er wollte sie nicht einmal mit seinem eigenen Sohn teilen.«

»Ich hätte nicht darauf bestehen sollen, dass du es mir erzählst«, sagte Violet. Aber sie hatte es wissen wollen. Sie konnte sich darüber nicht selbst belügen.

»Es ist in Ordnung, dass du gefragt hast. Ich mache meinem Dad keine Vorwürfe mehr. Er war wie begraben unter seinen eigenen Problemen. Meine Mutter hat ihn auf fürchterliche Weise verletzt, glaub mir. Aber zu wissen, dass der Mensch, der dich am meisten lieben sollte – deine Mutter – dich so sehr hasst, dass sie dich töten will, ist ein entsetzlicher Schlag für einen Jungen.«

»Dein Vater liebt dich. Deine Stiefmutter liebt dich. Ich habe es heute Abend in ihren Gesichtern gesehen.«

»Oh, aye, sie sind sehr fürsorgliche Menschen. Aber ich habe lange gebraucht, um wieder jemandem zu vertrauen, und vielleicht tu ich es bis heute nicht wirklich. Mein Dad hat sein Bestes gegeben, um mich großzuziehen, aber er war zu sehr damit beschäftigt, den Frauen hinterherzujagen. Wunderschöne, kostspielige Kurtisanen oder wunderschöne, kostspielige verheiratete Ladys – Frauen, die er nie ganz in sein Leben hineinlassen musste.« Daniels Blick richtete sich in die Ferne. »Die meisten von ihnen wollten nichts mit mir zu tun haben – warum sollten sie auch? Aber einige von ihnen mochten Kinder, sehnten sich vielleicht nach eigenen, die armen Dinger. Sie machten mir kleine Geschenke und spielten mit mir, hörten meinem kindlichen Geplapper zu. Damals hoffte ich, mein Dad würde eine von den Netten heiraten, damit ich eine Mutter hätte wie die anderen Jungen in der Schule. Aber sobald ich glaubte, eine von ihnen würde vielleicht bleiben, war die betreffende Lady auch schon wieder verschwunden. Mein Vater schickte sie fort, und sie wurden nie wieder gesehen. Als ich noch ganz klein war, dachte ich, es läge an mir, glaubte, die Ladys kämen über kurz oder lang zu dem Schluss, sie würden mich verabscheuen. Wie meine leibliche Mutter es getan hat. Als ich älter wurde, begriff ich, dass mein Vater die jeweilige Frau einfach nur nicht mehr um sich haben wollte. Ich wurde wütend auf ihn. Wann immer ich angefangen hatte, eine dieser Frauen zu mögen, hat er sie mir weggenommen. Ich habe das meinem Vater genau so gesagt, und dass ich ihm das nie vergeben würde. Es hat ihn nicht sonderlich beeindruckt. Schließlich machte ich mir gar nicht mehr die Mühe, die Frauen kennenzulernen.«

Daniel war jetzt ein erwachsener Mann, hoch gewachsen,

muskulös und mit einer Spur von Old Dan MacKenzie im Blut. Aber dahinter sah Violet die Verlorenheit eines kleinen Jungen aufblitzen, der gelernt hatte, seinen Kummer hinter Zorn zu verbergen.

»Aber dann hat dein Vater doch wieder geheiratet.«

»Oh, aye. Als er Ainsley begegnete, war ich alt genug, um zu verstehen, dass da endlich eine Frau war, die den alten Mann glücklich machen konnte.« Daniel lachte leise, der verletzte kleine Junge verschwand. »Um Dad zu einer Entscheidung zu drängen, habe ich so getan, als hätte ich mich in Ainsley verliebt. Ich sagte ihm, dass ich sie zu meiner Geliebten nehmen wolle. Ich habe versucht, ihn eifersüchtig zu machen. Da war ich gerade mal sechzehn.« Er lachte wieder, dieses Mal in echter Fröhlichkeit. »Dad hat mich natürlich durchschaut, der kluge alte Mann. Und schließlich hat er Ainsley endlich an sich herangelassen, Gott sei Dank. Das hat eine große Last von mir genommen, das kann ich dir sagen.«

Violet lächelte trotz der Enge in ihrer Brust. »Ein glückliches Ende.«

»Aye, manchen Menschen widerfährt so etwas.«

Was ist mit uns? Wird es für dich glücklich enden, Daniel MacKenzie? Für mich?

Mit glühenden Augen sah er sie an. Violet wollte ihn – ja, sie wollte ihn –, doch sie fühlte sich nackt und entblößt.

Sie verschränkte die zitternden Hände ineinander. »Was sollen wir jetzt tun?«

»Ich weiß es nicht, Liebes. Du bist sehr verletzt worden und ich auch. Es gibt keinen leichten Weg für uns beide, einem anderen Menschen wieder zu vertrauen.«

Er verstand es, die Dinge ins rechte Licht zu rücken. Violet wollte vertrauen, doch die altvertraute Dunkelheit griff nach ihr und ließ nicht zu, dass sie in ihrer Wachsamkeit nachließ.

Jeder Mensch in Violets Leben hatte sie verraten, mit Ausnahme ihrer Mutter und Mary. Doch Celine war so sehr mit sich selbst beschäftigt, mit ihrer Gesundheit und der jenseitigen Welt, dass ihr manchmal kaum bewusst zu sein schien, dass sie überhaupt eine Tochter hatte.

Daniel wandte sich abrupt um und ging zur Tür. Violets Herz klopfte rascher, als er einen Riegel vorlegte, sich dann umwandte und sie ansah. »Nun, uns stehen mehrere Wahlmöglichkeiten zur Verfügung. Wir könnten getrennte Wege gehen, einen glatten Schnitt machen und mit dem Schmerz darüber fertigwerden. Es bluten und dann heilen lassen und einander niemals wiedersehen. Es wäre leicht, das zu tun.«

Violets Herz zog sich in einem Schmerz und einer inneren Leere zusammen, wie sie es nie zuvor gespürt hatte. »Ja, das könnten wir«, sagte sie hohl.

»Aber das willst du nicht, nicht wahr?« Daniel kam zu ihr, blieb breitbeinig vor ihr stehen, die Arme über dem offenen Hemd verschränkt. »Ich sehe es in deinem Gesicht. Du willst es versuchen, du willst kämpfen und herausfinden, was geschieht.«

»Aber ich weiß nicht, wie.« Violet verkrampfte die Hände. »Ich weiß nicht, wie ich kämpfen soll, nicht auf diese Weise. Es ist nicht wie Tischrücken oder Ektoplasma auszuschütten …«

»Es geht nicht darum, Menschen zu narren, nein.« Daniels Blick war auf sie gerichtet. »Es geht um die Wahrheit. Um das Leben.«

»Ich weiß nichts über das Leben. Ich weiß nur, wie man davonläuft.«

Daniel streckte ihr seine gebräunte, schwielige Hand hin. »Dann pack zu und halte dich an mir fest. Wir haben beide Angst davor, wohin uns dies führt und wann der Schmerz kommen wird. Der Schmerz wird entsetzlich sein, das weiß ich schon jetzt. Aber halt dich an mir fest, und wir werden es gemeinsam herausfinden. Willst du das?«

17

Daniel streckte Violet seine Hände entgegen. Er rechnete damit, dass sie aufstehen und vor ihm davonlaufen würde, zurück in ihre Pension oder sogar ganz fort aus Marseille.

Sein Herz tat ihm weh vor Schmerz um ihretwillen. Wenn Jacobi noch lebte, dann nicht mehr lange. Er hatte Violet zerstört, eine wunderbare und kostbare Frau. Es war, als hätte sich Jacobi einer unbezahlbaren Marmorstatue Michelangelos bemächtigt und sie zu Pulver zermalmt – nur war es noch schlimmer, weil Violet ein lebender, atmender Mensch war. Am Leben, doch voller Schmerz.

Daniel würde nicht nur Jacobi aufspüren, sondern auch den Mann, der ihr Gewalt angetan hatte, und er würde ihn für jede Sekunde des Leids, das Violet seinetwegen durchlebt hatte, bezahlen lassen. Für jeden Schmerz, jede Träne, jeden von Panik erfüllten Atemzug.

Violet sah Daniel lange an, ihre blauen Augen verrieten nichts, aber dahinter rasten die Gedanken. Ihr langer Zopf fiel über das Mieder aus schwarzer Baumwolle, ihre Brüste hoben und senkten sich bei jedem Atemzug.

Endlich hob sie die sichtlich zitternden Hände und legte sie in seine.

Daniel schloss die Finger über ihren, spürte die Kälte ihrer Haut und ihre Furcht. Er zog Violet zu sich hoch. Ihr Haar war wirr, die Augen weit aufgerissen, der dunkle Puder war verwischt und enthüllte Flecken heller Haut.

Daniel schloss die Arme um sie. Er spürte, wie sich ihr Zittern zu einem alles erschütternden Beben verstärkte, während sich Violet an ihm festklammerte.

Rachegedanken wirbelten ihm durch den Kopf, aber er wollte Violet nicht damit erschrecken. Manchmal war es an der Zeit, Drachen zu töten, und manchmal war es an der Zeit, jemanden festzuhalten und ihm zu helfen, das Grauen zu vertreiben.

In ihrer Furcht klammerte sich Violet, wie es aussah, jedoch nicht einfach nur an Daniel fest: Sie zerrte ihm das Hemd aus dem Kilt und begann wieder, an seinem Gürtel zu nesteln.

Daniels Herz schlug so rasend schnell wie ihres, und er war schmerzhaft hart vor Verlangen nach ihr, doch er hielt ihre Handgelenke fest und schob sie ein Stück von sich fort. »Ich glaube, ich sagte das schon einmal: Lass mich dich genießen.«

»Ich kann nicht.« Violets Stimme klang belegt. »Ich muss die Furcht wegbrennen. Ich will, dass es getan ist, bevor ich weiß, was geschieht …« Sie entwand sich seinem Griff und zerrte wieder am Kilt. Die Nadel, die ihn zusammenhielt, sprang auf, und das Tuch rutschte über Daniels Hüften.

Als er nach dem rutschenden Kilt griff, riss Violet sein Hemd auf und zerrte es ihm von den Schultern. Sie agierte wie ein verängstigtes, verzweifeltes Tier, und sie zitterte.

»*Nein*, Mädchen.«

»Aber du willst mich doch«, wandte sie verwirrt ein, strich über den Kilt, spürte die Härte von Daniels Erektion und weckte mit dieser Berührung ein noch schärferes Verlangen in ihm. »Du willst mich.«

»Aye, ich will dich.« Daniel musste den Kilt loslassen, um Violet an den Handgelenken zu packen. Sie wehrte sich, doch Daniel war stärker. »Ich brenne für dich, Mädchen. Schon seit einer ganzen Weile. Aber das hier ist nicht, was du brauchst.«

»Doch, das ist es. Das ist es.«

»Nein.« Daniel zog sie mit sich zu dem großen Sofa, das mit Skizzen bedeckt war. Er wischte die Blätter auf den Boden und setzte Violet aufs Sofa. Einige übersehene Bögen Papier zerknitterten unter ihren Röcken.

Daniel kniete sich vor sie, noch immer hielt er ihre Handgelenke fest. In verzweifelter Verwirrung starrte sie ihn an.

»Wir werden das nicht überhastet tun«, sagte er. »Es wird nicht vorbei sein, noch ehe du begriffen hast, was geschehen ist. Wir bringen das nicht schnell hinter uns.« Daniel hob ihre geballten Fäuste an die Lippen und küsste erst die eine, dann die andere. »Du musst lernen, dass es behutsam und liebevoll geschehen kann, in inniger Zärtlichkeit. Und wie du jeden Moment genießt, wie du ihn in deinem Herzen willkommen heißt und ihn auskostest. Und ich bin genau der richtige Mann, um dich das zu lehren.« Er ließ ihr keine Zeit, zu denken oder zu reagieren, und hielt ihre Hände fest, als er aufstand und sich neben ihr auf das Sofa setzte.

Sanft hob er eine ihrer Hände, öffnete sie, küsste die Innenfläche und legte ihre Hand auf seine nackte Brust. Als sie seine Haut unter den Fingern spürte, weiteten sich ihre Augen, und er sah Angst darin aufflammen.

»Tu, was dir gefällt«, sagte er. »Berühre mich. Fühle. Kratze. Was immer du willst. Aber tu es langsam.«

Violets Unterlippe zitterte, ehe sie den Mund zu einer festen Linie zusammenpresste. Sie ließ die Hand noch einen Moment lang auf seiner Brust ruhen, dann krümmte sie die Finger ein wenig, bis nur noch ihre Fingerspitzen seine Haut berührten. Mit dem Mittelfinger streifte sie kaum merklich seine Brustwarze.

Würde er in der Lage sein, dies stoisch zu ertragen? Daniels Herz schlug heftig, im langsam wärmer werdenden Zimmer wurde seine Haut schweißfeucht.

Violet schluckte, als sie mit der Fingerspitze über den dunklen Warzenhof strich. Ihre Berührung brannte wie Feuer, doch Daniel hielt sich zurück und ließ seine eigenen Hände, wo sie waren.

Er beobachtete, wie Violets Angst langsam schwand, während sie sich darauf konzentrierte, seine Brust zu streicheln. Daniel arbeitete oft mit freiem Oberkörper, wenn er im Freien an seinen Maschinen werkelte oder seinem Vater beim Trainieren der Pferde half. Jeden Sommer nahm seine Haut einen dunklen rotbraunen Ton an, und es dauerte eine Weile, bis diese Bräune im Laufe des Winters wieder verblasste. Jetzt gerade waren Brust, Rücken und Arme von einem hellen Bronzeton, und die Tätowierung, die er sich in London von einem Japaner hatte stechen lassen, hob sich dunkel von seiner Haut ab.

Violets Haar kitzelte ihn, als sie sich näher über ihn beugte, doch Daniel beherrschte sich. Dies hier brachte ihn jetzt schon um, aber es war wichtig, dass sie lernte, ihn nicht mehr zu fürchten.

Violets Atem strich über seine Brust, seine Muskeln spannten sich, und auch seine Erektion wurde noch härter.

Jetzt berührte Violet ihn fast mit den Lippen, atmete so tief ein, als wollte sie sich seinen Geruch einprägen. Daniel konnte das leise Stöhnen, das sich seiner Kehle entrang, nicht unterdrücken.

Violet hob den Kopf, ihre Wangen waren gerötet. »Nicht.«

»Was soll ich nicht? Es genießen, dass eine wunderschöne Frau mich berührt?«

»Ich weiß es nicht.« Ihr verwirrter Blick war hinreißend.

»Lass es mich auf andere Weise ausdrücken«, sagte Daniel. »Als wir in jenem Gasthaus waren, weit weg von allem, hattest du keine Angst vor mir.« Er erinnerte sich an ihre Reaktion, als er die Hand in ihr Nachthemd geschoben und begonnen hatte, sie mit zärtlichen Küssen zu verführen. »Du hast meinen Kuss erwidert. Damals bist du nicht davongelaufen.«

»Da war es anders. Irgendwie nicht wirklich.«

Es war höchst wirklich gewesen. Daniel entsann sich jeder Sekunde ganz genau. »Nun, wenn es leichter für dich ist, dann muss dies hier auch nicht wirklich sein.«

Sie runzelte die Stirn. »Aber das ist es doch. Zu wirklich.«

»Aber es ist doch das Gleiche, oder nicht? Wir sind an einem abgeschiedenen Ort, während die Stadt um uns herumwimmelt. Niemand ist hier außer uns beiden, nur du und ich.«

Violet schüttelte den Kopf. »Dies ist sehr wirklich. Aber ich will ja auch, dass es das ist.« Sie sah zu ihm hoch, Hoffnung und Furcht mischten sich in ihren Augen. »Kann es das jemals sein?«

»Das kann es. Oh ja. Komm her.« Er legte den Arm um sie und zog sie sehr behutsam an sich, bis ihr Kopf an seiner Schulter ruhte. »Lass uns einfach nur hier sitzen. Und abwarten, was geschieht. Einverstanden?«

Es würde ihn mit Sicherheit umbringen. Niemals, wirklich niemals hatte Daniel sich bisher damit zufriedengegeben, mit einer Frau zusammen zu sein und dabei tatenlos abzuwarten. Aber seine Ladys waren normalerweise älter als er – er konnte sich nicht überwinden, mit Kurtisanen zusammen zu sein, die kaum dem Mädchenalter entwachsen waren –, und diese Frauen wollten selten einfach nur dasitzen. Sie wollten Daniel und machten keinen Hehl daraus.

Violet war wie ein ungezähmtes Hengstfohlen, das misshandelt worden war und der Welt voll furchtsamer Unsicherheit begegnete. Daniel wollte sie nicht brechen, wie Trainer es manchmal bei jungen Pferden taten. Er musste sanft mit ihr umgehen, sich ihr Vertrauen verdienen.

Ihr Kopf ruhte an seiner Schulter, und er spürte, wie sie sich langsam entspannte. Falls es notwendig war, noch eine weitere Nacht damit zu verbringen, eng aneinandergeschmiegt in einem warmen Nest mit ihr zu verbringen und nur zu schlafen, sollte es so sein. Daniel konnte sich später im Hotel ins Bad zurückziehen und sich Erleichterung verschaffen.

»Ich begreife Verlangen nicht«, sagte Violet leise.

Daniel beugte sich vor, nicht sicher, ob er sie richtig verstanden hatte. »Was ist daran zu begreifen? Verlangen ist etwas Natürliches. Das Natürlichste auf der Welt.«

»Ist das so?« Violet machte es sich an seiner Schulter noch etwas bequemer, ihre Hand stahl sich auf seine nackte Brust. »Ich beobachte oft Menschen, die Leidenschaft suchen – so viele Mädchen wollen von mir, der Wahrsagerin, dass ich ihnen wahre Liebe voraussage; und die Männer fragen mich, ob die Auserwählte ihre Gefühle erwidert. Liebe kann auch so viel Schmerz verursachen – Frauen bitten mich, ihnen zu sagen, ob ihre Männer sie betrügen, und sie sind innerlich so tief verletzt. Es ist schrecklich. Ich wundere mich, dass sich überhaupt jemand wünscht, das Bett mit jemandem zu teilen.«

»Mmmmh. Das klingt recht zynisch, Süße.«

»Ich denke so, weil ich so viel Schmerz gesehen habe. Und das alles nur wegen dem, was man Verlangen nennt.«

Daniel wusste, dass einige zu sehr von ihrer Lust getriebene Männer kein Interesse an den Empfindungen ihrer Frauen hatten – weder körperlich noch emotional. Sie glaubten, eine Frau sei dazu da, um von einem Mann benutzt zu werden, zu nichts anderem. Kurtisanen hatten Daniel oft gesagt, dass sie ihn mochten, weil er mit ihnen redete. Mit *ihnen*, von Mensch zu Mensch. Dass er sie nicht nur als Körper sah, für den er bezahlte, um damit zu tun, was immer er wollte.

Violet war nicht nur ein Körper, auch wenn Jacobi und dieser andere Mann sie behandelt hatten, als wäre es so. Sie hatten ihr beigebracht, dass Verlangen gleichbedeutend war mit

Schmerz und Angst. Als das Mädchen Violet zur Frau erblüht war, mussten ihre eigenen Bedürfnisse erwacht sein, aber diese Bedürfnisse wurden begleitet von Entsetzen und Scham. Daniel war anderen Frauen begegnet, denen man Gewalt angetan hatte. Sie waren entweder voller Zynismus und glaubten, es sei ihr Schicksal, von Männern benutzt zu werden, oder sie waren vollkommen zerbrochen.

Mit Violet war keines von beidem geschehen, aber ihr Kampf ums Weiterleben war hart gewesen. Und er war es noch immer, nach allem, was er sah.

Er streichelte Violets Schulter und versuchte, Worte zu finden, die sie nicht verunsicherten. »Ich kenne einige Gründe dafür, weshalb wir uns der Leidenschaft ergeben, meine Süße. Zuallererst wäre da die wissenschaftliche Seite. Falls du Mr Darwins Schriften gelesen hast, dann kennst du seine These, dass wir alle leben, um so viele Kopien zu hinterlassen wie irgend möglich. Weil wir wissen, dass wir diese Erde eines Tages werden verlassen müssen. Ohne diese Kopien wären bald nicht mehr viele von uns übrig, hm?«

Trotz ihrer Anspannung lächelte sie. »Seine These bezieht sich auf Tiere. Nicht auf Menschen.«

»Viele Menschen, die ich kenne, verhalten sich wie Tiere – du würdest staunen.« Daniel hob den anderen Arm, um sie in Wärme einzuhüllen, wobei er darauf achtete, sie nicht zu fest zu halten. Sie sollte sich nicht gefangen fühlen. »*Ich* sage dir, dass wir Leidenschaft suchen, weil sie etwas ganz Wunderbares sein kann. Ihre Intimität. Du kannst auf anderem Wege niemals einem anderen Menschen so nah sein.« Er küsste sie auf den Scheitel; es gefiel ihm, dass sie sich nicht gegen seine Umarmung sträubte. »Außerdem fühlt es sich gut an.«

»Für Männer vielleicht«, wandte Violet ernst ein. »Frauen fühlen nicht, was Männer fühlen.«

Überrascht blinzelnd wandte er den Kopf und schaute zu ihr hinunter. Violet blickte gelassen zu ihm hoch, sie glaubte jedes Wort, das sie gesagt hatte.

»Meine süße Violet, ich wette mit dir, dass du in diesem Punkt vollkommen irrst.«

Als er das Funkeln in ihren Augen sah, schien sein Leib weiß aufzuglühen. Ihr Mutwille kehrte zurück, das dunkle Entsetzen, das sie erneut durchlebt hatte, begann zu schwinden.

»Ach ja?«, sagte sie. »Wie viel bist du bereit zu setzen?«

»Lass uns sagen, einen Shilling. Ich will dich nicht in den Ruin treiben.«

»Abgemacht.« Violet streckte ihm die Hand hin. Daniel ergriff sie verschmitzt lächelnd. Violet wandte den Blick wieder ab, überzeugt, sie könne diese Wette niemals verlieren. Arme Frau.

»Und wie willst du das überhaupt beweisen?«, fragte sie. »Sie haben nur das Wort einer Frau, Mr MacKenzie, und ich muss Ihnen sagen, dass Frauen durchtriebene Lügnerinnen sein können, besonders, wenn sie etwas von einem wollen.«

»Indem sie mir schöne Geschichten auftischen, damit ich ihnen Geld gebe? Aye, da hast du nicht ganz unrecht. Aber ich werde es dir beweisen. Hier und jetzt.«

Beunruhigt sah sie ihn an. »Was meinst du mit *hier und jetzt*? Du hast gesagt … ich dachte …«

»Ich sagte, ich würde dich nicht drängen. Und das werde ich auch nicht.« Daniel berührte ihre Wange. »Aber ich habe nicht versprochen, ich würde nicht dafür sorgen, dass du dich erstaunlich gut fühlst.«

In ihren Augen flackerte erneut Furcht auf. »Daniel, ich kann nicht … ich bin nicht bereit.«

Daniels Wunsch, ihre Furcht auszulöschen, wurde drängender. Er zog sie in die Arme und küsste sie auf die Schläfe. »Ich werde heute Nacht nicht in dich eindringen, Liebes, wenn du es nicht willst. Das verspreche ich.« Daniel hielt seine Versprechen immer, ganz egal, wie schwierig es für ihn wurde.

Violet sah verwirrt aus. »Wie willst du es dann beweisen? Du kannst diesen Gedanken nicht einfach in meinen Kopf einpflanzen. Ich glaube dir nicht.«

Daniel musste lachen, er konnte nicht anders. »Violet. Mädchen.« Er sprach tief, schmeichelnd. »Du bist gut darin, zu erkennen, was die Menschen von denen hören wollen, die ins Jenseits hinübergegangen sind. Du bist eine Expertin darin, ihnen eine verblüffende Vorstellung zu bieten. Nun, was jetzt kommen wird, ist *mein* Spezialgebiet. Du begibst dich ganz in meine Hände, und ich garantiere dir, du wirst mir deinen Shilling so schnell geben, dass sich das Zimmer um dich dreht.«

»Du bist sehr von dir überzeugt, Daniel MacKenzie.«

»Weil dies etwas ist, von dem ich weiß, wie es geht. Heute Nacht wirst du keinen Schmerz spüren und keine Angst. Nur Gutes. Besser als gut. In Ordnung?«

Violets Gelassenheit schwand. Sie hatte offensichtlich keine Ahnung, was Daniel vorhatte, und das war sehr traurig.

»Erinnerst du dich daran, wie es war, als wir im Ballon geflogen sind?«, fragte Daniel. »Über das Land zu schweben, dorthin, wohin der Wind uns trägt?«

Violet lächelte wieder, bei der Erinnerung wurde ihr Blick weicher. »Ja. Das war wunderbar.«

»Es wird so ähnlich sein.«

Sie glaubte ihm nicht. »Wie kann das sein? Ich habe nie zuvor so etwas gefühlt.« Violet sah ihn hoffnungsvoll an. »Wirst du mich irgendwann wieder auf eine Ballonfahrt mitnehmen?«

»Natürlich werde ich das. Ich habe es dir doch gesagt: Wir werden in Schottland aufsteigen. Es ist wunderschön, und die Winde sind unberechenbar. Sehr aufregend. Aber jetzt …« Daniel drückte Violet sanft in eine Ecke des Sofas. »Jetzt musst du mir die Chance geben, die Wette zu gewinnen.«

Nervös fuhr sie sich mit der Zungenspitze über die Lippen. »Was muss ich tun?«

»Das ist das Schöne daran: Du musst gar nichts tun.« Daniel setzte sich auf die Sofakante, Violet lag vor ihm auf dem Rücken. »Ich werde mich gut um dich kümmern.«

Sie nickte angespannt.

»Aber du kannst mit mir reden«, fuhr Daniel fort. »Wenn du wissen möchtest, warum ich tue, was ich tue. Solltest du Angst bekommen, sagst du es mir. Versprochen?«

»Versprochen.« Das Wort war kaum mehr als ein Hauch.

»Also gut«, sagte er sanft. »Dann lass uns beginnen.«

18

Violet wusste nicht, was Daniel vorhatte. Alle möglichen Szenarien blitzten in ihrem Kopf auf, jedes davon erschreckend.

Aber die Sanftheit seiner Stimme half gegen ihre Angst. Er hatte gesagt: *Ich werde mich gut um dich kümmern.*

Violet zitterte, aber sie wartete ab.

Daniel schnürte ihre Stiefel auf und zog sie ihr nacheinander aus. Wohlig streckte sie die aus der Enge befreiten Zehen in den dicken Strümpfen, und Daniel umfasste ihre Füße und strich ihr mit den Daumen über den Spann.

Daniels Hände waren stark, und es fühlte sich gut an, ja, aber eine Fußmassage war meilenweit von jenem intimen Akt entfernt, über den sie gesprochen hatten. Sogar Mary massierte Violet hin und wieder die Füße.

Andererseits war es etwas ganz anderes, wenn Daniel es tat. Mary ging zügig und energisch an diese Aufgabe heran. Daniels Lächeln hingegen verlieh einer schlichten Fußmassage fast etwas Sinnliches.

Er hob einen ihrer bestrumpften Füße und strich mit den Daumen über den Rist. Dann beugte er sich hinunter und biss sie in die Zehen.

Violet versuchte, den Fuß wegzuziehen. »Was, wenn meine Strümpfe schmutzig sind?«

Daniel fing den Fuß wieder ein. »Die tüchtige Violet soll fleckige Strümpfe angezogen haben? Das glaube ich nicht. Aber falls es dich beunruhigt …«

Seine Hände glitten ihr Bein hinauf, bis er eines der Bänder ihres schlichten Strumpfhalters berührte. Violet erinnerte sich, wie Daniel sie nach der unsanften Ballonlandung nach Knochenbrüchen und Verletzungen abgetastet hatte. Das prickelnde Entzücken, als seine Hände ihre Waden berührten, hatte sie damals nervös gemacht, und jetzt war es nicht anders.

Zielstrebig machte er kurzen Prozess mit dem Strumpfhalter, löste den Strumpf und streifte ihn ihr vom Fuß.

Auf die gleiche Weise verfuhr er mit dem zweiten Strumpf, dann legte er sich Violets nackte Füße in den Schoß und massierte weiter.

»Du hast reizende Zehen.« Daniel sah ihr bei diesem Kompliment in die Augen, sein Lächeln war so sinnlich, dass Violet nicht sicher war, ob sie die Füße wegziehen oder lachen sollte.

Er hob einen Fuß hoch und umschloss die Ferse mit der Hand. Er küsste ihr die Zehenspitzen, dann den Ballen. Das Kitzeln des Kusses wurde zu einem brennenden Verlangen.

Mit heißen Händen strich er ihre nackten Beine hinauf, schob dabei ihre Röcke und die weite Unterhose aus Batist hoch, bis seine Daumen die zarte Haut an der Innenseite ihrer Oberschenkel streichelten.

Violet hatte nicht gewusst, wie empfindsam sie dort war. Wenn sie sich wusch, waren ihre Oberschenkel eine ebenso neutrale Körperregion wie ihre Arme oder die Stelle zwischen den Schulterblättern.

Als Daniel sie dort berührte, änderte sich ihre Wahrnehmung. Seine Finger vollführten einen süßen Tanz, Hitzewellen durchliefen sie, es war ein Gefühl, das sie sich nicht erklären konnte. Sie bemerkte, dass sie sich an der Lehne des Sofas festhielt, ihre Finger gruben sich in das weiche Polster.

Daniels Finger hielten inne, und Violet schluckte ihre Enttäuschung hinunter.

»Geht es dir gut, Liebes?«

»Ja.« Violet konnte das Wort kaum herausbringen. »Mir geht es … gut.«

»Sehr schön. Weil die hier als Nächste ausgezogen wird.« Daniel zog an den Knöpfen ihrer Unterhose.

Violet riss die Augen auf. »Nein! Ich meine, … ich glaube nicht, dass ich das tun kann.«

»Aber ich muss meine Wette gewinnen.« Daniels Augen schimmerten dunkel im Schein des Feuers, sein Lächeln war freundlich. »Ein Gentleman tritt niemals von einer Wette zurück. Er bezahlt seine Ehrenschuld. Oder treibt eine Schuld ein, je nachdem.«

»Das ergibt keinen Sinn«, stammelte Violet.

»Das kommt, weil ich vor Verlangen nach dir sterbe und ein bisschen zusammenhanglos denke.«

Daniel sah nicht so aus, als würde er sterben. Seine Finger waren ruhig, als er ihre Unterhose aufknöpfte, sein Blick hielt den ihren fest.

Rasch und geschickt zog er ihr die Hosen über die Hüften. Im Handumdrehen fand sie sich mit nacktem Hintern auf dem Sofa sitzend wieder, ihr Rock war hochgeschoben bis über die Knie.

Automatisch griff sie nach ihren Röcken, um sie herunterzuziehen. Daniel hielt ihre Hände fest, küsste sie, dann legte er sie rechts und links von ihr aufs Sofa, während er ihr die Röcke bis über die Oberschenkel hochschob.

Die Panik setzte ein. Violet umklammerte seine Hände. »Daniel.«

Der Mann mit dem roten Bart hatte das auch getan – ihr die Röcke hochgeschoben. Doch er hatte ihre Unterhose aufgerissen, statt sie geduldig aufzuknöpfen. Violet hatte geglaubt, das Herunterreißen der Wäsche hätte wehgetan, aber das war nichts gewesen im Vergleich mit dem brennenden Schmerz, der darauf folgte.

»Violet.« Daniels Stimme durchschnitt den Nebel. »Du bist nicht dort. Du bist hier. Bei mir. Auf dem Sofa in meiner nicht sehr ordentlichen Wohnung. Und *ich* bin bei dir, Süße.«

Ja. Sie war hier. Mit Daniel. Weit weg von der Belanglosigkeit ihres täglichen Lebens, der nicht enden wollenden Anstrengung, sich beschäftigt zu halten – sich beschäftigt zu halten, damit sie vergessen konnte.

»Halte mich«, bat Violet.

»Das werde ich. Ich verspreche es dir.«

Daniel befreite sich sanft aus ihrem Griff, streichelte ihr Knie und küsste es. »Ich will, dass du etwas für mich tust. Stell dir etwas sehr Sinnliches vor.« Er küsste das andere Knie. »Das Sinnlichste, was du dir denken kannst. Etwas, das *dir* gefällt, nichts, von dem du denkst, es könnte *mir* gefallen. Du musst mir nicht sagen, was es ist, wenn du es nicht willst.«

Etwas Sinnliches. Violet versuchte, ruhiger zu atmen, während sie nachdachte. Das sinnlichste Bild, an das sie sich erinnerte, war … Daniel.

Daniel lag auf dem Boden eines leeren Zimmers, die Hände hinter dem Kopf verschränkt, und er lachte zu ihr hoch. Daniel, der sich aufsetzte und sie aus zusammengekniffenen Augen ansah, während er die Lippen um eine schwarze Zigarette schloss.

Daniels Hand auf ihrer Taille, während er sie ermunterte, die Zigarette zu nehmen, sie mit den Lippen dort zu berühren, wo seine Lippen gewesen waren … Er hatte sie beobachtet aus Augen von der Farbe dunklen Whiskeys, so wie er sie auch jetzt beobachtete.

Violet kehrte in die Gegenwart zurück. Sie bemerkte, dass Daniel seine Daumen bewegt hatte und sie zwischen den Beinen berührte, dort, wo sie feucht war.

Violet hielt den Atem an und rührte sich nicht. Daniel streichelte sie behutsam, berührte sie kaum, doch der Kontakt war da. Die Intensität dieser federleichten Berührung machte sie schwindelig.

»Denk an etwas Sinnliches«, wiederholte Daniel. »Schließ die Augen. Halte diese Bilder fest. Lass keine anderen zu.«

Leicht gesagt. Niemand hatte sie je dort unten berührt – nur dieser Mann mit dem roten Bart. Genau genommen hatte er sie nicht einmal angefasst. Er hatte seine Hose geöffnet, ihre Beine auseinandergezwungen, ihr wehgetan. Nichts war so gewesen wie jetzt, da Daniel sie streichelte, als würde er sie respektieren.

Violet konnte nicht aufhören zu zittern, doch sie schloss wieder die Augen. Sie zwang ihre Gedanken zurück in jenes Zimmer, zu Daniels Lächeln, als sie ihm zeigte, dass sie keine Scheu hatte, die Zigarette zu nehmen, zu seinem zufriedenen Blick, als er sich vorbeugte, um den Rauch auf ihren Lippen zu schmecken.

Ihre Gedanken wechselten zu einem anderen Bild, wieder zu Daniel, diesmal im Gasthaus, als sie neben ihm im Bett aufgewacht war. Wie er seine Hand so behutsam in ihr Nachthemd hatte gleiten lassen, ihre Brust so zart umschloss. Er hatte sich halb auf sie gelegt, hatte sie tief und intim geküsst, bevor die Wirtin das Zimmer betreten und das Frühstück gebracht hatte.

Violets Fantasie malte sich das Bild weiter aus. In ihrer Fantasie blieben sie zusammen im Bett liegen, keine Wirtin unterbrach sie. Violet hätte die Arme um Daniel geschlungen, ihre Hände wären über seinen Körper geglitten, der nackt war unter dem Nachthemd. Sie hätte die Wärme seines Rückens gespürt, hätte das Nachthemd hochgeschoben, um ihn zu berühren.

In der fernen Gegenwart spürte Violet Daniels Finger, die

sie streichelten, berührten. Dann eine andere Wärme, sein Atem auf ihren Schenkeln.

Violet riss die Augen auf. Daniel hielt ihre Röcke zur Seite, küsste ihren Oberschenkel, seine Bartstoppeln rieben über ihre Haut. Er berührte sie wieder zwischen den Beinen, dann nahm er die Hand fort und ersetzte sie durch seinen Mund.

Violet atmete scharf ein. Was …? Vor Unsicherheit machte sie sich ganz steif.

Daniel spreizte ihre Beine, aber ganz behutsam, die Hände sanft auf Violets Schenkeln. Er küsste sie, sein Atem war so heiß wie ihre Haut, und dann seine Zunge …

Ein Stöhnen kam ihr über die Lippen. Daniel leckte sie, küsste sie wieder. Er lachte leise. »Schließ die Augen, Süße. Denk, woran auch immer du gedacht hast. Es hat dir offensichtlich gefallen.«

Sie starrte ihn noch einen Moment länger an. Sie hätte sich niemals träumen lassen, dass einem Mann einfallen könnte, *das* zu tun, aber ihre Erfahrung in diesen Angelegenheiten war äußerst lückenhaft. Nach dem, was ihr widerfahren war, hatte sie sich allem verschlossen, was sich zwischen Mann und Frau abspielte.

Daniel nahm ihr sehr rasch die Scheuklappen ab.

Violet lehnte sich gegen die Lehne des Sofas, zwang ihren Körper, sich zu entspannen. Was Daniel tat, tat nicht weh, machte ihr keine Angst. Es war vielmehr …

Sie wusste es nicht. Es verwirrte sie. Sie wusste nur, dass Daniel, nachdem sie die Augen wieder geschlossen hatte, leise sagte: »Das ist mein braves Mädchen«, und sich zu ihr beugte.

Er ließ seine Zunge über ihre Öffnung gleiten, zuerst schnell, dann langsamer. Er leckte, nippte, kostete, dann schob er seine Zunge in sie.

Violet versuchte, zu ihren Fantasien zurückzukehren, aber

alles, was sie sehen konnte, waren sie und Daniel in dem großen Bett im Gasthaus, sie beide feucht von Wärme und Schlaf. In ihrer Vision glitt er an ihrem Körper hinunter, schob das Nachthemd beiseite, teilte ihre Beine und tat genau das, was er jetzt tat.

Daniel leckte sie noch einmal, dann schloss er den Mund ganz um den Punkt, an dem das Feuer loderte. Violet wollte sich diesem Gefühl entwinden, und zugleich wollte sie Daniel härter an sich pressen.

Sie dachte, er würde gleich aufhören müssen – sicherlich würde er aufhören, doch er hörte nicht auf. Er leckte, streichelte, saugte, neckte und leckte dann wieder. Seine Hände lagen auf ihren Beinen und hielten sie für ihn geöffnet, die rauen Bartstoppeln berührten ihre intimsten Stellen.

Dunkles Beben trat an die Stelle ihres Zitterns. Daniel musste aufhören, doch er machte weiter. Da war kein Schmerz, kein Zwang, nur der zärtliche Druck seiner Hände und die süße Wildheit seiner Zunge.

Violets Haut wurde feucht, als Hitze sie erfasste, alle Glieder erschlafften und sich gleichzeitig anspannten. Sie spürte ihr Blut pochen, jeder Schlag ihres Herzens sandte Daniels Zärtlichkeit durch sie hindurch.

Ihre Fantasie – die süße, wundervolle Fantasie, in Daniels Bett zu sein, seine Frau zu sein, nur ihm zu gehören – löste sich auf. Violet klammerte sich an das Bild, wollte nicht, dass es verschwand. Aber Violets Körper kämpfte um Aufmerksamkeit. Wilde Wellen ergossen sich über sie, und alles Denken endete.

Noch nie zuvor hatte sie so empfunden. Höchstens ihre Freude, Daniel im Theater zu sehen, lebendig und unversehrt, hatte ein wenig Ähnlichkeit damit. Die Freude, im Ballon zu fliegen, getragen vom Wind, war noch ein wenig ähnlicher. Es war genau so, wie Daniel es vorausgesagt hatte. Er hatte es gewusst.

Violet hatte keine Ahnung, was mit ihr geschah. Eine der Wellen packte sie, trug sie hoch und höher, ihr Körper war eine Quelle erstaunlicher Empfindungen. Alles verschmolz miteinander und sammelte sich in einem Punkt brennender Hitze, und bei Daniel.

Sie ertrank. Starb. Anders war das nicht zu erklären. »Hilf mir! Daniel, bitte hilf mir!« Violet holte tief Luft, der Atemzug endete in einem Schluchzen. »Bitte!«

Eine weitere Welle der Freude traf sie, und mehr Worte entrangen sich ihr, aber sie wusste nicht, was sie sagte. Violet hörte sich ein letztes *Hilf mir!* hervorstoßen, und dann kamen die Tränen.

Sie schluchzte, ihr Gesicht war tränennass, etwas in ihr zersprang und brach sich Bahn.

Daniel richtete sich auf, Triumph in den Augen, aber seine Arme schlossen sich um sie, und er zog sie an sich. Er küsste sie aufs Haar, hielt sie, wärmte sie und beschützte sie vor allem Schmerz.

Daniel hielt Violet, während sie zitterte wie ein verängstigtes Kätzchen. Sie weinte, Tränen nässten seine offene Hemdbrust und die nackte Haut darunter. Daniel betete zu Gott, dass er sie nicht zerbrochen hatte.

Während er ihr übers Haar strich, löste er es aus dem Zopf und ließ es über seine Hände gleiten. Es fühlte sich wunderbar an, genau so, wie er es sich vorgestellt hatte.

Daniel hatte den Augenblick gespürt, in dem sich Violet ihm ergeben hatte. Ihr Körper, zuvor steif und abwehrend, hatte die Führung übernommen, wohlwissend, was zu tun war.

Aber jetzt weinte Violet, weinte und weinte, als könnte sie nicht aufhören.

»Ist alles in Ordnung, Liebes?«

Violet schaute zu ihm hoch, ihre Augen strömten über von Tränen. »Ja. Es tut mir leid.«

»Entschuldige dich nicht. Sag mir, dass es Freudentränen sind. Ich habe meine Wette gewonnen, nicht wahr?«

Sie wischte sich die Augen, ihre Schluchzer ebbten ab. »Ich glaube schon.«

»Du *glaubst* es? Frau, du schaffst mich.« Daniel griff in seine am Boden liegende Jacke, holte ein Taschentuch hervor und trocknete ihr die Tränen. »Sagst du mir, woran du gedacht hast? Du musst es nicht tun. Mach dir keine Sorgen, ich bin nur neugierig.«

»An das Gasthaus«, sagte Violet ganz leise. »Mit dir.«

Das gefiel ihm. »Welcher Teil davon? Als ich das Frühstück verschlungen habe? Einfache französische Hausmannskost kann die beste der Welt sein.«

»Wir im Bett.« Errötend schaute sie zu Boden. Violet, schüchtern. Das war neu. »Nur dass du in meiner Vorstellung getan hast … was du gerade eben getan hast.«

Daniels Blut strömte heiß durch seine Adern. »Ich wäre am liebsten den ganzen Tag dort geblieben, um dich besser kennenzulernen. Verdammt schade, dass wir aufbrechen mussten.«

»Wie könnten zurückkehren.« In ihrer Stimme lag Hoffnung.

Daniel zog sie enger an sich. »Keine schlechte Idee. Wie wäre es mit morgen?«

Violet schüttelte voller Bedauern den Kopf. »Meine Mutter und ich haben morgen eine Vorstellung.«

»Dann übermorgen. Ich werde kommen und dich einfach mitnehmen. Obwohl wir den ganzen Weg mit dem Zug werden zurücklegen müssen – ich glaube nicht, dass Monsieur Dupuis mich in nächster Zeit auch nur in die Nähe seines Ballons lassen wird.«

»Können wir das wirklich machen? Du sagst das nicht nur einfach so, damit ich mich freue?«

»Natürlich nicht.« Daniel klang zutiefst erschüttert – er hatte diesen Tonfall von den vielen Nannys übernommen, die die MacKenzies beschäftigten. »Ich werde alles stehen und liegen lassen, um dich wieder zu entführen. Aber diesmal lassen wir es gemächlich angehen. Ich bin sicher, der Wirt und seine Frau werden erfreut sein, Mr und Mrs MacKenzie wiederzusehen.«

Violets Blick flackerte, aber sie schmiegte den Kopf an seine Schulter. »Was werden wir dort machen?«

»Alles Mögliche, meine Violet. Alles, was du willst. Vielleicht werde ich dir zeigen, auf wie viele Arten ein Mann eine Frau Lust empfinden lassen kann.«

»Du willst das wirklich tun? Ich meine, ich dachte, dass Männer nur …« Sie verstummte, als sei sie unsicher, wie sie den Satz beenden sollte.

»Ihr eigenes Vergnügen wollen?«, fragte Daniel. »Du hast zu lange bei den Engländern gelebt. Würde ein Schotte versuchen, eine Frau nur zu seinem eigenen Vergnügen zu benutzen, würde er sich eine Ohrfeige einfangen. Wobei mir einfällt, dass du auch ziemlich kräftig zuschlagen kannst.«

»Ich habe doch gesagt, dass ich …«

Daniel legte die Finger auf ihre Lippen. »Ich habe nur Spaß gemacht. Kein Wort mehr darüber.« Er war froh zu sehen, dass ein lebhaftes Funkeln in ihre Augen zurückkehrte. »Ich hatte dich zu sehr bedrängt, weil ich dachte, du wärst begierig auf die Berührung von Daniel MacKenzie. Ich hätte nie gedacht, dass du versuchen würdest, mich umzubringen, aber jetzt weiß ich, dass ich dir Angst gemacht habe.«

Sie nickte. »Das hast du. Ich wusste nicht, was ich tat.«

»Hast du noch immer Angst vor mir? Es ist in Ordnung, wenn es so ist. Ich bin ein furchterregender Mann.«

Violet lächelte. »Absolut furchterregend.«

»Gut.« Daniel strich ihr über das Haar. »Weil ich dich gern weiterhin küssen würde. Im Zimmer ist es endlich warm geworden, und ich bin noch nicht bereit, wieder auf die Straße hinauszugehen. Gib es zu, das war Lust, was du empfunden hast, nicht wahr? Tief im Unterleib, den Bauch zusammenziehende, das Blut zum Kochen bringende Lust.«

Sie nickte. »Ich dachte, ich würde ertrinken.«

»So sollte man es auch empfinden. Als würde einem der Anker weggerissen, und man würde im Wasser treiben, ohne zu wissen, ob man je wieder auftauchen wird. Und sich nicht sicher ist, ob man das überhaupt will.«

Violet nickte wieder, ihr Haar glitt über seine Schulter. »Ja. Genau so ist es.«

»Du schuldest mir einen Shilling.«

Wieder ein Funkeln in ihren Augen. »Sieh an, du bist also nur hinter dem Geld her!«

Daniel drückte ihre Hand auf seine Brust, direkt über dem schnell schlagenden Herzen. »Du liebst es, mich zu verletzen, was? Ich bin ein Meister der Lust. Ich würde sie auch um ihrer selbst willen schenken, zum Teufel mit der Wette. Aber ich werde dich nicht so einfach davonkommen lassen. Ich habe vor, diesen Shilling einzutreiben.«

»Oh, wahrhaftig? Du würdest eine arme, wehrlose Wahrsagerin berauben?«

Daniel gefiel es, wie leichtfüßig sie auf seine Neckerei einging. »Du bist eine Schwindlerin, Violet … wie auch immer dein Name ist.«

Violet lächelte still und behielt ihre Geheimnisse für sich.

Daniel zog sie enger an sich, seine Hände glitten um das schwarze Baumwollmieder, und es juckte ihm in den Fingern, es zu öffnen. Zum Teufel mit den Geheimnissen, mit ihrer beider Vergangenheit, mit Schmerz und gebrochenen Herzen. Heute Nacht würde Violet bei ihm sein, verborgen vor der Welt. Hier gehörte Violet zu Daniel und er zu ihr.

Als er sie küsste, öffnete Violet ihm bereitwillig den Mund. Ihre Lippen trafen sich zum warmen, intimen Kuss von Liebenden. Daniel hatte etwas in ihr zum Schmelzen gebracht, hatte eine kleine Bresche in ihre Schutzmauer geschlagen. Er würde das ganze verdammte Ding zum Einsturz bringen, wenn es sein musste.

Ihre Münder suchten und gaben. Violets Hand auf seinem Knie wärmte Daniel durch den Kilt.

Als ihre Hand weiter nach oben glitt und sich auf Daniels steinharte Erektion legte, stand seine ganze Welt still.

19

Daniel zwang sich, ganz still zu liegen. Violet sah ihn wieder voller Angst an, ihre Hand ruhte wie erstarrt auf ihm.

Er wusste, dass jede Bewegung sie vertreiben, all das zunichtemachen konnte, was sie heute Abend zusammen getan hatten. Ganz egal, wie sehr Daniel Violet begehrte, er musste ihr überlassen, was geschehen sollte.

»Tu, was du möchtest.« Daniel strich ihr eine Haarsträhne aus dem Gesicht. »Nur das, was du willst.«

Violet ließ ihre Hand auf ihm liegen, weder erkundete sie ihn weiter, noch zog sie sie zurück. Unentschlossenheit und Furcht jagten durch ihre Augen, aber Daniel blieb weiterhin reglos. Er war ein Experte in Sachen Geduld – Pferde brauchten Geduld, ebenso Maschinen. Jahrelange Erfahrung mit beidem hatte ihn das gelehrt.

Violet hielt den Blick auf sein Gesicht gerichtet, und wie immer versuchte sie, darin zu lesen. Ihre Stirn legte sich in Falten, als es ihr nicht gelang.

Daniel wollte ihr sagen, dass sie nicht in ihm lesen konnte, weil er durch und durch offen war. Daniel hatte keine Geheimnisse – nur dann, wenn die Wahrheit jemanden verletzen würde. Ansonsten war er in seinem Innern derselbe wie an der Oberfläche. Violet konnte schauen, so viel sie wollte, sie würde immer nur Daniel sehen. Er hatte nichts zu verbergen.

Ihre Hand schloss sich durch den Kilt um ihn, ihr Blick wurde ruhiger. Daniel schluckte ein Stöhnen herunter.

»Ich weiß nicht, was ich tun muss«, wisperte sie.

»Du wirst nicht mehr sehr viel tun müssen.«

Ihr Blick verriet ihm, dass sie nicht sicher war, was er meinte. Der Mann, der ihr die Unschuld geraubt hatte, hatte ihr noch mehr genommen – Violets Vertrauen, ihre Neugier, ihre Fähigkeit, einfach nur mit einem Mann zusammen zu sein. Daniel würde ihn dafür bezahlen lassen, wenn er ihn gefunden hatte. Und er würde ihn finden.

Wieder bewegte sie die Hand. Daniel stöhnte und umfasste sanft ihr Handgelenk. »Warte, Liebling.« Er löste den Gürtel und den Kilt. »Jetzt erkunde mich, so viel du willst.«

Violets Lippen öffneten sich, doch zu der Angst in ihren Augen gesellte sich Entschlossenheit. Langsam ließ sie unter dem Plaid die Hand über Daniels Körper gleiten.

Als ihre Fingerspitzen seine Erektion berührten, holte sie laut Luft und riss die Hand zurück. Aber sie gab nicht auf. Sie streckte sie wieder aus, eine weitere rasche Berührung, dann noch eine, wie jemand es tun würde, der Sorge hatte, das Objekt, das er berührte, könnte ihm einen elektrischen Schlag versetzen. Jede Berührung war länger als die vorige, bis Violet schließlich die Hand um ihn geschlossen hielt.

In seinem ganzen Leben war Daniel nie etwas so schwergefallen – er hielt ganz still, damit Violet den Mut fand, von sich aus weiterzumachen. *Sie* musste es tun, um ihre Unsicherheit zu verlieren.

Daniel sah Violets Panik wieder aufflackern, aber sie atmete tief durch und beherrschte sie. Zögernd schloss sie die Hand ganz um ihn.

Daniel stöhnte leise. Er streckte die Arme weit über die Rückenlehne des Sofas, ballte die Fäuste und schloss die Augen.

Violet lag an seiner Schulter, ihre Finger bewegten sich leicht. »Wenn ich das tue, empfindest du dann so, wie du mich hast fühlen lassen?«

Daniel schluckte einen weiteren Laut der Verzweiflung herunter. »Ich habe keine wissenschaftliche Studie daraus gemacht, aber ja, ich denke, so fühlt es sich an.«

»Oh.«

»*Oh* ist eine gute Art, es auszudrücken. Vi, du bringst mich um.«

Sie hielt inne. »Soll ich aufhören?« Die Frage klang unschuldig, aber er hörte heraus, dass ihr Mut zurückkehrte.

»Nein!« Daniel kämpfte um Beherrschung. »Wenn du auch nur einen Funken Mitgefühl mit mir hast, nein. Bitte. Lass mich nicht darum betteln, dass du weitermachst.«

Zu spät, er bettelte bereits. Er öffnete die Augen und sah, dass sie ihn fasziniert beobachtete. Sie betrachtete ihn auf die gleiche Art wie im Ballon, als er versucht hatte, die Maschine in Gang zu setzen.

Nun, wenn sie *dies* irgendwann einmal im Ballon …

Gott, warum musste er das jetzt denken? Daniels Fantasie trug sie hoch über die winterlichen Felder. Sein Kilt bedeckte den Boden des Korbs, und Violet lächelte ihn an. Sie hielt ihn umschlossen, gleich würde sie sich hinknien und ihn …

»Oh Gott.« Daniel fuhr mit der Hand unter das Plaid, schloss sie um Violets und führte sie in einer Bewegung seinen Schaft herunter. »So«, sagte er, seine Stimme klang verzerrt. »So, Mädchen.«

Violet erstarrte wieder, als Daniel seine Hand fortnahm, und er betete, dass er ihr keine Angst gemacht hatte. Er würde ohnehin gleich ohnmächtig werden und vom Sofa fallen, also war es nicht wirklich wichtig, ob sie aufhörte.

Violet atmete durch, legte den Kopf wieder an Daniels Schulter, schloss die Hand fester um seine harte Männlichkeit und bewegte sie so, wie er es ihr gezeigt hatte.

Daniel erbebte bis in die Stiefel. Die süße Reibung ließ alles in ihm schmelzen. Ihre raschen Bewegungen, zuerst ungeschickt, wurden geschmeidiger, je mehr Selbstvertrauen Violet bekam.

Eine neue Welt öffnete sich für ihn. Körperliche Freuden waren Daniel ganz und gar nicht fremd, aber die Art, auf die Violet sein Herz erwärmt und gefangen genommen hatte, machte es zu einer ganz neuen Erfahrung.

Verlangen erfasste seinen Körper, bis alle gewöhnlichen Sinnesempfindungen verblassten. Der modrige Geruch im Zimmer, die Wärme des Feuers, die weit entfernten Geräusche der Straße – alles löste sich auf. Daniel nahm nur noch Violet wahr, ihre Wärme, die Herrlichkeit ihrer Berührung.

Sein Höhepunkt kam, bevor er dafür bereit war. Daniel schob die überraschte Violet beiseite, griff nach seinem Taschentuch, wickelte es um sich und ergoss seinen Samen hinein. Seine Hüften pumpten, wollten in Violet stoßen, nicht in seine eigene Hand. Aber Daniel wollte sie um nichts in der Welt verletzen.

Er schlang den Arm um sie, zog sie an sich, küsste sie in wilder Verzweiflung. Sein Blut rauschte, als würde eine Droge in seinen Adern fließen. Er brauchte Violet, brauchte sie mit Leib und Seele.

Sie erwiderte seinen Kuss ebenso heftig. Starke, stolze Violet.

Als Daniel seinen Samen verströmt hatte, lagen sie aneinandergeschmiegt auf dem Sofa. Er streichelte ihr Haar, küsste es, ihr gemeinsames Schweigen sagte mehr, als Daniel je mit Worten hätte ausdrücken können.

Violet lag neben Daniel in der Wärme und Stille des Zimmers und spürte den Frieden um sich. Es gefiel ihr, dass Daniel nicht reden wollte. Sie hätte ewig so daliegen mögen, während er langsam ihr Haar streichelte. Wann immer er sich herunterbeugte und sie küsste, war der Kuss sanft, doch darin lag das Echo ihrer Leidenschaft.

Ich glaube, ich verliebe mich in dich, Daniel. Die Worte flüsterten in ihrem Kopf. *Nein, es ist schon zu spät. Ich habe mich bereits in dich verliebt.*

Violet musste diesen glücklichen Moment in sich aufsaugen, um ihn für immer zu bewahren. In ihrem Leben hatte es so wenige glückliche Augenblicke gegeben, dass sie jeden davon in sich verwahrte wie ein kostbares Juwel.

Jäh unterbrach ein lautes Klopfen an der Tür den Frieden in Daniels abgeschiedenem Zimmer.

Fluchend griff Daniel nach dem Kilt, mit dem sie sich zugedeckt hatten. Behutsam schob er Violets Füße zur Seite, dann stand er auf und schlang, während er zur Tür ging, den Kilt um seine Hüften. »Verdammte Nachbarn«, sagte er. »Vermutlich tun sie, als wollten sie sich etwas borgen, damit sie einen Blick auf die wunderschöne Lady werfen können, die ich mit nach Hause gebracht habe. Mach dir keine Gedanken, ich werde sie wegschicken.«

Das Klopfen ertönte wieder. »Daniel«, sagte eine Frauenstimme leise, aber bestimmt. »Ich weiß, dass du da bist.«

Violets Glücksgefühl entglitt ihr wie nasser Sand. Sie hob ihre Unterhose vom Boden auf, erhob sich und zog sie an. Dann ließ sie die Röcke über ihre nackten Beine fallen.

»Na wunderbar«, grummelte Daniel. »Nicht unbedingt das, was ich jetzt brauche, um meine Nacht vollkommen zu machen. Ich hoffe nur, sie hat nicht auch noch diese kleine Krabbe mitgebracht.«

Violet hatte keine Ahnung, wovon er sprach, aber Daniel schien es absolut nichts auszumachen, die Tür zu öffnen und eine seiner Geliebten hereinzulassen.

Sein Körper blockierte die Tür, als er hinausschaute. »Ja?«

»Lass mich rein, Danny. Es ist kalt hier draußen. Ich weiß, dass du die Wahrsagerin bei dir hast. Wenn ihr beide also in einem einigermaßen respektablen Zustand seid, möchte ich gern reinkommen. Abgesehen davon bin ich nicht so leicht zu schockieren.«

Daniel schaute zu Violet und sah, dass sie angekleidet war – bis auf die Schuhe und die Strümpfe, die sie hastig mit dem Fuß unters Sofa schob. Er sah sie entschuldigend an und machte die Tür weit auf, ließ den Wind herein und die Lady.

Es war keine Kurtisane. Schlimmer. Es war seine Stiefmutter.

»Hallo, meine Liebe«, sagte Lady Cameron MacKenzie, nachdem Daniel die Tür geschlossen und sich dagegengelehnt hatte. »Ich bin Ainsley MacKenzie. Sie sind Violet?« Mit ausgestreckter Hand kam Ainsley auf sie zu. »Ihr Mädchen sucht Sie verzweifelt. Sie wartet in der Kutsche.«

»Oh …«, setzte Violet an, aber Ainsley unterbrach sie.

»Ich habe es nicht für einen Zufall gehalten, dass Daniel zur selben Zeit von der Soiree verschwunden ist, zu der die Komtesse anfing, ihre Wahrsagerin zu vermissen. Ich habe den Kutscher erbarmungslos dazu gezwungen, mir zu gestehen, wohin er euch beide gebracht hat.« Ihr Lächeln schwand. »Ich bewundere eine gute Wahrsagerin. Besitzen Sie diese Gabe wirklich, oder ist es einfach nur ein Spaß?«

Ainsley sah Violet offen an, während sie ihre Hand festhielt. Violets rasche Einschätzung – sie konnte nicht anders, als das immer sofort zu tun –, zeigte ihr eine Frau voller Selbstsicherheit und Zufriedenheit, auch wenn das nicht immer so gewesen war. In Ainsleys Augen lag Dunkelheit, die von einem vergangenen großen Verlust zeugte. Und sie war voller Sorge, sie könnte wieder einen erleiden. Diese Furcht saß tief in ihr vergraben, war aber allgegenwärtig.

»Wo ist Gavina?«, fragte Daniel misstrauisch.

»Im Hotel. Sie schläft – theoretisch. Aber in Wirklichkeit fragt sie höchstwahrscheinlich erbarmungslos Cameron nach dem Ball und allem aus, was bei der Comtesse los war. Ich wusste, Gavina würde sich über dich und deine Arbeit hier hermachen, hätte ich sie mitgebracht. Ganz zu schweigen davon, dass sie ständig gefragt hätte, warum du hier mit Miss Violet allein bist und warum Violets Haar offen ist und sie keine Schuhe anhat.«

Verlegen verbarg Violet die nackten Füße unter ihrem Rock. »Sie sagen, dass Mary mich sucht?«

»Ja, und das dringend. Ich hätte um nichts in der Welt gestört, aber sie schien schrecklich besorgt zu sein. Weshalb ich vermutet habe, dass Sie keine Kurtisane sind, auch wenn Daniel Sie zu einem Schäferstündchen entführt hat. Die Zofe einer Kurtisane hätte sich diskret im Hintergrund gehalten, ungeachtet der Situation. Ich hoffe, ich habe Sie nicht gekränkt, Liebes.«

»Stiefmama …«, begann Daniel.

»Schon gut, Danny. Ziehen Sie sich an, Violet, und ich bringe Sie zur Kutsche. Ich werde hier auf Sie warten, wenn Sie nichts dagegen haben. Hier drinnen ist es angenehm warm.«

Ainsley, Frau des Bruders eines Dukes und ehemals Hofdame Queen Victorias, ließ sich auf dem Fenstersitz nieder und vertiefte sich in eine von Daniels Zeichnungen.

Daniel holte Violets Schuhe und Strümpfe unter dem Sofa hervor, dann setzte er sich neben sie, und sie spürte seine wärmende Nähe, während sie Strümpfe und Schuhe anzog. Daniel musste ihr helfen, die Schnürsenkel zu binden – Violets Finger zitterten so sehr, dass sie es allein nicht schaffte.

Die meisten von Daniels Hemdknöpfen waren davongeflogen, als Violet sie abgerissen hatte, also musste er, um sich zu bedecken, Weste und Jacke sorgsam zuknöpfen. Ainsley erhob sich, als sie fertig waren, und legte die Zeichnung beiseite, die sie betrachtet hatte.

Violet schaute auf das Blatt, das Lady Cameron weglegte. Ordentliche Linien bildeten den Querschnitt einer Maschine, versehen mit Anmerkungen, Buchstaben und Zahlen. Violet war fast sicher, dass ein Teil der Maschine Flügel hatte.

»Was für eine Konstruktion ist das?«, fragte sie neugierig.

»Ich habe nur ein paar Ideen zu Papier gebracht.« Daniel nahm seinen Mantel und legte ihn Violet um.

Ainsley lächelte. »Unser Danny ist ein kleines Genie, aber ich fürchte, niemand außer Ian versteht wirklich, womit er sich beschäftigt.«

»Ich habe dir gesagt, dass das alles ganz simpel ist, Stiefmama.«

»Falls man Ingenieur ist. Was ich nicht bin. Können wir gehen?«

Daniel legte den Arm um Violet, als sie die Treppe hinuntergingen, und führte sie rasch durch die Passage auf die Hauptstraße. Offenbar brachte es ihn nicht im Geringsten in Verlegenheit, von seiner Stiefmutter bei einem Schäferstündchen mit Violet überrascht worden zu sein. Formvollendet half er beiden Damen in die Kutsche, ganz so, als führte er sie zu einem Opernabend aus.

Mary wartete in der Kutsche und sah Violet mit großen Augen an. Sie sagte nicht, weshalb sie Violet gesucht hatte – genau genommen sagte sie überhaupt nichts.

Daniel setzte sich neben seine Stiefmutter, und die beiden vertieften sich in eine angeregte Unterhaltung, während die Kutsche wendete und in Richtung der Hauptstraße fuhr. Daniel unterhielt sich mit Lady Cameron ganz entspannt, neckte sie ebenso, wie sie ihn neckte.

Violet dachte an die Geschichte, die er ihr erzählt hatte, von dem einsamen kleinen Jungen, der gehofft hatte, eine der Frauen, die sein Vater mit nach Hause brachte, würde bleiben und seine Mutter sein. Daniel mochte keine Mutter gefunden haben, aber mit Ainsley hatte er eine Kameradin bekommen, eine Lady, die er offensichtlich respektierte und bewunderte. Und liebte. Lady Cameron hatte den Platz in Daniel ausgefüllt, der leer gewesen war. Die beiden hatten eine warme, starke Bindung, um die Violet sie beneidete.

Viel zu bald hielt die Kutsche vor Violets Pension. Daniel sprang aus dem Wagen und half zuerst Mary und dann Violet beim Aussteigen. Mary dankte Daniel höflich, dann ging sie voraus zum Haus, öffnete die Tür und wartete auf Violet.

Violets Zeit mit Daniel war vorüber. Sie nahm den Mantel von den Schultern, den er ihr geliehen hatte, und reichte ihn ihm. Ihr war zumute, als verlöre sie ein Stück von ihm.

Daniel lächelte sie an und berührte ihre Wange. In seinem Lächeln lag ein Echo der Sinnlichkeit des Abends. Violet nahm seine Wärme in sich auf und hüllte sich darin ein wie in einen Mantel.

»Küss sie um Himmels willen nicht vor ihrer respektablen Pension«, ließ sich Lady Cameron aus der Kutsche vernehmen. »Du wirst das Mädchen ruinieren.«

Daniel streckte die Hand aus, schüttelte Violets und vollführte eine Verbeugung. »Bis morgen, Mylady.«

Violet wollte ihn nicht gehen lassen. Heute Abend hatte Daniel eine neue Welt für sie geöffnet, und sie war nicht bereit, sie zu verlassen.

Daniel ließ ihre Hand los, und sie bemerkte, dass sie sich daran festgeklammert hatte. »Geh jetzt«, sagte er sanft.

Violet schluckte, brachte ein »Gute Nacht« heraus und wandte sich ab, um Mary ins Haus zu folgen.

Sie versuchte, noch ein wenig im Gang zu verweilen, um zu sehen, wie Daniel in die Kutsche stieg und in die Nacht davonfuhr, aber Mary schloss die Tür hinter Violet und schnitt ihr die Sicht ab.

»Ich wusste nicht, dass er so reich ist«, sagte Mary und stieg die Treppe hinauf. Violet folgte ihr langsam. »Sieht aus, als sei er von Ihnen angetan, Miss. Wenn Sie ihn sich warmhalten, werden Sie unser aller Rettung sein.«

Ihn sich warmhalten. Nach der wundervollen Nacht, die Violet gerade erlebt hatte, klang dieser Satz vulgär und gemein.

»Ich habe keine Möglichkeit, ihn mir warmzuhalten.« Violet überließ es Mary, die Tür zu ihren Zimmern aufzuschließen und zu öffnen, weil sie wusste, dass ihre Hände zu sehr zitterten, um den Schlüssel überhaupt halten zu können. »Wenn wir Marseille verlassen, werde ich ihn höchstwahrscheinlich nie wiedersehen.« Und das würde ein riesiges Loch in ihr Herz reißen.

»Dann ist es das Beste, sie holen sich jetzt so viel Geld und Schmuck von ihm wie möglich.« Wie stets dachte Mary praktisch. »Und vertrauen Sie den Schmuck keiner Bank an. Ein Gentleman bringt eine Bank immer dazu, ihn ihm zurückzugeben.« Treuherzig schaute Mary Violet an. Sie sah überhaupt keinen Grund, warum Violet nicht Daniels Geliebte sein sollte – ihrer Ansicht nach war das eine sehr vernünftige Lösung für eine Frau, die Geld brauchte.

Aber Marys Worte trübten das Strahlen der Nacht. »Mr MacKenzie wird mir keinen Schmuck schenken.«

Noch während Violet diese Worte aussprach, sah sie sich an einem Tisch sitzen, und Daniel stellte sich hinter sie, lächelte sein faszinierendes Lächeln und hielt ein Brillantcollier in den Händen. Er legte es ihr um, schloss es mit geschickten Händen und beugte sich herunter, um sie auf den Nacken zu küssen.

Violet sehnte sich danach. Nicht nach den Juwelen, sondern nach der Intimität der Szene. Daniel, der ein Geschenk für Violet auswählte und sie küsste, als er es ihr gab.

»Miss?«

Violet zuckte zusammen und fand sich in der Realität ihres unscheinbaren Wohnzimmers wieder. Sie ging zum Fenster, aber ein Blick nach draußen zeigte ihr, dass Daniel und seine Kutsche bereits fort waren. »Es tut mir leid, Mary. Nun, *warum* hast du mich so dringend gesucht?«

Mary sah besorgt aus. »Es ist wegen Ihrer Mum. Sie hatte eine ihrer Visionen.«

»Ach herrje.« Violets Euphorie schwand. Ihre Mutter hatte oft düstere Visionen, was ihrer aller Zukunft betraf. Unglücklicherweise erfüllten sie sich manchmal. »Geht es ihr gut? Hast du sie zu Bett gebracht?«

»Das habe ich, aber sie war ganz schrecklich aufgeregt. Sie hat mich angefleht, Sie zu suchen, und sagte, sie würde erst Ruhe geben, wenn Sie sicher wieder zurück sind. Es war eine schlimme Vision. Sie hat finsteren Schrecken gesehen, besonders für Sie. Feuer, Rauch und Tod, alles durcheinander. Sie hat sehr große Angst, Miss.«

»Ich verstehe.« Violet seufzte. Sie tätschelte Marys Schulter, gab ihr den Beutel mit den Münzen, die ihr in die Schale gelegt worden waren, straffte die Schultern und ging zu ihrer Mutter.

20

Ainsley wollte noch in ein Restaurant.

»So spät wird uns keiner mehr hereinlassen«, sagte Daniel.

»Unsinn. Da gibt es doch dieses kleine Lokal neben dem Kabarett – dort bedienen sie die Gäste bis tief in die Nacht. Außerdem haben sie dort die wunderbarste Torte überhaupt, die musst du unbedingt probieren. Der Kuchen ist weich wie Butter, zwischen den beiden Schichten ist er mit Himbeerkonfitüre gefüllt, und an den Seiten umhüllt ihn ein köstlicher Schokoladenguss.«

Daniel sah sie voller Zuneigung an. Seit ihrer ersten Begegnung war Ainsley ihm eine Freundin gewesen. »Du liebst Kuchen wirklich über alles, Stiefmama.«

»So wie du, Stiefsohn. Ich erinnere mich daran, wie wir in Paris die Boulevards entlanggeschlendert sind und in jeder Konditorei der Stadt Kuchen probiert haben. Deinen Vater hat das fast wahnsinnig gemacht.«

Daniel grinste. Cameron war brummig wie ein Bär gewesen, weil Daniel und Ainsley ihn wegen des Kuchens durch ganz Paris gezerrt hatten. Damals hatte sich Cameron in Ainsley verliebt, obwohl er es um nichts in der Welt hatte zugeben wollen. Diese beiden Menschen zusammenzubringen war eine von Daniels mühsamsten, aber auch schönsten Aufgaben gewesen.

Die Torte war, wie Ainsley es versprochen hatte, hervorragend. Die erste Hälfte ihres Tortenstücks verzehrte Ainsley in stummer Hingabe. Im kleinen Café war es schummrig, und die Gäste waren laut, aber Daniel und Ainsley hatten einen kleinen Tisch am Fenster ergattert und waren dort relativ ungestört.

Schließlich legte Ainsley die Gabel aus der Hand, trank einen Schluck Wein und stützte die Ellbogen auf dem kleinen Tisch auf. »Und jetzt, Daniel, erzähl mir alles über diese Violet.«

Daniel nahm einen weiteren Bissen der konfitüregefüllten Torte auf die Gabel. »Das ist neu. Normalerweise bittest du mich, meine Frauengeschichten mit keinem Wort zu erwähnen. Du möchtest, dass ich für dich der unschuldige Sechzehnjährige bleibe, der aus der Schule davongelaufen ist und dein Mitverschwörer war. Ich muss dich daran erinnern, dass ich mit sechzehn gar nicht mehr so unschuldig war. Ich hatte bereits zwei Geliebte gehabt und viele kürzere Affären.«

»Natürlich will ich nichts *darüber* wissen. Ich frage dich nach Violet. Warum ich frage? Weil du sie anders ansiehst als deine anderen Frauen. Sag mir nicht, dass es nicht so ist. Ich will die ganze Geschichte hören.«

Daniel legte seine Gabel nieder, was ein Verbrechen war, denn die Torte schmeckte wie ein Stück vom Himmel. »Da gibt es keine Geschichte. Ihre Dienste als Medium wurden mir zur Begleichung einer Spielschuld angeboten. Sie hat versucht, mich zu erschlagen, dann bin ich ihr bis Marseille gefolgt, habe sie auf eine Ballonfahrt mitgenommen und sie dabei fast umgebracht. Also sind wir quitt.«

Es war schwer, angesichts von Ainsleys Mienenspiel nicht in Lachen auszubrechen, aber es gelang ihm. Sich noch einen Bissen Torte einzuverleiben half ihm dabei.

»Siehst du?«, fragte Ainsley nach einem Augenblick überraschten Schweigens. »Ich *wusste*, dass es eine Geschichte gibt. Wer ist sie? Sie ist reizend, selbst unter dieser Theaterschminke. Beileibe keine Romni, denke ich. Sie kommt aus London, oder ich will aus Holland sein.«

»Du bist auch noch sehr schottisch«, sagte Daniel. »Südlondon, obwohl ich glaube, dass Violets Vater Franzose war. Das sagt sie jedenfalls. Oder«, schloss er dramatisch, »sie ist wirklich eine russische Schönheit, die sich in Frankreich versteckt, um der Verfolgung zu entgehen – die unglaublich schöne Prinzessin Ivanova, die mit ihrer Freundin reist, der Countess Melikova, die mit jedem aus dem Jenseits sprechen kann.«

Ainsleys Gabel hielt auf halbem Wege zu ihrem Bestimmungsort inne. »*Das* ist sie? Ich habe die Plakate überall in der Stadt gesehen. Oh, wir *müssen* es uns ansehen.«

»Ich habe es mir angesehen. Es ist absoluter Humbug. Aber sie machen ihre Sache sehr gut.«

»Das wird ja immer besser. Ich werde es Cam sagen. Wir alle werden hingehen. Ich kann es kaum erwarten.«

»Sie geben morgen eine Vorstellung«, sagte Daniel. »Oder, genauer gesagt, heute Abend. Ich nehme an, es ist schon nach Mitternacht.«

Ainsley aß einen weiteren Happen und dachte nach. »Was du mir nicht erzählt hast, ist, ob du vorhast, eine ehrbare Frau aus ihr zu machen.«

Daniel kratzte den letzten Rest Schokolade von seinem Teller, dann schob er ihn mitsamt Gabel von sich weg. »Warum diese plötzliche Eile, mich zum Altar schreiten zu sehen? Bist du so sehr darauf erpicht, einen ehrbaren Mann aus *mir* zu machen?«

»Ich will, dass du glücklich bist, das ist alles. Du saust durch die Welt, von einem Land ins nächste, von einem Automobilrennen zu einem Ballonwettfliegen zu einem Pferderennen, von Stadt zu Stadt, von Frau zu Frau. Als wärst du auf der Suche nach etwas, ohne zu wissen, was es ist.«

»Ich amüsiere mich. Stoße mir die Hörner ab. Lerne. Ich werde in diesem Jahr einen Geschwindigkeitsrekord für Automobile aufstellen, du wirst schon sehen.«

»Mit Violet an deiner Seite?«

Ainsley wusste immer, was Daniel in seinem Herzen verbarg. Daniel hatte als Junge vor Wut geschäumt, wenn sein Vater ihn bei einem seiner vielen Streichen ertappt oder ihn zurückgeholt hatte, jedes Mal, wenn er davongelaufen war. Jetzt wusste Daniel, dass er sich *gewünscht* hatte, ertappt zu werden. Sosehr Cameron auch zürnte, es bedeutete zumindest, dass sein Vater ihm Aufmerksamkeit zollte.

Als Ainsley, eine magere junge Frau mit blondem Haar und wunderschönen grauen Augen, in Daniels und Camerons Leben getreten war, hatte sie Daniels Untaten mit einer fast unheimlichen Scharfsichtigkeit durchschaut. Sie hatte von seiner Spielleidenschaft gewusst, den zweifelhaften Verbindungen, die er gepflegt hatte, von seinen Affären und seinen dekadenten Freunden. Daniel hatte vieles davon aufgegeben und war zur Ruhe gekommen, nachdem Ainsley seine Stiefmutter geworden war, aber mehr, um ihr zu gefallen, denn aus Angst, sie könnte Cameron davon berichten.

Jetzt sah Ainsley ihn mit ihrem wissenden Blick an und konfrontierte ihn mit seinen eigenen Geheimnissen.

Natürlich hatte Daniel geplant, das Automobilrennen mit Violet neben sich zu gewinnen. Noch nie war er einer Frau begegnet, die ein solches Interesse an seinen Projekten und Plänen zeigte. Violet warf nur einen Blick auf Daniels Entwürfe und Zeichnungen und verstand sofort, was er zu entwerfen versuchte, und – was noch wichtiger war – *warum* er es wollte.

»Sie ist kein Hasenfuß«, sagte Daniel. »Gott sei Dank.«

»Was also wird aus der Angelegenheit? Eine Ehe? Oder eine heiße Affäre? Und nachdem du sie ruiniert hast, was tust du dann?«

Daniel ballte die Fäuste und rang um Geduld. »Deine Worte lassen mich dastehen wie einen Verführer in einem Melodrama.«

»Du bist ein MacKenzie«, entgegnete Ainsley ungerührt. »Und du bist der Sohn deines Vaters. Wie Mac zu sagen pflegt: Die MacKenzies zerbrechen, was sie berühren. Denk daran.«

Sie hatte recht. Daniel zuckte die Schultern. »Es liegt ganz bei ihr. Violet kann es halten, wie sie will.«

Ainsley beugte sich vor und sprach mit gesenkter Stimme: »Daniel, es liegt nie bei uns. Bei uns Frauen, meine ich. Gentleman tun einfach, was ihnen gefällt, Frauen müssen um jeden noch so kleinen Mist kämpfen. Violet ist schon einmal verletzt worden, das sehe ich ihr an. Mir ist egal, ob sie eine Schauspielerin oder eine Wahrsagerin ist, oder was auch immer sie sein mag, solange sie dich glücklich macht. Ich glaube nicht, dass sie hinter deinem Geld her ist. Mir sind schon habgierige Frauen begegnet – gütiger Himmel, dein Vater war von ihnen umzingelt. In Violets Augen ist keine Habgier, zumindest nicht, wenn sie dich anschaut. Wie ich schon sagte, ich habe in ihren Augen gesehen, dass ihr etwas zugestoßen ist.«

Daniel wartete, bis Ainsley zu Ende gegessen hatte. »Bist du fertig?«

Sie betrachtete ihren leeren Teller. »Ja, ich glaube schon.«

»Dann werde ich dir ein Geheimnis anvertrauen: Ich glaube, dieses Mal werde am Ende ich derjenige sein, dem wehgetan wird.«

Ainsley sah ihn an, Mitgefühl in den Augen. »So schlimm ist es?«

»Das wird es werden«, sagte Daniel. Er ließ zu, dass Ainsley die Hand auf seine legte und sie drückte. »Und wie es das werden wird.«

»Armer Daniel. Nun, du weißt, dass du auf meine Hilfe zählen kannst. Zu jeder Zeit, aus welchem Grund auch immer. Ich bin dir das schuldig – du weißt, wofür –, und ich liebe dich, Danny-Boy.« Noch einmal drückte Ainsley seine Hand und gab sie dann frei. »Und nun – wollen wir doch noch ein Stück Kuchen kosten? Oder vielleicht kannst du mich ins Kabarett ausführen, damit ich mir einen Cancan ansehen kann.«

»Kuchen«, sagte Daniel rasch. »Dad würde mir das Fell gerben, wenn ich dich ins Kabarett ausführe, wo wir uns nackte Frauen ansehen.«

»Sei nicht albern. Mir gefällt der Tanz. Ich kann mir gar nicht erklären, wie sie es schaffen, ihre Beine so hoch zu werfen. Außerdem ist daran nichts Verkommenes. Sie tragen schließlich Unterhosen.«

»In manchen Kabaretts tun sie das nicht.«

»Oh.« Ainsley sah nachdenklich aus. »Ja, dann verstehe ich, dass es ein wenig anzüglich sein könnte. Besonders beim Beinehochwerfen.«

»Kuchen«, wiederholte Daniel fest und winkte den Kellner herbei, ehe Ainsley doch noch Einspruch erheben würde.

Violet schwebte. Sie vermutete, dass es an der Wärme lag, die im gut besuchten Theater herrschte, am Geruch des Weihrauchs, den sie verbrannt hatte, und am fehlenden Schlaf der vergangenen Nacht.

Und am Nachklang des wunderbaren Abends. Violet war wie benommen, als sie auf der Bühne ihre Vorstellung absolvierte. Mitunter sprach sie ganze Sätze, bevor sie realisierte, dass sie etwas gesagt hatte. Sie war dankbar für ihr Kostüm mit dem Schleier, der den Glanz in ihren Augen und dieses idiotische Strahlen auf ihrem Gesicht verbarg.

Celine hatte sie alle mit der Hysterie wegen ihrer Vision bis sechs Uhr morgens wachgehalten. Sie hatte Rauch, Feuer und ernste Gefahr gesehen. Sie mussten Marseille sofort verlassen.

Vielleicht aber auch nicht. Das Problem mit Celines Visionen war: Sie waren so vage, dass man darüber verrückt werden konnte. Celine war nicht sicher, wo sich die Katastrophe ereignen würde. Wenn sie aus Marseille flohen, könnte ihr Schicksal sie in Cannes ereilen oder in Monte Carlo, in Italien oder auf einem Schiff zurück nach England.

Die meisten von Celines Vorahnungen erfüllten sich nicht, aber hin und wieder traf eine dann eben doch ein – und das geschah immerhin so häufig, dass Celine Angst davor hatte. Insgeheim glaubte Violet, dass ihre Mutter eine zu lebhafte Fantasie besaß und sich nicht die Mühe machte, sie zu bezähmen. Katastrophen, große oder kleine, geschahen von Zeit zu Zeit im Leben eines jeden Menschen. Das war unvermeidlich. Die Welt war ein gefährlicher Ort, ganz egal, wie sehr man versuchte, sich gegen Unheil zu wappnen.

Andererseits schadete es nicht, vorsichtig zu sein. Violet versicherte Celine, sie wolle überprüfen, ob Pension und Theater so sicher wie möglich waren. Ihr und Mary war es schließlich gelungen, Celine zum Schlafen zu bringen, wenn auch nur mit der Hilfe von etwas Laudanum. Als Celine wieder aufwachte, war sie sehr viel ruhiger gewesen.

Der Theatersaal war heute Abend voll besetzt. Celine war ganz in ihrem Element, und der Abend verlief ohne Zwischenfälle.

Und Violet schwebte. Daniel hatte etwas in ihr geweckt, das sie weiter erkunden wollte. Es war neu, wunderbar und verwirrend.

Er hatte versprochen, sie wieder in das Gasthaus mitzunehmen. Dieses Versprechen würde er halten oder auch nicht. Aber selbst falls nicht – Violet hatte ihre Erinnerungen, um darin zu schwelgen.

Nach ungefähr der Hälfte der Vorstellung sah sie Daniel in

der letzten Reihe Platz nehmen, galant half er seiner Stiefmutter, sich zu setzen. Violet stand still da, ihre Aufmerksamkeit war sofort voll und ganz auf ihn gerichtet.

Vielleicht war das das Desaster, das ihre Mutter vorausgesagt hatte – Violet, die sich tief und unwiderruflich in Daniel verliebte. Wenn er ihr das Herz brach, würde sie in wahren Meeren aus Schmerz versinken.

Daniel wartete, bis sich Ainsley gesetzt hatte, und lächelte die Männer und Frauen auf den Sitzen neben ihnen an. Ohne Zweifel brachte er sie mit seinem Charme zum Schmelzen. Daniels Vater war nicht mitgekommen, fiel ihr auf. Womöglich war er im Hotel geblieben, um auf seine kleine Tochter aufzupassen. Wenn es wirklich so war, dann war er ein ungewöhnlicher Mann.

Sobald sich Daniel gesetzt hatte, sandte er ein Lächeln und ein Nicken auf die Bühne. Direkt zu Violet.

Süße Augenblicke. Für immer in ihr Herz eingebrannt.

»Violet«, zischte ihre Mutter hinter ihr. »Frag den jungen Mann nach seiner Mutter.«

Junger Mann? Daniel?

Nein, Celine meinte den Mann in der vierten Reihe, der sehr kummervoll dastand und darauf wartete, dass Violet ihm erlaubte, mit Celine zu reden. Violet konnte sich nicht erinnern, was der junge Mann gerade eben gesagt hatte.

»Verzeihen Sie mir.« Violet wandte sich an ihn, sprach mit tiefer, beruhigender Stimme. »Sie möchten etwas über Ihre Mutter wissen?«

Die Vorstellung ging weiter. Am Ende, als Celine erschöpft in sich zusammensank, trat Violet vor den geschlossenen Vorhang. »Ich danke Ihnen allen. Die Gräfin braucht jetzt Ruhe.«

Diesmal verzichtete sie auf das dramatische Intermezzo, so zu tun, als habe jemand hinter der Bühne sie gerufen – einige der Zuschauer hatten bereits die vorige Vorstellung besucht, und Violet wiederholte sich ungern. Niemand sollte dies für eine Bühnendarbietung halten. Alles musste ganz spontan aussehen, jedes Mal von Neuem.

Violet schaute über den Saal und sah, dass sich Daniel erhoben hatte und laut klatschte. Seine Stiefmutter stand neben ihm und applaudierte ebenfalls, sie sah entzückt aus. Ainsley war gut einen Kopf kleiner als Daniel, was dessen Körpergröße noch auffälliger machte. Daniel lächelte Violet anerkennend zu.

Sosehr sie auch hier stehen bleiben und Daniel anschauen wollte, Violet war klar, dass sie das nicht tun konnte. Sie bedachte das Publikum mit einer huldvollen Geste – eine Prinzessin würde sich niemals vor dem gemeinen Volk verbeugen – und zog sich hinter den Vorhang zurück.

Selbst in ihrer Benommenheit vergaß Violet nicht, ihre Einnahmen mitzunehmen. Sie führte ihre Mutter und Mary zur Bühnentür hinaus, gab ihnen das Geld und kehrte allein in die Garderobe zurück, um in ihre schlichte Bluse und den einfachen Rock zu schlüpfen.

Das letzte Mal hatte beim Verlassen dieses Theaters Daniel auf sie gewartet. Violets Herz schlug schneller, als sie das Gebäude verließ. Heute Abend, in Begleitung seiner Stiefmutter, würde er nicht warten, trotzdem konnte Violet nichts gegen ihre Erwartung ausrichten.

Sie trat durch die Hintertür und wollte sie gerade schließen und versperren.

Eine feste Hand legte sich auf ihre Schulter. Daniels Blick galt nur ihr, während er sie sanft zurück ins Haus schob. Als sie auf dem Korridor standen, legte er die Arme um Violet und küsste sie.

Er küsste sie lange, langsam, nicht wie im Rausch. Doch in dem Kuss lag Leidenschaft, die Violet den Atem raubte.

Daniel richtete sich auf und berührte ihre Unterlippe. »Bereit?«

Violet schluckte. »Bereit wofür?« Sie in das Gasthaus auf dem Land zu bringen? Zu dieser späten Stunde? Oder zurück in seine wunderbar chaotische kleine Wohnung, in der er begonnen hatte, sie zu erwecken? »Wo ist deine Stiefmutter?«

»Tugendhaft auf dem Weg ins Hotel zu ihrem Mann und ihrem Kind. Du und ich jedoch werden uns amüsieren. Gründlich.«

Violet lächelte versuchsweise. »Noch eine Ballonfahrt?«

Das Lächeln, mit dem Daniel antwortete, war heiß. »Vielleicht. Aber wer kann schon wissen, was ich tun werde?«

Violets Mund wurde trocken. »Ich muss abschließen. Es sind schon alle gegangen.«

Daniel musterte sie von oben bis unten. »Du bist reizend anzusehen, wie stets, aber wenn ich dich ausführe, brauchen wir etwas Formelleres für dich.«

»Du führst mich aus?«

»Allerdings. Was ist mit diesem hübschen Kleid, das du auf der Bühne trägst? Du hast es doch noch hier?«

»Es ist in meinem Koffer. Aber ich möchte nicht, dass jemand mich als Violet darin sieht.«

»Natürlich. Du hast recht. Aber dies ist ein Theater. Hast du noch andere Kostüme hier? Eines, das du bisher hier noch nicht getragen hast?«

»Nein, das nicht, aber …« Violet schluckte, seine Begeisterung war ansteckend. »Es gibt eine Garderobe.«

»Dann lass uns dort nachsehen.« Daniel bedeutete ihr mit einer Geste, voranzugehen.

Die nächste Stunde war von Lachen erfüllt. Daniel zündete alle Lampen in der Garderobe an, und sie schauten sich im Fundus um. Die meisten Kostüme waren für Dramen gedacht, für Komödien oder Operetten, zudem gab es einige sehr freizügige Kreationen, von denen Violet annahm, dass es die Gewänder der Elfen im *Sommernachtstraum* waren.

Daniel zog ein Prachtexemplar von einem Kleid zwischen den anderen hervor, es war einer *robe à l'anglaise* aus dem 18. Jahrhundert nachempfunden und bestand ganz und gar aus Rüschen und Spitze, einem knappen Mieder und einem weiten Reifrock. »Marie Antoinette, wie sie leibte und lebte«, sagte Daniel und hielt es hoch. »Du würdest hinreißend darin aussehen.«

»Auf den Straßen Marseilles würde ich lächerlich darin aussehen«, erwiderte Violet. »Oh, sieh dir dieses hier an.«

Sie hob ein Kleid hoch, das für ein moderneres Stück gedacht war. Der Rock war aus dunkelblauem Satin, das tief dekolletierte Oberteil aus Samt war über und über mit Perlen aus schimmerndem Onyx und Steinen besetzt, die wie Brillanten funkelten. Violet wusste, dass es keine echten Steine waren, Theater waren notorisch knapp bei Kasse, aber die Illusion war perfekt.

Das Oberteil hatte kleine Puffärmel, die Schultern blieben frei. Das Kleid ließ die Arme fast unbedeckt, zu einem solchen Kleid trug man Handschuhe. Von denen man in den Schränken reichlich fand.

»Zieh es an«, sagte Daniel. »Und wir werden in die schicksten Restaurants der Stadt gehen.«

Violet drückte das Kleid aus Satin und Samt an ihren Busen. »Das Kleid stehlen? Der Theatermanager wird wütend sein. Und mich dafür bezahlen lassen. Wenn er nicht sogar unseren Vertrag kündigt. Beides könnte geschehen.«

Daniel kam zu ihr, nahm ihr das Kleid ab und hielt es ihr an. »Ich will dich ausführen. Dabei kannst du keine keusche Bluse tragen. Ich will, dass du den schönsten Frauen in Marseille

Konkurrenz machst, respektabel oder nicht. Trag dieses Kleid, oder wir werden nicht gehen.«

Violet bemühte sich um einen neckenden Ton, obwohl Daniels Nähe es ihr fast unmöglich machte, klar zu denken. »Gehen wir woandershin, falls ich meine keusche Bluse anbehalte?«

»Nein. Zieh es an. Jetzt. Mach dir keine Sorgen. Wir werden es zurückbringen.«

In seinen Augen lag das gewohnte mutwillige Funkeln, aber darunter verborgen auch noch etwas anderes, das sie nicht zu deuten vermochte.

Violet wusste, dass sie eigentlich in die Pension zurückkehren, die Einnahmen zählen, ihre Mutter umsorgen und sich die Bitten um private Konsultationen ansehen sollte. Sie sollte kein Kleid aus einem Theaterfundus stehlen und an Daniels Arm in der Stadt umherspazieren wie eine gewöhnliche Kurtisane.

Aber Daniel hatte klargestellt, dass er seinen Abend nicht mit einer jungen Frau in schlichter Alltagskleidung verbringen wollte. Falls sich Violet ihm nicht fügte, sondern nach Hause ging wie die pflichtbewusste, respektable Tochter, die zu sein sie sich so sehr abmühte, würde sie ihren Abend so verbringen wie immer – allein, müde und sich um alle kümmernd außer um sich selbst.

Das brave Mädchen zu sein konnte sehr einsam machen.

Violet wandte sich ab und trat entschlossen mit dem Kleid hinter den Wandschirm, um sich umzukleiden. Sie streifte Rock und Bluse ab und zog das Kleid über ihr Korsett und die Unterwäsche. »Ich brauche eine Zofe, um es am Rücken zu schließen«, sagte sie und hielt das Mieder am Rücken zu, bevor sie hinter dem Schirm hervorkam.

»Zu deinen Diensten.« Daniel drehte sie herum und schloss geschickt jeden Knopf des Kleides. Er tat es rasch und sicher, was Violet verriet, dass es ihm nicht neu war, einer Frau beim Ankleiden zu helfen.

Violet erinnerte sich an die wunderschönen Kurtisanen, die sie mit ihm gesehen hatte, und schluckte die Eifersucht herunter, die plötzlich an ihr nagte. *Denk nicht daran*, sagte sie sich. *Heute Nacht bin ich bei Daniel.*

Nachdem sie passende Handschuhe gefunden hatte, machten sie sich auf die Suche nach passenden Schuhen, weil Daniel sie nicht ihre eigenen anziehen lassen wollte. Hochgeschnürte Stiefel passen nicht zum Glanz eines Satinkleides, hatte er gesagt.

Sie suchten, bis sie ein Paar hochhackiger Schuhe fanden, die Violet passten. Violet argwöhnte, dass sie zu dem Marie-Antoinette-Kostüm gehörten, aber das war egal. Sie waren aus silberfarbenem Satin, passten und sahen perfekt aus. Ein Samtumhang, um Violet warm zu halten, machte das Ensemble perfekt.

Daniel half Violet, ihre Kleider zu einem Bündel zusammenzupacken und in ihrem Koffer zu verstauen, dann nahm er ihr den Schlüssel ab, um die Tür des Theaters zu verschließen. Er führte sie die Gasse hinunter zur wartenden Kutsche.

Die Kutsche war ein weiteres luxuriöses Gefährt, dessen Inneres aus lackierten Holzeinlegearbeiten und weichen Polstern bestand. Der Kutscher grüßte Daniel mit freundlicher Höflichkeit.

Daniel führte Violet in das eleganteste Restaurant der Stadt. Es hatte einen geradezu riesigen Speisesaal mit einer hohen Decke, die von mehrstöckigen vergoldeten Kronleuchtern geziert wurde. Zuvorkommende Kellner in Schwarz glitten gleichsam durch den Raum, der zu dieser Stunde sehr gut besucht war. Violets Kleid erntete viele bewundernde Blicke, die Onyxperlen schimmerten bei jeder Bewegung.

Daniel bestellte ein Festmahl. Violet trank Champagner, perlend und süß, verspeiste einen köstlichen Salat, gegrilltes Täubchen in einer lieblich schmeckenden Soße, einen kleinen Fisch in Aspik. Elegantes Essen für elegante Menschen.

Nach dem Essen bestellte Daniel Erdbeeren – in einem Treibhaus gezogen –, die mit einer Schale süßer Sahne gereicht wurden. Daniel nahm eine Erdbeere, tippte sie in die Sahne und legte den Kopf in den Nacken, um sich die Köstlichkeit in den Mund zu stecken. Er schloss die Lippen über der Erdbeere, seine Zungenspitze kam hervor, um die Sahne aufzuschlecken.

Suggestiv, sinnlich. Er schluckte die Erdbeere hinunter, sah Violet an und lachte.

»Du siehst schockiert aus.« Daniel tippte die nächste Erdbeere in die Sahne. »Wusstest du nicht, dass ich ein verruchter Mann bin? Hier, koste eine.«

Er hielt Violet die Erdbeere hin, auf deren Spitze die weiche Sahne haftete. Violet beugte sich vor und schloss den Mund darum. Daniel hielt die Frucht fest, bis sie ein Stück davon abgebissen hatte.

Violet errötete, als sie aufschaute und bemerkte, dass die Leute ringsum ihr schamloses Spiel beobachteten. Einige Blicke waren missbilligend, andere verständnisvoll, Letztere kamen von Paaren, die aussahen, als erinnerten sie sich ihrer eigenen Zeit des Umwerbens.

Daniel fütterte Violet mit einer weiteren Erdbeere. Sie biss in die herbe hellrote Frucht, zu der die süße weiße Crème in so wunderbarem Kontrast stand, die Mischung war köstlich.

Zusehends kühner aß Violet ihre Erdbeere auf, nahm sich noch eine, stippte sie in die Sahne und fütterte Daniel damit. Er schloss die Augen, als er zubiss, Sahne besprenkelte seine Lippen.

Er hatte von Verlangen gesprochen – den Bauch zusammenziehende, das Blut zum Kochen bringende Lust. Violet empfand all dies jetzt, mitten in einem Restaurant, inmitten einer Menschenmenge, obwohl sie und Daniel nicht mehr taten, als sich gegenseitig mit Erdbeeren zu füttern. Als sie die Schale geleert hatten, lachten sie miteinander und spülten die Beeren mit einem weiteren Glas des zu Kopfe steigenden Champagners hinunter.

Wenn man dies unter Schlechtsein versteht, dann will ich nie wieder brav sein.

Daniel verwickelte Violet in ein Gespräch. Ein richtiges Gespräch, als seien sie Freunde. Er erzählte ihr von seinen Reisen und fragte sie nach ihren. Violet und ihre Mutter waren in vielen Städten aufgetreten, vor allem auf dem Kontinent – in Frankreich, den italienischen Stadtstaaten, Bayern, Preußen, den Niederlanden. Daniel wiederum hatte weitere Reisen unternommen – von Russland durch das österreichische Kaiserreich, in das Osmanische Reich, Griechenland, Ägypten und Konstantinopel und in andere Regionen Vorderasiens.

»Ich bin an Bord eines Dhaus bis nach Smyrna gesegelt, nach Akkon und Jaffa«, erzählte er. »Wenn es nur einen hinreichend exotisch klingenden Namen hatte, bin ich dorthin gereist. Ich habe den Tigris und Babylon gesehen und das Herz Persiens. Ich habe entdeckt, dass solche Orte sehr viel romantischer sind, wenn man als kleiner Junge unter der Bettdecke von ihnen liest, als wenn man wirklich dorthin reist und sich die Skorpione aus den Stiefeln schütteln muss, ehe man sie anzieht. Aber das hat mich nicht vom Reisen abgehalten.«

Wie wunderbar, das Geld und die Muße zu haben, einfach zu gehen, wohin man wollte. Keine heißen Wasserflaschen machen zu müssen, keine Notwendigkeit, Kummer zu mildern, kein Auftreten vor Menschen, in deren Augen verzweifelte

Hoffnung geschrieben stand, Menschen, die darauf warteten, mit jenen zu sprechen, die sie nicht loslassen konnten. Keine kalten Pensionszimmer und keine Sorgen, wovon man die Miete zahlen sollte, sich nicht hüten zu müssen vor Theaterdirektoren, die einen übers Ohr hauen wollten.

Aber für die Freiheit brauchte man Geld. Hätte Violet so viel Geld gehabt wie Daniel, würde sie dafür sorgen, dass ihre Mutter eine Schar Dienstboten um sich hatte, die sich um sie kümmerten, und dann würde sie selbst sich aufmachen, um sich die Welt anzusehen. Sie wusste, dass diese Reise sehr viel schöner sein würde, wenn Daniel an ihrer Seite war.

Als sie den Champagner ausgetrunken hatten, führte Daniel Violet in ein Theater, wo eine witzige und etwas schlüpfrige Komödie aufgeführt wurde. Violet lachte so laut wie der Rest des Publikums, als der Held mit einem Golfschläger in der Hand auf der Bühne herumsprang, den er so hielt, dass es aussah, als würde er aus seiner Hose ragen. Die Heldin machte die nötigen Witzeleien über seinen harten Stab, wobei sowohl Held als auch Heldin taten, als seien sie blind und taub für die vielen Anspielungen. Es war reinste Alberei, aber das Publikum, heiterer Stimmung von Wein, Champagner und Brandy, fand es herrlich komisch.

Dann in ein Kabarett. Fasziniert schaute Violet den Tänzerinnen zu – sie liebte Tanz jeder Art –, während sich Daniel in ihrer kleinen Nische zurücklehnte, die Füße hochgelegt, eine schwarze Zigarette lässig zwischen den Fingern. Die Show bot mehr als tanzende Ladys – es traten Akrobaten auf, miteinander tanzende Männer und Frauen und zwei Männer, die wirklich amüsante Witze zum Besten gaben. Violet lachte und klatschte und trank noch mehr Champagner. Während der letzten Nummer, wieder ein Tanz, lehnte sich Violet neben Daniel zurück und teilte eine Zigarette mit ihm.

Daniel beobachtete sie, als sie einen Zug nahm, dann nahm er ihr die Zigarette aus dem Mund, beugte sich zu ihr und biss sie in die Unterlippe. Violet versuchte, einen richtigen Kuss daraus zu machen, aber Daniel lehnte sich wieder zurück, ein kleines Lächeln auf den Lippen, und rauchte die Zigarette zu Ende.

Violet zitterte, ihr Körper glühte heißer als je zuvor in ihrem Leben …

Dies also war Lasterhaftigkeit. Jeder, der diese Szene gesehen hatte, musste vermuten, dass Violet Daniels Geliebte war oder zumindest seine Gespielin für eine Nacht. Violet vermutete, dass sie genau das war. Und sie konnte keine Scham darüber empfinden.

Oder Angst. Daniel machte keinen Hehl daraus, dass er ihr Liebhaber sein wollte. Das Ankleiden, das Restaurant, die Unterhaltung, der Besuch des Kabaretts und der Champagner sollten sie entspannen. Als er sich vorgebeugt hatte, um ihre Lippen zwischen die Zähne zu nehmen, war es ihr vorgekommen wie das Natürlichste von der Welt. Violet hatte keine Panik verspürt, nur prickelnde Lust.

Sie schloss die Hand um seine. Er sah sie von der Seite an, Wärme in den Augen, hob ihre behandschuhte Hand an die Lippen und küsste sie. Sein Blick galt nur ihr, nicht den fast nackten Frauen auf der Bühne.

Der letzte Vorhang fiel. »Zeit zu gehen«, sagte Daniel.

Er führte sie vor der Menge hinaus, winkte die gemietete Kutsche heran und half ihr hinein.

»Wohin jetzt?« Violet lehnte sich in die Polster zurück und schloss die Augen, eine Nacht ohne Schlaf und all das Lachen heute Nacht machten sie weich und warm.

»Ins Hotel.«

Sie öffnete überrascht die Augen. »Zu deinem Vater, deiner Stiefmutter und deiner Schwester …?« Nicht, dass sie etwas dagegen einzuwenden gehabt hätte, sie alle zu treffen. Sie mochte Daniels Stiefmutter und glaubte, mit ihr könne sie sich vielleicht sogar anfreunden. Vielleicht. Sie hatte noch nie eine Freundin gehabt, also war sie sich nicht sicher, wie man dabei zu Werke ging. »Ist es nicht ein wenig spät für einen Besuch?«

»Nicht in *das* Hotel. Heute Nachmittag habe ich Zimmer in einem anderen genommen. Ich wollte dich lieber dorthin bringen als zurück in meine staubige Wohnung mit all meinen Arbeitszeichnungen, die dort herumliegen. Es tut mir leid, aber gestern Abend hatte ich keine andere Wahl.«

»Mir hat es gefallen, deine Arbeiten zu sehen.« Violet fand seine Ideen faszinierend. »Wie viele Zimmer hast du in dieser Stadt gemietet?«

»Ein paar. Das halte ich immer so. Ich weiß nie, wann ich wünschen könnte, irgendwo anders zu schlafen. Oder für ein paar Tage abzutauchen.«

Wieder dachte Violet, wie viele Freiheiten Reichtum doch mit sich brachte.

Das Hotel war klein, aber elegant und wohl das, was man unter *diskret* verstand. Der Portier und die übrigen Angestellten verzogen keine Miene, als Daniel Violet aus der Kutsche half und ins Haus führte.

Daniel hatte – natürlich – eine Suite in der ersten Etage gemietet, zu der eine lange, mit Teppichen ausgelegte Treppenflucht hinaufführte. Vor dem Schlafzimmer, in das man durch eine Flügeltür gelangte, lag ein Salon mit hellem, poliertem Holz getäfelt und ausgestattet mit rittersopornblauen und cremefarbenen Polstermöbeln.

Violet schaute in das Schlafzimmer, während Daniel die Tür zur Suite schloss. Das Bett war breit, ein Himmelbett mit Samtvorhängen. Es sah bequem aus, ein Nest für die Reichen.

Vielleicht würde sie heute Nacht herausfinden, *wie* bequem es war.

Der Gedanke schnürte ihr die Kehle zu, die verflixte Panik wallte auf, ausgerechnet jetzt, als Violet wollte, dass sie für immer verschwand. Das war das Problem – die Panik erwachte ganz unerwartet, packte überraschend zu. Ihre Angst vor der Angst war fast so schlimm wie die Panik selbst.

Sie bemerkte, dass Daniel die Hand auf ihre Taille gelegt hatte. Er drehte sie von der Tür weg. »Wir werden in diesem Zimmer bleiben, wenn du das willst.« An seinem Blick erkannte sie, dass er gesehen hatte, wie sie sich anspannte. »Aber eines Tages werde ich dir zeigen, dass ein Bett ein feiner Ort ist, und das nicht nur zum Schlafen.«

Ihre Panik begann zu schwinden, als sich Daniels Arme um sie schlossen. Violet dachte an den Kuss im Gang des Theaters, der intensiv gewesen war, ihr aber keine Furcht eingejagt hatte.

Sie nickte, und Daniel küsste sie auf die Nasenspitze. »Gut«, sagte er.

Er ließ die Tür zum Schlafzimmer offen und führte Violet zu einem der Sofas im Salon. Es waren nicht die harten Sofas aus Rosshaar, die sie aus den meisten Pensionen gewöhnt war. Sie waren groß und elegant mit weichen Kissen, auf Bequemlichkeit ausgelegt. Zwischen den Sofas stand ein Teetisch.

»Ich kann uns noch ein Festessen bestellen«, schlug Daniel vor. »Oder mehr Champagner.«

Violet legte die Hände auf ihren Bauch, die Perlen aus Onyx fühlten sich kühl an. »Du meine Güte, ich glaube, ich hatte genug. Und wenn ich noch mehr Champagner trinke, könnte ich einschlafen. Oder sehr albern werden.«

»Champagner ist dafür da, einen albern zu machen. Es ist ein albernes Getränk. Whiskey hat mehr Substanz. Du wirst den MacKenzie-Malt mögen. Reich, tief, ein wunderbarer

Tropfen.« Daniel streichelte ihre Wange. »Ich sage dir etwas, Liebes – ich werde uns Pudding bestellen – oder, wie sie hier sagen, Dessert. Und noch mehr Erdbeeren.« Wieder lag in seinen Augen sowohl mutwilliger Glanz als auch Achtsamkeit.

Violet nickte. »Ich denke, das würde mir gefallen.«

Daniel zwinkerte ihr zu, ehe er sich abwandte und nach einem Diener klingelte und dann für einen Moment das Zimmer verließ, um seine Anweisungen zu geben.

Nach kurzer Zeit fuhr ein anderer Diener einen kleinen Servierwagen in die Suite, darauf fanden sich eine Karaffe mit Wasser und Gläsern, eine Schale mit geschnittenen Erdbeeren und eine weitere Schale aus Silber, die auf einem kleinen Rechaud warm gehalten wurde. Daniel gab dem Mann ein Trinkgeld – Violet erhaschte einen Blick auf ein großes Bündel Banknoten –, und der Mann zog sich zurück.

»Ich hoffe, es ist keine Sahne«, sagte Violet, während sie sich setzte. »Über einer solchen Flamme würde sie gerinnen.«

»Es ist besser als Sahne.« Daniel setzte sich neben sie. »Es ist etwas, mit dem die Franzosen sich hervortun und uns arme Schotten in den Schatten stellen. Die gesamten britischen Inseln, um genau zu sein.« Er hob den Deckel der Silberschale. »Schokolade.«

21

Daniel genoss es, Violets Skepsis schwinden zu sehen. Er beobachtete, wie sie die wirkliche Violet wurde – nicht die Frau, die sie auf der Bühne spielte, nicht die gehetzte Sklavin ihrer Mutter, nicht die Frau, die an ihrer Vergangenheit zerbrochen war. Sie war einfach nur Violet, die an seinen Maschinen interessiert war, über dümmliche Witze lachte und sich in ihrem ersten Erleben von Verlangen entfaltete.

Das elegante Kleid betonte das Blau ihrer Augen und ihr dunkles Haar. Violet sollte immer schöne Kleider tragen und sich über nichts anderes mehr sorgen müssen als darüber, welche Oper sie gern sehen würde oder wie viele Küsse sie sich von ihrem Liebhaber hatte stehlen lassen. Ihre Schönheit sollte der Stoff sein, aus dem Legenden gemacht wurden, sie durfte nicht in gemieteten Häusern oder unter Bühnenkostümen versteckt werden.

Daniel schenkte Wasser ein. Er und Violet tranken je einen Schluck und genossen nach dem übersüßen Champagner den reinen Geschmack.

»So macht man das.« Mit einer kleinen Gabel spießte Daniel ein Stück Erdbeere auf, tauchte es in die Schale mit der glänzenden warmen Schokolade und bot Violet das Resultat zum Kosten an.

Sie beugte sich vor und biss zögernd in die Erdbeere, dann schloss sie entzückt die Augen. »Oh«, seufzte sie, nachdem sie den Bissen hinuntergeschluckt hatte. »Lieber Gott.«

»Ich weiß nicht, wie die Franzosen und die Schweizer Schokolade machen können, die so geschmeidig ist wie Seide und dennoch so köstlich im Geschmack, dass man darin ertrinken möchte, aber allzu sehr zerbreche ich mir nicht den Kopf darüber«, sagte er. »Ich esse sie einfach und bin glücklich.«

Violet leckte sich einen Tropfen Schokolade von der Unterlippe. »Ich habe mir nie Schokolade wie diese leisten können. Sie ist himmlisch.«

»Aye, wer will schon einen Himmel mit goldgepflasterten Straßen? Ich hätte lieber Flüsse aus Schokolade. Und Whiskey. Eine noch bessere Kombination. Zusammen mit einer guten Zigarre.«

»Du bist dekadent.«

»Ich habe mir die Liebe zu den schöneren Dingen selbst beigebracht. Onkel Mac hat mir auch vieles nahegebracht. Er ist ein wahrer Genussmensch.«

Violet sah interessiert aus, wie immer, wenn Daniel von seiner Familie sprach. »Sind deine anderen Onkel auch Genussmenschen?«

»Nicht direkt, aber sie alle brennen für irgendetwas. Dads Leidenschaft sind Pferde. Ian … er liebt die Mathematik, Beth und seine Kinder – nicht in dieser Reihenfolge. Was Onkel Hart angeht – nun, er will, dass alle immer nach seiner Pfeife tanzen. In seinen jüngeren Jahren war er ein wahrer Lüstling. Er hatte ein Haus voller Frauen, die sich um nichts anderes kümmerten als darum, seine Bedürfnisse zu befriedigen. Und ich meine *jedes* seiner Bedürfnisse. Jetzt, da er mit Eleanor zusammen ist, hat er dieses Haus aufgegeben, aber ein Lüstling ist er noch immer. Zumindest in privatester Privatheit mit Eleanor – eine Privatheit, von der er glaubt, sie spiele sich im Verborgenen ab. Aber wenn ich sehe, wie sie errötet, dann weiß ich, dass sie ihre gemeinsame Zeit sehr interessant gestalten.«

Violet sah überrascht aus. »Aber er ist ein Duke.«

Daniel lachte. »Und deswegen sollte er ein prüder Spießer sein? Onkel Hart ist ein Meister der Lust. Er kann der ultimative Genussmensch sein, wenn er will. Ich habe versucht, ihn dazu zu bringen, mir einige seiner Geheimnisse zu verraten, aber er hat mich weggeschickt – also musste ich es selbst herausfinden.«

Er spießte noch eine Erdbeere auf, senkte sie in die Schokolade. Violet öffnete den Mund, als Daniel ihr die Frucht hinhielt. Im Zimmer war es sehr warm, und als sich Violet vorbeugte, um die Erdbeere zu nehmen, brach Daniel der Schweiß aus. *Gott steh mir bei.*

Sie nahm die Erdbeere zwischen die Lippen, ihre Augen schlossen sich. Sie schluckte das Stück Beere hinunter, ein Tropfen Schokolade fiel auf ihr Kinn. »Wenn ich noch mehr esse, werde ich dieses Kleid mit der Schokolade ruinieren.«

Sie griff nach einer Serviette, aber Daniel beugte sich vor und leckte ihr das Kinn sauber. »Ich weiß, wie wir das ganz einfach verhindern. Zieh das Kleid aus.«

Violet erstarrte. Ihre behandschuhten Hände legten sich auf ihr Dekolleté, das viel von ihrem wohlgerundeten Busen sehen ließ.

Einen Moment lang dachte Daniel, sie würde es ablehnen – und er würde es akzeptieren –, doch dann lachte sie. »Vielleicht habe ich zu viel Champagner getrunken, aber ich denke, das ist eine gute Idee.«

Daniel verbarg seine Erleichterung. »Das denke ich auch. Für mich ebenso wie für dich.«

Ehe sie ihre Meinung ändern konnte, zog Daniel Jacke und Weste aus. Da der große Kohleofen das Zimmer gut durchheizte, war es eine Erleichterung, etwas Kleidung abzulegen.

»Ich werde wieder Hilfe bei den Knöpfen brauchen«, sagte Violet und blickte ihn scheu an.

Kein Problem. Als Violet ihm den Rücken zuwandte, ging sein Atem unregelmäßig. Daniel setzte sich neben ihr aufs Sofa und öffnete die Knöpfe, einen nach dem anderen. Fuhr mit der Hand über ihre nackte Haut oberhalb des Korsetts. Weich, glatt. Er küsste sie.

Violet hatte die Handschuhe abgelegt und streifte sich im Aufstehen das Kleid von den Schultern. Mit großer Sorgfalt legte sie es auf dem anderen Sofa ab, zusammen mit den Handschuhen.

In Korsett und Unterröcken, Schultern und Arme nackt, setzte sie sich wieder und sah Daniel an. »Dein Hemd könnte auch Flecken abbekommen.«

»Aye.« Daniel öffnete Kragen und Hemd, zog beides aus, dann legte er auch sein Unterhemd ab. Es gefiel ihm, wie sich Violets Blick auf seine Brust richtete und dann auf die Tätowierung auf seinem Arm.

Violets Blick war noch immer scheu, doch sie spießte mit der Gabel ein Stück Erdbeere auf, tauchte es in die Schokolade und bot es Daniel an. Er leckte den hinuntertropfenden Schokoladenfaden auf, dann nahm er die Beere in den Mund. Kauend lächelte er Violet an, in seinem Mund den Geschmack der süßen, weichen Erdbeere und der glatten, üppigen Schokolade.

»Ich bin dran.« Daniel bereitete eine weitere Erdbeere vor, doch als sich Violet vorbeugte, um sie in den Mund zu nehmen, zog er die Gabel zurück und ließ Schokolade auf ihr Schlüsselbein tropfen, ehe er ihr die Frucht in den Mund steckte.

Während sie kaute, beugte er sich vor und leckte ihr die Schokolade von der Haut.

Schokolade und Violet. Eine wunderbare Kombination. Er spürte, wie sie schluckte, und küsste ihre Kehle.

Als er zu ihr aufschaute, lächelte sie entspannt. Sie hatte eine weitere Erdbeere mit der Gabel aufgenommen und tunkte sie in die Schokolade. Dann hielt sie die Gabel über Daniel und ließ die Schokolade absichtlich auf seine nackten Schultern fließen.

Die Schokolade war warm und prickelte. »Und nun?«, fragte er, als sie sich zurücklehnte und die Erdbeere aufaß. »Was wirst du damit anstellen?« Er zeigte auf die Wellenlinie aus Schokolade.

Violet zögerte einen Moment, sah ihn nicht an, dann beugte sie sich sehr langsam zu ihm vor. Lange verharrte sie so, ihr Atem streifte seine Haut, ehe sie endlich die Schokolade aufleckte.

Daniel unterdrückte ein Stöhnen. Er legte ihr die Hand auf den Nacken, sein Körper spannte sich an.

Bei jeder anderen Frau hätte er das Spiel sofort beendet, sie auf den Teppich gelegt, von der restlichen Kleidung befreit und vollendet, was sie begonnen hatten.

Aber Violet war keine dieser anderen Frauen. Die Geschichte, die sie ihm letzte Nacht erzählt hatte, machte Daniel nicht nur wütend, sie hatte ihm auch bewusst gemacht, wie zerbrechlich Violet war. Er wollte ihr keine Angst machen, wollte das hart errungene zarte Vertrauen nicht zerstören, das sie ihm schenkte. Aber langsam weiterzumachen war in Ordnung. Wenn Daniel den Rest seines Lebens brauchen würde, um sie zu verführen, dann sollte es so sein.

Violet hob den Kopf, Schokolade rings um den Mund. Daniel küsste sie fort, leckte sie ihr langsam von den vollen, warmen Lippen.

»Ich bin dran«, sagte er.

Er ließ sich Zeit, ein Schnörkelmuster auf ihrer Brust zu zeichnen, und lächelte sie an, während er Schokolade zwischen ihre Brüste tropfen ließ. Er fütterte Violet mit der Erdbeere, ehe er sie behutsam auf das Sofa niederdrückte und begann, von ihr zu kosten.

Violets Hand legte sich auf seine Schulter, ihre Finger waren angespannt. Dann entspannten sie sich, als hätte sie vorgehabt, ihn aufzuhalten, und dann beschlossen, zu genießen, was er tat. Langsam küsste Daniel ihre Brust, saugte ein wenig, um sie von der Schokolade zu befreien, und hinterließ eine winzige Spur, *sein* Zeichen.

Wunderschöne, süße Violet. Er war noch nie jemandem wie ihr begegnet. Er hatte sich in sie verliebt, und er kannte nicht einmal ihren Familiennamen.

Daniel hob den Kopf und küsste sie auf den Mund. Er schmeckte die Erdbeeren, den vollen Geschmack der Schokolade. Der Kuss erkundete sie ohne jede Eile.

Violet war die Sinnlichkeit in Person in ihrem weißen Leinenkorsett, mit dem offenen Haar und ihren blauen Augen, die im gedämpften Licht des Zimmers dunkel schimmerten.

»*In ihrer Schönheit wandelt sie wie wolkenlose Sternennacht*«, zitierte Daniel.

»Wir wandeln nicht, wir liegen auf einem Sofa.« Violets Lächeln zeugte vom reichlich genossenen Champagner. »Und wir benehmen uns sehr unanständig.«

»Ach, tun wir das?« Daniel streichelte ihre Lippen, um die ein leichter Ring aus Schokolade lag. »Ich denke, wir könnten noch unanständiger sein.«

»Das denke ich auch.«

Violets Lächeln war einladend, aber Daniel sah auch das Flackern der Furcht in ihre Augen zurückkehren. Sie hatte eine Mauer aufgebaut, um ihre Panik im Zaum zu halten, und er sah ihre Sorge, dass diese Mauer bei der kleinsten Berührung einstürzen könnte.

»Violet.« Daniel legte die verschränkten Arme auf ihre Brüste. »Wenn du keine Angst vor mir hast – wirklich keine Angst –, dann sagst du mir das. In Ordnung?«

Violet holte tief Luft, bevor sie nickte.

Daniel berührte ihre Wange. »Erinnerst du dich daran, was ich dir gesagt habe? Du brauchst liebevolle Geduld, nicht jemanden, der dich bedrängt. Du und ich, wir haben alle Zeit der Welt.«

Er sah ihr skeptisches Stirnrunzeln und drückte die Finger auf ihre Lippen, um zu verhindern, dass sie antwortete. »Auch wenn du mir nicht glaubst, ich glaube mir«, sagte er. »Du und ich, wir werden diese Stadt auseinandernehmen. Und bis dahin …« Daniel setzte sich auf und griff nach der Schale mit der Schokolade. »Ich habe die Absicht, dich sehr schmutzig zu machen.« Er nahm den Löffel aus der Schale und ließ einen großen Tropfen Schokolade auf ihre Brust fallen.

Violet quiekte auf, dann tauchte sie lachend die Hand in die Schale, schöpfte Schokolade und strich sie ihm auf die Brust.

Daniel machte große Augen. »Oh, wenn du *so* spielen willst …« Er griff sich die Schale, ließ den Löffel unbeachtet und verteilte die Schokolade mit den Händen auf Violet.

Sie ließen sich von dem niedrigen Sofa auf den Boden fallen, berührten sich, leckten sich gegenseitig die Schokolade vom Körper. Daniel griff noch einmal nach der Schale und goss mehr Schokolade über ihnen aus. Er verteilte sie auf Violets Lippen und küsste sie dann, langsam, süß. Schokolade und Violet miteinander vermischt.

Violet sah überrascht aus, als er die Schokolade direkt auf ihre Zunge füllte, doch sie entspannte sich, als Daniel ihr die Schokolade mit einem langen Kuss fortnahm. Er saugte an ihrer Zunge, und Violet schlang die Arme um ihn und erwiderte den Kuss. Sie war Lachen und Schönheit, und Daniel war entschlossen, jeden Zentimeter ihrer nackten Haut mit dem Mund zu berühren.

Sie setzten das Spiel fort, bis die Schokolade alle war und

Champagner und der fehlende Schlaf ihren Tribut von Violet forderten. In den frühen Morgenstunden trug Daniel sie ins Schlafzimmer, sie lag schlaff in seinen Armen und protestierte nicht. Er legte sie aufs Bett, deckte sie zu und legte sich neben sie, bereit, eine weitere Stunde Schlaf neben dieser wunderbaren Frau zu genießen.

Als Violet aufwachte, schien die Sonne ins Zimmer. Daniel lag neben ihr, seine nackte Brust und die Arme von Schokoladeflecken übersät.

Sie lächelte, als er mit einem lang gezogenen sachten Schnarchlaut einatmete. Noch eine Nacht voller Berührungen, Küssen und Genuss, und Violet hatte keine Angst gehabt.

Aber jetzt war der Morgen da, und bald würde ihre Mutter aufwachen und sich fragen, wo Violet war. Sie musste nach Hause, um wieder die pflichtbewusste Tochter zu sein, diejenige, die alles zusammenhielt.

Als wüsste Daniel, dass sie wach war, schlug er die Augen auf. Er sah sie einen Moment lang an, dann stöhnte er und rieb sich die Stirn. »Verdammter Champagner. Whiskey macht mir nicht so ein Schädelbrummen.«

»Warte. Bleib liegen.«

Violet setzte sich ans Kopfende des Bettes, kniete sich hin und bettete Daniels Kopf auf ihren Schoß. Mit leichten kreisenden Bewegungen massierte sie seine Schläfen.

»Mmmm«, brummte er. »Das ist wunderbar.«

Daniel war wunderbar, mit den Decken um seine Taille, die Brust gesprenkelt von Schokolade. Sein kurzes Haar unter ihren Fingerspitzen fühlte sich glatt an, warm vom Schlaf.

»Ich mache das oft bei meiner Mutter«, sagte Violet. »Sie neigt zu Kopfschmerzen und sagt, ich kann sie verschwinden lassen.«

»Ich verstehe, warum sie das sagt.« Daniel brummte wieder.

»Ich muss nach Hause.« Violet konnte den besorgten Klang ihrer Stimme nicht unterdrücken.

Daniel verschränkte die Finger mit einer ihrer Hände und führte sie an seine Lippen. »Eines Tages, Liebes, wirst du das nicht mehr müssen. Du wirst die Welt zum Teufel jagen und bei mir bleiben.« Er küsste ihre Finger wieder, langsam, sinnlich. »Das wird ein schöner Tag sein.«

Ja, das würde er sein. Aber im Moment waren da ihre Mutter, ihre Verpflichtungen und die leidige Realität des Lebens.

Daniel rieb ihren Handrücken mit dem Daumen. »Wir sehen uns bald wieder. Nachher, genau genommen. Ich werde alles arrangieren.«

Er musste damit die Fahrt in das Gasthaus auf dem Land meinen. Violet wusste, dass sie sich Daniel hingeben würde, wenn sie dorthin zurückkehrten.

Aber zuerst musste sie ihm alles erzählen, jede dunkle Einzelheit über sich selbst – über das, was nach Jacobi geschehen war, über die anderen Gründe, weshalb Jacobi sie zum Bleiben hatte überreden können, und warum sie letztlich doch den Mut gefunden hatte, von ihm fortzugehen. Daniel könnte sie dafür verachten und sich von ihr abwenden, aber er verdiente es, alles zu wissen.

Was sie bisher mit Daniel erlebt hatte, war spielerisch und wunderbar gewesen. Daniel, ein reicher Mann auf der steten Suche nach Vergnügungen, mochte vielleicht nicht mehr wollen, als zu spielen. In diesem Fall war sowieso alles egal. *Er* legte die Spielregeln fest, nicht Violet.

Aber sie konnte nicht weitermachen, bis sie es ihm gesagt hatte. Es war ihr wichtig.

Wenn Daniel sie danach noch immer wollte, würde sie sich

ihm hingeben, ungeachtet ihrer Furcht. Aber sie musste ihm die Entscheidung überlassen.

Violet beugte sich zu ihm und küsste ihn. Der Kuss dauerte lange, er war leidenschaftlich und voller Verlangen.

Daniel war es, der ihn beendete. Er strich ihr das Haar aus dem Gesicht und sah sie so liebevoll an, dass ihr das Herz wehtat. »Geh und tu, was du tun musst, Vi. Und warte auf mich.«

Sie nickte. Sie brauchten eine Weile, um das Bett zu verlassen; noch mehr Berührungen und Küsse hielten sie auf. Violet kleidete sich mit Daniels Hilfe an, aber der Klumpen in ihrer Kehle war so groß, dass sie nicht einmal den Kaffee herunterbrachte, den das Hotelpersonal vor die Tür der Suite gestellt hatte.

»Violet, Liebling, wo um alles in der Welt bist du gewesen?« Als Violet das Wohnzimmer in der Pension betrat, tat sich Celine zwei Stück Zucker in den Tee und rührte ihn geräuschvoll um. »Ich habe heute zwei Leute, die eine private Séance möchten, und wir müssen uns bereitmachen.« Celine musterte Violet von Kopf bis Fuß, und ihr Ton wurde weicher. »Woher hast du dieses wunderschöne Kleid? Du siehst hinreißend darin aus, mein Liebes.«

Violet schaute an sich herunter, ihr war bewusst, dass sie noch immer das geborgte Kleid und die geborgten Schuhe trug. Sie musste beides heute irgendwie unbemerkt in das Theater zurückbringen. Sie hatte es im Hotel einfach nicht über sich gebracht, das Kleid in ihren Koffer zu stopfen und stattdessen ihre Bluse und ihren Rock anzuziehen. Daniel hatte dieses Kleid ausgesucht, und sie wollte sich in die Erinnerung an diesen wunderschönen Abend hüllen, solange sie nur konnte.

Violet schenkte sich eine Tasse des starken Tees ein, der in der Pension serviert wurde, und nahm einen Schluck. Er schmeckte scheußlich, besonders nach den hervorragend zubereiteten Speisen, die sie letzte Nacht zu sich genommen hatte, ganz zu schweigen von der Schokolade. Der Champagner hatte ihr eigentlich eher Kopfweh gemacht.

Es klopfte leise an der Tür, und Mary öffnete. Eines der Hausmädchen steckte den Kopf herein. »Mademoiselle, ein Mann ist gekommen, um Sie zu sprechen«, sagte das Mädchen zu Violet. »Ich habe ihn in den Salon im Erdgeschoss geführt. Er wartet dort.«

Daniel?, dachte Violet aufgeregt. *So bald schon?* Aber wenn Daniel beschloss, etwas zu tun, wartete er nicht lange damit. Das hatte Violet bereits festgestellt. Sie musste ihm erklären, dass ihre Mutter heute Termine hatte, bei denen sie Violet brauchte.

Violet dankte dem Mädchen und sagte, sie würde sofort herunterkommen. Sie ging in ihr Zimmer, um sich das Haar zu glätten und sich die letzten Spuren Schokolade aus dem Gesicht zu waschen, ehe sie die Treppe ins Erdgeschoss hinunterging. Sie atmete tief durch, dann öffnete sie die Tür zum Salon.

Und sah sich Monsieur Lanier gegenüber, dem Bankier, der sie und ihre Mutter vor einigen Tagen engagiert hatte. Bei ihm standen zwei Männer in der Uniform der französischen Polizei.

Wie angewurzelt blieb Violet stehen.

»Ja, das ist sie«, sagte Monsieur Lanier. »Sie hat behauptet, eine russische Prinzessin zu sein. Dann haben sie und ihre Freundin versucht, mich zu berauben.«

Die Polizisten sahen ernst aus. »Mademoiselle, wir werden Sie zu einem Verhör mitnehmen müssen«, sagte einer von ihnen.

Violet starrte die beiden fassungslos an – dann drehte sie sich um und rannte davon.

Es war nicht Panik, was sie davonlaufen ließ, oder Schuldgefühle. Die Absprache lautete: In welcher Stadt auch immer die Polizei bei ihnen auftauchte, Violet würde sie zu einer wilden Verfolgungsjagd veranlassen, weil sie die schnellste Läuferin von ihnen war. Das würde Mary die Zeit verschaffen, um zusammenzuraffen, was sie konnte, und Celine in Sicherheit zu bringen. Violet würde die beiden dann später am verabredeten Ort wiedertreffen.

Violet raffte die Röcke und rannte die Straße hinunter, die altmodischen hochhackigen Schuhe klapperten auf dem Kopfsteinpflaster. Die Polizisten folgten ihr dichtauf, sie waren schnell.

Das Hausmädchen der Pension hätte wirklich den Namen des Besuchers nennen und mir sagen müssen, dass er die Polizei mitgebracht hat, dachte Violet ärgerlich. Wahrscheinlich hatten die Polizisten das Mädchen angewiesen, es zu verschweigen. Die Pensionswirtin, die sie ohnehin nicht besonders mochte, musste einverstanden gewesen sein. Verflixt und zugenäht.

Violet hatte kein Geld bei sich, aber sie war erfinderisch. Sie würde den Polizisten entkommen und einen Weg finden, um zum Treffpunkt zu gelangen.

Das bedeutete, dass sie Daniel verlassen musste. Violet hatte es niemals bedauert, einer Stadt den Rücken kehren zu müssen, auch nicht der schönsten, aber jetzt wurde ihr das Herz schwer von Schmerz. Sie traute sich nicht, Daniel eine Nachricht zu schicken, nicht einmal einen Abschiedsgruß. Sie und ihre Mutter mussten wieder verschwinden.

Die wunderschöne Zeit, die sie mit Daniel gehabt hatte, ihr Erwachen, war vorüber.

Das letzte Mal, als sie einfach verschwunden war, hatte Daniel nach ihr gesucht. Würde er diesmal das Interesse daran verlieren, sie aufzuspüren?

Sie wusste, wo in London seine Familie wohnte. Sie hatte

es sich zur Aufgabe gemacht, es herauszufinden. Violet könnte ihm schreiben, alles erklären und den Brief an Ainsley schicken. *Nachdem* sie ihre Mutter in Sicherheit gebracht hatte. Daniel würde vielleicht nicht antworten, würde sie vielleicht nicht suchen, sich vielleicht nicht einmal die Mühe machen, den Brief zu lesen. Aber sie musste es versuchen.

Violet bog in eine schmale Gasse zwischen zwei Häusern ein und rannte, so schnell sie auf dem faulig riechenden nassen Boden nur konnte. Sie hatte die Gasse zur Hälfte hinter sich gebracht, als ihr auffiel, dass die Polizisten ihr nicht mehr folgten. Der Eingang zur Gasse blieb leer, das einzige Geräusch, das sie hörte, war ihr angestrengter Atem.

Ungeachtet des Schmutzes ließ Violet die Satinröcke fallen. Verdammt. Wenn die Polizisten die Verfolgung so rasch aufgegeben hatten, waren sie vermutlich in die Pension zurückgekehrt und würden dort auf Celine stoßen.

Man durfte Celine nicht einsperren. Im Gefängnis würde sie krank werden, sie wäre unfähig, die Kälte zu ertragen, die schlechte Luft. Sie war zu empfindlich dafür. Und Mary – Mary war einmal in London dafür eingesperrt worden, Kleider gestohlen zu haben. Sie war nur freigekommen, weil der Friedensrichter gesagt hatte, dass es für einen Prozess nicht genügend Beweise gäbe. Mary hatte gestohlen, um sich und ihrem Kind etwas zu essen kaufen zu können. Das Kind war kurz darauf an der Pest gestorben, die in den ärmeren Stadtvierteln Londons grassiert hatte.

Mary war sehr viel widerstandsfähiger als Celine, aber wenn die Polizei von ihrem Gefängnisaufenthalt erfuhr, könnten sie sie zurück nach London schicken. Ein Friedensrichter könnte bei einem zweiten Vergehen nicht mehr so nachsichtig sein, und wer wusste schon, über welchen Einfluss Monsieur Lanier verfügte, immerhin ein reicher und angesehener Bankier?

Violet lief die Gasse zurück zur Straße. Die Leute, die unterwegs waren, um früh am Morgen ihre Besorgungen zu machen, starrten ihr nach, als sie in ihrem perlenbesetzten Kleid und den silbernen Schuhen an ihnen vorbeirannte. Sie erreichte die Pension, riss die Tür auf, stürzte in die Halle und lief die Treppe hinauf.

Die Polizei hatte sich vor der Tür zu ihrem gemieteten Apartment versammelt, zusammen mit Monsieur Lanier und der Vermieterin. Ihre Schlüssel klirrten, als sie sich anschickte, die Tür aufzuschließen.

Violet lief auf sie zu. »Nein!«

Die Pensionsinhaberin ignorierte sie, schloss auf und öffnete weit die Tür.

Das Wohnzimmer war leer. Celine und Mary waren fort, die Frühstücksutensilien lagen verstreut auf dem Tisch, der Tee war kalt geworden, die Reste eines Omeletts waren in sich zusammengefallen.

Violet atmete erleichtert auf. Mary hatte Celine fortgebracht. Ihre Mutter würde in Sicherheit sein.

Violet jedoch wurde verhaftet, und man legte ihr Handschellen an.

Die Kälte der Handschellen schürte Violets Panik. Viel zu lange beiseitegeschoben erhob sie sich jetzt wie ein Ungeheuer – *gefangen, gefangen, du kannst nicht davonlaufen.*

In Panik wehrte sie sich, trat und biss und schrie und konnte nichts dagegen tun. Das Entsetzen ergriff endgültig von ihr Besitz, als sie fühlte, wie eine Hand über ihr Mieder fuhr – sie war überzeugt, die beiden Polizisten und Monsieur Lanier wollten sie miteinander teilen. Und niemand würde ihr helfen.

Der Polizist riss die Hand von ihrem Mieder weg. »Nichts. Dort versteckt sie das Geld nicht.«

Violet, die kaum Luft bekam, brachte es fertig, die Männer anzusehen. »Mein Anwalt wird zu diesem Vorfall *einiges* zu sagen haben.« Sie bemühte sich um einen arroganten Tonfall, aber ihre Stimme klang kratzig und rau.

»Sehen Sie? Sie ist überhaupt keine Russin«, sagte Monsieur Lanier. »Eine gerissene Betrügerin. Vermutlich aus der Pariser Gosse.«

Er war nicht weit von der Wahrheit entfernt. Violet hob den Kopf, presste die Lippen zusammen, bezwang ihre Panik und wehrte sich nicht mehr. Als der Polizist sie die Treppe hinunterführte, kamen die beiden alten Jungfern und andere Bewohner aus ihren Zimmern und sahen zu, wie Violet abgeführt wurde.

Man brachte sie zu einer vergitterten Polizeikutsche. Eine Menschenmenge hatte sich darum versammelt, alle wollten sehen, wer an diesem Morgen dingfest gemacht worden war. Einige Männer lachten, als der Polizist Violet in den Wagen schob und die Tür hinter ihr zuschlug. Der Kutscher ließ die Pferde antraben, und Violet wurde langsam durch die Straßen Marseilles ins nächste Gefängnis gefahren.

22

Zumindest sperrten sie Violet nicht in eine Zelle. *Ein schwacher Trost.* Man führte sie in einen winzigen Raum zu einem Tisch und forderte sie auf, Platz zu nehmen. Ihre Hände waren noch immer gefesselt. Sie hatten ihr ein paar Schluck Kaffee gewährt und sie dann für einige Stunden allein gelassen, um sie vor sich hinbrüten zu lassen. Ihre Panik war gewichen, hatte sie erschöpft und voller Sorge zurückgelassen.

Violet schaute auf, als ein Mann in einem schlichten Anzug hereinkam und den Papierstapel, den er getragen hatte, auf den Tisch legte, bevor er ihr gegenüber Platz nahm. Er sah sie nicht an, sondern begann, durch die Papiere zu blättern. »Nun«, sagte er nach einem Moment in einwandfreiem Französisch, wenn auch mit einem leichten Marseiller Dialekt. Er legte zwei Blätter vor sich hin. »Sie sind Prinzessin Ivanova … ohne Familiennamen.« Er sah Violet an und bedachte sie mit einem spöttischen Lächeln. »Oder sollte ich Sie mit *Eure Hoheit* anreden?«

»Es macht wohl kaum einen Unterschied, wie Sie mich anreden«, entgegnete Violet in eisigem Ton. »Monsieur …?«

»Bellec. Ich bin Inspektor.«

»Verstehe.« Violet fielen eine Reihe herablassender Antworten ein – *Ich bin sicher, Ihre Mutter ist sehr stolz auf Sie* –, aber sie entschied, dass es das Beste war, dieses Verhör ruhig, kalt und überlegen anzugehen.

»Ich nehme an, dass Prinzessin Ivanova Ihr Bühnenname ist«, sagte Bellec. »Aber ich brauche Ihren richtigen Namen.

Die Vermieterin sagt, er laute Perrault, aber so ist es nicht, habe ich recht?«

»Warum haben Sie mich verhaftet?« *Emporkömmling*, sagte Violets Ton. »Ich habe nichts Unrechtes getan.«

»Wenn Sie nichts Unrechtes getan haben, warum sind Sie dann vor den Polizisten davongelaufen?«

Violet behielt ihre eisige Haltung bei. »Sie haben mir Angst gemacht. In Russland haben Polizisten die Gräfin und mich oft gejagt. Wir waren dort nicht gern gesehen. Ich hatte Angst, die Polizisten hier wären genauso.«

Er kicherte. »Sie spielen Ihre Rolle gut, Mademoiselle. Oder soll ich *Madame* sagen? Und woher in Russland kommen Sie? Sankt Petersburg? Moskau? Für mich ist es ein Leichtes, der Polizei dort zu telegrafieren und es herauszufinden, müssen Sie wissen.«

Violet bedachte ihn mit stummer Verachtung. Sie konnte nur hoffen, dass sie den Beamten mitsamt seiner Mutmaßungen und Vermutungen lange genug hinhalten konnte, um ihrer Mutter und Mary zu ermöglichen, die Stadt zu verlassen. Ihre Übereinkunft lautete, dass sie sich, falls sie getrennt fliehen mussten, in einem bestimmten Hotel in Luzern treffen wollten. Dort würden sie dann entscheiden, wie es weitergehen sollte. Celine müsste genug Geld für den Zug bei sich haben, ebenso Mary. Nur Violet hatte leere Taschen, weil sie so dumm gewesen war, ihr Geld in ihrem Zimmer zurückzulassen – in ihrem Eifer, in den Salon zu eilen, hatte sie es schlichtweg vergessen.

Falls es Violet irgendwie gelang, der Polizei zu entkommen … vielleicht könnte sie Daniel aufsuchen und ihn um Hilfe bitten. Oder sie versteckte sich in seiner kleinen Wohnung, bis sie Marseille verlassen konnte. Die Wohnung war alt, das Türschloss würde leicht zu öffnen sein.

»Ich will wissen, warum ich hierhergebracht wurde«, spielte sie ihre Rolle weiter.

»Weil Sie eine Betrügerin sind, Mademoiselle«, erwiderte Inspektor Bellec unbeeindruckt. »Zumindest werden Sie dessen beschuldigt. Sie sind in das Haus Monsieur Laniers gegangen, um dort eine Vorstellung zu geben, und haben sein Geld genommen. Dann, als Sie meinten, er hätte Ihnen nicht genug gegeben, haben Sie versucht, es zu stehlen. Interessanterweise ärgert er sich mehr über Ihren Schwindel. Monsieur Lanier sagte, Sie hätten eine Reihe von Tricks angewendet – Klopfzeichen, Tischrücken, leuchtende Wände …«

»Hat er auch gesagt, wie ich all diese Dinge bewerkstelligt haben soll?«

»Oh, es gibt Möglichkeiten. Phosphoreszierende Farbe. Geräte, um Klopfgeräusche zu machen – zum Beispiel Holzstücke, die um die Knie gebunden werden. Tische, die sich mithilfe von Hebeln unter den Handgelenken heben. Angenommen, ich durchsuche Ihre Taschen, würde ich diese Dinge dann finden?«

»Ganz gewiss nicht.« Mary würde die Utensilien eingepackt und mitgenommen haben. Violets Koffer, selbst wenn er gefunden und durchsucht worden war, würde nichts dergleichen enthalten. Ein weiterer kleiner Trost.

»Die Sache ist die, Mademoiselle: Gegen Sie wurde eine Reihe Beschuldigungen erhoben, und wir müssen der Sache nachgehen. Wenn wir nichts herausfinden … nun denn.« Er zuckte mit den Schultern, als wollte er sagen: *Das ist dann nicht mein Problem.* »Aber ich möchte Sie warnen. Monsieur Lanier ist entschlossen, Sie und die Gräfin … mmmh … Melikova … zu verklagen. Auch wenn Sie sich hier bei der Polizei irgendwie würden herauswinden können …«

»Inspektor Bellec, ich winde mich nicht heraus.«

»Vielleicht nicht, aber …« Bellec beugte sich vor, sein Lächeln und die nonchalante Art waren verschwunden. »Ich mag keine Betrüger, Mademoiselle. Sie machen die Gutgläubigen zu ihren Opfern und nehmen ihr Geld, das ist dasselbe wie Diebstahl. Nein, es ist schlimmer, denn Sie bringen Ihre potenziellen Opfer mit unlauteren Mitteln dazu, Ihnen freiwillig Geld zu geben. Sie lassen die Leute glauben, Sie könnten mit den Toten reden, Sie dringen in die Köpfe der Menschen ein und treiben Ihr Narrenspiel mit Ihnen. Ein Betrüger ist die schlimmste Sorte Verbrecher, Mademoiselle. Selbst Mörder sind ehrlicher.«

Violet starrte ihn an und verspürte ein Frösteln im Herzen, weil sie mit jedem seiner Worte übereinstimmte. Sie war eine Betrügerin, und sie nahm Geld von den Gutgläubigen.

Aber sie und ihre Mutter mussten überleben, und Celine glaubte wirklich an ihre Fähigkeiten. Die einzige wahre Betrügerin war Violet.

Jacobi hatte Violet gezeigt, wie sie ihren Lebensunterhalt verdienen konnte, indem sie die Verschrobenheiten ihrer Mutter nutzte. Und nachdem sie einmal begonnen hatte, war es ihr nicht gelungen, damit wieder aufzuhören. Sie saß in einer ausweglosen Falle. Sie und ihre Mutter hatten keine anderen Mittel, um davon zu leben, sie konnten nirgendwohin gehen.

Der Inspektor stand auf und schob seine Papiere zusammen. »Ich werde Sie hier noch eine Weile sitzen lassen, damit Sie an all die Narren denken können, denen Sie Geld abgenommen haben. Geld, das dazu bestimmt war, ihre Familien zu ernähren, ihre Miete zu bezahlen, dafür zu sorgen, dass die Kinder es warm haben. Inzwischen werde ich Nachforschungen anstellen. Und sollte ich einen stichhaltigen Beweis für Ihren Betrug finden, bringe ich Sie vor Gericht, und ich werde alles in meiner Macht Stehende tun, um dafür zu sorgen, dass Sie die ganze Härte des Gesetzes zu spüren bekommen.«

Alle Freundlichkeit war verschwunden, seine Kälte war messerscharf. Bellec wandte sich ab und ging.

Violet, allein gelassen, legte den Kopf in den Nacken und versuchte, die aufsteigenden Tränen zurückzudrängen. Bellec würde sie nicht gehen lassen. Mary hatte sicher ihr Bestes getan, um alle Beweise mitzunehmen, aber wenn sie etwas übersehen hatte … oder wenn sie und Celine gefangen genommen würden …

Die Zukunft sah düster aus. Aber am erschreckendsten war, dass Violet die Bereitschaft in sich verspürte, ins Gefängnis zu gehen. Zumindest würde sie dann endlich aufhören können.

Eine Stunde später kehrte Inspektor Bellec zurück, ein uniformierter Polizeibeamter folgte ihm auf dem Fuße. Bellec war schlechter Laune.

»Ihre Laufburschen sind da«, knurrte Bellec, sein Gesicht hatte sich dunkelrot verfärbt. »Ich schätze zumindest, dass sie das sind. Zwei Ausländer, stinkreich, sie verlangen, dass man Sie in ihre Obhut entlässt. Was ist das für ein Gesetz, wenn man mit Geld Kriminelle freikaufen kann?«

Der Uniformierte schloss Violets Handschellen auf, während sie Bellec noch schockiert anstarrte. *Zwei* Männer? War einer von ihnen Daniel? Aber woher hätte Daniel wissen können, dass sie hier war?

»Die Herrschaften sind angewiesen worden, Sie außer Landes zu bringen und dafür zu sorgen, dass Sie nicht zurückkommen«, fuhr Bellec fort. »Sollen sie ihre Freude an Ihnen haben.«

Violet sagte noch immer nichts. Alles, was sie sagen würde, wäre sinnlos, ebenso nutzlos wie in Scham das Haupt zu beugen. Schweigend stand sie auf, bedachte den Inspektor mit einem kalten Blick und folgte dem Polizisten aus dem Zimmer.

Der Uniformierte führte sie einen schmuddeligen Flur entlang, eine schmuddelige Treppe hinauf und in einen ebenso schmuddeligen Eingangsbereich.

Violet gaben fast die Knie nach, als sie Daniel sah, in Kilt, maßgeschneiderter Jacke und Zylinder, jeden Zentimeter ganz der reiche Aristokrat, der er war. Neben ihm stand ein Mann, noch größer als er und ähnlich gekleidet – Lord Cameron, Daniels Vater. Lord Camerons Gesicht war härter als Daniels. Eine tiefe Narbe zog sich über seine Wange – dort, wo seine erste Frau ihn mit einem Messer verletzt hatte, wie man sich erzählte.

Hätte sich der Boden aufgetan und Violet verschlungen, es wäre ihr willkommen gewesen. Daniel, der sie aus dem Gefängnis holte, gemeinsam mit seinem *Vater*. Mochte der Himmel ihr beistehen.

»Hallo, Prinzessin«, sagte Daniel gedämpft, während er die Hand um ihr Handgelenk schloss. »Ihre Kutsche erwartet Sie. Ebenso Ihre Mum. Das ist mein Vater. Wollen wir gehen?«

Mit geballten Fäusten saß Daniel in der Kutsche und versuchte, seinen Zorn zu beherrschen. Er war schon wütend, seit er gesehen hatte, wie Violets Mutter und deren Mädchen aus der Pension gekommen und die Straße hinuntergelaufen waren, als wären Höllenhunde ihnen auf den Fersen.

Daniel war auf dem Weg zu Violet gewesen, bereit, sie mitzunehmen für ein weiteres Abenteuer auf dem Lande. Er hatte sich die Zeit genommen zu baden, zu frühstücken und sich anzukleiden, dann wollte er zu ihr eilen wie ein eifriger Bauernbursche.

Violets Mädchen hatte zwei schwere Koffer geschleppt, Violets Mutter war schluchzend hinter dem Mädchen hergestolpert. Daniel befahl dem Kutscher, sofort anzuhalten. Er stieg aus, nahm die Koffer und warf sie in die Kutsche, dann half er den beiden verängstigten Frauen in den Wagen.

Marys unzusammenhängend erzählte Geschichte darüber, wie die Polizei gekommen war, um sie alle zu verhaften, ließ seinen Zorn noch höher lodern. Mary und Violets Mutter waren geflohen, hatten Violet zurückgelassen.

Daniel befahl den beiden, in der Kutsche zu bleiben, dann lief er zur Pension. Dort fand er keine Spur von Violet, aber er sah eine Menschenmenge, die sich in der sonst so ruhigen Straße versammelt hatte. Einer der Neugierigen berichtete ihm, dass eine junge Lady, die in der Pension wohne, in einer Polizeikutsche weggebracht worden sei. Vermutlich eine Diebin, möglicherweise sogar eine Prostituierte.

Siedende Wut färbte Daniels Sichtfeld rot. Sein Vater war berüchtigt für sein Temperament, und Daniel hatte es geerbt. Sein ganzes Leben lang versuchte er schon, es zu beherrschen, zog es vor, die Welt mit honigsüßen Worten für sich einzunehmen, aber manchmal gewann dann eben doch das Temperament.

Er musste Camerons Hilfe in Anspruch nehmen, um sich den Weg in die Marseiller Polizeistation und Violets Freilassung zu erkaufen. Der verantwortliche Inspektor, ein Mann namens Bellec, wollte ein Exempel an ihr statuieren. Er hasse Betrüger, erklärte er.

Ebenso sehr hasste Bellec Ausländer, die kamen und ihm vorschrieben, wie er seinen Job zu machen hatte, und ganz besonders hasste er die Reichen und die Adligen. Zweifellos hatten Bellecs Vorfahren Dutzende von Aristokraten zur Guillotine geschleppt.

Bellec und seine Vorgesetzten erklärten sich nur bereit, Violet freizulassen, wenn Lord Cameron ihnen sein Wort gab, sie und ihre Entourage außer Landes zu bringen. Würde Violet

Bellec ihm noch einmal unter die Augen kommen, wollte er dafür sorgen, dass sie ins Gefängnis kam.

Den Anblick von Violet, die besiegt und geschlagen aussah, als der uniformierte Polizist sie in die Halle führte, hatte Daniel kaum ertragen können. Doch dann hatte sie den Kopf gehoben und trotzig jeden angestarrt, der ihr begegnete.

Cameron hingegen hatte sie voller Besorgnis betrachtet, und die erste Frage, die sie gestellt hatte, als Daniel sie zur Kutsche führte, lautete: »Wo ist meine Mutter? Geht es ihr gut? Ist Mary bei ihr?«

Diese unfähige, egoistische Mutter hatte ihre eigene Tochter der Polizei überlassen, und Violets Sorge galt nur *ihr*.

Daniel traute sich selbst noch immer nicht und schwieg. Sein Vater antwortete für ihn, seine tiefe Stimme füllte die Kutsche: »Ihre Mutter wartet im Bahnhof. Mit meiner Frau und meiner Tochter.«

Violet blinzelte. »Mit Lady Cameron?«

»Du wirst die Stadt verlassen«, sagte Daniel, nicht in der Lage, noch länger zu schweigen. »Und wir kommen mit dir.«

Violet machte große Augen. »Mit uns kommen? Nein, das ist nicht nötig …«

»Es ist absolut nötig«, stellte Daniel klar. »Genau genommen war es eine der Bedingungen für deine Freilassung. Wir fahren nach Berkshire, und du und deine Mutter kommt mit.«

»Aber … Daniel, nein. Du kannst nicht fort. Deine Experimente … deine Papiere und Zeichnungen in deiner Wohnung!«

Daniel war nicht in der Stimmung, sich über so triviales Zeug den Kopf zu zerbrechen. »Simon bleibt hier, um alles zu verpacken und uns nachzuschicken. Es ist wichtiger, dich aus der Stadt zu bringen.«

»Ich bin …« Violet befeuchtete ihre Lippen, sah von Cameron zu Daniel. »Ich bin sehr dankbar. Danke. Woher wusstet ihr, wo ich bin?«

»Dad kennt einige Leute«, knurrte Daniel. »Aber was zum Teufel ist passiert? Und warum ist deine Mutter davongelaufen, um ihre eigene Haut zu retten? Und ihr Mädchen treibt sie dabei auch noch an. Wie konnte sie dich zurückzulassen, damit *du* den Schlag abbekommst?«

Violet schüttelte den Kopf. »Mary hat es richtig gemacht. Mutter würde es niemals überleben, eingesperrt zu werden. Wäre ich entkommen, hätten wir uns an einem verabredeten Ort wiedergetroffen.«

»Dann warst du also das Opferlamm?«, fragte Daniel. »Was hattest du vor – die Polizei ablenken, damit deine Mum entkommen kann?«

»Natürlich wollte ich das. Meine Mutter ist nicht sehr stark.«

»Sie schien recht gut beieinander zu sein, als sie die Straße entlanggelaufen ist und dich im Staub zurückgelassen hat. Eine Mutter *beschützt* ihre Kinder, Vi. Sie wirft sie nicht den Wölfen vor.«

Violet sah konsterniert aus. »Das hat sie nicht getan. Das tut sie nicht.«

»Wie zum Teufel nennst du es denn dann? Sie hat meine Hilfe sehr schnell angenommen. Sobald diese Mary deine Mutter davon überzeugt hatte, dass sie mir vertrauen könne, war deine Mum in der Kutsche – ohne eine Spur von Angst – und hat mich gedrängt, sie zum Zug zu bringen. Sie hat dich zurückgelassen, um dich die Konsequenzen tragen zu lassen.«

»So halten wir es nun mal«, entgegnete Violet. Sie klang, verdammt sollte sie sein, unerträglich duldsam. »Wenn etwas passiert, trennen wir uns und treffen uns an einem verabredeten Ort wieder. Meine Mutter ist nur dem Plan gefolgt.«

»Als ich ihr gesagt habe, dass man dich ins Gefängnis gebracht hat, wollte sie noch immer fliehen.« Daniel holte Luft, um noch etwas zu sagen, aber Cameron mischte sich ein.

»Lass es gut sein, Sohn.«

Daniel wollte es nicht gut sein lassen, aber er zwang sich, den Mund zu halten. Er wusste, dass Cameron seinen Zorn über eine Mutter verstand, die ihr Kind in der Gefahr zurückließ. Daniel konnte nach außen so tun, als sei es ihm gleich, was seine Mutter ihm angetan hatte, doch es hatte Narben in ihm hinterlassen.

Wieder ballte er die Fäuste und lehnte sich zurück. Er wollte in seinem Abscheu auf irgendetwas einschlagen, doch es gab nichts, was sich dazu eignete.

»Daniel hat nicht unrecht«, wandte sich Cameron jetzt an Violet. »Man lässt einen Menschen, den man liebt, nicht im Stich, um ihn für sich büßen zu lassen.«

Violet zog die Augenbrauen zusammen. »Es tut mir leid, Gentlemen, aber keiner von Ihnen hat eine Ahnung, wovon er spricht. Wir tun, was wir tun müssen. Es geht ums Überleben. Bevor Sie nicht in der Situation waren, sich auf der Straße durchschlagen zu müssen, halten Sie mir bitte keine Vorträge darüber, wie meine Mutter oder ich uns verhalten müssen.«

Daniel war zu wütend, um zu antworten. Cameron zog eine Zigarre hervor und zündete sie an. Er lehnte sich zurück und zog daran, zarte Rauchschwaden breiteten sich in der Kutsche aus. »Mir gefällt sie«, sagte er zu Daniel, dann rauchte er schweigend weiter.

»Ich werde für meine Fahrkarte bezahlen«, stellte Violet angespannt klar. »Für alle unsere Fahrkarten. Wenn von mir verlangt wird, dass ich das Land verlasse, können wir in Paris getrennte Wege gehen, und meine Mutter und ich werden irgendwo anders hinreisen, vielleicht nach Bayern. Dort werden wir sicher sein.«

»Nein«, sagte Daniel. »Mr Bellec hat klargemacht, dass wir dafür verantwortlich sind, dich aus Frankreich hinauszubringen. Die einzige Möglichkeit, das zu gewährleisten, ist, dass du den ganzen Weg bis England bei uns bist. Deshalb wirst du mit uns nach Berkshire kommen, Vi, ob es dir gefällt oder nicht. Und bis wir dort sind, werde ich dich nicht mehr aus den Augen lassen.«

Berkshire. Daniel musste den Verstand verloren haben. Violets Magen revoltierte. Sie war immer noch durcheinander von den jüngsten Ereignissen – ihrer Festnahme, dem Verhör, ganz zu schweigen von der unvermuteten Befreiung durch Daniel. Er war wütend auf sie und ihre Mutter, aber es schien ihm nichts auszumachen, seinen Aufenthalt in Marseille abzubrechen, um Violet fortzubringen.

Viel zu schnell fand sich Violet in einem Zugabteil wieder, einem privaten. Lord Cameron hatte den ganzen Wagen gemietet, der über einen kleinen Salon und einen kleinen Essbereich am Eingang verfügte. Am Ende des Wagens befanden sich einige kleine Kabinen zum Schlafen. Sogar ein Bad war vorhanden.

Cameron und Daniel überwachten, dass das Gepäck – so wenig sie auch hatten mitnehmen können – ordentlich verstaut wurde. Ainsleys Diener und Mary versahen ihre Aufgaben und zogen sich dann in die Abteile zurück, die Cameron für sie gebucht hatte. Mary war überrascht, ein Abteil für sich zu haben, ohne dass sie für ihre eigene Fahrkarte etwas bezahlen musste.

Cameron nahm einen der kleinen Esstische im Abteil in Beschlag und begann, Rennmagazine in Französisch und Englisch durchzusehen. Ein kleines Mädchen mit rotgoldenem Haar stellte ein großes Plüschpony auf den Tisch, kletterte selbstbewusst auf Camerons Schoß und schaute interessiert alle Magazine mit ihm an. Geistesabwesend legte Cameron einen Arm um die Taille der Kleinen und küsste sie zärtlich auf den Scheitel.

Noch immer hatte Daniel kein weiteres Wort mit Violet gewechselt. Ainsley, die auf einem der Sofas Platz genommen hatte, streckte die Hand nach Violet aus. »Setzen Sie sich zu mir, Violet, Liebes. Sie haben eine ziemliche Tortur hinter sich.«

Celine hatte bereits in einem bequemen Sessel an einem der Fenster Platz genommen und sah aus, als wäre sie für diese elegante Umgebung geboren. Sie fächelte sich Luft zu und stieß einen hörbaren Seufzer aus, als der Zug mit einem Ruck anfuhr. »Ja, wirklich schrecklich. Arme Violet. War es sehr schlimm?«

»Ein wenig«, gab Violet zu, während sie sich neben Ainsley setzte.

»Ich hätte es in einer Gefängniszelle keinesfalls ausgehalten«, erklärte Celine. »Die Aura dort wäre zu viel für mich.«

»Sie haben mich nicht in eine Zelle gesteckt, Mama. Es war ein kleines Zimmer mit einem Stuhl und einem Tisch.«

Ihre Mutter sah sowohl erleichtert als auch enttäuscht aus. Violet wusste, dass Celine gern eine Horrorgeschichte über Ratten und stinkende Gefängniszellen gehört hätte.

In Ainsleys Blick lag Mitgefühl. »Denken Sie nicht mehr daran. Wir werden Sie beide mit heißem Tee und Unmengen an Kuchen versorgen. Und Sie dann zu Bett bringen. Es ist noch recht früh, aber Sie müssen müde sein.«

Während der Zug Fahrt aufnahm und Marseille hinter sich ließ, rollten einige Kellner mit Speisen beladene Servierwagen ins Abteil. Als sie Brot und Fleisch, Käse, Tee, Kuchen und – oh, wie himmlisch – Kaffee auftrugen, knurrte Violets Magen.

Sie aß den Kuchen, den Ainsley ihr zuschob, und trank Kaffee. Als das Schwindelgefühl in ihrem Kopf nachgelassen und ihr Magen sich beruhigt hatte, fuhren sie bereits durch die weite Landschaft.

Violet stellte ihre Kaffeetasse ab. »Ich bin Ihnen sehr dankbar, dass Sie uns helfen«, sagte sie zu Ainsley. »Sie alle sind unglaublich freundlich. Ich werde für die Fahrkarten bezahlen.«

»Unsinn«, wehrte Ainsley ab. »Aber darüber sprechen wir später.« Sie schaute zu Daniel hinüber, der an einem anderen Tisch saß und Kaffee trank, er hatte ihnen den Rücken zugewandt. Violet war klar, dass Ainsley und Cameron ihr um Daniels willen geholfen hatten, aus keinem anderen Grund.

Sie wusste auch, dass Daniel ziemlich wütend war, und das zu Recht. Es gab vieles, das Violet ihm sagen musste, und danach würde er vermutlich noch wütender sein. Dennoch würde sie nicht davor zurückschrecken, es zu tun.

Ainsley warf ihr einen wissenden Blick zu, ehe sie abrupt aufstand und zu Celine ging. »Nun, Madame. Sie sehen erschöpft aus und brauchen Schlaf. Und du auch, Gavina. Komm jetzt. Nein, Liebes, mach dir nicht die Mühe, mir zu widersprechen.«

Die siebenjährige Gavina wollte protestieren, dann fing sie den Blick ihrer Mutter auf und machte den Mund wieder zu. Ein Kind, das schon in jungen Jahren zu erkennen gelernt hatte, wann sich eine Diskussion lohnte und wann nicht.

Ainsley streckte die Hände aus, eine für Violets Mutter und die andere für Gavina. Sie führte die beiden durch die Tür, die zu den Schlafkabinen führte. Schweigend schob auch Cameron seine Teetasse beiseite und stand auf. Er klemmte sich eine gefaltete Zeitung unter den Arm, schlenderte aus der Abteiltür und ging in Richtung des Hauptteils davon.

Und ließ Violet mit Daniel allein.

In bedrückendem Schweigen trank Daniel seinen Kaffee.

Violet stand vom Sofa auf, nahm ihre leere Tasse und ging

zu ihm an den Tisch. Sie nahm Daniel gegenüber Platz und schenkte sich einen Kaffee ein. Daniel beobachtete sie, tat nicht, als ignorierte er sie, richtete aber noch immer kein Wort an sie.

»Du hast mich heute gerettet, Daniel«, begann Violet. »Ich weiß, ich kann das nie wiedergutmachen, aber du hast mein Leben gerettet. Monsieur Bellec hatte nicht vor, mich gehen zu lassen.«

Daniel hatte seine Tasse zum Mund geführt, um einen Schluck zu trinken, jetzt stellte er sie stattdessen klirrend zurück auf die Untertasse. »Verdammt, Violet, hör auf, von Wiedergutmachung zu reden. Ich will keine Zurückzahlung von dir, welcher Art auch immer.«

»Ich weiß, dass du das nicht willst. Aber du verdienst es, einige Dinge über mich zu erfahren.« Violet stellte ihre Tasse ab und legte die ineinander verschränkten Hände auf den Tisch. Wenn sie die Hände fest genug zusammenpresste, würden sie vielleicht nicht zittern.

Daniel wartete schweigend.

»Mein Geburtsname ist Violet Devereaux. Mein Vater war Franzose, wie ich dir schon gesagt habe. Seine Familie ist vor meiner Geburt nach England ausgewandert. Wir wohnten in Süd-London – das hast du richtig vermutet – in einer armen, aber respektablen Nachbarschaft. Als ich acht war, fand meine Mutter heraus, dass sie hellsehen konnte, zumindest glaubte sie das. Sie begann, Séancen abzuhalten, erst nur für Freunde, dann wurde sie auch von anderen Leuten engagiert. Als sie genügend Geld zusammenhatte, beschloss sie, nach Paris zu gehen, damit wir dort unser Glück versuchen konnten. Dort begegnete ich Jacobi, der mir beibrachte, wie man eine unvergessliche Bühnenvorstellung gibt und mehr Eintrittskarten verkauft. Ich habe seitdem viele Namen gehabt, sie alle dienten dazu, besagte Eintrittskarten zu verkaufen und allen Problemen aus dem Weg zu gehen.« Violet holte tief Luft. »Der Name Violet Devereaux ist mein Geburtsname. Aber jetzt heiße ich Violet Ferrand. Ich bin verheiratet.«

23

»Verheiratet.« Daniel saß reglos da, sein Verstand hatte die Bedeutung dieses Wortes noch nicht erfasst. Er fühlte sich genau wie damals, als sie ihm die Vase über den Schädel geschlagen hatte.

»Ja.« Es war ein Wispern, erfüllt von Scham und ein klein wenig Trotz.

Daniel sprang auf, als er begriff. »*Verheiratet?*«

»Ja.«

Daniel ging zur Tür, die aus dem Abteil führte, dann machte er kehrt und kam zurück, sein Zorn wuchs mit jedem Schritt.

Alle MacKenzies trugen die Neigung zu berserkerhafter Wut in sich, das Erbe von Männern, die es leid gewesen waren, dass man seit Generationen versuchte, sie zu töten und ihnen ihr Land zu stehlen. Daniels Großvater hatte diese Wut benutzt, um seine Familie zu terrorisieren. Onkel Hart hatte sie genutzt, um England zu terrorisieren. Onkel Ians Wut wandte sich gegen ihn und terrorisierte ihn selbst. Jetzt spürte Daniel diese Wut auch durch seine Adern strömen – Wut auf Violet, auf sich selbst, auf jeden, der sie zu dem gemacht hatte, was sie jetzt war.

»Verdammte Hölle, Frau!« Sein Highland-Akzent löschte jegliche Spur gewählter englischer Aussprache aus, die man ihm je eingebläut hatte. »Wann hattest du vor, mir das zu sagen? Wolltest du es mir überhaupt sagen? Wenn es dir gelungen wäre, die Polizei dazu zu kriegen, dich freizulassen, hätte ich dich nie wiedergesehen, richtig? Du wärst weggelaufen, genau wie du es in London getan hast, wie du es jedes Mal wieder und wieder in der Vergangenheit getan hast, habe ich recht? Wozu denn auch Daniel, diesem jämmerlichen, verdammten Idioten, sagen, dass du weggehst!«

Violets Gesicht war aschfahl. »Ich *wollte* es dir sagen. Alles. Wirklich. Ich wollte dir alles über die Ehe sagen – in dem Gasthaus, falls du mich heute dorthin gebracht hättest. Aber dann kam die Polizei …«

»*Falls? Falls* ich dich dorthin gebracht hätte?« Daniel schlug mit der Faust auf den Tisch, die Kaffeetassen klirrten. »Hast du gedacht, ich hätte nicht vor, das zu tun? Obwohl ich es gesagt habe? Hast du gedacht, ich spiele nur mit dir?« Seine Wut wuchs. »Du hast gesagt, ja, das hast du, dass du gern mit mir in dieses kleine Gasthaus zurückkehren würdest. Du hast glücklich ausgesehen, und trotzdem hast du die ganze Zeit gedacht, ich würde lügen?«

»Ich habe nicht gedacht, dass du lügst«, verteidigte sich Violet hitzig. »Ich dachte, dass du es so gemeint hast, als du es sagtest. Aber du hättest es vergessen oder deine Meinung ändern können. Wie sollte ich das wissen?«

»Warum zum Teufel hätte ich meine Meinung ändern sollen?«

Jetzt erwachte auch Violets Temperament zum Leben, ihre Augen blitzten. »Weil du ein Aristokrat bist! Du kannst es dir erlauben, in einem Privatzug durch Frankreich zu reisen und einen teuren Ballon in einen Baum zu setzen und es mit einem Schulterzucken abzutun. Du kannst alles tun, was du willst, Daniel MacKenzie. Warum hättest du dir die Mühe machen sollen, mir die Wahrheit zu sagen?«

»Nun, du jedenfalls hast dir diese Mühe nicht gemacht!« Er ließ die Fäuste auf den Tisch krachen. »Aber ich habe dich niemals angelogen, Vi. Ich bin immer ehrlich gewesen. Das ist mein Problem, verstehst du? Ich bin bis an die Schmerzgrenze ehrlich. Ich verabscheue Geheimnisse, also habe ich keine.« Er richtete sich auf. »Aber lass uns darauf zurückkommen, dass du verheiratet bist. Wer ist der glückliche Kerl? Weiß er, dass du durch die Welt ziehst und naive junge Männer verführst? Bin ich nur ein weiteres deiner Opfer? Du wusstest alles über mich und meine Familie in der Minute, in der ich in London in dein Esszimmer gekommen bin. Hast du mich abgeschätzt und beschlossen, ich wäre reif, um von dir gepflückt zu werden?«

Violet zuckte heftig zusammen, aber Daniel wollte nicht freundlich und nett sein. Sie hatte mit ihm gespielt, auf dieselbe Weise hatte sie mit Mortimer gespielt und all den anderen jungen Männern, die in jener Nacht an ihrem Tisch gesessen hatten. Und Daniel, benebelt von ihrer Schönheit, hatte dran glauben müssen.

Violets Lippen waren blutleer. »Du meinst, in dem Moment, in dem ich dir begegnet bin, hätte ich dir die Hand hinstrecken und dir meine Lebensgeschichte erzählen sollen? Wie hätte ich wissen können, dass mein Leben dir überhaupt wichtig ist?«

»Ob es mir wichtig ist? Alles, was dich angeht, ist mir wichtig, Vi. Was, wenn ich närrisch genug gewesen wäre, vor dir auf die Knie zu fallen und dir einen Antrag zu machen? Hättest du mir von dieser Ehe erzählt?«

»Ich hätte es dir gesagt – ich wollte es dir heute Abend im Gasthaus sagen.« In Violets Augen stand Zorn, aber er sah auch Tränen. »Ich sage es dir *jetzt*. Ich habe lange gebraucht, um meinen Mut zusammenzunehmen, um die Worte auszusprechen – ich weiß, du wirst mich wahrscheinlich verachten, wenn du alles weißt, aber ich will es dir sagen. Ich will es versuchen.«

»Versuch nicht, mich weichzuklopfen, Liebes. Ich bin ehrlich zu dir gewesen von dem Moment an, in dem ich dir begegnet bin. Und du hast das mit Halbwahrheiten beantwortet, mit Lügen und Davonlaufen. Zum Teufel, du hast mich sogar auf einen Karren verfrachtet, als du mich nicht wachbekommen konntest.«

Violet sprang auf, die Tassen schepperten, als sie gegen den Tisch stieß. »Und *ich* habe dich nicht darum gebeten, mir durch Europa zu folgen oder mich mitten in meiner Vorstellung im Theater zu überfallen. Ich dachte, du würdest dich von mir fernhalten wollen.«

»Ein schlichtes *Daniel, du musst wissen, dass ich verheiratet bin* hätte mich dazu bringen können.«

»Das bezweifle ich.« Violets Augen funkelten blau. »Du nimmst dir, was immer du haben willst, zum Teufel mit denen, die dir dabei im Weg stehen. Du willst deine Theorie über das Fliegen ausprobieren, also nimmst du dir meine Windmaschine, du nimmst den Ballon deines Freundes, du fliegst in einen Baum – aber all das ist in Ordnung. Du bringst die Wirtsleute mit deinem Charme dazu, uns das beste Zimmer in ihrem Haus zu geben. Eine Frau, die du in deinem Bett haben willst, wird von der Polizei verhaftet, aber was soll's – du bringst deinen Vater dazu, jemanden um einen Gefallen zu bitten und sie dort herauszuholen. *Warum?*« Violet ballte die Fäuste. »Warum lässt du mich nicht in Ruhe? Wenn ich dich angelogen habe und vor dir davongelaufen bin, warum zum Teufel *lässt du mich dann nicht einfach in Ruhe?*«

Ihre Worte wurden untermalt vom Rattern des Zuges auf der Fahrt ins Herz Frankreichs. Violet sah so müde aus, so erschöpft, dass Daniel fast eingelenkt hätte. Aber er war zu wütend. »Warum zum Teufel hätte ich dich in Ruhe lassen sollen?«, rief er. »Meine Gesellschaft schien dir doch zu gefallen. Du hättest die Macht gehabt, mich jederzeit wegzuschicken – warum hast du es nicht getan?«

»Macht? Ich habe überhaupt keine Macht! Du tust, was dir

verdammt noch mal passt, gleichgültig, ob es anderen gefällt oder nicht. Mir, deinen Freunden, Gastwirten, deinen glitzernden und funkelnden Kurtisanen …«

Violet verstummte und presste die Lippen zusammen, als wünschte sie, das Letzte nicht gesagt zu haben.

»Was für glitzernde und funkelnde Kurtisanen?« Demonstrativ schaute sich Daniel im leeren Abteil um. »Ich sehe keine Kurtisanen. Aber vielleicht verstecken sie sich unter einem der Sofas?«

»Ich habe dich gesehen«, sagte Violet mit harter Stimme. »In der Nacht, nachdem wir vom Land zurückgekommen sind. Du standest mit Freunden vor einem Restaurant, und deine Freundinnen waren auch dabei. Sie waren recht hübsch, und sie waren mit Brillanten behängt, deshalb sage ich *glitzernd*. Bitte tu nicht so, als wärest du anders, als wärest du kein reicher Aristokrat, der jede Frau bekommt, die er haben will – anständige und nicht so anständige – immer fröhlich wechselnd von der einen zur anderen.«

Daniels Verwirrung löste sich auf. »Willst du damit sagen, du hast mich vor dem Bistro gesehen? Mein unausstehlicher Freund Richard hat an jenem Abend die weibliche Gesellschaft mitgebracht. Diese glitzernden Ladys, wie du sie nennst, sind mit Richard und seinen Kumpanen nach Hause gefahren, und ich bin in mein Hotel gegangen, um von meiner lieben kleinen Schwester ausgefragt zu werden. Ich wäre lieber mit *dir* zusammen gewesen, Vi. Ich war an keiner dieser Frauen interessiert.«

Violet starrte ihn an, als hätte er den Verstand verloren. Daniel vermutete, dass die mondäne Gesellschaft es tatsächlich seltsam fände, dass er die teuersten und willigsten Kurtisanen Marseilles links liegen ließ, um mit einer Trickbetrügerin mit wunderschönen blauen Augen zusammen zu sein, die sich mehr schlecht als recht durchs Leben schlug. Aber das lag daran, dass keiner von ihnen Violet bisher gesehen hatte.

»Über diesen Mangel an Vertrauen in mich werden wir noch reden«, sagte er. »Ausführlich. Aber ich habe durchaus bemerkt, dass du sehr geschickt den Spieß umgedreht hast und mich als den allerletzten Bastard hinstellst, statt weiter über das zu reden, womit wir angefangen haben. Erzähl mir alles über diese Ehe. Jede Einzelheit. Wer ist er?«

Violets Busen hob und senkte sich heftig in dem perlenbestickten Kleid, dem Theaterkostüm, das abzulegen sie noch keine Gelegenheit gehabt hatte. »Ich habe Jacobi geheiratet. Um meinen Ruf zu retten, hat er gesagt.«

»Jacobi.« Daniels Hass auf diesen Mann wurde noch größer.

Violet befeuchtete ihre Lippen. »Das ist einer der Gründe, warum ich ihm vergeben habe. Ich dachte, damals jedenfalls, dass er ebenso ein Opfer war wie ich. Er machte mich zu einer ehrbaren Frau, nur dem Namen nach, um mich zu beschützen.« Sie schwieg einen Moment lang, und frischer Schmerz trat in ihre Augen. »Und weil ich schwanger war.«

Du lieber Gott. Daniels Wut verrauchte fast augenblicklich. Violet sah ihn verzagt an, wartete darauf, dass er sie fortschicken würde. Daniel war Realist und wusste, dass diese Befürchtung bei den meisten anderen Männern durchaus begründet gewesen wäre. Er musste Violet davon überzeugen, dass er nicht wie jeder andere Mann war.

»Der Vater … war es der Mann, der dich genommen hat als … Bezahlung?« Das Wort schmeckte sauer in Daniels Mund.

»Ja.«

Sie sagte es sehr ruhig, doch sie war nicht ruhig. Ihre Hände zitterten, und sie konnte Daniel nicht in die Augen sehen.

»Wo ist das Kind?«

Violet schwieg lange, und als sie den Kopf hob, kannte Daniel die Antwort. Schmerz stach in sein Herz, als habe jemand ein Messer hineingetrieben. »Ich habe das Kind nicht bekommen. Ich hatte eine Fehlgeburt.«

»Violet ...«

Sie hob die Hand, die Finger steif gespreizt. »Nein. Warte. Ich will zu Ende erzählen. Ich war mit meiner Mutter auf der Bühne, als es passierte. Sie wusste von alledem nichts.« Violet lächelte ein kleines, herzzerreißendes Lächeln, das in Daniel den Wunsch weckte, jeden Menschen zu töten, der ihr je wehgetan hatte. »Ich war zu jung und unerfahren, um zu wissen, was mit mir nicht stimmte. Eine Lady im Publikum, eine Kurtisane namens Lady Amber, sah, was passierte. Sie kam hinter die Bühne, brachte mich in ihr Haus und holte einen Doktor – einen richtigen Doktor, einen guten –, um mir zu helfen. Der Arzt hat mich gerettet, aber das Kind konnte er nicht retten.«

Violet schwieg. Die Räder des Zuges durchbrachen die Stille, sie fuhren mit großer Geschwindigkeit auf Paris zu.

»Es tut mir leid, Violet«, sagte Daniel, ohne sich zu bewegen. »Es tut mir sehr, sehr leid.«

»Vielleicht war es so das Beste.« Violet sprach die Worte aus, aber ihre Stimme brach dabei.

»Nein, nicht das Beste. Das ist nie das Beste. Du sagst dir, dass du auf diese Weise den Schmerz ertragen kannst. Meine Stiefmutter – das Kind, das sie verloren hat, wurde von einem gewissenlosen Mann gezeugt, aber sie war dennoch schrecklich traurig.«

Violet liefen Tränen über die Wangen. Daniel ging zu ihr, drückte sie behutsam aufs Sofa und setzte sich neben sie.

»Erzähl mir auch den Rest, Liebes.«

Violet schaute mit nassen Augen zu ihm hoch. »Es gibt keinen Rest. Jacobi war nett zu mir, er versuchte, es wiedergutzumachen. Aber als er dann erneut in Schulden steckte, als er wieder mich angeboten hat, um sie zu begleichen, habe ich unsere Sachen gepackt, meine Mutter und Mary mitgenommen und mit ihnen Paris verlassen. Ich wollte so etwas nie wieder ertragen müssen. Seit jenem Tag habe ich Jacobi nicht mehr gesehen.«

Daniel und sie schwiegen eine Weile. Ihr Schmerz war echt, keine Lügen mehr. »War es eine legale Heirat?«, fragte er nach einer Weile. »Du warst noch sehr jung. Bist du dir sicher?«

Sie nickte. »Es gab einen Priester, unsere Namen wurden in ein Register eingetragen, es gab ein Dokument zur Bestätigung, und es gab Trauzeugen. Ich bin mir ganz sicher, dass die Eheschließung rechtmäßig war. Ob Jacobi noch am Leben ist oder tot, weiß ich nicht. Ich könnte Witwe sein. Ich weiß es nicht.«

»Hast du nie versucht, ihn zu finden? Eine Scheidung durchzusetzen oder eine Annullierung?«

Violet schüttelte den Kopf. »Ich wollte ihn nie wiedersehen. Ich habe mich umgehört, ob sein Name irgendwo auftaucht, aber ich habe nie etwas über ihn erfahren. Und er hat nie versucht, mich aufzuspüren.« Ihre Schultern sackten herunter. »Es hat keine Bedeutung für mich. Ich habe nicht die Absicht, irgendwen zu heiraten, also war die Tatsache, dass ich bereits verheiratet bin, nicht wichtig.«

Nicht wichtig. Daniel musste wieder aufstehen. Würde er Jacobi erdrosseln, würde es sich nicht nur gut für seine ruhelosen Hände anfühlen, er würde damit auch Violet befreien.

Er wandte sich ihr zu. »Aber für mich ist es wichtig, Liebes. Ich werde Jacobi aufspüren, und sollte er noch am Leben sein, werde ich die Annullierung aus ihm herausschütteln. Wenn du ihn seit Jahren nicht gesehen hast, besteht diese Ehe vielleicht ohnehin nicht mehr. Durch Verlassen oder Verschwinden eines

Ehepartners kann sie null und nichtig sein. Oder Jacobi hat sie beendet, damit er jemand anders heiraten konnte.«

»Das könnte er getan haben. Ich hatte nie die Gelegenheit oder das Geld, der Sache nachzugehen. Wie ich schon sagte, wollte ich nichts mit ihm zu tun haben. Niemals mehr.«

Daniel nickte. »Ja, du bist davongelaufen. Darin bist du gut – wegrennen. Wie kam es dazu, dass die Polizei dich heute Morgen gefasst hat? Ich hätte gedacht, du seiest blitzschnell.«

»Ich habe es dir doch schon gesagt: Ich wollte, dass sie mich kriegen. Meine Mutter sollte genug Zeit haben, um zu entkommen.«

Daniels Wut brandete wieder auf. Rasch ging er zurück zum Sofa, beugte sich hinunter und stemmte rechts und links von ihr die Fäuste ins Polster. »Du meinst, dass du dich für sie geopfert hast, genau wie du dich für Jacobi geopfert hast, genau wie du jede Chance auf eine normale Ehe geopfert hast, indem du dich von ihm zu diesem Schritt hast überreden lassen. Du opferst dich, und du läufst davon. Violet – *du musst damit aufhören*.«

»Wie könnte ich das?« In Violets Augen lag Kapitulation. »Was sonst gäbe es denn für mich?«

Ihre Resignation stach Daniel ins Herz. »Ich werde dir zeigen, was noch möglich ist. Ich habe es dir bereits gesagt – nur dass du mir nicht geglaubt hast. Du hältst mich für den frivolen Mr MacKenzie, der mit jeder flirtet. Daniel MacKenzie, der Tunichtgut. Hölle, ich mag dieses Wort gar nicht *aussprechen*. Doch zu deinem Pech habe ich die wahre Violet gesehen. Ich habe dich beobachtet, als du diesen ganzen Mist mit dem Dichopfern und Dichabrackern für eine Weile vergessen und dich der Welt geöffnet hast. Ich habe gesehen, wie du die Arme ausgebreitet hast, und ich habe gehört, wie laut du geschrien hast, als der Wind dich trug. Und ich werde es wieder sehen.

Ich habe vor, dich zu packen und dich vor dir selbst zu schützen, Süße, ob es dir gefällt oder nicht.«

»Und was kommt danach? Werde ich dann wieder fallen gelassen? Das ist es doch, was Gentlemen mit Ladys tun, wenn sie mit ihnen fertig sind.«

»Oh, wie ich es liebe, wie du versuchst, mich jedes Mal wieder wie einen Schuft aussehen zu lassen. Das macht mich wirklich wütend. Aber wenn ich sage, dass ich dir alles zeigen werde, was du vermisst hast, dann meine ich genau das. Ich bin nicht Jacobi oder irgendein Mann, der das nur sagt, um die Unschuld eines jungen Mädchens als Bezahlung zu bekommen. Und ich bin keiner von den Kerlen, mit denen du spielst, um sie auszunehmen. Mir sind deine Salontricks, deine phosphoreszierende Farbe und deine Hexenbretter egal. Ich werde dir das wahre Leben zeigen. Wahre Freude. Ob es dir gefällt oder nicht, ob du es glaubst oder nicht. Nein, sag jetzt nicht, dass du es willst oder nicht willst. Es ist ohne Bedeutung.«

»Es ist ohne Bedeutung, was ich denke?« Violets Stolz war zurückgekehrt.

»Ja, es ist bedeutungslos.« Daniel richtete sich auf, er fühlte sein Lächeln zurückkommen. »Von Bedeutung ist allein, was *ich* in diesem Augenblick denke. Du begibst dich in meine Hände, Liebes, und ich werde dir die Welt zeigen. Auf die Art, auf die man sie sehen sollte.« Er nahm Violets Hände und zog sie auf die Füße. »Aber jetzt wirst du erst einmal schlafen gehen. Denn wenn wir unser Ziel erreichen, hast du keine Zeit mehr, um dich auszuruhen. Und um andere wird sich auch nicht mehr gekümmert. Ich passe ab jetzt auf dich auf, und mehr gibt es dazu nicht zu sagen.«

Violet stand dicht vor ihm, die Onyxperlen an ihrem Mieder fühlten sich hart an unter seinen Händen. Sie schaute zu ihm hoch, in ihren Augen tobte ein Sturm, ihre Haltung drückte Protest aus.

Daniel küsste sie. Violets Lippen zitterten, aber sie erwiderte den Kuss, ihr Mund wurde unter seinem ein wenig weicher. Daniel legte die Hand in ihren Nacken und küsste sie tiefer.

Als er sich von ihr löste, sah Violet ihn an, in ihren Augen lag Verzweiflung, aber auch Verlangen. Sie hatte so viel Schmerz erlitten, hatte so viel verloren. Daniel begehrte sie mit einer Intensität, die ihn fast zerbrach. Wenn sie sich endlich vereinigten, würde die Welt erbeben.

Aber jetzt waren sie in diesem Zugabteil, mit seinem Vater, seiner Stiefmutter und seiner kleinen Schwester in den Schlafkabinen hinten im Abteil, ganz zu schweigen von Violets Mutter. Sein Vater würde bald aus dem Raucherabteil zurückkehren oder wo immer er sich mit Ainsley getroffen hatte. Er war nicht gern lange ohne sie.

Und Violet brauchte Schlaf. Sie sah ausgelaugt aus, war viel zu blass. Daniel küsste sie wieder auf den Mund, dann führte er sie in eine leere Schlafkabine. An der Tür gab er ihr einen Gutenachtkuss, in Violets Augen standen noch immer Furcht und Sehnsucht.

Es war Violet, die die Tür schloss und damit der Versuchung, die sie beide empfanden, ein Ende machte. Daniel verließ das Abteil und ging hinaus auf die Plattform am Ende des Zuges. Dort rauchte er eine Zigarette nach der anderen, bis der kalte Winterwind ihn so weit abgekühlt hatte, dass er ins Abteil zurückkehren konnte.

Früh am nächsten Morgen stiegen sie in Paris in einen anderen Zug um, ohne einen Aufenthalt einzulegen und den Vergnügungen der Stadt nachzugeben. Der neue Eiffelturm, der sich mit seinen sich überkreuzenden und wie Spitzenwerk wirkenden Stahlstreben vor dem Morgenhimmel abzeichnete, dominierte das Stadtbild.

Vom Umsteigen von einem Zug in den nächsten abgesehen war Violet nicht mehr in Paris gewesen, seit der Turm errichtet worden war. Fasziniert schaute sie zur Turmspitze hinauf und wäre am liebsten bis ganz oben gestiegen. Vielleicht eines Tages. Als sie daran dachte, dass sie mit dem Ballon noch höher in den Himmel hinaufgestiegen waren, als der Turm hoch war, empfand sie ein kurzes prickelndes Entzücken.

Für den Moment jedoch war Violet froh, von Paris wegzukommen, auch wenn England nicht unbedingt ihr erklärtes Ziel war. Sie würden in Berkshire bleiben, hatte Daniel gesagt, ein gutes Stück entfernt von London und den Problemen dort.

Daniel hatte auch gesagt, dass sie damit aufhören musste, fortzulaufen, aber er hatte keine Vorstellung von den Schrecken, vor denen Violet davonlief. Im Gegensatz zu ihr hatte er immer ein behütetes Leben geführt, hatte immer eine fürsorgliche Familie um sich gehabt.

Seine Kindheit mochte einsam gewesen sein, aber ihn zusammen mit Lord Cameron zu sehen verriet Violet, dass der Mann seinen Sohn mit jeder Faser seines Herzens liebte. Selbst wenn Cameron nicht gewusst hatte, wie er mit dem lebhaften kleinen Daniel hatte umgehen sollen, so hatte er ihn doch nie ganz verlassen. Und dass Daniel lebhaft gewesen war, daran bestanden für Violet keine Zweifel.

Er war es noch immer. Als sie in den Zug nach Calais umstiegen, unterstützte er seinen Vater tatkräftig bei der Organisation, und er sorgte dafür, dass Mary und die Dienerschaft seiner Eltern es in ihren Abteilen bequem hatten. Er half dabei, auf Gavina aufzupassen, führte seine kleine Schwester im Zug herum, als die Reise sie allmählich langweilte, und beschäftigte sie. Und die ganze Zeit redete er: mit seinem Vater über Sport, mit seiner Schwester über interessante Dinge, die sie draußen im Vorbeifahren entdeckten, mit seiner Stiefmutter über Musik, Theaterstücke, Mode und – interessanterweise – Kuchen.

Ainsley hatte Violet einige Kleider geborgt, damit sie das gestohlene Kostüm ablegen konnte. Mary hatte es in der Eile nur geschafft, Violets Bühnenutensilien und Kleider zum Wechseln für Celine einzupacken, aber keine für Violet.

Ainsley schien es nichts auszumachen, Violet ein Straßenkostüm und zwei oder drei Tageskleider zu leihen – für den Augenblick, sagte sie. Selbstverständlich würden sie in England für Violet einkaufen gehen.

Ainsley zeigte freundliches Mitgefühl, und an ihrer Freundlichkeit war nichts Gekünsteltes, es war leicht, sie anzunehmen. Eine weitere neue Erfahrung für Violet.

Daniel verlor Violet gegenüber kein Wort über ihren Streit. Zwar ging er ihr nicht mehr aus dem Weg, versuchte aber auch nicht, allein mit ihr zu sein. Daniel schloss sie und Celine in alle Gespräche ein, plauderte freundlich mit ihnen, während der Zug auf Calais zufuhr, wo sie die Nacht verbringen würden. Beim Abendessen im Restaurant war er guter Laune, wünschte Violet im Hotel höflich eine gute Nacht und zog sich mit seinem Vater in die Lounge zurück.

Erst als sie am darauffolgenden Tag mit der Fähre den Kanal überquerten, suchte er sie auf.

Sie stand allein an der Bugreling der Fähre und schaute auf das Wasser, das Brummen des starken Motors wirkte irgendwie beruhigend. Celine, die Schiffe hasste, war mit Mary in der Kabine geblieben. Auf ihrem Weg nach oben hatte Violet einen Blick auf Lord Cameron, seine Frau, seine Tochter und Daniel erhascht, die im Salon für die Passagiere der ersten Klasse saßen. Statt sich zu ihnen zu gesellen, war sie ins Freie gegangen, um mit ihren Gedanken allein zu sein. Der kalte Wind bewog die meisten Fahrgäste, in ihren Kabinen zu bleiben, sodass sie das Deck ganz für sich hatte.

Fasziniert beobachtete sie, wie das graue Wasser weiß aufschäumte, wenn der Bug es zerschnitt. Das Meer änderte sich ständig, aber es war immer da, Tonnen von Wasser, die auf irgendeine Weise fest dem Planeten verbunden blieben. Die Bugwelle wurde hoch aufgeworfen und zerbrach, erhob sich und zerbrach, hielt aber das Schiff niemals auf, das unermüdlich seinem Kurs folgte.

Violet spürte Wärme hinter sich. Daniel legte die Arme um sie und stützte sich mit den behandschuhten Händen auf die Reling. »Ich konnte mich nicht länger von dir fernhalten«, sagte er, sein Atem berührte warm ihr Ohr. »Dich hier zu sehen, wie du das Gesicht in den Wind hältst, dein Mut, nach vorn zu schauen, was immer auch kommen mag.«

»Kein Mut«, entgegnete sie. »Ich bin nur hier, weil der Rauch der Maschinen auf dem Heck zu dicht ist.«

»Zerstör mir nicht mein Bild, Liebes. Und ich irre mich nicht. Rauch hin oder her, du schaust nicht zurück auf die entschwindende Küste Frankreichs. Du siehst zu, wie England auf dich zukommt, dein Heim, komme, was wolle.«

Daniel streifte ihre Wange mit den Lippen. Welch süße Hitze. Violet traute sich nicht, den Kopf zu wenden, traute sich nicht, den Kuss zu erwidern. Denn wenn sie Daniel berührte, würde sie ihn nie wieder loslassen wollen.

»Wie ist es in Berkshire?«, fragte sie.

»Für englische Verhältnisse ist es ein schönes Fleckchen Erde. Schottland ist viel schöner. Aber in Berkshire gibt es ausreichend ebenes Trainingsgelände für die Pferde, und von dort ist es nicht weit zu den Rennstrecken in Newmarket und Ascot. Und es gibt meilenlange Straßen, die ich für mein Automobil brauche. Der Frühling dort ist wunderschön – kleine

Blumen blühen überall auf den Wiesen, Lämmer springen auf den Weiden umher, und der Adel ist auf dem Weg nach London zur Saison – was das Land wonnig still zurücklässt. Es ist perfekt.«

Violet hatte noch nie einen Frühling auf dem Land erlebt, sondern ihr ganzes Leben in Städten verbracht und immer nur das Straßenpflaster unter ihren Schuhen gespürt. In den Städten vollzog sich der Frühling nur in den Gärten. Waren diese Gärten der Öffentlichkeit zugänglich, sah Violet den Frühling. Wenn nicht, blieb es bei grauen Straßen und einem grauen Himmel. »Ich freue mich darauf, es zu sehen.«

Daniel drückte seine Wange an ihre. »Ich freue mich darauf, es dir zu zeigen. Aber erst kommt London. Für ein paar Tage.«

Violet zuckte zusammen. »London? Ich dachte, wir würden nur in einen anderen Zug umsteigen und gleich weiterfahren.«

»Ainsley hat beim Frühstück gesagt, dass wir dort einen Zwischenstopp machen müssen, und sie hat recht. Wenn wir weiterfahren, ohne einen Tag mit meiner Tante Isabella zu verbringen, werden wir unseres Lebens nicht mehr froh. Sie ist die Königin der Londoner Saison, ohne jeden Zweifel. Onkel Mac geht ganz entspannt damit um und begleitet sie unermüdlich. Er ist gut darin, die Leute einzuwickeln, sagt Isabella immer.«

»Ich dachte, das wäre deine Spezialität.« Violet bemühte sich, nicht zu lächeln.

»Vorlautes Mädchen. Ich habe beim Meister gelernt. Wir werden ihnen einen Besuch abstatten müssen, und das bedeutet, dass Isabella von uns verlangen wird, eine ihrer Soireen mitzumachen, und das wiederum bedeutet, dass du losgehen willst, um dir ein Abendkleid zu kaufen. Ich kenne die Frauen.«

»Ich kann nicht in London bleiben, Daniel. Und ich kann zu keiner Soiree gehen. Wir sind davongelaufen, weil wir Mortimer die Miete schulden. Man wird uns verhaften, sobald wir entdeckt werden.«

»Du hast Angst vor *Mortimer*? Sei nicht töricht. Ich habe mich um ihn gekümmert – du schuldest ihm gar nichts. Ich habe das Haus gekauft, um genau zu sein. Es steht dir frei, darin zu wohnen, wenn du das möchtest. Es hat ja bereits all die Verstecke, die du für deine Apparate brauchst. Madame und Mademoiselle Bastien können ihr Geschäft weiterhin betreiben.«

Violet drehte sich zu ihm um und starrte ihn an. »Was meinst du damit, dass du dich um Mortimer gekümmert hast? Und du hast das Haus gekauft?«

Daniel zuckte die Schultern. »Eine Immobilie ist eine gute Investition, sagt man, und ich wollte, dass Mortimer dich ein für alle Mal in Ruhe lässt. Er ist ein verdammter Heuchler, musst du wissen. Er hat jedem zweiten Buchmacher und Geldverleiher Londons Geld geschuldet, von mir ganz zu schweigen. Wahrscheinlich tut er es immer noch. Niemand sollte spielen, wenn er nicht die Nerven dazu hat.«

Violets Mund wurde trocken. Daniel hatte ihr gerade mitgeteilt, dass er, statt nach Violets Angriff zur Polizei zu gehen, beschlossen hatte, Mortimer das Haus abzukaufen, ihre Schulden zu begleichen und dann selbst nach Violet zu suchen. »Du bist vollkommen wahnsinnig.«

»Eigentlich nicht. Mortimer ist ein Mistkerl, und du bist eine wunderschöne Frau mit mehr Mut und Verstand, als er je haben wird. Er wollte dich benutzen, um seine Schulden zu begleichen, und es macht mich krank, wenn Leute so etwas tun. Niemals wieder.«

Daniels Entschlossenheit war fast mit den Händen zu greifen, als ob er eine Mauer zwischen Violet und der Welt errichten wollte. Tröstlich, aber auch ein wenig erschreckend. Violet wusste nicht, was sie erwidern sollte. Niemals zuvor hatte jemand versucht, sie zu beschützen.

»Ich war überrascht, dass du keinen Aufenthalt in Paris wolltest«, sagte sie. »Um Jacobi zu finden.«

»Um durch die Straßen einer riesigen Stadt zu traben und nach einem Mann Ausschau zu halten? Ich allein? Nein, gewiss nicht. Ich habe Agenten, die das für mich erledigen, während ich behaglich in Berkshire sitze. Oder vielleicht auch nicht behaglich. Dad erwartet, dass ich mit anpacke und nicht herumsitze, und ich habe viel zu tun.«

Violet fragte sich, was sie tun würde und was Daniel von ihr erwartete. Und machte das alles ihr eigentlich Angst? Oder erregte es sie?

Daniel schloss die Arme ganz um sie, zog sie in seine Wärme. Seine Lippen berührten ihre Wange, dann ihr Ohr, ihr Haar. Obwohl ihre dicken Mäntel sie trennten, spürte Violet das Schlagen seines Herzen, die Hitze seines Körpers, Daniels Kraft. Daniel wurde zum einzigen festen Halt im wilden Strudel ihres Lebens.

In London kehrte Violets Unsicherheit zurück. Sie hatte angenommen, sie und ihre Mutter würden mit Daniel eine Art Mietzahlung vereinbaren und in dem Haus wohnen, das einst Mortimer gehört hatte – auch wenn Violet es nach allem, was in diesem Haus vorgefallen war, vorgezogen hätte, sich eine Pension zu suchen.

Ainsley jedoch ging davon aus, dass sie im Haus des Duke of Kilmorgan logieren würden.

Am liebsten wäre Violet aus der Kutsche gesprungen, die sie ins Zentrum Mayfairs brachte, und zur Bahnstation zurückgelaufen. Während die Kutsche weiterrollte, erklärte ihr Ainsley, weshalb aus ihrer Sicht nichts dagegensprächе: Der Duke besaß ein weitläufiges Domizil am Grosvenor Square, das für ein paar Tage für alle genug Platz bieten würde. Selbstverständlich würden die Gäste dort wohnen.

Celine hielt es für eine gute Idee. »Ein Duke«, sagte sie mit strahlenden Augen. »Denk doch nur, Violet, wie unglaublich vornehm. Und wie freundlich. Ich werde für ihn die Zukunft deuten und für die Duchess natürlich auch.«

»Mama, du wirst nichts dergleichen tun«, widersprach Violet hastig.

»Unsinn. Selbst ein Herzog interessiert sich für Neuigkeiten aus dem Jenseits. Und das Haus eines Dukes am Grosvenor Square – das klingt unglaublich komfortabel.«

Violet warf Daniel einen flehenden Blick zu. Er saß neben Ainsley, gegenüber von Violet und Celine. Cameron und Gavina folgten in einer zweiten Kutsche, weil Lord Cameron erklärt hatte, es wäre idiotisch, wenn sie versuchten, alle zusammen in einer Kutsche Platz zu finden. Mary saß neben dem Kutscher der ersten Kutsche, Camerons und Ainsleys Dienerschaft fuhren in der zweiten mit.

Daniel schien Violets Bestürzung zu verstehen. »Ainsley«, sagte er. »Du weißt, dass Onkel Harts Art auf einen Gast ziemlich verstörend wirken kann, besonders nach einer langen Reise. Ians und Beths Haus ist sehr bequem und weniger einschüchternd, dort ist Violet besser aufgehoben. Mac und Isabella haben immer ein volles Haus und sind selbst auch nicht gerade erholsam. Würde Dad ein eigenes Haus in London besitzen, wäre das Leben sehr viel angenehmer.«

Ainsley zog besorgt die Stirn kraus. »Aber Ian …«

»Ich werde mit Beth reden«, beruhigte Daniel sie. »Das geht schon in Ordnung.« Er wandte sich an Violet. »Ian und Beth haben drei sehr lebhafte Kinder, Vi. Macht dir das etwas aus?«

Wenn die Kinder so waren wie Gavina, die Violet in jedes

ihrer recht unterhaltsamen Gespräche mit einbezogen hatte, hatte Violet ganz und gar nichts dagegen. »Ich mag Kinder«, sagte sie.

Celine jedoch zögerte. »Ich bin nicht sicher … Meine Nerven … Und ein Duke ist doch so sehr kultiviert.«

»Dann ist es abgemacht«, ergriff Daniel das Wort. »Violet wird bei Ian und Beth wohnen, während ihre Mum bei Onkel Hart unterkommt.«

Celine machte große Augen. »Ich soll ohne Violet dort wohnen? Ich bin noch nie ohne Violet irgendwo gewesen.«

Ainsley beugte sich vor und tätschelte Celine das Knie. »Kein Grund zur Sorge. Der Duke hat eine große Dienerschaft, die Ihnen jeden noch so kleinen Wunsch erfüllen wird. Es gibt sogar einen Diener, der mit einer Klingel einen weiteren Diener herbeiruft, wenn Sie es möchten.«

»Ja dann.« Celine sah weniger ängstlich aus. »Ich denke, ich kann es versuchen. Violet wird doch in der Nähe sein, nicht wahr?«

»Ganz in der Nähe«, versicherte Ainsley ihr. »Gut, dann ist ja alles geklärt.«

Daniel zwinkerte Violet zu. Die beiden, Daniel und seine Stiefmutter, hatten irgendetwas ausheckt. Violet wusste nicht, um was es ging, aber Daniel sah sehr zufrieden aus.

24

»Möchtest du gleich zur Ruhe gehen?«, fragte Daniel, als er und Violet das herzogliche Haus hinter sich gelassen hatten, wo der Rest der Gesellschaft ausgestiegen war.

Bei ihrer Ankunft hatte das große Haus am Grosvenor Square in Schwarz und Weiß gekleidete Diener ausgespuckt, die sich zunächst der ersten und dann der zweiten Kutsche angenommen hatten. Die Luft war erfüllt gewesen von Stimmen – Begrüßungen, Fragen, Anweisungen. Violet hatte sich gefühlt wie in einem Bienenschwarm.

Die Diener des Dukes hatten sich nicht so verhalten, wie Violet es erwartet hatte. Sie wirkten weder verängstigt noch eingeschüchtert, weder getrieben noch gereizt. Sie hießen Lord und Lady Cameron erfreut willkommen, und einer der Diener setzte sich Gavina auf die Schultern. Ein Hausmädchen kam die Treppe herunter, einen kleinen Jungen an der Hand. Ainsley stieß einen Freudenschrei aus und hob ihn auf den Arm, wobei es ihr nicht das Geringste ausmachte, dass seine kleinen Stiefel schmutzig waren.

Stuart, vermutete Violet, Daniels Halbbruder. Cameron nahm seinen Sohn aus Ainsleys Armen entgegen, nachdem Stuart damit fertig war, seine Mutter zu küssen, und schwang ihn durch die Luft.

Als Daniel aus der Kutsche stieg, lief Stuart zu ihm, und Daniel blieb stehen, ergriff die Hand des Jungen und gab ihm einen schmatzenden Kuss auf die Stirn. Dann scharten sich die Diener um Daniel, redeten aufgeregt durcheinander, fragten ihn nach dem Ballonabsturz in Frankreich und danach, was er jetzt machen wollte.

Von dem Furcht einflößenden Duke war nichts zu sehen. Er und die Duchess waren ausgegangen, um mit einem Minister und dessen Gattin Tee zu trinken, berichtete der Majordomus, und die jungen Lordschaften seien mit ihrem Reitlehrer zu einem Ausritt im Park. Sie würden bald nach Hause zurückkehren.

Eine ganze Schar von Hausmädchen umschwärmte Celine mit großer Aufmerksamkeit. Bei dem Gedanken, ihre Mutter bei Fremden zurückzulassen, war Violet ein wenig besorgt gewesen, doch die Dienstboten erwiesen ihr jede erdenkliche Hochachtung. Ainsley und Cameron würden auch hierbleiben. Celine konnte Ainsley gut leiden, und Mary erklärte sich einverstanden, ebenfalls zu bleiben und sich um sie zu kümmern, statt Violet zu begleiten.

Und so war es gekommen, dass Violet allein mit Daniel davonfuhr.

Möchtest du gleich zur Ruhe gehen?, hatte er gefragt. Eigentlich nicht. Alles war zu neu, zu aufregend, als dass sie zur Ruhe kommen könnte. Und jetzt musste Violet noch einen weiteren Haushalt kennenlernen: den des schwer zugänglichen Lord Ian.

»Ich bin überhaupt nicht müde«, sagte Violet.

»Dann werden wir noch einen Halt einlegen, ehe ich dich zu Beth und Ian bringe. Bertram«, rief er zum Kutscher hinauf. »Bringen Sie uns zu meinem Haus. Sie können Violets Gepäck dann schon zu Onkel Ians Haus bringen.«

»Ja, Sir, junger Master Daniel«, sagte Bertram, und schon bog die Kutsche um die nächste Straßenecke.

»Sie werden mich noch junger Master Daniel nennen, wenn ich achtzig bin.« Daniel lehnte sich zurück – er saß jetzt neben Violet. »Aber eigentlich stört mich das nicht.«

Violet war auf ihren Reisen vielen Familien begegnet. Bedingt durch ihre Arbeit waren die meisten davon von Schmerz zerrissen gewesen – Ehefrauen, die ihren Mann verloren hatten, Mütter, die um ihre Söhne, und Schwestern, die um ihre Brüder trauerten. Sie hatte auch Familien wie die Laniers gesehen, in der ein Mitglied an das Jenseits glaubte und für diese Überzeugung schikaniert wurde.

Nur selten war ihr eine Familie begegnet, in der es so viel Kameradschaft und Akzeptanz gab wie bei den MacKenzies. Noch hatte Violet bis auf Lord Cameron weder den Duke noch dessen andere Brüder und deren Frauen kennengelernt, aber die Art, wie Ainsley und Daniel von ihnen sprachen, sagte ihr, dass es bei den MacKenzies untereinander keinen Neid oder Hass gab. Sie hatte Familien erlebt, in denen größte Missgunst herrschte, in denen gegenseitige Toleranz und Fürsorglichkeit nicht existierten. Nur selten sah sie Familien, in denen es ruhig und friedlich zuging.

Daniel hatte Glück, sehr großes Glück. Violet liebte ihre Mutter, doch eine echte Freundin war sie ihr nicht. Violet übte eher die Aufgaben einer Gesellschafterin aus, die sich um Celine kümmerte, Entscheidungen für sie traf, für ihr Wohlergehen sorgte.

Sich nicht um Celine zu kümmern, während sie in London waren, wie lange auch immer das sein würde, fühlte sich für Violet seltsam an. Wie eine Leere, die von ihr verlangte, etwas zu tun, ohne dass sie sagen konnte, was genau es war.

Daniels Haus lag nicht weit von dem des Dukes entfernt. Violet kannte London gut, und sie verfolgte aufmerksam ihre Fahrt Richtung Süden durch Mayfair, über das sich langsam die Dunkelheit senkte. Sie fuhren die Davies Street hinunter zum Berkeley Square, dann daran vorbei zur Hill Street.

Das Haus, vor dem die Kutsche hielt, war so hoch wie seine

Nachbarn, es hatte eine graue Fassade und weiße Eckziegel. Die Haustür war schwarz, ohne Türklopfer, was darauf hindeutete, dass die Bewohner nicht in der Stadt waren. Hinter den Fenstern brannte kein Licht, die meisten hatten keine Vorhänge.

Kein Diener kam aus der Tür, um Daniel zu begrüßen oder ihn zu Hause willkommen zu heißen. Daniel stieg aus der Kutsche und streckte Violet die Hand hin, um ihr behilflich zu sein. Er zog seine Koffer von der rückwärtigen Ladefläche der Kutsche und wies Bertram an, zum Hause seines Onkels Ian zu fahren und später zurückzukommen, um sie abzuholen.

Während die Kutsche davonrollte, schloss Daniel die Tür auf und führte Violet in ein stilles, staubiges Haus. »Ich verspreche dir, dass meine Tante Beth ihren Haushalt besser führt als ich meinen.« Er ließ seine Koffer am Fuß der Treppe stehen. Ein Streichholz flackerte auf, und Daniel zündete die Kerzen an, die auf einem Tisch in der Eingangshalle bereitstanden. »Ich hatte während meiner Abwesenheit das Gas abgestellt, weil ich niemanden habe, der sich um das Haus kümmert. Eines Tages werde ich es mit einer anständigen Dienerschaft ausstatten, und ich werde Sprechrohre in der Küche installieren und Aufzüge, um Sachen die Treppen hinauf- und hinunterzutransportieren. Aber ich bin nie lange genug zu Hause, um meine Pläne umzusetzen. Also muss es erst einmal so gehen.«

Das Haus war schmal, nur zwei Zimmer tief auf der rechten Seite, die linke wurde von der Treppe eingenommen. Violet schaute die dunklen Stufen hinauf. Schwarze Schatten flackerten im Kerzenschein.

»Ich dachte, du hättest ein Dutzend Angestellte, die herbeilaufen würden, um dir den Mantel abzunehmen«, sagte sie. »Und ein weiteres Dutzend auf Abruf, um dir deinen Brandy zu bringen, deine Zigarren und deinen Kaffee und die neben dir stehen bleiben und alles Mögliche für dich halten, weil du nur zwei Hände hast.« Violet schaute sich erneut um, bemerkte die prächtige Täfelung der Wände und die Deckenleiste, den eleganten Kronleuchter, der die vordere Halle schmückte. Sie stieß einen Seufzer aus. »Hätte ich ein solches Haus, würde ich wie eine Prinzessin leben. Ich hätte Diener, die mir Tee und Kuchen servieren und heißes Wasser für mein Bad.«

Daniel zuckte die Schultern. »Ich habe mich auf meinen Reisen daran gewöhnt, ohne großen Komfort zu leben. Ich bin mit Beduinenstämmen herumgezogen und mit Forschern, die am Rande der Zivilisation lebten. Das hat mich gelehrt, mich allein durchzuschlagen. Wenn ich von einer Reise zurückkomme, brauche ich immer eine Weile, um mich daran zu erinnern, dass ich Diener darum bitten könnte, etwas für mich zu erledigen. Die Köchin meines Vaters hat mich auf Lebenszeit aus ihrer Küche verbannt.«

Violet wollte lachen. »Grundgütiger Himmel. Ein Mann, der für sich selbst kocht?«

»Mach dich nicht über mich lustig, Süße. Ich mache ein akzeptables Omelett und Bratkartoffeln.«

»Ich mache mich nicht lustig. Ich bin neidisch. Wie wunderbar, dorthin zu gehen, wo es einem gefällt, und zu leben, wie es einem passt.« Violet drehte sich einmal um sich selbst und betrachtete dabei die große Halle. »Hast du die Tempelbauten von Karnak gesehen?«

»Ja. Du würdest begeistert sein. Ich war auch in Petra, das ganz erstaunlich ist. Irgendwann nehme ich dich mal mit.«

Violet drehte sich noch einmal im Kreis, ohne zu antworten. Sie sehnte sich danach, zu reisen, die Welt zu sehen außerhalb der engen Wohnzimmer europäischer Städte und kleiner Theater, in denen es nach Gas roch. Sie wollte in Daniels Ballon über eine Wüste fliegen, wenn unter ihr eine Karawane entlangzog. Sie wollte sehen, wie kolossal der Koloss von Rhodos war, sie wollte auf die Pyramide von Gizeh klettern, die Gräber im Tal der Könige sehen.

Man hatte ihr immer gesagt, es sei ihr Schicksal, zu Hause zu bleiben und sich um andere zu kümmern, und damit solle sie sich zufriedengeben. Aber Violet war weit davon entfernt, zufrieden zu sein. Sie fühlte sich wie ein ungezähmter Vogel, der zum Vergnügen anderer in einen Käfig gesperrt worden war.

Irgendwann nehme ich dich mal mit, hatte Daniel ganz beiläufig gesagt. Er sagte alles beiläufig, aber im Zug, als er so wütend auf sie gewesen war, hatte er sehr deutlich gemacht, dass er jedes Wort, das er sagte, genau so meinte. Und dass er erwartete, dass sie ihm glaubte.

Daniel nahm ihre Hand und drückte sie, dann führte er sie den Korridor hinunter bis vor eine Tür. »Ich habe dich hergebracht, um dir meinen ganzen Stolz und meine ganze Freude zu zeigen«, kündigte er an.

Er öffnete die Tür, zündete weitere Kerzen an und trat zur Seite, um Violet eintreten zu lassen.

Kerzenlicht fiel schimmernd auf Metall und erhellte einen Raum, in dem es aussah wie in einer Gießerei. Werkzeuge jeder Form – viele davon hatte Violet noch nie gesehen – lagen auf den Tischen, dazu Metallteile verschiedener Größe. An einer Wand lehnten Kutschenräder, und lange Stangen standen in einer Ecke. Rohre, Drahtrollen, Nägel, Bolzen, Schrauben und Haken lagen überall herum, einige ordentlich in kleinen Kästen verwahrt, andere unachtsam verstreut.

In der Mitte des Raumes, aufgebockt auf einem Podest aus Ziegelsteinen stand eine Maschine – eine große Maschine, die stolz ihren Platz in Anspruch nahm. Eine lange Antriebswelle ragte daraus hervor, an radlosen Achsen befestigt. Einige Teile des Vehikel-Rumpfs waren über der Antriebswelle miteinander verschweißt, und es gab eine kleine Sitzbank, einen Lenkgriff und Pedale vor dem Sitz.

Mit einer weit ausholenden stolzen Geste wies Daniel auf die Maschine. »Hier, Violet, siehst du das, was dereinst das schnellste Automobil ganz Europas sein wird. Wenn es fertig ist.«

Am weitesten war der Motor gediehen. Violet ging um das Gefährt herum, betrachtete Zahnräder und Gangschaltung, Kurbelwelle und mehrere andere Teile, die sie nicht identifizieren konnte. Sie hatte noch nicht viele Automobile gesehen, geschweige denn hatte sie je Gelegenheit gehabt, sich die Motoren anzuschauen, aber sie hatte viel darüber gelesen. Sie hatte sogar erwogen, einen Verbrennungsmotor zu kaufen oder gar selbst zu bauen, der bei den Vorstellungen nützlich sein könnte, hatte diese Idee aber als zu kostspielig verworfen. Die Maschinen interessierten sie jedoch inzwischen um ihrer selbst willen.

»Die Zylinder sitzen hier drin?« Sie zeigte auf einen vertikal angebrachten Metallkasten. »Das ist anders, als ich es bisher gesehen habe.«

»Weil ich mehr Zylinder haben will, mehr Kraft. Bisher verwenden Daimler und sein Partner Maybach – verdammt geniale Köpfe, was Motoren betrifft – zwei Zylinder, die V-förmig angeordnet sind. Meine Zylinder sitzen in einer Reihe, und weil ich will, dass dieser Motorwagen schneller fährt als alle anderen bisher, habe ich vier davon. Aber dabei ist das Gewicht zu beachten. Herr Benz hat es richtig gemacht, indem er für das Chassis eine leichte Bauweise gewählt hat, aber seine Motoren sind zu schwach und langsam. Herr Daimler ist besser, was die Antriebskraft angeht, aber seine Automobile werden sehr groß. Das Problem beider Herren ist, dass sie immer noch von der Überlegung ausgehen, wie sie eine Kutsche ohne Pferde zum Fahren bringen können. Ich denke eher an ein Automobil mit einer ganz eigenen Konstruktion, bei dem der Körper zum Motor passt, nicht anders herum. Ich denke, ich habe die Gewichtsfrage gelöst und den Rahmen optimiert. Und es gibt einen Kühler, der den Motor vor Überhitzung schützt.«

»Wird das Automobil von vier Zylindern nicht viel zu stark durchgeschüttelt?«, fragte Violet interessiert. »Und verbrauchen sie nicht eine Unmenge an Kraftstoff?«

»Wenn ich eine Pumpe habe, die effizient genug arbeitet, nicht unbedingt. Ich kann es dann mit der gleichen Menge Kraftstoff fahren wie die kleineren Automobile.« Daniel tätschelte den Zylinderblock. »Und wenn ich es schaffe, einen ausreichend starken Motor zu konstruieren, kann ich den schnellsten Motorwagen der Welt bauen.«

Violet fragte ihn nicht, warum er das wollte. Sie wusste es. In atemberaubender Geschwindigkeit zu fahren, den Wind auf dem Gesicht zu spüren, über das Staunen der Leute zu lachen, wenn das Automobil vorbeisauste …

»Noch habe ich jedoch einige Probleme.« Daniel rieb sich die Stirn. »Abgesehen von der Frage der Kühlung, meine ich. Ich brauche eine neue Konstruktion für die Räder – eine einfache auf die Kutschenräder aufgezogene Lage aus Gummi wird bei der höheren Geschwindigkeit nicht lange halten. Ich kenne jemanden, der in einer Fabrik beschäftigt ist, die Gummi verarbeitet. Er ist dabei, einige meiner Ideen umzusetzen – ich will Luftdruck verwenden, um die Räder mit einer Art Polster zu umgeben. Außerdem bin ich nicht glücklich mit dem Griffstand als Lenkmechanismus.«

»Du hast noch ein Problem«, sagte Violet.

Daniel betrachtete das Automobil eingehend. »Das glaube ich nicht. Ich habe sehr gründlich über alles nachgedacht, Liebes.«

»Das Problem ist – wie willst du dieses Ding aus dem Zimmer bekommen, wenn es fertig ist?«

Die Maschine war schon jetzt zu breit, um es durch die Tür in die Halle zu bekommen.

Daniel warf ihr einen amüsierten Blick zu. »Auch daran habe ich gedacht, Süße. Ich werde es wieder auseinandernehmen. Während du mit meiner Stiefmutter neue Kleider kaufen gehst, werde ich all das hier zusammenpacken und nach Berkshire bringen lassen. Dad hat eins der großen Außengebäude vorbereiten lassen. Er hat überhaupt kein Interesse an Maschinen, aber er verwöhnt mich mit Platz, wo ich herumbasteln kann.«

Daniel liebte diesen Haufen Metall. Violet sah es an der Art, wie er auf seine Kreation schaute, daran, wie er liebevoll die Hand darauflegte. Auch sie fand es aufregend – sie hatte immer eine Faszination für Automobile, Dampfmaschinen und andere Maschinen gehegt, die so gar nicht zu einer Lady passte.

»Ich würde es gern fahren sehen, wenn du fertig bist«, sagte sie.

»Es fahren sehen? Vi, meine Liebe, du wirst mir dabei *helfen*, es zum Fahren zu bringen. Deshalb habe ich dich heute hierhergebracht. Ich brauche deine Hilfe, um das Ding fertig zu kriegen. Ich dachte, wenn du es siehst, wärst du ganz begierig darauf.«

»*Meine* Hilfe?« Violet sah ihn überrascht an. »Wie könnte ich dir helfen, ein Automobil zu bauen?«

»Du verstehst etwas von Mechanik. Das wusste ich, als ich deine Windmaschine gesehen habe und du mir so stolz erklärt hast, du hättest sie selbst konstruiert. Dein Wissen wäre sehr wertvoll beim Entwurf einer Kühlpumpe, die im grundlegenden Aufbau deiner Windmaschine ähnelt. Du hast einen scharfen Verstand, Mädchen. Ich habe vor, ihn mir zunutze zu machen.« Er grinste sie an. »Oder hast du etwa gedacht, ich wäre nur hinter deinem Körper her?«

Violet lachte nervös. »Ich wusste doch, dass du mir nur meiner Apparate wegen den Hof machst.«

»Oh, den Hof mache ich dir aus einem ganz anderen Grund. Die Tatsache, dass du komplizierte Apparate konstruieren kannst, ist nur ein zusätzlicher Segen.«

Violet hielt es für möglich, dass jede andere Lady sich von seinen Worten gekränkt fühlen würde. Lady Victoria, die Debütantin, die sich in Marseille so unverhohlen an Daniel herangemacht hatte, wäre mit einem ärgerlichen Schnauben davongerauscht. Violet hingegen musste lachen.

Daniel umrundete das Gefährt und legte ihr den Arm um die Taille. »Sag, dass du mir helfen wirst, Vi. Ich will, dass es zu den Testfahrten in Paris fertig ist, und ich will dich an meiner Seite haben, wenn wir gewinnen.«

Violet konnte nie klar denken, wenn Daniel ihr so nahe war. Sie spürte seine Wärme in der Kälte des leeren, staubigen Hauses, das diesen Schatz im Hinterzimmer barg. Wenn Daniel ihr nahe war, wollte sie alles für ihn tun und alles für ihn sein.

Und sie wollte ihn küssen. Sie stellte sich auf die Zehenspitzen, schmiegte sich an ihn und küsste ihn auf den Mund. Daniel war noch immer wütend auf sie – sie spürte es, auch wenn er sie neckte –, aber sie konnte sich nicht von ihm fernhalten.

Daniels Lippen waren kühl, seine Bartstoppeln rau. Er erwiderte den Kuss, wenn auch ohne die übliche Hitze.

Violet küsste ihn noch einmal. Daniel stieß einen kapitulierenden Laut aus und erwiderte diesen Kuss heftig und leidenschaftlich. Er drückte sie hart an sich, seine große Hand legte sich auf ihren Po.

Violet ließ die Hände seinen Rücken hinaufgleiten und wünschte, der dicke Mantel und die Kleider darunter wären nicht vorhanden. Seine Haut zu berühren war schwindelerregend gewesen, die süße Schokolade von ihm zu lecken der Himmel selbst. Über dem, was sie in seiner kleinen Wohnung in Marseille auf dem Sofa getan hatten, hatte sie fast den Verstand verloren.

Sie wollte wieder die Hitze seines Mundes zwischen ihren Beinen spüren, die Berührung, die ihre Lust erweckt hatte. In jenem Wahnsinn hatte kein Schmerz gelegen, nur das Gefühl, sich zu befreien.

Ich brauche dich in jedem Augenblick bei mir, Daniel MacKenzie. Und das erschreckt mich.

Über dem Rauschen in ihren Ohren hatte sie keine Schritte gehört, aber sie wurde sich einer *Anwesenheit* in diesem Zimmer bewusst. Sie löste sich von Daniel und wich zurück.

Er sah sie überrascht an und zog die Augenbrauen zusammen, seine Aufmerksamkeit war ganz auf sie gerichtet. Dann hob er den Kopf und sah den Mann, der neben dem Automobil stand. Er trug Mantel und Handschuhe und strich mit einem Finger über den Zylinderblock.

»Onkel Ian.«

Daniels Worte waren ein Gruß, doch der Mann wandte sich nicht um.

Das unerwartete Auftauchen seines Onkels schien Daniel nicht zu stören. Ian sah ihn nicht an, sondern starrte weiter das Automobil und sein Fahrwerk an, als sähe und verstünde er jedes noch so kleine Detail.

»Nun?«, fragte Daniel. »Habe ich es geschafft?«

Ian wandte langsam den Kopf, endlich sah er Daniel direkt an. Er hatte goldene Augen, heller als Daniels, und sie blickten so durchdringend wie die eines Falken. »Ja«, sagte er.

25

Daniel ging zu Ian und schlug ihm auf die Schulter, zog die Hand aber rasch zurück, als wäre er besorgt, wie sein Onkel wohl auf diese Berührung reagieren mochte. »Danke.«

Violet war nicht sicher, was dieser Wortwechsel bedeutete, aber Daniel strahlte. »Violet, komm her, lass dich meinem Onkel Ian vorstellen. Dem verrücktesten Mann der Welt.«

Violet verstand auch das nicht, doch sie ging hin und streckte ihm die Hand hin. »Ich bin sehr erfreut, Sie kennenzulernen, Mylord.«

Lord Ian MacKenzie war so groß wie alle MacKenzies, die sie kennengelernt hatte, er hatte breite Schultern und dunkelrotes Haar. Aber er war ganz anders als die anderen. Zwar lebte die gleiche rastlose Energie in ihm wie in Daniel und Cameron, doch bei Ian drückte sie sich vor allem in seinem Blick aus, der noch intensiver war als Daniels.

Für eine Weile blieb Ian regungslos, dann reichte er Violet langsam die Hand, als hätte er sich erst an die richtige Reaktion auf diese Geste erinnern müssen. Ians Griff war sehr fest, ohne Zögern oder Schüchternheit.

Er zog seine Hand mit der gleichen langsamen Bedachtsamkeit zurück und blieb vor Violet stehen, sah sie dann flüchtig an und ging an ihr vorbei, doch Violet wusste, dass sie noch immer Gegenstand seiner Aufmerksamkeit war.

Ihn umgab eine Aura von Ruhe, die Violet bei Daniel nicht wahrnahm, er hatte zu tiefer Gelassenheit gefunden, wenn auch erst – das spürte Violet – nach einem langen Kampf. Ian war kein überschwänglicher Mann, befand sie, aber nicht, weil er nichts zu sagen hatte. Hinter den bernsteinfarbenen Augen sah sie Gedanken dahinjagen, vom flüchtigsten bis hin zum tiefgründigsten.

»Sie war die Suche wert, meinst du nicht auch?«, fragte Daniel Ian. »Ich stehe für immer in deiner Schuld.«

Wieder schaute Ian Violet nur kurz an, dann wandte er sich dem Automobil zu. »Die Suche wert«, sagte er. »Aber leicht zu finden.«

Daniel verdrehte die Augen. »*Leicht*, sagt er. Ich hatte nichts bis auf einen falschen Namen und die Tatsache, dass du mitten in der Nacht aus Mortimers Haus verschwunden bist. Oh, aber ja doch. Ich hätte dich im Handumdrehen finden können.«

Ian antwortete mit monotoner Stimme, sprach jedes Wort im selben Tempo und derselben Betonung aus. »Namen sind nicht wichtig. Du hast mich gebeten, nach einer Frau mittleren Alters zu suchen, nach einer jungen Frau und einer Bediensteten. Fünf solche Gruppen haben Fahrkarten für Züge gekauft, die London in der fraglichen Nacht verlassen haben. Zwei reisten nach Somerset und Dorset und zu Häusern der Mittelklasse und Familien der Mittelklasse. Eine fuhr nach Norden nach Leeds, um dort in einem Haushalt zu arbeiten – eine Köchin, eine Zofe und eine Dienerin. Zwei Gruppen reisten auf den Kontinent, davon eine nach Norden. Sie sprachen Holländisch, und die Mutter und deren Tochter waren führende Mitglieder ihrer Kirchengemeinde. Die letzte Gruppe reiste nach Marseille. Einige Tage nach ihrer Ankunft dort tauchten in den Straßen Plakate auf, die die Countess Melikova und Prinzessin Ivanova ankündigten. Du hast mir gesagt, dass sie als Medium arbeiten, und Countess Melikova wurde als Hellseherin angekündigt. Einfach.«

Violet sah ihn während seiner Ausführungen mit großen Augen an. »Du lieber Himmel, woher wissen Sie, wohin all diese Leute gereist sind und dass sie Fahrkarten gekauft haben und all das andere? Und dass sie Holländisch gesprochen haben?«

»Telegramme«, sagte Ian.

»Dazu muss man wissen, dass Onkel Ian jeden Menschen in England und jeden zweiten in Frankreich kennt«, sagte Daniel. »Das Interessanteste an seiner Erläuterung, das, was am wichtigsten ist: *Namen sind nicht wichtig.* Ian hat nach den Menschen geschaut, nicht nach den Namen. Namen kann man, wie du weißt, sehr leicht wechseln.«

Violets Gesicht wurde warm. »Davon habe ich gehört.«

Daniel grinste sie an. »Das bedeutet, dass du niemals vor mir sicher sein wirst, Vi. Ganz egal, wie weit oder wie schnell du rennst, ich werde dich finden. Ich würde die Welt auseinandernehmen, um nach dir zu suchen. Das garantiere ich.«

Unter der Intensität seines Blicks erzitterte Violet. Er meinte, was er sagte.

Ian hatte das Interesse an ihnen verloren. Er schaute noch einmal das Automobil an, dann verließ er das Zimmer. »Beth wartet«, sagte er über die Schulter.

»Und damit ist die Sache erledigt«, stellte Daniel fest. Er bot Violet den Arm an. »Zeit für unseren Aufbruch, Liebes. Willkommen in meiner verrückten Familie.«

Sie blieben drei Tage in London. Während dieser Zeit konnte Daniel beobachten, wie sich Violet nach und nach in die MacKenzie-Familie einfügte.

Seine Entscheidung, dass sie bei Ian und Beth wohnen sollte, war klug gewesen. Angesichts der Strenge Harts wäre Violet still und in sich gekehrt geblieben, und dieselbe Wirkung hätte vermutlich auch Isabellas und Macs Überschwänglichkeit gehabt. Violets Mutter machte Harts Art nichts aus, wie Daniel bemerkte, weil sie so eingesponnen war in ihre eigene Welt, dass sie ihn kaum zur Kenntnis nahm. Es war ein Vergnügen, mit anzusehen, wie Harts Barschheit an ihr abprallte.

Beth war als Einzige der MacKenzie-Frauen in den armen, raueren Vierteln Londons aufgewachsen, das hatte sie mit Violet gemein. Sie beide hatten gekämpft, um zu überleben, und hatten Grausamkeit erfahren müssen. Daniel sah Violet und Beth ein paarmal in ein ernstes Gespräch vertieft, das sie abbrachen, sobald er das Zimmer betrat. Und dann hatten sie geheimnisvoll dreingeschaut – oder, schlimmer noch, sie hatten gelacht.

Daniel nutzte die Zeit in London, um Besorgungen zu erledigen und sein Automobil auseinanderzunehmen und in Kisten zu verpacken. Simon, der einen Tag später mit dem restlichen Gepäck eingetroffen war, hatte ein wachsames Auge auf alles. Nachdem sich Daniel davon überzeugt hatte, dass seine Maschine sicher auf dem Weg nach Berkshire war, um von Camerons zuverlässigem Diener und Vertrauten Angelo in Empfang genommen zu werden, richtete er sämtliche Aufmerksamkeit auf sein wichtigstes Vorhaben.

Er suchte Mr Sutton in dessen Haus in der Park Lane auf, diesmal kündigte er sich schriftlich an. Als er eintraf, empfing ihn der hagere, reservierte Mr Sutton in demselben luxuriösen Arbeitszimmer, in dem sie sich schon einmal unterhalten hatten.

Nachdem Daniel mit sich zu Rate gegangen war, hatte er entschieden, für diese Angelegenheit nicht auf Ians Hilfe zurückzugreifen. Es konnte gefährlich werden, und Ian würde sich nicht um Geheimhaltung scheren. Zwar konnte er gut auf sich aufpassen, aber Beth würde es Daniel niemals vergeben, wenn er Ian in Gefahr brachte.

Sutton wartete, bis Daniel ihm gegenüber Platz genommen

hatte, dann eröffnete er ohne weitere Umschweife das Gespräch: »Ich sehe Ihnen an, dass das, was Sie von mir wollen, wieder mit einer Frau zu tun hat. Ich glaube, ich hatte klargestellt, dass ich kein Interesse an Familienproblemen habe.«

»Der Mann, den ich finden will, ist ein Verbrecher«, entgegnete Daniel. Er nahm das Glas Brandy, das Suttons Butler ihm anbot, und nippte daran. Es war einer der besten Tropfen, die er je gekostet hatte. »Ein Franzose mit Namen Jacobi Ferrand. Er könnte tot sein, vermutlich ist er aber noch am Leben. Ich weiß es nicht.«

»Dann gehen Sie zur Polizei. Vorzugsweise in Frankreich.«

»Das Verbrechen liegt lange Zeit zurück. Und ja, eine Frau ist darin verwickelt. Ich habe vor, ihn bezahlen zu lassen für das, was er getan hat.«

Sutton seufzte leise, was seinen Körper kaum in Bewegung versetzte. Seine Augen hingegen blickten eiskalt. »Rache ist Zeitverschwendung, Mr MacKenzie. Glauben Sie mir. Spielen Sie auf andere Weise den edlen Ritter für diese Frau.«

»Ich habe vor, Sie für die Information großzügig zu bezahlen.«

»Zweifellos. Aber an einem solchen Narrenspiel will ich nicht teilhaben.«

Daniel lehnte sich zurück und trank einen Schluck Brandy. »Dann werde ich Sie überzeugen müssen. Sie ist nicht einfach nur irgendeine Frau. Sie ist etwas Besonderes.«

»Das sagt seit Urzeiten jeder Mann.«

»Ja, das ist wahr. Ich habe viele Frauen getroffen, Mr Sutton. Von Jugend an hatte ich Geliebte, begabt mit staunenswerter Schönheit und Fähigkeiten. Fähigkeiten, in deren Genuss ein reicher junger Mann kam, eben weil er so reich war. Darüber hinaus habe ich diese Frauen aber auch kennengelernt – Kurtisanen sind lebendige, atmende Frauen – das zu erfahren überrascht Sie vielleicht. Frauen mit Träumen und Plänen. Einige sehnen sich nach einem besseren Leben, einem, in dem sie sich nicht auf die Söhne reicher Väter verlassen müssen, um ihr Überleben zu sichern. Ich bin mit einigen der Damen sehr gut befreundet gewesen und bin es noch. Und dann traf ich Violet.«

Mr Sutton hörte zu, bemühte sich aber um eine desinteressierte Miene. »Eine weitere Kurtisane?«

»Sie ist weder das eine noch das andere. Weshalb ich ja sagte: Sie ist anders. Sie entstammt keiner Familie der besseren Gesellschaft, deren Mütter mir ihre Töchter mit beunruhigender Skrupellosigkeit in die Arme treiben. Sie ist keine Kurtisane, die ihren Körper und ihr Können als Gegenleistung für Brillanten und Geld verkauft. Sie ist kein Straßenmädchen aus der Gosse, das sich verkauft, um zu überleben. Sie ist keine Tochter des Mittelstandes, die versucht, ohne Fehl und Tadel zu leben und ihre Eltern nicht zu beschämen. Violet tritt der Welt nach ihren eigenen Bedingungen entgegen, sorgt für ihren Lebensunterhalt, so gut sie es vermag, unter Einsatz der Fähigkeiten, über die sie verfügt. Und immer und überall hat jeder versucht, sie aufzuhalten. Man hat ihren Körper benutzt, um Schulden zu begleichen. Man hat ihre Klugheit ausgenutzt, um Kundschaft anzulocken. Man hat ihre Fähigkeiten, auf Menschen einzugehen, benutzt, um Kapital daraus zu schlagen. Jeder Mensch in ihrem Leben hat ihre Fähigkeiten für sich ausgenutzt, und doch steht sie aufrecht da und tritt der Welt entgegen. Man hat sie auf Schritt und Tritt geschlagen, und doch erhebt sie sich immer wieder. Sie ist eine Frau von unbeugsamem Geist. Und ich will, dass sie frei ist.«

Sutton sah ihn einen Moment lang schweigend an. »Eine hübsche Rede, Mr MacKenzie. Sie meinen damit, dass Sie diese Frau für sich selbst wollen.«

»Aye, das will ich. Und ich habe vor, sie mit aller Kraft davon zu überzeugen, bei mir zu bleiben. Aber zuallererst muss ich diesen Jacobi finden und sie von ihm befreien – wenn sie wirklich noch an ihn gebunden sein sollte. Er könnte tot sein. Er könnte die Ehe annulliert und wieder geheiratet haben. Ich brauche Sie nur, um ihn aufzuspüren und herauszufinden, ob seine Ehe mit Violette legal ist.«

»Und wenn es so ist?« Sutton wirkte jetzt interessierter.

»Dann werde ich meinen Tross von Anwälten darauf ansetzen und dafür sorgen, dass die Ehe beendet wird. Annullierung, Scheidung, was auch immer nötig ist. Mir steht ausreichend Geld zur Verfügung, und ich habe viele Freunde in der Juristerei, sowohl in Frankreich als auch in England. Ich rechne nicht mit einem Problem.«

»Aus Ihnen spricht der Optimismus der Jugend. Wenn Sie etwas wollen, strecken Sie die Hand aus und nehmen es sich.«

»Das ist eine in meiner Familie weitverbreitete Sünde. Mein Onkel Hart unterhielt in meinem Alter ein eigenes Bordell, in dem er seine Damen in der Kunst exquisiter Lust unterwies. *Er* hat es *ihnen* gelehrt, nicht andersherum, dieser aufgeblasene Bastard. Dad hatte in meinem Alter schon seinen eigenen Rennstall, Onkel Mac war bereits ein berühmter Künstler und für seine skandalöse Eheschließung weitläufig bekannt. Für einen MacKenzie bin ich ein bisschen spät dran.«

»Ja, die berühmten MacKenzies. Ich sorge dafür, dass mein Name niemals in den Skandalblättern auftaucht, Mr MacKenzie. Ich mag es nicht, wenn die Leute über meine Angelegenheiten Bescheid wissen. Falls ich diesen Jacobi Ferrand finde, kann ich – für ein wenig mehr Geld – dafür sorgen, dass Sie nie erfahren werden, was mit ihm geschehen ist. Keine Skandalmeldungen. Sein Name wird nie erwähnt werden. Aber Ihre Frau wird frei für Sie sein, um sie zu heiraten oder mit ihr zu tun, was immer Sie vorhaben.«

»Ich habe vor, sie auf eine Ballonfahrt über Schottland mitzunehmen. Aber machen Sie sich nicht die Mühe, diesen Kerl umzubringen. Es genügt, wenn Sie ihn aufspüren, ich erledige dann den Rest.«

Sutton nickte Daniel zu. »Wenn Sie es vermasseln oder die Zeitungen davon Wind bekommen, habe ich mit der Sache nichts zu tun. Verstanden?«

Daniel trank den letzten Schluck Brandy und stand auf. Über den Schreibtisch hinweg streckte er Sutton die Hand hin. »Ich verstehe vollkommen. Für den Fall, dass Sie eine Nachricht schicken wollen: Ich werde die nächsten Wochen in Berkshire verbringen, danach bin ich im *Grande Hotel* in Paris zu erreichen. Ich hoffe, vorher von Ihnen zu hören.«

Sutton ergriff Daniels Hand mit festem Griff. »Ich bin sicher, die Reise wird sich als erfolgreich erweisen. Grüßen Sie Mr Simon von mir.«

Als Sutton die Hand zurückzog, sah Daniel endlich einen Funken Respekt in seinen Augen. Daniel nickte ihm zu, dankte ihm noch einmal und ging, um weitere Dinge zu veranlassen.

Der kurze Aufenthalt in London wurde nur von einem einzigen Zwischenfall beeinträchtigt, aber dieser Zwischenfall zeigte Daniel, dass Violet nicht so ruhig war, wie sie zu sein schien.

Es begann ganz harmlos, als sich die Familie bei Hart zum Tee versammelte. Alle Kinder waren da, zehn an der Zahl, von Macs Adoptivtochter Aimee, die bald zwölf wurde, bis hin zu dem kleinen Lord Malcolm Ian MacKenzie, Harts Jüngstem, zarte drei Jahre alt.

Die Kinder kehrten mit ihren Nannys ins Haus zurück, außer Atem vom Herumtoben im Park am Grosvenor Square. Sie alle mochten Violet, also belagerten sie sie, wobei Gavina das Vorrecht für sich in Anspruch nahm, auf Violets Schoß zu sitzen. Celine betrachtete die Szene nachsichtig, die Kinder störten sie nicht, solange sie sich am entgegengesetzten Ende des Zimmers aufhielten.

Daniel beobachtete, wie Violets Miene weich wurde, als sie dem Lärm lauschte und Ians Tochter Megan auf ihr anderes Knie hob. Sie schaute die Kinder an und verstand wunderbarerweise jede der durcheinandererzählten Geschichten.

Irgendwann fragte sie in das Chaos hinein: »Wo ist Aimee?«

»Noch im Park«, erwiderte Macs zweite Tochter Eileen. »Sie hat mit ihrem Reifen gespielt und wollte noch nicht gehen. Nicht einmal zum Tee.« Ihr Ton sagte: *Kann man sich das vorstellen?*

Violet erstarrte, ihr Gesicht verlor alle Farbe. »Ihr habt sie allein dort draußen gelassen?«

Sie hob die beiden kleinen Mädchen von ihren Knien und stellte sie auf die Füße, stand dann rasch auf und ging zur Tür. Ohne sich ihren Mantel geben zu lassen, eilte sie den Gang entlang ins Foyer und öffnete selbst die schwere Haustür.

»Vi«, rief Daniel, der ihr gefolgt war. »Wohin gehst du?«

Am Bordstein der belebten Straße musste Violet stehen bleiben, weil zu viele Kutschen es ihr unmöglich machten, sie zu überqueren. Sie wandte sich zu ihm um. »Aimee kann nicht allein dort bleiben. Sie ist erst zwölf, Daniel. Sie darf nicht allein sein.« Ihr Atem ging zu schnell, in ihren Augen lag messerscharfe Panik.

Mac war ihnen nachgegangen, er hielt Eileen an der Hand. Das Mädchen sah Violet besorgt an. »Es ist alles in Ordnung, Violet. Wir sind an einem sicheren Ort. Der Park ist nur für die Leute, die hier wohnen. Und für deren Gäste.«

Violet schüttelte den Kopf, die Worte strömten ihr über die Lippen: »Verbrecher sind überall. Ein junges Mädchen ist niemals sicher. Wir müssen sie finden.«

Daniel packte Violet, als sie auf die Straße laufen wollte, direkt vor einen großen Landauer. »Das werden wir, Liebes. Mach dir keine Sorgen.«

»Sie hat nicht unrecht.« Mac, normalerweise der MacKenzie, der am schnellsten mit einem Lächeln und einem Scherz zur Stelle war, blickte grimmig drein. »Sie hätte nicht allein zurückbleiben dürfen. Aber Aimee fürchtet sich vor nichts und niemandem.«

Mac trat auf die noch immer belebte Straße, hob beide Hände, und die Kutschen hielten an. Daniel schickte die protestierende Eileen zurück ins Haus und ergriff Violets Hand. Gemeinsam folgten sie Mac.

Violets Augen waren weit aufgerissen, ihr Atem ging schnell, als sie in die Mitte des Platzes und auf den Park zueilten. Das Tor stand offen, zwei Nannys mit ihren widerspenstigen Schutzbefohlenen waren hinausgegangen und ließen es hinter sich hin- und herschwingen.

Mac betrat den Park, suchte mit dem Blick die weiten Rasenflächen und Wege nach Aimee ab.

Ein rothaariges Mädchen rannte auf sie zu, ihre blauen Röcke flatterten, die kräftigen Beine in den hohen Schnürstiefeln bewegten sich rasch. Mit einem Stock trieb sie einen Holzreifen vor sich her, in ihrem Gesicht lag entschlossene Konzentration. Einige Jungen in Aimees Alter, die ebenfalls Reifen vor sich hertrieben, rannten ihr nach, um sie einzuholen.

Aimee überquerte einen Weg und lief fast in ihren Vater hinein. Mit funkelnden Augen und strahlendem Lächeln blieb sie stehen. Der Reifen rollte ohne sie weiter und fiel schließlich ins Gras. Auch die Jungen blieben stehen, ihre Mienen waren missmutig, die Reifen rollten davon.

»Ich habe gewonnen!« Aimee warf die Arme um Mac. »Hast du mich gesehen, Papa? Ich bin schneller als sie alle.«

»Ich habe es gesehen, Liebling.« Mac nahm sie in die Arme und zerzauste ihr das Haar. »Du bist erstaunlich.«

Glücklich hüpfte Aimee aus den Armen ihres Vaters. »Hast du es auch gesehen, Violet?« Sie verstummte. »Violet, was hast du?«

Violet hatte sich gegen Daniel gelehnt, eine Hand auf die Brust gedrückt. Daniel führte sie zur nächsten Bank. Beunruhigt folgte Aimee ihnen und setzte sich neben Violet.

»Es ist alles gut, Violet.« Aimee streichelte ihre Hand. »Du wirst dich gleich besser fühlen.«

»Sie hat sich Sorgen um dich gemacht, Kleines«, sagte Daniel. »Und sie hat recht. Du hättest nicht allein hierbleiben sollen.«

Aimee sah erst ihn und dann Mac an, der offensichtlich derselben Meinung war.

Unschuld. Aimee hatte keine Ahnung, was einem zwölfjährigen Mädchen in dieser Stadt widerfahren konnte – *überall* widerfahren konnte, genau genommen. Aimee hatte niemals den Horror erfahren müssen, den Violet erlebt hatte, und Daniel und alle anderen MacKenzies würden dafür sorgen, dass sie es auch niemals musste.

Aimee, noch immer verwirrt, streichelte wieder Violets Hand. Violet sah Daniel an, Tränen in den Augen, aber ihr Atem ging ruhiger.

»Komm jetzt, Liebes«, sagte Mac und streckte Aimee die Hand hin. »Lass uns nach Hause gehen und so viel Kuchen zum Tee essen, bis uns schlecht wird.«

Aimee stand sofort auf. Sie lief ihren Reifen holen, kehrte zu ihrem Adoptivvater zurück, nahm seine Hand und verließ fröhlich hüpfend mit ihm den Park.

Daniel nahm Aimees Platz auf der Bank ein und nahm Violets Hände in seine. »Alles in Ordnung, Mädchen?«

»Es tut mir leid.« Violet atmete tief ein. »Ich werde wütend auf meine Mutter wegen ihrer Hysterie, und jetzt führe ich mich selbst so auf.«

»Aus gutem Grund. Ich will nicht, dass Aimee jemals das Gefühl haben muss, nicht sicher zu sein, was bedeutet, wir hätten sie im Auge behalten müssen. Und das wird Mac tun, da kannst du sicher sein.«

Violet schüttelte den Kopf. »Es wird mich immer verfolgen, nicht wahr?«

»Diese Panik? Nein, das wird sie nicht. Weil *ich* jetzt bei dir bin, und ich sorge dafür, dass du vollkommen sicher bist.«

Violet sah skeptisch aus, aber nicht, weil sie dachte, dass Daniel log – das wusste er –, sondern weil noch nie zuvor irgendjemand sie beschützt hatte.

Aber das spielte keine Rolle. Daniel würde sie beschützen, er hatte es geschworen, von diesem Tag an und für immer. Ob Violet ihm glaubte oder nicht.

Im letztmöglichen Moment weigerte sich Celine, mit nach Berkshire zu reisen. Das weite Land mache ihr Angst. Es sei zu groß, zu nass, zu erschreckend. Sie liebte die Städte mit ihren modernen Häusern, warmen Zimmern und richtigen Toiletten. *Kurz gesagt, sie will die bequeme Unterkunft nicht aufgeben, die sie bei einem Herzog geboten bekommt*, dachte Violet ärgerlich. Darüber hinaus erwartete Celine jedoch, dass Violet bei ihr blieb. Sie könne ohne ihre Violet nicht zurechtkommen.

Ehe Violet argumentieren, bitten oder sich resigniert dreinfügen konnte, wieder die Sklavin ihrer Mutter zu sein, erlebte sie sehr anschaulich, wie entschlossen die MacKenzie-Familie sein konnte.

Violet würde mit Daniel und der Familie nach Berkshire

fahren, und dabei bliebe es. Wenn Celine in London bleiben wollte, konnte sie im Haus des Dukes wohnen, solange sie wünschte. Eleanor und Hart würden ebenfalls noch eine Zeit lang bleiben, ebenso wie Isabella und Mac, da die beiden Paare gesellschaftliche Verpflichtungen hatten, die sie erfüllen mussten. Ainsley und Cameron, Beth und Ian, die Kinder aller vier Familien sowie Daniel und Violet jedoch würden nach Berkshire reisen, das stand unverrückbar fest.

Als Violets Mutter dies von einer sehr entschlossenen Eleanor zu hören bekam, zeigte sie sich überraschend einsichtig. Natürlich solle Violet mit ihren Freunden Zeit auf dem Land verbringen können, sagte Celine. Mary, die das Land ebenso sehr verabscheue wie sie selbst, würde bei ihr bleiben und sich um alles kümmern. Und Celine könne die Freundinnen der Duchess als neue Kundinnen gewinnen. Sie würde wieder das bekannteste Medium im eleganten London werden.

Violet hatte ihre Bedenken, doch Eleanor, die Duchess mit den wunderschönen blauen Augen und dem herzlichen Lächeln, ging darauf ein.

»Meine Freundinnen werden sie lieben, ohne jeden Zweifel«, sagte sie. »Madame Celine ist ein ganz wunderbares Medium. Sie hat meine Ururgroßmutter Finella herbeigerufen, und wir haben sogar den Kontakt zu dem legendären Malcolm MacKenzie hergestellt, dem einzigen Mitglied der MacKenzie-Familie, das die Kämpfe 1745 überlebt hat – das war der Aufstand Schottlands unter Bonnie Prince Charlie, Violet. Sein Highland-Akzent war so stark, dass die kleine Geistführerin – wie ist doch noch gleich ihr Name – Adelaide – ihn kaum verstehen konnte. Hart sagt, das alles sei Unsinn, aber er hatte eine recht interessante Unterhaltung mit dem alten Malcolm, er hat ihn um Rat gefragt, was den Besitz angeht und die Whiskeybrennerei und andere Dinge. Malcolm hat gesagt, er fühle sich geschmeichelt, weil Hart seinen jüngsten Sohn nach ihm benannt hat. Es war für uns alle ein wunderbares Erlebnis.«

Eleanor erzählte das mit einem mutwilligen Funkeln in den Augen, und Violet fühlte sich besser. Wenn irgendjemand Celine unter Kontrolle halten konnte, dann die Duchess of Kilmorgan.

Violet genoss die kurze Zugfahrt nach Berkshire, bei der sie wieder von den Kindern umringt war.

Gavina hatte schon vor einiger Zeit beschlossen, dass Violet zur Familie gehörte. Danny würde sie heiraten, sie würden Babys haben, und Gavina konnte helfen, auf sie aufzupassen.

»Aber nur, bis ich groß bin«, erklärte Gavina selbstbewusst, als sie im Zugabteil neben Violet saß. »Dann werde ich Jockey.«

»Mädchen können nicht Jockey werden«, sagte Jamie auf seine überlegene Ich-bin-älter-als-du-und-weiß-es-daher-besser-Art.

Jamie wurde als der älteste MacKenzie-Sohn von den anderen Kindern mit Ehrfurcht behandelt. Es stand außer Frage, dass der jetzt fünfjährige Lord Hart Alec MacKenzie der eigentliche Erbe des Herzogtums war. Alec schien jedoch überhaupt nicht bewusst zu sein, dass er gesellschaftlich betrachtet einen höheren Rang als seine Cousins bekleidete. Jamie, Ians Sohn, beherrschte sie alle. Violets Beobachtungen während des Aufenthalts bei Ian und Beth zufolge hatte Jamie die Intelligenz seines Vaters und die Tatkraft seiner Mutter geerbt.

»Dad sagt, dass ich die beste Reiterin werden kann, die er je trainiert hat«, entgegnete Gavina hitzig. »Angelo sagt das auch, und Dads Jockeys sind nicht zu stolz, mir Ratschläge zu geben. Du wirst ja sehen, dass ich Jockey werde, Jamie MacKenzie.«

»In Ordnung, Gavina«, sagte Ainsley. »Du hast das jetzt klargestellt. Und jetzt sei höflich. Wir haben einen Gast.«

»Violet ist kein Gast, Mummy«, schnaubte Gavina. »Sie wird Danny heiraten.«

Glücklicherweise saß Daniel in einem anderen Abteil mit Ian und Cameron zusammen und konnte nicht sehen, wie Violet errötete.

»Die MacKenzie-Männer können einen ziemlich aus der Bahn werfen«, sagte Beth leise zu Violet, während Ainsley damit beschäftigt war, den Streit zu schlichten. »Daniel ist da nicht anders als seine Onkel. Du glaubst, dein Leben geht so seinen Gang, und plötzlich findest du dich an Orten wieder, von denen du nie gedacht hättest, sie jemals zu sehen.«

»Höflich, ganz richtig«, sagte Ainsley zu Gavina, ehe sie sich wieder an der Unterhaltung der Erwachsenen beteiligte. »Aber sorg dafür, dass es deine Wahl ist, Violet, und sorge dafür, dass Danny das weiß. Die MacKenzies können sehr … überzeugend sein.«

Violet war sich bewusst, dass die Kinder zu streiten aufgehört hatten und sehr genau zuhörten.

»Das können sie«, sagte Violet. »Und du hast recht damit, dass ich mich an Orten wiederfinde, von denen ich nie erwartet hätte, sie zu sehen. Zum Beispiel war ich noch nie in Berkshire.«

Ainsley und Beth lachten, die Kinder stimmten ein, und die Anspannung verflog.

Die Fahrt ins Zentrum Berkshires dauerte nicht lange, aber am Bahnhof von Hungerford alles und jeden auf Kutschen und Karren zu verteilen, um zum Haus zu fahren, brauchte seine Zeit. Alle Kinder wollten mit Violet fahren, aber der Platz reichte nicht, und man musste Kompromisse finden.

Schließlich entschied Cameron, wer wo einstieg, und er tat es auf eine Weise, die keinen Protest zuließ. Violet fuhr zusammen mit Beth, Ian, deren Kindern und den beiden Hunden zum Anwesen, das sich als alt, riesengroß und weitläufig entpuppte.

Trotz seiner Größe vermittelte es Behaglichkeit, ähnlich wie Beths und Ians Haus in London. Jede Familie hatte ihre eigene Suite in den oben gelegenen Zimmern – Ian ging direkt in die seiner Familie, wobei er die vor dem Haus angetretene Dienerschaft kaum mit einem Kopfnicken grüßte.

Violet stellte fest, dass man zwei Zimmer für sie vorbereitet hatte, ein kleines Wohnzimmer und daneben ein Schlafzimmer, in dem ein großes Bett mit Baldachin stand. Die Fenster beider Räume gingen auf einen grasbewachsenen Hang hinaus, der sich bis zu dem Kanal hinunterzog, der die Wiese durchschnitt. Die Luft war mild, die Hügel sanft, Bäume säumten die Felder, auf denen sich erstes Grün zeigte. Alles war Schönheit, Ruhe, Frieden.

Violet wünschte, sie könnte diesen Frieden umarmen und nie wieder loslassen. Bis vor Kurzem hatte sich ihr Leben trostlos und vorhersehbar vor ihr erstreckt wie eine gerade Straße, grau und leer. Jetzt verhüllten Unwägbarkeiten den weiteren Verlauf des Pfads. Violet wusste, was geschehen könnte, wenn sie das Dickicht dieser Unwägbarkeiten durchbrach – sie könnte wieder jene gerade, leere Straße vor sich sehen. Der Gedanke war schrecklich.

Doch die folgende Woche war die glücklichste in Violets Leben. Jeden Morgen nach dem Frühstück begleitete sie Daniel in den Schuppen, um an seinem Automobil mitzuarbeiten.

Daniel hatte nicht die Absicht, Violet einfach nur zusehen zu lassen, wie er daran arbeitete – er erwartete ihren Rat und ihre Meinung und ihre tatkräftige Hilfe. Zusammen hielten sie Bolzen und Steckschlüssel, Stäbe und Dichtungen fest oder schmierten Fett auf Schrauben und Lager. Während der Arbeit wurde Violet schmutzig und müde, aber dann sah Daniel zu ihr hoch, schenkte ihr sein alles versengendes Lächeln, legte einen Arm um sie und zog sie an sich, um sie zu küssen.

Diese lässige Intimität machte Violet wahnsinnig. Daniel tat nicht mehr, als sie zu küssen, auch wenn diese Küsse voller Versprechen und Sinnlichkeit waren.

Sie und Daniel verbrachten jedoch nicht ihre ganze Zeit im Schuppen. Oft half Daniel seinem Vater, die Pferde zu trainieren, da er Teilhaber am Unternehmen war. Und Violet wurde häufig in Ainsleys und Beths Aktivitäten und die der Kinder eingebunden.

Als Violet eines Abends beim Essen unschuldig bemerkte, dass sie noch nie auf einem Pferd gesessen hatte, ging ein Schauer des Entsetzens durch alle Anwesenden. Die MacKenzie-Brut aß, wie üblich, mit den Erwachsenen zu Abend, nur die Kleinsten waren schon im Bett.

»Du hast *noch nie* auf einem Pferd gesessen?«, fragte Eileen, Isabellas Tochter. Sie verzog das Gesicht. »Wie kann jemand noch nie auf einem Pferd gesessen haben?«

»Nicht jedermanns Onkel unterhält einen Rennstall«, sagte Ainsley mahnend. »Andere Menschen haben andere Leben, Eileen.«

Eileen starrte Violet in unverhohlener Ungläubigkeit an. Dass jemand ohne Pferde leben konnte, war ihr offensichtlich noch nie in den Sinn gekommen.

»Das ist richtig, Eileen«, sagte Violet rasch. »Ich habe immer in der Stadt gelebt, musst du wissen. Und ich bin viel herumgereist. Ich hatte nie die Gelegenheit, reiten zu lernen. Wir sind immer mit Kutsche oder Zug gereist.«

»Das lässt sich ganz leicht nachholen«, ergriff Daniel das Wort. »Morgen nach dem Frühstück setzen wir dich auf ein Pferd. Ian und Dad mussten auch Beth das Reiten beibringen.«

»Ja, und sie haben mich dabei zu Tode erschreckt«, erklärte

Beth. »Aber inzwischen liebe ich meine Emmie. Sie steht noch auf einer Weide in Kilmorgan, sie muss jetzt um die zwanzig Jahre alt sein, glaube ich. Ein freundliches altes Pferd.«

»Violet wird ein Tier brauchen, das genau so lammfromm wie Emmie ist«, meinte Daniel. »Wie wäre es mit Medusa?«

Violet zuckte zusammen. »Ich glaube nicht, dass ich auf ein Pferd steigen möchte, das Medusa heißt.«

»Sie heißt so wegen ihrer zerzausten Mähne«, erklärte Aimee. »Egal, wie gründlich man sie bürstet, ihre Mähne kringelt sich wie Schlangen um den Kopf. Sie sieht so lustig aus.«

»Und sie ist ein ausgesprochen friedliches Tier«, versicherte Daniel.

»Nein«, mischte sich Jamie ein. »Ich glaube, Violet braucht ein Pferd wie Bessie. Ein wenig lebhaft, aber sie geht gut, und man sitzt sicher auf ihr. Es hat ein sehr großes Herz, dieses Pferd.«

Rund um den Tisch entspann sich eine Diskussion darüber, welches Pferd das richtige für Violet sei. Alle beteiligten sich daran, außer Ian, wie Violet feststellte.

Ian verzehrte sein Essen und beobachtete seine Familie. Er liebte es, seine Familie zu beobachten, hatte Violet bemerkt. Jegliche Anspannung wich von ihm, wann immer er seine Frau oder seine Kinder ansah. Sein Gesicht wurde weicher, der Mund verzog sich zu einem kleinen Lächeln, und seine Augen wurden warm.

Anfangs war Ian skeptisch gewesen, was Violets Aufenthalt in seinem Haus in London anging, bis er entdeckt hatte, dass sie ihm alles über jede Person erzählen konnte, die sie am Fenster vorbeikommen sah. Violet und Ian machten ein Spiel daraus, die Passanten zu beobachten und einander dann zu berichten, zu welchen Schlussfolgerungen sie gekommen waren. Ian war gut darin, er sah in den Menschen mehr Nuancen als Violet.

Ian war jedoch nicht so gut darin, den emotionalen Zustand eines Menschen zu erkennen. Darin übertrumpfte Violet ihn. Ian wiederum konnte sich an jedes Detail der Kleidung erinnern und daran, welche Gegenstände die Person bei sich gehabt hatte, woraus er wiederum schloss, woher sie gekommen war und wohin sie ging. Ian gewann jedes Match, ohne Triumph oder Schadenfreude – er gewann es einfach.

Als er jetzt seine Familie beobachtete und dem Streit der Kinder lauschte, war er so ruhig und entspannt, wie Violet ihn noch nie gesehen hatte. Hier, an diesem Ort, hatte Ian MacKenzie das Glück gefunden.

Am folgenden Morgen verließ die ganze Familie das Haus, um Violet bei ihrer ersten Reitstunde zuzusehen. Auch die Hunde schlossen sich ihnen an. Die MacKenzies waren immer von ihren Hunden umgeben, hatte Violet festgestellt, sogar in den Stadthäusern in London. Einer der Hunde, Old Ben – der Hund des Dukes – war leider vor einigen Jahren gestorben, hatte man ihr erzählt, aber seitdem begleiteten zwei weitere Hunde die Herzogsfamilie: die beiden Springer Spaniel Venus und Mars.

Alle sechs Hunde zogen mit den Kindern los zu den Ställen, die jüngeren Hunde interessiert an dem, was da vor sich ging, die älteren hingegen suchten sich ein warmes Plätzchen, wo sie dösen konnten. Angelo, der Rom, der für Camerons Ställe verantwortlich war, führte ein Pferd aus dem Stall, von dem Violet annahm, dass es nicht größer war als jedes andere Pferd. Die Beine der Stute waren lang, ihr Rücken breit, und die Mähne – zu vielen kleinen Zöpfen geflochten – stand ihr kreuz und quer vom Hals ab.

Das Pferd trug einen Herrensattel, keinen sittsamen Damensattel. Violet hatte sich von Ainsley ein Reitkostüm und den dazu passenden Hut ausgeliehen; der Rock war eng und nicht für den Ritt im Herrensattel gemacht.

Als Daniel aus dem Stall kam, starrte Violet ihn überrascht an. Er trug enge Hosen und Stiefel – keinen Kilt.

»Reite ich oder du?«, fragte sie.

»Wir beide, Liebes. Medusa ist stark genug, um uns beide zu tragen.«

»Ich dachte, ich soll Unterricht bekommen.« Violet machte sich nicht wirklich etwas daraus, welches Arrangement sie getroffen hatten, weil der Anblick von Daniels Schenkeln, betont von den eng sitzenden Hosen, jeden klaren Gedanken auslöschte.

»Dein erster Ritt sollte dir keine Angst einjagen«, sagte er. »Wir beide machen einen netten, angenehmen Ausritt, und du kannst dich in Ruhe an das Gefühl gewöhnen, ein Pferd unter dir zu haben. Morgen werden wir dich mit einem Sattel ausstatten und dir zeigen, wie man darauf sitzt.«

Angelo half Daniel beim Aufsitzen. Daniel sah sehr englisch aus mit seiner schwarzen Jacke und dem hohen Hut, die Füße steckten in polierten Stiefeln.

Angelo fasste Violet um die Taille und hob sie hoch, und Daniel setzte sie vor sich in den Sattel, legte die Arme um sie und ergriff die Zügel. Sein Körper schirmte sie gegen den immer noch schneidend kalten Wind ab.

Die Familie winkte ihnen nach. Das Pferd ging ungeachtet seines furchterregenden gorgonischen Namens in ruhigem Schritt den Weg entlang, der vom Stallhof zum Kanal hinunterführte. Einer der neueren Hunde, Mars, folgte ihnen und ignorierte Daniels Befehl, zurückzubleiben.

Violet schaute hinunter, vorbei an ihrem Stiefel und der breiten Schulter des Pferdes auf das Gras, das tief unten vorbeizog. »Wir sind schrecklich weit vom Boden entfernt.«

Daniel lachte leise. »Und das von einer Frau, die mehr als tausend Fuß hoch in einem Ballon geflogen ist.«

»Das war etwas anderes. Ein Ballon ist kein lebendiges Tier. Wie kann sie uns tragen?«

»Sie wiegt fünfzehnhundert Pfund und ist sehr groß und stark. Wir sind gar nichts für sie. Streichle sie mal. Sie mag das.«

Violet streckte die Hand aus und kraulte der Stute unter der Mähne den Hals. Medusa war warm, sie hatte noch ihr scheckiges Winterfell. Die Stute schüttelte den Kopf und ging schneller.

»Sie mag dich«, sagte Daniel. »Noch einmal.«

Violet tätschelte sie. »Hübsches Pferd. Brave Medusa.«

Medusa hob und senkte den Kopf und stieß ein leises Schnauben aus.

»Hast du das gesehen?« Daniel nahm die Zügel in eine Hand und schlang den anderen Arm um Violets Taille. »Wir werden dich noch zu einer Pferdefrau machen.«

Daniel bog in den Treidelpfad ein, der neben dem Kanal verlief. Selbst bei dieser Kälte glitten Kanalboote nach Westen. Einige waren dampfbetrieben, aber die meisten wurden von Pferden gezogen.

Dies war der Kennet-and-Avon-Kanal, hatte Ainsley gesagt, über den vor fast hundert Jahren tonnenweise Güter von der Themse bei Maidenhead zum Avon transportiert worden waren. Seit es Züge gab, waren die langsamen Kanalboote als Transportmittel nicht mehr sehr gefragt, aber noch fuhren einige Boote.

Daniel grüßte die Männer, die die Treidelpferde führten, mit einem freundlichen Hallo und tippte an seinen Hut, als sie an ihnen vorbeiritten.

»Junger Master MacKenzie«, rief einer der Männer. »Wie geht es Ihrem Vater?« Mars rannte zwischen ihnen umher und ließ sich von den Kindern der Treidler streicheln, ehe er wieder Daniel und Violet folgte.

Sie ließen die Boote hinter sich. Daniel ritt nach Süden über eine Brücke, die gleichzeitig als Schleuse diente, immer tiefer hinein in das Land. Hecken trennten die Felder voneinander und säumten die Wege, die Welt bestand nur noch aus grünen Mauern und dem Himmel darüber.

Daniel lenkte Medusa über einen Pfad, der an einer Wiese entlangführte, bis sie ein Wäldchen am Fuße eines Hügels erreichten. Das Wäldchen schützte sie vor dem Wind, der sie seit Verlassen des Kanals daran hinderte, sich zu unterhalten.

»Der andere Grund, warum ich mit dir hierherreiten wollte, war der, dass ich mit dir allein sein möchte«, sagte Daniel. »Ich liebe meine Familie, aber immer, wenn man sich umdreht, ist da jemand, der etwas von dir möchte.«

»Mir gefällt das«, sagte Violet. Die Art, wie die MacKenzies sie in alles einbezogen, hatte etwas in ihr gelöst, von dem sie nicht gewusst hatte, wie verknotet es gewesen war.

»Aye, aber es gibt keine Privatheit.«

Daniel nahm die Füße aus den Steigbügeln, machte aber keine Anstalten, aus dem Sattel zu steigen. Medusa reckte den Hals zum nächsten Baum und zupfte mit ihren großen Zähnen ein Büschel Laub von einem Zweig. Mars trottete davon, um irgendetwas im Unterholz in Augenschein zu nehmen.

»Ich dachte, dir wäre es lieber, wenn nicht alle zuhören bei dem, was ich dir zu sagen habe«, fuhr Daniel fort. »Ich habe heute Morgen einige Telegramme bekommen, Antworten auf Nachforschungen, die ich angestellt habe.«

Violet, die gerade Medusa getätschelt hatte, erstarrte mitten in der Bewegung und wandte sich zu ihm um. Er sah sie ernst an, jeder Schalk war aus seinen Augen verschwunden. »Was für Nachforschungen?«, fragte sie scharf.

»Über Jacobi.« Daniel schwieg einen Moment, dann sagte er: »Ich habe ihn gefunden, Vi. Er ist am Leben, und er ist in Paris.«

26

Daniel sah, wie sich Violet anspannte. »Was meinst du damit – du hast ihn gefunden?«

»Vielleicht sollte ich besser sagen: Ich habe ihn so gut wie gefunden. Ich dachte, wir würden herausfinden, dass er gestorben ist, aber er ist in Paris … irgendwo. Ihn zu fassen zu kriegen ist schwierig, er ist schlüpfrig wie ein Aal, aber wir werden ihn kriegen, das habe ich dir versprochen, und wie du weißt, halte ich meine Versprechen. Ich habe auch Recherchen über die Heirat angestellt.« Daniel sprach jetzt leiser. »Sie ist legal, Vi. Und er hat sie nicht annullieren lassen.«

Violets Brust hob sich. »Nein?«

»Ich habe Anwälte damit beauftragt, zu klären, wie wir dich daraus befreien können.«

Violet schloss für einen Moment die Augen, schien mit sich zu kämpfen. Als sie die Augen wieder öffnete, war ihr Gesicht blass unter der Krempe ihres bezaubernden schwarzen Hutes. »Jacobi ist Katholik«, sagte sie. »Er würde einer Scheidung oder Annullierung unter keinen Umständen zustimmen. Vielleicht sollte ich es auf sich beruhen lassen. Mir ist es lieber, er denkt, dass ich tot sei oder zu weit weg, um sich darüber Gedanken zu machen.«

»Du musst frei von ihm sein«, sagte Daniel ernst. »Ich dachte, du willst das.«

»Das will ich.« In ihren Augen flackerten Angst und die Erinnerung an den erlittenen Schmerz auf. »Aber wenn es einen Kampf gibt … ich bin jetzt nicht stark genug dafür. In den vergangenen paar Tagen bin ich gerade erst ein wenig zu mir gekommen.«

»Violet …« Daniel fasste sie um die Taille und ließ sie behutsam vom Pferd gleiten. »Lass uns absitzen und dann weiterreden, mit festem Boden unter den Füßen.«

Mit einem leisen Plumpsen kam Violet auf dem Boden auf, und Daniel schwang sich aus dem Sattel. Medusa trottete auf der Suche nach Gras davon, doch Daniel wusste, dass sie sich nicht weit entfernen würde. Sie war friedfertig und liebte ihre Box im warmen Stall bei ihren Gefährten, sie würde nicht davonlaufen.

»Ich will Jacobi nicht sehen«, erklärte Violet mit harter Stimme. »Nie mehr.«

Daniel nahm seinen Hut ab, warf ihn auf einen trockenen Flecken Erde und ließ sich den Wind durchs Haar wehen. »Du wirst ihn vermutlich gar nicht sehen müssen. Aber ich werde dich von ihm befreien. Ich werde nicht davon ablassen, bis es mir gelungen ist.«

Violet machte einen Schritt, aber ihre Knie zitterten. Daniel ergriff sie am Arm und drehte sie zu sich herum.

»Du bist so stark, Liebes.« Er griff in ihr Haar, fand die Hutnadeln und zog sie heraus. Dann nahm er ihr den Hut ab und warf ihn neben seinen auf den Boden. »Du schaffst das.«

Sie hob den Kopf. Ihre Augen waren trocken, ihr Blick durchdringend. »Ich weiß nicht, was ich tun werde, wenn ich ihn sehe. Ich habe versucht, es zu verstehen, habe versucht, mir selbst zu erklären, warum er getan haben könnte, was er mir angetan hat, aber ich finde keine Erklärung. Ich habe Jacobi geliebt und bewundert – ich hätte alles für ihn getan –, und als Gegenleistung hat er mein Leben zerstört. Er zerstört es noch immer.«

Genau das tat er, zum Teufel mit diesem Mann. »Jacobi war

ein egoistischer Bastard, der dich benutzt hat, um sich selbst aus dem Dreck zu ziehen, mehr gibt es nicht dazu zu sagen. Er hat entschieden, die Konsequenzen seines Handelns nicht zu tragen, sondern ein Mädchen vorzuschieben. Mir sind Männer wie Jacobi schon einige Male begegnet, wegen eines solchen Mannes bin ich fast getötet worden. Er verdient dein Verständnis nicht.«

Violet zog die Augenbrauen zusammen. »Was ist geschehen? Wieso wärest du fast getötet worden?«

»Ein weiteres Kapitel meiner grauenvollen Abenteuer. Ich sollte die Schuld für einen Mord auf mich nehmen, den ein Mann begangen hat, den ich für einen engen Freund gehalten habe. Als die Freunde und Brüder des Opfers ihn zur Rechenschaft ziehen wollten, trafen sie ihn nicht an. Aber ich war dort – und er hatte ihnen gesagt, ich hätte es getan. Glücklicherweise hatte ich ein Messer bei mir und konnte schnell laufen. Ich bin aus der Stadt verschwunden, aus dem Land, aus jenem Teil der Welt.«

»Du lieber Himmel, Daniel.«

Ihre Augen waren groß vor Bestürzung. Daniel schüttelte den Kopf. »Das ist lange her. Und ich habe dazugelernt, oder nicht?«

Violet holte tief Luft. »Ich bin froh, dass dir nichts geschehen ist. Ich hätte dich verloren, noch bevor ich dir hätte begegnen können.«

Der Kummer in ihren Augen berührte ihn. Violet begann, etwas für ihn zu empfinden, und das wärmte Daniel mehr, als selbst das wärmste Feuer es vermocht hätte.

»Aber ich bin hier, Mädchen. Es war Schicksal, dass ich fliehen konnte, damit ich jetzt hier bei dir sein kann.«

»Und Jacobi wird mir auch das nehmen.« Ihr dumpfer Blick war zurückgekehrt. »Mir bietet sich endlich eine Chance auf etwas Glück, wie kurz auch immer es währen mag, und er wird nicht zulassen, dass ich sie bekomme.«

»Es wird nicht nur kurz währen.« Daniel zog Violet an sich. »Das verspreche ich dir. Ich bin auch ein egoistischer Bastard.«

Violet legte die Hände auf das Revers seiner Jacke. »Du sagst immer, dass ich stark bin, aber das bin ich ganz und gar nicht. Ich will nicht das wenige verlieren, das ich gefunden habe.«

»*Das wenige?* Du versuchst, mir zu schmeicheln, oder?« Daniel drückte ihr einen Kuss auf die kalte Nasenspitze. »Ich habe dir gesagt, dass ich dir das Leben zeigen werde, und das werde ich auch tun. Das Automobil zu den Rennen zu bringen ist meine Entschuldigung dafür, nach Frankreich zurückzukehren. Du wirst mit mir kommen. Aber nicht, um in einem langweiligen Hotel herumzusitzen, während ich deinem zukünftigen Exmann auf der Spur bin. Tagsüber werden wir das Automobil testen, und nachts werde ich dir zeigen, wie es ist, die Lady von Daniel MacKenzie zu sein. Ich werde dir so gründlich den Hof machen, dass du meine Anwälte drängen wirst, Jacobi das Messer an die Kehle zu setzen.«

Ein Funken ihrer gewohnten Energie kehrte in Violets Augen zurück. Daniel war froh darüber – er hasste es, sie resigniert zu sehen.

»Das werde ich tun, ja?«

»Das wirst du, Liebes. Das Automobil ist in ein paar Tagen fertig und dann wird es nach Paris geschickt.«

Violet packte sein Revers fester. »Ich weiß nicht, ob ich das alles will. Ich dachte, mir bliebe mehr Zeit, über die Sache nachzudenken.«

Daniels Stimme klang jetzt sanfter. »Du willst es. Vertrau mir. Das Beste ist es, eine Sache direkt anzugehen, sie zu erledigen und mit seinem Leben weiterzumachen. Zaudern und grübeln, abwarten und sich Sorgen machen … das bringt einen um.«

Violet schaute zu ihm hoch. »Ist es dir so ergangen?«

»Als Junge glaubte ich, am Tod meiner Mutter schuld zu sein. Es hat mich aufgefressen – immer wieder habe ich mich gefragt, was ich getan hatte, dass sie mich töten wollte. Ich habe meinem Vater übel genommen, dass er mir nicht viel früher gesagt hat, wie sie gestorben ist. Jetzt weiß ich, ich hätte es mit ihm austragen und mit dem abschließen müssen, was geschehen ist. Ich habe nicht verstanden, dass mein Vater in all den Jahren genau so sehr gelitten hat wie ich und sich die Schuld an allem gegeben hat. Wir haben sehr viel Zeit verschwendet.«

Violet nickte stumm. Sie musste nichts sagen. Sie verstand ihn.

Der Wind griff mit eisigen Fingern nach ihnen. Inmitten der Kälte war Violet Wärme und Weichheit. Daniel hielt sie fester, teilte ihre Lippen mit einem Kuss.

Sie schmeckte nach Winter und Wind und entspannte sich in seinen Armen, lehnte sich an ihn, als suchte sie Zuflucht vor der Kälte.

Als Daniel die Lippen von ihr löste, sah er noch immer Furcht in ihren Augen. Violets Instinkt, davonzulaufen, war stark. Davonlaufen war ihre Methode gewesen, um zu überleben, aber Daniel wusste, dass sie jetzt nur überleben würde, wenn sie damit aufhörte.

Er streichelte ihre Wange. »Ich werde bei dir sein, Liebes. Bei jedem Schritt auf diesem Weg.«

Violet zitterte. »Ich habe so große Angst, dorthin zurückzukehren. Ich wollte nie mehr zurück.«

»Es ist keine Rückkehr. Gerade jetzt steckst du mitten in einem Sumpf. Du wirst dich freikämpfen und weiterleben. Jacobi gegenüberzutreten bedeutet, vorwärtszugehen, nicht zurück.«

Violet schluckte. Die tiergleiche Panik in ihren Augen schwand, als sie versuchte, sie zu unterdrücken, und kehrte fast sofort zurück. »Du hältst mich für stärker, als ich wirklich bin.«

»Du bist stärker, als du glaubst.« Daniel legte die Hände um ihre Ellbogen. »Und mach dir keine Sorgen, Süße. Ich werde ganz nah bei dir sein, um aufzupassen, dass du nicht fällst.«

Violets Augen wurden weicher, und Daniel beugte sich herunter, um sie wieder zu küssen.

Genau diesen Moment wählte Mars, um zu ihnen gestürmt zu kommen und um sie herumzuspringen. Er stieß gegen Daniels Knie, die nachgaben. Violet lachte.

»Verflixter Hund«, knurrte Daniel.

»Es ist kalt. Er will, dass wir uns bewegen.«

»Dann lass mich das Pferd holen. Und lach nicht so. Wenn Medusa davongelaufen ist, um in ihren Stall zu kommen, werden wir einen langen Fußmarsch vor uns haben.«

Doch Medusa war nicht abtrünnig geworden. Er stieg in den Sattel, dann half er Violet zu sich hinauf. Sie äußerte Überraschung, als Daniel nicht sofort zum Haus zurückkehrte, sondern die Lektion fortsetzte, Violet festzuhalten und sie nicht fallen zu lassen, während sie weiterritten.

Die noch verbleibenden Tage bis zu ihrer Abfahrt nach Paris vergingen viel zu schnell. In der letzten Nacht in Berkshire lag Violet schlaflos im Bett, in dem überheizten Raum war es unter den Bettdecken viel zu warm.

Ihre Schlaflosigkeit rührte von Angst her, nicht von der Wärme, die altbekannte Panik machte sich zum Sprung bereit. Für Daniel war es leicht, zu sagen, es sei das Beste für sie, sich Jacobi und ihrer Furcht zu stellen, dass sie stark sein würde, wenn es so weit war.

Sie sah keinen Grund, warum nicht Daniel und seine Anwälte sich um alles kümmern konnten, ohne dass sie dabei in Erscheinung trat. Vermutlich müsste sie irgendwelche Dokumente unterzeichnen, aber das könnte sie doch auch in einer Kanzlei in London tun, oder etwa nicht?

Doch Daniel blieb unnachgiebig. Violet würde mit ihm nach Paris reisen. Sie würde auf Jacobi herabsehen und ihn anspucken, und dann würden sie gehen, um Daniels Rennen zu gewinnen.

Violet zitterte. Wenn sie Jacobi wiedersah – sie war nicht sicher, wie sie reagieren würde. Vielleicht bekam sie einen ihrer Panikanfälle. Vielleicht lief sie davon, während er sie auslachte. Oder noch schlimmer: Sie mochte Mitleid mit ihm empfinden und ihm wieder vergeben. Jacobi hatte mit ihr auf die gleiche Art gespielt, wie sie mit dem Publikum ihrer Mutter spielte. Vielleicht würde er noch immer mit ihr spielen.

Aber Daniel würde nichts dergleichen zulassen, nicht wahr? Er würde an ihrer Seite sein und dafür sorgen, dass alles gut ausging. Er wollte, dass sie Jacobi als Violet, die erwachsene Frau, entgegentrat, nicht als das furchtsame Mädchen.

Ich werde bei dir sein, Liebes. Bei jedem Schritt auf diesem Weg.

Und was dann? Was würde Daniel von ihr wollen, wenn es vorüber war? Dass sie seine Geliebte wurde? Seine Frau?

Violet bezweifelte, dass der Duke of Kilmorgan, Hart Mac-Kenzie mit seinen Adleraugen und dem durchdringenden Blick, Daniel erlauben würde, eine Betrügerin aus der unteren Mittelschicht zu heiraten, die in Southwark aufgewachsen war. Zwar stand Daniel in der Erbfolge des Herzogtums hinter Harts beiden Söhnen und Cameron, aber der Familie könnten tragische Dinge widerfahren – Krankheit, Unfälle. Daniel könnte Duke sein, bevor er wusste, wie ihm geschah. Die MacKenzies würden Violet womöglich akzeptieren, wenn sie immer einfach nur Mrs Daniel MacKenzie bliebe, aber vielleicht würden sie das nicht mehr tun, wenn da auch nur die geringste Möglichkeit bestand, sie könnte die Duchess of Kilmorgan werden.

Violet drehte sich auf die andere Seite und schob wieder die Bettdecke von sich. Im Haus war es still, die Kinder waren endlich zu Bett gegangen. Da sie wussten, dass Violet und Daniel morgen abreisten, hatten die Kleinen gar nicht schlafen gehen wollen.

Violet würde sie vermissen.

Sie setzte sich auf, griff nach den Streichhölzern und zündete die Kerze in dem altmodischen Kerzenhalter auf ihrem Nachttisch an. Morgen würde sie den Schutz dieses Haus verlassen und wieder in die Welt hinausgehen, und die Welt war ein gefährlicher Ort.

Das Beste ist es, eine Sache direkt anzugehen, sie zu erledigen und mit seinem Leben weiterzumachen, hatte Daniel gesagt, als er sie zum ersten Mal auf Medusa mitgenommen hatte. *Zaudern und grübeln, abwarten und sich Sorgen machen … das bringt einen um.*

Er hatte recht, und das nicht nur in Hinblick darauf, dass sich Violet ihrer Vergangenheit stellte. Sie musste sich auch der Gegenwart stellen.

Violet schlüpfte in ihre Slipper, öffnete die Zimmertür und trat auf den Korridor hinaus. Fast wäre sie über Venus gestolpert, die aufgesprungen war und mit dem Schwanz wedelte.

»Schscht.« Violet legte den Finger auf die Lippen. Ihr langer geflochtener Zopf fiel ihr über die Schulter, als sie sich zu dem Hund hinunterbeugte und ihn streichelte. Laut gähnend folgte Venus ihr den Gang hinunter.

Das Haus bestand aus zwei lang gezogenen Flügeln. Der breite Gang oben im Haus führte von einem Flügel in die Treppenhalle, eine Treppe hinunter und eine andere Treppe wieder hinauf zum Gang, über den man in den anderen Teil des Hauses gelangte. Violet war im Gästeflügel untergebracht worden, Daniels Zimmer lag im anderen Teil des Hauses. Doch sie wusste genau wo, weil sie vor einiger Zeit dem Wunsch nachgegeben hatte, es herauszufinden.

Leise lief Violet über den dunklen Treppenabsatz, ihre Kerze beleuchtete den Weg. Sie hatte bemerkt, dass eine der Bodendielen in der Mitte des Absatzes knarrte, und vermied es, daraufzutreten.

Venus folgte ihr, ihre Krallen klickten, wenn sie auf Holzböden liefen statt auf Teppich. Vor Daniels Tür setzte sich Venus auf die Hinterläufe und sah Violet erwartungsvoll wedelnd an.

»Ich muss allein hineingehen«, wisperte Violet. Es mochte lächerlich sein, das einem Hund zu erklären, doch sie hatte das Gefühl, es tun zu müssen. Venus schaute sie an und schien zu verstehen.

Violet öffnete die Tür und schlüpfte ins Zimmer. Resigniert seufzend legte sich Venus vor die Tür, die Violet behutsam hinter sich schloss.

Daniels Zimmer war groß und dunkel, das Feuer im Kamin brannte nicht so hoch wie das in Violets Zimmer. Das flackernde Licht beleuchtete ein großes niedriges Bett, das an einer Wand stand, mit einem Berg Decken darauf. Aus diesem Berg ertönte lautes Schnarchen.

Violet musste lächeln, obwohl ihre Lippen steif vor Furcht waren. Vorsichtig schlich sie weiter, Schritt für Schritt, um nicht über eine Teppichkante oder einen achtlos herumliegenden Stiefel zu stolpern oder vielleicht über noch einen

Hund … Sie setzte ihre Erfahrung ein, sich lautlos im Dunkeln zu bewegen – wie während der Séancen ihrer Mutter. Ohne ein Geräusch zu machen, erreichte sie das Bett.

Violet hob die Kerze. Kurz fürchtete sie, sich im Zimmer geirrt zu haben. Dann fiel der Kerzenschein auf Daniels Gesicht.

Er hatte die Decken halb von sich geschoben und lag auf dem Rücken. Sein Oberkörper war nackt. Er hatte ein Nachthemd getragen, es aber irgendwann in der Nacht ausgezogen und auf den Boden geworfen. Der Rest der Decke war um seine Beine gewickelt, bedeckte knapp seine Hüften.

Daniels Gesicht war rau von Bartstoppeln, sein Haar zerzaust. Er schlief, und aus dem leicht geöffneten Mund drang wieder ein Schnarchen.

Violet stand da und starrte ihn an, unfähig, sich zu bewegen. Daniel war ein sehr schöner Mann, mit festen Muskeln, die von der Energie und Entschlossenheit zeugten, mit der er durchs Leben ging. Violet konnte ihn nicht mit einem Gott vergleichen, weil er ein so wundervoller Mensch war. Daniel war irdisch, und darüber war sie sehr froh.

Wachs tropfte von ihrer Kerze aufs Laken. Rasch blies sie die Flamme aus und stellte die Kerze auf dem Nachttisch ab, legte die Hand auf Daniels Schulter und schüttelte ihn.

Statt aufzuwachen, brummte er nur. Violet schüttelte ihn stärker. Sie versuchte, seinen Namen zu sagen, aber aus ihrem Mund kam kein Ton.

Plötzlich schlossen sich warme Finger um ihr Handgelenk. Daniel brummte wieder, während er die Augen aufschlug, die im Feuerschein bernsteinfarben schimmerten.

Das Brummen wurde zu einem *Mmmm.* »Was für ein schöner Traum.« Daniel lächelte Violet an, er ließ sie nicht los. »Er hört nicht auf, nicht einmal, wenn ich aufwache.«

»D-« Das Wort stockte in Violets Kehle.

Daniels Griff lockerte sich, und er schob die andere Hand hinter den Kopf. »Schlafwandelst du? Oder träume ich noch?«

Violet schluckte. Ihr Mund war noch zu trocken, und sie keuchte. Daniel drängte sie nicht. Sein fester Griff hatte sich zu einem Streicheln gewandelt, mit den Fingerspitzen strich er über die Innenseite ihres Handgelenks.

Violet zwang sich, die Worte rasch auszusprechen. »Daniel, ich will deine Geliebte sein.«

»Ich habe auch nicht angenommen, dass du mitten in der Nacht herkommst, um mit mir über deine Geschäftsbücher zu sprechen.« Er zog die Augenbrauen zusammen. »Oder bist du etwa doch deswegen hier?«

»Hör auf, mich zu necken.« Sie konnte kaum atmen.

Daniel streichelte sie wieder, seine Berührung brannte. »Ich kann nichts dafür. Ich bin ein schamloser Mann.« Trotz seiner aalglatten Worte funkelte ein verhaltenes Licht in seinen Augen.

»Ich bin auch schamlos«, sagte Violet. »Ich will es. Ich habe Angst, aber ich will das mit dir tun.« *Für den Fall, dass ich niemals wieder die Chance haben werde.* »Ich will deine Geliebte sein. Ganz und gar.«

Noch ein Streicheln, während sich Daniels Brust heftig hob. »Bist du sicher?«

»Sehr sicher.« Violet wusste, sie sollte etwas Verführerisches tun – sich aufs Bett setzen, ihn berühren, mit ihm flirten – irgendetwas anderes, als wie erstarrt dazustehen. »Bitte, Daniel. Bevor ich es nicht mehr kann.«

Einen Moment lang sah er sie stumm an, seine Fingerspitzen streichelten sanft ihr Handgelenk. »Wäre ich ein besserer Mann, würde ich dich fortschicken. Ganz tugendhaft und zu deinem eigenen Besten. Und zu meinem eigenen.« Daniel ließ sie los, hob die Hand und griff nach dem Spitzenbesatz ihres Nachtgewands. Er zog sie zu sich herunter. »Aber das bin ich nicht.«

27

Feuerschein fiel auf Daniel, als er Violet zu sich zog. Er tat es sanft, zwang sie zu nichts, seine Hände waren kaum spürbar. Violet wusste, dass sie sich zurückziehen konnte, doch das wollte sie nicht. Diesmal nicht.

Er zog sie auf sich, nur noch die Bettdecke zwischen ihren Körpern trennte sie. Um seine nackte Brust nicht zu berühren, stützte sie sich auf die Hände. Langsam öffnete er die Knöpfe ihres Nachthemds – einen, zwei, drei, vier. Als er das Hemd weit genug geöffnet hatte, ließ er die Hand hineingleiten und hielt dabei den Blick auf ihr Gesicht gerichtet.

Warme, raue Finger legten sich unter ihre Brust und hoben sie sanft an. Noch immer war Violet wie erstarrt, ihre Hände, mit denen sie sich aufstützte, zitterten. Daniel fuhr mit der Hand über ihre Brust, seine Finger schlossen sich um die Spitze, die schon hart war.

Als er die Hand zurückzog, wollte Violet sie ergreifen und sie wieder auf ihre Brust legen, doch sie tat es nicht. Sie wusste nicht, was sie tun, wie sie weitermachen sollte. In Marseille war Daniel so sanft zu ihr gewesen, doch sie hatten den Akt nicht beendet. Sie wusste nicht, ob er von ihr erwartete, etwas zu tun, oder ob Daniel sie einfach festhalten und nehmen würde. Vielleicht war das die übliche Art und Weise.

»Ich weiß nicht, was ich tun muss«, sagte sie angespannt. »Du musst es mir sagen.«

Daniels Lächeln strahlte in der Dunkelheit. »Ich werde etwas Besseres als das tun, Süße.«

Er öffnete die restlichen Knöpfe des Nachthemds und streifte es herunter. Kühle Luft strich über ihre Schultern.

»Ich werde dich nicht drängen«, sagte Daniel. »Wir haben die ganze Nacht.«

Die Ärmel des Nachthemdes bauschten sich um Violets Handgelenke, ihre Brüste waren nackt. Noch nie hatte sie entblößt vor einem Mann gestanden. Der Mann mit dem roten Bart hatte sie nicht ausgezogen – er hatte ihr die Röcke hochgeschoben und ihre Unterhose zerrissen.

Dies ist anders, sagte Violet zu ihrem entsetzten Ich. *Dies ist Daniel. So ist es, die Geliebte eines Mannes zu sein, nicht seine Bezahlung.*

Daniel legte die Hände um ihre nackte Taille und streichelte sie. Dann glitten seine Hände zu ihren Brüsten und umschlossen sie. Violet holte tief Luft, aber sie hielt still, um *zu fühlen*.

Was sie fühlte, war die Wärme von Daniels Fingern, seine Kraft, seine Zärtlichkeit. Ihr Rücken wollte sich durchbiegen, ihre Brüste wollten sich in seine Hände pressen. Violet widerstand, weil sie nicht wusste, was er wollte.

»Liebes.« Daniel legte eine Hand an ihr Gesicht. »Es ist alles gut. Niemand wird hereinkommen.«

»Ich weiß noch immer nicht, was ich tun muss.« Sie fand nicht die richtigen Worte, um es zu erklären. Violet, die alles über Menschen wusste und in der Lage war, alle nur erdenklichen Gefühle anderer zu erkennen, verfügte auf diesem Gebiet über keinerlei Erfahrung.

Wieder streichelte er ihre Wange. »Das gilt für beide Seiten, erinnerst du dich? Wenn du hungrig bist, dann bist du hungrig. Und *mich* hungert es nach *dir*.«

»Ich weiß nicht, wie. Ich weiß nicht, was ich tun soll …«

»In deiner Welt gibt es dafür keine Regeln, stimmt's?« Daniels Lächeln war träge. »Ich verrate dir ein Geheimnis: Es gibt dafür keine Anleitung. Keine Regeln. Es geht darum, Lust zu geben und als Gegenleistung Lust zu empfangen. Einige Liebende da draußen mögen es vermutlich, jede Bewegung vorzugeben, aber ich nicht. Ich bin dafür, es zu genießen. Uns zu genießen. Nichts, was wir heute Nacht in diesem Bett tun, ist falsch.«

Violet versuchte, ihr Zittern zu unterdrücken. Ihre Angst saß tief, ging zurück auf diesen einen Moment, der darüber entschieden hatte, in welche Richtung ihr Leben verlaufen war. Binnen eines Augenblicks war aus dem vertrauensvollen Mädchen eine gebrochene Frau geworden, dazwischen gab es nichts.

Daniel wollte, dass sie dieses Dazwischen fand, dass sie jede Sekunde des Lebens lebte, das sie verloren hatte. Und noch immer wusste Violet nicht, was sie tun sollte.

»In Marseille hast du dich von mir berühren lassen«, sagte sie.

»Ja.« Daniels Stimme war ein angenehmes Vibrieren. »Ich erinnere mich.«

»Lass mich das wieder tun. Dabei hatte ich keine Angst. Jedenfalls keine große.«

Daniel streifte ihr das Nachthemd weiter herunter, es rutschte bis zu ihrem Po hinunter. »Ich denke, ich werde in der Lage sein, das auszuhalten, Mädchen.« Er ließ sich Zeit, die Arme auszustrecken und die Hände unter den Kopf zu schieben. »Berühre alles, was du willst, wo immer du willst. Nimm die Decken weg, wenn du möchtest. Lass dich von nichts aufhalten.«

Daniel beobachtete sie aus halb geschlossenen Augen, Feuerschein streichelte das Gold seiner Bartstoppeln. Feiner Schweiß glänzte auf seiner Kehle und der schattigen Vertiefung darunter.

Feuerschein ließ auch die drahtigen Haare auf Daniels Brust glänzen. Sein Bauch war flach, der Bauchnabel war zu sehen, doch alles, was darunter kam, verbarg die Decke, die auf seinen Hüften lag.

Violet stemmte beide Hände auf seine Brust. Daniel war keine Statue; er war kein Gott. Er war warm und lebendig, mit einem schlagenden Herzen und einem lässigen Lächeln.

Violet schloss die Augen und genoss es, seine Lebendigkeit zu spüren, seine Existenz. Dass es ihr erlaubt war, diesen wunderschönen Mann anzufassen, machte sie ein wenig schwindelig.

Sie öffnete die Augen und sah, dass Daniel sie noch immer beobachtete und sich vielleicht fragte, was sie jetzt tun würde. Die Tatsache, dass er es nicht wusste, verlieh Violet Selbstvertrauen. Er erwartete nichts. Er wartete nur ab.

Violet spreizte die Finger, die Haare auf Daniels Brust fühlten sich drahtig an, aber dennoch weich. Sie sah, wie sich einige davon um ihre Fingerspitzen legten, und lächelte.

»Weißt du, wie schön du bist, wenn du lächelst, Mädchen?«, sagte Daniel leise. »Es ist, als würde der Sonnenschein einen berühren.«

Violet wusste darauf nichts zu erwidern. Daniels Lächeln erwärmte sie bis in die Zehenspitzen, konnte ihren Tag heller machen, aber sie war zu verlegen, um aus sich herauszugehen.

Mit den flachen Händen strich sie über seine Brust, spürte die flachen Brustwarzen, deren Spitzen so hart waren wie ihre. Ohne dort zu verweilen, berührte Violet seinen festen Bauch und steckte einen Finger in seinen Bauchnabel.

Daniel lachte. Er hob die Hände, dann hielt er inne und schob sie wieder unter seinen Kopf. »Ich habe gesagt, es gäbe keine Regeln, aber ich muss dich bitten, mich nicht zu kitzeln.«

»Du bist kitzlig?«, fragte Violet überrascht.

»Sehr. Besonders am Bauch.«

»Oh.« Violet nahm die Hand weg. Dann sah sie ihn mutwillig an und ließ ihre Fingerspitzen über seinen Bauch tanzen.

Daniel schnaubte vor Lachen und hielt sie an den Handgelenken fest. »Kleiner Teufel.«

Violet wehrte sich gegen ihn, die spielerische Rangelei entspannte sie ein wenig. Doch er war stark, sie spürte deutlich, dass er mit ihr tun könnte, was er wollte, wenn er sich dazu entschied.

Aber das wollte er nicht. Ganz leicht konnte Violet ihm die Hände entziehen. »Frieden.«

Daniel wartete, vertraute ihr nicht, doch schließlich legte er die erhobenen Arme neben sein Kissen. »Du bist gefährlich, Frau.«

Während ihres Handgemenges war die Decke von Daniels Beinen geglitten. Als sie seine Erektion sah, hart und erwartungsvoll, saß sie ganz still.

Violet hatte ihn schon zuvor berührt, hatte gespürt, wie er unter ihrer Hand die Kontrolle verlor. Aber noch nie hatte sie Daniels unverhüllte Männlichkeit gesehen, die harte Form, das Ergebnis ihrer Spielerei.

Eine Welle der Panik erfasste sie. Mit geschlossenen Augen kämpfte sie sie nieder.

So lange hatte sie Angst gehabt, aber sie wollte nicht zulassen, dass sie ihr diesen Augenblick zerstörte. Daniel machte sich ihr zum Geschenk, ohne sie zu drängen. Er war geduldig mit ihr, so geduldig, wie er auch mit den Pferden seines Vaters umging, wenn er den scheuesten von ihnen gut zuredete, seiner Berührung zu vertrauen.

Daniel verstand sich darauf, zu beobachten, zu warten, zu ermutigen und das Beste aus dem Pferd herauszuholen. Das Gleiche gelang ihm bei Kindern, sogar bei seinen Maschinen. Er war ein bemerkenswerter Mann.

Violets Panik erhob sich wie eine dunkle Welle, raubte ihr den Atem. Stumm kämpfte sie dagegen an, wagte es nicht einmal, sich zu bewegen.

Daniels Berührung durchbrach die Dunkelheit. Violet öffnete die Augen. Schweigend lag er da, seine Finger strichen über ihr Handgelenk, eine federleichte Berührung. Er wusste, wovor sie sich fürchtete, wogegen sie kämpfte, und er wurde nicht ungeduldig oder wütend. Daniel wartete, die leichte Berührung seiner Hand führte sie zurück von den schwindelerregenden Höhen ihres Entsetzens.

Blitze aus Licht durchstachen die dunkle Welle, langsam verebbte sie. Violet atmete tief durch, ihr Herz schlug viel zu schnell.

Noch immer trug sie ihre Schuhe, bemerkte sie, offene Pantoletten, die plötzlich schwer an ihren Füßen hingen. Sie streifte sie ab und ließ sie auf den Boden fallen, dann zog sie rasch ihr Nachthemd aus.

Daniel hörte nicht auf, sie anzusehen, sein Blick glitt über ihren Körper, doch er blieb reglos liegen, seine Hände ruhten neben dem Kissen. »Ich bin wohl der stärkste Mann der Welt. Es muss so sein, wenn ich hier liegen bleiben kann, während du so neben mir sitzt.« Sein Blick glitt wieder über sie. »Du bist das Schönste, was ich je gesehen habe, weißt du das?«

Violet hielt nicht inne, um seine Bewunderung zu genießen. Wieder regte sich Furcht in ihr, und sie musste sich ihr stellen.

Daniel war wunderschön. Und sinnlich. Als sie in seiner kleinen Wohnung in Marseille gewesen waren und er so himmlische Gefühle in ihr wachrief, hatte er ihr gesagt, sie solle an etwas Sinnliches denken. Sie hatte daran gedacht, wie sie in London die Zigarette mit ihm geteilt hatte und wie sie im Gasthaus mit ihm im Bett gelegen hatte.

Das Bild, das sie jetzt vor sich sah, war noch sinnlicher. Daniel MacKenzie, ausgestreckt auf dem Bett liegend, den Kilt heruntergeschoben auf seine Füße. Die Hände lagen reglos neben ihm, in den halb geschlossenen Augen leuchtete Verlangen.

Violet, die gedacht hatte, niemals in ihrem Leben einen Mann begehren zu können, wollte diesen einen. Daniel war nicht nur wunderschön, er war auch liebevoll. Und er hatte sich als ehrenhaft erwiesen, ohne es darauf anzulegen – so viel öfter, als Jacobi es je getan hatte. Aber bei Jacobi war Violet ein Kind gewesen, das nach einem Vater gesucht hatte. Sie hatte noch nicht gewusst, dass Erwachsene fehlbar waren und böse und grausam sein konnten.

Jetzt war Violet eine Frau, die einen Mann begehrte, der sie begehrte.

Daniel rührte sich nicht, als sich Violet langsam über ihn schob. Sie stützte die Hände auf seine Handgelenke, als wollte sie sich versichern, dass er nicht nach ihr greifen, sie zu nichts zwingen konnte, wenn sie seine Hände festhielt.

Einen Moment lang betrachtete sie ihn, wie er da unter ihr lag, dann beugte sie sich vor und küsste ihn auf den Mund. Daniel ließ zu, dass sie seine Hände festhielt, er hob leicht den Kopf, als er den Kuss erwiderte.

Dieses Spiel spielten sie eine Zeit lang, küssten und kosteten sich. Als Violet den Kopf hob, wohlwissend, was als Nächstes kommen würde, drohte die Panik zurückzukommen. »Ich weiß noch immer nicht, was ich tun muss.«

Daniel zuckte die Schultern. »Da ist nicht viel zu tun. Das harte Ding, das du an deinem Oberschenkel spürst, dringt in dich ein. Das ist alles, wirklich.«

Violet befeuchtete ihre Lippen. »*Das* weiß ich.«

»Nun, immerhin.« Daniels Lächeln kehrte zurück. »Wir sind einen Schritt weiter. Wie wäre es, abzuwarten, was geschieht?«

Er bewegte sich nicht. Er überließ Violet die Führung, überließ ihr die Entscheidung, wie weit sie gehen wollte. Es war offensichtlich, dass Daniel sie wollte – er war hart und bereit, der Puls in seinen Handgelenken schlug rasch unter ihren verkrampften Fingern.

Violet holte tief Luft und hielt den Atem an, dann ließ sie sich ein Stück hinuntersinken, auf den harten Schaft zu, der auf sie wartete. Ihre Brüste berührten Daniels Brust, als sie zurückglitt, und neue Furcht erfüllte ihr Herz.

»Es ist in Ordnung«, sagte Daniel. »Ich bin es, der bei dir ist.«

Tränen traten Violet in die Augen. Sie hielt noch immer Daniels Handgelenke fest. Sie senkte die Hüften und erstarrte, als seine Spitze ihre Öffnung berührte.

»Lass dir Zeit.« Daniels Blick war intensiv.

Liebevolle Geduld, hatte er gesagt. Er hatte ihr bewiesen, dass Frauen Lust empfinden konnten, dass die Leidenschaft nicht nur für den Mann existierte. Sie war überrascht gewesen, aber er hatte recht gehabt.

Violet zwang sich, noch ein Stück tiefer zu gleiten. Daniel stieß einen leisen Laut aus, als sie seine Spitze in sich aufnahm. Dann spürte sie, wie er leicht in sie eindrang, sie in Besitz nahm, wo sie niemals etwas anderes als Schmerz gefühlt hatte.

Eine neuerliche Welle der Panik trug Violet fort und drohte, sie gegen die Mauer aus Abwehr zu schleudern. Es würde wehtun, wenn sie dagegenprallte, vielleicht würde sie zerbrechen.

Aber nein. Daniels Mund zwischen ihren Beinen hatte nicht wehgetan. Es war wundervoll gewesen. So wundervoll, dass Violet in einem allumfassenden Entzücken dahingeschmolzen war.

Daniels Stimme durchdrang ihr Entsetzen. »Ich tue dies mit dir, Vi. Wir werden es zusammen tun.«

Violet nickte. Sie konnte ihn kaum sehen. Ehe sie noch einmal zurückweichen konnte, stieß sie die Hüften vor und nahm ihn ganz in sich auf.

Ein langer Weg. Sie war fest, aber feucht, und er drang tief ein. Ein Funken durchfuhr Violet, grell wie ein Blitz, ihre Haut erhitzte sich, als wäre sie in Feuer getaucht.

»Daniel.«

»Ich bin hier, Liebes.«

»Lass mich nicht fallen«, bat sie.

»Niemals. Das werde ich niemals tun.«

Aus irgendeinem Grund wusste Violet, dass sie fallen würde, wenn sie seine Handgelenke losließ, dass sie in ein schwarzes Nichts stürzen würde. Sie würde niemals frei sein. Sie musste sich an Daniel festhalten, durfte ihn nicht loslassen.

Daniel lächelte sie an, seine Augen schimmerten golden im Feuerschein. Violet küsste ihn und konnte plötzlich nicht mehr aufhören, ihn zu küssen. Aufregende, heftige Küsse, an denen nichts Zögerliches mehr war.

Gleichzeitig wartete sie auf den stechenden Schmerz, den intensiven Schmerz, der sie allem beraubt hatte, was sie war. Doch der Schmerz kam nicht. Da gab es nur Daniel in ihr, sein Mund auf ihrem, sein Körper, der sich bewegte, als seine Hüften zu stoßen begannen.

Die plötzliche Reibung begann etwas in ihr aufzubrechen. Violet warf den Kopf in den Nacken, wollte schreien. Sie beugte sich vor, Tränen strömten aus ihren Augen, und sie küsste Daniel. Wieder hob er die Hüften, stieß in sie.

Ein wenig schneller, ein wenig härter. Schweiß glänzte auf seiner Haut. Violets Tränen flossen weiter – sie konnte sie nicht zurückhalten.

Dies war ein Neubeginn. Im Feuer der Leidenschaft wurde Violet wiedergeboren wie ein Phönix. Ihre Gefühle waren neu und rau, verbrannten sie von innen nach außen.

Daniel erhob sich leicht auf die Ellbogen, stieß weiter in sie. Violet konnte sich nicht überwinden, ihn loszulassen, aber Daniel schien es nicht zu stören. Aus halb geschlossenen Augen beobachtete er sie, der goldene Glanz in ihnen war wie Sommersonnenschein.

Seine Lippen teilten sich, während er weiter zustieß, hart eindrang, sie liebte. Der Augenblick war von furchterregender Schönheit: Violet, die sich verlor und losließ, Angst und Ekstase, die miteinander verschmolzen.

Sie hörte, wie sie seinen Namen rief. Das stille, schlafende Haus würde davon erwachen, und Violet war es egal. Sie küsste Daniel wieder, ihre Tränen fielen auf seine Lippen, dann flüsterte sie seinen Namen.

Daniel schlug die Augen auf. »Violet«, sagte er. »Herr im Himmel.«

Er sagte es wie ein Gebet, und dann verloren seine Augen den Fokus, und ein Stöhnen drang von seinen Lippen.

Er zog seine Hände aus Violets Griff, bewies damit, dass er das zu jeder Zeit ganz leicht hätte tun können. Er zog sie zu sich herunter, seine Hände lagen hart auf ihrem Rücken.

Nicht, um sie festzuhalten. Um sie zu lieben.

Als die Ekstase, die Daniel in ihr geweckt hatte, sie erfüllte, versiegten ihre Tränen. Sie fühlte nur noch ihn, seine Arme um sie, seinen Atem an ihrem Gesicht, seine Lippen auf ihren.

Wahnsinn. Wundervoller Wahnsinn, wo nichts mehr zählte, wo alles nur noch Hitze und wilde Freiheit war. Daniel hatte für sie die Tür ihres Gefängnisses geöffnet, und Violet rannte hinaus ins Licht.

Daniel streichelte Violets nackten Rücken, als sie erschöpft auf ihm lag, er war noch immer in ihr.

Soeben hatte sich seine Welt verändert. Kein Traum hätte je so schön sein können wie der Augenblick, als er erwachte und Violet sah, die schönste Frau der Welt, die vor ihm stand, umflossen vom Feuerschein. Ein Engel, der aus verhangenen blauen Augen auf ihn herunterschaute und erklärte, dass sie seine Geliebte sein wolle.

Daniel wusste, was es sie gekostet hatte, zu ihm zu kommen. Sie war kaum fähig gewesen, sich zu bewegen oder zu sprechen, und doch war sie zu ihm gekommen.

Er strich durch die seidige Flut ihres Haars. Dass Violet seine Hände festgehalten hatte, schien ihr irgendwie Sicherheit gegeben zu haben, als hätte sie sich davon überzeugen müssen, dass sie die Kontrolle behielt.

Daniel hatte es nicht gestört. Violet, die ihn festhielt, während sie sich auf ihn herabsenkte, war das Erotischste gewesen, was er je erlebt hatte. Vielleicht würde er eines Nachts vorschlagen, dass sie ihn fesselte – an das Kopfteil des Bettes –, sodass er unfähig wäre, zu verhindern, was immer Violet mit ihm tun wollte.

Er stieß ein lustvolles Seufzen aus, und sie hob den Kopf.

»Ich dachte, du wärst eingeschlafen«, sagte sie.

»Nein, ich döse nur.« Daniel strich durch ihr Haar. »Ich will nicht schlafen und das hier versäumen.«

»Ich hätte wissen sollen, dass du nicht schläfst. Du schnarchst ganz schrecklich.«

»Hm. Die Hunde scheint das nicht zu stören.«

Violets Lächeln wirkte scheu. »Mich stört es auch nicht.«

»Dann ist mein größter Traum wahrgeworden: Eine wundervolle Frau, die mein Bett mit mir teilen will und die es nicht stört, wenn ich schnarche.«

»*Das* habe ich nicht gesagt.« Ihr Lachen schüttelte ihn durch.

Daniel strich ihr das Haar aus dem Gesicht, sah in das dunkle Blau ihrer Augen, als ihr Lachen verebbte. Ihre warmen Brüste waren herrlich weich an seiner Brust. »Es geht dir gut, Liebes?«

Violet wusste, was er meinte. »Ich denke schon.«

»Aber du bist dir nicht sicher.«

»Nicht völlig. Ich habe noch immer ein bisschen Angst. Aber es ist schon besser geworden.«

»Gut.« Daniel legte ihr die Hand in den Nacken und zog sie zu sich.

Sie widerstand. »Ich sollte gehen.«

»Nein, du sollst bleiben.« Sein Griff wurde zu einem zärtlichen Streicheln. »Und wir sollten es noch einmal tun.«

»Wenn ich zu lange bleibe, könnte mich jemand sehen, wie ich in mein Zimmer zurückschleiche …«

»Sie werden sich denken, dass es auch verdammt noch mal Zeit wurde.« Daniel berührte ihre Nasenspitze. »So schnell schockiert meine skandalöse Familie nichts.«

Violet wirkte unschlüssig. Doch als Daniel sie streichelte, entspannte sie sich schließlich und legte sich auf ihn. »Lass uns nicht nach Paris fahren. Ich würde lieber hierbleiben.«

»Nicht nach Paris fahren? Sei nicht töricht. Ich muss mein Automobil vorführen und das Rennen gewinnen. Du weißt, dass es eine erstaunliche Maschine ist. Dank deiner Hilfe.«

»Und du weißt, was ich meine. Du sagst mir immer, ich sei stark, Daniel, aber das bin ich nicht. Ich habe Angst. Ich weiß nicht, was es bei mir auslösen wird, wenn ich Jacobi wiedersehe.«

Daniel streichelte ihre Arme. »Ich weiß, was es mit dir machen wird, ihn *nicht* zu sehen. Du wirst ihn nie aus deinen Gedanken verbannen können, wenn du ihm nicht wieder gegenübertrittst.«

Zudem wollte Daniel Jacobi einige Fragen stellen. Und er würde den Namen des Mannes mit dem roten Bart aus ihm herauspressen und besagtem Mann einen Besuch abstatten.

Das würde Daniel allein machen. Er war nicht sicher, was geschehen würde, wenn Violet ihrem Vergewaltiger wieder begegnete. Außerdem wollte er nicht, dass sie Zeugin dessen wurde, was er mit diesem Kerl machen würde.

»Mein Verstand sagt mir, dass du recht hast«, sagte Violet. Das dämmrige Licht und die Furcht zeichneten ihre Gesichtszüge gestochen scharf nach. »Aber ich habe ein Problem damit, mich davon zu überzeugen.«

Daniel streichelte ihre Wange. »Vi, ich werde auch weiterhin sagen, dass du eine der stärksten Frauen bist, die ich kenne. Ich werde dich lehren, das zu glauben.« Er streichelte ihre Wange. »*Und* ich werde dich lehren, das Automobil zu fahren.«

Violet machte große Augen. »Ich? Ich soll dein kostbares Automobil fahren?«

»Warum nicht? Du weißt, wie es funktioniert, und du hast mir geholfen, den größten Teil davon zusammenzubauen. Denk daran, wie grün vor Neid die anderen Burschen sein werden, wenn ich als Erster durch das Ziel fahre – mit dem schnellsten Motor, der je gebaut wurde, und mit der schönsten Frau der Welt am Lenker.«

»Du bist ja sehr davon überzeugt, dass niemand eine ähnliche Maschine baut wie du.«

»Sehr überzeugt.« Und Daniel wusste auch, dass er es geschafft hatte, Violet von ihrer Furcht abzulenken. »Ich werde dieses Jahr gewinnen. Mit dir an meiner Seite.«

In ihre Augen trat Aufregung, auch sie zwang sich, nicht

mehr an die Schrecken der Vergangenheit zu denken. »Denkst du wirklich, wir werden gewinnen?«

»Ja, das denke ich.« Daniel legte den Arm um sie und zog sie eng an sich. »Aber genau jetzt in diesem Moment denke ich eigentlich an etwas anderes.«

Hier und jetzt ging es nicht um die Zukunft, sondern um den Ausklang der schönsten Nacht ihres Lebens. Später würden sie sich dem zuwenden, was getan werden musste. Jetzt jedoch war die Zeit, Violet in den Armen zu halten und mit dem weiterzumachen, was sie begonnen hatte.

Violet entspannte sich, als sie zu ihm kam, und Daniel machte sich daran, ihre Gegenwart erneut auszukosten.

Die Uhr schlug fünf, und im Haus war es noch dunkel, als Violet in ihr Schlafzimmer zurückging. Für Daniel wäre es völlig in Ordnung gewesen, wenn sie noch in seinem Bett gelegen hätte, wenn die Diener hereinkamen, um das Feuer zu schüren und die Vorhänge aufzuziehen. Doch Violet hatte entschlossen erklärt, dass sie gehen wollte. Sein Gutenachtkuss war lang und ausgiebig, doch schließlich hatte er sie gehen lassen.

Sie hatte ihre Schuhe angezogen und die Kerze wieder angezündet, und sie war nicht überrascht gewesen, Venus noch immer vor Daniels Tür zu finden. Der Hund schnaubte, als er aufwachte, erhob sich und gähnte. Dann folgte er Violet bereitwillig die kurze Treppe hinunter auf den Hauptabsatz und die nächste Treppe hinauf, die in den anderen Flügel führte. Das Haus sah exakt genauso aus wie vor einigen Stunden, als Violet hier entlanggegangen war, doch sie selbst hatte sich völlig verändert.

Als Violet die Hälfte der Stufen hinaufgegangen war, wehte ein eiskalter Luftzug die Treppe hinauf, als habe jemand im

Erdgeschoss die Haustür geöffnet. Der Windstoß löschte ihre Kerze aus und wehte ihr das Nachtgewand um die Beine.

Wie erstarrt blieb sie stehen. Wer immer es war, vielleicht würde er seinen Weg fortsetzen und sie in der Dunkelheit nicht sehen.

Venus starrte wie gebannt die Treppe hinunter und wedelte mit dem Schwanz, ihr Körper zappelte vor Freude. Auf der Treppe erklangen schwere Schritte. Violet rührte sich nicht, doch sie spürte, dass die Person auf sie zukam, näher und näher. Noch bevor sie bei ihr war, erkannte Violet mit Schrecken Daniels Onkel Hart, den Duke of Kilmorgan.

Und was noch schlimmer war – er hatte sie gesehen. Der Duke blieb vor ihr stehen und schaute streng auf sie herunter. »Haben Sie sich verlaufen, Miss Devereaux?«

28

Harts goldene Augen wurden von der Dunkelheit beschattet, dennoch nagelte sein Blick Violet an Ort und Stelle fest.

»Nein. Ich war nur …« Violet zeigte mit der flammenlosen Kerze. »Der Abtritt.«

»Im Gästeflügel gibt es am Ende des Flures ein Klosett. Also von hier aus in der entgegengesetzten Richtung.«

»Ah. Es ist ein großes Haus …«

Hart legte ihr die Hand auf die Schulter, drehte sie herum und führte sie die restlichen Stufen hinauf in ihren Flügel. Er ging direkt zu ihrem Zimmer und öffnete die Tür. Woher er wusste, welches Zimmer sie bewohnte – war dies doch das erste Mal, dass sie ihn hier sah –, vermochte Violet nicht zu sagen.

Hart führte sie ins Zimmer. Er nahm ihr den Kerzenhalter aus der Hand, zog Streichhölzer aus seiner Tasche und zündete die Kerze an.

Violets Angst kehrte zurück. Hart war ein Duke, einer der einflussreichsten Männer in England. Er konnte alles tun, was er wollte. Violet trug nur ihr Nachthemd, nicht einmal einen Morgenrock, um sich zu bedecken, und es musste nur allzu offensichtlich sein, was sie getan hatte.

Hart stellte den Kerzenleuchter auf dem Tisch ab. Die Flamme flackerte im Luftzug, der durch die Tür strich, die er offen gelassen hatte.

Der Luftzug trug auch einen Geruch zu Violet heran, den sie von ihrem intimen Zusammensein mit Daniel kannte. Dieser

Geruch, dazu Harts zerzaustes Haar und die Tatsache, dass er keinen Mantel trug, obwohl er draußen gewesen war, ließ für sie nur eine Schlussfolgerung zu.

Ihr Herz brannte. Wusste die Duchess, dass ihr Mann sich mit einer anderen Frau traf? Vor Zorn, weil er seine wunderbare Frau betrog, hob Violet den Kopf. »Wünschen Sie noch etwas, Euer Gnaden?«, fragte sie eisig.

»Sie waren mit meinem Neffen zusammen.«

»Vielleicht.«

»Ein Vielleicht gibt es da nicht. Sie sind seine Geliebte.«

Violet bedachte ihn mit einem arroganten Blick, vervollkommnet während vieler Vorstellungen. »Daniel ist ein erwachsener Mann, und ich bin eine erwachsene Frau.«

Hart sah Violet direkt in die Augen. Ian tat das, wenn er etwas Wichtiges zu sagen hatte. Hart tat es, um Nervosität in Menschen zu entfachen und aufrechtzuerhalten. »Ich weiß alles über Sie, Miss Devereaux. Ihr Vater war der letzte Sohn einer verarmten französischen Familie, die es hervorragend verstand, alles umsonst zu bekommen. Diebe und Betrüger, ohne Ausnahme, und Sie mit Ihren Séancen und Ihrem Tischrücken führen diese Tradition fort. Ich frage Sie das jetzt ganz unumwunden – was sind Ihre Absichten in Bezug auf Daniel?«

Wieder tat ihr das Herz weh. »Es gibt keine Absichten. Ich helfe ihm bei seinem Automobil, mehr nicht. Ich werde ohne Zweifel in Frankreich bleiben, wenn Daniel hierher zurückkehrt. Meine Mutter wird mich dort treffen. Ich danke Ihnen dafür, dass Sie auf Sie geachtet haben, während sie in London war. Ich nehme an, sie ist noch immer dort?«

Hart ignorierte die Frage. »Sie haben vor, Ihre Verbindung mit meinem ausgesprochen wohlhabenden Neffen zu beenden? Der kürzlich in den Besitz seines gesamten Vermögens gelangt ist?«

Violet hielt den Kopf hoch erhoben. »Was auch immer Sie denken, ich bin an Daniels Geld nicht interessiert.«

Der Blick des Dukes glitt über sie, aber nicht in Lüsternheit. Er schätzte sie auf dieselbe Weise ab, auf die sie ihn abgeschätzt hatte.

»Ich weiß, dass Daniel versucht, Sie aus einer ungewollten Ehe zu befreien«, sagte er. »Von mir aus kann er das tun. Eine Frau sollte nicht gefangen sein. Aber danach gehen Sie fort.«

Der Zorn schnürte ihr fast die Kehle zu. »Das habe ich vor. Daniel schuldet mir nichts.«

»Da haben Sie recht«, entgegnete Hart harsch. »Er schuldet Ihnen nichts.«

Violet wusste, dass Daniel sie fortschicken konnte, wann immer es ihm beliebte. Das war ihr immer klar gewesen. Welche Kontrolle er ihr heute Nacht im Bett auch überlassen hatte, es war eine Illusion. Wenn Daniel wollte, dass Violet bei ihm blieb, dann würde das seine Entscheidung sein. Aber von ihm fortzugehen konnte ihre sein.

Jetzt jedoch, da Hart vor ihr stand und ihr sagte, dass sie gehen sollte, wusste Violet, wie weh ihr das tun würde. Daniel hielt sie für stark, doch sie wusste, dass sie nicht stark genug war, Daniel zu seinem eigenen Besten zu verlassen.

»Sie könnten Daniel fragen, was er will«, sagte Violet, und ihre Stimme verlor an Festigkeit.

»Daniel ist jung, er ist reich, er ist großzügig. Jede Frau würde gern ihre Krallen in ihn schlagen.«

Violet dachte an die junge Lady Victoria, die sich an Daniels Arm gehängt und erwartet hatte, dass Violet voraussagte, Daniel würde sie heiraten. Lady Victoria hatte nach Daniels Reichtum gegeifert, nach seiner mächtigen Familie und seiner Attraktivität, wobei der Mann selbst ihr herzlich egal gewesen war.

Dass Hart jetzt Violet mit dieser eiskalten kleinen Debütantin verglich, tat ihr weh. »Ich habe Ihnen gesagt, dass ich gehen werde. Aber es ist auch Daniels Entscheidung, nicht wahr?«

»Er stammt aus einer Familie, deren Angehörige bekanntermaßen schlechte Entscheidungen treffen. Mich selbst eingeschlossen. Ich habe einige Male eine schrecklich falsche Wahl getroffen. Wenn ich Daniel davor bewahren kann, dann werde ich das tun. Ich bin sicher, Sie brauchen Geld, Miss Devereaux. Nennen Sie mir einen Betrag und gehen Sie. Ein glatter Bruch. Das ist das Beste.«

»Sie beleidigen mich.«

»Ich bin realistisch, ebenso wie Sie.«

»Ich will Ihr Geld nicht.« Violet verstummte. Die leise, verzweifelt klingende Stimme in ihr flüsterte ihr zu, die Hand auszustrecken und zu nehmen, was er ihr anbot. Wenn ihre Beziehung zu Daniel vorbei war, würde sie Geld brauchen. Sie war zu dem Schluss gekommen, dass Daniel recht damit hatte, dass sie Jacobi gegenübertreten musste, um die Sache zu einem Ende zu bringen. Danach gehörte der Rest ihres Lebens ihr. Doch das Leben war unbarmherzig.

»Sie wollen es doch«, sagte Hart. »Ich werde keinen Betrag nennen. Ich werde Ihnen eine Summe zukommen lassen – nachdem Sie sich von Daniel getrennt haben.«

»Ein Handel, den Sie leicht vergessen könnten.« Violet erwiderte Harts Blick mit einem Stolz, der seinem ebenbürtig war. »Ich mache Ihnen einen anderen Vorschlag. Sie werden die Entscheidung, ob ich gehe oder bleibe, mir und Daniel überlassen, zu unseren Bedingungen. Als Gegenleistung werde ich die Duchess nicht darüber informieren, dass Sie heute Nacht mit einer anderen Frau zusammen waren. Oder vielleicht werde ich es doch tun, wenn Sie mich nicht in Ruhe lassen. Die Duchess ist ein sehr hochherziger Mensch, und sie verdient es nicht, von jemandem wie Ihnen betrogen zu werden.«

Zu Violets Überraschung wirkte der Duke völlig verblüfft. »Mit einer anderen Frau …?«

»Ich bin keine Närrin, Euer Gnaden.« Violet musterte ihn von Kopf bis Fuß. »Sie waren draußen, im Gras, mit einer Frau, sie haben Brandy getrunken – um sich warm zu halten, zweifellos. Ich hoffe sehr, Sie haben sich nicht erkältet.«

Hart starrte sie an, sein Schock war fast greifbar. »Miss Devereaux, Sie sind …«

»Lass sie in Frieden, Hart.«

Die Stimme, die von der offenen Zimmertür her erklang, war nicht Daniels. Es war die Ian MacKenzies.

Ian betrat das Zimmer, sein Blick richtete sich nicht auf die beiden Akteure, die in der Mitte des Raumes standen, sondern auf die Kerze auf der Kommode.

»Du meine Güte«, sagte Violet, jetzt klang ihre Stimme zittrig. »Bleibt denn in diesem Haus keiner in seinem Bett liegen?«

Hart wandte seinem Bruder den Kopf zu. Er war noch immer wütend, das konnte Violet sehen, doch als er Ian ansah, wurde sein Gesicht weicher. Da war Liebe in seinem Blick, große Liebe, wie sie Violet bisher nur selten begegnet war.

»Nun?«, sagte Hart ungehalten.

Statt seinem Bruder zu antworten, löste Ian den Blick von der Kerze. Sie sah, wie sein Blick einige Male zwischen ihr und der Kerze hin- und herging, bis er sich dazu durchringen konnte, sie anzusehen. Ihre Schulter, genauer gesagt. »Wenn Sie in Paris sind, müssen Sie auf Daniel aufpassen«, sagte er.

Sie blinzelte. »Ich auf *ihn*?«

»Danny ist wie ich«, sagte Ian, statt zu antworten. »Er wird tun, was er tun will, und er wird nicht zulassen, dass sich ihm etwas in den Weg stellt. Ich habe gelernt, vorsichtig zu sein. Daniel jedoch wird alles tun, um zu gewinnen, selbst wenn er sich selbst dafür opfern muss.«

Ians Blick war noch immer auf Violets Schulter gerichtet. Er hatte eine Hand zur Faust geballt, die andere halb geschlossen. Auch Ian war vollständig bekleidet, aber an ihm haftete nicht der Geruch von draußen. Er war auf dem Weg nach draußen gewesen, nicht auf dem ins Haus hinein.

»Sie sprechen nicht nur über Daniels Automobilrennen, nicht wahr?«, fragte Violet.

Ians Gesichtsausdruck blieb unverändert, aber jetzt sah er Violet direkt in die Augen. »Lassen Sie es ihn nicht tun.«

Hart mischte sich ein. »Ian …«

Ebenso gut hätte Hart eine Staubflocke sein können, so viel Aufmerksamkeit schenkte Ian ihm. »Lassen Sie es ihn nicht tun«, sagte er zu Violet.

Die Intensität seines Blicks machte sie nervös. Sie fragte sich, wie er mit diesem Blick mehr Macht ausstrahlen konnte, als Hart es mit all seinen barschen Befehlen vermochte.

»Das werde ich nicht«, sagte Violet zu Ian.

»Versprechen Sie es mir.«

»Ich verspreche es.«

Einige Herzschläge lang blickte er sie an, dann brach er den Blickkontakt ab, betrachtete noch kurz die Kerzenflamme, dann schickte er sich an, das Zimmer zu verlassen. Als er die Tür erreicht hatte, hielt er inne und wandte sich halb um. »Hart war bei keiner anderen Frau«, sagte er zu Violet. »Er war mit Eleanor zusammen. Sie treffen sich gern an ausgefallenen Orten, um ungewöhnliche Dinge auszuprobieren.« Kurz flackerte Erheiterung in seinen Augen auf. »Betten sind bequemer.«

Hart, der mächtige Duke of Kilmorgan, wurde dunkelrot. »Ja, vielen Dank auch, Ian.«

Ian wechselte noch einen amüsierten Blick mit Violet, ignorierte seinen Bruder völlig, wandte sich zur Tür und verließ das Zimmer.

Hart sah ihm nach, wieder lag dieser Ausdruck intensiver Zuneigung in seinem Blick. »Ian hat Probleme damit, *nicht* genau das zu sagen, was er denkt«, bemerkte er.

»So wie Sie auch«, entgegnete Violet.

»Touché. Aber mit einer Sache hat Ian nicht unrecht – Daniel ist waghalsig, und er ist stur. Ich will Cameron nicht sagen müssen, dass Daniel bei diesem Autorennen mit seinem Motorwagen verunglückt oder beim Kampf mit Ihrem Ehemann nach einem Messerstich verblutet ist. Sie scheinen eine sehr umsichtige junge Frau zu sein. Wenn Sie darauf beharren, bei Daniel zu bleiben, dann sollten Sie auf ihn aufpassen. Falls ihm etwas zustößt, werde ich Sie dafür verantwortlich machen.«

Schnaubend stieß Violet die Luft aus. »Ich habe Ihrem Bruder gerade eben versprochen, auf Daniel aufzupassen. Aber ich weiß nicht, warum Sie alle denken, ich könnte jeden Schritt kontrollieren, den er macht. Daniel tut, was ihm gefällt.«

»Geben Sie Ihr Bestes. Wenn Sie beweisen wollen, dass Sie gut für Daniel sind, dann sorgen Sie dafür, dass ihm nichts passiert.«

Violet hatte noch immer Angst vor dem Duke, aber herrische Männer brachten sie immer dazu, sich gegen sie gerade zu machen. »Ist das eine Drohung, Euer Gnaden?«

»Es ist eine Tatsache. Gute Nacht.« Der Duke verneigte sich vor ihr und ging endlich, schloss die Tür hinter sich.

Er ließ Violet in einem Aufruhr der Gefühle zurück – Zorn, Empörung, Verwunderung.

Die Tatsache, dass sowohl Ian als auch Hart zu ihr gekommen waren, um ihr zu erklären, dass jemand auf Daniel aufpassen musste, verriet ihre Sorge um ihn. Cameron hatte nie ein Wort darüber verloren, aber auch ihm hatte Violet seine Besorgnis angemerkt. Ebenso Mac, sosehr er es auch zu verbergen suchte.

Daniel war ein geliebter Sohn, die MacKenzie-Männer zeigten ihr das. Und Violet musste dafür sorgen, dass ihm nichts geschah.

Sie war nicht sicher, dass sie es konnte. Sie vermochte sich nicht vorzustellen, dass sie Einfluss auf Daniel hatte, dass er sie ebenso sehr brauchte, wie sie inzwischen ihn brauchte.

Sogar während sie in ihrem Zimmer stand und über das nachdachte, was der Duke und Ian gesagt hatten, klang die Erinnerung an ihre Vereinigung mit Daniel in ihr nach. Noch immer spürte sie die tiefe Freude darüber, in seinen Armen zu liegen, während er ihr das Gefühl schenkte, die wunderbarste Frau der Welt zu sein.

Ihr Leben hatte sich heute Nacht verändert. Sie wusste, dass die neue Violet nicht mehr so war wie die Violet, die sie hinter sich zurückgelassen hatte.

»Los geht's!« Daniel beugte sich über die Tür zum Fahrersitz, auf dem Violet saß, gewährte sich noch einen Moment, um einen Blick sowohl auf sein Automobil als auch auf die wunderbare Frau zu werfen, die darin saß.

Das Automobil stand in all seiner Pracht auf einer langen, geraden, leeren Landstraße außerhalb von Paris, bereit für eine Probefahrt und Violets ersten Fahrversuch. Das Chassis, in einem sonnigen Gelb lackiert, war lang, niedrig und schmal, die Räder mit ihrer luftgefüllten Gummiummantelung ragten ein gutes Stück darüber hinaus.

Das Getriebe und die Antriebswelle befanden sich unter dem Automobil und wurden durch eine verschweißte Metallummantelung vor Beschädigungen geschützt. Vorn am Motorwagen war der Kühlapparat angebracht, den Daniel und Violet erdacht hatten – basierend auf Violets Windmaschine. Er sorgte dafür, dass sich der starke Motor nicht überhitzte. Eine schmale Sitzgelegenheit mit hoher Rückenlehne bot Platz für den Fahrer und einen Beifahrer, das genoppte Leder verlieh dem Fahrzeug zusätzlich einen Hauch von Luxus. Die wunderschöne Violet saß jetzt sehr aufrecht auf ebendiesem Sitz und machte das Ganze perfekt.

Daniel rieb sich die Hände, die kühle Winterluft ließ ihm den Atem in weißen Wölkchen vor dem Mund stehen. Dieser Augenblick hatte lange auf sich warten lassen.

»Wir nehmen den Gang heraus«, sagte Daniel, während er über die Tür griff, um den entsprechenden Knüppel zu bewegen. »Dieser kleine Hebel hier bereitet die Zündung vor, und jener dort verhindert, dass der Funken zu früh überspringt. Dann musst du behutsam das Pedal treten, um ihm etwas Treibstoff zu geben – so etwa. Zieh den Choke heraus und halte ihn in dieser Position – so verhinderst du, dass sich Luft mit dem Kraftstoff vermischt, das ist besser zum Starten. Alles klar? Und jetzt – nicht bewegen.«

Daniel nahm die Handkurbel, die hinter der Sitzbank lag, wo Simon zudem einen großen Picknickkorb und einige Decken verstaut hatte, ging zur Schnauze des Fahrzeugs und steckte die Kurbel in das dafür vorgesehene Loch.

Sorgsam darauf bedacht, seinen Daumen mit den anderen Fingern zu schützen – er hatte gesehen, wie sich Männer beim Starten eines Automobils das Handgelenk gebrochen hatten – drehte er kraftvoll die Kurbel. Die Maschine keuchte, versuchte, in Gang zu kommen, erstarb. Er kurbelte noch einmal. »Etwas mehr aufs Pedal treten!«, rief er. Violet nickte und griff nach dem Hebel.

Beim fünften Versuch erwachte der Motor puckernd zum Leben.

Daniel zog die Handkurbel aus dem Loch, warf sie ins Heck des Gefährts und kehrte an Violets Seite zurück.

»Das Pedal stärker treten, genau so. Und den Choke nicht zu weit herausziehen. Hervorragend. Hör dir das an!«

Der Motor tuckerte laut und regelmäßig, aber zugleich schnurrte er wie eine große Katze. Grinsend wischte sich Daniel die Schmiere von den Händen. Das Biest lebte.

Zusammen mit Simon hatte er den Motorwagen einige Male in Berkshire getestet, hatte aber Violet trotz ihres Protests nicht in den Wagen gelassen, bis er sich gründlich davon überzeugt hatte, dass es sicher war. Gemeinsam mit Simon hatte er Bremsen und Fahrwerk einer intensiven Prüfung unterzogen, sie eingestellt und justiert, bis alles perfekt war. Seit ihrer Ankunft in Paris vor einigen Tagen hatte er nochmals alles überprüft. Heute Vormittag endlich hatte er verkündet, es sei an der Zeit für Violets erste Fahrlektion. Sie hatten den Wagen auf einem Karren hierhertransportiert, der von einem Pferd gezogen wurde, dann hatte Simon geholfen, ihn abzuladen, und sie sich selbst überlassen.

Daniel kletterte auf den Beifahrersitz, ihm gefiel es, dass das Gefährt so schmal war, dass er und Violet dicht nebeneinandersaßen und ihre Arme und Schultern sich berührten. »Jetzt zieh den Riegel dort zurück«, sagte er zu ihr. »Stell den Gang ein, tritt leicht auf das Pedal … und wir fahren los.«

Der Wagen machte einen Satz, dann bewegte er sich ruckelnd und stoßweise vorwärts, während sich Violet bemühte, die richtige Balance zwischen dem Bedienen der Kupplung und der Betätigung des Pedals zu finden.

Geduldig saß Daniel neben ihr und dachte daran, wie hart er selbst gearbeitet hatte, bis er diese Kunst beherrschte. Er hatte seinen ersten Motorwagen auf dem Gelände der Fabrik von Gottlieb Daimler gefahren, bei dem er dann auch einen Wagen in Auftrag gegeben hatte. Von dort aus war er nach Mannheim gefahren, um auch einen von Benz' Wagen zu kaufen.

Beide Automobile hatte er in sein Londoner Haus bringen lassen, war ein wenig mit ihnen gefahren, zur Freude seiner Freunde und Nachbarn, und hatte sie dann auseinandergenommen.

Der von ihm gebaute Motorwagen enthielt keine Teile dieser beiden Wagen, weil das einem Betrug gleichgekommen wäre. Daniel hatte alles durch das Studium jener Autos gelernt, was er hatte lernen können, hatte die Erfahrungen anderer Konstrukteure in England, Frankreich und Amerika dazugenommen und dann sein Automobil von Grund auf neu gebaut, ganz nach seinen eigenen Ideen.

Der Motorwagen ruckelte noch ein Weilchen länger, dann plötzlich rollten sie vorwärts, glitten dahin. Violets konzentriertes Stirnrunzeln wurde zu einem strahlenden Lächeln. »Es fährt!«

»Selbstverständlich fährt es. Du machst, dass es fährt. Wie wäre es jetzt mit dem nächsten Gang?«

Violet mühte sich damit ab, den Hebel in die erforderliche Position zu stellen, gleichzeitig die Kupplung zu bedienen und den Lenkgriff ruhig zu halten. »Vielleicht hättest du dies als Zwei-Personen-Wagen konstruieren sollen«, sagte sie laut über das Motorengeräusch hinweg. »Wie bei einem Schiff. Einer hält den Lenker und der andere rudert.«

Daniel lachte. »Nein, allein fahren zu können ist die absolute Freiheit. Keine Pferde, kein Kutscher, keine Stallburschen, und auf niemanden muss man warten. Nur du und der Wind und der Motor, der unter dir brummt.«

»Bis dir der Kraftstoff ausgeht«, wandte Violet ein. »Dann fährst du nirgendwo mehr hin.«

»Du bist eine Pessimistin, Liebes. Setz meiner Hoffnung bitte keinen Dämpfer auf.«

»Ich denke nur praktisch. Wie kann ich vor der Polizei fliehen, wenn der Wagen nicht fährt? Mit einem Pferd kann ich davongaloppieren.«

»Bis das Pferd tot zusammenbricht. Lass uns jetzt die Bremsen ausprobieren.«

Violet trat auf das Bremspedal, und der Wagen fuhr langsamer, bis er ganz anhielt.

Violet wandte sich breit lächelnd zu Daniel um, ihre Augen strahlten. »Ich habe es getan! Ich habe es gefahren!«

Sie sah so glücklich aus, ganz erfüllt von Aufregung über das, was sie tat. Daniel wollte sie küssen, aber er hielt sich zurück. Ließ sie den Moment genießen.

»Aye, das hast du«, sagte Daniel. »Und du hast es gut gemacht, genau wie ich es erwartet habe. Willst du jetzt einmal ausprobieren, wie schnell der Wagen fährt?«

Ein Blick in ihre blauen Augen verriet ihm, dass sie es wollte. »Was muss ich tun?«

»Zuerst bereiten wir uns vor.« Daniel griff hinter den Sitz und zog die Gegenstände hervor, die Simon dort verstaut hatte. Er reichte Violet ein kleines Bündel.

Sie starrte darauf. »Du willst wirklich, dass ich all das anlege?«

Daniel zog sich einen Lederhelm über den Kopf und setzte eine Schutzbrille auf. Handschuhe folgten. »Wenn du keine Käfer in deinem Haar und Sand in den Augen haben willst, dann ja.«

Violet betrachtete ihn, dann lachte sie. »Du siehst aus wie eine Fliege.« Ihr Blick glitt zu seinem kiltbedeckten Schoß, und Daniel spannte sich an. »Eine *schottische* Fliege.«

»Jetzt hast du mich genug verspottet, Frau. Leg die Sachen an.«

Violet sah in ihrer Ausrüstung nicht wie eine Fliege aus. Sie sah anbetungswürdig aus.

Seit jener Nacht in Berkshire waren sie nicht mehr zusammen gewesen. Daniel hatte die Nächte seither damit verbracht, sich jeden Moment ihrer gemeinsamen Nacht noch einmal ins Gedächtnis zu rufen. Jeden heißen, erotischen Moment.

Doch er hatte nicht vor, zu zerstören, was sie angefangen hatten, indem er Violet zu sehr bedrängte. Deshalb bewohnten sie im *Grande Hotel* getrennte Zimmer, verbrachten ihre Tage damit, am Automobil zu bauen, und in den Nächten zeigte er ihr, welche Unterhaltungen Paris zu bieten hatte.

Daniel ließ Violet weiterfahren und wies sie an, den ersten Gang einzulegen, dann den zweiten. Nachdem sie eine Weile in einem zügigen Tempo gefahren waren, war es Zeit für den letzten Gang. »Tritt stärker auf das Pedal. Mehr … mehr … ja.«

Das Automobil gewann an Tempo, wurde noch schneller. Violet kämpfte mit dem Lenkgriff – Daniel musste sich wirklich einen besseren Lenkmechanismus ausdenken. Die Räder rutschten auf dem feuchten Boden der Landstraße, doch Violet bewegte die Lenkstange hin und her und glich die Schleuderbewegung aus.

Der Wagen fuhr weiter. Schnell und schneller. Felder, noch von winterlichem Frost überzogen, glitten an beiden Seiten der Straße vorbei.

Violet warf Daniel einen triumphierenden Blick zu, dann lachte sie laut. Der Wind zerrte an ihnen, kalt und erfrischend.

»Es ist wie fliegen!«, rief sie und stieß einen Jubelschrei aus.

Violet umarmte die Welt. Ein wunderbares Bild.

Die Straße machte eine scharfe Rechtskurve. Violet riss die Augen auf, als die Biegung rasch näher kam. Auch Daniel hatte die Hände am Lenkgriff, als sie den Wagen in die Kurve lenkten, die Räder rutschen und schlitterten unter ihnen.

Der Wagen geriet ins Schleudern. Daniel wurde hart in den Sitz gedrückt, doch Violet stemmte sich gegen die Bewegung und hielt den Lenker fest, die Zungenspitze zwischen die Zähne geschoben. Sie kämpfte mit dem Wagen, lenkte und stieg in die Bremsen und legte die richtigen Gänge ein, bis der Wagen zu schleudern aufhörte und geradeaus weiterfuhr.

Daniel erwartete, dass sie herunterschalten und den Wagen anhalten würde, doch Violet warf ihm einen Blick voll unbändiger Freude zu und fuhr noch schneller. Sie beugte sich vor, und ihre Begeisterung war wunderbar anzusehen.

Sie fuhren schnell, schneller, als Daniel es für möglich gehalten hatte. Die Höchstgeschwindigkeit, die in Europa oder Amerika zurzeit erreicht wurde, lag zwischen fünfzehn und zwanzig Meilen in der Stunde. Daniel und Violet hatten die Zwanzigermarke inzwischen weit überschritten. Vierzig waren eher wahrscheinlich. Vielleicht sogar fünfzig.

Violet stieß einen lauten Schrei aus. Jede Spur von Angst war fort. Sie war frei. Und Daniel liebte sie.

Verlangen, Zuneigung, Bewunderung, Erbitterung – alles hatte sich miteinander zur aufrichtigsten, wärmsten Liebe verbunden. Daniel wusste, dass er diese Frau in seinem Leben brauchte. Immer.

Violet warf den Kopf in den Nacken und lachte. Daniel lachte mit ihr, und sie schaute ihn an, ein strahlendes Lächeln auf dem Gesicht.

In der nächsten Kurve verging ihnen das Lachen. Violet schrie auf, trat auf die Bremse, versuchte, den Lenker zu halten. Sie fuhren durch tiefen Matsch, und das Automobil schleuderte unkontrollierbar über die schmale Straße.

Das Heck des Wagens rutschte weg, sie fuhren weiter. Daniel sah den Acker auf sie zukommen. Er packte Violet, drückte sie zu Boden und warf sich über sie.

Das Heck des Wagens scherte aus, der Wagen geriet auf dem lockeren Boden ins Schleudern, die Hinterräder blockierten, der Motor wurde abgewürgt, keuchte und erstarb. Die sich wie wild drehenden Vorderräder kamen zum Stillstand. Eine Krähe stieß ihr heiseres Krächzen aus, als sie an ihnen vorbeiflog, dann herrschte Stille.

29

»Vi.« Daniel kämpfte sich zum Sitzen hoch, er erschrak, als er sah, dass Violet reglos unter ihm lag.

Als sie sich leicht regte und die Augen öffnete, machte sein Herz vor Erleichterung einen heftigen Sprung. Ihre Brille war halb verrutscht, und sie streifte sie sich ganz vom Gesicht, als Daniel sie hochzog.

Das Heck des Automobils steckte in einer Ackerfurche aus tiefschwarzer Erde fest, die Schnauze des Wagens schwebte ein Stück über dem Boden. Sie saßen wirklich gründlich fest.

Violet schaute sich um, dann blitzte ihr Lächeln auf. Sie stieß einen weiteren Jubelruf aus und schlang die Arme um Daniel. »Wir sind so schnell gefahren!«

Daniel grinste. »Aber jetzt nicht mehr.«

Violet schien es nichts auszumachen. Sie zog Daniel an sich und versuchte, ihn zu küssen, aber sie stieß gegen seine Schutzbrille und lachte auf.

Daniel setzte die Brille ab und ließ sie hinter den Sitz fallen. Er schloss die Arme um Violet, und ihre Lippen trafen sich in einem wilden Rausch. Daniel zitterte, aber nicht vor Kälte.

Das Automobil bot nur beengten Raum. Aber nicht so eng, dass Daniel Violet nicht auf den Sitz legen und sie noch inniger küssen konnte. Die Lederkappe verrutschte, ihr Haar war zerzaust, und sie erwiderte seinen Kuss leidenschaftlich.

Daniel griff nach unten und schob ihre Röcke hoch. Er erwartete, dass sie in Panik verfallen, ihn wegstoßen würde, wenn er ihr die Unterhose auszog, seine Härte schwer auf ihr lag.

Doch das tat sie nicht. Stattdessen küsste sie ihn, streichelte seinen Rücken, zog den Lederhelm von seinem Kopf und ließ ihn aus dem Automobil fallen. Sie ließ zu, dass Daniel ihre Unterhose herunterstreifte, der Leinenstoff flatterte im Wind wie eine weiße Fahne.

Schnell war er in ihr, vereint mit ihr, wie er es sich seit Tagen erträumt hatte. Violets Augen weiteten sich, als er in sie eindrang. Und wieder erwartete Daniel, dass sie panisch wurde. Doch sie bog sich ihm entgegen und zog ihn in wildem Verlangen an sich.

Es war linkisch, hastig, verrückt, kalter Wind wehte über sie hinweg. Doch die Euphorie der wilden Fahrt, der Schreck über den Unfall, das Verlangen, das sie ineinander geweckt hatten, entflammte sie.

Violet klammerte sich an Daniel, als sie sich gemeinsam rhythmisch bewegten, er stieß heftig in sie. Der Geruch der aufgewühlten Erde, der versengte Geruch des Motors, der Duft Violets und ihr Begehren erhöhten die wilde Freude, sie zu lieben.

Kurz darauf wurde Violet weich von der wundervollen Lust, die zu genießen er sie gelehrt hatte. Daniel fühlte seinen Höhepunkt kommen, viel zu bald.

»Liebes. Liebes.« Er strich ihr das Haar aus dem Gesicht, seine Lippen lagen schwer auf ihren. Er zitterte, vergrub sich in ihrer Wärme, ihrer Weichheit, ihrem Duft, so tief er nur konnte.

»Liebes«, sagte er noch einmal aus vollem Herzen. Violet legte die Hand an sein Gesicht, als sie beide den Gipfel der Lust erreichten, sich küssend, sich haltend.

Als sich Daniels Spannung löste, zitterte er, ihre Küsse wurden weicher, voll träger Freude. Der kühle Wind umwehte sie, aber der Ausdruck in Violets Augen wärmte Daniel wie die Sommersonne selbst.

Ein Bauer, der mit seinem Arbeitspferd vorbeikam, zog sie aus dem Matsch. Wie peinlich. Violet stand da, ihre Kleider wieder geordnet, während Daniel freundlich mit dem Mann plauderte und dem mürrisch dreinblickenden Bauern sogar ein Lächeln entlockte. Wie üblich wickelte er die Welt mit seinem Charme ein.

Das Automobil würde nicht wieder in Gang zu setzen sein – Matsch in der Benzinpumpe, sagte Daniel, und die Antriebswelle könnte beschädigt sein. Der Bauer musste sie den ganzen Weg bis zu der Stelle schleppen, an der Simon mit dem Karren wartete, um den Motorwagen zurück nach Paris zu bringen.

»Aye, nun«, sagte Daniel und hakte den Schaden mit seiner gewohnten unerschütterlichen Gelassenheit ab. »Wenn ich das Rennen in Paris verpasse, kann ich den Wagen für Nizza fertig machen. Dieser kleine Liebling wird sich bei den Steigungen sehr gut machen, denke ich.«

»Ich konnte es nicht anhalten«, sagte Violet. Im nächsten Augenblick fragte sie sich, ob sie damit das Automobil meinte, oder dass sie Daniel umarmt hatte, was dazu geführt hatte, dass sie sich liebten.

Es war so schnell und wild gewesen. Es hätte bei Violet Angst und Panik auslösen müssen, aber das war nicht geschehen.

Vielleicht war ihre Angst von dem überraschenden Gefühl von Freiheit verdrängt worden, das die Geschwindigkeit ihrer Fahrt in ihr geweckt hatte. Oder sie war der realen Furcht gewichen, als der Wagen ins Schleudern gekommen war. Der Unfall, Daniel, der hart auf ihr gelegen hatte. Vielleicht hatte das alles eine tief verborgene Wildheit in ihr freigelegt.

Zu spüren wie der Wagen auf sie reagiert und auf eine ganz eigene Art eine Einheit mit ihr gebildet hatte, war fast ebenso atemberaubend gewesen wie ihre Vereinigung mit Daniel. Sie konnte nicht aufhören, ihn anzulächeln, als sie jetzt neben ihm im Wagen saß, der von dem kräftigen Pferd gezogen wurde. Am liebsten hätte sie diesen Tag wie ein Geschenk eingewickelt und ihn für immer bewahrt.

Doch an diesem Abend sagte Daniel ihr, dass sie ihre Jagd nach Jacobi fortsetzen mussten.

Daniel und seine Kontaktpersonen, wer immer das auch sein mochte, hatten Jacobi noch immer nicht aufgespürt. Violet konnte darüber nicht unglücklich sein, weil Jacobi gefährlich sein konnte – zumindest hatte er gefährliche Freunde. Violet war das früher, als sie jünger war, nicht klar gewesen, aber wenn sie jetzt zurückschaute, dann wusste sie, dass Jacobi einige skrupellose Männer gekannt haben musste. Er war ein Spieler gewesen, aber er und seine Freunde hatten auch vielen Menschen geschadet. Sie hatte ihn für unglaublich clever gehalten – bis sie in späteren Jahren das Ganze durchschaut hatte.

Sie hatte auch gewusst, dass Jacobi über die Instinkte eines Tieres verfügte und wusste, wie er sich schützen konnte. Wenn Daniel ihn bis jetzt nicht gefunden hatte, dann bedeutete das: Jacobi wusste, dass jemand nach ihm suchte, und war abgetaucht.

Daniels Plan, ihn aufzustöbern, war simpel – er ließ in den entsprechenden Kreisen das Gerücht streuen, dass Miss Violet Devereaux jetzt Mrs Daniel MacKenzie war. Jacobi würde davon hören und sie vielleicht aufsuchen. Falls nicht, hatte Daniel noch einige Ideen mehr in petto, die er ausprobieren würde.

Damit dieser Trick zum Erfolg führte, trug Violet heute Abend – wie schon an den vergangenen Abenden, an denen sie ausgegangen waren – eines der teuren Kleider, die sie von Daniel bekommen hatte.

Ich habe dir gesagt, dass ich dir das Leben zeigen werde, und das werde ich auch tun.

Auf ein solches Leben, wie Daniel es ihr zeigte, hatte Violet bisher nur flüchtige Blicke erhascht. Selbst der gemeinsame Abend in Marseille verblasste im Vergleich. Jetzt trug Violet ihr Haar hoch frisiert, ihre Schultern waren unbedeckt, und sie bewegte sich zwischen den Reichen und Schönen.

Während der Wochen in England hatten die vier MacKenzie-Frauen zusammengearbeitet, um insgeheim eine komplette Garderobe für Violet zusammenzustellen. In London hatte Violet eingewilligt, dass Beths Schneiderin ihre Maße für einige Kleider nahm – sie hatte darauf bestanden, sie selbst zu bezahlen. Ainsley hatte triumphierend ausgesehen, als sie ihr später erklärte, sie hätten die Maße außerdem dazu verwendet, Violet noch sehr viel mehr Kleider machen zu lassen – Abendkleider, Kostüme, Morgenröcke und robuste warme Kleider, die sie anziehen sollte, wenn sie am Automobil arbeitete.

Violets Proteste blieben unbeachtet. Isabella, Beth und Eleanor unterstützten Ainsley dabei, Violet zu überreden, die Kleider anzunehmen, und letztlich hatte sie nachgegeben. Auch wenn es ihr schwergefallen war, ihren Stolz herunterzuschlucken, so musste sie doch zugeben, dass die Damen wirklich sehr freundlich gewesen waren. Eines Tages würde sie einen Weg finden, ihnen diese Freundlichkeit zu vergelten.

Das Resultat der Bemühungen der MacKenzie-Ladys war überwältigend. Als Violet an diesem Abend die Treppe des *Grande Hotels* herunterschritt, wandten sich ihr die Köpfe zu, Gentleman wie Ladys sahen sie bewundernd an.

Das Kleid, das sie gewählt hatte, war schmal geschnitten, betonte Busen und Taille, und ein so tiefes Dekolleté hatte sie nie zuvor getragen. Violets Schultern waren nackt – das Kleid hatte keine Ärmel –, nur dünne, mit Brillanten besetzte Bänder hielten das Oberteil an Ort und Stelle.

Es war aus tiefblauer, schimmernder Seide, die changierte,

wenn Violet sich bewegte. Lange Satinhandschuhe bedeckten ihre Arme bis knapp über die Ellbogen, und kleine Brillanten, Daniels neuestes Geschenk, funkelten in ihrem Haar.

Eine Zofe folgte Violet und trug die Pelzstola, die sie vor der Kälte schützen würde, aber das Ensemble war dazu gedacht, so viel von Violet zu enthüllen, wie es der gute Geschmack gerade noch zuließ. Sie war wie eine anmutige Statue, die zum Leben erwacht war.

Daniel erwartete sie am Fuß der Treppe. Er sah beeindruckend aus in seiner schwarzen Jacke und dem gestärkten weißen Hemd, dazu trug er den formellen Kilt der MacKenzies. Passend für den Abend hatte er statt Stiefeln wadenhohe Strümpfe und Halbschuhe gewählt. Obwohl sein Kilt Blicke von allen Seiten auf sich zog, fiel Violet auf, dass die Damen auch den Blick auf seine muskulösen Beine zu schätzen wussten.

Daniel bot ihr seinen Arm, und Violet legte die Hand in seine Armbeuge. Die Zofe drapierte den Pelz um Violets Schultern, dann führte er sie hinaus.

Seit drei Abenden hielten sie es jetzt schon so, und das Hotelpersonal eilte immer sofort herbei, um ihnen zu Diensten zu sein. Daniel MacKenzie war ein reicher Schotte aus einer berühmten Familie. Die Lady? Sie war ein Rätsel, aber das war egal, weil sie Daniel MacKenzies Frau war.

Daniel führte Violet über den Teppich, der die Straße vom Eingang des Hotels bis zur wartenden Kutsche bedeckte, in die Monsieur und Madame einstiegen.

Die Kutsche war das Luxuriöseste, was man für Geld mieten konnte. Innen war sie mit poliertem Holz ausgekleidet, ein geschnitzter Wandfries zeigte die floralen Ornamente des neuesten Kunststils. Kerosinlampen erhellten das Innere, Samtvorhänge schlossen die Nacht und das gemeine Volk aus, Kohleboxen wärmten ihnen die Füße.

Daniel saß neben Violet auf der gepolsterten Bank, es gab keine heuchlerische Wahrung von Schicklichkeit mehr. Er legte den Arm auf die Rückenlehne hinter ihr und schloss sie in seine Wärme ein.

»Wie lange noch?«, fragte Violet angespannt.

»Ich denke, er wird bald auftauchen. Und dann wirst du frei sein.« Er legte die Hand auf ihr mit Seide bedecktes Knie. »Du bist gut darin, eine Rolle zu spielen. Dies hier ist nichts anderes.«

»Es *ist* anders. Es ist die Realität.«

»Ich werde darüber nicht mit dir streiten.« Daniel streckte die langen Beine aus. »Aber du machst das wirklich hervorragend.«

Zurückgelehnt genoss er die Fahrt. Daniel genoss alles, was er tat. Ob er in alter Kleidung an seinem Motorwagen arbeitete oder gemeinsam mit den Arbeitern der Gießerei rauchte, in die er das Automobil zur Reparatur gebracht hatte, oder abends ausging, um sich unter die Pariser Elite zu mischen.

Zuerst fuhren sie in das Restaurant *Dourant*. Daniel hatte einen Tisch gewählt, an dem sie vom gesamten Restaurant aus gut gesehen wurden. Hier war er ebenso entspannt wie beim Essen zu zweit in ihrer Hotelsuite. Er sprach freundlich mit den Kellnern, die sich freuten, ihm das Beste aus Küche und Weinkeller zu bringen.

Violet beobachtete Daniel, wenn er die Menschen anlächelte, wie die Wärme in seinen Augen schimmerte. Nichts davon war gekünstelt. Er war ein großzügiger Mann, und diese Großzügigkeit kam von Herzen. Daniel scherte sich wirklich nicht um das, was andere über ihn dachten. Er gab, weil er die Menschen mochte, und nicht, um Wertschätzung oder Ansehen zu kaufen.

Ich liebe ihn dafür. Ich liebe ihn für alles, was er ist.

Im Moment lebte Violet in einer Blase überraschender Glückseligkeit. Was nach Paris kam, nachdem sie Jacobi gefunden hatten, wusste sie nicht. Die Zukunft lag dunkel vor ihr, unbekannt und Furcht einflößend.

Um gesehen zu werden, führte Daniel sie nach dem Essen ins *Moulin Rouge*, danach in einige private Spielsalons – er schien viele solcher Salons zu kennen. In der Kutsche auf dem Weg zum ersten Kasino hatte Daniel eine Samtschatulle aus seiner Tasche gezogen, ein Brillantarmband herausgenommen und es um Violets Handgelenk gelegt.

Ihr stand der Mund offen. »Daniel … Du kannst nicht …«

Daniel neigte ihr Gesicht zu seinem und küsste sie ungestüm auf den Mund. »Nein, meine Süße. Du solltest mir jetzt schmeicheln und gurren und mir sagen, wie wunderbar ich bin. Das ist der Grund, weshalb Gentleman wunderschönen Ladys solche Klunker schenken.«

Violet musste lachen. »Nein, ist es nicht.«

»Aye, du hast recht. Wir tun es, damit sie mit uns ins Bett gehen, in der Hoffnung, noch mehr Brillanten zu bekommen.«

»Es tut mir leid, dass du so viele habgierige Frauen kennst.« Violet berührte das Armband und staunte wieder einmal darüber, dass dieser erstaunliche Mann mit ihr zusammen sein wollte. »Sie verdienen dich nicht.«

Er zuckte mit den Schultern. »Ich habe schon sehr jung gelernt, mein Herz aus dem Spiel zu lassen.«

»Genau wie ich.«

Einen Moment lang sahen sie einander schweigend an. Kurz war der einsame kleine Junge in ihm zu sehen, doch als sich Daniel vorbeugte, um sie noch einmal zu küssen, langsamer diesmal, genüsslich, war er schon wieder verschwunden.

Die Kutsche hielt, sehr zu Violets Enttäuschung. »Noch mehr Aufregung«, sagte Daniel und beugte sich zur Tür. »Die

Nacht ist noch jung … Nein, warte – sie ist fast vorüber. Aber das ist egal.«

»Du erschöpfst mich«, sagte Violet.

»Du genießt jede Sekunde.«

Violet lächelte, seine Energie war mitreißend. »Ja, das tue ich.«

Ihr schwindelte davon, so sorglos und unbekümmert zu sein, zu tun, was immer sie zu tun wünschte. Daniel bestand nicht darauf, zu bestimmen, wohin sie gingen oder was sie taten. Er kannte in der Stadt alles und jeden, also bot er Violet eine Reihe von Wahlmöglichkeiten, und sie beide wählten das, von dem sie meinten, es würde ihnen am besten gefallen.

Diese beiläufige Freundlichkeit wärmte sie. Sie und Daniel konnten gut miteinander reden, Meinungen austauschen, ob sie einander zustimmten oder widersprachen, sie konnten die Köpfe zusammenstecken, um über etwas zu diskutieren und darüber zu lachen. Sie gingen in unbeschreiblich extravagante Opern und von dort aus in gewagte Kabarettvorstellungen, ohne mit der Wimper zu zucken. Sie tranken Champagner, Brandy und schweren Rotwein. In den illegalen Spielhöllen in versteckt liegenden Häusern setzte Daniel Stapel von Geld beim Roulette, Hasard und Kartenspiel, verlor, ohne zu klagen, meist jedoch gewann er.

»Mein Onkel Ian hat mir beigebracht, Chancen einzuschätzen«, sagte er. »Er irrt sich niemals, was wirklich frustrierend sein kann. Fordere ihn zum Beispiel niemals zu einer Partie Billard auf. Du hast schon verloren, bevor du überhaupt an den Tisch getreten bist. Aber als Jugendlicher habe ich viel von ihm gelernt, und jetzt füge ich meine eigenen Erfahrungen hinzu.«

Daniels mathematischer Verstand konnte mit dem seines Onkels konkurrieren. Er konnte sich eine Zahlenreihe merken, ohne sie niederzuschreiben, konnte sich eine Gleichung ansehen und sie dann sofort anwenden, damit ein Maschinenteil besser arbeitete, und er erkannte im Handumdrehen seine Chancen beim Spiel. Oft lobte er die Klugheit seines Onkels und seines Vaters, aber offensichtlich hatte er ihre Gewandtheit im Denken geerbt.

Violet genoss es, eine der glitzernden, funkelnden Ladys zu sein, die beim Kartenspiel neben ihren Gentlemen saßen. Heute Abend hatte Violet an ihrem Tisch beobachtet, dass zwei Damen einem Mann geheime Zeichen gegeben hatten, welches Blatt ihre Begleiter auf der Hand hatten, damit er sich das zunutze machen konnte. Violet hielt ihre Empörung im Zaum und versuchte, nicht zu lächeln, als Daniel trotzdem gewann.

Dass sie ihre Rollen als Mr und Mrs MacKenzie so konsequent gespielt hatten, zahlte sich am Ende der Nacht aus. Als Daniel und Violet das letzte Casino verließen und in die kühle Morgendämmerung hinaustraten, verstellte ihnen ein Mann in langem Mantel und mit verbeultem Hut den Weg. »Sie werden mit mir kommen«, sagte er. »Oder die Konsequenzen zu spüren bekommen.«

Aus den Schatten tauchten weitere Männer auf. Violet kannte sie nicht, aber sie erkannte den Typ – bezahlte Schläger.

Simon, der ihnen die ganze Nacht lang still gefolgt war, tauchte ein Stück die Straße hinunter auf. Daniel machte ihm ein kleines Zeichen, das besagte, dass sein Eingreifen nicht nötig war.

»Welch dramatischer Auftritt«, sagte Daniel. »Aber es wurde auch verdammt noch mal Zeit. Wollen wir?«

30

Violets Herz wollte nicht langsamer schlagen. Den ganzen Weg vom 6. Arrondissement in das 18. versuchte sie, ruhig durchzuatmen, das Klopfen in ihrer Brust zu beruhigen, das sie ganz krank machte. Daniel hingegen, verdammt sollte er sein, lehnte sich in seinem Sitz zurück und schaute während der Fahrt aus dem Fenster. Doch er hielt Violets Hand und ließ sie nicht los.

Jacobis Handlanger ritten neben ihnen her, weil Daniel es ihnen nicht gestattet hatte, sich zu ihnen in die Kutsche zu setzen. Niemand durfte Violet bedrohen, sie anfassen oder ihr auch nur nahe kommen. Würde auch nur einer von ihnen es dennoch wagen, wären alle Absprachen hinfällig.

Sie fuhren in einen Teil Montmartres, in dem Violet noch nie gewesen war. Das schmale Haus, vor dem sie hielten, sah durchaus respektabel aus, die Straße war sauber, die Gegend ruhig.

Sie gingen durch eine Eingangstür in ein kaltes, von Kerosinlampen erhelltes Treppenhaus. Man führte sie eine Treppe hinauf und in ein ansprechend möbliertes, gut geheiztes Zimmer auf der Rückseite des Hauses.

Als sie die Treppe hinaufgingen, zitterten Violet die Beine so sehr, dass sie Angst hatte, zu fallen. Daniel legte den Arm um ihre Taille, lieh ihr seine Stärke.

Doch Violet entzog sich ihm und zwang sich, das Zimmer zu betreten, ohne dass jemand sie stützte, sie zwang sich, aufrecht dem Mann gegenüberzutreten, der sich aus dem Stuhl an einem mit Papieren übersäten Tisch erhoben hatte. Ihr Lehrer und Ehemann: Jacobi Ferrand.

Als sie ihn sah, war Violets erster Gedanke, dass er nicht der alte Mann war, für den sie ihn gehalten hatte. Vermutlich war der zehnjährigen Violet ein Mann in seinen Dreißigern schon alt vorgekommen. Jetzt war er ungefähr fünfzig, und auch wenn sein Haar schon erstes Grau zeigte, war er weit davon entfernt, altersschwach auszusehen.

Jacobi war nicht groß, und Daniel überragte ihn um gut dreißig Zentimeter. Seine Schultern fielen leicht herunter, was ihn kleiner aussehen ließ, aber die braunen Augen unter den buschigen Brauen blickten wach und scharf. Wie oft hatten diese Augen sie voller Zuwendung und Stolz angesehen, wenn sie ihre Lektionen gut gelernt hatte.

Als er sie getröstet hatte, nachdem der rotbärtige Mann ihr Gewalt angetan hatte, hatte darin jedoch schulderfülltes Entsetzen gestanden. Auch als er sie in der kleinen Kirche nahe seines Hauses geheiratet und dem Priester und den von der Straße herbeigeholten Trauzeugen Geld gegeben hatte, war dieses Schuldgefühl nicht aus seinem Blick gewichen.

Jacobi musterte Daniel. Violet begriff, dass er versuchte, in ihm zu lesen, so wie Violet es getan hatte, als sie Daniel das erste Mal begegnete. Er runzelte die Stirn, als er feststellen musste, dass es ihm nicht gelang.

Jacobis Blick glitt von Daniel zu Violet, er registrierte ihr teures Kleid, den Pelz um ihre Schultern, die Brillanten im Haar und besonders das breite Brillantarmband an ihrem Handgelenk, das sie über den langen Handschuhen trug. Geschickt verbarg er das kurze Aufblitzen von Gier hinter einem breiten, warmen Lächeln und streckte ihr die Hände entgegen. »Violet. Meine kleine Blume. Ich konnte es kaum glauben, als ich hörte, du seiest nach Paris zurückgekehrt, und zudem verheiratet. Mein Kind, du bist so erwachsen geworden. Gibt es denn keine Umarmung für deinen alten Jacobi?«

Violet ging einen Schritt zurück. »Nein, die gibt es nicht, fürchte ich.«

Mit reumütigem Blick ließ Jacobi die Arme sinken. »Ich weiß. Ich weiß. Ich war schlecht zu dir. Aber das war vor langer Zeit, als ich ein dummer, dummer Mann war. Mir war nicht bewusst, was ich tat.«

»Was Sie nicht sagen«, sagte Daniel. Er sprach Französisch. »Aber warum kommen wir nicht auf den Grund zu sprechen, aus dem Sie uns herbefohlen haben, hm? Es geht gewiss nicht um eine liebevolle Wiedervereinigung. Nennen Sie mir Ihre Bedingungen.«

»Bedingungen?«, wiederholte Violet überrascht.

»Die Bedingungen des Arrangements«, sagte Daniel. »Jacobi erpresst mich. Habe ich das nicht erwähnt?«

Daniels Stolz auf Violet wuchs. Sie hätte jedes Recht gehabt, sich einer Begegnung mit Jacobi zu verweigern, jedes Recht, darum zu bitten, in der Kutsche bleiben und dort auf Daniel warten zu dürfen.

Stattdessen stand sie aufrecht da und starrte Jacobi mit der kalten Arroganz einer Königin an. Gut. Daniel wollte, dass der Mann, der sie zerstört hatte, begriff, dass man Violet nicht zerbrechen konnte.

»*Er* erpresst *dich*?«, fragte sie in herrischem Ton.

»Hattest du etwas anderes erwartet?«, fragte Daniel sie.

»Er hat dich unter falschen Voraussetzungen geheiratet, meine Liebe«, sagte Jacobi. »Unsere Heirat ist noch immer gültig. Ich bin weder tot, wie du sehen kannst, noch strebe ich eine Annullierung an. Du bist noch immer Madame Jacobi Ferrand; deshalb kannst du nicht Madame Daniel MacKenzie sein. Ich bin jedoch bereit, über unsere Eheschließung Stillschweigen zu bewahren – als Gegenleistung für eine angemessene Zahlung von Mr MacKenzie.«

Daniel sah ihn amüsiert an. »Oder Sie arbeiten mit meinem Anwalt zusammen, die Ehe wird annulliert, und ich werde Sie in Ruhe lassen.«

Jacobi sah Daniel noch einmal von Kopf bis Fuß an, wieder versuchte er, ihn einzuschätzen, wieder misslang es ihm. Und das wurmte ihn. »Violet gehört mir«, sagte er.

»Ich gehöre niemandem«, erklärte Violet mit Wut in der Stimme. »Am allerwenigsten dir.«

Jetzt richtete Jacobi seine ganze Aufmerksamkeit auf Violet. »Du bist meine Frau. Es gibt Gesetze. Ich habe dir in der Vergangenheit schlimme Dinge angetan, das weiß ich, und glaub mir, es tut mir leid. Es hat mir immer leidgetan. Aber ich war jung und dumm, meine kleine Violet. Ich schuldete einem sehr üblen Mann Geld, habe es in seiner Spielhölle an ihn verloren. Ich hatte Angst, sehr große Angst. Und jetzt – jetzt gibt Gott mir die Chance, deine Vergebung zu erringen.«

Er ist gut, dachte Daniel. Jacobi sprach, als würde er es wirklich bereuen, seine Stimme stockte an den richtigen Stellen, in den Augen stand Scham. Er beherrschte diese Technik meisterlich.

»Ist meine Vergebung so wichtig für dich?«, fragte Violet.

Jacobi senkte den Blick. »In all diesen Jahren, Violet, hat mich mein Versagen dir gegenüber gequält. Ich habe mir so lange gewünscht, es wiedergutmachen zu können. Natürlich ist mir deine Vergebung wichtig. Es ist das Wichtigste auf der Welt.«

Tränen funkelten an Violets Wimpern, aber sie hielt sich kerzengerade. »Dann werde ich dir niemals vergeben.«

Verwirrt sah Jacobi auf. »Aber …« Er holte tief Luft. »Du lieber Gott – meine Violet, wann bist du so hart geworden?« Er warf einen Blick auf Daniel. »Hat *er* dir das beigebracht?«

»Nein, das hast *du* getan.« Violet ging auf ihn zu, einen langsamen Schritt nach dem anderen. »Du hast mir alles beigebracht, was ich weiß. Wie man in den Menschen liest. Wie man sie manipuliert. Wie man erkennt, dass das Spiel vorbei und die Zeit gekommen ist, davonzulaufen. All das hast du mir beigebracht. Und dann hast du mich verraten. Aber das hätte mich gar nicht so sehr überraschen dürfen. Denn wenn ich zurückschaue, sehe ich, dass du mich all diese Jahre als eine Art Sicherheit bei dir behalten hast, in dem Wissen, dass du, würdest du eines Tages deine Schulden nicht begleichen können, immer noch mich haben würdest, ein junges und unbeflecktes Mädchen. Damals habe ich das nicht begriffen, aber es gibt Gentlemen, die ein Vermögen für ein solches Mädchen zahlen. Du warst freundlich zu mir, hast mich alles gelehrt – etwa so, wie man in Aktien und Obligationen investiert.« Direkt vor Jacobi blieb Violet stehen. »Und jetzt sieh mir in die Augen und sag mir, dass du nicht genau daran gedacht hast an jenem Tag, als du mich das erste Mal gesehen hast. Als ich die anderen Kinder im Park mit meinen Kartentricks verblüfft habe.«

Jacobi sah sie direkt an. »Das habe ich nicht.«

»Du bist ein Lügner«, sagte Violet laut. »Und du hast mich gelehrt, ebenfalls eine Lügnerin zu sein.«

Jacobi gab seinen gekränkten Blick auf. »Und du warst so unglaublich gut darin. Hast du ihn auch belogen? Er ist ein sehr reicher Mann aus einer sehr reichen Familie. Du bist doch sicher dabei, ihn zu schröpfen.«

Schweigend verschränkte Daniel die Arme vor der Brust und ließ Violet reden.

»Ich habe ihm alles über dich gesagt«, entgegnete sie. »Alles, was du getan hast. Alles, was *ich* getan habe.«

Jacobi nickte. »Auch das habe ich dir beigebracht: Ehrlichkeit ist oft der beste Weg, einen Fuß in die Tür zu bekommen.«

»Ich habe es ihm gesagt, weil ich ihn respektiere«, sagte Violet. »Ich habe nicht gewusst, ob er sich voller Abscheu von mir abwenden wird, aber er hat es verdient, alles zu wissen.«

»Ich bin froh, dass du das getan hast«, sagte Jacobi. »Es hat ihn dazu gebracht, nach mir zu suchen, was wiederum dich zu mir zurückgebracht hat. Wohin du gehörst.« Seine Stimme wurde weich und klang nach aufrichtiger Zuneigung, und er streckte die Hand aus, um Violets Wange zu streicheln. »Meine kleine Blume.«

Violet schlug ihm ins Gesicht, das Klatschen des Schlages hallte im Zimmer wider. Mit großen Augen presste Jacobi eine Hand auf seine Wange.

»Gut gemacht, Liebes«, sagte Daniel.

Violet beugte sich zu Jacobi, in ihren Augen brannte Feuer, ihre Stimme klang scharf. »Ich gehöre dir nicht. Ich habe dir nie gehört. Ich hatte Angst davor, heute Abend hierherzukommen, weil ich befürchtet habe, ich würde in Panik geraten, wenn ich dich sehe. Ich habe sogar befürchtet, ich könnte dir vergeben, wenn du mir sagen würdest, wie sehr du es bereust, und dass ich mich elend fühlen würde, wenn ich dir nicht vergeben kann. Ich wollte, dass nichts davon geschehen würde, deshalb wollte ich dich nicht sehen. Doch *er* hat mich dazu gebracht, es doch zu wagen.« Violet sah Daniel nicht an, zeigte nicht auf ihn. »Weil Daniel wusste, dass ich dich sehen *muss*. Ich muss mit eigenen Augen sehen, welch armselige, schwache, mitleidlose Kreatur du bist. Dass du niederträchtig genug bist, ein sechzehnjähriges Mädchen zusammen mit einem Mann in ein Zimmer zu sperren und davonzugehen, obwohl du weißt, dass dieser Mann sie vergewaltigen wird. Oh, das Wort gefällt dir nicht?« Violet beugte sich näher zu Jacobi, der zurückzuckte.

»Er hat mich *vergewaltigt*, Jacobi. Er hat mir die Röcke

hochgeschoben, hat mir die Unterhose heruntergezerrt und ist in mich eingedrungen. Es hat wehgetan – es hat wehgetan wie nichts zuvor oder seitdem wehgetan hat. Ich habe mich erbrochen, als es vorbei war, und ich habe mich nach Hause geschleppt, humpelnd und blutend. Ich konnte tagelang nicht schlafen, konnte nicht essen, bin bei jedem Geräusch in der Nacht in Panik geraten und beim Klang jeder männlichen Stimme. Und du hattest die Unverfrorenheit, dich dafür zu *entschuldigen*, mich dazu zu bringen, dir zu vergeben, mir anzubieten, dich zu heiraten, weil *du* dein schlechtes Gewissen nicht ertragen konntest. Es wäre leichter gewesen, du hättest mich hinausgeworfen und mich mir selbst überlassen. Aber nein, du hast mich bei dir behalten, hast mich nicht vergessen lassen, hast mich glauben lassen, ich wäre ein schlechter Mensch, wenn ich deine Situation nicht verstünde. Du hast mich noch immer manipuliert, mit mir gespielt.« Violet schwieg, sie hatte die Fäuste geballt, ihre Augen glühten vor Zorn. Daniel beobachtete sie, er musste sich dazu zwingen, ruhig zu bleiben. »Nun, ich werde dir nie vergeben. Niemals. Du wirst mit deinem schlechten Gewissen und ohne mich leben müssen. Ich will die Annullierung oder die Scheidung, was es auch sei, das ist mir egal.«

Jacobi hielt sich noch immer die rote Wange und starrte Violet an. Daniel sah, dass Jacobi erkannte, wie falsch er Violet eingeschätzt hatte. Er hatte immer geglaubt, sie sei schwach und leicht zu beeinflussen. Der Narr.

Jacobi zeigte auf Daniel, der sich gegen den Tisch gelehnt hatte und zuschaute, wie Violet Jacobi in der Luft zerriss. »Deine Ehe mit MacKenzie ist nicht legal. Du kannst mich für immer hassen, aber nach dem Gesetz bist du an mich gebunden.«

»Nun, ich bin hier, um von dir befreit zu werden«, schnappte Violet. »Und sofort danach werde ich mich wirklich an Daniel binden, denn er ist hundertmal ein besserer Mann als du. Tausendmal. Er kennt mich besser als irgendjemand sonst auf der Welt, und ich habe keine Angst, ihm zu vertrauen. Er ist großzügig, großherzig, verständnisvoll, freundlich – alles, was du nicht bist. Und dafür liebe ich ihn.«

Daniels Herz schlug schnell und hart. Er ballte die Fäuste, er wollte diese Szene nicht stören – Violet, die ihren einstigen Mentor anstarrte, hoch aufgerichtet und mit stahlharten Augen. Sie war wunderschön.

»Tust du das, Süße?«, fragte Daniel.

Violets Augenlider flatterten, aber sie holte tief Luft und antwortete: »Das tue ich. Ich liebe dich, Daniel.«

»Dann ist die Welt ein wunderschöner Ort.« Daniel ließ die Arme sinken und verließ seinen Platz am Tisch, um Jacobi die Hand schwer auf die Schulter zu legen. »Sie haben verloren, Monsieur. Ich habe einige Papiere bei mir, die die Annullierung in die Wege leiten werden. Übrigens sind zwei der Männer, die mir zu meinem Schutz folgen, keine Schläger, sondern Anwälte, die dafür sorgen werden, dass alles korrekt und legal abläuft. Einer von ihnen ist Franzose, ein Fachmann in französischem Zivilrecht, und der andere ist Engländer, ebenfalls sehr versiert. Der Engländer ist zudem ein sehr guter Boxer, und er ist sich nicht zu schade dafür, Finger zu brechen, um Kunden zu einer Unterschrift zu bewegen.« Daniel hatte sich diesen Gentleman von Mr Sutton ausgeborgt, der sehr viel davon hielt, die Macht von Formalitäten mit der Macht von Fäusten zu kombinieren. Daniel legte die andere Hand auf Violets Schulter, und diese Berührung war sehr viel sanfter. »Vielleicht solltest du jetzt gehen, Vi. Die Sache könnte unschön werden.«

»Nein.« Violet hielt sich so gerade, dass man glauben mochte, sie würde zerspringen. »Nicht, bevor ich mit ihm fertig bin.«

Daniel ließ Jacobi los und sah sie an. »Du bist fertig mit ihm,

Liebes. Ich habe eben gesehen, wie du ihn aus deinem Leben und aus deinem Herzen gestrichen hast. Das Aufräumen überlass jetzt mir.«

Violet schluckte, sie zitterte noch immer. Er sah Wut, Triumph und Empörung in ihren Augen, die heftigen Emotionen wirbelten durcheinander. Daniel berührte ihre Wange. »Vertraust du mir?«

Violet zögerte für einen Moment, dann warf sie einen kurzen Blick auf Jacobi und nickte Daniel zu. »Vollkommen.«

»Gutes Mädchen.« Daniel drückte ihr einen Kuss auf die Lippen. »Simon wird auf dich aufpassen, und ich komme bald nach.«

Violet neigte nicht den Kopf. Sie ließ sich von Daniel zur Tür bringen, spürte in sich eine neue Kraft.

Sie hatte sich ihrer Vergangenheit gestellt und war dem Mann entgegengetreten, der sie verraten hatte, und sie hatte erkannt, dass der Verrat nicht ihre Schuld war. Jacobi war schwach, und Violet war stark. Sie konnte sich jetzt von ihm abwenden und in ihre Zukunft gehen.

»Oh, und Violet«, sagte Daniel, als sie durch die Tür trat. Er schickte ihr sein wärmstes Lächeln und legte sein ganzes Herz hinein. »Ich liebe dich auch.«

In dem Blick, mit dem Violet ihm antwortete, lag so tiefe Freude, dass es Daniels Herz zum Singen brachte. Sie gab ihm einen kurzen Kuss auf den Mund, voller Feuer und Verheißung, und dann war sie fort.

In dem Moment, als sich die Tür schloss, wusste Daniel, dass sich alles geändert hatte. Jacobi legte seine Haltung des bekennenden Reumütigen ab und stand jetzt aufrechter da, was ihn größer und stärker aussehen ließ. Spannung lag in der Luft, die eigentliche Auseinandersetzung begann erst jetzt.

Jacobi erwiderte Daniels Blick. »Sie sind ein Narr, MacKenzie. Ich werde sie niemals aufgeben.«

»Ich denke, das werden Sie doch«, entgegnete Daniel ruhig.

Die beiden Anwälte hatten das Zimmer betreten, während Violet es verlassen hatte, der französische Anwalt trug den Stapel Dokumente, die aufzusetzen Daniel ihn gebeten hatte. Daniel nahm die Papiere entgegen und legte sie auf den Tisch. »Kommen Sie her und unterschreiben Sie«, sagte er zu Jacobi, »dann werden Sie vielleicht nicht meinen Zorn zu spüren bekommen.«

»Androhung von Gewalt. Wie englisch.«

»Ich bin Schotte. Wir wenden nicht ohne guten Grund Gewalt an, aber wenn es dazu kommt … nehmen Sie sich in Acht.«

Jacobi rührte sich nicht vom Fleck. »Wenn ich nicht unterschreibe, was dann? Werden Sie sie zu Ihrer Geliebten machen? Oder wegen Bigamie ins Gefängnis gehen?«

Daniel zuckte mit den Schultern und zog den Stuhl zu sich heran, der vor dem Tisch stand. »Wenn Sie nicht unterschreiben, werde ich einen anderen Weg finden. Anwälte sind mit allen Wassern gewaschen, und ich kenne viele von ihnen.« Daniel packte die Stuhllehne fester und forderte Jacobi mit einer Geste auf, sich zu setzen. »Ich könnte Sie natürlich auch einfach erschießen. Das würde Violets Ehe ganz schnell beenden.«

Jacobis Gesicht verlor ein wenig von seiner Farbe. »Das würden Sie tun?«

»Ich mag Sie nicht besonders, Monsieur Ferrand. Und wer kann schon sagen, was ich tun werde?«

Jacobi sah von Daniel zu den Anwälten, die ihren Instruktionen gemäß schweigend abwarteten. Jacobi hob den Kopf. »Ich werde nicht unterschreiben. Sie waren ein Narr, hierherzukommen, MacKenzie. Haben Sie gedacht, ich wäre nicht auf Sie vorbereitet?«

»Nein.« Daniel ließ den Stuhl los und zog den Handschuh seiner Rechten glatt. »Natürlich haben Sie sich auf meinen Besuch vorbereitet. Deshalb hat es ja so lange gedauert, bis Sie Kontakt zu mir aufgenommen haben.«

Er ging zu Jacobi. Der sah ihn an, unsicher, als Daniel direkt vor ihm stehen blieb und immer noch an seinem Handschuh herumzupfte.

»Ich habe eine recht vielfältige Erziehung genossen«, sagte Daniel. »Mein Vater hat mir nicht so viel Aufmerksamkeit geschenkt, wie ich mir wünschte, dennoch hat er mir einige nützliche Dinge beigebracht. Wie man auf einem Pferd reitet, wie man für es sorgt, wie man mit Dummköpfen verfährt. Auch meine Onkel haben großen Anteil an meiner Erziehung gehabt. Von Onkel Mac habe ich gelernt, wie man eine wunderschöne Frau würdigt und sie zum Mittelpunkt der Welt macht. Onkel Ian hat mich gelehrt, das anzustreben, was ich will, und mich dabei von nichts aufhalten zu lassen – von keiner Person, keinem Gedanken, keiner Angst. Von ihm habe ich auch gelernt, wie man einen Gegner ausbootet, ohne dass er merkt, wie er ausgebootet wird.« Daniel lächelte leicht. Ian hatte das nie so rundheraus gesagt; Daniel hatte es gelernt, indem er ihn jahrelang beobachtet hatte. »Von Onkel Hart habe ich alles über Rücksichtslosigkeit gelernt. Hart hat mir auch gezeigt, wie man Menschen auf seine Seite bringt. Geld allein reicht nicht. Man braucht Freunde, Menschen, die an einen glauben. Menschen, die loyal sind und hinter dir stehen, wenn du sie brauchst.«

»Ihr Schotten hört euch wohl gern selbst reden.«

»Zumindest nennen Sie mich nicht länger einen Engländer. Nun, von meinen lieben Tanten und meiner Stiefmutter habe ich etwas über die Liebe gelernt. Ich spreche von *wahrer* Liebe, nicht davon, Menschen zu benutzen, damit man selbst sich besser fühlt. Deshalb weiß ich, dass Sie Violet nie geliebt haben, auch wenn Sie unentwegt jammern, dass sie Ihr Mädchen sei. Sie haben sie einiges gelehrt und waren stolz, wenn sie es Ihnen nachgemacht hat. Sie haben keinen Gedanken daran verschwendet, was es mit ihr machen würde, sie diesem Mann auszuliefern, um Ihre Schulden zu begleichen. Vermutlich stieg Ihnen sogar der Gedanke ins vernebelte kleine Hirn, sie wäre es Ihnen schuldig. Und dass sie glücklich sein würde, sich von einem Mann benutzen zu lassen, um Ihnen zu helfen.«

Jacobis Gesicht verhärtete sich. »Sie war … undankbar.«

»Ich bin froh, dass Sie das gesagt haben. Sie haben die Sache damit sehr viel einfacher gemacht. Doch ich möchte Ihnen noch von einigen anderen Menschen erzählen, die mich aufgezogen haben – wenn Ihre Zeit es erlaubt. Mein Dad und meine Onkel hatten ganz erstaunliche Dienstboten. Die MacKenzies haben ein Händchen dafür, merkwürdige Gestalten aufzulesen und in ihre Dienste zu nehmen, statt sie ihr vorgezeichnetes Ende nehmen zu lassen. Angelo, der Diener meines Vaters, weiß mehr über Pferde als jeder andere. Er hat mir alles über Sanftmut beigebracht und darüber, wie ich ein Tier dazu bringe, mir zu vertrauen. Harts Kammerdiener, Wilfred, hat einst Unterschlagungen begangen. Von ihm habe ich alle möglichen Tricks gelernt, was die Manipulation von Kontobüchern betrifft und woran ich merke, dass jemand versucht, mich übers Ohr zu hauen. Onkel Hart hält so große Stücke auf ihn, dass er ihn zu seinem Sekretär gemacht hat, damit er ihn vor jeglichen Betrugsversuchen schützt. Onkel Ians Kammerdiener ist ein Taschendieb, und glauben Sie mir, ich habe ihn dazu gebracht, mir alles beizubringen, was er an Tricks beherrscht.«

Daniel hielt das Messer hoch, das er soeben als Beweis dieser Aussage aus Jacobis Jackentasche genommen hatte.

Jacobi bekam große Augen. »Er hat Ihnen beigebracht, ein Verbrecher zu sein?«, fragte er mit einem höhnischen Schnauben.

»Kein Verbrecher. Ich stehle niemals einem Unschuldigen etwas, wie Sie es tun. Lassen Sie mich Ihnen von einem weiteren Mann berichten, dem Kammerdiener meines Onkels Mac. Sein Name ist Bellamy. Wissen Sie, was ich von ihm gelernt habe?« Daniel nahm das Messer in die linke Hand und ballte die rechte. Er grinste. »Faustkampf.«

Er versetzte Jacobi einen raschen, harten und sehr befriedigenden Schlag ins Gesicht. Der Kopf des Mannes ruckte nach hinten, Blut strömte ihm aus der Nase.

»Das war ein Fehler«, sagte Jacobi. »Dafür werden Sie bezahlen.«

Daniel wusste, dass er bezahlen würde. Jacobi hätte sich hier niemals allein mit ihm getroffen. Er hatte vorgesorgt, wie Daniel jetzt bestätigt bekam.

Vier Männer kamen durch die Tür zu einem Nebenzimmer, vier weitere traten vom Korridor herein. Schlechte Chancen, aber ähnliche Situationen hatte er bereits erlebt. Inzwischen hatte Simon vermutlich genug Zeit gehabt, um Violet in Sicherheit zu bringen – was der Grund gewesen war, weshalb Daniel so ausführlich von seiner Erziehung berichtet hatte.

Während sein ausgeborgter boxender Anwalt sich der anderen Männer annahm, griff sich Daniel Jacobi und zerrte ihn zum Tisch, drückte ihm das Gesicht auf die Tischfläche. »Nenn mir den Namen des Mannes, dem du Violet ausgeliefert hast. Sofort.«

Jacobi keuchte, dann lachte er, sein Blut sammelte sich in einer Lache auf dem Tisch. »Ich erinnere mich nicht.«

Wieder traf sein Kopf mit einem dumpfer Geräusch auf den Tisch, und Jacobi grunzte.

»Ich denke, jetzt erinnerst du dich«, sagte Daniel mit harter Stimme. »Willst du, dass ich deiner Erinnerung noch einmal auf die Sprünge helfe?«

»Er ist niemand, den Sie besiegen können. Glauben Sie mir.«

»Du kennst meine Freunde nicht. Ich meine nicht die, die ich heute Nacht mitgebracht habe.« Daniel schlug Jacobis Kopf noch einmal auf den Tisch. *»Den Namen.«*

Stöhnend flüsterte Jacobi eine Antwort. Der Name sagte Daniel nichts, aber er kannte genügend Leute, die damit vermutlich etwas anfangen konnten.

Zwei Männer zerrten Daniel von Jacobi weg, und Jacobi richtete sich auf, schnappte nach Luft und wischte sich das Blut vom Gesicht.

Daniel war kampfbereit. Er riss sich los und tauchte mit einem Schrei ins Getümmel, wehrte einen Schlag ab und schlug zurück, seine Faust landete in einer Magengrube. Er platzierte einen Aufwärtshaken, dann packte ihn ein dritter Mann von hinten. Im Herumwirbeln schlug Daniel mit dem Ellbogen nach ihm, dann versetzte er dem Mann einen Kinnhaken. Noch immer hielt er in der Linken das Messer, bereit, es einzusetzen.

Dies war kein gespielter Kampf auf einer Theaterbühne, bei dem die Widersacher höflich abwarteten, bis der Held Zeit für sie hatte, ehe sie ihn attackierten. Die Männer fielen alle auf einmal über Daniel her, vier an der Zahl. Daniel kämpfte gegen vier Paar Fäuste, Füße, Knie, Ellbogen, er brachte geschickte Stiche mit seinem Messer an, bevor ein zufälliger Treffer gegen sein Handgelenk es ihm aus der Hand schleuderte.

Egal. Mit der Ansprache an Jacobi war er zwar schon fertig, aber er hätte der Vollständigkeit halber noch hinzufügen können, dass er auch alle nur denkbaren Kampftechniken erlernt hatte, um zu ergänzen, was Bellamy ihm beigebracht hatte. Vieles hatte Daniel in den Hintergassen von Paris und Rom gelernt, anderes in Griechenland und dem dunklen kalten Russland. In Marokko und Alexandria hatte er sich dem Messerkampf gewidmet. Der Japaner, der ihm in London die Tätowierung gestochen hatte, hatte ihm einige interessante Griffe für den Ringkampf gezeigt – Daniel hatte ihn nie übertreffen können.

Er genoss es, alle Kampftechniken einzusetzen. Heute Nacht würde er eine Menge Schläge einstecken, aber er würde auch selbst ordentlich austeilen. Violet würde in Sicherheit sein, und Daniel würde sie von Jacobi befreien, was auch immer er dafür tun musste.

Und danach? Nun … hier und jetzt hatte er erst mal genug zu tun.

Die Männer, die Jacobi angeheuert hatte, wussten, was sie taten. Es stand vier gegen einen, weil der französische Anwalt überhaupt kein Kämpfer war. Der arme Mann hatte sich bereits ergeben, er saß auf einem Stuhl und schützte seinen Kopf hinter hoch erhobenen Armen. Und das bedeutete, dass Daniel und Suttons Anwalt sich acht Widersachern zu erwehren hatten.

Und Jacobi? Er war verschwunden.

Nein, da war er, der Bastard, er schlüpfte gerade auf den Flur hinaus. Wollte er Verstärkung holen? Oder sich einfach nur in Sicherheit bringen?

Daniel versuchte, sich zu ihm durchzukämpfen, aber auch wenn er ein guter Kämpfer war … sich gegen vier geübte Männer den Weg zur Tür freizukämpfen war nicht einfach.

Während Daniel noch mehr Schläge einsteckte – gegen Kopf und Brust und in den Magen –, hörte er plötzlich Stimmen und hätte schwören mögen, dass er sie kannte. Es war nicht der Boxer, den Mr Sutton ihm ebenfalls ausgeliehen hatte und der zusammen mit Simon Violet sicher ins Hotel zurückbrachte, sondern Stimmen von Männern, die er schon sein ganzes Leben lang kannte.

Unmöglich. Sein Kopf musste einen zu harten Schlag abbekommen haben.

Daniel teilte weiter Hiebe aus, trat, stieß mit den Ellbogen zu, packte zu. Einen der Männer hatte er niedergestreckt, was die Überzahl des Gegners leicht minderte.

Über das Rufen und das Geräusch zersplitternder Möbelstücke hinweg glaubte er, Mac MacKenzie sagen zu hören: »Das sieht nach einem guten Kampf aus. Hast du mir einen übrig gelassen, Danny?«

Daniel konnte es sich nicht leisten, die drei Männer, gegen die er kämpfte, aus den Augen zu lassen, aber das Zimmer schien sich plötzlich mit Schotten zu füllen. Laute Stimmen, lautes Lachen, Kilts.

Cameron MacKenzie, der alle anderen weit überragte, ergriff einen von Daniels Kontrahenten am Kragen und versetzte ihm einen Schlag ins Gesicht. Der Mann ächzte und sackte in sich zusammen.

Daniel schüttelte den Kopf, in seinen Ohren klingelte es. Was zum Teufel?

Neben Mac stand Bellamy. Der große Mann mit den Narben im Gesicht lächelte nur selten, aber jetzt tat er es, als er sich den zweiten Angreifer schnappte und ihm dem Garaus machte. Ein dritter MacKenzie, Ian, stand an der Tür, und überblickte die Szene. Vermutlich schätzte er die Chancen ein.

»Ian!«, schrie Daniel. Blut lief ihm aus dem Mund. »Greif dir Jacobi! Halt ihn fest!«

Ian machte einen Schritt zurück aus dem Zimmer und verschwand. Mac lachte, während er die Fäuste schwang. »Und da sagt Hart, dass man in Paris keinen Spaß mehr haben kann.«

»Was zum Teufel tut ihr hier?«, rief Daniel.

»Dir helfen«, entgegnete Cameron. »Sei nicht undankbar, Sohn.«

Keine Unterhaltung jetzt. Der Kampf musste zu Ende gebracht werden. Selbst jetzt, da Daniels irrsinniger Vater, sein Onkel und Bellamy hier waren, um die Lage zu klären, lag noch immer ein gutes Stück Arbeit vor ihnen.

Sehnsüchtig schaute er zur Tür, durch die Jacobi davongelaufen war. Hatte Ian ihn sich schnappen können?

»Geh!«, rief Mac ihm zu und stieß Daniel zur Tür. »Cam und Bellamy und ich kümmern uns um das hier.« Lachend wandte er sich um und wehrte einen Schlag ab. »Wie in alten Zeiten, Cam.«

Daniel lief zum Tisch, auf dem er die Papiere abgelegt hatte, und musste feststellen, dass sie nicht mehr da waren. Verdammter Jacobi.

Er bahnte sich seinen Weg zur Tür und registrierte, dass der Korridor leer war. Ebenso die Treppe und das Zimmer nebenan. Er schaute die Treppe hinauf und hinunter. Welche Richtung?

Er entschied sich, nach unten zu laufen. Vielleicht hatte Jacobi darauf gehofft, sich vor dem Haus Violet doch noch greifen zu können. Doch das konnte er nicht. Simon hatte seine Anweisungen.

Als Daniel das Erdgeschoss erreichte, tauchte Ian am Ende des Ganges auf. Wortlos packte er Daniel an der Schulter, führte ihn durch eine Tür und dann eine weitere Treppe hinunter. Schweigend gingen sie zusammen durch eine weitere Tür und gelangten in eine Küche.

Ein helles Feuer brannte am Ende des Zimmers und strahlte behagliche Wärme aus. Vor dem Herd hockte Jacobi und warf Papier ins Feuer.

Idiot. Daniel konnte sich leicht eine Abschrift beschaffen. Aber das würde Zeit kosten, und in der Zwischenzeit konnte Jacobi ein neues Versteck finden oder noch mehr Männer auf Daniel ansetzen, um ihn aus dem Weg zu räumen.

Daniel nickte Ian zu. Beide Männer liefen gleichzeitig zu Jacobi. Er bemerkte sie und sprang auf, Papier fiel zu Boden und verstreute sich. Plötzlich bückte sich Jacobi und hob etwas vom Boden auf. Es war eine Pistole, die unter den Papieren verborgen gelegen hatte. Er zielte auf Daniel und schoss.

Daniel spürte, wie die Kugel in seine Brust eindrang. Er machte noch zwei Schritte, dann brachen ihm die Beine weg, und er fiel schwer auf die Knie. Ian schrie etwas und lief auf Jacobi zu, der noch einmal schoss. Ian stürzte zu Boden – ob er getroffen war oder in Deckung ging, vermochte Daniel nicht zu sagen.

Er fiel vornüber, schlug mit dem Gesicht auf dem Steinboden auf, und alles hörte auf zu existieren.

31

Violet hörte den Schuss und sprang aus der Kutsche, bevor Simon es verhindern konnte.

Simons Appellen, sie solle ins Hotel zurückkehren und dort auf Daniel warten, hatte sie sich widersetzt, denn wenn Violet eines über Jacobi gelernt hatte, dann, dass er eine Schlange war. Was immer Daniel für Jacobis Plan hielt, Jacobi würde sich zehn weitere Möglichkeiten offenhalten. Deshalb war sie geblieben, so eindringlich Simon auch auf sie eingeredet hatte.

Überrascht hatte sie drei MacKenzie-Männer und Bellamy in einer Kutsche ankommen und ins Haus laufen sehen. Mac war für einen Moment stehen geblieben, um sie breit anzugrinsen und ihr zu sagen, dass sie Daniel zu Hilfe kommen wollten. Simon hatte verhindert, dass Violet ihnen folgte, aber als sie den Schuss hörte, konnte sie nichts mehr in der Kutsche halten.

Violet kam in ihren leichten Schuhen hart auf dem Boden auf und raffte im Laufen die kleine Schleppe ihres eleganten Kleides. Simon rief, sie solle wieder in die Kutsche steigen, aber Violet wollte nichts davon hören. Sie lief zur Haustür.

Als der zweite Schuss fiel, machte ihr Herz einen Sprung. Das Geräusch kam aus dem Erdgeschoss. Violet stand neben einer Treppe, die nach unten zu einer Waschküche führte. Dort unten war der Schuss gefallen, hinter einem der kleinen Fenster.

»Simon, hierher!«, rief sie und lief auch schon die schmutzige, von schwarzem Kohlenstaub bedeckte Treppe hinunter.

Simon holte sie ein und rannte an ihr vorbei, erreichte die

Küche als Erster. Er drehte den Knauf, und die Tür öffnete sich bereitwillig, war weder verschlossen noch verriegelt. Simon war überrascht, sie unverschlossen zu finden, aber Violet war es nicht. Jacobi sorgte immer für eine offene Hintertür.

Sie rannte durch die schmutzige Waschküche in eine Küche, dann blieb sie abrupt stehen.

Mit dem Gesicht nach unten lag Daniel auf dem Boden, unter ihm hatte sich eine Blutlache ausgebreitet. Ian MacKenzie hielt sich den Arm, Blut quoll zwischen den Fingern hervor, in seinen Augen glitzerte Wut. Als er Violet an der Tür stehen sah, wandte er sich von Jacobi ab. »Nein!«, rief er ihr zu. »Geh!«

Violet konnte sich nicht bewegen. Daniel lag reglos da, den Kopf zur Seite gedreht. Blut bedeckte sein Gesicht, fast schwarz auf seiner fahlen Haut. Er atmete nicht. Ein dunkler, feuchter Fleck hatte sich auf dem Rücken seiner Jacke ausgebreitet, die Austrittswunde einer Kugel. Jacobi stand mit bleichem Gesicht am Herd, eine Mischung aus Entsetzen und Triumph flackerte in seinen Augen. In der Hand hielt er eine Pistole.

Alles erstarrte. Ian hatte sich zwischen Daniel und Jacobi geschoben, und Simon stand vor Violet, schützte sie.

Violet nahm es kaum wahr. Sie sah nur Daniel, und nichts in der Welt war noch von Bedeutung.

Bilder wirbelten durch ihr Bewusstsein. Daniel, der ihr im überfüllten Esszimmer in London die Hand zur Begrüßung hinstreckte, lächelnd, weil er wusste, dass sie eine Schwindlerin war. Von Anfang an hatte er sie geneckt, hatte das Ouija so hin und her geschoben, dass die Buchstaben ein obszönes Wort bildeten. Er hatte das von ihr manipulierte Klingelzugsystem entdeckt, mit dem sie ihre Effekte bewirkte, er hatte geheimnisvolle Botschaften im Morse-Code geklopft – *Sie sind wun-*

derbar, wissen Sie das, Mädchen? Er hatte Violet durchschaut und sie angelacht.

Sie sah Daniel vor sich, wie er sie ermutigte, an seiner Zigarette zu ziehen, um es als Vorwand auszunutzen, sie zu küssen. Dann stand ein lachender Daniel in Marseille vor der Bühne, von dem sie angenommen hatte, er sei tot. Unzerstörbar.

Auf der Ballonfahrt hatte er Violet den Geschmack wahrer Freiheit kosten lassen, als sie die Enge ihres tagtäglichen Lebens hinter sich gelassen hatte. Und er hatte sie geküsst.

Liebevolle Geduld. Nach und nach hatte Daniel sie aus ihrem Gefängnis befreit, hatte sie gelehrt, zu vertrauen, hatte ihr gezeigt, wie sie den Schmerz loslassen und die Lust finden konnte. Und er hatte sie gelehrt, dass es nicht falsch war, loszulassen.

Oh, und Violet. Ich liebe dich auch.

Er hatte es beiläufig gesagt, aber was Violet in seinen Augen gesehen hatte, war echt gewesen. Er hatte es genau so gemeint.

Endlich hatte Violet einen Mann gefunden, der sie um ihrer selbst willen liebte, für das, was sie war. Etwas Kostbares und unglaublich Besonderes, und Jacobi hatte ihr alles genommen.

Violet war allein gewesen, aber Daniel hatte alles verändert. Bevor sie ihm begegnet war, hatte sie geglaubt, es sei ihre Bestimmung, ihren Weg zu gehen, allein; diesen öden, endlosen Weg.

Aber jetzt wusste Violet, dass es auch anders sein konnte. Sie hatte den Zauber gekostet.

Ohne Daniel würde sie steuerlos sein. Leer. Allein in der Dunkelheit.

Als ihre Unschuld zerstört wurde, war sie ein sechzehnjähriges Mädchen gewesen. Von jenem Moment an hatte Violet nur existiert, bis sie Daniel begegnet war. Herumlaufen, essen, schlafen, aber nicht leben.

Daniel MacKenzie hatte sie angelächelt, und ihre Welt hatte sich verändert. Violet hatte den ersten Atemzug ihres Lebens getan.

Und jetzt hatte Jacobi ihr Glück und Liebe genommen – wieder.

Violet spürte den Schrei in ihrer Kehle hochsteigen, hörte das verzweifelte *Nein!* Dann lief sie los, aus der Deckung von Simons Körper heraus.

Aus Jacobis Pistole löste sich noch ein Schuss, und Violet spürte einen scharfen Schmerz im Oberschenkel. Aber sie blieb nicht stehen. Sie erreichte Jacobi und schlug ihm die Finger wie Krallen ins Gesicht.

Jacobi hob die Arme, um sie abzuwehren. Violet bekam die Waffe zu fassen. Der Stahl war heiß, der ätzende Geruch nach Schießpulver drang ihr in die Nase. Sie schloss die Hand um die schwarze, schwere Waffe und versuchte, sie Jacobi zu entreißen.

Jacobi kämpfte mit ihr. Der Lauf zielte auf Violets Herz, das schon so gebrochen war, dass sie es gar nicht mehr spüren würde, wenn eine Kugel es zerschlug.

Ian packte Jacobi, und Simon griff nach Violet. Die Waffe drehte sich, Violet versuchte noch immer, sie Jacobi zu entreißen.

Als sich wieder ein Schuss löste, betäubte der Knall sie nahezu. In wilder Furcht taumelte Violet von Jacobi zurück, aber jetzt hielt sie die Pistole in der Hand.

Zutiefst verwirrt sah Jacobi sie an, Blut trat auf seine Lippen. Er sagte: »Meine Blume …« Dann wich das Leben aus seinen Augen, und er fiel vornüber auf sie zu, vor Violets Füßen brach er zusammen.

Violet ließ die Pistole fallen. Simon hob sie vom Boden auf, aber Violet bemerkte es nicht. Sie machte einige taumelnde

Schritte auf den leblos daliegenden Daniel zu und fiel neben ihm auf die Knie.

Sie umschlang ihn und wiegte ihn in den Armen, sie spürte sein warmes Blut auf sich. Keine Tränen kamen aus ihren Augen – sie waren trocken und brannten. Ihr ganzer Körper schmerzte, und nichts würde je wieder sein wie zuvor.

»Daniel, ich liebe dich«, sagte sie. Die Worte drängten über ihre Lippen, schneller und schneller. »Verlass mich nicht. Bitte, Daniel. Du bist mein Leben. *Ich liebe dich.* Verlass mich nicht.«

Daniels Blut benetzte sie, vermischte sich mit ihrem, das aus der Schusswunde floss, die sie erlitten hatte, und mit Jacobis Blut auf ihrem seidenen Mieder. Violets Wunde schmerzte, aber nichts glich dem Schmerz, der in ihrem Herzen loderte.

Sie nahm wahr, dass der Rest von Daniels Familie in die Küche heruntergekommen war – Mac, Daniels Vater, Bellamy.

Cameron fiel neben Violet auf die Knie, in seinen Augen lag unbeschreiblicher Kummer. »Danny.« Camerons heisere Stimme brach, die Tränen, die Violet weinen wollte, liefen ihm übers Gesicht. Er strich Daniel über das Haar. »Mein Junge.«

Ian war da. Er schob sich an Cameron vorbei und versuchte, Daniel hochzuheben. Violet hielt Daniel fest, wollte ihn nicht loslassen.

Cameron knurrte. »Ian, lass ihn.«

»Simon weiß Bescheid«, sagte Ian. Mit erstaunlicher Kraft nahm er Daniel aus Violets Armen und legte den schlaffen Körper auf den Boden.

Jetzt flossen Violets Tränen. Sie rollte sich zu einem Ball zusammen und schlug die Hände vors Gesicht. Cameron legte den Arm um sie und weinte ohne Scham mit ihr. Was immer Daniel über seinen Vater denken mochte, Cameron liebte Daniel mit einer machtvollen Liebe, einer, die Violets Liebe gleichkam.

Simon beugte sich über Daniel, schlug ihm auf die Brust. Seine Finger färbten sich rot, und wieder schlug er mit der Faust auf Daniels Brustkorb, wieder und wieder.

Violet schrie. Simon ließ sich nicht beirren. Daniel stöhnte, er öffnete die Augen, er keuchte, dann hustete er.

»Verdammt«, sagte er, seine Stimme war so schwach, dass er kaum zu verstehen war. »Die Papiere. Jemand muss die verdammten Papiere an sich nehmen.«

»Das ist nicht mehr wichtig«, sagte Simon, außer Atem und noch auf den Knien. »Ich denke, Ihre Lady ist jetzt Witwe.«

Taumelnd kam Violet auf die Beine. Cameron stand mit ihr auf, seine Arme um sie geschlungen. Sie knieten sich beide neben Daniel, Simon machte ihnen Platz. Daniels Gesicht war aschfahl, sein Atem ging mühsam. Er lebte, knapp.

Daniel schaute Violet entsetzt an. »Was tust du noch hier?« Er keuchte mehr, als dass er sprach. »Simon, du bist entlassen.«

»Halt den Mund, Daniel«, sagte Violet. »Ich liebe dich. Hörst du mich? *Ich liebe dich.* Ich werde dir das sagen, jeden Tag, wenn es sein muss, in Ordnung?«

Daniel konnte kaum den Mund zu einem Lächeln verziehen, aber der Blick in seinen Augen sagte genug. »Ich hab nichts dagegen.«

Cameron strich Daniel wieder über das Haar, er weinte noch immer. »Sei still, Daniel«, sagte er. »Ruh dich jetzt aus.«

»Ich will immer noch wissen, was du hier tust.« Daniel starrte seinen Vater an, konnte kaum sprechen, aber er versuchte es dennoch. Dieser verdammte sture Kerl. »Aber später.« Schwach schlossen sich seine Finger um Violets. »Bleib bei mir, Vi, ja? Jetzt und immer.«

Violets Tränen rollten wieder, aber sie waren reinigend. Sie nickte. »Jetzt und immer.«

Daniel drückte ihre Hand, dann löste sich sein Griff, er war zu schwach. »Gut. Liebe dich, süße Violet. Verdammt, ich liebe dich.«

Violet hob seine Hand an ihre Brust und hielt sie fest. »Sag jetzt nichts mehr. Du brauchst einen Arzt.«

»Mmmmh.« Daniel schloss die Augen. »Das ist meine Violet. Immer so pragmatisch.«

Als Daniel wieder aufwachte, lag er in seinem Bett in seinem Pariser Hotelzimmer, und sein ganzer Körper schmerzte. Aber das war nicht allzu schlimm, denn Violet lag neben ihm, sie trug einen dicken Morgenmantel und hatte sich das Haar zu einem langen Zopf geflochten. Sie schlief, ihre Wimpern hoben sich dunkel von der hellen Haut ab, ihr Atem ging leise und gleichmäßig.

Bilder und Gefühle stürmten auf Daniel ein – Jacobi, der Kampf, Schmerz, Violets Stimme, als sie ihm sagte, dass sie ihn liebte.

Sie war wunderschön im Schlaf. Und wenn sie wach war. Wenn sie nackt war und wenn sie angezogen war – aber besonders, wenn sie nackt war.

Daniel hob die Hand – nachdem er eine Weile darüber nachgedacht hatte, wie man das noch mal anstellte – und strich Violet über das Haar.

Sie schlug die Augen auf und richtete sich halb auf. »Daniel.«

»Das bin ich.« Daniel legte die Hand an seinen Kopf. »Denke ich. Was zum Teufel ist passiert? Haben wir die Papiere von Jacobi zurückbekommen? Die Anwälte haben Abschriften, aber er muss unterschreiben …«

Violets Finger auf seinen Lippen stoppte seinen Redefluss. »Jacobi ist tot. Vermutlich auch schon begraben. Die Papiere sind nicht mehr nötig.«

Daniel starrte sie an. »Tot und begraben? Du lieber Gott, wie lange habe ich geschlafen?«

Er erinnerte sich vage, dass Simon gesagt hatte, Violet sei jetzt Witwe, aber alles nach dem Schuss war ein wenig verschwommen. Nur Violets wiederholte Erklärung, dass sie ihn liebte – *daran* erinnerte er sich.

»Der Arzt hat vor einer Woche deine Wunde genäht. Dein Vater hat den besten Arzt von ganz Paris aufgetrieben und zu dir gebracht. Und auch die besten Krankenschwestern.«

»Nett von ihm.« Daniel erinnerte sich an seine Überraschung, als er Macs Stimme gehört und Ian und Cameron in Jacobis Haus gesehen hatte. »Was tut Dad überhaupt hier? Und meine Onkel? Gab es ein spontanes Schottentreffen in Paris?«

Violets plötzliches Lächeln strahlte so hell wie der Junisonnenschein. »Meine Mutter hatte eine ihrer Visionen.«

Daniel rieb sich die Stirn, hinter der Kopfschmerzen pochten. »Du meinst, sie hat mich in einem kleinen Haus in Montmartre gegen acht Männer kämpfen sehen?«

»Sie hat uns beide gesehen, wie wir um unser Leben kämpfen. Sie sagte, es war ein Durcheinander von Kampf, Pistolenschüssen und Blut, und sie sah dich tot zu Boden fallen. Sie war so beunruhigt, dass sie verlangt hat, nach Paris gebracht zu werden, um sich davon zu überzeugen, dass wir wohlauf sind. Deine Tante Eleanor hat dann entschieden, dass es das Beste ist, sie kommt hierher.«

Daniel hatte zu große Schmerzen, um zu lachen. »Du hast gewonnen, Liebes. Ich werde nie wieder die Gabe deiner Mutter anzweifeln. Und vermutlich hat sich meine ganze Familie, in der es keiner schafft, sich nur um seine eigenen Angelegenheiten zu kümmern, ihr angeschlossen?«

»Ainsley hatte angeboten, meine Mutter zu begleiten, aber

dein Vater wollte nicht, dass sie ohne ihn fährt. Dann hat auch Ian darauf bestanden, mitzukommen, und Beth hat sich geweigert, ohne ihn allein zu Hause zu bleiben. Mac und Isabella haben sich so große Sorgen gemacht, dass sie ihre Soireen abgesagt haben und mit den anderen hergekommen sind. Sie sind alle hier, außer dem Duke und der Duchess, die zu Hause geblieben sind, um auf die Kinder aufzupassen.«

»Also sind alle nach Paris gekommen.« Daniel versuchte, seine Gedanken zu sortieren. »Aber wie konnten sie wissen, wo genau sie uns finden würden, wenn die Vision deiner Mutter nicht präzise genug war?«

»Einer der Männer, die du dir von Mr Sutton ausgeliehen hast, kam ins Hotel zurück, um sich zu überzeugen, dass Jacobi keine Männer losgeschickt hat, die uns auflauern sollten. Er traf auf deine Familie und hat ihnen gesagt, wohin wir gefahren sind. Die Ladys sind im Hotel geblieben – nach einer heftigen Diskussion, wie ich hörte –, und deine Onkel und dein Vater haben sich auf den Weg gemacht.« Violet schwieg einen Moment, bevor sie weitersprach. »Dein Vater war ganz außer sich. Du bedeutest ihm sehr viel.«

»Dad?« Daniel nickte ruhig. »Aye, ich weiß. Er hält sich sehr damit zurück, es zu zeigen, aber ich weiß es.« Cameron war immer schroff und nicht gut darin, Zuneigung zu zeigen, aber Daniel hatte immer gewusst, dass er geliebt wurde, selbst in den schwierigsten Zeiten.

»Er hat sich aber gar nicht zurückgehalten, als er dachte, du wärest tot«, sagte Violet. »Er hat geweint.«

»Armer Mann. Und dann war ich doch noch am Leben.«

»Mach dich nicht darüber lustig. Er hat gedacht, er hätte dich verloren. Und ich dachte das auch.« Violets Stimme brach, ihre Augen füllten sich mit Tränen.

Daniel streichelte ihre Wange. »Ich habe es dir doch schon

gesagt, Liebes – ich bin zäh. Ich bin am Leben geblieben, damit ich bei dir sein kann.«

»Du hattest Fieber, ein schreckliches Fieber. Der Arzt glaubte, du würdest es nicht überleben. Ich hatte so große Angst.«

»Mach dir keine Sorgen mehr, meine Süße. Ich bin sehr gut im Gesundwerden.« Wieder streichelte Daniel ihre Wange, mit dem Daumen strich er ihr die Tränen fort. »Du weißt – wenn Jacobi tot ist, dann bist du jetzt wahrhaft frei.«

»Ja.«

»Und doch bist du immer noch hier.«

Violets Lippen verzogen sich zu einem Lächeln. »Ja.«

»Ich werde sehen, ob ich Sie nicht zum Bleiben überreden kann, Mrs MacKenzie.«

»Ich bin nicht …«

»Noch nicht. Aber du wirst es sein.«

Violet biss sich auf die Lippen, das Licht in ihren Augen erlosch. »Daniel, ich habe ihn getötet. Ich hatte die Waffe in meinen Händen, und ich habe sie auf ihn gerichtet und auf ihn geschossen.« Kurz schloss sie die Augen. »Mac hat der Polizei gesagt, dass Ian und Simon mit Jacobi um die Pistole gekämpft haben, nachdem er auf mich geschossen hat, und dass sich dabei der Schuss löste. Simon hat das bestätigt, und Ian … er hat nichts gesagt.«

»So ist Ian. Er hat ein Problem damit, zu lügen, also hält er den Mund.« Daniel runzelte die Stirn. »Warte. Er hat auf *dich* geschossen?«

Violet schob eine Falte ihres Morgenmantels zurück, um den dicken Verband um ihren Oberschenkel zu enthüllen. »Der Arzt sagt, der Schuss hat nur wenig Schaden angerichtet. Es ist ein glatter Durchschuss und musste nur verbunden werden. Mit Ians Arm ist es das Gleiche.«

Daniels Zorn brauste auf, und das löste ein Hämmern in seinem Kopf aus. »Verdammte Hölle, Frau. Du solltest doch mit Simon ins Hotel zurückfahren. Nicht mir ins Haus folgen, wo auf dich geschossen wird.«

Ihre blauen Augen funkelten. »Wäre ich nicht geblieben, wäre Simon nicht zur Stelle gewesen, um dir das Leben zu retten.«

»Aber wenn du gestorben wärst, Liebes, hätte ich nicht mehr leben wollen.«

Violet schwieg. Daniel streichelte wieder ihr Gesicht, sein Herz klopfte heftig. Wenn er sie verloren hätte …

Er legte die Hand in ihren Nacken, zog sie zu sich herunter und küsste sie. Der Kuss wurde länger, wärmer, suchender.

»Ich hätte dich fast verloren«, flüsterte Violet. »Tu mir das nie wieder an.«

»Niemals.« Daniel küsste sie wieder zärtlich. »Heirate mich, Violet Devereaux.«

Violet hielt den Atem an. »Heiraten …?«

Daniel versuchte, die Schultern hochzuziehen, zuckte jedoch zusammen bei dem Schmerz, den diese Bewegung auslöste, und wartete reglos ab, bis er verebbte. »Wir haben doch schon so getan, als seien wir Mann und Frau. Warum es nicht wirklich werden lassen?«

Ihr Blick wurde verhalten. »Ich bin nicht die Art Frau, die ein Mann wie du heiratet. Es wäre eine Mesalliance.«

Daniel hörte auf zu lächeln. »Hör mir zu, Liebes: Die MacKenzies sind nur deshalb adelig, weil einer unser Vorfahren irgendwann um 1300 irgendeinem König das Leben gerettet hat. Der König zeigte sich dankbar und machte jenen MacKenzie zum Duke. Queen Vicki war der Meinung, sie müsste beweisen, wie sehr sie die Schotten liebt, und hat deshalb vor fünfzig Jahren meinen Großvater zu einem englischen Peer gemacht. Aber wir sind Schotten, keine Engländer, und wir sind nicht besessen von Titeln. Der große Hart MacKenzie, Duke of Kilmorgan, ist nicht einmal Clanhäuptling. Oh nein, bei jedem Clantreffen schwört Hart dem Oberhaupt der MacKenzies die Lehnstreue und beugt vor ihm das Knie. Und er schämt sich keinesfalls, das zu tun. Meine Familie ist weitaus glücklicher, wenn ich dich heirate, eine intelligente Frau mit der Stärke, mir Paroli zu bieten, statt jemanden wie diese Lady Victoria Dingens, dieses alberne Mädchen, das nur einen reichen Ehemann haben will. Sie würden mit ihr das Dinner einnehmen müssen, weißt du, und mit dir zu reden ist sehr viel interessanter.«

Violet lachte. »Daniel.«

»Deshalb solltest du mich heiraten, Violet. Es ist die einzige vernünftige Lösung.«

»Ich bin älter als du.«

»Mir ist es sehr recht so. Ich bin schnell erwachsen geworden, und ich habe keine Geduld mit Mädchen, die gerade dem Schulzimmer entwachsen sind.«

»Und ich bin eine Betrügerin. Du wusstest das in dem Moment, in dem du mir begegnet bist. Ich bin so viele verschiedene Personen gewesen.«

»Und jetzt wirst du Violet MacKenzie sein.« Mit einem Finger berührte er ihre Nasenspitze. »Ich weiß genau, wer du bist. Und du weißt das auch.«

»Ja.«

Daniels Herz schlug schneller. »Ja? Du weißt, wer du bist?«

»Ja, ich werde dich heiraten.« Violets Lächeln kehrte zurück, der Ausdruck in ihren Augen sagte ihm alles, was er wissen musste.

»Vi.« Daniel schloss die Augen. Die Gefühle, die in ihm tobten, ließen seinen Körper höllisch schmerzen, aber der

Schmerz war ein kleiner Preis dafür. Er öffnete die Augen wieder. »Vi, du bist …« Daniel gab auf und zog sie zu sich herunter. »Geh niemals fort«, sagte er rau. »Ohne dich wäre mein Leben … sinnlos.«

Die Worte verstummten, während Daniel sie hielt. Violet lehnte die Stirn gegen seine, ihre Tränen fielen auf seine Wangen. »Ich kann nicht mehr ohne dich sein«, sagte sie. »Ich kann es nicht.«

»Dann wollen wir nie wieder getrennt sein.« Daniel schob die Hand in ihr Haar. »Wir werden es nie mehr sein.«

»Ich liebe dich, Daniel MacKenzie.«

»Ich liebe dich, Violet … wer auch immer du heute bist.«

»MacKenzie«, sagte sie, und ihr Lächeln erfüllte seine Welt. »Ich will immer Violet MacKenzie sein.«

»Der schönste Name, den ich je gehört habe«, sagte Daniel und verlor sich in ihrem Kuss.

32

Die folgenden Monate vergingen wie im Fluge. Daniel erholte sich von der Schussverletzung; kaum genesen rekrutierte er Simon, um ihm zu helfen, eine letzte Aufgabe zu Ende zu bringen, ehe er Frankreich verließ.

Daniel brachte den Mann mit dem roten Bart recht schnell zur Strecke. Jacobi hatte ihm den Namen Edmund Collard genannt. Wie sich herausstellte, besaß Collard in Paris einige Restaurants und Spielhöllen. Er verlieh auch zu hohen Zinsen Geld an Gentlemen – das sie üblicherweise an seinen Roulette-Tischen wieder verspielten – und drohte ihnen ein schlimmes Schicksal an, sollten sie es nicht zurückzahlen.

Daniel hatte seine Zeit als Rekonvaleszent damit verbracht, möglichst viel über Collards tägliche Routine herauszufinden. Und eines Abends betrat er das Bistro, in dem sich Collard aufhielt.

Collard saß in Begleitung einiger Gentlemen an einem privaten Tisch in einer Ecke des Lokals. Sein maßgeschneiderter Anzug, die perfekt sitzenden Handschuhe, der korrekt gestutzte Bart und die ebenso korrekt gestutzten Koteletten ließen ihn aussehen wie jeden anderen respektablen Pariser Geschäftsmann auch. In einer Hand hielt er eine dicke Zigarre, in der anderen ein Glas lohfarbenen Port, während er sich mit den Herren an seinem Tisch unterhielt.

Collard wirkte ganz und gar unauffällig – von seinen Augen abgesehen, die aussahen wie aus kaltem Stahl.

Daniel sah, wie sich diese Augen auf ihn richteten, als er auf den Tisch zuging. Collard schätzte Daniels teuren Anzug und den Spazierstock mit dem Goldgriff mit der Miene eines Mannes ein, der Reichtum im Bruchteil einer Sekunde erkannte. Daniel sah wie ein reicher Brite aus, der nach Paris gekommen war, um hier sein Geld auszugeben – und als genau das wollte Daniel gelten.

Während Collard ihn musterte, erreichte Daniel den Tisch und beugte sich zu dem Mann herunter. »Ein Wort unter vier Augen, wenn Sie so freundlich sind, Monsieur.«

Collard sah ihn an. Daniel hatte diesen Auftritt sorgfältig vorbereitet, er hatte dafür gesorgt, dass Collard zu Ohren kam, ein junger, reicher Schotte, der gern spielte, wolle Geld von ihm leihen. Der junge Mann hatte sich in eine ziemlich unerfreuliche Lage gebracht, ließen die von Daniel in Umlauf gebrachten Gerüchte verlauten.

Collard nickte, legte in aller Ruhe seine Zigarre aus der Hand, entschuldigte sich bei seinen Begleitern und führte Daniel durch eine Tür in den hinteren Teil des Lokals und durch einen Raum, in dem fünf Roulette-Tische standen, besetzt von etlichen Ladys und Gentlemen. Das Klickern der Kugeln, das Rotieren der Roulette-Räder, die Hitze der Körper, der Geruch nach Rauch und Parfüm und das Aufstöhnen oder Lachen der Spielenden erfüllten die Luft.

Daniel folgte Collard durch eine weitere Tür in ein Büro, wo Collard ihm einen Brandy anbot, den er selbst einschenkte. Daniel nahm den Brandy entgegen, nippte daran, dann schüttete er Collard den Rest aus dem Glas ins Gesicht.

Kurz blinzelte Collard überrascht, dann flackerte gefährliche Wut in seinen Augen auf. Er wollte nach der Klingel auf seinem Schreibtisch greifen, doch Daniel legte den Spazierstock auf sein Handgelenk. Als Collard den Arm wegzuziehen versuchte, drückte Daniel fester zu.

»Ich bin wegen einer Freundin hergekommen«, sagte er und stellte überrascht fest, wie ruhig seine Stimme klang. »Sie kennen sie als Violette.«

In Collards Miene regte sich nichts. Er hatte nie von ihr gehört.

Dies war der Mann, dessen Gesicht Violet gesehen hatte, als sie ihre Unschuld verloren hatte, ebenso wie ihr Vertrauen darauf, irgendwo Trost finden zu können. Wegen dieses Mannes hatte Violet Schmerz erlebt, Schrecken und Demütigung, gefolgt von Jahren voll Furcht, Verwirrung und Scham. Collard und Jacobi – diese beiden hatten ihr alles genommen: die Chance auf eine normale Ehe und auf eine Familie und jeden Gedanken daran, dass es im Leben auch Augenblicke des Glücks geben konnte.

Und Collard konnte sich nicht einmal an ihren Namen erinnern, er hatte sich nicht einmal die Mühe gemacht, ihn zu erfahren.

Collard hatte Violet in jeder erdenklichen Hinsicht zerstört, und Daniel hatte nicht vor, ihn davonkommen zu lassen. Und wer konnte wissen, wie vielen anderen jungen Frauen er davor oder danach das Gleiche angetan hatte? Oder schon morgen wieder antun würde?

»Ich werde Ihnen nichts über sie erzählen«, sagte Daniel. »Wer sie ist und wie sie ist. Weil Sie es nicht verdienen, es zu wissen. Ich sage nur dies: Obwohl Sie Ihr Bestes getan haben, um sie zu zerstören, haben Sie es nicht geschafft. Weil sie sehr viel stärker ist als Sie, weit besser, als Sie hoffen können, es je zu sein. Und die Tatsache, dass Sie nicht einmal wissen, was für ein Ungeheuer Sie sind, bedeutet, dass ich dieses Gespräch jetzt beende.«

Daniel hob den Spazierstock, holte damit aus und schwang ihn gegen Collards Schädel. Collard griff nach dem heruntersausenden Stock, riss ihn Daniel aus der Hand und warf ihn fort.

Daniel machte sich nichts draus. Ehe sich Collard sammeln konnte, war er schon über ihm, seine Faustschläge prasselten unaufhörlich auf Collards Gesicht nieder. Der Mann wehrte sich, Daniel rang mit ihm, sein noch immer nicht völlig genesener Körper schmerzte.

Daniels Vorfahren waren Krieger gewesen. Old Malcolm MacKenzie hatte Culloden überlebt, indem er sich seinen Weg durch einen Haufen von Engländern freigeschlagen hatte, die soeben seine vier Brüder und seinen Vater niedergemetzelt hatten. Dann hatte er sich umgedreht, statt zu fliehen, hatte die Mörder seiner Familie getötet und sich auf einen Rachefeldzug begeben.

Nur wenige Generationen standen zwischen Daniel und Old Malcolm, der zu jener Zeit noch gar nicht alt gewesen war. Als er sich seinen Weg in die Freiheit erkämpft hatte, war Malcolm fünfundzwanzig gewesen, so alt wie Daniel. Heute Abend lebte Malcolm in Daniel weiter, und Daniels Blutdurst schäumte über. Über Rache wussten Schotten *alles*.

Daniel konnte sich später kaum noch daran erinnern, was sich in jenem Büro abgespielt hatte. Er sah nur das Gesicht des Rotbärtigen, das sich von Blut schnell rot färbte, und Collards Augen, in denen die Wut Angst und Verzweiflung wich. Daniel hörte Collard um Gnade flehen. Aber auch Violet hatte um Gnade gefleht, und Collard hatte sie ihr nicht gewährt.

Leute liefen herbei; der Kampf ging nicht lautlos vonstatten. Hände versuchten, Daniel zurückzureißen – französische Polizei, erkannte er verschwommen –, aber Daniels Raserei hatte die Führung übernommen.

Ian bahnte sich seinen Weg zu ihm, auch das nahm Daniel nur am Rande wahr. Dieselbe dunkle Wut, die jetzt in ihm tobte, hatte sich früher in dem jungen Ian erhoben, wenn er sich nicht hatte verständlich machen können – wenn Ian selbst nicht verstanden hatte, was er fühlte. Die Wut hatte sich in Gewalt Bahn gebrochen, dem einzigen Weg, wie sie sich entladen konnte.

Jetzt zerrten noch stärkere Hände an Daniel. Daniel dachte, er würde Hart MacKenzie erkennen, aber als das Bild sich klärte, erkannte er, dass es Lloyd Fellows war, Harts Halbbruder, Detective bei Scotland Yard.

Daniel schüttelte Fellows ab und kämpfte weiter. Collard lag zusammengekrümmt am Boden, jammernd und blutend. Auch Daniel blutete, seine schöne neue Jacke war ruiniert, und es kümmerte ihn einen Dreck.

»Daniel.« Fellows schüttelte ihn. »Du musst *aufhören*.«

Daniel fuhr zu ihm herum, spürte Blut auf seinem Gesicht, Wahnsinn in seinem Herzen. »Warum? Er hat bei Violet doch auch nicht aufgehört.«

Fellows Hände legten sich auf Daniels Schultern, hielten ihn fest, er sprach laut und bedächtig. »Du musst gehen, Daniel. Wenn du bleibst, muss ich dich wegen Mordes verhaften. Geh. Ich kümmere mich um alles.«

Daniel schaute seinen Onkel an, der den ersten Teil seines Lebens damit verbracht hatte, wütend auf die MacKenzies zu sein, weil sie ihm etwas geraubt hatten, von dem er glaubte, es gehöre ihm. Längst hatte Zufriedenheit diese Wut abgelöst, vor allem, seit er geheiratet hatte. Aber auch Fellows kannte die stahlharte Wut der MacKenzies. Das Blut Old Malcolms floss auch durch seine Adern.

»Ich muss das tun«, stieß Daniel atemlos hervor.

»Du *hast* es getan. Er wird nicht mehr lange durchhalten. Du musst jetzt mir den Rest überlassen.«

»Warum?« Dies war eine persönliche Angelegenheit.

»Weil ich Polizist bin«, sagte Fellows, sein wildes Grinsen

hätte jedem MacKenzie zur Ehre gereicht. »Ich habe Freunde bei der Sûreté. Dieser Mann betreibt eine illegale Spielhölle, und ich gehe jede Wette ein, dass er sich seiner Verhaftung widersetzen wird.«

Daniel wollte noch immer nicht gehen. Sein Blut kochte, und seine Wut hatte nicht im Geringsten nachgelassen.

Doch der logisch denkende Teil seines Verstandes wusste, dass Fellows recht hatte. Wenn er diesen Mann umbrachte, so verderbt er auch sein mochte, würde er – Daniel – verhaftet und wegen Mordes verurteilt werden. Fellows hingegen, ein Detective Chief Inspector von Scotland Yard, mit vielen Freunden und Verbindungen in der Sûreté, würde man dafür loben, einen Kriminellen zur Strecke gebracht zu haben.

Immer noch nach Atem ringend nickte er. Alles tat ihm weh, obwohl er in seiner berserkergleichen Wut kaum Schmerz wahrgenommen hatte.

»Lass ihn nicht davonkommen«, sagte Daniel.

»Er wird nicht davonkommen«, entgegnete Fellows. »Du kannst mir vertrauen.«

Wieder nickte Daniel. Fellows verstand ihn, besser noch als seine Onkel, sogar besser als sein Vater. Er hatte selbst lange Zeit gegen das Dunkel gekämpft.

Daniel schaute herunter auf Collard. Das Gesicht des Mannes und sein Schädel bluteten, die Hände waren geschwollen und gebrochen. Er schaute in schrecklicher Angst zu Daniel hoch, und Daniel fühlte sich etwas besser.

Dann warf Collard Fellows einen abschätzenden Blick voll Hoffnung zu, der Daniel zum Lachen brachte. Der Mann hatte keine Ahnung, zu was Fellows fähig war.

Doch zu lachen tat weh, also grüßte Daniel seinen Onkel mit einer Geste und verließ das Zimmer. Einer der Polizisten führte ihn zur Hintertür und ließ ihn in die dunkle Nacht hinaus.

Simon wartete in der kleinen Gasse hinter dem Haus und setzte ihn in eine Kutsche. Daniel war arg zugerichtet, und er war sicher, dass sich seine Schusswunde wieder geöffnet hatte, aber das kümmerte ihn nicht.

Da er Violet nicht in diesem Zustand unter die Augen kommen wollte, fuhr er zu seinem Vater. Violet war ohnehin nicht im Hotel, wie sich herausstellte. Sie war mit Ainsley und Daniels Tanten ausgegangen, zum Einkaufen und zum Essen.

Cameron kam und half Simon und dem Portier, Daniel die Hintertreppe hinauf in Camerons Suite zu bringen.

Daniel, vollkommen erledigt, ließ sich auf ein Sofa sacken. »Es ist getan«, sagte er, als Cameron ihm ein Glas mit Whiskey in die Hände drückte. »Ich habe sie gerächt.«

»Ich weiß, dass du das getan hast, Sohn«, entgegnete Cameron, und der Stolz in den Augen seines Vaters war alles, was Daniel brauchte.

Die Hochzeit von Daniel MacKenzie und Violet Devereaux fand im Mai auf Kilmorgan Castle statt. Kilmorgan fungierte nicht mehr als Burg, sondern war ein riesiges Haus im gregorianischen Stil, das sich vor dem Hintergrund der fernen Berge auf einer weiten grünen Ebene erhob.

Die Hochzeit wurde im Ballsaal gefeiert. Das ganze Haus war mit weißen Bändern geschmückt, mit Maiglöckchen, rosafarbenen und weißen Rosen und blauen Vergissmeinnicht. Violets Kleid war aus cremefarbener Seide, das schmal geschnittene Oberteil mit Perlmuttperlen und Brillanten bestickt, die Ärmel aus edler Spitze. Der Rock war leicht ausgestellt und wurde von noch mehr Spitze geziert. Violet trug einen Schleier, ein hauchzarter Flor, gehalten von einer Krone aus Rosen und Vergissmeinnicht. Das ganze Ensemble war hinreißend – Violet betrachtete sich im Spiegel, nachdem die MacKenzie-

Frauen und -Töchter sie angekleidet hatten, und erkannte sich selbst kaum wieder.

So vieles war geschehen, seit sie Daniel niedergeschossen in dieser Küche in Montmartre gefunden hatte, und jetzt stand Violet am Eingang zum überfüllten Ballsaal, und als sie ihn an Camerons Arm betrat, drehten sich die Gäste erwartungsvoll zu ihr um.

In Daniels repariertem Automobil hatten sie das Bergrennen in Nizza gewonnen. Violet hatte es zum Sieg gefahren. Sie waren nach Berkshire zurückgekehrt, wo Cameron und Daniel sich um das Training der Pferde gekümmert hatten, und auch Violet war einbezogen worden. Sie war mit der Familie zum Eröffnungsrennen nach Newmarket gereist und hatte begriffen, dass dies das erste Mal war, dass sie mit den MacKenzies hierherkommen würde, aber ganz sicher nicht das letzte. Dies war Teil von Daniels Leben, und jetzt war auch sie ein Teil davon.

Sie waren nach Kilmorgan gereist, wo Violet eine geschlagene Minute lang dagestanden hatte, nachdem sie aus der Kutsche gestiegen war, um eingeschüchtert das riesige Haus zu betrachten. Sie hatte jedoch schnell herausgefunden, dass dieses weitläufige Gebäude anheimelnder wurde, wenn sich die ganze Familie darin versammelte, einschließlich der zehn Kinder und sechs Hunde.

Daniel hatte kaum ein Wort darüber verloren, auf welche Weise er sich in Paris die neuen Verletzungen zugezogen hatte, warum seine Hände abgeschürft waren und die Schusswunde noch einmal hatte genäht werden müssen. Nur ein einziges Mal erwähnte er, wohin er gegangen und wie er in diesen Zustand geraten war. Er hatte im Zug darüber gesprochen, nach Nizza und dem Bergrennen.

»Dieser Kerl mit dem roten Bart«, hatte er beiläufig gesagt, als er und Violet allein in einem Abteil der ersten Klasse waren. »Du wirst dir seinetwegen nie wieder Sorgen machen müssen. Wie ich hörte, ist er tot.«

»Tot.« Alles um Violet herum schien stillzustehen, obwohl der Zug weiterfuhr.

Daniel lehnte sich in seinem Sitz zurück, lässig wie immer, ein Glas mit seinem Lieblingswhiskey in der Hand. »Wie es aussieht, hat er in Paris illegal Spielsalons betrieben. Seine anderen Verbrechen waren Wucher und Erpressung, darüber hinaus war er in einige Morde verwickelt, denen Gentlemen zum Opfer gefallen sind, die ihm ihre Schulden nicht zurückzahlen konnten. Er hat sich der Verhaftung widersetzt und sich selbst getötet, wie ich hörte. Ich habe das von Onkel Fellows erfahren, der vor Ort war.«

Daniel log sie an. Ungeniert und wortgewandt. Er wusste, dass Violet wusste, dass er log, und es machte ihm nichts aus.

Der rotbärtige Mann war fort. Ganz egal, wie es geschehen war, das Ergebnis war das Gleiche.

Violet war nicht sicher, was sie empfand – Erleichterung, Triumph? Nichts. Oder vielleicht doch etwas. Aber sie fühlte sich wie betäubt.

Es war vorbei. Daniel hatte dafür gesorgt – auf welche Weise auch immer. Für sie.

Violet hatte ihn geküsst, ihm sein Glas Whiskey aus der Hand genommen und einen Schluck getrunken, bevor sie sich an seine Schulter gelehnt hatte.

Und jetzt stand sie im geschmückten Ballsaal, die Hand auf Cameron MacKenzies Arm. Der hoch gewachsene Cameron würde sie zur Trauung führen.

Ian MacKenzie wartete neben Daniel, er hatte eingewilligt, sein Trauzeuge zu sein. Während sie noch in Paris gewesen waren und darauf gewartet hatten, dass Daniel gesund wurde, hatte Ian Violet zur Seite genommen. »Du hast aufgepasst, dass er sicher ist«, sagte er. »Danke.«

»Sicher?« Violet schüttelte den Kopf. »Ich bin schuld, dass er niedergeschossen wurde. Ich habe alles andere getan, als aufzupassen, dass er sicher ist.«

»Er hat deinetwegen überlebt. Er hat das alles für dich getan.« Ian schwieg, wandte den Blick ab, als müsste er seine Gedanken sammeln, ehe er Violet direkt ansah, seine goldenen Augen waren wie ein Blitz aus Sonnenlicht. »Er braucht jemanden, für den er lebt. Nicht nur seine Erfindungen.«

Violet versuchte zu lächeln. »Seine Erfindungen sind sehr wichtig für ihn.«

Ians Gesichtsausdruck änderte sich nicht. »Familie ist wichtiger. Jetzt bist du seine Familie.«

Und das war das Ende des Gesprächs gewesen.

Die Gäste im Ballsaal wandten sich Violet zu, als sie an ihnen vorbeiging. Sie alle waren Mitglieder der Familie oder enge Freunde und Nachbarn. Niemand sonst sollte kommen, hatte Daniel entschlossen erklärt. Dies sollte eine private Feier sein, kein Sich-der-Welt-zur-Schau-Stellen.

Für eine Feier im privaten Kreis war der Ballsaal allerdings mehr als gut gefüllt. Die meisten Gäste waren MacKenzies, wohin man blickte, sah man blau-grüne Plaids. Einige von ihnen waren McBrides, Ainsleys Brüder – die vier und deren Familien standen vorn im Saal. Celine war da, mit Ainsley, und sah aus, als wolle sie jeden Moment in Tränen ausbrechen.

Daniel hatte das Haus in London, das er Mortimer abgekauft hatte, Celine geschenkt, die überschwänglich dankbar dafür war. Sie plane, dort weiterhin Séancen abzuhalten, hatte sie gesagt, mit Marys Hilfe. Nach ihrer Vision, dass Daniel Hilfe brauchte, war sie von ihrer Gabe noch eifriger überzeugt als vorher.

Dudelsackklänge begleiteten Violet, als sie an Camerons Arm durch den Ballsaal schritt. Die Mitglieder des MacKenzie-Clans sahen ihr entgegen – hoch gewachsene Männer mit Haaren in jeder Nuance von Rot, vom dunkelsten Kastanienbraun bis hin zu hellem Karottenrot. *Der* MacKenzie, das Clanoberhaupt, ein aufrechter und großer Mann mit weißem Haar, verbeugte sich vor Violet, als sie vorbeiging.

Doch als Violet neben Daniel stehen blieb und er sie anlächelte, zählte nichts anderes mehr. Daniels Wärme, der Glanz in seinen Augen waren das Einzige, was Violet brauchte. Er hatte ihr Leben gerettet.

Der Bischof begann. Die Zeremonie ging ihren Gang, und Violet gab die korrekten Antworten, hörte sich kaum selbst sprechen. Nur die Worte des Ehegelübdes zählten – Violet, die Daniel ihre Treue versprach; Daniel, der versprach, sie zu umsorgen bis zum Ende.

Dann war sie verheiratet. Daniel hob den Schleier von ihrem Gesicht und küsste sie.

Die Menge hinter ihnen stieß Jubelrufe und Freudenschreie aus. Dudelsäcke spielten, Kinder jauchzten, Rufe und Lachen klangen auf.

Die Feierlichkeiten begannen. Da war das Hochzeitsessen, angerichtet in mehreren Zimmern. Es wurde getanzt, und der Whiskey floss in Strömen, die Feier dauerte den ganzen Nachmittag und bis in die Nacht.

Violet legte ihren Schleier ab und nahm an den schottischen Tänzen teil, die Ainsley und Eleanor ihr beigebracht hatten. Violet liebte es, neben Daniel zu tanzen, ihn an den Händen zu halten oder zwischen den anderen Tänzern der Reihe hindurchzuwirbeln. Die Dudelsäcke, Fideln und Trommeln trieben die Tanzenden an, der Saal war erfüllt von Freude. Dann wurde Daniel zu einem Schwerttanz überredet, den er mit athletischer Anmut absolvierte. Nach ihm tanzte Jamie MacKenzie und bewies die gleiche Eleganz und ebenbürtiges Können, zum Entzücken aller und zu Ians Stolz.

»Er ist ein guter Junge«, sagte Ian zu Violet, und drückte fest ihre Hand. »Mein Sohn. Er ist *glücklich*.« Das letzte Wort sagte er mit noch mehr Stolz.

Die MacKenzie-Kinder blieben bis weit nach ihrer üblichen Bettzeit wach, bis einen nach dem anderen die Müdigkeit übermannte. Gavina und Stuart bettelten darum, dass Violet und Daniel sie hinauf ins Bett brachten, und Violet erfüllte diesen Wunsch bereitwillig. Auch sie war müde – eine angenehme Müdigkeit, keine Erschöpfung.

»Diese Ausgelassenheit gilt nicht allein uns«, sagte Daniel, während er neben Violet die Treppe zu den Kinderzimmern hinaufging. Stuart war schon an seiner Schulter eingeschlafen, das rotgoldene Haar zerzaust, doch Gavina hielt entschlossen die Augen offen. »Die Hochzeit eines Clanmitgliedes gibt den anderen die Gewissheit, dass der Fortbestand des Clans gesichert ist. Zumindest ist das die Entschuldigung für all das Trinken und Tanzen.« Daniel zwinkerte ihr zu. »Und für andere Vergnügungen, wenn die Nacht voranschreitet. Meine Familie ist nicht prüde.«

Während sich Daniel um Stuart kümmerte, legte Violet Gavina in ihr Bett in dem großen Kinderzimmer. Sie beugte sich herunter und gab ihr einen Gutenachtkuss.

»Nacht, Violet«, sagte Gavina glücklich. »Da du jetzt mit Danny verheiratet bist, könnt ihr viele Babys haben. Beeilt euch bitte damit.« Sie sprach ihren Befehl aus, dann fielen ihr die Augen zu, und sie glitt in den Schlaf.

»Meine Schwester weiß, was sie will«, sagte Daniel. Sanft legte er die Hand auf Stuarts Rücken, in seinen Augen stand tiefe Zuneigung. Er beugte sich hinunter und küsste seinen

Bruder auf die Stirn, dann nahm er Violet an die Hand und führte sie aus dem Zimmer.

Der Gang vor dem Kinderzimmer war menschenleer. Daniel drückte Violet gegen die Wand neben einem großen Fenster und beugte sich zu ihr. »Ich weiß auch, was ich will. Das ist ein Wesenszug dieser Familie. Ich verzehre mich nach Ihnen, Mrs MacKenzie.«

Sein Kuss raubte Violet den Atem. Daniel drückte sie gegen die Wand, seine Kraft hielt sie gefangen, die Holzverkleidung drückte sich hart in ihren Rücken.

Die Wand hinter sich zu fühlen und einen starken Mann vor sich zu sehen ließ ein Echo von Violets alter Panik neu aufleben. Aber Violet zwang sich in die Gegenwart. Dies war *Daniel*, der sich voller Liebe über sie beugte, sein Mund war schmeichelnd, zärtlich.

Sie und ihr Ehemann küssten sich auf dem Korridor, das war das *Jetzt*, ihr Leben. Daniel hatte sie gelehrt, dass ein Mann, der eine Frau begehrte, sie sanft berühren, die größte Lust in ihr entfachen konnte.

Daniel küsste Violet, bis sie nur noch ihn wahrnahm, seine Hitze, seinen Mund, die Sanftheit seiner Lippen. Seine Hände wärmten sie, Arme legten sich um sie, zogen sie von der Wand fort und zu ihm. Die Panik flog davon in die Dunkelheit.

Daniel hörte mehrmals auf, Violet zu küssen, während er sie die Treppe hinunterführte in das große Schlafzimmer, bis in den Flügel des Hauses, den Camerons Familie bewohnte. Er verschloss die Tür hinter ihnen, dann schob er sie Schritt für Schritt aufs Bett zu, öffnete im Gehen die Knöpfe ihres Kleides. Violet, lachend, öffnete seine.

Auf halbem Wege zum Bett trug Violet kein Mieder mehr, Daniel weder Jacke noch Weste. Auf dem Esstisch legten sie Daniels Kragen und Hemd ab ebenso wie Violets Korsett, dessen Schnürbänder Daniel mit starken Händen liebevoll gelöst hatte. Beim Stuhl am Fußende des Bettes waren Daniels Strümpfe und Schuhe und Violets Unterröcke an der Reihe.

Als sie das Bett erreichten, hob Daniel Violet hoch und legte sich ihre Beine um seine Taille. Während er sie hielt, die Hände fest auf ihrem Rücken, küsste er sie und legte sie auf die Matratze. Er befreite sie von ihren Unterhosen und dem berüschten Unterhemd. Dann streifte er den Kilt ab, der unbeachtet vor dem Bett landete.

Daniel, ohne Kleider. Lampenschein fiel auf seine bronzefarbene Haut, von der Sonne gebräunt. Nur wo sein Kilt ihn vor der Sonne schützte, war er von schottischer Blässe.

Violet liebte es, ihn anzusehen. Seine Arme waren muskulös, die Brust breit, der tätowierte Drache wand sich um seinen Unterarm.

Daniel erwiderte den Blick, sah sie von Kopf bis Fuß an, und Violet errötete vor Erregung. Daniels Blick, der über ihren nackten Körper glitt, hatte nichts Entwürdigendes an sich. Es war Intimität, Liebe, Begehren.

Daniel betrachtete sie mit sinnlichem Verlangen, seine Augen schimmerten in der Dunkelheit wie reifer Whiskey. Er richtete den Blick auf ihre Beine und dorthin, wo ihre Schenkel sich verbanden, höher hinauf zu ihrer Taille und zu ihren Brüsten. Dort ließ er ihn verweilen, ehe sich sein Blick auf ihr Gesicht richtete, die Liebe in seinen Augen war berauschend.

Daniel stieg aufs Bett, doch anstatt sich auf sie zu legen, streckte er sich neben ihr aus und strich mit der Hand über ihren Bauch. Seine Erektion drückte heiß gegen ihre Hüfte, doch er ließ sich Zeit. Sie wusste, wie sehr er sie wollte, aber Daniel ließ sich Zeit.

Liebevolle Geduld. Violet hielt den Atem an, unsicher, ob sie heute Nacht Geduld hatte für liebevolle Geduld.

Daniels Hand glitt zwischen ihre Beine, es entlockte ihr ein entzücktes Stöhnen. Er küsste sie, sein Mund öffnete ihren, während er seine Finger tanzen ließ. Hitze wand sich in Violet empor, löschte alles Denken aus, alle Sorgen, alles bis auf Daniel und seine Berührungen.

Violet umfasste seine Schultern mit festem Griff, zog ihn zu sich. »Jetzt«, sagte sie drängend. »Bitte. Jetzt.«

Daniel lächelte, seine Verruchtheit kehrte zurück. »Mit Vergnügen, Liebes.«

Sein Lächeln verschwand, als er sich auf sie legte. Mit einem Stoß war er in ihr, und Violet hob sich ihm entgegen, jeder lauernde Schrecken wurde von einer dunkleren Wildheit vertrieben.

Sie ließ sich von der Welle der Lust davontragen, Daniel war da, um sie zu halten. Er ließ sie frei fliegen, aber gleichzeitig hielt er sie am Boden, verlieh ihr Sicherheit.

»Ich liebe dich!«, rief Violet. Sie hatte keine Angst mehr vor den Worten. Sie gehörte ihm, und er gehörte ihr. Sie waren zusammen. Für jetzt. Für immer.

»Ich liebe dich, Vi, meine süße Violet.« Daniels Worte kamen schnell, atemlos, seine Hüften stießen gegen ihre. Ihre Vereinigung war heftig, Daniel stützte sich über ihr ab, als er wieder und wieder in sie stieß.

Es war warm im Zimmer, die Flammen schlugen hoch, damit das Hochzeitspaar nicht fror. Violets Hände glitten über Daniels Körper, hießen ihn willkommen, sie liebte es, ihn in sich zu spüren. Als Daniel zum Höhepunkt kam, weiteten sich seine Augen, in den funkelnden Tiefen lag Liebe, die alle Zeiten überdauern würde.

Violet nahm dieses Bild in sich auf, so wie sie Daniel in ihrem Leib aufnahm. Erschöpft sanken sie auf die Matratze. In Liebe. In Vertrauen. Daniel würde ihr niemals wehtun.

Dieses Wissen erfüllte Violet und sagte ihr, dass sie endlich heimgekommen war.

»Bereit, Liebes?« Daniel beobachtete Violet, die sich am Korb des Ballons festhielt. In ihren Augen leuchtete Erwartung. »Dann los.« Daniel rief zu den Männern hinunter, sie sollten den an seinen Tauen zerrenden Ballon loslassen.

Die Männer ließen die Seile los, Sandsäcke wurden abgeworfen, und der Ballon stieg empor. Die ohnehin kühle schottische Luft wurde noch kälter, der Wind von den Bergen und der dahinterliegenden See ergriff sie.

Daniel legte den Arm um seine Frau, während sie höher und höher stiegen. Die kleinen Farmen wurden zu eckigen Flecken in der Landschaft der Highlands, die wie ein Teppich unter ihnen lag, vor ihnen erstreckten sich bewaldete Hügel. Weit entfernt war das verhangene Graublau der Nordsee zu sehen.

Violet nahm alles hingebungsvoll in sich auf, das Entzücken in ihrem Gesicht war wunderschön.

»Wie versprochen«, sagte Daniel. »Eine Ballonfahrt über dem Norden Schottlands. Nichts könnte schöner sein.«

In Violets Gesicht lagen Entzücken und pure Freude. Keine Angst mehr, kein Schrecken.

»Gefällt es dir?«, fragte Daniel und kannte bereits die Antwort.

»Es ist herrlich.« Violet wandte sich von ihm ab, brachte damit den Korb zum Schwanken, doch sie lachte nur und hielt sich an den Seilen fest, um das Gleichgewicht zu halten. »Du hast recht. Es ist das Schönste auf der Welt.«

»Nach dir«, sagte Daniel und meinte es auch so.

Violet lachte wieder und drehte sich um. Still glitten die Highlands unter ihnen dahin, der Ballon stieg noch höher.

»Wie fühlst du dich?«, fragte er.

»Frei.« Violet warf ihm ein Lächeln zu, das Daniels Leben lebenswert machte. »Mühelos. Voller Liebe zu dir.« Noch ein Lächeln, jetzt warm und zugleich ernst. »Ich habe es mir aufgespart, damit ich es dir hier oben sagen kann – wir bekommen ein Baby.«

Daniel stand reglos da. Der Wind seufzte, das Geräusch der verbesserten Windmaschine war im plötzlichen Schweigen deutlich zu hören.

Dann traf ihn eine Welle des Glücks, ein ganz neues Glück, wie Daniel es nie zuvor empfunden hatte. »Wir werden ein Kind haben?«

»Ja.« Violet berührte seine Hand. »Danke.«

Ein Kind. Ein Baby. Zuerst würde es ein anbetungswürdiger Säugling sein, dann ein Kind wie Stuart und Gavina, dann ein großer Junge oder ein großes Mädchen, der oder das zu einem jungen Mann oder einer jungen Frau heranwuchs, dem Stolz der Familie.

Daniel warf den Kopf in den Nacken, schaute in den Himmel und stieß einen Jubelschrei aus, der bis zu den Orkneys zu hören sein musste. Er fasste Violet um die Taille und zog sie fest an sich.

»Jederzeit wieder, Liebes.« Er lachte. »Jederzeit.«

Violet lachte mit ihm. Daniel legte die Arme um sie, als sie auf das Land schaute, das unter ihnen dahinglitt.

Der Ballon trug sie höher und höher, und Violet breitete die Arme aus und umarmte die Welt.

Und sie war überglücklich.

Leseprobe

SABRINA JEFFRIES
Des Herzogs größter Begehr

Covent Garden, London
April 1828

Kein einziger Brief von Tristan in dem ganzen Stapel.

Während der neblige Morgen draußen vor dem Fenster von dunkel- zu hellgrau aufklarte, warf Lisette die Post auf den Schreibtisch in Doms Arbeitszimmer. Das war typisch Tristan. Als sie aus Paris abgereist war, hatte er ihr versprochen, ihr einmal pro Woche zu schreiben. Anfangs hatte er sich an sein Versprechen gehalten, doch jetzt waren schon zwei Monate ohne eine einzige Zeile von ihm vergangen.

Es beunruhigte sie, dass der Strom seiner Briefe plötzlich versiegt war, doch zugleich verspürte sie das dringende Bedürfnis, ihren nichtsnutzigen Bruder an den Füßen aufzuhängen und ein wenig baumeln zu lassen. Dann würde er spüren, was es für ein Gefühl war, so im Ungewissen gelassen zu werden.

»Bist du sicher, dass du mich nicht nach Edinburgh begleiten willst, um mir bei diesem Fall zu helfen?«, fragte Dom. »Du könntest Notizen für mich machen.«

Lisette sah hinüber zu ihrem Halbbruder, der lässig im Türrahmen lehnte. Mit seinen einunddreißig Jahren war er hagerer und muskulöser als früher, und über seine Wange zog sich eine Narbe, über deren Herkunft er nicht sprechen wollte. Aber er stand immer noch auf ihrer Seite.

Meistens jedenfalls. Sie zog die Stirn kraus. Manchmal konnte er genauso schlimm sein wie Tristan.

Seit Dom sie vor sechs Monaten aus Frankreich nach London geholt hatte, hatte sie getan, was sie konnte, um das Stadthaus, das er gemietet hatte, einigermaßen wohnlich zu gestalten. Nur weil es gleichzeitig als Büro der Agentur Manton diente, musste es ja nicht unbedingt kalt und unpersönlich sein. Aber was war der Lohn für ihre Bemühungen gewesen? Noch ein Mann, der versuchte, ihr Vorschriften zu machen.

Sie lehnte sich in ihrem Stuhl zurück und sah ihn mit hochgezogenen Augenbrauen an. »Du brauchst mich nicht, um Notizen zu machen. Du erinnerst dich doch sowieso an jedes Wort.«

»Aber du kannst Menschen besser beschreiben als ich. Dir fallen an ihnen Dinge auf, die ich gar nicht bemerke.«

Sie verdrehte die Augen. »Ich komme nur mit, wenn ich noch etwas anderes tun darf, als Beschreibungen von Leuten anzufertigen und dir Tee zu machen.«

Er betrachtete sie argwöhnisch. »Was zum Beispiel?«

»Zeugen befragen. Verdächtige verfolgen. Eine Pistole tragen.«

Immerhin lachte Dom nicht. Tristan hätte gelacht. Und dann wieder einmal versucht, einen passenden Ehemann für sie zu finden. Meistens suchte er sich dafür einen seiner angeberischen Soldatenfreunde aus, die sich so benahmen, als müsse ein halbenglischer Bastard dankbar für jeden Krümel ihrer Aufmerksamkeit sein.

Dom hingegen musterte sie nachdenklich, während er ins Zimmer trat. »Kannst du überhaupt mit einer Pistole umgehen?«

»Ja. Vidocq hat es mir gezeigt.« Nur einmal, bevor Tristan dem Schießunterricht ein Ende gemacht hatte. Aber das brauchte Dom ja nicht zu wissen.

Er war schon dabei, Eugène Vidocq, den ehemaligen Leiter der französischen Geheimpolizei, zu verfluchen. »Ich kann es immer noch nicht fassen, dass unser Bruder dich auch nur in die Nähe dieses Schurken gelassen hat.«

Sie zuckte die Schultern. »Wir brauchten das Geld. Und Vidocq brauchte bei der Sûreté Nationale jemanden, der ihm seine Karteikarten mit den Beschreibungen von Kriminellen ordnete. Es war eine gute Stellung.«

Und überraschenderweise hatte sie ihr Spaß gemacht. Nachdem Maman vor drei Jahren gestorben war, war Lisette zu Tristan nach Paris gezogen. Damals hätte sie alles für eine sinnvolle Beschäftigung getan, die sie von ihrem Schmerz ablenkte. Vidocq hatte sie ihr geboten. Von ihm hatte sie gelernt, wie man in einem Kriminalfall ermittelt. Vidocq wollte sie sogar als Agentin für die Sûreté anwerben, wie er es auch mit anderen Frauen getan hatte. Aber Tristan hatte sich geweigert, sein Einverständnis zu geben.

Sie schnaubte. Tristan fand es ganz selbstverständlich, schon seit vielen Jahren als Agent für die Sûreté zu arbeiten, aber seine Schwester musste er in Watte packen, bis sie einen Ehemann gefunden hatte. Was mit der Zeit immer unwahrscheinlicher wurde. Sie war schon sechsundzwanzig, um Himmels willen!

»Was sagst du, Dom«, fragte sie erwartungsvoll. »Wenn ich mitkomme, darf ich dann mehr als nur Notizen machen?«

»Dieses Mal nicht. Aber vielleicht irgendwann einmal ...«

»Das hat Tristan auch immer gesagt.« Sie rümpfte die Nase. »Und gleichzeitig hat er hinter meinem Rücken versucht, mich unter die Haube zu bringen. Und als das nicht funktionierte, hat er mich zu dir nach London geschickt.«

»Wofür ich ihm zutiefst dankbar bin«, sagte Dom mit dem Anflug eines Lächelns.

»Versuch nicht, mich mit Komplimenten abzulenken. Ich werde auch keinen von den Kandidaten ehelichen, die du für mich ausgesucht hast.«

»Umso besser«, erwiderte er gut gelaunt. »Ich habe nämlich keine Kandidaten anzubieten. Ich bin viel zu egoistisch, um dich verlieren zu wollen. Ich brauche dich hier.«

Sie sah ihn unsicher an. »Das sagst du nur so.«

»Keineswegs, mein liebes Mädchen. In deinem klugen Köpfchen befinden sich jede Menge Informationen über Vidocqs Methoden. Ich wäre ja ein Narr, wenn ich darauf verzichten würde, bloß um dich in den Hafen der Ehe einlaufen zu lassen.«

Lisette beruhigte sich. Als sie den Wunsch geäußert hatte, das Handwerk eines Ermittlers zu erlernen, war Dom wesentlich aufgeschlossener gewesen, als sie erwartet hatte. Vielleicht lag es daran, dass er selbst so hart hatte arbeiten müssen, um seine Ermittlungsagentur aufzubauen, nachdem George ihn um sein Erbteil gebracht hatte. Oder vielleicht daran, dass er sich gern an ihre gemeinsame Kindheit erinnerte.

Wie auch immer, sie würde ihm etwas Zeit lassen. Vielleicht würde er es sich irgendwann überlegen und ihr anspruchsvollere Aufgaben übertragen. Vielleicht würde sie eines Tages auf Reisen gehen und das Fernweh befriedigen können, das sie von Papa geerbt hatte. Es war schon ein Zeichen seines Vertrauens, dass Dom ihr während seiner Abwesenheit die Obhut über das Haus und die Dienstboten anvertraute. Er tat das zum ersten Mal.

»Also findest du, dass ich klug bin?«, fragte sie.

»Und rechthaberisch und starrköpfig und eine entsetzliche Nervensäge.« Als er ihren verletzten Gesichtsausdruck bemerkte, wurde sein Tonfall sanfter. »Und, ja, sehr klug. Du hast viele gute Eigenschaften, mein liebes Mädchen, die ich sehr schätze. Ich bin nicht Tristan, weißt du.«

»Ich weiß.« Sie sah die Briefe durch, die vor ihr auf dem Tisch lagen. »Da wir gerade bei deinem nichtsnutzigen Bruder sind, ich habe seit Monaten nichts mehr von ihm gehört. Es sieht ihm gar nicht ähnlich, so schweigsam zu sein. Normalerweise schreibt er einmal pro Woche.«

Dom schlenderte hinüber zum Schreibtisch, um einige Unterlagen für seine Reise zusammenzusuchen. »Vielleicht arbeitet er für Vidocq an einem Fall.«

»Aber Vidocq musste letztes Jahr als Leiter der Sûreté zurücktreten.«

Nachdem Vidocq zurückgetreten war, hatte Tristan nur mit großem Glück seine Stellung als Agent behalten können. Sie war entlassen worden. Also hatte ihr Bruder entschieden, dass es Zeit für sie war, sich einen Ehemann zu suchen. Zur Not sogar einen Engländer. Und da er selbst es nicht riskieren konnte, nach England zurückzukehren, da er dort noch immer als Pferdedieb gesucht wurde, hatte er es Dom überlassen, sie nach London zu holen.

»Dann arbeitet er vielleicht für Vidocqs Nachfolger an einem Fall«, sagte Dom, während er die Unterlagen in seine Mappe schob.

»Das bezweifle ich.« Sie erhob sich und ging langsam zum Fenster. »Tristan ist bei dem neuen Leiter der Sûreté nicht gerade beliebt.«

»Weil Tristan verdammt gut in seinem Metier ist. Dieser neue Kerl könnte ja nicht einmal einen Obsthändler überführen, der verfaulte Äpfel verkauft. Deshalb hasst er jeden, der besser ist als er.« Er sah sie von der Seite an. »Allerdings muss man zugeben, dass unser Bruder die Geduld jedes Vorgesetzten strapazieren kann. Er hält sich nur an seine eigenen Regeln, kommt und geht, wann er will, und neigt dazu, niemandem zu sagen, woran er gerade arbeitet.«

»Genau wie du«, sagte sie trocken.

Er lachte auf. »Ich gebe es zu. Aber ich bin mein eigener Chef, also kann ich es mir erlauben – er hat Vorgesetzte, die regelmäßig Berichte erwarten.«

»Das stimmt«, sagte sie geistesabwesend und blickte aus dem Fenster. Ein Mann in einem grauen Überzieher, der auf der anderen Straßenseite stand und aufmerksam das Haus betrachtete, hatte ihre Aufmerksamkeit erregt. Er kam ihr irgendwie bekannt vor. Er sah aus wie …

Sie trat näher an die Scheibe heran, und der Mann verschwand im Nebel. Ein Schauer lief ihr über den Rücken, doch sie zwang sich, nicht darauf zu achten. Der Mann da draußen konnte unmöglich Hucker gewesen sein. Er würde nicht nach London kommen. Er war in Yorkshire mit Georges restlichen Lakaien. Wenn er überhaupt noch für George arbeitete.

Dom trat neben sie. »Außerdem hat er die unangenehme Eigenschaft, sich dauernd selbst in Schwierigkeiten zu bringen.«

»Wer?«, fragte sie geistesabwesend und wandte sich vom Fenster ab.

»Tristan.« Er musterte sie aufmerksam. »Wir reden doch die ganze Zeit über Tristan, oder?«

»Ja, natürlich.« Sie zwang sich, nicht mehr an Hucker zu denken. »Genau deswegen mache ich mir Sorgen um ihn. Weil er die Neigung hat, sich Ärger einzuhandeln. Sogar Vidocq meinte, dass Tristan absichtlich die Gefahr sucht.«

»Das stimmt. Aber er schafft es immer irgendwie, seinen Hals selbst aus der Schlinge zu ziehen. Dafür braucht er deine Hilfe nicht.« Doms Blick wurde weicher. »Ich hingegen brauche deine Hilfe bei allem Möglichen.« Er streckte ihr seine behandschuhte Hand hin und deutete auf einen Riss in der Handfläche. »Siehst du das? Es ist mir gerade heute Morgen passiert. Kannst du das in Ordnung bringen?«

Er versuchte, sie von ihren Sorgen abzulenken. Wie reizend von ihm. Aber ziemlich durchsichtig. Wortlos zog sie ihm den Handschuh von der Hand, holte ihr Nähzeug hervor und begann den Riss auszubessern.

Während sie damit beschäftigt war, kehrten ihre Gedanken zu dem Mann zurück, den sie draußen gesehen hatte. Sollte sie Dom davon erzählen? Nein, das wäre dumm. Er würde sich vielleicht entschließen, in London zu bleiben, und das konnten sie sich nicht leisten. Seine Agentur lief zwar von Tag zu Tag besser, aber einen so lukrativen Fall wie den in Schottland konnte er sich nicht entgehen lassen.

Außerdem war sie sich ja nicht einmal sicher, ob es wirklich Grund zur Besorgnis gab. Es war Jahre her, seit sie das Gut verlassen hatte – der Mann auf der gegenüberliegenden Straßenseite war vielleicht gar nicht Hucker gewesen. Es hatte keinen Zweck, Dom grundlos zu beunruhigen.

Sie war beinahe mit dem Handschuh fertig, als Doms einziger männlicher Bediensteter – Butler, Kammer- und Hausdiener in einem – das Arbeitszimmer betrat. »Es ist schon fast neun Uhr, Sir. Sie müssen in einer halben Stunde am Hafen sein.«

»Danke, Skrimshaw«, antwortete Dom mit sarkastischem Unterton. »Ich kann selbst auf die Uhr sehen.«

Der rotgesichtige Butler drückte die Brust heraus. »Ich bitte um Nachsicht, Sir, aber ›Wie Wellen an des Ufers Kieseln bersten, / So eilen unsre Stunden an ihr Ziel.‹«

Als sie sah, dass sich Doms Miene verfinsterte, unterdrückte Lisette ein Lachen und warf hastig ein: »Ich sorge dafür, dass er sich beeilt, Shaw. Er wird gleich unten sein.«

Skrimshaw schien nicht überzeugt zu sein, drehte sich aber um und verließ das Zimmer.

»Ich schwöre dir, wenn der Kerl mir noch einmal mit Shakespeare kommt, dann kann er sich nach einer neuen Stellung umsehen«, zischte Dom wütend.

»Das solltest du dir noch einmal überlegen. Du wirst niemals wieder jemanden finden, der seine Arbeit für ein so bescheidenes Gehalt macht.« Sie schnitt den Faden ab und reichte Dom den Handschuh. »Außerdem hast du ihn provoziert, weil du ihn mit seinem richtigen Namen angeredet hast.«

»Oh, um Himmels willen«, sagte er, während er seinen Handschuh überstreifte, »ich werde meinen Diener nicht mit seinem Bühnennamen anreden, ganz egal, wie er seine Abende verbringt.«

»Du solltest freundlicher zu ihm sein«, ermahnte sie ihn. »Weil du darauf bestanden hast, dass er mich nach Einbruch der Dunkelheit nicht im Haus allein lässt, während du unterwegs bist, hat er auf eine Rolle verzichtet, für die diese Woche die Proben beginnen sollen. Und außerdem hat er recht. Es ist höchste Zeit, dass du aufbrichst.« Sie kämpfte mit einem Lächeln. »Die Minuten fließen unaufhaltsam dahin.«

Mit einem unterdrückten Fluch wandte sich Dom zur Tür, hielt jedoch noch einmal inne und sah sich zu ihr um. »Was Tristan angeht – falls er sich noch nicht gemeldet hat, wenn ich aus Schottland zurückkomme, dann werde ich sehen, was ich herausfinden kann.«

»Danke, Dom«, sagte sie sanft. Sie wusste, was für ein Zugeständnis das für ihn bedeutete.

»Aber glaub nicht, ich laufe dem Halunken bis nach Frankreich nach«, brummte er. »Nur wenn mich jemand dafür bezahlt.«

»Vielleicht löse ich ja den einen oder anderen Fall, während du in Edinburgh bist«, sagte sie leichthin. »Dann kann ich dich bezahlen.«

Er runzelte die Stirn. »Das ist nicht im Entferntesten komisch. Versprich mir, dass du nichts derart Törichtes versuchen wirst.«

Sie warf ihm ein rätselhaftes Lächeln zu und sah zur Uhr. »Du verpasst noch dein Schiff, wenn du dich nicht beeilst.«

»Dann mach es mir leicht, Lisette. Wenn du …«

»Jetzt geh schon«, lachte sie und schob ihn in Richtung Tür. »Du weißt ganz genau, dass ich dich nur ärgern will. Mach dir keine Sorgen um mich. Ich komme schon zurecht.«

Endlich ging er, irgendetwas von anmaßenden Dienstboten und lästigen Schwestern vor sich hin murmelnd. Auflachend wandte sie sich wieder der Post zu. Sie ordnete die Briefe den Fällen zu, die sie betrafen, und legte die Anfragen wegen neuer Fälle auf einen separaten Stapel, um sie als Letzte durchzugehen.

Sie verbrachte den Tag damit, Briefe zu beantworten, Notizen zu Fällen zu machen, von denen sie dachte, dass Dom sie übernehmen könnte, und sich um den Haushalt zu kümmern. Es war schon fast Mitternacht, als sie zu Bett ging. Es war zwecklos, sich früher zurückzuziehen. Fast jeden Abend drängten sich die Theaterbesucher in dichten Trauben durch die Straße vor ihrer Haustür. Ihr gefielen der Lärm und das Menschengewühl. Sie erinnerten sie an die Theater in Toulon, in denen Maman aufgetreten war.

Nachdem sie zu Bett gegangen war, wurde es draußen etwas ruhiger. Meist blieb es bis zum Mittag des folgenden Tages so – zumindest an diesem Ende der Bow Street.

Als sie kurz nach Morgengrauen von einem heftigen Klopfen an der Haustür geweckt wurde, blieb ihr daher fast das Herz stehen. Wer konnte das zu so früher Stunde sein? Ach du liebe Zeit, war Doms Schiff nach Edinburgh aufgehalten worden?

Sie warf sich hastig ihren Morgenmantel über das Nachthemd und eilte hinab in die Eingangshalle, wo Skrimshaw bereits grummelnd zur Tür schlurfte. Er hatte kaum geöffnet, als auch schon eine männliche Stimme blaffte: »Ich verlange, Mr Manton zu sprechen.«

»Ich bitte um Verzeihung, Sir«, antwortete Skrimshaw, der ganz in seiner Rolle als Butler aufging. »Mr Manton empfängt so früh noch keine Klienten.«

»Ich bin kein Klient. Ich bin der Herzog von Lyons«, erwiderte der Mann in jenem Tonfall eisiger Verärgerung, den nur ein englischer Adliger beherrscht. »Und Mr Manton wird mich empfangen, wenn er weiß, was gut für ihn ist.«

Der drohende Tonfall des Mannes ließ Lisette in Panik zur Treppe stürzen.

»Wenn nicht«, fuhr der Herzog fort, »werde ich mit einem Schwarm Polizisten zurückkommen und jeden Zentimeter dieses Hauses nach ihm und seinem …«

»Mr Manton ist nicht zu Hause.« Mit diesen Worten eilte Lisette, ohne weiter darauf zu achten, dass ihre Garderobe kaum geeignet war, einem Besucher gegenüberzutreten, die Treppe hinunter. Das Letzte, was die Agentur Manton gebrauchen konnte, war ein zudringlicher Herzog, der mit einem Haufen Polizisten hier hereinplatzte, weil er wegen irgendeiner Lappalie aufgebracht war. Allein schon das Gerede würde sie ruinieren.

Doch als sie den Fuß der Treppe erreichte, blieb sie wie angewurzelt stehen. Denn der Mann, dessen Gestalt sich hinter Skrimshaw im Türrahmen abzeichnete, sah überhaupt nicht wie ein Herzog aus.

Nicht, dass er nicht wie ein Herzog gekleidet war – er trug

einen mit teurem Samt bezogenen Zylinder, einen exquisit geschneiderten Kaschmirüberzieher und eine perfekt gebundene Schleife. Aber alle Herzöge, die sie bisher in den Zeitungen und auf satirischen Drucken gesehen hatte, hatten graue Haare und hängende Schultern gehabt.

Dieser Herzog aber hatte weder das eine noch das andere. Er war groß und breitschultrig und mit Abstand der bestaussehende Mann, den sie je gesehen hatte. Er war nicht schön. Nein, das nicht. Dafür waren seine Züge zu scharf geschnitten – sein Kinn zu kantig, die Augen zu tief liegend –, und sein goldbraunes Haar war eine Idee zu glatt, um modisch zu sein. Aber attraktiv, ja, das war er. Geradezu ärgerlich attraktiv.

»Dom ist nicht hier«, wiederholte sie.

»Dann sagen Sie mir, wo er ist.«

Dass er erwartete, sie würde nach seiner Pfeife tanzen, brachte sie in Harnisch. Sie wusste, wie man mit dieser Art von Männern umging. Auf keinen Fall durfte man sich von ihnen einschüchtern lassen und irgendetwas preisgeben. Schließlich wusste sie noch nicht einmal, was er eigentlich wollte. »Er ist nicht in der Stadt, weil er auswärts an einem Fall arbeitet, Euer Gnaden. Mehr bin ich nicht befugt zu sagen.«

Augen von der Farbe feinster Jade fuhren über ihre Gestalt und durchdrangen mühelos die fadenscheinige Fassade, die sie aufgerichtet hatte. Mit einem einzigen schonungslosen Blick erfasste er ihr Alter, ihre familiären Verhältnisse, ihre gesellschaftliche Stellung und ließ sie überdeutlich empfinden, wer sie war – und wer sie nicht war.

Dann fixierte der Blick dieser alles durchdringenden Augen wieder ihr Gesicht. »Und wer sind Sie? Mantons Mätresse?«

Der Tonfall demonstrativer Herablassung, in dem er das Wort aussprach, ließ Skrimshaw purpurrot anlaufen. Doch bevor der Butler den Mund öffnen konnte, fasste sie ihn am Arm. »Ich kümmere mich um das hier, Shaw.« Obwohl er sich versteifte, erkannte Skrimshaw am Klang ihrer Stimme, dass sie keinen Widerspruch duldete. Widerstrebend trat er zurück.

Sie erwiderte den Blick des Herzogs kühl. »Woher wissen Sie, dass ich nicht Mr Mantons Gattin bin?«

»Manton ist nicht verheiratet.« Was für ein arroganter Lackaffe. Oder, wie Maman gesagt hätte … ein echter Engländer. Er sah vielleicht nicht aus wie ein Herzog, aber dafür benahm er sich wie einer. »Nein. Aber Mr Manton hat eine Schwester.«

Damit schien der Herzog nicht gerechnet zu haben. Dann fing er sich wieder und warf ihr einen geringschätzigen Blick zu. »Nicht, dass ich wüsste.«

Langsam wurde sie wirklich ärgerlich. Sie vergaß seine Drohung, vergaß, dass es noch früh am Morgen war, und sie vergaß, dass sie nur ein Nachthemd mit einem Morgenmantel darüber trug. Alles, was sie sah, war ein zweiter George, ein Mann, der außer vor sich selbst und seiner gesellschaftlichen Stellung vor nichts Respekt hatte.

»Ich verstehe.« Sie marschierte auf ihn zu und sah ihm direkt ins Gesicht. »Da Sie ja schon so gut über Mr Manton Bescheid wissen, brauchen Sie uns wohl nicht mehr, um Ihnen Auskunft darüber zu geben, wann er zurückkommt oder wie Sie ihn erreichen können. Ich wünsche Ihnen einen angenehmen Tag, Euer Gnaden.«

Sie machte Anstalten, ihm die Tür vor der Nase zuzuschlagen, aber er trat einen Schritt vorwärts und hinderte sie daran. Als sie wütend den Blick zu ihm hob, bemerkte sie einen Schimmer von Respekt in seinen Augen. »Verzeihen Sie mir, Madam, aber mir scheint, dass wir beide uns auf dem falschen Fuß erwischt haben. Vielleicht sollten wir noch einmal von vorne anfangen.«

»Vielleicht sollten Sie noch einmal von vorne anfangen und dabei versuchen, nicht über Ihre eigenen Füße zu stolpern.«

Er zog die Augenbrauen hoch. Offensichtlich war er es nicht gewohnt, dass eine derart unbedeutende Person wie sie so mit ihm sprach. Dann nickte er. »Ich werde mich bemühen, Ihrem Wunsch nachzukommen. Aber ich habe gewisse Gründe für meine Unhöflichkeit. Wenn Sie mir gestatten, einzutreten, um Ihnen alles zu erklären, verspreche ich, mich wie ein Gentleman zu benehmen.«

Als sie ihn skeptisch ansah, trat Skrimshaw zu ihr und flüsterte: »Kommen Sie wenigstens von der Tür weg Miss, bevor jemand Sie so sieht, nur mit …«

Mit einem Schlag wurde ihr klar, dass praktisch jeder, der auf der Straße vorbeiging, sehen konnte, wie sie hier in Nachthemd und Morgenmantel stand. Kein Wunder, dass der Herzog sie für Doms Mätresse gehalten hatte. »Ja, natürlich«, murmelte sie und trat einen Schritt zurück, um ihn eintreten zu lassen.

Der Herzog schloss die Tür hinter sich. »Danke schön Miss … Miss …«

»Bonnaud«, ergänzte sie.

Bevor sie auch nur zu einer Erklärung ansetzen konnte, warum sie einen anderen Namen trug als Dom, sagte der Herzog mit seltsam gepresster Stimme: »Ach, diese Schwester sind Sie.«

Die Art, wie er die Worte betonte, ließ ihr das Blut in die Wangen schießen. »Die Bastardschwester«, sagte sie spitz.

»Die Schwester, die gleichzeitig Tristan Bonnauds Schwester ist.« Sein durchdringender Blick fuhr erneut an ihrer Gestalt herab.

Ein warnendes Gefühl ließ ihre Brust eng werden. »Sie kennen Tristan?«

»In gewisser Weise. Er ist der Grund, warum ich hier bin.« Er sah sie scharf an. »Ich hatte gehofft, Manton könne mir sagen, wo sich der Schuft in London versteckt hält. Aber Sie werden es mir vermutlich kaum verraten.«

Ein eisiger Schauer lief ihr das Rückgrat hinunter. Das konnte nichts Gutes bedeuten. War Tristan etwa so töricht gewesen, nach England zurückzukehren …

Nein, das war unmöglich. »Sie müssen sich täuschen, Sir. Tristan ist seit Jahren nicht mehr in London gewesen. Und wenn er herkommen würde, wären wir die Ersten, die davon erführen. Aber Dom und ich haben nichts von ihm gehört.«

Er musterte sie prüfend. »Was nur beweist, dass ich Manton richtig eingeschätzt habe. Ich hatte mich schon gewundert, dass ein Mann von so untadeligem Ruf wie er Bonnauds Schliche gutheißen würde. Aber wenn er nichts davon wusste …«

»Was für Schliche, Sir?«, fragte sie. Ihr Puls hatte sich bei jedem Wort des Herzogs um einige Schläge beschleunigt. »Was hat mein Bruder getan?«

»Verzeihen Sie, Madam, aber das würde ich gern mit jemandem besprechen, der ihm weniger nahesteht. Sagen Sie mir, wo Manton ist, und ich lasse Sie in Frieden.«

Jetzt, nachdem er angedeutet hatte, dass Tristan irgendetwas Schreckliches getan hatte? Das kam nicht infrage. »Wie ich schon sagte. Ich bin nicht befugt, Ihnen das zu sagen. Aber wenn Sie mir sagen, was Tristan ihrer Meinung nach getan hat, dann verspreche ich Ihnen, sein Handeln ebenso unparteiisch zu beurteilen, wie Sie es tun.«

Skrimshaw gab etwas von sich, was zuerst wie ein Lachen klang, sich aber unter dem vernichtenden Blick des Herzogs in ein Husten verwandelte.

»Es hat den Anschein, als ob wir in eine Sackgasse geraten sind«, sagte der Herzog eisig.

Sie verschränkte die Arme vor der Brust. »Ja, so sieht es aus.«

»Ich werde nicht gehen, bevor ich nicht die Auskunft erhalten habe, die ich wünsche.«

»Und ich werde Ihnen diese Auskunft nicht geben, bevor ich nicht weiß, was hier gespielt wird. Sie haben also die Wahl, Euer Gnaden. Sie können mit mir offen und ehrlich über Ihr Ungemach sprechen, und ich werde Ihnen dabei helfen, die Angelegenheit wieder in Ordnung zu bringen. Oder Sie können für die nächste Woche oder länger Ihre Zelte in unserem Salon aufschlagen und dort auf Doms Rückkehr warten.«

»Eine Woche!«, entfuhr es dem Herzog.

»Wie ich schon sagte, er arbeitet an einem Fall. Das kann manchmal seine Zeit dauern.«

Lyons fluchte leise in sich hinein. »Sind Sie sich darüber im Klaren, dass ich ein halbes Dutzend Beamte hier aufmarschieren lassen kann, um das ganze Haus nach den Informationen, die ich brauche, durchsuchen zu lassen?«

Jetzt war es an ihr, ihn mit einem vernichtenden Blick zu fixieren.

»Das könnten Sie in der Tat. Dann würden Sie jedoch herausfinden, dass Sie mich mit einem solchen Vorgehen nur noch widerspenstiger machen würden. Bis Sie mit den Beamten hier sind, hätte ich längst alle Informationen, die für Sie interessant sein könnten, vernichtet. Und dann müssten Sie mich schon ins Gefängnis werfen, um irgendetwas aus mir herauszubekommen.«

Er kniff die Augen zusammen, und dann ließ er zu ihrer Überraschung ein raues Lachen hören. »Sie sind eine Respekt einflößende Gegnerin, Miss Bonnaud.«

»Ich fasse das als Kompliment auf«, sagte sie mit einem Anflug von Koketterie.

»So wollte ich es auch verstanden wissen. Also gut, ich erzähle Ihnen, was ich weiß, wenn Sie mir erzählen, was Sie wissen.« Er deutete mit dem Kopf auf Skrimshaw. »Aber nur, wenn wir unsere Unterhaltung unter vier Augen fortsetzen.«

Jetzt, nachdem sie das erste Scharmützel gewonnen hatte, begann sie sich vor der bevorstehenden Schlacht zu fürchten. Wenn er unter vier Augen mit ihr sprechen wollte, dann musste Tristan wirklich etwas sehr Schlimmes angestellt haben.

»Natürlich, Euer Gnaden«, sagte sie, aber ihre Stimme zitterte. Dann wandte sie sich an Skrimshaw. »Wenn Sie so gut wären, Mrs Biddle zu sagen, sie soll uns Tee nach oben ins Arbeitszimmer bringen. Ich vermute, wir werden ihn nötig haben.«

»Sie werden mehr als nur Tee nötig haben«, murmelte Skrimshaw, während er dem Herzog Hut und Überzieher abnahm und anschließend im rückwärtigen Teil des Hauses verschwand.

Lisette begann, die Treppe emporzusteigen. »Wenn Sie mir bitte folgen wollen, Sir. Ich bin sicher, dass wir gemeinsam Licht in dieses Durcheinander bringen werden.«

Der Herzog folgte ihr die Stufen hinauf. »Das will ich verdammt noch mal hoffen.«

Das tat sie ebenfalls. Denn ihr Gefühl sagte ihr, dass es katastrophale Folgen für ihre beiden Brüder haben würde, wenn es ihr nicht gelang, diese Angelegenheit zur Zufriedenheit des Herzogs aufzuklären. Und für ihre Brüder war sie bereit, fast alles zu tun.

Sabrina Jeffries

Des Herzogs größter Begehr

Roman

Eine Reise mit Nebenwirkungen

Als Maximilian Cale, der Herzog von Lyons, in der Ermittlungsagentur Manton aufkreuzt, sieht Lisette Bonnaud ihre Chance gekommen, endlich echte Detektivarbeit statt nur Sekretärinnendienste zu leisten. Max behauptet, er habe von ihrem Bruder Tristan Nachricht erhalten, dass sein totgeglaubter Bruder Peter noch lebt. Lisette, die seit Monaten nichts von Tristan gehört hat, besteht darauf, mit ihm nach Paris zu reisen, um Peter und Tristan zu suchen. Dabei ahnt sie nicht, dass Max bald mehr in ihr sieht als nur eine hübsche Reisebegleitung ...

»Eine fesselnde Liebesgeschichte voller spannender Abenteuer!« *Romantic Times*

Band 1 der Serie
416 Seiten, kartoniert
€ 9,99 [D]
ISBN 978-3-8025-9770-1

www.egmont-lyx.de

LYX
EGMONT

Katie MacAlister

Ein Lord mit besten Absichten

Roman

Eine Lady sorgt für Chaos in Londons Ballsälen

Nach einer leidvollen Ehe mit seiner ersten Frau ist Noble Britton entschlossen, nicht noch einmal denselben Fehler zu begehen. Er sucht nach einer ruhigen, sittsamen Frau, die keine Skandale verursacht. Zu der hübschen Halbamerikanerin Gillian Leigh fühlt er sich sofort hingezogen. Doch schon bald nach der Hochzeit muss er feststellen, dass diese außergewöhnlich oft vom Pech verfolgt wird und sein Haus gehörig auf den Kopf stellt.

Für Fans der Romantic Fantasy von Katie MacAlister und humorvoller Romantic History

416 Seiten, kartoniert mit Klappe
€ 9,99 [D]
ISBN 978-3-8025-9260-7

www.egmont-lyx.de

LYX
EGMONT

Meredith Duran

Rühr nicht an mein dunkles Herz

Roman

Einen Ehemann finden – dieses Glück blieb Lady Lydia Boyce stets versagt, und so steckt sie all ihren Eifer in die Geschäfte ihres Vaters, einem angesehenen Archäologen. Als Lydia entdeckt, dass einige seiner Fundstücke gefälscht sind, versucht sie, die Missetäter auf eigene Faust zu ermitteln. Dabei kreuzen sich ihre Wege mit denen des attraktiven, aber verrufenen Viscount Sanburne, der ihr seine Hilfe anbietet – zu einem unverschämt hohen Preis!

Romantisch, atmosphärisch, sinnlich

Band 1: Rühr nicht an mein dunkles Herz
ISBN 978-3-8025-8779-5

Band 2: Die Wahrheit deiner Berührung
ISBN 978-3-8025-8780-1

Band 3: Suche nicht die Sünde
ISBN 978-3-8025-9092-4

Band 4: Eine nächtliche Begegnung
ISBN 978-3-8025-9252-2

je ca. 400 Seiten,
broschiert mit Klappe
€ 9,99 [D]

www.egmont-lyx.de

LYX
EGMONT

Werde Teil der LYX-Welt!

Votings
LYX Storyboard
YouTube
Blog
Community
YouTube
Online-Shop
Veranstaltungen
Newsletter
Gewinnspiele
Fan-Aktionen
LYX
YouTube
Blog
Facebook
Twitter
Online-Shop
Votings
EGMONT
Goodies-Shop
Community
Twitter
Facebook
Blog
YouTube
Fan-Aktionen
Gewinnspiele
Online-Shop
Goodies-Shop
Programmtipps
Votings

www.egmont-lyx.de